KB077701

대군마마의 정인

초판 1쇄 펴낸 날 | 2016년 11월 23일

지은이 | 조은조
펴낸이 | 서경석

편집책임 | 조윤희 **편집** | 이은주, 최고은
마케팅 | 서기원 **경영지원** | 서지혜, 이문영

임프린트 | (MUSE)
주소 | 경기도 부천시 원미구 부일로 483번길 40 서경B/D 3F (우) 14640
전화 | 032-656-4452 **팩스** | 032-656-4453
이메일 | roramce@naver.com **블로그** | bolg.naver.com/roramce
홈페이지 | http://www.chungeoram.com

발 행 처 | 도서출판 청어람
출판등록 | 1999년 5월 31일 제387-1999-000006호
어람번호 | 제11-0041호

ⓒ 조은조, 2016

ISBN 979-11-04-91019-7 03810

뮤즈는 도서출판 청어람 단행본사업본부의 임프린트입니다.
저작권법에 의해 보호를 받는 저작물이므로, 무단 전재 및 유포·공유를 금합니다.

※ 파본은 구입하신 서점에서 교환하여 드립니다.
※ 저자와 협의하여 인지를 붙이지 않습니다.

도서출판 청어람은 언제나 여러분의 소중한 작품 투고와 도서 출간 기획 등 다양한 제안을 기다리고 있습니다. chungeorambook@daum.net

조은조 장편소설

대군마마의 정인

MUSE

목차

序章. 저승길

지금 제가 살아 있는 것입니까?

소희는 목 언저리를 매만졌다. 그래도 실감이 나지 않았다. 얼굴과 머리까지 온전히 붙어 있는 것을 확인하고 나서야 안도의 한숨이 나왔다.

천지신명이시여, 감사합니다. 아직 제 목이 붙어 있다니 정말 다행입니다.

자신의 몸이 일정한 흐름대로 움직이는 것이 느껴졌다. 그제야 소희는 작은 나룻배를 움직이는 삼베옷 차림의 노인을 보았다.

"이것아. 좀 있으면 떨어질 목은 만져서 뭣해. 어째 그렇게 하나같이 목부터 만져 봐."

"예? 그게 무슨 말씀이십니까?"

"아, 말 그대로지. 아이고, 삭신이야. 이 어린것아. 제가 노를 젓겠습니다. 이렇게 말은 못할망정. 황천길 가는 마당에 눈치라도 있으면 어떻게 된다더냐?"

이게 다 무슨 말이야. 혼란스러워하던 소희는 노인이 내미는 노를 얼떨결에 받아들었다. 그러나 황천길이란 말에 번뜩 정신이 들어 노를 놓아버렸다.

지금 나보고 황천길 가는 길로 직접 가란 말이야?

지금 당장 이 배에서 뛰어내려야 했다. 재빠르게 나룻배 너머로 한쪽 발을 빼던 소희는 다리를 감아올리는 촉수의 감각에 펄쩍 뛰어올랐다. 그것은 저승으로 향하는 사람들의 기억을 빨아들여 번식하기로 유명한 것이었으나 소희로서는 알 길이 없었다. 노인이 노를 들어 내리치자 촉수는 금세 물속으로 사라졌다.

"이, 이 고얀 것! 가만히 좀 못 있겠느냐?"

"아야! 왜 때리십니까!"

"네 스스로 버린 목숨 이제 와서 도망친다고 돌아갈 수 있을 성싶으냐? 말해 뭣해. 내 입만 아프지."

"지금 제가 자살이라도 했다는 말씀이십니까? 그럴 리 없습니다! 뭔가 잘못된 것입니다. 저는 우리 아버지를 찾으려고……."

따악! 자그마한 몸뚱이의 노인이 힘도 세지. 딱밤 두 번에 골전체가 흔들리는 느낌에 소희는 이마를 부여잡고 주저앉았다. 슬쩍 원망이 들어 쳐다보자 시뻘건 눈동자가 어둠 속에서 또렷했다.

엄마야! 한 마디만 더 하면 아예 요절을 내버릴 게 빤해 소희는 잠자코 입을 다물었다.

"다 왔으니 내려라. 아, 빨리빨리 좀 걸어!"

"저기요, 할아버지. 아무리 생각해도 이건 아닌 것 같은데 말입니다."

"딱밤 맛 좀 더 볼 텨? 네 생각 따위 중한 것이 아니지. 나야 염라대왕 명대로 따를 뿐이고. 억울하면 그 양반 앞에서 따지라이 말이다."

후딱 뒤로 따라붙지 않으면 강물 속에 처넣어 버리겠다는 말에 소희는 울며 겨자 먹기로 발을 옮겼다. 무서운 노인도 싫었지만 끈끈한 촉수에 휘감기는 것은 더더욱 싫었다.

한참 동안 걸어가자 커다란 대문 앞에 줄지어 서 있는 사람들이 보였다. 기다리다 지쳐 앉아서 조는 서생이 있는가 하면, 울면서 서로의 하소연을 늘어놓기 바쁜 아낙네들, 다 죽어가는 노인 등 각양각색의 사람들이 차례를 기다리고 있었다.

"뭘 보고 있어? 어린것아. 너는 이쪽이다. 냉큼 따라오래도."

소희의 가슴팍을 움켜쥔 노인이 재빠르게 대문을 가로질렀다. 어느 순간 소희는 커다란 대궐 안으로 들어섰다. 그저 노인이 끄는 대로 몸을 맡기니 주변 모습이 휙휙 지나갔다.

시뻘겋게 달군 인두 아래 살려달라고 고함 고함 지르는 사내, 정처 없이 떠도는 어린아이, 다 죽어가는 노인. 그들 모두가 이 저승길의 동무로 보였다.

어쩌면 우리 아버지도 여기에 있을지 몰라.

이승에서 갈 만한 곳은 모두 찾아가 보았지만 아버지는 어디에도 없었다. 매일같이 아버지를 그리워하며 식음을 전폐하는 어머니를 대신해 소희가 할 수 있는 것이라고는 삯바느질을 얻어오는 것뿐이었다.

그러던 어느 날, 어머니가 뒷간에 나간 사이 이부자리 밑에 있던 서책 '부용귀'를 발견했다.

몰락한 양반 가문의 후손이었던 아버지의 취미는 언문 소설을 쓰는 것이었다. 아버지가 남기고 간 것이란 생각에 급히 펼쳐 보자 안에는 한 기생의 이야기가 빼곡히 적혀 있었다.

억울한 죽음을 당한 기녀가 저승길에 들어갔다가 귀한 신분으로 다시 살게 되었다는 이야기. 꿈같은 이야기였지만 너무도 재밌어 단숨에 읽어 내려갔다.

어찌나 실감이 나는지 바로 눈앞에서 생생히 보는 이야기 같았다. 중간중간 그려진 여인의 그림은 천궁항아같이 고왔다. 동네 사람들과 양반 몇몇이 아버지의 소설을 구하려 애쓰는 것도 이해가 되었다.

그리고 바로 그 장면! 여인을 죽이는 데 사주했던 동무들과 맞닥뜨리는 부분에서 소희는 흔쾌한 반전을 기대하며 책을 넘겼다.

과연 어떻게 복수할 것인가. 관아에 넘길 것인가. 그도 아니면 아랫것들을 부려 단단히 혼쭐을 내줄 것인가. 입안에 침이 바짝바짝 말라갈 정도였다. 그러나 여인은 어찌 된 것인지 목숨이 다해 도로 저승길로 돌아가게 되었다.

아! 정말이지 안타까운 마음에 소희는 탄식했다. 만약 자신이 그 자리에 있었다면 어떻게든 도와주었을 텐데.

그 생각을 하자마자 여인의 고운 음성이 들려왔다.

"아이야. 정말 그리할 수 있겠느냐?"

"예. 예?"

"네 아비보다야 네 쪽이 좀 더 쓸 만해 보이기도 하고. 어떠냐. 네 아비를 구하고 싶으냐?"

잘못 본 것이 아니었다. 그림 속 여인이 고개를 돌려 소희를 바라보고 있었다. 어느 순간 소희를 둘러싼 주위의 공기가 싸늘하게 변했다.

애잔하게만 보였던 여인은 어느새 요염한 구미호처럼 소희를 감싸 안았다. 온몸이 얼음장과 맞댄 듯 차가워 소희가 바들바들 떨었다.

그러나 아비라는 말에 간신히 입을 열었다.

"제 아, 아버지를 아십니까? 어디로 가셨는지 아, 아십니까?"
"물론이다. 하나 네 아비는 별 쓸모가 없더구나. 아마 저승길 어딘가에 있을 게야. 만약에 아이야. 너마저 날 실망시킨다면 너희 부녀는 지옥 불구덩이에서 살아남지 못할 것이야. 알겠느냐?"

추위에 이가 딱딱 부딪쳐 소희는 말도 제대로 할 수 없었다. 그만큼 여인이 내뿜는 냉기는 감당할 수 없는 것이었다.

아버지를 구할 수 있다. 그리하면 어머니는 더 이상 식음을 전폐하지 않을 것이고 예전처럼 단란한 가족으로 돌아갈 수 있을지니. 소희는 조금도 머뭇거리지 않았다.

"예. 시키시는 대로 하겠습니다. 제, 제발 아버지를 구해주십시오. 약조해 주세요."
"좋다. 내 약조하마. 하나 이건 알고 있으려무나. 두 번의 기회는 없다는 것을."

동시에 여인이 소희를 어깨를 낚아챘다. 날카로운 손톱이 여린 살을 파고들었다. 뒤늦게 깨달았다. 여인은 원혼이었다.

필시 나를 산 채로 잡아먹으려는 게야.

어머니! 소녀가 어리석었어요. 서책을 보지 말 것을.

이내 검은 기운이 소희를 집어삼켰다. 그리고 서책의 글자들 역시 홀연히 사라져 버렸다.

아버지도 모자라 저까지 사라져 버렸으니 어머니는 혼자였다. 어떻게든 바짝 정신을 차려 아버지를 찾아내야겠다는 생각에 소희는 시큰해지는 눈을 애써 깜박였다. 그런 소희를 흘깃 바라보던 노인은 못마땅한 듯 혀를 끌끌 찼다.

"대체 이 물건을 어디에 쓰려고 곧장 데려오라는 것인지. 늙어 힘에 부치는구만."

"할아버지, 대체 어디까지 가실 요량입니까?"

"예끼, 이 녀석아! 네 아까 분명 누구를 찾으러 왔다 하지 않았느냐. 어찌 되었든 내 할 일은 끝났으니 이만 가보마."

뭐라 물을 사이도 없이 노인은 소희의 등을 떠밀었다. 동시에 바람의 힘이 소희를 공중에 띄워놓았다. 삽시간에 소희는 앞으로 나아가 문턱 수십 개를 넘고는 툭 바닥에 떨어졌다.

아이구야. 절로 신음 소리가 흘러나왔다.

어린아이의 웃음소리가 귀에 꽂혔다. 높다란 계단 위 열 살은 되어 보이는 아이가 발을 동동 굴리고 있었다.

"많이 아픈 게냐? 쯧. 조심히 좀 데려오라 하였더니 괜스레 노인네가 심술을 부렸구나."

"얘. 꼬마야. 너 거기서 뭐 하니?"

"날보고 꼬마라 하는 걸 보니 죄는 없구나. 그래도 어쩌랴. 부모의 죄를 대신해 갚겠다는 갸륵한 효성은 높이 사마."

아이치고는 말투가 꽤나 고상했다. 자신을 보려 한참이나 고개를 꺾어 올리는 소희의 몸짓에 아이는 또 한 번 웃음을 터뜨렸다.

이렇게 어려 보여도 저승에서는 그를 염라대왕이라 불렀다. 죄를 짓고 저승에 들어선 자들은 부리부리한 눈썹과 기다란 수염, 섬광처럼 쏘아보는 눈빛에 벌벌 떨기 마련이었다.

간만에 맑은 영혼을 가진 인간 앞에 본모습을 내보이는 것이 색다른 기분이었다.

"얘. 우리 아버지가 무슨 죄를 지었단 말이야. 꼬마야. 넌 꽤 높은 사람 같아 보이는데 염라대왕님을 아니? 누나가 꼭 좀 드릴 말씀이 있다고 전해줄래? 부탁이야. 응?"

"바로 네 앞에 있지 않느냐. 내 나이가 올해로 몇인 줄 알고 나면 그 누나 소리는 쏙 들어갈 게다."

"바로 내 앞이라면……. 그렇다면 혹시 염라대왕님 되십니까? 하면 제 아버지께서 무슨 죄를 지으셨단 말입니까? 죄가 많이 무겁습니까? 어찌하면 갚을 수 있단 말입니까?"

염라대왕은 그저 빙긋이 웃었다.

그 죄가 아주 무겁고말고. 조그만 여자아이의 몸으로 갚기 쉽지 않을 것이다.

그러나 부용이란 처녀귀(處女鬼)가 선택한 것은 저 아이였다. 이번이 마지막이라 경고하였으니 다음을 기약할 수는 없다는 것을 저도 잘 알 것이다.

한데 대체 이 부녀는 무슨 사연이 있어 처녀귀에 홀렸단 말인가. 아무리 세상이 요지경이라지만 인간사는 참 알 수가 없었다.

"죄의 경중은 죄를 지은 네 아비가 가장 잘 알고 있을 터. 죄인을 데려오라."

잠시 후 검은 갓을 쓰고 몽둥이를 든 사내 둘에 이끌려 중년의 사내가 끌려왔다. 허름한 옷차림을 한 사내는 품에 붓과 구겨진

한지를 꼭 감싸 안고 있었다. 이곳에 끌려와서도 소설 쓰기를 놓지 못하고 계셨나 보다.

아버지를 보자마자 소희는 부리나케 달려 나갔다.

"아버지! 어찌 이런 험한 곳에 계셨습니까? 어머니가 많이, 많이 걱정하셨습니다."

"소희야. 내 딸 소희야. 내 너를 보게 될 줄은……. 혹 서책을 본 것이냐? 내 그리 네게 못 보게 하라 네 어미에게 엄중히 당부했거늘."

"아닙니다. 제가, 제가 경거망동한 것입니다. 혹 아버지께서도 그 처녀귀신에게 당하셨습니까?"

소희를 부둥켜안고 눈물 콧물 흘려대기 바쁘던 윤 진사는 뒤늦게 정신이 번쩍 들었다. 처녀귀신이라면, 이 아이도 부용에게 홀렸단 말인가. 결코 순탄치 못할 소희의 앞날을 떠올리자 뜨거운 눈물이 솟구쳤다.

아아. 다 내 죄로다. 이 못난 아비가 죄인이었다. 이미 소희가 이곳까지 온 마당에 돌이키는 것은 늦었다. 어찌하면 좋을꼬.

"부녀 상봉은 그쯤 해둬라. 소희 너는 이미 네 아비의 죄를 대신 갚겠다 약조했다지. 하면 속히 이승으로 떠날 준비를 하라. 가서 부용귀가 못다 한 생을 살아내거라."

"저더러 그 여인의 삶을 대신 살라는 말씀이십니까? 그게 가능한 일입니까?"

"이것은 명령이다. 네게 한 달의 말미를 주마."

一 章 · 대군마마

소희가 눈을 떴을 때는 이미 이승으로 온 뒤였다. 해는 저물어 가고 인기척이라고는 찾아보려고 해봐야 찾을 수가 없는 산기슭이었다.

"저는 앞으로 어찌하면 좋을까요. 어디로 가서 무엇을 해야 하는 것입니까?"

소희가 떠나기 전 아버지 윤 진사가 귀띔해 준 이야기는 이러했다.

어느 날 밤, 평소처럼 소설을 쓰는 작업에 집중하던 윤 진사 앞에 부용귀가 나타났다. 자신을 부용이라 소개한 여인은 한이 깊어 이승을 떠나지 못하고 있었다. 하도 기구한 사연인지라 윤 진사는 투철한 글쟁이 정신을 버리지 못하고 소재에 대한 흥미를 가지고 말았으니. 그만 그것을 가지고 소설로 써버리고 말았다.

"아직 미완성된 소설이었다. 좀 더 손을 보려고 놔두었는데 잠시 장에 나갔다 온 사이 그만 없어져 버린 것이 아니냐. 한데 더 큰 문제는 말이다. 내가 쓴 것에서 여러 군데를 교묘히 바꿔놓은 글을 누군가가 세상에 퍼뜨린 것이지. 글쎄 부용이란 여인을 아주 사악하고 몹쓸 여인으로 그렸더구나. 온갖 치정과 불륜으로 얽힌 것이 낱낱이도 적혀 있었다."

거기서 끝이 아니었다.

부용은 악녀의 표본처럼 꼽히는 인물이 되어 장터와 사람들이 모이는 곳이면 어디든 곱씹혀졌다. 그런 처죽일 년은 글쎄 팔다리를 그냥 몽땅 부러뜨려야 한다며 옆집 분이 어머니가 말하는 것을 소희도 들은 적이 있었다.

한때 장안에서 제일가는 기생이었다는 말도 있었다. 그런데 그 인물의 소설을 쓴 사람이 아버지였다니. 결과적으로는 그 여인을 두 번 죽인 꼴이 되고 말았다.

푸드덕. 우거진 나무 숲 사이로 날아오르는 새들이 보였다. 새들도 돌아갈 곳이 있는데 나는 없구나. 어느 한 곳 길을 따라 내려가면 금방이라도 집이 나올 것만 같았다.

그러나 이곳은 처음이었다. 게다가 소희는 어두운 밤에 집 밖을 나가본 적도 없었다. 부용귀가 이승을 떠돈다는 소문이 돈 뒤로 저녁만 되면 마을 사람들은 모두 마당 문을 닫아걸었다.

어머니. 혼자 집을 지키고 있을 어머니가 떠올랐다. 분명 잠도 못 자고 눈물짓고 계실 텐데. 어디로 가야 할지도 알 수 없는 먹먹함에 눈물이 차올랐다.

"안 되지. 안 돼. 내가 이리 넋을 놓고 있어서는 안 돼."

이왕 이리된 마당에 무엇이라도 해야지. 한 달 동안 부용으로 잘 살아내면, 시중에 잘못 알려진 것들을 바로잡는다면 아버지도 돌려보내 주겠다고 염라대왕이 직접 말했으니 해보는 수밖에.

우선 여러 갈래로 갈라지는 길 중 어느 곳으로 갈지 방향을 잡아야 했다. 소희는 침착하게 아버지의 서책에서 읽었던 부분을 떠올렸다.

'부용은 청월루의 수많은 해어화(解語花) 중에도 으뜸이었다.'

장안의 제일가는 기녀들만 모아놓았다는 그 청월루로 찾아가야 했다.

어느 곳으로 가면 한양 땅을 밟을 수 있을까?

그때 사내들의 두런거리는 말소리가 들려왔다.

"이거, 이거 봐라. 오늘 벌이가 시원찮아서 내 오만 짜증이 다 났는데 여기 떡하니 꽃 한 송이가 다 있네그려. 그것도 아주 나 꺾어 잡수소 하고 있구만."

"야야. 내가 아까 여기 오면서부터 좋은 향기가 난다 하지 않았어. 그러니까 이 꽃은 내 꽃이지. 안 그러냐? 돌쇠야?"

"음마. 야들이 뭐라고 씨부려 대는 것이야. 내가 이쪽 길 접어들면서부터 어째 이쪽에서 반짝반짝거리는 것이 있다 안 했냐. 그러니까 이 꽃은 내 꽃이여."

커다란 덩치의 사내 셋이 잡아먹을 듯이 소희를 훔쳐보고 있었다. 한 사내는 입가에 침을 질질 흘려가며 손가락 하나를 물고 있는 것이 정상이 아닌 것 같았다. 다른 사내 둘은 도끼와 낫, 갈고리 같은 것을 뱅뱅 돌리는 것이 역시나 수상했다.

이게 말로만 듣던 산 도적놈들인가?

소희 역시 위협을 느끼고 무언가 잡을 요량으로 손을 뻗었다.

그러나 잡히는 것이라고는 풀떼기뿐이었다. 도망칠 생각에 발을 움직이는데 풍성한 치마가 자꾸만 걸렸기에 미련 없이 치마를 벗어 던졌다.

"옴마야. 저 꽃 하는 것 좀 봐라. 생긴 거랑 달리 화끈한 성격인가 보네. 벗는 것도 참 시원시원하구만. 좀만 기둘리고 있어. 이 오빠 넓은 가슴팍에 팍 안기게 해줄 테니께."

"제가 미치지 않고서야 그쪽 가슴팍에 안기겠습니까?"

"뭐, 뭣이여? 음마. 앙칼진 것 좀 봐. 톡 쏘는 것이 영락없이 내 취향이네. 너 꽃, 거기 꼼짝 말고 있어라. 이 손으로 확실하게 꺾어줄 테니."

헤벌쭉 웃고 있던 사내가 냅다 달려오기 시작했다. 몸집이 커서 그런지 한 번 발을 움직일 때마다 땅이 쿵쿵 울렸다.

엄마야! 소희 역시 냅다 반대편으로 달렸다. 뒤에서 들려오는 거친 숨소리에 온몸의 신경이 바짝 곤두섰다. 정신없이 달리다 보니 바로 앞에는 절벽이었다. 깎아지른 듯 미끄러지는 낭떠러지, 그 아래는 상상만 해도 가슴이 벌렁벌렁 뛰었다.

"다, 다가오지 마십시오!"

"어이구야. 헥헥. 뛰기도 참말로 잘 뛴다. 어째 그렇게 땀 흘리는 것도 예쁘디야?"

"다가오지 말란 제 말, 안 들리십니까?"

뭐 마려운 개새끼처럼 사내의 눈빛은 흥분으로 시뻘겋게 반들거렸다. 뭐에 홀리기라도 한 듯 저를 바라보는 눈빛이 마음에 걸렸다. 그러고 보니 깨어난 뒤 제 얼굴은 미처 보지 못했다.

아니 이 순간, 그게 다 무슨 소용이랴 싶었다. 이미 한 번 저승까지 다녀온 몸, 두 번은 가지 않을 거라는 생각에 소희는 결심이

섰다.

뛰어내릴 것이다. 한 발자국만 더 움직이면 서슴없이 몸을 던질 것이다. 잘하면 팔다리 한두 군데 정도는 부서지겠지.

원래 몸 주인에게는 좀 미안했지만 저런 사내에게 겁탈당하는 것은 그녀도 원치 않을 것이다. 사내가 도끼를 치켜들자 소희는 뒤를 돌았다. 허공에 발을 올려놓는 순간 두 눈을 질끈 감았다.

찰박찰박. 물결이 소희의 몸을 감싸 안았다.

마치 누군가 소희를 어딘가로 데려다주려는 듯 물결의 흐름은 잔잔하게 앞으로 나아가고 있었다. 찬 기운이 스며들었지만 소희는 아무렇지도 않았다. 부용귀와 마주했을 때와 비교하면 이 정도는 그럭저럭 참아낼 만했다.

소희는 그 편안함에 온몸을 내맡겼다. 운이 좋았던 것일까. 만약 아니라면 어쩌면 소희의 생각이 맞았을지도 몰랐다. 한 달의 말미를 준다 했으니 이 몸으로는 쉽게 죽지 않을 거라는 것. 염라대왕 혹은 부용귀가 그리 내버려 두지 않을 것이라는 것도. 강기슭에 이르렀을 때 소희는 자연스레 발을 내디뎠다. 흐느껴 우는 듯 애잔한 여인의 음성이 들렸다.

"십여 년 정든 님 오늘의 눈물, 끊어진 우리 인연 누가 다시 이어줄고 하노라. 아! 어린것이 생각보다 담대한 구석이 있더구나? 절벽에서 뛰어내릴 줄도 알고. 네 아비보다 열 배는 나아."

"혹 저를 시험하신 겁니까?"

"그렇대도 어쩔 셈이냐. 이미 원귀가 되어버린 나를 저주라도 할 셈이냐?"

바위 위에 한쪽 다리를 꼰고 앉은 것은 부용귀였다. 마치 소희가 그리 올 것을 미리 알고 기다리고 있던 눈치였다. 그녀는 딱히 부정할 생각이 없어 보였다.

그런 그녀가 원망스럽지 않았다. 소희 저보다도 더 불행하고 어려운 삶을 살았을 뿐이라. 표독스럽게 쏘아붙이는 모습도 그리 매섭지만은 않았다.

어차피 지금의 소희는 부용이나 마찬가지이니 함부로 해를 가하지는 못할 것이다.

"사내들의 추한 눈빛과 말투, 험한 손짓. 하루 빨리 익숙해져라. 기녀에게 있어 제 몸은 제 것이 아닌 것과 다름없지. 빨리 포기할수록 더 편해진다는 걸 명심해라."

그러니 앞으로는 알아서 헤쳐 나가라. 부용귀가 전하려는 뜻이 무엇인지 소희는 어렴풋이 알아들었다. 한 번도 살아본 적도, 되고 싶던 적도 없던 기녀의 삶이었지만 조금씩 실감하고 있었다.

소희는 물가에 비친 제 모습을 보았다. 달빛 아래 흐릿하게나마 비치는 여인은 이야기 속에서나 나올 법한 달나라 항아와 닮아 있었다. 길게 풀어 헤친 긴 머리칼은 요사스러울 정도로 반짝거렸다. 흰 얼굴은 호수에 비친 달처럼 반짝반짝 빛을 낸다. 몸을 움직일수록 은은한 향내가 감돌아 소희는 몇 번이고 뒤척였다. 부용귀의 말을 듣는 동안 옷은 다 말라 있었다.

"사람 몸에서 이렇게 좋은 향이 날 수도 있는 것입니까? 아까 그 사내들 말입니다. 두 눈깔이 확 뒤집어져 달려든 것도 이해가 됩니다. 달큼하면서도 맛있을 것 같은 향입니다."

"죽어 바스라지면 다 소용없는 것이야. 뭐, 살았을 때 최대한 이용하면 좋은 것이고."

"흠흠. 저는 청월루로 가려고 길을 잡았습니다. 혹 어찌 가면 되는지 아십니까?"

"청월루로 곧장 가는 것은 좋은 생각이 아니야. 아마 이대로 간다면 넌 그들의 먹잇감이 될 게다."

부용귀는 기척도 없이 미끄러지듯 다가왔다. 그 창백한 얼굴을 마주 보며 소희는 마침 기억을 떠올렸다.

동무들에게 배신을 당했다고 했었지. 그건 아버지가 적어놓은 대로 참말이었나 보다. 어쩐지 그녀가 가엾어 소희는 앞으로 손을 뻗었다. 손은 허공을 가로지를 뿐이었다.

정말 죽은 사람이로구나. 이렇게 얘기를 하고 있지만 남들 눈에는 보이지 않겠지. 외로웠을 텐데.

부용귀는 살아서도 죽어서도 동정심은 사양이었으나 어린것의 진심은 느껴졌다. 어쩌면 이 아이를 선택한 것도 그 올곧은 마음 때문이었을지도.

"네 아비가 사라진 지 삼 년, 꼬박 그 세월 동안 나는 구천을 떠돌았지. 어찌 죽게 되었는지도 모르고 귀가 된 기분을 짐작이나 하겠느냐? 염라대왕께서 내 억울함을 알아주지 않으셨다면 난 지옥에서 썩고만 있었을 것이다. 해서 내 네게 당부의 말을 전하려 한다."

"예. 듣고 있습니다."

"어설픈 정은 연민보다 못하다. 그 누구도 마음에 담지 마. 한 사내의 정인이 될 바에야 만인의 정인이 되어줘. 그럼 나보다는 나은 인생을 살 것이야."

"한데 이 길로 영영 떠나는 것입니까?"

부용귀는 고개를 끄덕였다. 이렇게 이승과 저승을 오가는 것도 오늘로 마지막이었다. 산 자도 죽은 자도 아닌 그녀였으니 당연한 일이련만 저 아이만 두고 가려니 발길이 떨어지지 않았다.

아니다. 그만 두려면 삼 년 전, 그날 관뒀어야 했다. 그날 연정과 우정, 둘 중 하나만 선택했어야 했다. 하나 그랬다면 무엇이 달라졌을까.

'아이야. 네게는 미안하구나.'

언뜻 부용귀의 눈길이 살짝 흔들렸다. 이내 그녀는 돌아섰다. 흩어지는 물살 사이로 그녀의 몸이 공기처럼 투명해졌다.

달빛 아래 너울너울 사라지는 혼을 바라보면서 소희는 다시 혼자가 되었다.

청월루가 아니라면 어디로 가야 하는 걸까. 어두운 밤하늘을 올려다보던 소희는 낯선 이의 숨결을 느꼈다. 거친 숨소리가 귓가를 파고들었다. 동시에 누군가 서늘한 칼날을 소희의 목 아래로 들이밀었다.

어둠을 등진 채로 사내의 시선이 소희를 꿰뚫을 것처럼 느껴졌다. 칼날보다 서슬 퍼런 시선 앞에 소희는 온몸이 난도질당하는 것 같았다.

혹 이 사내가 부용귀와 얘기한 것을 들은 것일까? 그럼 나를 미친년으로 볼 것인데. 생전 처음 보는 사내에게 사정을 있는 대로 늘어놓을 수도 없는 노릇이었다.

수려한 이마, 곧은 어깨, 기다란 눈매가 사내의 미색을 한껏 드러내고 있었으나 소희의 신경은 그에 미치지 못했다. 그저 제게서 돌려지지 않는 사내의 고개가 불안할 뿐이었다.

"저, 시선을 좀 돌려주십시오. 그리 쳐다보시니 소녀가 몸 둘 바를 모르겠습니다."

"겁을 집어먹은 게로구나. 괜찮다. 나는 어린것은 손톱만큼도 건들지 않는다."

칼날은 치워졌지만 이번에는 사내의 시선이 소희를 놓아주지 않았다. 머리부터 발끝까지 싹 훑은 사내는 괜찮다는 듯 말을 걸어왔다.

그러나 아까 산기슭에서 도적놈들에게 쫓긴 뒤라서인지 그다지 신뢰가 가지 않았다. 거기다 말과는 달리 소희를 뚫어져라 바라보는 눈빛은 집요했다.

거봐. 아까 강물에 얼핏 비추어 확인했다시피 이 몸은 한때 장안 제일 기생의 몸이었다. 소희 저가 맡아도 좋은 향이 피어오르는 이 몸이 사내라면 탐나지 않을 리 없었다.

동네 아주머니들도 장날이면 사향 주머니 하나를 얻기 위해 쟁탈전을 벌이지 않았던가.

"그것을 어찌 믿습니까. 말씀은 그리하셔도 마음이 동할 수도 있지 않습니까."

"마음이 동해? 누가 보낸 것인지는 몰라도 참으로 무모할 정도의 자신감이구나."

소희가 자꾸만 시선을 피하는 것이 못마땅했던지 사내의 손길이 거침없이 턱을 들어 올렸다. 소희의 볼을 두 손가락으로 짚으며 이리저리 돌려보던 이정은 손을 거둬들였다.

아무리 보아도 어린 소녀가 어찌 이곳을 알고 기어들어 왔을까. 새하얀 솜털이 가시지도 않은 풋내 나는 어린것.

하다하다 이제는 어린것을 밤 시중으로 들이기로 한 것인가. 하여튼 피라미 같은 자들은 자신을 몰라도 너무 몰랐다.

아직 덜 여문 꽃봉오리를 나더러 품으라는 것인가?

"거 보십시오. 벌써 나리의 눈빛이 시뻘겋게 변하지 않았습니까. 아까는 제 자신감에 드린 말씀이 아니었습니다. 이리 나리의 행색을 보니 꽤 귀한 분이신 것 같은데 그만 눈길을 거둬주시지요. 다 큰 남녀가 이리 쳐다보고 있는 것을 남들이 보고 오해할까 두렵습니다."

한 번 입이 열리자 소희는 속사포처럼 뱉어냈다. 이래 봬도 말주변 하나는 성인을 능가할 만큼 뛰어난 소희였다. 글쟁이 아버지에게서 영향을 받은 것인지 어머니께 꾸중을 들을 때도 제 할 말만큼은 꼭 해야 하는 근성도 있었다.

사내는 의외로 말을 끊지 않고 들어주었다. 친한 동무 분이조차 제가 입만 열면 질색했는데, 어쩌면 꽤 좋은 사람일지 몰랐다.

"난 네 그 무모한 자신감이 더 두렵구나. 누차 말하지만 어린것은 내 취미가 아니다. 누가 보낸 것인지 모르나, 그놈 참 받는 사람의 입장은 하나도 고려하지 않았구나."

"저는 누가 보내서 온 것이 아닙니다. 산에서 길을 잃어 이곳까지 오게 된 것입니다."

"내 분명 아까 네가 누군가와 말을 섞고 있는 것을 들었다. 아직 멀리 못 갔을 것이니 이만 따라가 보거라. 내 특별히 이번 한 번만은 이딴 꼼수를 쓴 것을 넘어가 준다 전하고."

이정은 미련 없이 뒤돌아섰다. 열다섯이나 되었을까 싶을 정도로 어린것을 죽이는 요상한 취미는 없었다.

한창 떠들썩한 연회를 피해 숨이나 돌릴까 싶어 나온 참이었다. 다른 때였으면 그 벼슬아치를 불러 요절을 내버릴 것이었으나 소녀의 얼굴이 어쩐지 낯이 익었다. 그만 가보래도 꿈쩍 않는 소희를 보던 이정이 절레절레 고개를 저었다.

말을 잘 못 알아먹는 걸 보니 모자란 것인가?

"저는 어리지 않습니다. 저는 길을 잃어 이곳에 온 것이 맞습니다. 제 말을 이리 들어주시는 나리는 분명 다감한 분임에 틀림없습니다. 청컨대 부디 한양으로 가는 길을 알려주십시오. 그 은혜는 평생 잊지 않을."

"네 녀석은 아무래도 팔푼이인 것이 틀림없구나. 네가 딛고 선 이곳이 한양이라는 것을 정녕 몰라 이러는가? 아니지. 어떻게든 내 관심을 끌고 싶은 게로구나."

"예? 그 무슨 당치도 않은 말씀이십니까. 나리의 관심은 오히려 이쪽에서 사양하고 싶습니다만."

호오. 이것 봐라.

잔뜩 겁을 집어먹고 눈을 내리깔 때는 언제고 이제는 단호하게 부정하는 꼬락서니가 우스웠다. 손까지 내젓는 것을 보니 거짓은 아닌 게로군.

그러고 보니 움츠러들면서도 제법 말 받아치는 재주도 있었다.

이정은 대군이란 신분 탓도 있었지만 웬만한 기녀들과도 이리 서슴없이 말을 길게 주고받은 적이 없었다.

금방이라도 도망칠 것처럼 요란스레 눈을 굴려대는 것도 꽤나 지켜볼 만했다. 소희가 몸을 움직일 때마다 풍기는 향도 밤공기와 어우러져 그윽했다.

분명 어디선가 맡아본 향인데 기억이 잘 나지 않았다.

소희는 소희대로 무척이나 당황스러웠다. 강원도 산골짜기를 벗어난 적이 없으니 모르는 것이 당연했다.

그러니까 이곳이 한양이었구나. 내가 한양 땅을 밟고 서 있었던 거야.

부용귀가 사라지기 전에 미리 귀띔이라도 해줬으면 얼마나 좋았을까. 그럼 적어도 팔푼이 취급은 받지 않았을 텐데 말이다.

소희는 제 할 말만 하기로 했다. 속으로는 나는 팔푼이가 아니다 되새기면서.

"한데 나리! 혹 청월루로 가는 길을 알고 계십니까? 그곳이 그리도 유명하다는 소문이 장안에 파다합니다. 가보셨습니까?"

"무슨 소문을 들었는지는 몰라도 관둬라. 그곳은 너 같은 어린 것이 갈 곳은 못된다."

"그리 위험한 곳입니까? 한데 어리다니요! 아까부터 자꾸 어리다, 어리다 하시는데 짚고 넘어가야겠습니다."

"하면, 몇 살이나 되었느냐."

잘 대꾸하던 소희의 말문이 턱 막혔다.

아차차. 그러고 보니 나이를 미리 설정해 뒀어야 했다. 실제 나이는 열여섯이었으나 부용귀의 나이를 모르니 어찌 둘러대야 하나. 나이를 가늠하듯 쳐다보는 사내의 생김새를 봐선 스물은 거뜬히 넘어 보였다. 그러니 그보다 한참 더 불러서는 대놓고 거짓말을 하는 것이라 조금만 깎아서 부르기로 했다.

"저는 열아홉이나 되었습니다. 이 정도면 어린 나이가 아니지요. 열아홉이면 정인도 있고 혼례도 올리고 아기도 낳을 수 있는 나이입니다. 실례지만 나리께서는 나이가 어찌 되십니까?"

"너보다 많은 것은 확실하다. 네가 얘기한 것은 모두 할 수 있을 만큼."

"나이가 많으셔서 참 좋으시겠습니다. 흐흠! 실은 제가 그곳에 꼭 좀 가봐야 할 일이 있어 그러는데 길을 좀 알려주실 수 없겠습니까? 나리께서는 위험한 곳이라 두려워하시니 저 혼자서라도 가봐야겠습니다."

소희가 이정에게로 한 발 더 다가섰다. 부용귀의 말대로 당장 그곳부터 가는 것은 위험했다. 그러나 미리 길을 알아두어 나쁠 것은 없었다. 운이 좋아 청월루를 알고 있는 사람을 만났으니 어떻게든 길을 물어 기억해 둘 셈이었다.

자신의 절박한 마음이 전해지길 바라며 소희가 이정을 똑바로 올려다봤다.

이정은 그런 소희를 물끄러미 내려다보았다.

청월루. 이미 예전의 명성을 잃은 그곳을 다시 입에 올리는 자가 있다니. 그것도 다름 아닌 제 앞에서 말이다. 삼 년 만인가. 그 일이 있은 뒤로 몇몇 단어는 금기어가 되었고 청월루 역시 그중 하나였다.

이 겁 없는 토깽이 녀석을 죽여야 하나, 살려야 하나.

"하나만 묻자. 살고 싶으냐, 죽고 싶으냐."

"그야 당연히 살고 싶습니다."

그것도 질문이라고 하십니까?

무심한 얼굴 너머 이정의 속내를 짐작할 수 없어 소희는 그저 뒷말은 꾹 내리 삼켰다.

살고 싶다. 어떻게든 살아서 아버지와 함께 집으로 돌아가고 싶다.

그런 질문을 던지면 열이면 열, 다 살고 싶다고 할 텐데. 대체 무슨 의도로 이런 것을 묻는지 소희는 짐작이 되지 않았다.

"좋다. 살고 싶다니 다행이구나. 죽고 싶다 하였다면 너를 어찌 죽여줘야 하나 고심했거든."

"예에? 그 질문에 죽고 싶다 대답하는 사람도 있단 말입니까? 나리께서는 참말로 이상하십니다. 죽고 싶었다면 진즉 저 강물에 몸을 던졌을 것입니다."

"네 의기가 마음에 든다. 한데 앞으로 죽고 싶어질 일이 많아질 것이다. 나와 함께 가면 그렇다는 것이지. 그때 가서 죽여달라 애걸해도 들어주지 않을 것이다."

"그 말씀은 동행해 주시겠다는 것이로군요. 참말로 다감한 분이 틀림없습니다. 제가 사람 보는 눈 하나는 타고났지요. 정말, 정말 고맙습니다."

혼자 가는 것보다는 이리 다정하신 나리의 도움을 받는 것도 나쁘지 않을 테지. 청월루 앞에까지만 가서 가는 길 눈도장만 꾹 찍은 다음에 각자 갈 길대로 가면 되는 거 아니겠어? 난 정말로 운도 좋고 머리도 좋구나.

아까보다 긴장감이 좀 덜해지자 소희는 입가에 미소를 지었다. 정작 끈덕지게 따라붙는 이정의 시선은 모르고 있었다.

그런 두 사람을 지켜보던 그림자 하나가 슬며시 제 존재를 드러냈다. 떡 벌어진 어깨로 남다른 체격을 자랑하는 이는 소년 같은 얼굴을 하고 있었다.

"나리! 이만 돌아가셔야 할 듯싶습니다. 곧 연회가 끝날 것입니다. 이리 자리를 비우시면 그자들이 불편할 것입니다."

"잠시 기다리게. 내가 오랜만에 재미난 물건을 만났거든. 휘영 자네도 이참에 얘기에 끼는 것은 어떤가?"

"이리 나오시면 저도 어찌할 수 없습니다, 나리. 아니 대군⋯⋯."

"그만. 내 언제 안 간다 했어? 가겠다. 다만, 이 아이도 함께."

이럴 줄 알았으면 좀 더 빨리 인기척을 낼 것을. 이정의 말이 떨어지자마자 휘영은 갑작스레 두통이 확 밀려왔다. 그저 저 귀여운 소녀의 농에 장단을 맞춘 것이라 생각했거늘 진심이셨나 보다.

이참에 그냥 확 대군마마로 불러 버릴까 보다.

그러나 이정 본인이 그리 불리는 것을 달가워하지 않으니 그렇게 불렀다가는 또 한 소리를 들을 게 뻔하고, 그렇다고 이름도 신분도 모르는 아이를 데려가시라 거들 수는 없는 노릇이었다.

그런 휘영의 생각을 읽은 이정이 소희의 이름을 물었다. 가명역시 생각해 두지 못했던 터라 반사적으로 소희의 입에서 본명이 튀어나왔다.

"소, 소희입니다."

"그래. 이름은 소희고 신분은 그래, 내 정인으로 하지."

"예에? 그 무슨 말씀이십니까?"

"그 무슨! 대군마마!"

다감하신 것도 모자라 사람을 들었다 놓았다 하는 재주까지 겸비하신 나리일세.

소희는 자신이 제대로 들은 것이 맞는지 눈을 연신 끔벅였다. 얼마나 놀랐는지 휘영의 입에서 나온 말도 홀랑 넘겨 버렸다.

가자. 그 말만 하고 대군마마 이정, 손수 소희의 손을 잡고 앞서 나가는 통에 혼자 사태 파악을 못 한 휘영만 뒤처졌다.

"휘영! 늦게 오면 업무 태만으로 호위무사 자격 박탈임을 모르지 않겠지?"

"아니 언제 거기까지 가신 겝니까? 나리!"

어느 틈엔가 저만치 앞서가 버린 둘을 휘영은 울며 겨자 먹기로 쫓아 달렸다. 십 년 넘도록 대군마마를 모셔 왔건만 이런 적은 처음이었다. 맹세코.

이정은 거침없이 앞으로 걸어갔다. 그에게 꼭 손이 잡힌 터라 소희 역시 이리저리 이끌려 걸어가고 있었다. 힘에 부쳐 그 손을 놓아버리려고 해도 완력을 이길 수는 없었다.

밑도 끝도 없이 정인이라니. 이 나리께서 진짜 아무리 농을 치려고 해도 사람 봐가면서 해야지 말이야.

온갖 불만을 쏟아버리고 싶었지만 그를 아는지 모르는지 이정은 더욱 속력을 가했다. 에라 모르겠다. 소희는 젖 먹던 힘까지 쏟아서 그대로 바닥에 주저앉았다.

"나리! 제발 좀! 천천히 가주십시오! 너무, 너무 힘에 부칩니다. 저는 치마를 입어 거치적거린단 말입니다."

"흐음. 치마라면 네가 벗어두지 않았느냐."

"예? 그것이 무슨 말씀이십니까? 벗다니 누가……."

별안간 소희는 절벽으로 향하기 전, 치마를 벗어 던진 것을 떠올렸다.

이, 이건 꿈일 거야.

그때는 급한 상황이었으니 그리했다지만 시집도 안 간 처녀가 오늘 처음 본 사내 앞에서 속옷을 보이다니.

어머니! 아버지! 소녀 어찌하면 좋습니까?

이것은 현실이 아니다. 부정해 보려고 고개를 도리도리 저어보았지만 보이는 것이라고는 오늘따라 유난히 밝게 비추는 달빛, 그 아래 소희를 빤히 바라보는 이정뿐이었다.

아니 근데 이분이 고개를 돌릴 생각이라곤 전혀 없어 보이신다.

"고, 고개라도 돌려주십시오! 아까 소녀보고 어리다, 어리다 하실 때는 언제고 그리 빤히 보고 계시는 것입니까. 예. 물론 이 몸이 달나라 항아님을 닮아 눈이 멀도록 아름답다는 것은 잘 알고 있습니다. 하나 그렇게 노골적으로 쳐다보시면."

"그래. 내 네 목소리만 듣고 앳되다 생각했지. 한데 이리 훤한 곳에서 보니 내 잘못 본 것이로구나. 달나라 항아까지는 아니어도 너, 퍽 곱구나."

"예. 예. 저도 잘 알고 있습니다. 곱다 뿐입니까? 이리 움직이면 좋은 향기도 나지요."

저도 모르게 소희는 자랑스럽게 몸을 이리저리 움직였다. 그러자 예의 달콤한 향기가 은은하게 퍼졌다.

아, 정말 고운 향기야.

그러나 이내 문제의 본질을 벗어났다는 생각에 소희는 다시 정신을 차렸다.

역시, 나리께서도 흑심을 단단히 품으신 거야. 미인이 꼭 좋은 것만은 아니구나.

이럴 게 아니라 붉어진 제 얼굴부터 가려야 했다. 소희는 무릎을 끌어안고 동그랗게 몸을 말았다. 속옷도 가리고 얼굴도 가리고 지금으로선 이게 최선이었다.

"그래. 네 말마따나 좋은 향이 난다. 한데 그런다고 가려지겠느냐? 뭣하면 내 도포라도 벗어주랴?"

"그래주시겠습니까? 아, 아니! 괘, 괜찮습니다. 만약 남들이 보고 오해라도 하면 어쩝니까. 말씀은 감사합니다만 부디 입고 계셔 주십시오."

"기껏 벗어준다고 해도 그러는구나. 그나저나 어쩌다 속옷 차림인 것이냐? 혹 야밤에 벗고 돌아다니는 것이 네 취향이냐?"

아니 그 무슨 큰일 날 소리를 그렇게 아무렇지 않은 얼굴로!

호기심 가득한 얼굴의 이정을 보고 있자니 소희는 어딘가로 숨어버리고 싶었다. 야밤에 낯선 사내 앞에서 속옷 차림이라니. 어머니가 아셨으면 얼마나 노발대발하실 것인가.

분명 부지깽이를 들고 쫓아오셨을 테지.

소희 스스로도 부끄러워 고개를 들 수가 없었다. 이대로 계속 걸어갈 수도 없고 그렇다고 이정의 말에 대꾸할 수도 없어 그저 무릎 속으로 고개를 더욱 파묻었다.

어쩔 수 없다. 무슨 말을 한다 해도 못 들은 체해야지.

"그러고 있으니 꼭 야단맞은 일곱 살배기 같지 않느냐. 네 입으로 어리지 않다 해놓고 계속 그러고 있을 셈이냐? 흠. 이대로 있다가는 곧 휘영이 쫓아올 것인데 이를 어쩐다."

'안 들립니다. 소녀는 아무것도 안 들립니다.'

"나야 별 상관없다지만 하나도 아닌 두 사내에게 속옷을 보인다면 네 입장이 퍽 난처해질 것인데. 아무 대답도 없으니 난 이만 가보마."

"잠시! 나리! 이리 가버리시면 어찌합니까. 부디 도와주시어요."

소희가 슬쩍 고개를 들어 올렸다. 최대한 불쌍한 표정을 지으려고 이마도 찡그리고 눈매도 최대한 누그러뜨렸다. 분을 바르지 않았을 게 분명한데도 달덩이같이 하얀 피부, 살짝 홍조가 오른 것이 이정의 눈길을 사로잡았다.

저고리 아래 흰 속옷 차림의 여인은 기방에 가면 유흥거리로 얼마든 볼 수 있는 것이었다. 제 입으로 어리지 않다 했으니만큼 어려 보이지 않았지만 소녀와 여인 그 중간에 서 있는 모습을 보고 있자니 정신이 아득해지는 기분이었다.

"좋다. 내 도와주마. 하니 당장 일어서거라. 그리고 숨을 한 번 깊게 들이마셔라."

"후우읍. 이러면 되는 것입니까?"

"대군마마! 아니 나리! 언제 축지법이라도 익히셨습니까? 아, 같이 좀 가면 안 되겠습니까. 아니 소저는 또 어찌하여 속옷 차림으로. 설마, 벌써 거기까지 진도를 빼신 것입니까?"

"소희야. 힘껏 뛰어야 한다."

어느새 쫓아온 휘영의 목소리에 이정은 다시 소희를 잡아끌었다.

힘껏 달리면 네 속옷 같은 것은 보이지도 않을 것이야.

소희는 숨이 가빠 죽겠는데 이정은 멀쩡한 호흡으로 농을 치고 있었다.

그러니까 결국 도와준다는 것이 다시 도망치는 것이었습니까?

소희는 이정이 원망스러웠지만 별다른 방도가 없었다. 힘껏 달리는 수밖에.

달리고 달리다 보니 멈춰 선 곳에서 얼마 떨어지지 않은 정자가 보였다. 높다란 계단 너머로 한창 춤판을 벌이고 있는 기생과 벼슬아치들이 보였다.

어느 세도가의 자제분이 유람이라도 나온 모양이야.

소희가 멀찍이서 보니, 정작 그 잔치의 주인공이 있어야 할 상석은 훤히 비어 있었다. 그 주인이 제 가까이 있는 줄은 꿈에도 몰랐다.

정자 위, 상석의 주인이 나타나기만을 기다리고 있는 여인이 있었다. 여인을 둘러싼 장신구와 옷 중 어느 것 하나 붉지 않은 것이 없었다. 붉은 꽃. 여인은 적화라는 이름이 더없이 잘 어울렸다. 그중 가장 붉은 곳은 입술이었다.

"나리, 어찌하여 대감께서는 보이지 않는 것입니까? 그분을 볼 수 있다 하여 이리 달려왔거늘."

"적화라 했더냐? 고년 참 맹랑하구나. 굳이 대감을 기다릴 것 없이 이 많은 사내들 중에 하나를 골라잡으면 될 것 아니냐."

은근슬쩍 어깨를 어루만지는 구렁이 같은 남자의 손길에도 여인은 표정의 변화가 없었다.

다 죽어간다던 영헌군 상태를 좀 보고 와라. 여인의 주인이 간밤에 내린 명이었다. 그러니 그가 아닌 다른 사내는 필요 없었다.

이정은 그저 상황을 관망하는 중이었다. 그의 계획대로 소희는 숨이 딸리는지 거센 호흡만 내뱉고 있었다. 무슨 말을 하고 싶은 것인지 손을 내젓다가도 가슴을 이따금 두드리는 것을 보자 안되어 보이기는 했다.

이정은 소희에게 조금이라도 상황 설명을 하고자 고개를 내려 눈높이를 낮췄다.

"애, 소희야. 지금 막 숨이 차올라 죽을 것 같으냐? 가슴이 갑갑하고 온몸에 열이 도는 것이 딱 죽을 것 같은 심정일 것이겠지? 내 긴히 설명해 주지는 못한다만 사람 사이에 가는 것이 있으면 오는 것도 있어야 하지 않겠느냐?"

"……헉헉. 숨이…… 막힙…… 니다. 나…… 나리."

"그래그래. 하지만 내 청월루로 데려가 주는 대신 너는 내 정인 노릇을 해주기로 하지 않았느냐. 아까 전 분명 그리한 것으로 안다만."

눈앞에서 별이 반짝반짝거렸다. 찬물 한 모금이 이렇게 간절할 수가 없었다. 눈앞에서 다 죽어가는 제 모습은 보이지 않는 것인지 능청스레 말을 늘어놓는 이정의 모습이 그렇게 얄미울 수가 없었다.

그놈의 정인 노릇. 생김새만 보아서는 여자가 궁할 것 같지도

않은데 왜 그리도 정인 타령이신지. 그러나 소희는 그저 타는 목
과 아픈 배를 부여잡을 수밖에 없었다.

"지금 너와 내 행색을 보아라. 마치 밤일을 막 끝내고 온 사람
들 같지 않으냐. 너는 그저 가만히 있어라. 저들 앞에서 네 그 가
쁜 호흡 소리를 들려주면 좀 더 실감이 날 테지만, 내 그것까지는
바라지 않으마."

지금 그걸 말이라고 하십니까? 소희의 눈이 가오리처럼 치켜
올라가자 이정은 괜찮다는 듯 어깨를 두어 번 두드렸다.

"너로서도 손해 볼 장사는 아닐 것이니."

"싫습니다. 나…… 나리, 싫……."

"부끄러워할 것 없대도 그러는구나. 우린 이미 속옷까지 내보
인 사이가 아니냐."

"너, 너무하십니다."

뱃가죽은 등에 붙은 것 같고 종아리 여기저기 쑤시는 게 딱 죽
겠다. 힘없이 서 있던 소희는 이내 이정의 두 팔에 들려지더니 품
안에 안겼다. 아버지의 좁은 어깨와는 달리 단단한 근육이 온몸
으로 느껴져 소희는 어찌할 바를 몰랐다.

힘껏 내달려 온 뒤라 후끈거리는 사내의 열기와 걸을 때마다
파도치는 가슴 근육의 움직임은 본디 열여섯 소희의 얼굴을 홍시
처럼 물들게 만들었다.

"그래. 그렇게 가만히 있으니 얼마나 어여쁘냐. 불편해도 조금
만 참아라."

붉게 물든 얼굴을 감추려고 손바닥으로 가리려는 소희를 이정
은 가만 내버려 두었다. 상황이 상황이다 보니 소희에게 미처 설
명하지 못했지만 안 하기를 잘한 것 같았다.

자신이 계집에 미쳐 앞뒤 못 가리는, 그렇게 살아도 좋을 만큼 팔자 하나는 기가 막히게 잘 타고난 영헌대군이라는 것을 알았다면 냅다 도망갔을 것이 아닌가.

이정의 또 다른 이름은 영헌대군이었다. 현 임금과는 배 다른 어미에게서 태어났으나 분명한 왕가의 자손이었다. 왕실의 법도를 따지자면 분명 대군이 아닌 군의 칭호를 받아야 함이 마땅했다.

그러나 구중궁궐을 한바탕 피바다로 물들일 만한 과거가 있었으니, 이정을 둘러싼 수많은 소문의 근원 중 하나가 그것이었다. 적통일 수도 혹은 적통이 아닐 수도 있다.

양측의 가능성을 둘러싸고 한바탕 여론이 들끓을 뻔했지만 선왕의 금지령으로 일단락되었음이었다.

물론 언제 봇물처럼 터질지 모르는 일이기는 했다. 말뿐인 대군, 그마저도 간신히 선왕의 유언으로 목숨을 연명해 가던 이정을 사람들은 일단은 '영헌군'이라 칭했다.

현 임금은 자식을 보지 못하고 있는 상황이었으니 이정의 위치가 더욱 곤란해진 건 말할 것도 없었다. 정자에 앉아 있는 벼슬아치들 역시 그런 이정의 입장을 파악해 미리 줄을 대보려 모여든 이들이었다.

그들에게 휘말리지 않는 방법은 미친 척 유흥을 즐기면서 살아가는 것이었다. 이 질긴 목숨을 연명하려면 앞으로도 계속 계집과 술에 미친 모습을 보여줘야 했다.

자신은 어디까지나 소문대로 발랑 까진 대군이라는 것을 저들, 나아가 배다른 임금에게 증명해야 했다. 더불어 왕권에는 일말의 관심조차 없음을 말이다.

그런 의미에서 소희는 오늘 이정이 벌이는 극에서 필요한 소품이 되어줄 터였다. 그것도 꽤나 중요한.

"이것 참 오래들 기다리셨소."

이정의 등장에 좌중이 숙연해졌다.

정자 위에 다다랐음을 깨달은 소희는 더욱 이정의 품 안으로 고개를 파묻었다. 얼굴로 와 닿는 판판한 가슴 근육이 무척이나 부끄러웠으나 이 자리에서 얼굴을 내보이는 것보다는 나을 것이란 생각이 들었다.

이정의 말소리는 하나도 들어오지 않았다. 그저 어떻게든 이 당황스러운 시간이 빠르게 흘러가기만 바랐다.

"이게 누구신가. 장안의 제일 기생이라는 적화 자네가 이곳은 어쩐 일인가?"

"제일이라니요. 당치도 않습니다. 장안의 많고 많은 계집들 중 하나에 불과하지요. 요사이 대감의 건강이 많이 악화된 것 같다며 제 주인이 안부 전하라 하셨습니다. 한데, 대감께서 품에 안고 계신 그것은 무엇인지 여쭤도 되겠는지요?"

그것. 정인에 이어서 이번에는 물건 취급이다.

소희는 저도 모르게 바들바들 몸을 떨었다. 끈적거리는 여인의 목소리가 귓가를 감돌았다. 온몸을 칭칭 감아 맬 것처럼 부드러운 그 음성에 등줄기가 서늘해졌다.

아직 얼굴은 보지 못했지만 화려한 생김새의 여인일 게 분명했다. 특히나 정자 안에 떠도는 진한 장미 향 때문에 소희는 머리가 어질어질했다.

"아. 마침 꽤나 귀한 것을 손에 넣었지. 다들 알다시피 내가 워낙에 계집에 환장하는 인물인지라 뭐, 쇠뿔도 단김에 빼랬다, 냉큼 업어 온 것이네."

"과연! 장안의 소문이 사실이었습니다그려. 전국에 이름난 미인들은 전부 대군마마의 손을 거쳐 간다더니 과언이 아니었습니다. 아니 그렇습니까?"

"맞습니다. 진정한 사내대장부이십니다. 저희들끼리 있으니까 하는 말이지만 참, 전하께서는 대군마마와 달리 선왕 전하를 하나도 닮지 않으셨습니다. 만약 조금만 닮으셨더라도 조정 대소 신료들이 밤낮으로 사직의 보전을 고민할 까닭은 없었을 터인데."

계집에 환장하고 미인은 전부 이 나리의 손을 거쳐 간다라. 거기다 전하라니. 소희는 당장에라도 귀를 틀어막고 싶었다. 나는 아무것도 못 들었소. 그러고 이 길로 당장 이곳을 뛰쳐나가고 싶어졌다.

꽤나 다감하신 분이길래 좋은 줄 알았더니 알고 보니 여인들을 워낙에 좋아하는 분이셨구나. 그래서 그리도 나를 보고도 별 반응이 없었던 것이구나.

더군다나 대군마마라니. 산골짜기에서 살았던 소희였지만 이 나리께서 얼마나 대단하신 분인지는 알아들었다.

계집질 하는 놈치고 멀쩡한 놈 하나 없다더라. 장날이면 거나하게 취해 들어왔던 분이 아버지를 보며 분이 아줌마가 늘 하던 말이었다.

한데 그것도 모자라 그리도 높으신 분이라니.

재수가 없으면 뒤로 엎어져도 코 깨진다더니 이게 딱 그 짝이었다. 당장 놓아달라고 열심히 뒤척였건만 대군마마는 놓아줄 마음이 없어 보였다.

이정은 그저 소희를 안은 손에 더욱 힘을 주고 자세를 고쳐 잡을 뿐이었다.

"어허. 가만히 좀 있어라. 그리 보채면 나로서도 참을 수가 없지 않느냐."

"허허. 아무래도 대군마마께서 그 아이가 쏙 마음에 드셨나 봅니다. 평소 여인 보는 눈이 그리 높다고 들었는데 이참에 그 미색, 한 번 보여주시지 않으시겠습니까? 술이 들어가니 뭔가 눈요깃거리가 있으면 더욱 좋을 듯한데."

이정은 상석에 앉아 술자리에 자리한 이들의 얼굴을 한차례 훑었다. 품 안에 바들바들 떨고 있는 소희를 생각하니 슬그머니 웃음이 나왔다.

이런 자리는 처음일 것이니 겁먹을 만도 하지.

붉어진 귓불을 보니 이정은 한차례 더 농을 치고 싶었다. 물론 저들의 말대로 소희의 얼굴을 내보일 생각은 추호도 없었다.

"달나라 항아를 닮았다, 이 아이가 내게 그리 말하더군. 나를 처음 봐놓고도 저를 보면 바로 마음이 동할 것이다, 어찌나 자신만만한지. 그 당참에 내가 넘어갔다고나 할까."

"대감께서도 그 여인이 퍽 마음에 드셨나 봅니다. 지난번, 적월루에 다녀가셨을 때 저희 아이들은 눈길 한 번 안 주시고 물리셨다 들었지요. 한데 그 여인을 꼭 안고 계신 걸 보면 꽤나 고운 미색일 테고 가히 기대가 됩니다."

"미리 밝혀두지만 이 아이는 여태껏 봐왔던 계집들과는 좀 다르네. 내 이 아이에게 정인이 되어주기로 약조했으니 그리들 알게. 하여 이제껏 해왔듯 눈요깃거리가 되는 일은 없을 것이야."

술자리에 술은 동난 지 오래였다. 이미 자리한 벼슬아치들이 부어라 마셔대는 통에 다들 거나하게 취한 상태였다. 그러나 자신들이 방금 들은 것이 제대로 들은 것인지 몰라 서로의 얼굴만 두리번거렸다.

여태껏 계집들과는 다르다, 그러니 눈요깃거리가 되는 일은 없을 것이다. 이 말이 사실인가?

대군마마가 여는 연회에 빠짐없이 참석했던 이들의 목적은 어떻게든 연줄을 대보려는 것도 있었지만 그 눈요깃거리들, 대군마마에 목매는 여인네들이 하나같이 빼어난 미인인 덕에 구경하는 재미도 쏠쏠했다.

그런데 그것들을 모두 차치하고서라도 정인이라니.

"대군. 정인이라니요. 신이 지금 제대로 들은 것이 맞습니까?"

"그 옛날 백제의 의자왕이 그랬듯, 삼천 궁녀까지는 못하더라도 수십 수백 명의 여인은 품에 안아봐야 진정한 사내대장부라고 하시지 않았습니까. 이리 갑자기 폭탄 발언을 던지시니 어찌 받아들여야 할지 모르겠습니다."

"뭐, 그대들의 고충을 내 모르는 바는 아니다만. 어쩌겠나. 내 첫눈에 정인이 될 사람을 알아보았으니."

동시에 이정은 소희의 얼굴 위로 솜털이 서는 것을 보았다. 슬쩍 얼굴을 들어 올리고는 입만 뻐끔뻐끔 대는 것이 물고기 같기도 했고 어린아이 같기도 했다.

이왕이면 미리 설명을 해주었으면 좋았으련만 어쩌겠는가.

마침 이정의 손에 걸려든 것도, 이곳까지 딸려온 것도 그저 인연이려니 넘기면 좋을 것이나 소희의 얼굴을 보니 현실 도피 중이었다.

정신 차리려무나.

이정은 슬슬 소희의 볼을 쓰다듬어 줬다. 그러자 더욱 뻣뻣이 굳는 몸이 느껴지자 설핏 웃음이 나올 것 같았다.

하나 그랬다가는 이 모든 것이 연극이란 걸 들킬 것이니 참을 수밖에.

"하면 대군마마, 저희 '아사모'는 차후 어찌 되는 것인지요. 대군께 정인이 생겼으니 이는 공식적으로 탈퇴하시겠다는 발언으로 받아들여집니다만. 제 말이 맞습니까?"

"아. 아사모. 아사모가 있었다는 것을 내 깜박했군. 이것 참 고민이 되는군."

아사모. 이름하야 아리따운 여인을 사랑하는 모임. 이정이 자신은 그저 왕권에는 조금의 관심도 없이 풍류를 즐기는 한량이나 되겠다는 것을 천하에 널리 알리기 위해 만든 모임이었다.

하필 아사모의 회원이 이 자리에 있었을 줄이야. 저 반짝거리는 눈을 보니 필시 이정 대신 운영자가 되고 싶은 모양인데 까짓 것 넘겨주어야겠다.

"좋네. 내 큰 인심을 써서 아사모 운영권은 자네에게 넘기도록 하지. 참. 나는 탈퇴할 생각은 없다는 걸 알아두게. 그저 명예 회원 정도로만 남겨주면 좋겠군."

"아, 여부가 있겠습니까? 대군마마께서는 언제든 말씀만 하십시오. 소신, 전국의 아리따운 여인네들 신상 정보를 모두 찾을 때까지 이 한 몸 다 바칠 것이니 염려 놓으시지요."

모두가 웃고 떠드는 와중에 적화만이 이정을 면밀히 살펴보고 있었다. 삼 년 전, 부용이 죽고 청월루가 사라진 이후 그는 도성을 떠났다. 다시 돌아온 그는 제가 알고 있던 사람이 아닌 것 같았다. 계집과 술에 미쳤다는 얘기는 들었지만 이 정도 한량으로 전락했을 줄이야. 그를 관찰하고 오라던 김이문의 명령이 우스울 정도다. 자리해 있는 벼슬아치라고 해봐야 어디서 힘 꽤나 쓴다던 가문은 당최 찾아볼 수도 없으니. 이런 자들을 데리고 모의 같은 것을 할 수 있을 리가 없지 않나.

"오늘은 이쯤에서 자리를 물렸으면 하는데 다들 돌아가는 것이 어떻겠나. 밤이 그리 생각만큼 길지는 않아서 말이지."

술자리가 파하고 벼슬아치들이 뿔뿔이 흩어진 뒤에야 이정은 안고 있던 소희를 내려다보았다. 그 사이 잠들어 있었다. 강가에서 누군가와 얘기하고 있는 뒷모습을 보았을 때부터 왠지 모르게 익숙하다 생각했다. 이리 가까이서 보니 앳된 얼굴이 꼭 누군가를 연상시켰다. 그동안 너무 많은 계집을 연모하는 척 연기를 했더니 헷갈리는 모양이지.

"잘도 자는구나. 제 주위 세상이 어찌 돌아가는지도 모르고."

새록새록 잠든 모습이 조금은 부러웠다. 여인이라면 늘 남들의 눈을 의식해 기루의 방을 잡아놓고 재밌는 이야기를 해보라며 아낌없이 돈을 건넨 것이 대부분이었다. 한 번도 이리 깊이 잠든 누군가의 모습을 본 적이 없었다. 새하얀 얼굴과 꼭 다물어진 붉은 입술은 아직 여물지 않은 꽃봉오리를 떠올리게 했다. 이정의 눈길과 손길이 찬찬히 훑어 내렸다.

"대군마마. 그 아이는 아니 됩니다. 이유는 말씀드리지 않아도 잘 아시지 않습니까."

어느새 휘영이 다가와 서 있었다. 그는 어느 때보다도 진지한 얼굴이었다.

"글쎄다. 네가 그리 말하니 꼭 아니 되는 건가 싶기도 하고. 하지 말라면 하고 싶은 게 사람 마음이지."

"하면, 저 아이는 지킬 수 있으시겠습니까."

나왔다. 전혀 무사답지 않게 냉철하지 못한 저 집요함. 이미 수

차례 당해본 이정은 대답 대신 품에 있던 소희를 휘영에게 건넸다. 소희의 역할이 끝났으니 알아서 데려오라는 뜻이었다.

"놀이는 이쯤에서 접어야겠지. 이만 집으로 돌아가겠다."

❀

소희는 두 사람과 동시에 눈이 마주쳤다. 그들은 이정의 유모 박씨 부인과 여종 소홍이었다. 소녀와 여인의 경계선에 서 있는 것처럼 묘한 느낌을 주는 소희의 뽀얀 얼굴이 자꾸만 두 사람의 눈길을 끌었다.

"어쩜. 눈을 보니 맑은 게 정말 달나라 항아님 같아요."

"그렇게 뚫어져라 보면 불편하실 게야. 소저, 정신이 드십니까?"

지난밤 하도 겁을 먹어 덜덜 떨다가 대군마마의 품에서 정말로 잠이 들고 말았다.

"제가 어느새 잠에……. 한데 이곳은 어디인지요?"

소희는 여전히 자신을 빤히 보는 두 여인에게 물었으나 돌아오는 말은 물음에 대한 답이 아니었다.

"그럼 소저께서 정말 대군마마의 정인이 맞는 것인지요?"

"당연히 그럴 것이라 여겨집니다만, 아무래도 이런 일이 처음이다 보니."

"예? 정인 말입니까?"

신분은 내 정인으로 하자. 귓가에 따끈하게 속삭이던 목소리가 떠올랐다. 정인이라 하면 이야기 속에서나 보았던 남녀가 서로 아껴주고 귀애한다던 그런 것? 그래도 그건 말이 안 됐다. 오늘 처음 본 사이에 어찌 그런 것을 한단 말이야? 뒤늦게 번쩍 정신이

든 소희가 놀래 팔짝 뛰었다.

"정인이라니요. 당치도 않은 말씀이세요. 나리, 아니 대군마마께 도움을 좀 받은 것뿐이지요. 정인은 무슨 정인이겠습니까?"

달밤에 속옷까지 내보였으니 어쩌면 좋아. 하지만 그리 높으신 분이니 다른 사람에게 함부로 털어놓았을 리도 없을 것이다.

"달밤 아래 속옷 차림으로 대군마마를 만나셨다면서요? 아아. 너무나 아름다운 풍경이었을 것 같아요."

아니, 벌써 그것까지 다 털어놓으셨단 말이야? 젊은 여인 소홍의 능청에 소희의 얼굴이 화끈 데워진다. 여인의 생각만큼 아름다운 상황은 전혀 아니었다. 그러나 소희는 부끄러움으로 볼이 달아올랐다.

"혹 이곳이 대군마마께서……."

"예. 이곳은 대군마마께서 머무시는 사가(私家)이지요. 마음 편히 머물게 하시라 당부해 놓으셨으니 편히 쉬십시오."

소희는 팔에 스치는 부드러운 감촉에 아래를 내려다봤다. 비단 금침이 사라락 소리를 냈다. 방 안을 채우고 있는 것들은 전부 산호와 보석이 박혀 있어 꽤나 값나가 보였다.

우와. 여기서 번쩍, 저기서 번쩍. 입가에 침이라도 흐를까 소희는 손바닥으로 입을 가렸다.

"저, 그럼 대군마마께서는 어디에 계셔요?"

"아. 기다리고 계시면 너무 늦기 전에 잠시 들르겠노라 말씀하셨습니다."

나가기 전 중년 여인은 자신을 대군마마의 유모라 소개했다. 젊은 여인은 소홍으로 유모를 도와주는 시종이었다. 방문을 닫고 나가면서도 눈빛을 반짝거리는 소홍에 소희도 같이 웃어주었다.

"참말로 고우세요. 곱다는 말은 소저에게 쓰라고 있는 말인가 봅니다."

"아이참. 부끄럽게 자꾸 왜 그러십니까."

예. 저도 처음에는 물에 비친 모습에 그리 감탄을 금치 못했답니다. 한껏 뿌듯해하던 소희는 박씨 부인을 보다가 얼굴이 어두워졌다. 어머니보다 조금 더 위 연배처럼 보였다.

그러고 보니 어머니께서는 어찌 계실까. 곡기도 끊고 시름시름 앓고 계실지도 몰랐다. 밤이면 기온이 낮아져 쌀쌀할 터인데 집에는 이런 좋은 이불이 없었다. 이럴 줄 알았으면 미리 이불에 솜이라도 넣고 바느질해 드릴 걸 그랬다.

"무슨 생각을 그리하면 인기척도 모르지?"

어느 사이엔가 눈앞에 나타난 대군마마 때문에 소희는 놀라 가슴을 움켜잡았다. 문 열리는 소리도 듣지 못했다.

"기별이라도 해주시지 않구요……."

"새삼스레 부끄러워하는구나. 내 너처럼 수줍음 많은 아이는 또 처음 본다."

"부끄러운 것이 아니라 많이 놀라 그런 것이옵니다. 저를 놀리시려는 거 다 압니다. 이제는 안 속아드릴 생각입니다."

말은 그렇게 해도 놀리면 또 볼을 붉힐 것이라는 걸 소희 저도 알았다. 그저 하도 애 취급을 받다보니 지레 찔려서 그랬다.

"하기는, 열아홉이나 되었으면 다 알 만한 나이구나."

무엇을 다 알 만한 나이냐는 건 묻지 않았다. 물어보았자 깊게 새겨둘 얘기는 아닐 것이 빤했다. 대군마마가 이리 능글거리게 나오니까 자꾸 휘말리는 것이라고 소희는 생각했다. 그래도 짚고 넘어가야 할 것은 확실히 해야 하는 법.

"한데 그 정인 말입니다. 대군마마께서 그리하자 하시어 일단 그리하자 하였지만, 아무리 생각해도 아닌 것 같지 않습니까?"

"무엇이 아닌 것 같은데."

"저는 대군마마께서 이리 높으신 분인 줄 몰랐습니다. 초면인 분께 결례를 끼친 제 잘못도 있고 하니 넘어가 드렸습니다만 앞으로도 계속해야 하는 것입니까? 그 정인 노릇."

따박따박 말하는 게 꼭 작은 새가 모이를 앞에 두고 쪼아대는 것 같다. 이정은 소희의 볼 살을 살짝 집었다 놓았다. 통통히 잘 여문 것이 정말 아기 새 같기도 하고. 물론 짚고 넘어갈 것은 그냥 넘기지 못하는 성미는 귀엽지 않았지만. 얼른 놓아달라며 고개를 내빼는 것은 좀 귀여웠다.

"해서 싫으냐? 하면 청월루도 못 가겠구나."

"예?"

"그렇지 않느냐. 아까 그 많은 사람들 앞에서 네가 내 정인이다, 그리 말했는데 네가 안 한다 하면 내 체면이 퍽 곤란해지지 않겠느냐. 그러니 그 제안도 없던 걸로 하자꾸나."

아, 그것이 또 그렇게 되는 것입니까. 듣고 보니 그 말도 맞는 것 같아 소희는 도르륵 눈을 굴렸다. 하기야 이리 높으신 분이니 그 체면이 얼마나 중할 것이야. 소희는 얼른 이정의 곁으로 바짝 붙어 앉았다.

"그렇다면 기한을 정해주십시오. 그리고 딱 날짜를 지켜주셔야 합니다."

"약조하지."

"하면, 이것도 걸어주시지요."

이정 바로 눈앞으로 새끼손가락이 들이밀어졌다. 하는 짓이 영락없는 애구나. 이정이 웃음을 참으며 물었다.

"너, 내가 대군마마인 줄은 알고 있는 것이냐?"

"예. 물론이지요. 어마어마하게 높으신 분이라는 것도요. 한데요. 눈 뜨고 코 베인다는 말도 있지 않습니까? 대군마마께서 그러실 리 없다는 건 알고 있지만 만약에 말입니다. 사람들 앞에서 정인이라고 말씀하셔 놓고 또 다른 정인이 생기시면 어찌합니까. 그럼 저는 완전히 끈 떨어진 연이나 다름없지 않겠습니까?"

"해서, 기한을 정하겠다는 것이로구나."

아직도 내밀고 있는 새끼손가락에 이정 역시 손가락을 걸었다. 이런 것은 어린아이들이나 하는 줄 알았는데 나이 먹고 나서 이것을 할 줄이야. 어린것과 함께 있다 보니 덩달아 어려지는 기분이었다.

"이제 되었습니다. 저는 이것으로 안심하겠습니다."

"이것으로 되었다?"

만족스레 고개를 끄덕이는 소희를 보자 허허 웃고 싶다가도 쯧, 혀를 차고 싶기도 했다. 그러다 마주친 소희의 맑고 투명한 눈동자에 할 말을 잃었다. 새끼손가락보다야 더 확실한 것은 문서로 남겨두는 것이다. 그리 말해주려 했건만, 아무려면 어떤가, 하는 생각이 들었다.

"하오시면 대군마마. 무척이나 송구하옵니다만."

소희는 퍽 안심이었다. 저가 살던 곳에서는 모두가 그리 새끼손가락을 내걸고 약속을 했다. 어른이든 아이들이든 그리하면 어떤 일이 있어도 약속을 지켜야 했다. 그러니 마마께서도 그러리라. 설마 대군마마씩이나 되시는 분이, 한 입으로 두말하실 일도 없을 테니.

"이만 나가주시겠사옵니까?"

소희는 입을 손으로 가리며 말했다. 다시 졸음 기운이 밀려오고 있었다. 지금도 입만 열면 하품이 쩍 하고 나오려는 것을 간신히 틀어막고 있는 중이었다. 생각해 보니 오늘 참 여러 일이 있었다. 태어나서 한 번도 그리 쫓겨본 적도, 막무가내로 달려본 적도 없었다. 소희가 살던 산속 마을은 평화로움 그 자체였으니.

"지금 나보고 나가달라 말한 것이냐?"

"예. 제가 지금 너무나 졸려 대군마마를 상대해 드릴 수 없을 것 같습니다. 다시 한 번 송구하옵니다."

"하면 안심하고 푹 자거라."

그래, 알았다. 하고 나가실 줄 알았더니 나갈 기색이라곤 전혀 보이지 않자 소희는 당황스러웠다. 이참에 동침이라도 하자고 할까 싶어 소희는 먼저 선수를 쳤다.

"아니 됩니다! 다 큰 남녀가 이리 한방에 있다가는 사람들의 입에 오르내리기 딱 십상입니다."

"내가 원하는 것이 바로 그것인데?"

"예에? 하지만 그, 그런 것은 실제 정인들이나 하는 것이 아닙니까. 대군마마와 저는 그런 사이가 아니지 않습니까?"

금방이라도 푸드덕 날아오를 듯 소희의 양손이 요란스레 손사래 쳤다.

이정은 픽, 웃고 말았다. 그냥 흉내만 내자는 말이었거늘. 지금도 소희는 모르겠지만 문밖에서 몰래 엿듣고 있을 사람이 한둘이 아니란 것을 진즉 눈치챘다. 그도 그럴 것이 여인을 집에 들인적은 없었다.

시시각각 어떻게든 연줄을 대보려는 자들이 있는가 하면, 반대로 무슨 수를 써서든 이정의 꼬투리를 잡으려는 자들이 있었다. 그런 자들에게 보란 듯이 소희를 들였으니 어찌 된 것인지 꽤나 머리들 굴리고 있을 것이 안 봐도 훤했다.

어쩌면 유모라면 이미 자신의 의도를 파악했을지도 모른다.

"네 말은 맞다만, 내 아까도 말했지. 나는 어린것은 건들지 않아. 그러니 안심하고 자려무나."

소희는 자신의 이마를 쓸어주는 손길에 스르륵 잠이 들 것 같았다. 이러면 안 되는데, 아무 사내 앞에서나 자는 거 아니라 하였는데. 어머니가 알면 경을 치실 것이다. 깜박깜박. 눈에 힘을 줘봐도 당장에 쏟아지는 잠기운을 이겨낼 재간은 없었다.

"소녀는 잠들고 싶지 않았지만…… 으음."

말이 떨어지기 무섭게 소희는 잠들었다. 이정은 끈으로 대충 옭아맨 머리를 편히 풀어주었다. 이불도 잘 여며주었다. 곤히 잠든 모습을 물끄러미 바라보다 소희의 얼굴로 손가락을 뻗었다.

봉긋 솟은 이마와 앙증맞은 콧날, 새초롬한 붉은 입술. 누군가의 얼굴이 떠오르려다 말았다. 혹, 닮기라도 한 것인가. 잊고 있던 죄책감이 머리를 죄어왔다. 닮은 것 같기도 하고 아닌 것 같기도 했다. 아이의 입에서 새어 나온 청월루가 신경 쓰였다. 하나 무슨 연관이 있다 보기에는 말이 안 되지 않은가.

"말도 안 되는 소리."

이정은 미리 가져다놓은 서책을 끼고 창가로 자리를 옮겼다. 달빛 아래 고즈넉한 독서라. 잠든 소희에게서 편안한 숨소리가 들려왔다. 작게 웅얼거리는 음성을 듣다 이정은 다시 피식 웃었다. 저리만 편히 잠들 수만 있다면야, 저도 잠들고 싶다는 생각을 하면서. 불면증이 어제오늘 일도 아니건만 헛된 바람이다. 어찌 됐든 저 아이 덕분에 오늘 밤은 그리 길지만은 않을 것이라.

새벽녘쯤 되었을까. 서책 속의 글귀와 방 안의 건조한 공기가 머리를 아프게 했다. 책을 덮어버린 이정이 자리에서 일어났다. 여전히 소희는 잠이 들어 있었다. 물론 처음의 제자리가 아니란 것이 문제였다. 덮어준 이불은 한쪽에다 내버려 둔 채 책꽂이 아래까지 굴러가 있었다.

"녀석. 잠버릇하고는."

들어서 옮겨주려는데 꼭 다물려진 입술과 오만상으로 찌푸려진 얼굴이 보였다. 두 주먹은 한껏 오므려진 채 식은땀을 뻘뻘 흘리고 있었다. 좋지 못한 꿈이라도 꾸는 모양이다. 이정이 손을 뻗어 팔을 오므리고 들어 올렸다. 가느다란 뼈대에 살도 없는 몸뚱이가 안겨왔다.

"으응. 엄마."

동시에 달큰한 숨소리가 귓가에 뿜어졌다. 흐릿하기만 한 단어였다. 소희만 했을 때인가. 저만할 때도 이정으로서는 별로 써본 적이 없는 말이었다. 어렸을 때 어미가 세상을 떠난 뒤로는 있으나마나, 쓸 수 없었던 말이니. 어린 그의 주위에 수많은 보모들이 있었지만 그는 단 한 번도 어미란 말을 입 밖에 내지 않았다. 그건 유모 박씨 앞에서도 마찬가지였다.

이부자리에 눕혀놓고 이불까지 잘 덮어주자 소희는 다시 처음의 안색으로 돌아왔다. 발그레한 볼이 보면 볼수록 꼬집어보고 싶었다. 있지도 않았던 누이동생이 생긴 것 같다. 어렸을 때도 제 핏줄이 하나 정도 더 있으면 좋지 않았을까 생각했었다. 물론 철없었을 때나 그랬다. 지금은 위아래로 아무도 없이 외동인 것이 훨씬 나았다. 어미처럼 권력의 희생양이 되어버릴 것이었다면 그래, 없는 것이 나왔다.

아무래도 안 되겠다. 나가서 시원한 바람이라면 쐬고 나면, 나아질 것이다. 지금처럼 방 안에 앉아 과거에 젖어보았자 달라지는 것은 없다. 외면하고 있었던 참담함과 비참함이 몸을 에워쌀 뿐이다.

참 이상하게도 소희를 보고 있으면 그랬다. 잊고 싶었던, 기억하기 싫었던 것들이 떠오른다. 어미에 대한 기억은 훌훌 털어내 버렸다 생각했는데 마음에 가슴에 그림자처럼 웅크리고 있었던 모양이다. 자리에서 일어난 이정이 문으로 다가갔다.

"……엄마."

꿈속에서 엄마라도 만난 모양이다. 일어서기 전 보았을 때 소희는 웃고 있었다. 입가에 잔잔히 퍼지던 건 틀림없이 좋아서 그런 것이었다. 네게는 좋은 기억만 있나 보구나. 아직 덜 빠진 젖살을 꼬집어보고 싶은 것을 참으며 이정은 방문을 닫았다.

소희는 꽃동산 위를 뛰어다니고 있었다. 향긋한 내음과 벌과 나비들이 주위를 맴돌았다. 동산 너머 꽃밭에서는 소희의 어머니와 아버지가 앉아 있었다. 어머니는 소쿠리에 쌓아온 작은 주먹밥을 꺼내 들고 있었다. 이리 오라는 듯 손짓하는 어머니에게 소희는 조금만 더 있다가 가자고 했다.

"어머니! 여기 꽃이 너무 예뻐요!"

"소희야! 너무 멀리 가면 안 된다. 응?"

"예, 그럼요!"

손을 흔들어 보이고 소희는 여기저기 돌아다니기 시작했다. 붉고 노랗고 싱그러운 꽃들이 이곳저곳에서 소희를 향해 고갯짓을 했다. 꽃을 가져다가 전을 부치면 참 예쁘고 맛날 거란 생각에 바빠 발을 놀렸다. 정말 신기했다. 사계절로 나뉘어 평소라면 볼 수 없는 꽃들이 한자리에 있다는 것이.

한참을 치맛자락에 꽃과 풀을 담던 소희의 눈앞에 흰 나비가 아른거렸다. 투명한 날개가 햇빛을 받아 유리구슬처럼 빛이 났다. 방향을 꺾어 날 때마다 오색찬란함이 주변의 공기를 물들였다. 우와. 소희의 입이 저절로 벌어졌다. 어머니에게도 저 아름다움을 보여 드리고 싶었다.

기다리고 있을 어머니 얼굴이 떠올랐지만 조금만 더 있기로 했다. 간만에 나온 꽃구경이었으니 어머니도 이해해 주실 테지. 꼭 쫓아오라는 것처럼 주위를 맴도는 흰 나비를 따라 소희가 발을 떼었다. 높다란 동산 위까지 단박에 오르고 올랐지만 나비는 손에 잡히지 않았다. 닿을락 말락, 뻗은 손끝이 오므라졌다 펴졌지만 손안에는 아무것도 없었다.

더 이상 오를 곳도 없었다. 겨우겨우 쫓아 올라온 나뭇가지 위에서 몸의 중심을 잡는 것도 어려웠다. 약 올리기라도 하듯, 흰 나비가 빙글빙글 돌고 돌았다. 우이씨. 바짝 오기가 오른 소희가 젖 먹던 힘까지 쏟아내 손을 뻗었다.

그 순간, 소희의 무게를 견디지 못한 나뭇가지가 우지끈 부러졌다. 어어, 하는 사이 소희는 동산 아래로 굴러떨어졌다. 중턱을 지나 아까는 보이지 않던 호숫가에 빠져 버렸다.

눈을 꼭 감은 채 손을 모아 잡은 소희는 생각했다. 무언가 이상했다. 매번 꽃놀이를 가자고 졸라대도 어머니는 한 번도 가주신 적이 없었다. 농사철이다, 바느질이 밀렸다면서. 꽃동산이 너무 예뻐서 정신을 놓고 있었나 보다.

감았던 눈을 떴을 때 소희는 어두운 지하에 서 있었다. 멀리서 한 여인을 둘러싸고 있는 구경꾼들이 보였다. 여인은 머리를 치렁치렁 풀어 헤쳐 정신 사나운 행색을 하고 있었다. 살점이라고는 조금도 없이 말라붙은 뼛조각이 찢어진 천조각 안에 있었다. 멍하니 어딘가를 바라보던 그녀가 천천히 고개를 돌리다 소희와 눈이 마주쳤다.

뻘겋게 핏줄이 돋아난 얼굴과 마주한 순간 소희는 숨을 멈췄다. 그 가느다란 뼛조각이 소희를 향해 손짓하고 있었다. 한 번씩 움직일 때마다 그나마 얼마 안 되게 붙어 있던 살점들이 덜렁거렸다. 소희의 등줄기로 식은땀이 줄줄 흘렀다.

"아가. 우리 아가."

갸르릉 목 안쪽을 긁어 나오는 소리가 소름이 끼칠 만큼 울렸다. 잇새를 씹어 삼켜내는 밭은 음성이 갈퀴가 되어 소희의 가슴을 후벼 파내고 지나갔다. 소희는 저도 모르게 뒷걸음질 치고 있었다. 여인의 음성이 너무도 깊고 진득한 슬픔이 배여 있어 듣고 있을 엄두가 나지 않았다.

높다란 어둠 사이로 검은 장막을 헤치는 날카로운 음성이 바람에 실려 전해졌다. 한 마디 한 마디에 힘이 실려 있어서 소희는 두 귀를 가로막았다. 그리하여도 음성은 낱낱이 들려왔다.

"네 어미를 알아보겠느냐?"

어미라니. 소희는 고개를 절레절레 저었다. 제가 알던 어머니의 모습과는 거리가 멀었다. 저런 모습을 하고 있는 이가 어머니일 리가 없었다. 그런 소희를 보며 자지러지게 웃던 염라가 입가를 비틀며 여인에게 손짓했다.

"하는 수 없지. 자식이 어미를 알아보지 못하는 마당에야."

소희는 여인 쪽에서 먼저 눈길을 돌려주기만 기다리고 있었다. 지옥의 불구덩이에서 구른 몰골이 저리할까. 꿈에서 또 볼까 무서워 소희는 두 손에 얼굴을 묻었다. 무섭고 두렵다. 여인이 제 쪽으로 올까 봐 벌벌 몸이 떨렸다. 여인은 더 손을 뻗지 않았다. 그저 하염없이 소희 쪽을 보며 고개를 끄덕일 뿐이었다.

가도 좋다는 말처럼 들렸다. 소희가 얼른 돌아서서 달려갔다. 왜인지 모르겠지만 눈가에서 자꾸만 눈물이 흘러내렸다. 잿더미처럼 연기가 되어 사라지는 여인을 보면서 소희는 가쁜 숨을 가라앉혀야 했다.

"소희야. 무슨 일이냐."

"……모, 모릅니다. 저는 모릅니다."

"소희야. 괜찮다. 괜찮아."

방 안에서 흐느껴 우는 소리에 놀라 들어온 이정이었다. 얼굴을 온통 눈물로 적시고서 발작을 일으키는 소희를 급히 안아 들었다. 매달리는 소희에게 괜찮다 말해주며 어르는 흉내를 내는 것이었지만 다행히 효과는 있었다.

살다 살다 우는 아이까지 달랠 줄이야. 어느새 저도 모르게 손은 소희의 머리와 가슴팍을 열심히 두드려 주고 있었다. 다시 숨소리가 고르게 되자 이정 역시 한시름 놓았다. 정신없이 들어온 터라 채 닫지 못한 방문이 보였다. 대체 무엇이라고 이리 급히 뛰어왔을까. 그러면서도 이 손을 잡아준 이가 저라서 다행이다 싶었다.

"대군마마. 혹 방해가 되신다면 옆방으로 옮겨놓겠습니다."

"되었다. 그냥 둬라."

귀신처럼 알고 들어온 휘영을 물렸다. 맞닿아 있는 체온이 그리 거슬리기만 한 건 아니었다. 뜨끈뜨끈한 체온이 바깥에서 들어와 한기가 든 몸을 녹여주고 있었다. 짧지만은 않은 밤. 적적하지만은 않을 것이다. 소희의 손을 잡아준 채로 이정은 다른 한 손에 서책을 들었다.

🙳

문밖 인기척을 느끼자마자 소희는 벌떡 일어났다. 어제 그렇게 바로 잠들어 버릴 줄이야. 대군마마께서는 벌써 일어나신 모양인데 지금 한가하게 잠이나 잘 때인가. 소희가 제 이마로 꽁 딱밤을 먹일 때, 문 열리는 소리가 들렸다.

"깨셨어요? 조금 더 주무셔도 되는데요."

잠에서 덜 깬 흐릿한 눈을 비비는 소희를 보면서 소홍이 살포시 웃었다. 소희가 생활하는 데 불편함이 없도록 살피라는 대군마마의 명을 받았다. 손에 들린 것은 세숫대야와 더운 물이 담긴 병이었다.

"우선 이것으로 세안을 하시면 됩니다. 더운 물이 더 필요하시면 말씀해 주시구요."

소희는 시키는 대로 손을 담갔다. 뜨끈한 온기가 손끝에서부터 느리게 감겨왔다.

아침마다 뒷산 중턱까지 올라 물을 떠와 부모님 머리맡에 놓았던 것이 생각났다. 아침 바람은 쌀쌀하고 기운이 찼지만 부모님이 일어나시자마자 맑은 물을 드실 수 있기에 그리한 것이었다.

소희는 빨갛게 언 손을 비비는 소홍을 보았다. 물을 이렇게 따뜻하게 데우려면 추운 바깥에서 웅크리고 있어야 할 터였다. 소희는 세숫대야를 소홍 쪽으로 밀었다.

"저는 찬물도 괜찮으니 언니도 같이 손을 담그는 게 어떠세요? 아! 언니라고 불러도 될까요?"

"소저께서 그래주신다면야 저야 감사할 따름이지요."

꾸벅 고개까지 숙이고도 손을 담그기를 망설이는 소홍의 손을 소희가 끌어당겼다. 아침에 일어나자마자 물을 떠온 그녀의 마음이 고마웠다. 온기를 나누는 사이, 소홍이 제 소개를 했다.

"제 이름은 소홍입니다. 대군마마의 유모 되시는 분 밑에서 살림을 돕고 있어요. 앞으로 필요하신 것이나 궁금한 것이 있으시면 어려워 말고 말씀해 주셔요."

"예. 그리할게요."

소희는 겨우 며칠 머무를 뿐이라는 뒷말은 굳이 하지 않았다. 세안을 끝마친 소희 앞에 소홍이 면경(面鏡)을 가져다주었다. 세안만 했을 뿐인데도 분칠이라도 한 것처럼 피부가 매끄러워 보이는 것이 참 신기했다.

곁에 있던 소홍이 갈아입을 옷을 가지고 왔다.

"소저께서는 피부가 희고 밝으시니 다 잘 어울릴 것이어요. 주홍빛은 어떠셔요?"

소희는 아무것이든 상관없었다. 이렇게 고운 빛깔이 도는 옷도 처음이고 손안의 부드러운 감촉도 그저 좋기만 했다. 소희가 옷 갈아입는 것을 도와주던 소홍이 무엇을 발견했는지 '아' 하고 자그마한 탄성을 냈다.

소희의 오른쪽 손목에 울긋불긋 물들어 있는 것이 보였다. 벌레에 물리기라도 한 것일까, 잠깐 스쳐 갔으나 이내 소희가 대군마마의 정인이라는 것이 떠올랐다. 연인 사이라면 그런 흔적을 남긴다는 것을 소홍은 경험을 통해 이미 알고 있었다.

여자 좋아하기로 소문난 대군마마는 그렇다 쳐도 소희의 어려 보이는 얼굴은 어쩐지 묘한 느낌을 자아냈다.

"어? 이것은 왜 이렇지?"

뒤늦게 발견한 소희가 손목을 긁적거렸다. 뒷목도 간지러운 것 같았다. 그 부분만 빨간 것을 보아서는 벌레에게 물린 것일까. 소희는 소홍도 지난밤, 물렸을까 싶어 물어보았다.

"지난밤에 모기라도 들었나 봐요. 언니는 가려운 부분이 없으셔요?"

"예. 저는 잘 때 작은 문도 꼭 닫아놓고 잔답니다."

"그래요? 저도 분명 문이 꼭 닫힌 것을 확인하고 잤는데 귀신이 곡할 노릇이로군요."

소홍은 차마 소희가 모기라 착각한 인물을 말할 수 없었다. 그런 것은 그냥 모른 척하는 것이 모시는 분에 대한 예의였다. 더군다나 저리도 순수한 얼굴로 손목을 신기하다는 듯 보는 것에 더더욱 입을 닫을 수밖에.

"소저. 아침부터 드신 후, 대군마마께서 뵙자고 하셨습니다."

그제야 이승으로 돌아온 이후 밥을 먹은 적이 없다는 게 떠올랐다. 배에서 울리는 천둥소리에 소희의 고개가 푹 숙여졌다. 그를 보던 소홍이 웃음을 머금고 상을 가지러 밖으로 나갔다.

"이것들 모두 제가 다 먹어도 되는 것입니까?"

앞에 놓인 상을 보는 소희의 입이 다물어질 줄을 몰랐다. 배가 고팠던 만큼 수북이 쌓여 있던 고봉밥을 눈 깜짝할 새 비워낸 후 소희는 이정을 만나기 위해 방을 나섰다.

소홍의 뒤를 따라 긴 복도를 걷다 왼편 창가로 보이는 광경에 소희는 저도 모르게 멈춰 섰다. 바로 앞뜰로 보이는 곳에 자그마한 연못이 있었다. 안에는 둥그스름한 연녹빛의 잎이 띄워져 있었다. 기다랗게 뻗은 뿌리줄기가 곧았다. 바라보는 것만으로도 편안해지는 기운이었다.

"아직 꽃이 피지 않은 시기인지라 연잎으로 있습니다만, 만개할 때는 그런 진풍경이 또 없답니다. 소저께서도 보시면 참 좋을 텐데요."

아직 꽃봉오리조차 맺히지 않은 연잎. 소희 역시 자그맣게 연잎, 발음을 입안에서 굴려보았다. 연꽃이 피어날 때까지 이곳에 있을지 알 수 없었기에 그저 고개만 끄덕였다.

소홍이 이내 천천히 앞으로 걸음을 옮겼다. 앞뜰을 중심으로 사각형 귀퉁이로 둘러진 복도를 따라 걸어갔다. 소홍이 방문을 열어주었다. 방 안은 소희가 생각했던 것과는 좀 달랐다. 지난밤, 소희를 데리고 정자에 올랐던, 벼슬아치들과 서슴없이 농을 섞었던 그를 떠올렸다. 잔뜩 풀어 헤친 옷차림으로 드러누워 있을 것이라 생각했던 이는 오히려 번듯한 차림새로 서책을 들여다보고 있었다. 그 뒤로 방대한 서책이 꽂힌 책꽂이들이 빈틈없이 벽을 메우고 있었다.

"왔으면 이리 와서 앉지 않고. 그러다 턱 빠지겠구나."

소희는 어느 틈엔가 벌리고 있던 턱을 다물고는 이정에게로 다가가 앉았다. 너무 가까이에 앉을 생각은 못 하고 멀찍이 거리를 두었다. 여전히 서책에서 눈을 떼지 않는 그를 흘끔 보고는 다시 책꽂이로 눈을 돌렸다. 전에 아버지를 따라 몇 번 가보았던 세책방과도 비교할 수 없을 만큼 빡빡하게 채워져 있었다.

저 많은 책을 정말 다 읽으신 건가? 책을 읽으면 행동거지가 남들과 다르다고 했다. 한데 어제 본 대군마마께서는 그런 모습일랑 보이지 않으셨으니 소희의 고개가 갸우뚱 기울어졌다. 지금 마주하고 있는 저분이 진정, 어제의 그분이 맞는 건가?

"혹 너도 보고 싶은 책이 있는 것이냐?"

그가 고개를 들어 올리고 물었다. 어찌 됐건 소희를 이 방에 들인 이상 두 식경(食頃) 정도는 있다가 내보내야 했다. 자신에게는 독서만 한 시간 보내기가 없으나 소희에게도 그럴 것인지는 글쎄, 되도록 그래주길 바랄 뿐이었다.

"제가 읽어도 되는 것입니까? 정말, 저 책들 중에서요?"

"물론이다. 네가 글을 아는 만큼 읽을 수 있는 책은 더 많을 것이고."

다행히도 소희는 책을 좋아하는 것 같아 퍽 안심이었다. 오늘 단 하루가 아닌 며칠 동안 반복될 일과였으므로 빨리 익숙해지는 것이 좋을 것이다.

"엇. 대군마마. 혹 지금 읽고 계신 것은 홍길동전입니까?"

"너, 어느 틈에 이리 가까이 온 것이냐?"

"우와. 저도 재밌다 말만 들었지 읽어보지는 못했는데. 정말 소문만큼 그리 재밌으십니까?"

글쟁이 아비를 뒀음에도 제 마음껏 소설을 읽어본 적이 없었다. 세책방에 들를 때마다 소설 한 권을 사달라는 것을 부득이 말린 것은 다름 아닌 아버지였다. 나라에서 읽지 못하게 하는 소설이기도 했거니와 한 권씩 사 나르다 보면 그렇지 않아도 궁핍한 생활이 더해질 것이라는 어머니의 신신당부 때문이었다.

하여 매번 아쉬움의 눈길만 남겨두고 소희는 매번 발걸음을 돌려야 했다. 한데 대군마마께서 그 소설을 읽고 계시는 것을 보자 반가움에 절로 웃음이 나왔다.

정말, 정말로 이 소설들을 다 보아도 되는 것일까?

"그리 서 있다 밤 되겠다. 읽고 싶다면 가져가거라."

"그리 권해주신다면야 저도 사양 않고 감사히 읽겠습니다. 얼마나 재밌을지 정말 궁금했습니다."

이정이 읽던 책을 덮어 건네는 것을 소희는 바로 받아 들었다. 책 주인이 얼마나 돌려 읽었던지 종이는 여기저기 손자국이 묻어 있었다.

어느새 책 속에 푹 빠져 있는 소희를 보던 이정 역시 탁상 위에 놓여 있던 다른 책에 손을 뻗었다. 사마천의 사기(史記)였다. 고전 중의 고전으로 꼽히는 책이었다. 읽을 때 재미와 흥미를 제공하는 소설도 재밌었지만 이정은 입맛대로만 책을 고르지 않았다. 읽다 보면 깨달음을 느끼게 해주고 종내에는 무릎을 탁 치게 만드는 그런 책들 모두 읽을 가치가 있었다.

한데 지난밤 일을 기억 못 하는 것일까. 그는 넌지시 물어볼까 하다 관두었다. 그렇게 울어댄 것을 보면 그리 좋지 못한 기억이었을 것이라 짐작됐다. 당사자가 기억하지 못하는 마당에 굳이 캐내어야 할 필요야 없지.

그렇게 두 사람은 각자의 책으로 들어갔다. 어느새 서로 한 방에 있다는 것은 의식하지도 못할 만큼.

방 안의 사정을 모르는 방 밖 사람들의 생각은 좀 달랐다. 이를테면 방문에 달싹 달라붙어 있는 유모와 소홍, 그 밖의 계집종들이 생각하기에는 정인이 함께 있는 것치고는 너무도 조용했다.

"얘. 소홍아. 무언가 이상하지 않느냐?"

"예? 무엇이 이상하단 말씀이십니까?"

소곤소곤 물어오는 소홍에 유모 박씨는 고개를 저었다.

대군마마를 어릴 적부터 모셔 왔던 박씨였다. 대군마마께서 계집들을 무척이나 좋아하시더라, 저잣거리 떠도는 것은 그저 소문에 불과했다. 그것은 어디까지나 대군마마께 연줄이나 대보려는 자들, 검은 손길을 뻗어오는 자들의 눈을 가리기 위함이었다.

그런데 이제 와서 정인을 내세우시겠다니 유모로서는 그 심중을 알 수 없어 초조했다. 물론 실수를 하실 분은 아니었지만 박씨는 항상 그래왔듯, 만일의 경우를 생각해 내야 했다.

소희라 했던가. 저 아이, 정말 평범한 아이인 것일까. 어젯밤의 순진무구한 소희의 눈빛이 떠올랐다. 만에 하나 누군가의 사주를 받고 들어온 자라면. 그러나 눈빛만큼은 인위적으로는 흉내 낼 수 없을 만큼 맑고 고왔다. 박씨는 자신의 직감보다 아이의 눈빛을 믿기로 했다.

"배는 고프지 않느냐?"

사기(史記)의 중반까지 읽고 난 이정이 고개를 들었다. 소희는 여전히 홍길동전에 고개를 파묻은 채였다. 이정은 책을 덮어두고 잠시 소희를 바라보았다. 꼼짝 않고 있던 작은 어깨가 들썩였다. 한창 재미난 부분을 읽고 있나 보다.

그때, 이정의 머릿속에 짧은 잔상이 스치고 지나갔다. 저만한 때, 딱 저만했을 때 책을 손에서 놓지 않던 여자아이. 계집 주제에 책을 놓지를 않는다고 혀를 내두르던 아낙네들 사이에서도 뻣뻣이 책을 보던 아이. 그때마다 그는 한껏 집중하던 뒷모습을 손가락으로 쿡 찔렀다.

'새침데기 같은 얼굴이 일그러지면서 돌아보는 것이 꽤 볼만했었지.'

이정은 자리에서 일어나 소희의 뒤에 섰다. 기척도 눈치 못 채고 고개는 여전히 숙여져 있었다. 저도 모르게 뻗어진 손이 소희의 어깨에 닿기 전 거둬졌다. 그는 소희가 읽고 있을 대목을 눈으로 어림짐작했다.

"게 누구 있느냐!"

"엄마야!"

마침 읽고 있던 대목의 대사 부분이 머리 위에서 울리자 소희는 깜짝 놀라 책을 놓아버렸다. 고개를 들어 올리자 보이는 대군마마의 모습에 소희는 다시 고개를 숙였다. 이어지는 웃음소리에 발끈해 다시 고개를 들었다. 놀림당하고 있는 거다.

"어찌 그리 웃으십니까? 무엇이 그리도 재밌으신지 제게도 말씀해 주십시오."

"언제 시간 나면 면경 좀 들여다보거라. 눈만 땡글땡글 커져서 두리번거리는 게 꼭 뒷 앞에 놓인 토깽이 같구나."

"이! 저 놀리시는 거 다 압니다. 그리고 토깽이라면 꽤 귀엽지 않습니까?"

소희는 넘어가지 않겠다는 듯 똑 부러지게 대꾸하며 다시 책을 집어 들었다.

그때 옷깃이 말려 올라가며 벌게진 손목이 드러났다. 서둘러 소매를 내리는데 그전에 이정의 손이 소희를 붙들었다.

"벌레에게 물렸나 보구나."

"예? 아, 예."

"가렵지는 않더냐?"

소희는 고개를 끄덕이고는 살포시 잡힌 손목을 빼내었다. 어째 잡혀 있는 동안 그 부위가 다시 간지러웠다. 이상한 느낌을 훌훌 털어내 버리려 소희가 고개를 열심히 흔들었다. 이정이 묘한 웃음을 지으며 소희의 어깨를 두드렸다.

"그래. 가렵지 않았다면 되었다."

"혹 대군마마께서도 물리셨습니까? 창문을 꼭 닫고 잤는데도 저만 물린 것 같습니다."

"흐음. 그것 참 이상하구나."

턱을 괴고 있던 이정이 슬슬 미소를 지웠다. 정인 사이에는 이런 것을 나눈다더라. 하니 우리도 흉내 정도는 내어야 되지 않느냐? 이리 설명했다가는 어째서 그런 것이냐고 따져 물을 게 분명했다. 아무런 의심도 없이 대답만 기다리는 소희에 이정은 못 들은 척 밖으로 소리쳤다.

"게 누구 있느냐!"

이정의 말이 떨어지기가 무섭게 바로 문이 열렸다. 휘영이었다. 처음 이정이 말했을 때부터 문 앞에 바로 당도했다. 다 오고 나서야 조금만 더 늦게 오지 못한 것을 후회했다. 가만히 듣고 있자니 귀가 다 간지럽고 팔에 닭살이 돋았다.

"뭐 하명하실 말씀이라도 있으십니까? 아니면 소저에게 저더러 아까 그 흉측하기 짝이 없는 것에 대해 설명하라, 뭐 그런 말도 안 되는 일을 시키시는 건 아니겠지요?"

"아니라고 해야 네 잔소리가 더 이어지지 않겠구나."

이정은 자리에서 냉큼 일어서 휘영에게 가까이 다가갔다. 이정의 장난스러운 눈빛이 불안했던 휘영은 뒤로 물러났다. 얼마 못가 잡혀서는 낮게 속삭이는 소리를 들어야 했다.

"내 산보라도 다녀올 터이니 휘영 넌 여기 있거라."

"예에? 점심때가 다 되어서 산보라니요?"

더는 할 말 없다는 듯 이정은 소희에게로 돌아서서 말했다.

"소희야. 시간 때우기에는 이만한 사내가 또 없을 테니 잘 데리고 있거라."

시간 때우기에 나만 한 사내가 따로 없어?

금세 나는 듯 사라져 버린 이정의 뒷모습에 휘영은 한숨만 쉬었다. 명령은 명령이니 따라 나가 붙잡아올 수도 없었다. 이거원, 호위무사에서 단숨에 보모라도 된 기분이었다.

"넌 참 책을 좋아하나 보다. 네 나이 때 여자아이들은 고운 치마, 장신구 같은 것을 좋아할 텐데 말이야."

소희는 아까처럼 책에 빠져 있었다. 답이 돌아오지 않아 휘영 혼자만의 대화를 한 지도 꽤 되었다. 이 말도 못 들으려니 싶어 휘영은 푸념조로 중얼거렸다. 소희를 보고 있자니 누군가가 떠올랐다.

'저런 것까지는 닮지 않았으면 좋으련만. 아니다. 오히려 전혀 다른 행동에 기억을 못 하실 수도 있지.'

"저런 것까지는 닮지 않았으면 좋으련만. 아니다. 오히려 전혀 다른……."

"예? 제게 하시는 말씀이십니까?"

"응? 내가 방금 내 입으로 말을 내뱉었더냐?"

휘영은 어느새 고개를 들고 빤히 물어오는 소희를 보았다. 소희가 고개를 끄덕임과 동시에 휘영은 크게 한숨을 내쉬었다.

생각을 곧이곧대로 입 밖으로 내버리다니. 이런 무사답지 못한 자식 같으니라고.

자책은 아주 잠시, 책에 집중하고 있는 줄로만 알았던 소희가 고새를 못 참고 엿들은 것으로 몰아가기로 했다. 물론 이것 역시 무사답지 못한 행동이었으나, 뭐 어쩌겠는가.

만에 하나 소희가 대군마마께 귀띔이라도 한다면 호위무사 자격 박탈로는 끝나지 않을 것이었다. 곁을 오래 지켰다 한들 그것이 면죄부가 될 수는 없었다.

휘영은 아무 말도 안 했다는 듯 잡아뗐다.

"아니다. 그럴 리가 있겠느냐? 네가 잘못 들은 것이겠지. 그렇고말고."

"저런 것까지는 닮지 않았으면 좋으련만. 옛 기억 어쩌고저쩌고. 그리 말씀하시지 않으셨습니까?"

대군마마가 사라져 버린 뒤, 소희는 책을 보고 있어도 아까처럼 집중할 수가 없었다. 대군마마와 있을 때와는 다른 의미로 휘영이 신경 쓰였다. 아무리 집중하려고 해도 휘영의 곁눈질이 고스란히 느껴졌다.

아무리 이 몸이 원체 곱다지만 그래도 그리 대놓고 바라보는 것은 좀 아니지 싶습니다만.

소희는 휘영의 닮았다는 말에 순간적으로 부용귀를 떠올렸다가 바로 고개를 내저었다. 저 무사님이 부용이란 사람을 어찌 알겠냐는 거였다.

휘영은 다시 집중하는 소희를 봐도 안심이 되지 않았다.

여기 더 있다가는 내 입이 또 무슨 초를 칠지 모르지. 애초에 집 안보다는 밖을 누비는 일이 많으며 몸을 쓰는 일이 더 익숙했다. 이렇게 방 안에 가만히 있는 것부터가 휘영의 성미에 맞지 않았다.

"험험. 난 지금부터 산책을 할 생각인데 너도 갈 것이라면……."

"아. 저 때문이라면 굳이 이곳에 있지 않으셔도 됩니다. 아까부터 앉아 있는 모양이 무척이나 불편해 보이셔서 저 역시 송구했습니다."

"그럼 나더러 혼자 가보라는 말이구나. 그래. 알았다. 그렇지 않아도 난 혼자 갈 생각이었거든."

다름 아닌 대군마마의 뒤를 쫓는 일이었으니 당연히 혼자 가야 했다. 이정은 오후 내내 기방 이곳저곳을 돌아다닐 것이다. 적당히 그 주위를 맴돌다 저녁 무렵이 되면, 집까지 안전하게 모셔 오는 것. 이정과 암묵적인 합의하에 정해진, 여느 때와 다름없는 휘영의 일과였다.

"너 말이다. 혹시라도 그러지는 않을 것 같지만, 만약이라도 말이다. 방 밖으로 나와서 여기저기 돌아다니고 그러면 혼낼 것이다. 그냥 여기서 지금처럼 책만 열심히 읽고 있으면 된다."

책에 심취해서는 돌아보지도 않는 소희를 보던 휘영이 쯧 혀를 찼다. 영 귀여운 맛이 없다. 소희라면 돌아올 때까지도 저 자세로 앉아 있을 것 같았다.

소희는 휘영의 예상에서 한 치도 벗어나지 않았다. 정말 그 자세로 몇 시간 동안 꼼짝도 하지 않았다.

길을 나선 이정은 저잣거리에 들어섰다. 이대로 쭉 간다면 장안 제일가는 기생 적화가 있는 적월루로 가는 길이었다. 붉은 달이라, 붉은 달. 입안에서 잠시 뇌까리던 이정이 쓰게 웃고는 발걸음을 돌렸다. 어차피 아무 기방이든, 아무 기생이든 상관없었다.

굳이 적화란 기생의 얼굴을 봐 지난 일을 떠올려보았자 좋을
것이 무에 있을까? 이정은 선술집으로 가는 길목으로 접어들었
다. 입구에 다다르자마자 왁자지껄한 소리가 들렸다.

대낮부터 취해서 계집이나 끼고 노는 한심한 한량들이로군. 저
들과 함께 자리하고 있는 것만으로도 같아 보일 것이다. 이정은
망설임 없이 더욱 안쪽으로 들어갔다.

"잘 있었는가?"

"……오셨습니까, 나리."

곱다란 여인은 운매였다. 아찔한 색향 대신 정갈한 차림새를
봐서는 기생이었던 이로 보이지 않았다. 시원시원한 눈매가 살짝
접히자 주위 사내들의 눈길이 전부 그에게로 향했다. 적월루가
이름만큼이나 붉디붉은 적화를 자랑한다면야 선술집을 운영하는
운매는 그다음으로 손꼽히는 기생이었다.

비록 겉보기에는 여느 기방들만큼 화려한 외양도, 드높은 건물
도 아니었지만 재물도 사내들의 숱한 애정도 마다하는 성미에 오
히려 그녀를 찾는 이들만 늘어나고 있는 판국이었다.

"그간 자네는 하나도 변하지 않은 것 같으이."

"늘 나리가 오시기만 기다렸습니다. 안으로 드시지요."

운매는 미리 준비해 두었던 술상을 냈다. 자그마한 주안상 위
에는 술병 하나, 전 두어 가지가 놓여 있었다. 이 정도면 꽤 신경
을 쓴 주안상이라는 것을 그는 알고 계실까. 운매는 직접 술병을
들어 올렸다.

"나리. 술 한잔 올리겠습니다. 받아주시지요."

사양 않고 연거푸 두 잔을 받아 마신 뒤, 이정은 떠보듯 말을
꺼냈다.

"자네는 누구처럼 장안 제일이 되어볼 생각은 없는 것인가? 이리 비좁은 곳에 자리를 잡을 줄은 몰랐네."

"……이미 쫓겨난 몸. 무에 미련이 남았겠습니까. 제게는 이미 오래전 일입니다."

"오래전 일. 그래, 자네는 그럴 수도 있겠지."

말을 잘못 골랐다는 걸 운매는 말을 내뱉고 나서야 인지했다. 제 입으로 굳이 지난 과거를 들춰낼 필요는 없었는데. 초조하게 입술을 깨물던 그녀가 애써 밝게 말했다.

"그래도 이리 나리를 뵐 수 있으니 비좁기만 한 이곳도 그리 나쁘지만은 않았습니다. 나리께서는 제가 그립지 않았는지요."

이정은 또 한 번 술잔을 기울였다. 오늘따라 털어 넣기 바쁘게 잘 넘어갔다. 취하면 아무 생각도 나지 않을까 싶었지만 이정은 늘 그렇듯 쉬이 취할 수 없었다.

"송구합니다. 실언을 하였습니다."

운매는 입을 꾹 다물었다. 차라리 취하는 것이 낫겠다 싶었다. 오랜만에 그의 얼굴을 보는 것이 꼭 좋지만은 않았다. 어떤 말을 한다 해도 결국 자신 또한 이 사람 앞에 죄인일 뿐이었다. 부용의 죽음과 직접적으로 관련이 없다 해도, 방관 또한 유죄였다.

"술이나 더 따르게."

이정은 말없이 술을 비우기만 했다. 운매도 일언반구 없이 술병을 채워 기울였다. 사람 마음도 저리 비워진다면 얼마나 좋을까. 아무리 노력한들 부용이 될 수는 없다. 비워지는 술잔을 볼 때마다 운매는 속으로 울음을 삼켰다.

이정은 자리에 드러누웠다. 취하지 않음에도 취한 척, 고개는 왼편으로 꺾고 팔다리는 죄다 늘어뜨렸다. 좀 있으면 휘영이 나타날 시간이었다.

"나리. 이제 좀 일어나 보십시오! 좀 나와보십시오!"

이정은 자신을 애타게 부르는 휘영의 음성에도 모르는 척 눈을 뜨지 않았다. 휘영의 음성은 어느 때보다 절절했다. 보나마나 저 녀석, 이곳까지 오는 길에 기생들에게 붙잡힌 모양이었다. 저를 따라 그만큼 기방을 들락거렸으면 이제는 적당히 떼놓는 요령도 생겼을 법하거늘, 어째 늘상 저런 모양새였다.

"아이, 무사님! 소녀의 청을 거절하지 말아주셔요. 소녀는 화대 같은 것은 필요 없습니다. 그저 무사님의 이 널찍한 가슴에 안길 수만 있다면!"

"치워 이것아. 무사님! 저는 그저 무사님께 술 한 잔만 올릴 수만 있다면 더 바랄 것이 없겠어요."

"어허! 이러지들 마시오. 그대들이 내게 바라는 것이 무엇이든 내가 해줄 수 있는 것은 아무것도 없소!"

녀석 답지 않게 제법 무게 잡고 외친 보람도 없이 여인들의 음성에 묻혀 뒷말은 들리지 않았다. 이쯤 됐으면 나가봐야 하나? 이정은 슬슬 자리에서 일어섰다. 남겨진 자들의 추억 팔이로 이 정도면 충분했을 터. 차분히 술상을 치우는 운매를 보면서 그는 혼잣말을 중얼거렸다.

아니지. 아니다. 이미 가버린 이에게는 추억일 리가 없었다. 남겨진 자들의 회한? 그 정도가 딱 적당했다.

"나리! 진짜로 나오지 않으실 작정이십니까? 다 알고 있습니다! 제가 이렇게 곤혹스러운 상황에 놓인 것을 즐긴다는 것을요!"

쩌렁쩌렁 울리는 휘영의 목소리에 이정은 자리에서 일어났다. 더 놔두었다가는 집까지 돌아가는 길에 녀석의 원망이 끊이지를 않을 것 같았다.

"이대로 가시는 것입니까."

뒤에서 운매의 음성이 들렸다. 뻔히 아는 것을 되묻는 이유가 뭔가. 이정은 그대로 방을 나갈까 하다가 멈춰 섰다.

"……나리. 많이 뵙고 싶었습니다."

"그리 보지 말게. 그리 부르지도 말게."

"어찌, 어찌 안 된다 하십니까."

"그 이유는 나보다 자네가 더 잘 알고 있음이야."

미련 없이 문밖 너머로 사라지는 이정을 보면서 운매는 참았던 숨을 내뱉었다. 그래도 뵈었으니 되었다. 단지, 친한 동기간이었다는 이유만으로 이리 찾아주는 것만으로도 괜찮다고, 운매는 속으로 곱씹었다. 내가 너한테 고마워해야 하는 거니. 아니면 네게 죄를 빌어야 하는 걸까. 답을 들려줄 이는 이미 세상에 없었다.

어둠이 내려앉았음에도 주변 풍경은 어째 점점 더 훤해지는 것은 기분 탓인가. 선술집을 벗어나자마자 이정의 시야에 보이는 건 불빛을 꽉 메운 기루의 건물들이었다. 높다랗게 드리워진 누각 아래 술기운에 못 이겨 이리 비틀 저리 비틀거리는 자들이 있는가 하면, 술잔 부딪치는 소리, 기생들의 간드러지는 웃음소리가 이정의 귓구멍을 파고들었다.

벌써 저만치 앞서 나가고 있는 휘영은 말이 없었다. 다른 때 같았으면 오늘은 저잣거리에서 무슨 일이 있었다, 무예 연습은 얼마만큼 했는지 고할 녀석이었다.

그런 녀석이 꾹 입을 다물고 있으니……. 아아, 분명 아까의 일을 마음에 두고 있음이다.

"휘영, 대체 그 나이 먹도록 어디에서 뭘 하고 온 겐가."

"나이란 허투루 먹는 게 아니란 걸 알고 있기 때문입니다."

"사내라면 응당, 칼 솜씨만 닦을 뿐 아니라 계집도 다룰 줄 알아야 하는 법이지. 자네 그 손은 칼 잡는 데만 쓰는 것이 아니라는 것을 말함이네."

이정이 넉넉히 웃으며 휘영의 어깨를 두드렸다.

휘영의 나이가 올해로 스물다섯. 검만 쥐고 있기에는 흐르는 세월이 너무 안타깝지 않느냐, 연이어 충고를 해줬지만 마음에 새길 위인이 아니었다.

"나리, 아니 대군마마께서는 진정 계집과 노는 것이 즐거우십니까? 한데 제 눈에 보이는 것은 어쩐지 피곤함과 지루함이 뒤섞여 있단 말이지요. 즐거움이라고는 눈 씻고 찾아봐도 보이지를 않는데요?"

"뭘 또 그리 꼬치꼬치 캐묻는 겐가. 우리 그냥 저 달구경이나 하도록 하지."

가끔씩 휘영은 커다란 덩치와 어울리지 않게 예리한 시선을 내보였다.

계집과 노는 것이 무에 즐거울까. 그 닳고 닳은 웃음과 손짓, 몸짓들을 볼 때면 즐거움보다는 처연함이 느껴졌다.

달구경하는 사람치고 이정의 표정이 어두워졌다. 휘영이 애써 화제를 돌렸다.

"그나저나 나리. 소희 그 아이 말입니다. 언제까지 곁에 두실 것인지…… 뭐, 꼭 대답해 주시라는 건 아니구요."

"휘영. 이번 달, 주상 전하께서는 아직 날 불러들이지 않으셨네. 아니 그런가?"

휘영은 갑자기 튀어나온 주상 전하 이야기에 어리둥절했다. 전하께서 매달 대군마마를 궐로 부르는 것이야 새삼스러울 것도 없었다.

한데 그것과 소희 이야기가 무슨 상관이 있단 말인가.

"이번에는 동행인이 하나 더 늘겠어."

"……예에?"

"달빛이 참으로 밝군. 아니 그런가?"

그 동행인이 제가 생각하는 이가 아니길 바라며 휘영은 한숨을 내쉬었다. 이정은 딱히 대답해 줄 생각이 없었는지 꿋꿋이 달에 대한 찬양을 늘어놓았다.

또 무슨 꿍꿍이속이십니까, 마마.

얼마 지나지 않아 휘영의 불안감은 현실로 다가왔다.

소희는 여전히 책에 파묻혀 있었다. 읽을 책이 얼마나 많은지, 마마께서는 얼마나 읽으셨을지 궁금할 정도였다. 공자 왈 맹자 왈 논하는 책이 있는가 하면, 심심풀이로 읽을 만한 운세가 적혀 있는 책도 있었다. 삼국지를 꺼내든 소희가 흐뭇하게 웃었다. 심금을 울린다는 도원결의 장면을 직접 읽게 되다니! 기뻐서 춤이라도 추고 싶었다.

그때 방문이 열리고 불청객들이 들이닥쳤다.

"빨리 이 방으로 뫼셔라. 휘영이 너는 대군마마께서 이리 취하시도록 뭘 하고 있었느냐. 응?"

"아, 그것이 아니오라. 대군마마께서는 그리 많이 취하신 것 같지 않았는데 말이죠. 집 앞에 당도하니 이리 갑자기…… 하하."

유모 박씨의 타박에 휘영은 뒷머리를 북북 긁었다. 분명 제가 모시고 올 때까지만 해도 이리 몸을 못 가누실 정도는 아니었다.

하여튼 대문만 보이면 저렇게 능숙하게도 술주정뱅이가 되시니, 원.

"부축하는 거, 도와드릴까요?"

힘에 부쳐 그러는 것이 아니란다, 꼬마야. 휘영은 이정을 부축해 단박에 마당을 가로질렀다. 웬만하면 좀 일어서서 스스로 걸어가시면 좋을 텐데. 밤마다 애꿎은 놈만 힘쓰게 하시니, 원.

이부자리 위로 던지다시피 한 이정이 부스스 눈을 떴다.

"대군마마께서 많이 취하신 것 같은데 전 그럼 이만 제가 있던 방으로."

소희는 박씨의 눈치를 살피며 책을 한 곳으로 모았다. 박씨를 볼 때면 꼭 회초리 든 어머니 같았다.

"아닙니다. 정리는 제가 할 테니 소저는 이만 돌아가서 쉬는 게 좋겠습니다."

"예. 그럼 가보겠습니다."

밤이 늦었다. 남녀가 유별한데 한방 안에 있어서는 안 된다.

낮에는 대군마마께서 그러자 하셔서 그러마 했지만 이젠 아니었다. 나가려는 소희를 붙잡은 건 이정이었다.

"이 밤중에 어딜 가겠다는 게냐."

깨 있으셨구나. 다 들으셨으면서 뭘 또 물으실까.

"대군마마께서 편히 주무십사 자리를 비켜드리려는 것입니다."

"굳이 그럴 필요가 있느냐"

소희의 얼굴이 발갛게 달아올랐다. 단둘만 있는 것도 아닌데, 그때보다 더 부끄러웠다. 비스듬히 누워 빤히 바라보는 이정이 부담스러웠다.

소희의 가슴이 콩닥콩닥 뛰었다. 순전히 대군마마 탓이다.

"편히 쉬십시오. 쉰네는 이만 물러나겠습니다."

박씨는 단박에 자리에서 일어나 물러났다.

"소희야. 소희야."

"그만 좀 부르십시오!"

문가 쪽에 앉아 있던 소희가 귀를 북북 긁었다. 자꾸 부르니까 귓가가 발갛게 부은 것 같았다.

"계속 부를 것이다."

이정이 짓궂게 웃었다. 영락없는 토깽이 한 마리. 이름을 부를 때마다 움찔거리는 반응이 귀엽기만 했다.

"그래. 낮에는 무슨 책을 읽었지?"

"대군마마께서는 사기를 읽으셨고 또……."

"아니 아니. 네가 읽은 책을 묻는 것이다."

탁상 위에 팔꿈치를 올린 채 비스듬히 고개를 기댄 이정이 소리 내 웃었다.

아아, 난 또. 소희는 습관적으로 제 머리를 꽁, 쥐어박았다. 그리고 책꽂이 옆, 높다랗게 쌓아놓은 책들을 소리 내 읽었다.

"삼국지랑 사씨부인전이랑요. 아! 장화홍련전도 읽었습니다. 너무 재밌어서 시간 가는 줄도 모르고 읽은 것을요."

"책 읽는 것이 좋으냐?"

"예. 이리 많은 책 속에 둘러싸여 사시니 정말 좋으시겠습니다."

"왜. 부러우냐?"

"그럼요! 처음에 들어왔을 때는 어마어마한 세책방인 줄로만 알았습니다."

소희의 팔이 크게 벌려지더니 널따란 동그라미를 그렸다.

"네가, 그렇다니 그런 것도 같구나."

이정이 퍽 만족스럽게 말했다. 소희 말을 듣고 보니 정말 대단한 부자가 된 것 같았다. 우쭐한 표정이 자연스레 나왔다.

"많은 게 어디 책뿐이겠느냐."

"책 말고도 더 좋으신 것이 있으시다는 말씀처럼 들립니다. 무엇인지 알려주실 수 있겠는지요?"

소희가 연방 감탄사를 흘렸다. 다른 사람이 저런 말을 했다면 어딘가 밉기라도 했을 텐데, 대군마마는 너무도 자연스러워 그냥 그렇구나, 납득이 갔다.

책 말고 또 좋은 것이라면, 맛난 것이 잔뜩 있다는 것이려나?

"알고 싶으냐?"

"예."

"흠. 내 발이 지금 무척이나 답답하다는구나. 버선이 발을 꽉 죄여 그런가 보다."

버선이 벗고 싶으신 것이구나.

소희가 냉큼 자리를 옮겼다. 대군마마와 술버릇이 닮은 사람이 떠올랐다.

"아버지, 얼른 일어나시지 않으면 어머니가 잔소리하실 것입니다."

"아이구. 이 아랫목에 누워 있으니 꼼짝도 하기 싫구나. 소희야. 딱 한숨만 자고 내 일어나마."

대군마마께서도 그렇다는 것이지. 내 감이 틀림없어.

소희가 냉큼 이정의 발을 들어 올렸다.

"자, 그럼 벗기겠습니다."

"정말, 벗기겠다는 것이냐?"

도리어 놀란 것은 이정이었다. 정말 벗길 줄은 예상 못 했다. 어느새 소희의 손에 버선 두 개가 들려 있었다.

"빠르기도 참 빠르구나."

"자, 먼저 엎드려 주십시오. 제가 대군마마의 발바닥을 편하게 해드릴 수 있습니다."

"나더러 엎드리란 말이냐?"

"예. 정말입니다. 무척이나 시원하실 것입니다. 붓기도 금세 다 빠지고요."

녀석, 농은.

이정은 한 번 속는 셈치고 누운 채로 몸을 뒤집었다. 이정의 발치에 선 소희가 등을 내보인 채로 이정의 발바닥 위로 발을 올렸다.

"지금, 시작하는 것이냐?"

소희는 대답 대신 발바닥에 적당히 힘을 주었다. 오른발, 왼발이 번갈아가며 아래에 있는 발바닥을 밟기 시작했다.

"허억. 시원시원하구나."

이정의 입에서 신음 소리가 터졌다.

"것 보십시오. 대군마마께서는 많이 걸어 다니셔서 발바닥이 부어 더 불편하신 것입니다. 이럴 때는 이렇게, 발바닥에 힘을 주어 꾹꾹 눌러주면 아주 시원하실 것입니다. 자, 어떠신지요?"

"그래. 퍽 시원하구나. 좀 더 눌러보아라."

체구가 작아 가볍기만 한 줄 알았다. 적당한 힘으로 밟아오는 것이 보통이 아니었다.

"또 어디 불편하신 곳이라도 있으십니까?"

"……어깨가 좀 결리는 것 같기도 한데."

양반 다리로 앉은 이정의 뒤로 선 소희가 야무지게 주먹을 쥐었다. 작은 주먹이 등을 두드리기 시작했다.

"어찌 그리도 잘 주무르는 것인지 궁금하구나."

"실은요. 전에도 자주 이런 일을 해봐서 잘하는 것입니다. 제가 딱히 특출 나서 그런 것은 아닙니다. 그렇지만 동네 사람들은 모두 제 손힘이 제일이라고 하였습니다. 작은 고추가 맵다, 그 말이 영 틀린 말은 아닌 것 같지 않습니까?"

"한 놈한테만 해준 게 아닌가 보구나?"

웅? 한 놈? 소희는 잠시 뜸을 들였다. 말끝이 날카롭게 느껴지는 것은 기분 탓이려니 했다.

"역시 소희 네가 밟아주니 시원하구나. 덕분에 편히 잘 수 있을 것 같다."

아버지의 발바닥과 종아리를 몇 번 밟아드린 것이 다였다. 그래야 새벽에 끙끙 앓는 소리를 내지 않았다. 덕분에 어머니는 단잠을 주무셨다.

"아, 그것이 마을 아줌마, 아저씨들이 주물러 달라고 졸라대서서요. 이런 것도 좀 손이 야무져야 잘할 수 있는 것이지요."

소희는 정말 부끄럽다는 듯 손으로 입가를 긁어댔다. 스스로도 뿌듯한 얼굴이었다.

"이제 그만 되었다. 너도 피곤할 텐데."

"아, 아닙니다. 아직 피곤하지 않습니다. 더 해드려도 되는데."

이정이 금방이라도 잠이 들까 봐 소희는 손에 힘을 줬다.

아까 발견했던 책에 대해 여쭤보고 싶었다. 안마에 힘을 한껏 쏟은 것도 그 때문이었다. 손바닥이 후끈후끈거렸다.

책꽂이 깊숙이 있던 책이니 쉬이 답해주시지 않으면 하는 수 없지. 그래도 아버지한테 해드리는 것보다 더 열심히 하였는데. 답을 안 해주시면 무척이나 서운할 것이다.

"뭐, 하고 싶은 말이라도 있느냐?"

"……예! 실은 대군마마께 여쭤볼 것이 있었습니다."

소희가 쪼르르 달려가더니 책 더미 아래쪽에서 책 한 권을 집어 들었다. 다른 책보다 훨씬 두꺼웠다.

아름아름 아는 한자를 더듬더듬 짚어보니.

"제…… 왕학. 그리 쓰여 있는 것이 맞습니까? 한데 대체 무슨 내용인지는 짐작이 가질 않아서."

이정은 속으로 혀를 끌끌 찼다. 저건 또 어디서 찾았나 싶었다. 한 번 읽고 던져 놓다시피 한 것인데 귀신같이 찾아냈다.

한때 그저 독서라는 것에 빠져 읽을 수 있는 것들은 모조리 읽고 모아두던 때가 있었다. 어렵사리 구한 책을 펼쳐 들었을 때 이정은 그대로 책을 다시 덮을 수밖에 없었다.

제왕. 그건 임금을 위한 학문이었다. 이정의 신분으로는 호기심으로라도 보아서도, 가까이 두어서도 안 되는 내용이었다.

"이리 주거라."

소희는 눈을 말똥말똥 뜬 채로 대답을 기다렸다. 이정이 앞으로 손을 내밀었다.

"어서. 네가 읽을 것이 아니다."

히잉. 아쉬운데.

소희의 입에서 탄식이 나왔다.

왜 갑자기 무서운 얼굴을 하시지?

"다른 책과 표지가 바뀐 모양이다. 이것은 너같이 어린것들은 봐서는 안 되는 것이다."

"저는 어리지……."

"남녀운우지정. 마님과 돌쇠의 은밀한 밤, 방앗간에서 무엇을 했을까. 주인 나으리와 몸종은 그렇고 그런 사이. 그런 내용이란다. 더 읊어주랴?"

"되…… 되었습니다. 다시는 그 책을 안 볼 것입니다."

소희는 귀까지 빨갛게 달아올랐다. 동시에 머릿속으로 무럭무럭 궁금증이 솟았다.

마님과 돌쇠는 어찌 은밀한 밤을 보내는 것입니까? 방앗간에서 무슨 일을 했답니까? 주인 나리와 몸종은 또 무엇을……. 소희로서는 아무리 고민해도 풀리지 않는 의문들이었다.

무슨 생각을 하는지 훤히 보인다, 이 녀석. 이정의 입술 꼬리가 자꾸만 하늘로 승천했다. 너무도 빤한 소희의 머릿속. 보면 볼수록 참 물건이었다.

"그만 고민하거라. 머리 굴려봐야 소용없다. 머리가 아닌 몸이 먼저 알아야 이해가 되는 것이거든."

"저를 또 놀리신 것입니까? 저는 대군마마께서 농을 치실 때가 제일 싫습니다!"

이정이 책의 겉표지를 벗겨냈다. 이렇게 놔두었다가는 언제 사달이 날지 몰랐다. 차라리 태워 버리는 것이 나았다.

"이제는 안 속아드릴 겁니다. 절대!"

팩 쏘아붙인 소희가 이불 속으로 쏙 들어가 버렸다. 박씨가 나가기 전, 문가에 이불을 펴주고 나간 것이 다행이었다. 한껏 열오른 얼굴을 보면 대군마마께서 또 한바탕 웃으실 테니까.

이상하게 대군마마가 웃으실 때마다 배 속이 간질간질했다. 낮게 울리는 웃음이 그렇게 간지러울 수가 없었다. 소희가 열심히 배를 두드려 보았지만 효과는 없었다.

"소희야. 앞으로 안마는 나만 해주는 것이 어떻겠느냐."

방을 비추던 촛불이 꺼지자 어둠 속에서 소희가 이불 밖으로 고개를 내밀었다. 그게 뭐 그리 어려운 일이라고. 어차피 대군마마께 신세를 지는 처지에 당연히 그리 해드릴 것이었다.

"침묵은 긍정으로 받아들이마."

그건 그렇고, 나는 그저 안마를 해드렸을 뿐인데 왜 이리도 여기저기가 간지러운 걸까. 이제는 발바닥까지 간지러워 소희는 두 발을 비벼댔다. 손 밑을 스치던 넓은 어깨를 떠올리자 손가락도 간지러웠다. 손과 발을 열심히 비벼대는 통에 이불이 들썩거렸다.

나도 참 중증이구나. 이정의 목소리만 들어도 뛰는 가슴을 꽁꽁 싸매기도 바빴다. 소희 나름대로 분주한 밤이었다.

소희는 슬며시 눈을 떴다. 바로 곁에 이정이 자리를 잡고 있는 줄은 꿈에도 몰랐다. 소희는 도로 이불을 뒤집어썼다. 무슨 사내 얼굴이 저리도 화사한 것이람. 진정 사내가 맞기는 한 것일까? 아침이라 잔뜩 부었을 제 얼굴을 떠올린 소희의 이맛살이 살짝 찌푸려졌다.

이정이 잠든 모습을 본 건 처음이었다. 잘 때도 흐트러짐 하나 없이 누워 있던 정갈한 모습을 한 번 더 보고 싶었다. 이불을 내리고 고개를 쏙 내미는데 덤덤한 목소리가 들렸다.

"간밤 곤히도 자더구나."

헉. 커다란 신음을 간신히 삼켜낸 소희가 더욱 이불 속으로 파고들었다. 벌써 깨어 있으셨던 게야. 잠기운이 아직 걷히지 않아 잠긴 목소리에 소희가 두 손을 꼭 잡았다. 귓가에 낮게 울리는 음성이 절묘하리만치 다감했다. 평소의 무심한 말투인데도 소희가 듣기에는 그랬다.

슬쩍 고개를 내밀고 대군마마를 보았다. 분을 바르지 않았음에도 피부는 뽀얗기만 했다. 무엇을 비추든 그대로 투영해 버릴 듯. 매끄러운 감촉이 절로 상상되어 소희의 손가락이 앞으로 뻗어졌다. 그러다 날카롭게 내려온 콧날, 붉은 입술에 홀려 멈췄다. 저 입술에 미소를 머금었을 때가 제일 보기 좋았다. 가슴이 쿵쿵 뛰는 것에 당황한 소희가 허둥지둥 이불 속으로 들어갔다.

"대군마마. 혹 들리십니까?"

"네 옹알이 말이냐?"

"제 목소리 말고 또 무엇이 혹 들리십니까?"

"네가 아직 잠에서 덜 깼나 보다. 헛소리만 하는 걸 보면."

이정이 손을 뻗어 이불자락을 단번에 걷어냈다. 소희가 필사적으로 이불을 잡았지만 힘의 격차에 밀려 손바닥으로 대신 가렸다. 대군마마께 부은 얼굴을 보이고 싶지 않았다.

"대군마마. 무척이나 송구하옵니다만, 조금 멀리 떨어져 앉아 주시면 안 되겠습니까?"

"나는 이 자리가 마음에 드는데?"

그렇지 않아도 수시로 방아를 찧어대는 가슴 때문에 소희는 불안했다. 무언가 제 몸이 잘못된 것 같았다. 아니면 부용귀의 몸과 맞지 않았던 것일까. 뒤늦게 부작용이 일어나는 것은 아닌지 걱정도 되었다. 그가 바짝 당겨 앉음에 그녀는 화들짝 놀라 옆으로 옮겨갔다.

"나, 남녀칠세부동석이란 말이 있지 않습니까!"

"그런 말이 있었던가? 한데 소희야. 네 어찌 남녀 유별한 줄은 알고 사람간의 도리는 모르는 게로구나."

"도리라 하시면, 무슨 말씀이신지?"

이정은 소희의 얼굴을 가까이 들여다보았다. 소희의 볼은 부끄러움으로 시시각각 진한 다홍빛이 되었다. 목 언저리까지도 곱게 물이 들어 있었다.

이정이 슬쩍 고개를 돌렸다. 쉴 틈 없는 심문이 시작되었다.

"혹 그동안 먹은 밥의 맛이 별로였느냐?"

"예? 아닙니다! 밥은 정말 맛있었습니다."

"하면, 어제 읽은 책이 재미가 없었느냐?"

"아닙니다! 정말 재밌었습니다. 한데 어찌 그런 걸 물으십니까?"

설령 정말 맛이 없었다 해도, 정말 재미가 없었다 해도 그리 말할 수 있을 리가 없는 것을 모르실 리 없고, 어째서 물으신담.

물론 음식은 정말 정말 맛있었다. 할 수만 있다면 부모님께도 맛보여 드리고 싶었더랬다.

"하면! 내가 하라는 대로 할 수밖에 없겠구나. 아니 그러느냐?"

와. 와. 설마.

소희는 뒤늦게 탄복했다. 그러니까 그것들이 모두 공짜가 아니라는 말씀이셨구나.

"맞습니다. 대군마마께서 하시는 말씀이 무엇인지 이제 알겠습니다! 부족한 저라도 할 수 있는 일이라면 도와드리겠습니다."

이정이 쳐 놓은 그물에 소희라는 물고기 한 마리가 걸려드는 순간이었다.

"소희 너, 기억하느냐? 우리가 처음 만난 밤에 넌 금방이라도 강물 속으로 뛰어 들어갈 것처럼 위태로워 보였다. 내 만약, 너를 잡지 않았다면 그대로 몸을 던지지 않았겠느냐."

"그건 그런 것이 아니오라 부……!"

소희는 손으로 제 입을 틀어막았다. 억울한 나머지, 부용귀를 입 밖으로 낼 뻔했다. 갑자기 붕어가 되어버린 것에 이정이 마지막 일침을 가했다.

"어허! 따지고 보면, 소희 너는 내게 목숨 값을 빚진 셈이니라. 그거 아느냐. 익사한 시체는 부모조차도 형체를 알아보기 힘든 법이지. 하마터면 너의 고운 얼굴도 내 못 볼 뻔했지 않느냐."

"……듣고 보니 대군마마 말씀도 아주 틀리신 것은 아니나 제가 당장은 갚아드릴 방도가……."

아니 그런데 왜 자꾸 옆으로 붙어 앉으시는 겁니까!

자꾸 피해 옆으로, 옆으로 가다 보니 벽이었다.

솔직한 심정으로 소희는 지금 딱 죽을 맛이었다. 등 뒤는 벽으로 막혀 있다. 앞에는 안타깝다는 듯 탄식을 내뱉는 대군마마의 입술이었다. 저도 모르게 소희의 눈이 입술의 움직임을 좇았다. 이러면 안 되는데, 안 되는 것인데. 차마 눈을 떼기가 어려웠다.

넘어오는구나, 넘어왔어.

이정이 속으로 옳거니, 외쳤다. 기실 넘어온 것이나 다름없었다. 약간의 억지를 보탠 바 없지 않았으나, 아예 틀린 것은 아니었으니.

다른 누구도 아닌 임금의 눈을 속이는 일이었다. 이제는 노릇에 그쳐서는 안 되었다. 어설프게 시늉을 냈다가는 도리어 더 큰 의심을 사게 되리라. 그러니 미리 언질을 주어야 했다.

"방도가 아예 없는 것은 아니다. 알려주랴?"

"너무 어려운 말씀은 아니겠지요? 제게도 결정권은 있는 것이지요?"

"이를 어쩌면 좋으냐. 소희 네겐 결정권 같은 건 없는 것을."

그런 말은 웃으면서 하시는 게 아닌 듯한데. 소희는 덜컥 겁이 났다.

"소희 넌, 이제부터 내 정인인 것이다."

"아아. 그 정인 노릇을 하기로 한 것은 이미 끝난 이야기가 아니었는지요?"

"진짜 정인을 말하는 것이다."

"예? 말, 말도 안 됩니다. 대군마마, 말씀을 거두어주십시오."

소희의 목소리가 달달 떨렸다. 진짜 정인이라니. 어찌 내가 대군마마의 진짜 정인이 된단 말이야. 청월루로 가는 방법만 알아두면 떠날 참이었는데.

"저는 청월루로 가야 합니다. 꼭 가야 합니다."

송구합니다. 정말로 송구합니다. 소희는 눈을 질끈 감았다. 대군마마께 받은 보답에 이렇게밖에 할 수 없었다.

"청월루. 또 그 이야기구나."

어찌 이리 청월루에 집착한단 말인가. 이미 그 이름조차 없어진 지 오래거늘.

내가 실수를 한 게로군.

처음부터 소희에게 숨길 생각은 아니었다. 그러나 만약 사실을 말했다면, 소희가 자신을 따라왔을 것인가.

그날 밤, 초면이었던 이정에게 사정하던 소희였다. 간절했던 눈빛이 떠올랐다. 두 사람이 서로의 얼굴만 바라보는 사이, 방문 두드리는 소리가 들렸다.

"마마. 서두르셔야 합니다. 채비는 다 끝나신 겁니까?"

"잠시만 기다리게."

"더는 지체할 수 없습니다. 날이 밝기 전, 출발하셔야 합니다."

문을 열고 휘영이 들어섰다. 목숨 값이라. 꽤나 그럴 듯한 명분을 찾아내신 것 같아 휘영은 무척 뿌듯했다.

"그건 그렇고 마마, 진정 소희를 데리고 가실 요량이십니까?"

"어디를 가는지 여쭈어도 됩니까?"

"시간이 없다. 가면서 얘기하자."

이정이 소희의 팔을 꽉 붙들고 밖으로 나갔다. 뒤늦게 달려 나온 박씨 부인이 다시 소희를 데리고 안으로 들어갔다. 재빠른 손놀림 아래 곱다란 얼굴이 화려한 채색으로 물들었다. 잠시 기다리는 동안, 휘영이 의견을 내놓았다.

"근데 제 생각에는 그리 좋은 수가 아닌 것 같습니다. 궁 안은 이곳보다 보는 눈도 많고 듣는 귀도 많지 않습니까. 소희는 그냥 두고 가는 것이 좋겠습니다. 어찌 생각하십니까?"

"자네는 참 겁도 많군. 대체 뭐가 걱정인가."

"당연히 걱정이 되고말고요. 다름 아닌 궁에 가시니 이러는 것이 아닙니까."

"휘영. 지금의 나는 말일세. 계집에 미쳐 앞뒤 못 가리는 미친놈, 딱 그걸세. 미친놈이 앞뒤 가리면, 그게 어디 미친놈인가?"

방을 나와 땅을 딛고 선 소희를 단박에 부둥켜안아 올린 이정은 제가 오른 말 위에 앉혔다.

고개를 절레절레 젓던 휘영 역시 날쌔게 제 말에 올랐다. 간만에 내달리는 것이니 기분이 좋아질 것 같다가도 최종 목적지가 궁인 걸 생각하면 역시 경계 태세를 늦춰서는 안 되었다. 간만에 호위다운 호위를 하게 생겼다.

정신을 차려 보니 어느새 말 위에 올라 있는 것에 소희는 아찔해졌다. 시야가 이리 높아진 적은 난생처음이었다.

자신이 방금 들은 것이 맞다면, 궁으로 간다고 했다. 뒤통수라도 맞은 것처럼 뒷목이 저릿저릿했다. 연이어 등 뒤로 닿아오는 단단한 가슴에 소희의 입에서 절로 한숨이 나왔다. 지난번, 저 가슴팍에 안겼을 때도 그랬지만 도저히 적응이 되지 않았다. 아무래도 가슴에 돌을 한가득 담고 다니는 모양이다. 그렇지 않고서야 사람의 몸이 이렇게 판판할 수야 없다.

"고개 치켜세우고, 앞만 보거라."

이내 허리를 꼿꼿이 세우라는 듯 등허리를 스치는 손길이 느껴졌다. 소희의 눈이 질끈 감겼다. 휘히힝. 말 울음소리가 울리고 쏜살같이 내달리기 시작하자 소희의 온몸이 앞으로 쏠렸다. 미리 눈을 감기를 잘했구나. 절로 그리 생각되었다.

와. 소희의 입이 함지박만큼 벌어졌다. 이정의 뒤를 따라 궁궐 뒷문을 넘어선 뒤로 벌어진 입은 다물어질 줄을 몰랐다.

으리으리하다는 말을 눈앞에 옮겨놓으면 이렇겠지? 말을 타고 달리는 내내 살짝살짝 보았던 기와집들을 보며 '궁궐 같다' 생각했던 것이 떠올랐다. 아주 틀린 말은 아니었으나 '같다'고 말할 수 없음을 소희는 실감했다.

"입안에 벌레 들어가겠다."

이정이 소희의 입가로 손을 가져갔다. 가만 두면 벌레란 벌레들은 모조리 제 입에 담을 기세였다. 그때 하 내관이 총총 나타났다.

"마마, 전하께서 이제 막 기침하셨답니다. 이리로 따르십시오."

두 귀를 사로잡는 목소리였다. 소희의 고개가 휙 돌아갔다. 이 아저씨가 그, 말로만 듣던 그게 없다던 그분이시구나. 목소리도 가느다랗고 수염도 하나 없었다. 몰랐는데 대군마마께서 옆에 계시니 상대적으로 훤칠해 보였다. 곱다고만 생각했는데 이리 보니 사내 중의 사내가 맞다.

하 내관 역시 소희를 흘긋 바라보았다. 소문의 그 아이가 이 아이였단 말인가. 짐짓 떠보는 듯 아래위를 훑은 내관은 의구심이 마구 피어올랐다. 그 잠깐 사이, 취향이 바뀌었을 리는 없고. 이 청초한 계집아이는 누구일꼬.

"전하께서 병이 위독하다 하지 않았는가. 빨리 가세."

이정이 발걸음을 재촉했다. 소희를 훑는 내관의 눈초리가 심히 거슬렸다. 가만 보니, 치켜 올라간 눈매도 아주 별로였다. 거기다 내관은 이정을 볼 때마다 꼬박꼬박 영헌군을 갖다 붙였다. 그리 부르지 않아도 자신의 위치를 잘 알고 있건만.

"자네. 이제 보니 관상도 영 별로군."

"벼, 별로라니요. 그런 소리는 또 처음 듣습니다."

"아닐세. 내 말이 맞네."

한낱 내관 나부랭이가 이리도 방자하게 구는 것은 이정의 소문을 들은 탓일 것이다. 전하의 귀에도 들어갔을 것이고 그렇다면 한결 미친놈 연기하는 것이 쉬우리라.

이정은 아무렇지 않은 듯 갈 길을 재촉했다.

"어서 앞장서지 않고 무얼 하는 겐가."

"하나 마마, 비록 비공식적인 알현이라 하나 주상 전하를 뵙는 자리에 신분을 알 수 없는 이는 동행할 수 없게……."

"이보게. 자네도 소문을 들어 알 것 아닌가. 실 가는데 바늘 간다고 했거늘, 마땅히 내 가는 곳에 이 아이도 따라야 하거늘, 자네 어찌 내 정인에게 이리도 박하게 대하는 겐가. 그렇게 안 봤는데 참 인정머리 없는 인사로군."

이정은 이맛살을 확 찌푸렸다.

동시에 내관의 옅은 웃음기도 사라졌다.

아무리 계집에 미쳤다 하나, 이리도 공사 구분을 못해서야 어찌 대군이라 할 수 있는가. 하기야 군이나 대군이나 어차피 폐비의 자식인 것은 변함이 없었다.

내관은 좋게, 좋게 타이르기로 했다.

"소인이 어찌 마마의 뜻을 모르겠습니까. 하나 지난 며칠간, 전하께서 소문을 들으시고는 깊은 시름에 잠기셨사옵니다. 그러니 부디 전하의 어심을 헤아리시어 속히 강녕전으로 드십시오."

"내 이미 알고 있음이야. 하니, 그 찌푸려진 얼굴 좀 펴게. 미관상 보기 영 그렇군."

이 정도면 되었으리라 여긴 이정이 순순히 뒤를 따랐다. 그로서도 궁궐의 지엄한 법도를 지향하는 바는 아니었다. 그러나 입궁한 이상, 지킬 것은 지켜야 했다.

"여기서 꼼짝 말고 있어야 한다."

슬쩍슬쩍 내관을 곁눈질하던 소희가 얼른 고개를 끄덕였다.

저 내관 아저씨, 아무리 봐도 대군마마를 무시하는 것이 분명해. 어찌 저리도 방자하게 굴 수 있는 거람.

"또, 누군가를 따라가거나 해서도 안 된다. 알겠느냐?"

"예. 대. 군. 마. 마의 말씀 명심하고 또 명심하겠습니다."

내관더러 들으라는 듯 큰 소리로 답하자 이정이 미소로 화답했다. 그 길로 소희는 건물 뒤편의 그늘에 숨었다. 건너편에서 하나둘 입궐하는 고관대작들의 행렬이 보였다. 아까 얼핏 위독이란 말을 들은 것이 생각났다. 주상 전하께서 그렇다는 것이었을까. 그렇다면 대군마마께서도 상심이 크실 텐데.

열심히 두리번거리던 소희는 멀리서 걸어오던 남자와 눈이 마주쳤다. 빤히 쳐다보던 시선이 무심히 돌아갔다. 찰랑. 남자의 귓바퀴에 걸려 있는 조그만 홍색의 귀걸이가 한 걸음을 뗄 때마다 낭랑하게 흔들렸다.

소리의 주인은 갸름한 얼굴과 타오르는 눈동자를 지니고 있었다. 뱀같이 날카로운 눈빛에 얼른 눈길을 돌렸다. 그런 시선은 처음이었다. 저리 당당한 걸 보아선, 높은 신분일 것이다.

남자는 여전히 소희를 주시하고 있었다. 날카롭게 잘 다듬어진 비수처럼 생긴 그가 이내 비틀린 웃음을 그린 듯 머금다가 부채를 펴들고는 슬며시 가렸다.

소문은 들어 익히 알고 있었다만, 제가 알아서 눈앞에 나타날 줄이야. 앞으로 향해 있던 남자의 발이 왼편으로 방향을 틀었다. 소희의 착각이 아니라면, 그는 지금 이쪽으로 걸어오고 있었다.

나는 듯, 가벼운 발걸음이었다. 찰랑찰랑. 소리가 가까워짐에 소희의 고개도 더욱 모로 틀어졌다. 눈 깜짝할 사이에 뻗어진 남자의 손이 소희의 두 볼을 움켜쥐었다.

이정의 예상대로 임금은 아주 멀쩡한 얼굴로 앉아 있었다. 한 나라의 지존이라면 응당 그에 맞는 무게감이 있어야 하거늘 눈앞의 임금은 그렇지가 않았다. 아무렇게나 널브러진 곤룡포는 지난밤의 흔적을 나타내듯 잔뜩 구겨진 채였다. 이정이 들어오자마자 쏜살같이 빠져나가는 궁녀가 얼핏 본 것만 서넛이었다.

"저, 저 아이들은 그러니까 그게 말이다……."

이정에게 보인 것이 민망하기는 한 건지 임금은 손사래를 쳤다. 이래서야 아침 조회에 참석 못 한 이유가 꾀병이었다는 걸 시인하는 바나 다름없었다.

이정은 임금을 바라보다 최대한 담담하게 말했다.

"신은 그저 전하의 옥체가 미령할까 염려가 될 따름입니다."

"그, 그저 지난밤 잠시 시시, 시중을 들라 내가 일렀던 아아이들이다."

안다. 지난밤 내관들이 앞다퉈 밀어 넣었을 터.

겉으로 보기에는 멀쩡한 임금이 후사를 못 보고 있으니 아랫것들만 분주해졌다.

"너, 너도 어렸을 때부터 잘 보아왔지 않은가. 어흠어흠. 내, 내 지병에 마땅한 치료책이 없다는 것을 말이다."

"물론 그랬지요."

"바, 밤은 또 얼마나 긴지. 혼자 있으면, 또 어, 얼마나 외로운지 너도 잘 알지 않, 않느냐."

허둥지둥 옷을 껴입은 임금이 자리에 앉더니 윽- 신음 소리를 뱉었다. 자리에서 튕겨 오르는 모습이 영락없이 살찐 개구락지였다. 몸 여기저기에 또 종기가 돋아난 모양이었다.

"어디가 불편하신 겝니까."

"아아, 아, 아무리 의원의 말을 들어도 모모, 몸이 마, 말을 안 듣는다."

임금은 차마 말로 하지 못하겠다는 듯 은밀한 부위를 손으로 가리켰다. 참 가지가지 하는 임금이었다. 물론 같은 사내로서 그의 아픔을 짐작하고도 남았다. 그렇다 하여 없는 정까지 돌아난 것은 아니었다.

임금의 좁쌀처럼 가느다란 눈이 이정을 슬쩍 곁눈질한다. 그는 이복 아우를 제대로 쳐다볼 자신이 없었다. 그와 꼭 닮은 서늘한 여인이 핏발을 세우던 장면이 어제 일처럼 선명했다. 아니나 다를까, 멀쩡하던 속이 뒤집히고 저절로 입술이 떨렸다.

"과, 과, 과인은 늘 머리가 깨질 것 같다. 다다, 다름 아닌 후, 후사 문제로 말이다."

"모든 일에는 때가 있는 법. 조금만 더 기다리시면 좋은 결과가 있을 것입니다."

병을 핑계로 그를 부른 이유가 고작 후사였단 말인가? 그의 즉위 이후로 늘 거론되어 왔던 것을 이제 와 새삼스레.

"하, 한데 그그, 그도 모자라 온갖 추잡한 소문이 나돌고 있다. 서서서, 설마 모른다 하진 않겠지."

이정이 고개를 갸웃거렸다. 속으로는 혀를 차고 있었다. 그러니까 소문의 그 계집이 누구인지 궁금하셨던 모양인 게로군.

"서서, 섭섭한지고. 다른 이도 아닌 아우에게 정인이 생겼다는데 내 모른 척 손 놓고만 있을 수야 어, 없지 않겠나."

"그래주시면 감사하겠습니다만."

"그, 그럴 수야 없지. 내, 내 적당한 처자를 아, 아우에 붙여줄까 하, 하는데 어떤가?"

임금이 스리슬쩍 이정을 주시했다. 이정이 어떻게 나올지 지켜보겠다는 심산이었다. 저 능구렁이 같은 속내를 가진 형님이 이번에 또 무슨 꿍꿍이속인가.

물론 이정은 그가 원하는 답을 들려줄 생각이 없었다.

"하나 전하, 신은 이미 백년가약을 맺은 몸이옵니다."

"그, 그 계, 계집과 말이냐?"

임금의 입에서 튀어나온 침이 이정의 얼굴로 튀었다. 이정은 모른 척 고개를 외로 돌렸다. 임금이 입을 벌릴 때마다 쏟아지는 구취도 괴로움에 한몫했다.

"그렇사옵니다. 그 아이만을 위해주고 싶습니다."

"네네, 네 뜻이 정녕 그, 그렇단 말이지."

"물론입니다."

이정의 확답에도 임금은 여전히 미심쩍은 얼굴이었다. 신분도 알 수 없는 계집과 한평생을 같이하겠다 언약을 맺었다라. 저 표정 변화 없는 얼굴 뒤에 어떤 것이 숨겨 있을지. 어릴 때부터 속을 드러내지 않는 녀석이었다.

네 녀석이 정녕 이 임금 자리에 욕심이 없단 말이지.

몇 해 전만 해도 계집같이 새하얗던 낯짝은 이제 다시 보니 성인군자가 다 되어 있었다. 같은 아비를 두었지만 저와는 너무도 다른 생김새에 임금은 이질감을 느꼈다.

아무리 봐도 잘난 놈.

그가 처음 어좌에 올랐을 때 사람들이 그리 수군거리지 않았던가. 임금이 될 군상은 따로 있는 것이라고 말이다. 그러나 임금이 된 것은 자신이었다. 발톱을 숨기고 있는 저 늑대 같은 놈이 아니었다.

"하실 말씀이 없으시면 이만 물러가겠습니다."

저 봐라. 임금은 나인데 어쩌 저 녀석은 저리도 내 앞에서 당당하단 말인가. 그림자처럼 서 있던 휘영도 고개 숙이고 나가려던 찰나, 임금이 손짓했다. 그나마 이정에 비해 만만한 놈이었다. 임금은 실없는 웃음까지 곁들여 친히 술잔을 건넸다.

"송구하옵니다. 전하, 소신 아직 근무 중이온지라……."

용안이 심하게 뒤틀렸다. 그 상전에 그 수하라더니, 건방진 놈들.

"마시지 않으면 어명을 거역한 죄로 죽일 것이다."

"전하. 그런 뜻이 아니옵니다. 제 어찌 감히……."

결국 휘영은 술잔을 공손히 받아 들었다. 쪼르륵. 술잔이 차올랐다. 술잔 밖으로 넘쳐흘렀다. 계속 부어지는 술에 휘영의 손이 고스란히 젖었다. 휘영은 그저 침묵으로 일관했다.

"네가 소문의 그 계집이냐?"

무슨 소문을 말하는 것인지 알 수 없었다. 남자의 눈길만으로도 숨이 다 막혔다. 온몸에 뱀이 기어 다니는 것 같았다. 볼을 틀어쥐는 손아귀의 힘도 장난 아니거니와 잡아먹을 듯 노려보는 눈빛에 한기가 느껴졌다.

홍옥의 사내는 김이문이었다. 나는 새도 떨어뜨린다던 세도가 김대헌이 그의 아비였다. 도성에서 안하무인으로 둘째가라면 서러운 자라 소문이 자자했다. 그의 눈에 거슬리고도 살아남는 이는 없을 정도였다.

"혹 저를 아십니까? 저는 나리를 오늘 처음 뵙습니다."

"묻는 말에나 대답해라. 아, 질문을 바꿔볼까? 영헌군, 아니지 이정 나리께서는 네 어디가 그렇게 마음에 든다 하더냐?"

사내의 어투에는 가시가 잔뜩 박혀 있었다. 대뜸 대군마마를 운운하면서 탐색하는 모양새도 별로였다. 더군다나 술집 여자를 대하듯 무례한 언사는 할 말을 잃게 만들었다.

"역시, 말로는 안 되는 계집이군."

그의 손이 바로 치켜 올라갔다. 버르장머리 없는 것들한테는 매가 딱이다. 이 계집도 그런 것들 중 하나다. 바로 하늘 위를 덮을 만한 넓은 손바닥에 소희는 저도 모르게 눈을 감을 뻔했다. 그럴수록 감기지 않게 눈에 힘을 줬다.

"건방진 년."

그런 소희의 눈빛에 김이문의 입술이 한껏 비틀어졌다. 겁을 집어먹고 납작 엎드릴 줄 알았더니 정반대였다. 제 주제도 모르는 것 같으니라고. 이참에 버릇을 확실히 들여놓으리라. 손바닥에 잔뜩 힘을 들인 순간, 느껴진 건 계집의 여린 볼살이 아니었다. 강한 힘으로 맞부딪쳐 온 것은 다른 이의 주먹이었다.

"내 자네가 이리도 몰상식한 작자일 줄은 몰랐군."

이정이 뻗었던 팔을 거둬들여 주무르면서 말했다.

김이문은 예상했다는 듯, 비실비실 입가를 비집는 웃음을 넘겼다. 그를 막은 힘은 병자의 것이 아니었다. 적화 이년. 오늘내일한다던 병자가 참으로 혈기 왕성하지 않느냐. 당장에 눈앞에 데려다가 이 광경을 보여주고 싶었다.

"이거 듣기로는 여차하면 오늘내일한다던 영헌군께서 어인 일이십니까?"

"자네 힘이 장난이 아니군. 금방이라도 내 팔이 부러질 것 같은데 어쩌면 좋단 말인가."

살짝 팔을 들어 올리던 이정이 눈썹을 누그러뜨리며 작게 신음 소리를 냈다. 소희는 죄책감에 차마 괜찮으시냐, 묻지도 못하고 발만 동동 굴렀다.

"아니, 나리! 무슨 일이십니까!"

뒤늦게 달려 나온 휘영이 이정을 부축했다. 휘영의 품에 기대어 있는 모습이 영락없는 병자였다.

소희는 송구함에 속히 달려가 이정을 부축했다. 이리도 약하신 분일 줄은 몰랐다. 하기야 만날 방 안에서 서책을 즐겨 읽으시고, 또 여인들을 그리 좋아하시니 체력이 없으실 만도 했다.

"자네가 나를 바로 따라 나왔다면 이런 일은 없었을 걸세."

식은땀을 흘리면서도 할 말은 다 하는 이정이었다. 휘영은 그저 고개만 조아리고 있었다. 김이문이 들고 있던 부채를 좌악 펼쳐 들었다.

"듣자 하니 백년가약을 맺으셨다지요. 이 계집과."

"벌써 알고 있다니 자네는 참 귀신같군. 궁 밖에서 엿듣기라도 했단 말인가?"

"이 좁은 궁 안에 제 수하 몇 심어놓는 것은 일도 아니지요. 설마, 아직 모르고 계셨습니까?"

김이문의 대답에 괜히 소희의 얼굴이 요란하게 울긋불긋해졌다. 참으로 방자한 인사가 아닌가. 엄연히 대군마마 앞이거늘 어찌 저리도 무례해? 슬쩍 본 이정의 얼굴에는 옅은 웃음기마저 감돌았다. 아마도 화를 참고 계시는 모양이야.

"팔이 욱신거리는 게 금방이라도 떨어져 나갈 듯싶으이. 이만 돌아가겠네."

"어찌 그리 서두르십니까. 내친김에 적월루에 들르시지요. 몇 년 전부터 발길이 뜸하다 들었습니다."

"오늘은 내 사양함세."

더 볼 것 없다는 듯, 이정이 뒤돌아섰다.

"그렇다면 다른 제안을 드리겠습니다. 얼마 후, 적월루에서 기생들의 경연대회가 있을 예정입니다. 그렇지 않아도 소문이 퍼진 뒤로, 장안에 이 계집의 얼굴을 궁금해하는 이들이 한둘이 아닐 것이기에 이참에 내보이는 것도 나쁘지 않을 듯합니다만."

"착각하지 말게. 이 아이는 기녀 따위가 아닐세."

두말할 것 없다며 돌아서 버리는 이정에 그럴 줄 알았다는 듯, 김이문은 덧붙였다.

"어째 하나만 알고 둘은 모르시는가 봅니다. 대감."

"그쯤하는 것이 좋을 텐데."

"영헌군께 지병이 있다는 것은 익히 소문으로 들었습니다. 오늘내일하시더라, 그런 말도 들었지요. 만약, 영헌군이 저세상으로 가시기라도 한다면 그날로 저 계집은 어느 한구석 비빌 곳조차 없겠지요. 그날을 대비해 제 생명줄이라도 붙들어두게 해주는 것이 어떠십니까. 저 미색이면 괜찮은 첩실 자리 하난 꿰찰 수 있겠지요. 그만하면 기녀치고는 손해 보는 장사도 아닙니다."

소희는 더 이상 가만히 듣고 있을 수가 없었다. 척, 이정 앞을 막아섰다.

"그 입 다무십시오."

제 앞에서 순진하게도 발톱을 들이밀고 지레 놀라는 고양이를 본 김이문의 입술 끝이 말려 올라갔다.

"맹랑한 계집 같으니! 감히 이 김이문에게 대서려 드는 게냐?"

"나리께서 먼저 제게 무례를 범하시지 않았습니까."

이정은 적잖이 놀란 얼굴이었다. 어리게만 보았던 소희가 그리 큰 소리를 낼 줄 안다는 것이 신기했다.

하나 이곳은 궁궐 안이었다. 더군다나 상대는 김이문. 굳이 상황을 키울 필요는 없었다. 이목이 집중되는 것도 원치 않았다.

"그만하면 됐다. 이만 가자."

이정은 소희의 어깨를 감싸 안았다. 돌아서는 소희 귀에 김이문의 혼잣말이 들렸다.

"저런 상것이랑 부용이 어디가 닮았다는 게야. 적화 고년도 참."

순간 소희의 두 발이 멈춰 섰다. 이 사람이 어찌 부용을 아는 것일까.

김이문은 쯧쯧 혀를 찼다. 계집은 그가 생각했던 것보다 훨씬 앳된 생김새였다. 그나마 봐줄 것이라고는 저 당돌한 눈빛이랄까. 그러나 아직 여물기는커녕 꽃이나 피울 수 있을까 싶을 정도로 미숙하기만 했다.

소희의 시선이 김이문에게 꽂혔다. 붉다. 이 남자도, 적화라는 여자도 모두 붉다.

아까 적월루라 했었다. 혹 청월루와 무슨 연관이 있을지도 모른다.

"나리는 알고 계십니까? 저와 닮았다는 부용에 대하여 알고 계신단 말씀입니까?"

"호기심이 치미는가 보구나. 궁금해 미칠 것도 같고."

느린 부채질에 김이문의 얼굴이 가려졌다가 다시 나타났다. 인내심을 시험당하는 기분에 소희의 얼굴이 벌겋게 달아올랐다. 김이문이 히죽 웃으며 말했다.

"궁금하면 적월루로 날 찾아와라. 세상만사 쉬운 일이 어디 있다더냐."

김이문은 올 때처럼 빠르게 멀어져 갔다. 이정의 굳은 얼굴과 멍하게 서 있는 계집을 보자 십 년 묵은 체증이 내려가는 것 같았다. 가서 적화 고것에게 네가 틀렸다, 전할 생각이었다. 사람 보는 눈 하나는 정확하다 믿었거늘. 소희라 했던가. 저 계집이 부용일 리가 없었다. 부용이어서도 안 되었다.

✸

"네 정녕 가겠다는 것이냐?"

"송구하옵니다."

방 안에 앉은 소희는 이정의 눈치만 살피고 있었다. 느리게 타이르는 음성에 소희의 눈시울이 붉어졌다. 역정을 내실 줄 알았다. 뺨이라도 치실 줄 알았는데. 물론 그럴 성정을 지닌 분이 아니란 건 알고 있으나, 그래야 마음이 조금이라도 편할 것 같았다.

"저는 대군마마께 누가 될 것입니다. 그것만은 확실합니다."

소희의 입술이 굳게 다물렸다. 고집스럽기도 하지. 이정은 할 말을 잃었다. 소희의 위로 겹치는 잔상에 어떤 말도 더 할 수 없었다. 아무것도 묻지 말아달라. 그 아이, 부용도 그렇게 말했었다. 내게 폐를 끼치기 싫다 했던가.

"또 제 죄를 뉘우치기 위해서라도 가야 합니다."

"네 죄라는 것이 무엇인지는 말해주지 않을 것이냐?"

"그것은, 말씀드릴 수가 없습니다."

이정은 이마를 짚었다. 두통이 일었다. 탁상 위에 올려 있던 서책을 들어 머리를 몇 번 두드렸다. 고통이 쉽게 가시지 않았다. 점점 진해지는 통증에 이정은 다시금 깨달았다.

소희는 그 아이가 아니란 것을. 하면 어찌하여 곁에 두었는가.

이정의 창백한 안색에 소희의 가슴이 덜컹 아래로 내려앉았다. 아까 그 무례한 남자를 상대로 힘을 쓰셨던 탓이지. 소희는 무례를 무릅쓰고 이정의 곁으로 다가갔다. 탁상 위에 어설프게 기댄 것이 보고 있기가 몹시 불안했다.

"대군마마, 괜찮으시옵니까?"

"이리 한달음에 물어올 것이면서 어찌 떠난다 하느냐."

지그시 웃는 이정에 소희가 시선을 피했다. 아프신 분이 어찌 목소리는 이리 유들유들하신지. 소희의 시선이 흔들렸다.

"저를 놀리지 마시어요. 이번에는 안 속을 것입니다."

"이런. 알아챈 것이냐?"

"예. 그러니 대군마마……."

소희는 말을 더 잇지 못했다. 유려하게 길게 뻗은 손가락이 소희의 입술을 스쳤다. 늘 서책 위를 훑는 긴 손가락이었다. 소희가 황급히 뒤로 물러났다. 그래보았자 이정의 품 안이었다.

"네 뜻은 알았다. 그러니 그만하거라."

"하면, 허락하시는 것이옵니까?"

다시금 허락을 구해오는 것에 이정의 얼굴이 굳었다. 차라리 확 겁을 줘볼까. 겁을 집어먹으면 다시는 떠나겠다는 말을 못 할 것이다.

"오늘은 그만하자. 피곤할 것이다. 이만 가서 쉬어라."

"하오나 대군마마."

"이만 가서 쉬라 했다."

방금 전과는 다르게 단호한 음성에 소희는 자리에서 물러났다. 마치 대군마마를 처음 마주쳤을 때처럼. 시린 눈빛이었다. 방문을 닫고 나서야 소희는 주저앉았다. 가서 쉬어라. 가슴이 먹먹했다. 소희는 손을 들어 가슴 언저리를 짚어보았다.

왜 이리 아프지. 쿵쿵 요란스레 뛸 때도 아프지 않던 가슴이, 지금은 왜 이리도 싸한 것인지 알 수 없었다. 달이 비추는 밤이었으나 추운 날씨는 아니었다. 다른 곳은 멀쩡한데 가슴으로 불어오는 한기에 소희는 제 팔로 감싸 안았다.

가라 하셨으니 가야지. 소희는 천천히 일어섰다. 그러나 어디로 가야 할지 생각이 나지 않았다. 복도 가운데서 이러지도 저러지도 못하는 걸 박씨가 붙잡았다.

"잠깐 쉰네 좀 보셨으면 합니다."

박씨는 몇 년 전의 일을 떠올렸다. 애끓었던 역정과 울음소리. 어느새 옛일이 되어 있었다. 요 며칠 잘 웃고 잘 말씀하시는 대군마마를 뵈오니 옛일은 까마득했다. 모두 소희 덕분이었다.

"송구하오나 두 분의 대화를 엿들었습니다."

"아닙니다. 송구는 제가 송구합니다. 제가 대군마마를 화나게 하였습니다."

눈앞에 반듯하게 앉아 있는 아이. 소희가 들어오고부터 대군마마는 변하셨다. 박씨마저 그리 믿고 싶을 만큼. 해서 신분도, 출처도 알 수 없는 아이를 곁에 두셔도 말리지 못했다. 그것이 대군마마를 위한 것이라고 믿었다.

"대군마마께서 화를 내신 것이 어찌 소저의 탓입니까. 대군마마께서 소저 덕에 화라도 내신 것이지요. 다행한 일입니다."

소희는 방에 들어선 이후, 처음으로 박씨를 마주 봤다.

다행한 일이라니 잘못 들은 걸 거야.

박씨는 힘주어 말을 되풀이했다.

"소저 덕분이라 했습니다. 잘못 들은 것이 아닙니다."

"어찌, 어찌 그리 말씀하셔요. 덕분이라니요."

"대군마마께서는 일체 감정 표현이 없으신 분이셨습니다. 물론 지금도 그렇습니다. 밖에서 어떻든 간에, 집 안에서는 그러셨습니다. 그것이 대군마마의 본모습임을 저는 잘 압니다."

웃어도 진정 웃는 것이 아니었고, 화를 내도 진정 화를 내는 것이 아니었다. 그냥 감정이란 탈을 썼다 벗었다 하는 것처럼, 감정을 만들어내는 것에 능수능란한 것뿐이었다. 어릴 때부터 보아왔던 박씨는 그런 이정을 잘 알고 있었다.

"한데, 요 며칠은 아니었지요. 아주 간만에 그리 웃으시고 농을 하시더군요."

"······."

"쇤네가 이리 말씀드리는 것은 떠나겠다는 생각을, 다시 한 번 재고해 주십사 바라는 마음에 한 것입니다. 물론 소저의 사정은 잘 알지 못합니다. 하지만, 대군마마를 생각하셔서라도 남으실 수는 없겠는지요."

박씨는 소희의 두 손을 잡았다. 작달막한 손, 어린 얼굴. 그 모든 것들이 한 여인을 떠올리게 했다. 가까이서 보니 더욱 닮았다.

아마도 그 때문일 것이리라. 이 아이를 보면서 그 여인을 떠올린 탓에 그리 화를 내셨던 게야. 그러나 박씨는 고개를 저어 털어냈다. 소희에게는 미안한 일이었으나, 자신은 대군마마의 사람이었다. 그녀 대신이라도 좋으니 곁에 붙잡아두고 싶었다.

설령 나중에 먼 훗날, 소희가 그 사실을 알아챈다 해도 자신을 탓하기를. 우리 불쌍한 대군마마는 탓하지 말기를. 늙은 마음에 염려되어 이렇게 붙잡을 수밖에 없었다.

소희는 연잎이 띄워진 연못을 내려다보았다. 곧게 뻗어 있는 줄기를 바라보던 소희의 눈가가 흐려졌다. 어둠을 가르는 달빛에 초점이 흔들려 아른아른거렸다.

잘못 보았을까 싶어 그런 것이 벌써 수십 번이었다. 박씨의 방에서 나온 뒤로 눈가를 훔치는 손이 유난히도 반짝거렸다. 달빛을 받아 그러려니 했으나 제가 밟고 선 땅은 여전히 그대로였다. 눈물 때문인가 싶어 눈가를 닦아내고 다시 내려다보았다.

잘못 본 것이 아니었다. 발치에서 발목 부분까지만 투명했다. 영롱하기도 했다. 별무리를 두르기라도 한 듯 신기한 느낌에 소희는 발목 부분을 어루만졌다. 여지없이 통과하는 손은 아무것도 잡히지 않았다. 무언가 이상했다. 용기 내 다시 한 번 제 발 끝으로 시선을 내렸다. 발목 부분이 사라져 있었다.

"어, 어찌 이런……."

"귀가 바로 그 귀(鬼)였음을 몰랐더냐."

어깨를 스치는 손길에 소희는 고개만 저었다. 잘못 본 것이겠지. 귀신같이 변해 버린 몸뚱이를 마주할 용기가 나지 않았다.

"익숙해질수록 좋아. 밤마다 놀라다가는 가슴이 남아나지를 않을 테니까."

"알고 계셨습니까?"

"나는 밤낮없이 그런다. 혼(魂)이 될 거란 어떠한 전조도 없이 나는 변해갔지."

"어찌, 남아 계셨습니까. 떠나신다 말씀하시지 않았습니까."

그랬지. 내 분명 그리 말하긴 했었지. 고개 숙인 소희의 뒤통수로 부용귀가 손을 뻗었다. 쓰다듬어 주고 싶었다. 괜찮다, 말해주고 싶었다. 처음에는 떠날 생각이었다. 그러나 저 어린것만 남겨 놓고 갈 생각에 발이 떨어지지 않았다.

"어차피 난 믿지 않는다. 윤회 같은 거. 아직 내 가슴에 사무친 한이 남아 있는데 그런 것이 다 무슨 소용이란 말이냐. 해서 남기로 하였지."

달밤 아래 금방이라도 아스라이 사라질 것 같은 부용귀가 너울거렸다. 헤어질 때 보았을 때보다 더욱 옅어져 있었다. 진정 부용귀인가, 아닌가 알아볼 수도 없을 만큼. 무미건조한 말투와는 달리, 소희는 염려하는 마음을 느꼈다. 불쌍히 여겨주는 마음도. 생각해 보면 이리 이상한 관계도 없을 것 같았다.

"저를 대군마마와 만나게 한 연유가 무엇입니까."

안타깝게도 해줄 말이 없었다. 살아생전의 기억은 흐릿했다. 설령 기억이 남아 있다 해도 입에 올릴 수는 없었다. 말하는 즉시, 저승으로 끌려 들어갈 테니.

"네가 기억해야 할 것은 기한이 얼마 남지 않았다는 것. 그뿐이다."

기한이 남지 않았다니. 좀처럼 실감이 나지 않는 말이었다. 바스락. 소희보다 먼저 낯선 인기척을 느낀 부용귀는 어둠 속으로 몸을 숨겼다. 소희가 보았을 때 이미 부용귀는 사라지고 없었다. 대신 담장 그림자 안에 서 있던 인영이 천천히 앞으로 나왔다.

"어찌 그리 놀라느냐."

"대, 대군마마."

"나가란다고 정말 나가는 법이 어디 있느냐."

대군마마셨구나. 소희가 놀란 가슴을 얼른 쓸어내렸다. 그런 소희를 보는 이정의 눈이 가느다랗게 좁혀졌다. 꼭 몰래 무언가를 훔쳐 먹은 토깽이 같았다. 두런두런거리는 말소리를 들은 것 같은데 표정을 봐서는 발뺌할 게 뻔했다.

"저는 나가라 하시니 나간 것뿐이옵니다."

"그래서 네가 지금 잘했다?"

"예? 아닙니다. 그럴 리가 있겠습니까."

어찌 이야기가 이렇게 흘러가는 거람. 소희가 고개를 갸웃했다. 그나저나 대군마마가 눈치를 못 채신 것 같으니 다행이었다. 무슨 이야기로 화제를 돌리면 좋을까 곰곰이 생각하던 소희가 넌지시 물어보았다.

"한데 마마께서는 어찌 나오셨습니까?"

"널 보내고서 잠이 오질 않아서 말이다."

"설마 제가 길을 잃을까 봐 염려해 주신 것입니까? 제가 어린애도 아니고 설마요."

"그 설마가 맞다."

생김새가 어려서인지, 몸집이 작아서인지 모르겠으나 마음이 놓이지 않았다. 꼭 물가에 내놓은 아이를 보는 것 같다고 해야 할까. 방 안에 앉아 머리 싸매고 고심할 바에야 잘 구슬려서 눈앞에 데려다놓는 것이 낫다, 그리 결론 내리고 나오는 길이었다.

한데 빠져나갈 구석만 엿보는지 이쪽은 쳐다보지 않는 소희를 보자 괜스레 마음이 쓰였다. 아까 그리 나가라고 하는 게 아니었다. 마음에 담아두는 것은 아닌지 모르겠다. 답지 않게 왜 이리 신경이 쓰일까. 이정은 결국 적당선에서 합의를 보기로 결정했다.

"산책이라도 하지 않겠느냐."

"이 밤에 말입니까?"

"밤이라서 싫으냐? 하면 관두고."

"아닙니다. 좋습니다. 저야 마마께서 귀찮아하실까 봐 그런 것이지요."

소희가 얼른 작은 손을 뻗어왔다. 착 감기는 감촉을 느끼며 이정은 한 발 한 발 걸음을 옮겼다. 눈치만 보며 살며시 걸음을 옮기던 소희는 문을 지나 문턱까지 나가자 얼른 따라붙었다. 구경거리가 많다는 야시장이 가고 싶기도 했고, 이 길로 가는 길에 청월루나 적월루가 있으면 좋겠다는 생각을 하였다.

사람들의 수는 많기도 많았다. 때마침 기생들의 행차 행사가 있었던지 거리는 구경하는 이들로 붐볐다. 이리저리 구경하는 인파에 떠밀려 소희는 이정의 손을 놓치고 말았다. 주변 풍경에 빠져 있던 소희는 정신없이 바라보고 있었다.

"우와. 불빛도 붉고 사람들도 엄청 붉구나."

술병을 들고 울긋불긋한 얼굴로 걸어가는 사내들이 나온 골목 안으로 걸어 들어갔다. 꼭 밤에만 생겨나는 통로를 탐험하는 기분에 절로 흥이 났다. 가야금 소리, 여인들의 웃음소리, 간드러지는 콧소리가 사내들의 우스갯소리에 묻혀 중간중간 들려왔다. 소리만 들어도 정신없는 곳이라는 걸 알겠다.

흥미로움도 잠시, 들어온 지 얼마 되지도 않았는데, 다시 나가고 싶어졌다. 붉은 대문을 지나쳐 왔던 것을 떠올리며 돌아 나가려는데 누군가 소희의 머리 꽁지를 잡아당겼다.

"아야야야! 뭡니까?"

"잡았다! 요 쥐새끼 같은 것 같으니라고. 요 며칠 잔치 음식 훔쳐 먹은 게 네 녀석이렷다! 내 이참에 혼쭐을 내줄 참이여."

"그 무슨 말씀이십니까. 사람을 잘못 보신 게지요!"

상놈은 제가 잡은 것이 늘어놓는 궤변 따위, 한 귀로 듣고 한 귀로 흘려 버렸다. 이 녀석이 진짜 범인이든 아니든 상관없었다. 어찌 되었든 이 밤에 수상한 행동을 하는 놈이었고, 잡고 보니 계집이었다는 것이 좀 석연치 않기는 했지만 성별이 무슨 상관이 있으랴. 몇 날 며칠 상전에게 깨지느라 머리가 다 아팠는데 이놈 이라도 앞세우면 좀 나을까 알량한 생각이 앞섰다.

"잘못 보기는 누가 잘못 봤다는 게야. 좋은 말로 할 때 순순히 따라오는 것이 좋을 것이여. 그러니 괜히 힘쓰지 말어라잉."

큰일 났다! 소희의 얼굴이 시퍼렇게 변했다. 어떻게든 도망치려 는데 무지막지한 손은 그대로 소희를 바닥에 내팽개쳤다. 그것도 모자라 지나가던 기생 하나를 부르기까지 했다.

"드디어! 제가 드디어 잡았습니다요. 아, 글쎄 여기 대문 앞에 서 두리번두리번대는 꼴이 딱, 나 범인이니 잡아가쇼! 그러는 것 이 아니겠습니까?"

"대체 웬 소란이란 말이냐. 쌍놈이 네놈은 대체 뭣하고 있는 게야."

서릿발 같은 여인의 호통 소리가 날아왔다. 여인치고는 꽤나 강 단 있는 음성이었다. 억울해 죽겠다는 듯 상놈의 얼굴이 잔뜩 구 겨졌다.

"제 이름은 쌍놈이가 아니고 상놈이여라. 그건 그것이고 여튼 간에 제가 그 음식 훔쳐 가는 놈을 잡았더란 말이지라."

"사실이냐? 내 눈에는 양반집 규수로밖에 보이지 않는구나."

여인의 말투는 느긋했지만 상놈에게는 타박하는 것으로 들렸 는지 그는 납작 엎드리기까지 했다. 아까까지만 해도 호통을 치더니 상반된 모습이 우스워 소희의 입가가 씰룩거렸다.

여인은 더욱 큰 소리로 호통을 쳤다.

"쌍놈이 네놈. 기방 밥 얻어먹은 세월이 얼마인데 손님 접대의 기본도 몰라. 쯧."

여인이 한심하다는 듯 혀를 차는 소리가 들렸다. 여인이 가까워지자 제등(提燈)의 불빛에 모습이 드러났다. 청루홍등. 푸른 다락에 붉은 등이라. 널따란 기와지붕 아래 붉디붉은 여인이 서 있었다. 겨드랑이를 겨우 가릴 만큼 짧은 주색 저고리와 장단색 치마 사이로 비치는 살결이 어둠 속에서도 희게 빛났다. 보기에도 무거워 보이는 가체를 가느다란 목이 지탱하고 있었다.

머리에 밤하늘이 수놓아져 있구나.

그 아래 희디흰 얼굴 안에 자리한 뚜렷한 이목구비가 아득한 느낌을 주었다. 가히 장안 제일이라 꼽힐 만한 자태였다. 일전에 정자에서 보았던 여인이었다.

이 여인이 적화로구나. 한데 이곳은 청월루가 아닌 적월루인데. 이리저리 머리를 굴리던 소희와 여인의 눈이 마주쳤다.

"무슨 일로 오셨는지요. 예까지 쉬운 걸음은 아니었으리라 사료되옵니다만."

적화는 온몸이 난도질당한 것처럼 저려와 움직일 수 없었다. 이 세상에 없는 이가 버젓이 눈앞에 서 있었다. 자세히 보니 너무도 닮은 얼굴 때문이었다. 이 아이가 부용이라면, 한데 그것이 가능한 일인가. 곱게 연지 바른 입술을 지그시 깨물었다.

다행인 것이라면 적화는 감정을 숨기는 것에 도가 튼 지 오래였다. 기뻐도 크게 웃지 못하고 슬퍼도 소리 내 울지 못하는 것이 기생이었다.

잔뜩 얼어 있는 소희를 보자 적화는 확신이 들었다. 이 아이가 부용일 리 없지. 그녀가 먼저 적화의 눈을 피하는 일은 없었다. 부용이라면, 장안 제일 기생이라 꼽히는 저를 비웃었을 것이다. 평소처럼 약간의 웃음기를 머금고 적화가 먼저 입을 뗐다.

"붙박이처럼 언제까지 서 있으실 요량입니까. 어서 안으로 드시지요."

"아니 무슨 이런 경우가 다 있다요. 손님 접대도 안 끝났는데 어딜 들여보내신다는 겁니까."

불만 서린 얼굴로 상놈이가 불퉁불퉁 말대꾸를 했다. 보나마나 양반들의 시중을 들다 말고 자리를 뜬 모양인데, 또 그놈의 남모를 기질이 발동한 것일 테지. 기생이면 기생답게 양반들 시중이나 들 것이지 날이 갈수록 방자해지는 적화가 상놈은 염려스럽기도 했고 도통 이해할 수가 없었다.

"어허, 무슨 말이 그리 많아. 쌍놈이 넌 가서 양반님네들께 전해라. 그 정도 화대로는 이 적화를 쉬이 불러낼 수 없을 거라고."

"쌍놈이가 아니고 상놈이라고 몇 번을……. 에휴, 말해 뭐해 내입만 아프지라. 말한 고대로 전해 드릴 텐께 뒷일은 책임지시유. 지는 시키는 대로만 한 거니께."

"알았다. 내 그리하마."

방 안에는 적막만이 흘렀다. 소희는 아무런 말없이 적화의 얼굴만 힐끔거렸다. 적화가 바라보면 눈이라도 마주칠세라 소희의 고개가 휙 돌아갔다. 적화가 웃음기 띤 목소리로 물었다.

"왜, 이년 얼굴에 뭐라도 묻었답니까."

"저를 이곳에 들여보내 주신 연유가 무엇입니까?"

"예까지 무슨 연유로 찾아오셨는지 여쭤봐도 되겠는지요."

거의 동시에 두 사람의 입이 떨어졌다. 소희는 도로 입을 다물어 버리고 적화가 말을 이어 나갔다.

"먼저 답을 드리지요. 소저는 이년의 옛 지기와 참 많이도 닮았습니다."

"그 지기란 분이 저와…… 그렇게나 많이 닮았습니까?"

"처음에는 그리 생각했으나 이리 찬찬히 보고 있으니 지기와는 다른 점이 많습니다. 믿기지는 않지만 참으로 신기한 일입니다."

적화의 눈길이 소희의 자태를 훑었다. 입고 있는 옷가지를 보니 단아한 규수 차림이었다.

"실례가 되지 않는다면, 그 지기라는 분에 대해 알고 싶습니다."

"어찌 그이를 궁금해하십니까. 소저와는 아무런 인연도 닿아 있지 않았을 텐데요."

보기와는 달리 당차게 나오는 소희가 의외라는 듯 적화의 눈빛이 진지해졌다.

더 이상은 누군가에게 부용의 죽음을 제 입으로 전하게 될 일은 없을 거라 믿었다. 한 치 앞도 모르는 것이 인생사라 하였지만 그날이 이리 빨리 오게 될 줄 누가 짐작이나 했으랴.

소희는 소희대로 안절부절못하고 있었다. 묻지 말아야 할 것을 물은 것은 아닌지, 혹여나 여인이 언짢아진 것은 아닌지. 답을 얻지 못하고 그냥 돌아가야 할 것 같은 불안감이 엄습했다.

적화에게서 긴 한숨 소리가 새어 나왔다. 어느새 얼굴 위로 음영이 드리워지더니 시름에 잠긴 목소리가 흘러나왔다.

"한데 어쩝니까. 그 지기는 이미 유명을 달리했으니 말입니다."

소희는 앉아 있던 자리에서 붕 뜨는 느낌을 받았다.

부용이 이미 죽은 사람이라는 건 아비의 서책을 통해 알고 있었다. 살아 있는 이의 입을 통해 직접 들은 것은 처음이라 그런가 보다, 가벼이 여기면 될 줄 알았다. 그런데도 미약한 손끝의 떨림이 멈추지 않았다.

"그 정도쯤은 이미 알고 온 것이 아니셨습니까? 어찌 그리 떠십니까."

"저는 괜찮습니다. 답을 해주시니 이왕 묻기 시작한 거, 좀 더 여쭙겠습니다."

적화는 그러시라며 여유롭게 찻잔을 입가에 가져갔다. 유명을 달리했다는 말을 듣자마자 픽 쓰러질 줄 알았다. 새파랗게 질린 얼굴을 하고서도 꿋꿋이 말을 이어 나가는 것이 퍽 깡다구가 센 모양이었다.

"살아생전 어떤 기생이었는지 궁금하였습니다."

"그런 것이라면 답해 드릴 수 있지요. 부용이 그 아이는 말입니다. 한양 땅 수많은 해어화(解語花) 중에서도 으뜸이었지요. 그 수려한 외모를 두고 장차 세속을 초월한 경지에 이를 것이라, 부용이 그 아이를 두고 그리들 얘기했었습니다."

"한데, 왜……. 당최, 어쩌다가……."

그리도 잘난 이가 어찌 그런 억울한 죽음을 당했을까. 생각이 앞서니 말이 제대로 나오지 않았다. 초조함에 소희는 주먹을 꼭 쥐었다 펴기를 반복했다. 자꾸만 손바닥에 식은땀이 묻어났다.

적화는 입술을 지그시 깨물었다. 이미 죽은 사람의 기억을 되짚는 것이 쉬운 일은 아니나 어제 일처럼 생생한 까닭에 별 무리 없이 말할 수 있었다.

"경연을 하루 앞둔 전날 밤, 스스로 목숨을 끊었지요."

"자…… 살이라는 말씀이십니까?"

"예."

소희의 호흡이 가빠졌다. 못 본 척, 적화가 말을 이어 나갔다.

"제 아무리 뛰어난 미모를 지녔던들 경연에 대한 부담감이 컸던 게지요. 경연이란 것이 미색으로만 뛰어들 수 있는 그리 만만한 자리가 아니랍니다. 그랬다면 얼마나 수월했겠습니까."

"그것이 그리도 대단한 것이란 말입니까?"

"말처럼 그리 쉬이 참가할 수 있는 것이 아니랍니다. 그전에 기생의 자질을 갖춰야 함은 물론이요, 동기(童妓)들에게만 참가 자격이 주어지는 것이지요. 아니, 되었습니다. 이리 말씀드려 봐야 무엇합니까. 기생이 될 마음도 없을 터인데."

그제야 적화는 김이문에게 전해 들은 것을 떠올렸다. 낮에 오자마자 이 아이와 부용은 하나도 닮지 않았다며 난리 법석을 피우지 않았던가. 찾아오면 내치지 말라 했던가.

"한데 이곳은 어찌 알고 찾아오셨습니까?"

"그것이……."

소희는 뭐라 설명해야 할지 몰라 입술을 깨물었다.

"실은 김이문 나리께 이미 언질을 받았습니다. 한데, 정녕 모르셨습니까? 이곳 적월루에서 나리를 찾는다는 것이 어떤 의미인지 말입니다."

소희는 뒷목이 저릿해지는 것을 느꼈다. 이곳은 청월루가 아니었나? 넋을 놓은 소희 얼굴에 적화가 살포시 웃었다.

"두 가지를 의미합니다. 하나, 김씨 가문에 줄을 대보려는 벼슬아치 무리의 경우 나리께서 자주 찾으시는 이곳에 더러 찾아오기

도 합니다. 둘, 나리께 화초를 올려달라 청하는 기생년들도 널리
고 널렸습니다. 어느 쪽이십니까?"

"전자도, 후자도 아닙니다."

"그렇다면 이만 돌아가는 것이 좋을 것입니다."

날이 날이니 만큼.

적화는 아주 조용히 중얼거렸다. 하지만 적화의 뒷말을 듣지
못한 소희는 머리가 어지러웠다. 분명 김이문 그자는 적월루라
하였다.

"만약 나리 눈에 띄기라도 하면 오늘 밤 안으로는 돌아가지 못
하실 수도 있습니다. 소저 정도의 미색이라면, 오는 여인 마다할
위인이 아니시니 능히 취하실지도 모르지요."

그자의 목적이 그런 것이었다니. 아주 몹쓸 작자 아닌가. 대낮
에 대놓고 성희롱을 당한 꼴이었다. 소희는 당장에라도 그자를
찾아가 따지고 싶었다. 그러나 이대로 돌아가야 했다. 대군마마께
서 저를 찾고 계실 것이었다. 얼른 달려 나갈 요량으로 일어서려
는데 문짝이 떨어져 나가는 소리가 들렸다.

"꺄악! 나리! 나리, 한 번만 봐주십시오. 한 번만!"

어둠 속에서 여자의 울음소리와 거친 발걸음 소리가 들이닥쳤
다. 제 몸도 채 가누지 못하는 비단 옷차림의 사내였다. 진한 술
냄새에 절로 인상이 찌푸려졌다.

기생의 부축을 받은 채로 김이문의 몸이 이리저리 흔들렸다.
그에 따라 흔들리는 기생의 얼굴은 눈물범벅이었다.

"내가 무얼 했다고 자꾸만 봐달라는 게야. 널 당장 죽이겠다고
한 것도 아니거늘 지레 겁먹어서는 질질 짜는 꼴이라니. 술맛 다
떨어졌다, 이년아."

"흑흑. 잘못…… 하였습니다. 소녀, 몰랐습니다. 몰랐어요."

"이거 놓지 못하겠느냐. 어디 천한 기생년이 이 나를 붙잡는다는 말이냐!"

헝클어진 머리에 부은 뺨을 보니 전후 사정을 알 만도 했다. 적화는 속으로 혀를 찼다. 누가 부용의 기일이 아니랄까 봐. 올해도 어김없이 김이문은 보란 듯이 행패를 부리고 있었다.

"그만하시고 우선 자리에 앉으시지요. 보는 눈들이 많습니다."

적화는 최대한 덤덤하게 말했다. 벌써 문밖에 구경꾼들이 모여들고 있었다. 그러거나 말거나 김이문은 소희에게로 다가갔다.

"아니 이게 누구야! 우리 부용이가 아니냐."

"흑, 나리. 제발, 흡 제발 그만 좀 하십시오. 부용이가 누구라고 이리도 난동을 부리신단 말입니까. 그만 좀. 아아악!"

함께 들어온 기생이 그에게 매달려 사정하기 시작했다. 원래 방으로 뫼시겠다고 해도 그는 요지부동이었다.

"네 이년! 이거 놓으란 말이다!"

김이문을 말리던 기생은 순식간에 방바닥에 내팽개쳐졌다. 눈물과 콧물로 뒤범벅이 된 기생은 그 자리에서 흐느꼈다. 더는 김이문을 말릴 용기가 나지 않았다.

적화가 날렵하게 일어나 기생에게로 다가갔다. 그녀를 일으켜 세우는가 싶더니 도리어 적화는 기생의 오른쪽 뺨을 날렸다. 기생은 벌벌 떨더니 주저앉아 버렸다.

"절대 나리가 방 안에서 나오지 않도록 잘 뫼셔야 할 것이야."

적화의 말대로 노력했지만 술만 들이켜는 그를 막을 수는 없었다. 그녀에게 김이문은 첫 손님이었고 첫 손님 대접을 그르쳐 버렸으니 두렵기만 했다.

"손님 대접을 그따위로 한 게야? 어디서 배워먹은 버릇일꼬. 그따위로 하고도 이곳에 남길 바라느냐."

"잘, 잘못했습니다. 한 번만 용서해 주세요. 여기 말고는 갈 곳이 없어요. 다시는 안 그럴게요. 내쫓지만 말아주세요."

"무슨 잔말이 그리 많아. 기생 되겠다는 년이 어디 네년 하나뿐인 줄 아느냐?"

잔뜩 부은 얼굴을 하고서도 기생은 적화에게 매달렸다. 그 모습을 보던 소희의 가슴이 답답해졌다. 단지 기생이라는 이유만으로 양반의 난폭한 언사와 행동을 견뎌내야 하는 것인가.

저 때문에 일어난 사달을 말리기는커녕 김이문은 방바닥에 앉아 구경만 하고 있었다. 그것도 모자라 적화에게 되도 않는 훈계조를 늘어놓았다.

"애꿎은 데 괜한 힘을 썼군그래. 적화, 네년이 때리고 싶은 뺨은 그것이 아니지 않느냐?"

"하면 나리, 두 눈 똑바로 뜨고 보십시오. 저기 저 소저가 부용입니까?"

적화의 손가락이 소희를 가리켰다. 방 밖에 몰려든 구경꾼들과 방 안의 시선이 소희에게로 집중되었다. 금방이라도 딸꾹질이 튀어나올 것 같아 소희는 꿀꺽, 침을 삼켰다.

"아니지 않습니까. 이미 죽은 사람이 어찌……."

적화의 말이 끝맺기도 전에 김이문이 손을 들어 막았다. 그러더니 소희의 어깨를 쥐고는 빙글빙글 맴돌기 시작했다.

"네가 부용이 아니라면, 어찌 이정은 널 곁에 둔단 말이냐?"

"나리!"

적화가 목소리를 높였지만, 소희의 귀에는 하나도 들리지 않았다. 두 다리에 힘이 쭉 빠졌다.

"그게…… 대체 무슨 말씀이십니까?"

"왜, 내 말이 도저히 믿기지 않으냐? 왜, 너도 내가 하는 말은 쓰고 이정이 한 말은 달더냐? 그래서 믿지 않는 것이로구나."

김이문이 어깨를 툭 쳤다. 소희는 그대로 바닥에 주저앉았다.

"거참. 너도 내 말을 못 믿는 눈치로구나. 그렇지 않느냐. 내가 아는 것을 이정이 모를 리가 없지."

김이문은 아예 자리에 벌렁 드러누웠다. 어쩔 줄 몰라 서 있는 소희를 보고 있자 묘한 기분이 들었다.

제 속내를 감추지 못한다?

제법 신선했다. 기생이라면, 김이문 주위에 있는 사람치고 감정을 쉬이 드러내는 사람은 없었다. 물론 그래서도 안 되었다. 스스로가 그런 꼴은 내버려 두지 못하는 성미였으니까.

"이거, 내가 너무 흰소리를 많이 한 것은 아닌지 모르겠군."

김이문이 적화더러 가까이 오라 손짓했다. 적화가 그 옆에 다가가 살포시 앉았다. 치마가 폭포수처럼 넓게 펼쳐졌다. 내친김에 김이문은 적화의 무릎을 베고 편히 누웠다.

"나리. 이미 많이 취하신 듯합니다. 그쯤 하시고 이만 귀가하시지요. 오늘만큼은 제때에 귀가하십사, 댁에서 기별이 오지 않았습니까?"

말은 그렇게 하면서도 적화는 김이문이 편히 누울 수 있도록 치마를 정돈했다.

"허허. 여기 적월루 기생년들 하나같이 주제를 모르고 세 치 혀를 놀리는 솜씨를 누구에게서 배운 것인가 했더니 적화, 네년이로구나. 네년부터가 그 모양이니 아랫것들도 그러지를 않느냐."

"어디 이년의 세 치 혀가 나리의 세 치 혀만 하겠습니까? 청출어람이라지만 나리를 따라가려면 아직은 한참 멀었지요."

손으로 입을 살포시 가리며 적화가 곱게 웃었다. 모르는 사람이 보면 사랑을 속삭이고 있는 한 쌍의 연인이었다.

"소저가 몹시도 혼란스러워 보입니다. 하기야 한 번에 너무 많은 이야기를 하셨으니 그럴 만도 하지요. 참으로 기이한 일이 아닙니까. 나리도 착각할 만큼이나 닮았으니 두말하면 잔소리지요."

"그만하면 됐다."

적화의 말은 끝맺어지지 못했다. 김이문이 벌떡 일어나 적화를 밀쳐 냈다. 멍하게 앉아 있는 소희가 거슬렸다. 제가 해준 말이 무슨 대단한 충격이라도 받았는지, 세상이 다 무너진 얼굴을 하고 앉아 있었다. 소희의 어깨를 거세게 잡아챈 그가 눈빛이 마주치자 입술을 끌어 올렸다.

"그럼 너, 이름이 무엇이냐? 내 보기에는 부용인데 다들 아니라 하니 뭐라 불러야 좋을까."

사람을 진흙탕에 넘어뜨릴 때는 언제고 곁에 와서 방글대는 꼴이라니. 속이 뒤틀려 좋은 말이 나갈 수가 없었다. 겁을 집어먹을 이유가 사라졌다. 소희는 그의 시선을 피하지 않았다.

"부용이란 사람이 아니란 것만 아시면 되는 거 아니셨습니까."

"정말 이상도 하다. 내가 취한 것인지 이 세상이 맛이 간 것인지 모르겠으니. 어찌 다시 내 앞에 나타났을꼬. 필시 꿈인 게야."

그는 확실히 술에 취했다. 그렇지 않고서야 소희를 보면서 환하게 웃을 리가 없었다. 처음 봤을 때부터 적대감을 숨기지 않던 그가 아니었었나. 저러다 심사가 뒤틀리면 지난번처럼 갑자기 손이라도 치켜들지도 모를 일이었다.

"전 이만 돌아가겠습니다."

김이문의 손이 소희의 어깨 위에 닿았다. 넓은 손바닥 아래로 가느다란 어깨가 화들짝 놀라는 것이 느껴졌다.

"너, 내가 두려운 모양이다. 그렇지?"

그 모습이 김이문에게는 퍽 새로웠다. 저를 보고 화초를 올려달라, 화대를 높게 쳐달라며 달려드는 계집들은 많이 봐왔다. 떼어놓으려 해도 들러붙었으면 들러붙었지 이렇게 도망가지 못해 안달이 난 계집은 없었다.

더는 계집에게 열 마음이 없다 여겼거늘, 부용의 환생처럼 닮은 소희에게 조금씩 마음이 동하고 있었다. 계속 지켜보고 있으면 심심하지는 않을 것 같다.

어차피 집으로 가봤자 그를 맞아주는 건 엉겁결에 혼사를 치른 부인이었다. 아름답다던 미모는 그가 보기에 부용의 발끝에도 미치지 못했다. 혼인을 한 그날 밤, 도망치다시피 향한 청월루에서 기생들의 품에서 보낸 것은 정해진 수순처럼 당연한 일이었다.

가만히 소희를 바라보는 김이문에 적화는 초조해졌다. 부용과 닮은 얼굴 때문이라고 여겼지만 김이문의 반응이 심상치 않았다. 필요 이상의 호기심이었다. 부용이 아니라는데도 관심을 보이는 연유가 무엇인가. 그대로 두고 볼 수만은 없었다.

"소저가 이년의 옛 지기 부용에 대해 묻더이다. 이미 오래전 일이나, 무척이나 궁금해하는 눈치라 몇 가지 답해주고 있었습니다. 어찌 죽었느냐 물어보길래 자살하였다, 답하던 중이었지요."

"자살? 그것 참 재밌는 궤변이로구나."

"그러게 말입니다. 아직도 자살이다, 아니다 뒷말들이 나오는 걸 보면 확실히 궤변이지요. 헌데 누구 하나 그 아이의 죽음을 조사하지 않았으니 그럴 수밖에요."

"더는 듣고 싶지 않으니 집어치워라."

뒷짐을 진 김이문이 소희 쪽으로 어슬렁어슬렁 걸어왔다. 삽시간에 자리에 눕혀진 소희가 발버둥을 쳤다. 커다란 몸집에 제압당한 소희가 살려달라 소리쳤다. 눈이 마주친 적화가 포기하라는 듯 고개를 저었다. 옷고름이 풀어지는 것에 눈이 뒤집히려던 찰나, 밖에 대기하던 시종들이 들이닥쳤다.

"불이야! 불이 났습니다! 어서 자리를 피하십시오!"

"이곳으로 금방 불이 번질 것입니다! 어서 가시지요!"

사람들의 함성 소리가 들려왔다. 여기저기서 물을 퍼 나르기 바쁜 이들이 보였다. 소희는 그 틈을 놓치지 않고 재빨리 김이문을 밀쳐 냈다. 그의 수하인 장정 서넛이 들어와 김이문을 부축했다. 업혀 나가면서도 그는 고래고래 소리를 질러댔다.

"너! 이정을 살리고 싶으면 내게로 오는 것이 좋을 것이다! 개죽음 당하고 싶지 않다면 말이다!"

상놈의 안내를 받아 방 밖으로 나가다 말고 적화가 황급히 소희를 붙잡았다.

"잠깐! 아직 소저에게 할 말이 남았습니다. 잠깐이면 됩니다!"

다행히 불은 금방 꺼졌다. 소동을 일으킬 만큼 큰 화재도 아니었기에 적화는 주위 입단속을 시키고 손님들을 달래 원래 방으로 돌려보냈다. 기다리고 있던 소희가 적화를 재촉했다.

"아까 그 말 무슨 뜻입니까? 자살이 아닐 수도 있다니."

"만약의 경우, 그럴 수도 있다는 것이지요. 궁금하다면 적월루

로 들어오시지요. 부용의 몸으로 부용의 죽음을 알아낸다라. 이
보다 더 재밌는 일이 또 있을까요?"

홍조를 띤 적화를 바라보던 소희는 생각할 시간을 달라고 하
였다. 처녀귀인 부용의 억울한 사정을 풀어내는 것이 지금으로서
는 아버지를 구명하는 유일한 길이었다.

적월루를 빠져나와 두리번거리는 소희에게 단걸음에 걸어온 이
가 있었다. 가쁜 숨을 내쉬며 이정이 크게 외쳤다. 알아듣게끔 잘
타이르자, 그리 마음먹었건만 소희를 보는 순간 윽박지르지 않을
수 없었다.

"대체 어디 있다 온 것이냐!"

불벼락처럼 떨어지는 호통 속에 소희는 두 손을 얌전히 모았
다. 워낙에 혼잡한 거리인지라 손을 놓치게 되었으나 곧바로 돌아
가지 않은 것은 제 잘못이었다. 하여 얌전히 꾸지람을 듣고 있는
것이었다.

"혹 청월루를 찾아가겠다 따라 나선 것이더냐?"

"……."

"내 설마설마하였지만 참으로 대책이 없구나."

대답이 없는 것을 보니 짐작이 맞는 모양이었다. 그래도 딴에
는 방에서 나가라고 윽박질렀던 것이 마음에 걸렸었는데 저 아이
머릿속에는 온통 그곳 생각뿐이었다니 어이가 없고 기가 찼다. 혹
여나 무슨 일이나 당했을까 골목길마다 뛰어다닌 걸 생각하자 저
절로 울화가 치밀어 올랐다. 아무 대꾸도 없이 가만히 있는 작태
를 보자 평소대로 감정 제어가 되지 않았다.

"그것은 제가 잘못하였습니다. 송구합니다. 하나 대군마마께

여쭐 것이 있습니다."

대답해 주지 않으면 한 발짝도 안 움직이겠다는 모양새다. 작은 두 발을 버티고 선 것에 어디 한번 해보라고 이정이 고갯짓했다. 할 말을 다 들은 뒤에 제대로 혼을 낼 작정이었다.

"청월루는 이미 사라졌습니다. 아닙니까?"

"그를 어찌 아느냐."

"청월루의 간판이 적월루로 바뀐 것입니다. 그도 맞습니까?"

"그래. 네 말이 맞다."

어찌 알아냈는지는 몰라도 더 이상 부정하는 것은 수가 아니었다. 인정하고 나자 괜스레 속이 뒤틀렸다. 청월루건 적월루건 그것이 무슨 상관이란 말이냐. 기생이라도 되려는 것이 아니라면 어찌 이리도 한결같이 고집을 부리는 것인지 이해가 되지 않았다. 고까움에 저절로 비아냥대는 말투가 나왔다.

"어찌 그리 잘만 알아냈는지 놀랍구나. 박수라도 쳐 주랴?"

"지나가는 사람들 말만 들어도 알 수 있었습니다. 예전 청월루만은 못하다고 장사치들이 모여 앉아 얘기하는 걸 들었습니다. 한데, 어찌 대군마마께서는 제게 말씀해 주시지 않으셨습니까."

"아까는 대답도 없더니 지금은 잘도 말하는구나."

"제게는 나름의 사정이 있습니다. 마마께서 말씀만 해주셨더라면 시간 낭비를 하지 않아도 되었을 것입니다. 마마같이 다감하신 분이 어찌 제게 그러셨는지 이해가 되지 않습니다."

따박따박 말하는 것이 지금처럼 귀엽지 않을 수가 있을까. 얄미울 정도였다. 네가 걱정되어 그런 것이다. 그리 말해본들 또 어찌 걱정을 했느냐고 되물을 것이다. 그에 대한 대답은 그조차도 뭐라 이해할 수가 없었다. 이성이 사라져 버리기라도 한 듯 안달하던 제 모습이 떠올랐다. 휘영이 없었기에 망정이지, 그런 꼴을 보였다가는 두고두고 놀림거리가 되었을 터였다.

"나는 내 마음이 시키는 대로 하였을 뿐이다."

"예? 그 무슨 말씀이십니까."

"못 알아들었다면 되었다."

소희를 한참 동안 노려보던 이정이 앞서거니 걸어가기 시작했다. 그런 이정의 모습이 낯설어 소희는 애먼 뒷목만 긁적거렸다. 아무리 생각해도 이상했다. 화를 낼 사람은 난데 어째 대군마마께서 잔뜩 심통이 나셨담. 얼른 오지 않고 뭐하냐는 이정의 말에 소희는 서둘러 발걸음을 옮겼다.

❀

부용귀는 염라대왕 앞에 꿇어앉혀져 있었다. 그녀의 양옆으로 시뻘건 육모방망이를 든 저승사자들이 서 있었다. 염라는 높다란 계단 위, 평상을 가져다놓고 드러누워 있었다.

"이번에는 순순히 오라를 받았다지. 무슨 생각이었을까."

부용귀는 그저 고개만 숙이고 있었다. 염라는 훌쩍 계단 아래로 내려오더니 사뿐히 그녀의 앞에 섰다. 뒷짐을 지고 선 것이 제법 위엄이 넘쳤다.

"내 이리 어리고 준수한 외양을 가졌다 해서 만만하게 보면 안 된다. 저 방망이 맛을 봐야 입을 열래? 네가 아무리 혼이래도 고통은 느껴질 텐데."

저승사자의 방망이. 그 맛을 본 것은 사람이건, 귀신이건, 원혼이건 넋을 빼놓게 된다. 정신이 혼미해지고 몸에 구멍 뚫린 곳 어디서든 피를 쏟게 된다. 이미 한 번 죽은 이들인데도 불구하고 다시 죽고 싶어질 정도라 하였다.

물론 저승에서 맛볼 수 있는 고통치고는 지극히 약한 편에 속한다. 고통 같은 것은 아무래도 상관없다는 듯, 부용귀가 고개를 들었다.

"궁금했습니다. 제가 떠나온 뒤로 어찌 변했는지. 다들 어떻게 살고 있던 것인지."

"기억을 놓으면 되지 않아. 그냥 놓아버려. 그리 기억하려고 애쓴들 네 기억이 모두 사실이겠어? 기억의 샘물에는 네 기억만 들어 있다더냐?"

"놓으려 해도 잘 되지 않습니다. 저도 놓고 싶습니다. 하지만 문득문득 기억의 샘이 열릴 때면 몸은 이미 이승으로 가 있습니다. 소녀도 방도를 모르겠습니다."

"그래서, 뭐 떠오른 것이라도 있는 거냐?"

"저는 보았습니다. 보고야 말았습니다. 제가 죽은 뒤 아무렇지 않게 살아가는 그들의 모습을."

염라가 혀를 끌끌 찼다. 그러더니 마지막 계단 위에 대자로 드러누웠다. 저승사자 하나가 앞으로 나섰으나 손을 들어 막았다. 저승의 대왕으로서 지엄함을 보여야 한다, 제대로 심문해야 한다, 그따위 잔소리를 늘어놓을 게 뻔하지. 아, 지루하기 짝이 없었다.

자신의 죄를 모르는 자, 용서받을 수 없는 죄를 지은 자들 앞이 아니고서야 자신의 본모습은 소년이었다. 이 정도면 꽤나 귀여운 외모가 아닌가. 애초에 이리 귀여운 자신은 저승과 어울리지 않았다.

"망할 상제 자식."

저승사자의 어깨가 흠칫했다. 염라가 히죽 웃었다. 저승을 다스리는 자와 욕지거리. 참으로 잘 어울리지 않는가. 잘 어울리고말고. 한가하게 천상에서 복숭아나 따 먹고 있을 옥황상제 놈을 생각하니 자연스레 이가 바드득 갈렸다.

"너도 참 이상타. 이 망할 부용귀야. 내 너처럼 생전의 기억을 잃지 않으려고 안간힘을 쓰는 건 보지를 못했어. 어차피 다 죽으면 그만 아닌가?"

죽은 지 삼 년이나 지난 주제, 다른 자들처럼 윤회하겠다는 헛된 희망이라도 품으면 좋았을 것이다.

그런데 허구한 날, 저놈의 부용귀가 이승에서 저승으로 오가는 물가에 앉아 샘물을 퍼 마신다 들었다. 죽은 자들은 배에 올라 저도 모르는 사이, 생전의 기억을 물가에 흘려보냈다. 자신이 기억을 잃게 된다는 그 사실조차 잃어버림이 마땅했다.

간혹 부용귀 같은 경우도 있었다. 생전의 기억을 되찾으려는 어리석은 자들. 설령 샘물을 마신다 한들 그 많은 기억들을 제 것으로 흡수할 수 있다 여기는 건가?

종내 미치지나 않으면 다행이지.

"나는 그리 관용이 많지 않아. 사실 네가 설치고 다닌 것도 지켜보는 재미가 없었다면 그렇게 놔두지도 않았지. 그러니 그냥 저승에 콱 박혀 있어. 쓸데없이 빙의 같은 걸로 정신을 축내지 마라. 그러다 영영 이 구천을 떠도는 수가 있으니까."

"죽어도 죽지 못하는 이 심정을 아십니까? 염라대왕님께서도 처음부터 저승을 다스리던 왕은 아니었다고 들었습니다."

"쓸데없는 소리."

저런 건 또 어디서 주워들었는지. 염라는 피곤함을 느꼈다. 원귀들과 대화를 나눈 것이 처음이 아니건만, 유독 저 부용귀를 상대하고 있으면 힘이 곱절로 들었다.

"정신을 차리는 데는 몽둥이찜질만 한 것이 없지. 끌고 가라."

염라의 손짓에 저승사자들이 부용귀를 잡아챘다. 아무런 반항 없이 끌려가는 뒷모습에도 염라는 코웃음을 쳤다.

하여튼 정신 나간 계집. 아무리 소희를 위하는 일이었다 해도 이승에 가서 화재를 일으킬 줄이야. 당최 머릿속에 무슨 생각이 들었는지 알 수가 없다. 무식한 것인지, 무모한 것인지. 아니면 둘 다이거나. 어찌 됐건 지금으로서는 유일하게 염라의 심심함을 달래주는 것. 마음만 먹으면 진즉 소멸시킬 수도 있는 것을 내버려 두는 것은 그 때문이었다.

�֎

"혹 저를 걱정하셨습니까?"

돌아와서도 이정은 서책만 들여다보았다. 그 옆에서 눈치만 살피고 있던 소희가 어렵게 말을 뗐다. 걱정을 끼친 것은 제 잘못이었다.

"그랬지 않겠느냐."

그는 소희와 정반대로 앉아 등만 보여주고 있었다.

"혹 제가 보고 싶으셨습니까."

"그래. 그랬다."

눈가가 젖어들더니 툭 눈물이 떨어졌다. 이상도 하지. 웃음이 나오는데 눈물도 같이 흘렀다. 울다 웃으면 뭐가 난다는 말을 들었는데 그게 뭐였더라.

순간 위험한 생각이 들고 말았다. 이대로 대군마마 곁에만 있다면 아무래도 좋을 것 같다는. 바라서는 안 될 것을, 가져서는 안 되는 것을 바라고 가지고 싶어졌다.

"네가 부용이 아니라면, 어찌 이정은 널 곁에 둔단 말이냐?"

그 음성이 자꾸만 들린다. 상상하기가 더는 두려웠다. 제 마음이 크게 다칠까 봐 그러는 것일지도 몰랐다.

"대군마마께 여쭤볼 것이 있습니다. 제게 꼭 답을 해주셔야 합니다."

"그러마."

쿵쿵. 가슴인지 머릿속에서인지 북이 울렸다. 어떤 대답이 돌아온대도 내 갈 길은 이미 정해져 있잖아. 망설이던 소희의 입술이 마침내 떼어졌다.

"부용이란 여인, 알고 계셨습니까?"

"알다마다."

"실은 그동안 궁금하였습니다. 어찌 마마께서는 제게 아무것도 묻지 않으시는 것인지."

"내 널 추궁이라도 해야 했다는 것이냐."

나는 대용이었던 거구나. 그런 줄도 모르고 좋아라 했었다니. 부끄러워 죽을 것 같았다. 혼자 설레발친 것을 생각하면, 좋아라 했던 것을 생각하면. 당장 방을 박차고 어딘가로 달려 나가 버리고 싶었다.

"마마께 정인이 계셨다 들었습니다."

"김이문이가 그러더냐?"

"예? 마마께서 그것을 어찌 아십니까."

"이런 농간을 부릴 자가 그밖에 더 있겠느냐."

김이문 그자에게 놀아나는 것은 한 번으로 충분했다. 두 번은 이쪽에서 사양이었다. 이정이 소희의 손을 잡아챘다.

"소희야."

"그리 부르지 마십시오. 더 이상 착각하고 싶지 않습니다."

"소희야."

느릿한 음성에 소희의 몸이 절로 떨렸다. 어느새 이정의 얼굴이 코앞으로 다가왔다. 잡힌 손이 꿈결 같았다.

"착각이 아니다. 소희야. 그 아이는 정인이었으나 정인이 아니었다."

"예?"

"네 마음이 그렇듯, 나 또한 그렇다."

오늘 소희가 없어졌을 때 이정은 소희를 향한 마음을 확실히 깨달았다. 사라질까, 없어질까 노심초사하였다. 네가 좋구나. 하나 지금은 그 이상 설명할 수가 없었다.

"날 기다려 줄 수는 없겠느냐. 부용에 관해선, 때가 되면 내 말해주마."

이정의 진심 어린 목소리에 소희의 눈빛이 촉촉해졌다. 소희가 천천히 고개를 끄덕였다.

"고맙구나."

커다란 손이 소희의 머리를 덮었다. 더 이상 묻지 않고 따라주니 그저 고마웠다.

"대신 마마에 대해 더 알고 싶습니다."

"알려주면 감당은 할 듯싶고?"

"아직도 저를 믿지 못하시는 것입니까?"

소희의 입가가 불만스레 씰룩거렸다. 놔두면 저녁 내 저러고 있을 터. 이정이 손가락으로 탁상을 두드렸다. 꽤나 오래전 기억이었다.

"살아…… 내거라. 정아. 꼭……. 그래야 한다."

이정이 두 손을 끌어 모았다. 아직도 손안에 어미의 감촉이 남아 있었다.

"한…… 번. 안아보고나…… 가게 해다오."

"아니 됩니다. 바로 가셔야 합니다. 중전마마."

"네 이년들! 정녕 하늘이 두렵지 않은 것이냐? 감히 어디에 손을 대느냐?"

평소라면 감히 어미의 눈도 마주치지 못했을 나인들이었다. 때를 같이해 내시들까지 합세해 중전에게서 이정을 떼어냈다.

"흐어엉. 어, 어마마마."

"안 된다. 정아. 내 너를 두고 어찌 이대로 갈 수 있단 말이냐! 놓아라, 이놈들! 이 손 놓지 못할까!"

"어마마마! 어마마마!"

"저희는 주상 전하의 명을 받잡을 뿐입니다. 마마, 조용히 따라 주시옵소서."

떨어지지 않으려는 모자지간과 궁인들의 몸싸움이 벌어졌다. 얼마 버티지 못하고 이정은 나가떨어졌다. 끌려가면서도 중전의 눈길은 이정에게 머물렀다.

"정아. 어미를 죽인 자들이 있을 것이다. 부디, 네가 그들을 벌해다오. 그리하겠다, 약속해 다오."

"소자는 어마마마의 말씀을 따를 것이옵니다."

"그래. 그래야 이 어미는 죽어도 눈을 편히 감을 것이다."

"어서! 어서 가셔야만 합니다!"

"나는 아니 갈 것이다! 어마마마를 두고는 못 간다 했다!"

"진정 중전마마의 마지막 말씀을 듣지 않으시겠단 것입니까?"

어린 이정의 양손은 휘영과 유모 박씨에 붙들려 있었다. 계집으로 분해 이제 막, 궐 뒷문을 넘어선 참이었다. 그러나 이정이 자리에 주저앉는 바람에 시간이 촉박해졌다.

"정히 가지 않으시겠다면, 이 자리에서 다 같이 죽을 수밖에요. 잡히면 마마도, 저희도 모두 다 죽습니다. 진정 그러시길 바라십니까?"

늘 안아주고 얼러주던 박씨가 큰소리를 냈다. 매서운 눈초리를 보자 늘 웃어주던 어미의 얼굴이 떠올랐다.

"어마마마께서는 정녕 무사하신 것이냐?"

"예. 중전마마께서는 대군마마가 무사히 도망치실 수 있도록, 조금이라도 더 시간을 버시려고 그리 애를 쓰신 것입니다. 하오니 어서 걸음을 옮기셔야 합니다."

그제야 이정의 발걸음이 떼어졌다. 그러나 고개는 몇 번이고 뒤를 돌아보았다. 어미를 앗아간 커다란 궁궐이었다.

무사할 거라던 박씨의 말과 달리 중전은 돌아오지 못했다.

며칠 후, 폐비에게 사약이 내려졌다. 평소 임씨는 투기가 심해 온갖 주술과 악행에 앞장섰으니 한 나라의 국모로는 그릇이 부족하다는 것이 죄목이었다. 대비가 밀어붙이고 왕의 강력한 의지로 일은 일사천리로 진행되었다.

"가는 길마다 폐비의 얘기가 끊이질 않았다. 백성들이 무얼 알고 그랬겠냐만 어린 마음에 그들의 입에 오르내리는 것이 썩 좋지만은 않았지."

"……마마."

"그때의 난 목숨이 중하다는 것도, 어미가 어찌 죽었는지도 몰랐다. 그저, 밤마다 꿈속에 나오는 어미의 모습이 두려웠어. 그리도 보고 싶어 해놓고는, 망자의 모습이 나타날까 두려워하다니. 이 얼마나 웃긴 일이냐."

이정이 자조적으로 중얼거렸다.

"대군마마의 잘못이 아닙니다. 두려움이 그리움을 앞서 그런 것입니다."

소희는 밤마다 문밖을 서성거렸던 어머니를 떠올렸다. 어머니는 새벽에도 싸리문 밖으로 달려 나갔다. 그 발소리에 소희도 숱하게 잠에서 깨었다.

"소희야. 아버지가 오신 모양이야. 방금 발소리를 듣지 못했니?"

"바람 소리였어요. 어머니."

"흐으윽. 너희 아버지도 참 너무하시는구나."

아무도 없는 것을 확인한 뒤에 어머니는 어린아이처럼 흐느껴 울었다. 그 곁에서 소희는 아무런 위로도 할 수 없었다. 그저 지켜보는 것이 다였다.

"저는 제 어머니가 미쳐 버리실까 봐, 그것이 더 두려웠습니다."

이 세상에 혼자만 남겨질까 봐 두려웠다. 그때를 떠올리며 소희가 몸을 웅크렸다.

"자책하지 말거라. 네 잘못이 아니니."

이정이 소희를 보듬어 안았다. 넓은 품에 고개를 묻은 소희의 눈가가 붉어졌다.

제 잘못이 아니라 말씀하셨지만 하나, 대군마마. 저 때문에 누군가 다치는 일은, 더는 없었으면 합니다. 그리고 제게는 꼭 해야 할 일이 있습니다.

'저는 적월루로 갈 것입니다. 그러니 안녕히 계십시오.'

❀

새벽녘, 이정은 꿈을 꾸었다. 어린 이정이 강가에 앉아 있었다. 어미의 기일이면 하루 종일, 시간을 보내던 곳이었다. 지난밤도 박씨가 혼잣말로 중얼거리던 것을 엿들었다.

"어쩜 그리도 마마를 쏙 빼 닮으셨습니까그래. 우리 마마, 곱기도 고우셨는데."

"내가 그리도 어마마마를 닮았단 말이지. 유모가 보기에도?"

"그럼은요, 물론이지요. 마마께서 살아 계셨다면 정말 좋아하셨을 텐데."

정말 그리 닮았다면야, 제 얼굴을 비춰 보면 어미가 보일 것도 같았다. 어미를 그리워하는 마음은 누구에게도 들키기 싫었다.

집에서 그리 멀지 않은 강가가 이정의 안식처였다.

"울지 못하는 걸 보니 너, 아직 어리구나?"

낯선 목소리였다. 어린 이정이 발딱 자리에서 일어났다.

"누구냐, 넌."

뒤돌아보니 남루한 행색의 소녀였다. 그럼에도 눈빛은 초롱초롱 빛났다.

"울고 싶으면 울어야지. 그렇게 참으면 병 된다?"

"병이라니. 그건 또 무슨 소리냐."

"아아. 내 동생이 꼭 너처럼 울음을 참는데, 그거 되게 안 좋은 버릇이거든. 널 보니까 내 동생 생각이 나서 나도 모르게 그만 아는 척을 해버렸네."

"울음을 참기는, 누가 울었다는 거냐! 네가 잘못 본 게지."

처음 우는 것을 들킨 게 제 또래라니. 부끄러움에 어린 이정이 바득바득 우겼다.

"어쩜. 그리 우기는 것도 우리 소희랑 똑 닮았다."

"소희? 그게 네 동생 이름이냐?"

"응. 나랑 내 동생 희자 돌림 쓰거든. 내 이름은 연희야."

동생이란 말에 이정의 고개가 갸웃했다.

"한데 네 동생은 보이지 않는데 어디 두고 온 거냐?"

"응. 그게 사정이 좀 있어서……. 하지만, 나중에 내가 꼭 데리러 갈 거야."

동생 얘기에 연희의 얼굴이 어두워졌다. 불끈 쥔 주먹이 우습기도 해 이정이 피식 웃었다. 많아 봐야 제 또래로 보이는데 어른스러운 척하는 것이 빤히 보였다.

"그러니까 지금은 갈 곳 없는 거지 신세다, 그 말이구나."

"어? 어, 응. 근데 거지라니 듣기 좀 그렇다? 돈은 있다가도 없고, 없다가도 있는 거라는 말 몰라? 한데 기왕 말 나온 김에 잠깐 신세 좀 질 수 있을까?"

"그럼 네 동생도 데려와라. 아, 물론 너 같은 왈가닥이라면 그냥 데려오지 마라."

"야! 우리 소희가 얼마나 예쁘고 귀여운데. 책도 많이 읽어서 말도 얼마나 잘하는데. 너, 나중에 보고 반하지나 마라."

"그야 두고 볼 일이지. 어디, 얼마나 어여쁜지는 내 직접 보고 말하마."

이정은 슬그머니 상상의 나래를 펼쳤다. 이 왈가닥 계집애 말고 귀엽고 말도 잘하는 아이라니. 한 번 보고 싶기는 했다. 어렸을 때부터 여동생을 가져보는 것이 소원이었는데 잘됐다 싶었다.

"그건 그렇고, 넌 집이 어디야? 내가 배가 좀 많이 고픈데."

"미리 말해두는데, 세상에 공짜란 없는 거다. 우리 유모가 싹싹하고 손발 빠른 계집아이 하나를 구한다 해서 데리고 가는 것이니."

"그럼그럼. 요즘 세상에 나같이 싹수 좋은 애 찾기도 힘들다, 너."

"말 잘한다는 동생을 두었다더니, 너도 참 말은 잘하는구나."

앞장서서 걸어가는 이정의 뒤를 연희가 뒤쫓았다. 재잘거리는 소리가 멀어질 때쯤, 이정은 잠에서 깨어났다. 꿈은 오래전 과거의 일을 보여주었다.

"소희, 그 아이가 설마……. 아니. 아닐 것이다."

이정이 옆으로 손을 뻗었다. 텅 빈 자리, 싸늘한 어둠만이 내려앉아 있었다. 결국 떠난 것인가. 하기야 가는 길까지 알아둔 마당이니 떠나지 않을 이유가 없었을 것이다.

하나 왜 이리 마음이 허전하단 말이냐. 든 자리 알고 난 자리 모른다더니. 쓸쓸히 중얼거리다 이내 담뱃대를 집어 들었다. 오늘

따라 유난히도 밤이 길다.

❀

이른 아침의 자경전(慈慶殿).

부랴부랴 다례상을 들이던 상궁은 의아한 낯빛이었다. 주상은 늘 아침잠이 많아 문안은 거르다시피 하였다. 대왕대비 또한 부러 주상의 문안을 받을 만큼 사이가 좋은 것도 아니었다.

좋지 않다 뿐인가. 물과 기름처럼 상극이었다. 문안을 알리는 연통이 오자마자 대왕대비의 고운 아미에 주름살이 잡혔다. 물론 언제 그랬냐는 듯, 대왕대비는 웃는 얼굴로 임금을 맞았다.

"주상께서 할미를 찾아주실 줄 알았다면 약과라도 준비해 두었을 것을요."

"소손, 할마마마께서 주시는 것이라면 무엇이든 달게 먹을 준비가 되어 있습니다."

마음에도 없는 소리. 임금과 대왕대비가 동시에 속으로 말했다.

아무리 주상이라지만 내 아침부터 저 못난 낯짝을 봐야 하는 것인가. 속이 뒤틀려 대왕대비는 입술을 내리 깨물었다.

제 아무리 임금의 자리에 올라 신수가 훤해졌다 하나, 그 어미의 천한 피는 그대로 물려받은 게지.

"소손은 그저 할마마마의 안부를 여쭙는 것으로 족합니다. 약과는 다음에 준비해 주시지요."

흥. 다 늙은 뒷방 늙은이가 기를 쓰고 앉았군. 임금 또한 지지 않고 대왕대비의 눈빛을 되받아쳤다. 요사스러운 눈웃음이 여간 마음에 들지 않았다.

"저런. 안색이 시퍼런 것이 아무래도 주상께서 요사이 밤잠을 설친다는 소문이 사실이었나 봅니다. 마음을 편히 가지세요. 주상의 심신이 안정을 찾아야 후사를 논할 게 아닙니까."

"몰랐습니다. 할마마께서 이리도 소손을 염려해 주실 줄은."

"이 할미는 자나 깨나 주상을 걱정하고 있습니다. 조정 대소 신료들이 어서 후사를 보아야 한다 말들이 많지만 할미의 생각은 다르답니다. 무에 급할 게 있습니까. 주상께서 나날이 강령해지는 모습을 보니 한시름 놓아도 좋을 듯싶군요."

"후사로 인해 늘 골이 쑤셨는데 그리 말씀해 주시니 소손, 정말 한시름 놓겠습니다."

그 한시름 애초에 이미 놓아버린 지 오래였다. 중전이라고 앉혀 놓은 이는 대왕대비의 꼭두각시에 불과했다. 대왕대비도 중전도 김씨 가문의 사람들이었다.

중전에게서 후사를 본다는 건 고양이에게 생선을 맡기는 꼴이리라.

한시름 놓는 김에 아주 그냥 정신 줄도 놓아버렸으면 좋으련만. 대체 나이는 어디로 먹길래 저리도 정정한가.

뻔히 보이는 거짓이 우스워 임금은 샐쭉 웃어 보였다.

"품 안에 그것은, 아직도 입니까?"

"예. 할마마마."

대왕대비의 못마땅한 눈길이 임금의 품 안으로까지 미쳤다. 긴 머리털의 그것이 꼬물꼬물 고개를 내밀었다. 눈도 보이지 않으니 참으로 음침하기 짝이 없었다.

임금이 워낙 겁 많은 성정인 것은 알고 있었지만, 항시 가까이 한다는 그것을 지척에서 본 것은 처음이었다.

"이것이, 참 영물은 영물인가 봅니다."

"주상, 진정 실성을……."

"그럴 리가 있겠습니까. 소손 요새 하도 꿈자리가 뒤숭숭한 것이 불안하여 잠을 이루지 못했는데 요놈을 데려온 뒤부터는 달게 잡니다. 요놈도 당최 떨어지려 하지를 않으니 이리 곁에 두게 되었습니다."

"흠. 주상이 그렇다면야."

"할마마마께서는 소손을 이해, 하시지요?"

"이해…… 하다마다요."

"예에. 역시 할마마마께서는 이해해 주실 줄 알았습니다. 소손, 어린 나이에 너무도 큰일을 겪은 충격에 벗어나지 못해 그런 것임을. 한데 할마마마께서는 요사이 평안히 잠자리에 드신다지요."

임금인 내가 편치 못한데 궐 안의 큰 어른께서는 편히 밤을 보내셨다?

나긋나긋한 어조 뒤에 성난 힐난이 깔려 있었다.

이미 앞에서 밤낮으로 주상의 건강을 염려한다 하였으니 긍정을 하면, 말을 번복하는 것이 되어 꼴이 우습게 된다.

대왕대비는 짐짓 아무렇지 않은 척 부정했다.

"그럴 리가요. 이 할미 또한 잠자리가 그리 편치 못합니다."

"아아. 그러셨군요. 어쩐지 할마마마 눈 밑으로 그늘이 자욱한 것이, 소손 보기 민망하여 혼났습니다."

"예. 이 할미 또한 긴긴밤을 보내는 탓이지요."

대왕대비가 입술을 잘근잘근 깨물었다. 전부 거짓은 아닌 듯, 초조해 보이는 얼굴이 십 수 년은 더 늙어 보였다.

임금은 선심 쓰듯 품 안의 것을 앞으로 내밀었다.

"하면 할마마마께서도 이 녀석을 곁에 두시지요. 귀신과 액운을 쫓는 데는 제일이라지요."

삽살개가 혀를 내빼고 헥헥거렸다. 임금은 연신 개의 머리를 쓰다듬었다.

"어떻습니까. 할마마마께도 오늘 밤 이 녀석 한 마리를 보내 드릴까 하는데."

"되었습니다. 나이가 들어 몸이 불편한 탓이지요. 주상께서도 이만 돌아가 보시지요."

늙은 여우의 속이 뒤집어지기라도 한 게로군. 새어 나오는 웃음을 참아가며 임금이 자리에서 일어났다.

대왕대비의 시선이 문가에 닿았다. 영물이라는 말에 속에서 열기가 솟았다.

"영물은 무슨. 주상과 달리 나는 아무 효과도 보지 못했소이다."

그뿐인가. 주술이며 굿이며 각종 방법을 써보았어도 효과를 보지 못했다.

잠자리가 편하지 않다 하시었소, 주상?

이미 내 처소에는 사악한 악귀가 들러붙어 있거늘.

악귀는 밤낮 구분도 없었다. 밥을 먹을 때도 서책을 들여다볼 때도, 비빈들의 문안 인사를 받을 때도 그것은 늘 그 자리였다. 마치 대왕대비의 숨이 끊어지기를 바라기라도 하는 것처럼.

"내가 두려워해야 할 이유가 없거늘, 무에 두려워한단 말이냐"

죄책감이 앞섰다면, 대왕대비는 진즉에 미쳐 버렸을 것이다.

"나는 응당 해야 할 일을 했을 뿐이다."

"……"

"그러니 그딴 눈빛으로 보지 마라. 어서 눈앞에서 사라지지 못할까!"

아무리 소리쳐도 악귀는 사라지지 않았다.

강녕전(康寧殿)에 들자마자 임금은 벌러덩 드러누웠다.

"역시, 보통이 아니다. 진즉에 알았건만, 그 뻔뻔한 낯짝은 볼 때마다 감탄하게 만드는군. 과연 대왕대비라 이건가."

"무엇에 그리도 감탄하시는 것인지 여쭈어봐도 되겠습니까."

하 내관이 느리게 입을 뗐다. 임금의 감정은 시시각각 변하였다. 워낙 감정의 흐름을 짐작할 수가 없으니 직접 묻는 것이 최선이었다.

돌연, 못마땅한 얼굴로 임금이 삽살개를 가리켰다.

"아니. 묻지 마라. 대답하기 귀찮다. 가서 저 녀석이나 좀 안아줘라."

내쳐진 삽살개가 멀뚱히 하 내관의 품에서 고개를 갸웃거렸다.

"그건 그렇고, 내 미리 말했던 것은 준비해 놓았느냐?"

"그것이 전하. 아뢰옵기 황송하나 그것은."

"되었다. 네놈이 하는 일이 그렇지. 나 참. 이것이 말이나 되느냐. 한 나라의 임금이나 되는 자가 먹고 싶은 과일 하나 먹을 수 없다니."

하 내관의 얼굴이 팍 구겨졌다.

제주도에서 진상해 올라오는 귤이 제때 제 양만큼만 왔어도 임금의 푸념을 며칠째 듣지 않아도 되었을 텐데.

하필 극심한 가뭄에 든 이때, 하필! 귤을 찾으시는 임금 덕에 좌불안석이 따로 없었다.

"가뭄은 뭐 제주에만 들었다더냐. 해서 조정에서도 재배에 각별히 신경을 쓰라 이르지 않았던가. 특히나 귤은 귀하디귀한 것이라 내 그리도 유념하라 했는데!"

"그것이 비단 가뭄 때문만은 아니옵고."

기실 가뭄은 이맘때면 늘 있어 왔다.

그러나 본질적인 문제는 그것만이 아니었다.

공물로 바쳐져야 하는 감귤의 수량은 국가에서 운영하는 과원만으로 충당하기 버거웠다. 하여 관리들이 일반 민가의 귤나무에까지 횡포를 부리기 시작했다.

칠팔월이면 민가를 순찰하며 귤의 열매를 하나씩 표시해 장부에 적어두었다가 그 수량을 채우지 못하면 백성에게 배상토록 해왔다.

불만이 쌓인 백성 중에는 제 손으로 직접 귤나무를 뽑아버리는 이들까지 생겨났다. 하나 그들에게는 가혹한 형벌이 내려졌다. 생계 수단이었던 귤나무가 '고통의 나무'로 불리기까지는 얼마 걸리지 않았다.

통 정사에는 관심이 없으신 우리 전하. 그런 상황을 알고 계실 리 만무하다. 그저 말 한 마디면, 없던 진상품도 생겨나는 줄로 아시니, 원. 사실을 고해봤자 내 입만 아프지. 하 내관이 푹푹 한숨을 내쉬었다.

어느새 정좌한 임금이 머리를 굴려댔다. 방금 전, 하 내관의 은밀한 속삭임이 귓가에 맴돌았다.

"전하께 특별 진상되어야 할 것이 어딘가에서 새고 있는 것이 아니라면 좀처럼 있을 수 없는 일이 아니겠습니까."

"그래? 그런가?"

"잘 좀 생각해 보십시오. 전하."

빤히 답이 나와 있는 것을 그리 고민하시다니! 아무리 머리가 안 돌아가기로 유명하시다 하나 답은 하나인 것을! 안타까움에 하 내관이 발을 동동 굴렀다.

"설마……."

"예. 전하. 설마 그다음이 무엇입니까."

"한데 그 설마가 아니면 어쩌느냐."

어쩌긴 뭘 어쩝니까. 불러서 아주 그냥 작살을……!

"전하. 영상 부원군 대감이 들었사옵니다."

이크. 호랑이도 제 말 하면 온다더니. 지레 찔린 하 내관은 얼른 뒤편으로 물러났다.

"들여보내라."

무심하던 임금의 안색이 대번에 바뀌었다. 김대헌의 손에 예의 진상품이 들려 있었다. 절로 입안에 침이 돌았다.

"전하께서 제일 좋아하시는 귤입니다. 앞으로는 필요한 것이 있으시면 그저 소신께 아뢰시면 됩니다."

임금께 감히 아뢰라 하는 것이 무례한 언사임을 김대헌이 모를 리 없었다. 그를 아는지, 모르는지 귤을 까 한입에 몰아넣은 임금이 좋아라 하며 헤죽 웃었다. 그리 보기 좋은 구경거리는 아니었기에, 하 내관과 김대헌의 고개가 돌아갔다.

체통을 좀 지켜주십시오, 전하!

임금의 입가에 줄줄 흘러내리는 과즙이라니. 소리 없는 하 내관의 외침이 어딘가에서 들려왔다.

"모르긴 몰라도 국구(임금의 장인) 댁 곳간은 온갖 산해진미로 가득 차 있을 것이야. 그리 구하기 어렵다던 감귤을 구하다니 역시 대단하시오."

삽시간에 바구니에 담겼던 귤이 사라졌다. 그때만 기다렸던 김대헌의 눈빛이 번들거렸다.

"소신, 방금 전 중전마마를 뵙고 오는 길입니다. 전하."

"아아. 그랬소?"

"예. 요 며칠, 감모를 앓아 많이 수척해지셨더이다."

"알았소. 내 오늘은 교태전(交泰殿)으로 들지."

듣기로는 계집들을 두려워한다지. 아직도 폐비 임씨 때의 일로 충격이 남아 있는 모양이었다. 유약하기 짝이 없는 성미는 귀히 키운 딸의 짝으로는 한참 못 미치나 다루기는 쉽다.

"아버지. 저는 주상의 마음을 먼저 얻을 것입니다."

호기롭게 외치던 딸의 얼굴이 생각났다. 열 아들 부럽지 않은 여장부 같은 아이였다. 그 아이가 원하는 것은 무엇이든 해줄 용의가 있었다.

너는 그저 회임만 하면 되느니. 나머지는 다 이 아비가 알아서 해줄 것이니.

알현을 마친 뒤 나온 김대헌은 넓디넓은 궐을 돌아보며 호탕하게 웃어 젖혔다. 만천하가 이 손에 들어오는 날이 머지않았다.

집 안으로 들어서는 그림자, 김이문이었다.

비척비척 흔들리는 몸짓에 그를 부축하러 하인들이 달려 나왔다. 김이문은 손길 한 번으로 그들을 내쳤다. 안으로 조금씩 걸음을 옮기는데 익숙한 여인의 음성이 뒤따랐다.

"많이 취하신 듯합니다."

"그게 부인과 무슨 상관이 있는지 묻고 싶은데."

김이문은 고개 숙인 여인을 보았다. 혼례 이후 밥 먹듯이 소박을 맞은 이였다. 소박 맞힌 나를 원망도 않고 매일 밤 기다린다? 여인의 의도를 알 수 없었다. 알고 싶지도 않았다.

"이만 가서 수나 마저 놓으시오."

휙, 돌아서 버리는 김이문을 여인의 손이 붙잡았다. 도포를 쥔 손이 마른 나뭇가지 같았다.

"제가 그리도 마음에 들지 않으신가요? 어찌 얼굴 한 번을 보아주지 않으시는 겁니까."

"내 말이 말 같지 않소?"

"아니면, 그 계집을 잊지 못해 이러시는 겁니까. 정말 너무하십니다."

김이문의 핏대가 붉어졌다. 매정한 손길이 여인의 손을 뿌리쳤다. 여인의 안색이 창백해졌다.

"닥치지 못할까. 내 손이 어디로 날아갈지 나도 모르오."

거칠게 번뜩이는 눈빛을 마주한 여인이 고개를 돌렸다. 첫날밤, 돌아서던 남편이 흘린 말이 생각났다.

"어느 누구보다 이 혼사를 원치 않았던 게 바로 나요. 그러니 그대는 그냥 쥐 죽은 듯, 없었던 것처럼 사시오."

"아버님께서 찾으셨습니다. 속히 들어가시지요."

대꾸도 없이 김이문이 스쳐 갔다. 여인도 더 이상 말을 걸지 않았다. 밖에서는 여인에게 헤프기로 소문난 사내였다. 어찌 이리도 집 대문만 밟고 넘어서면 성인군자 흉내를 내는 것인지. 그저 모른 척하고 있을 뿐이라는 걸 정녕 모르는가.

"나 또한 당신을 원치 않았다면, 믿으시겠습니까."

여인의 목소리가 낮게 울려 펴졌다.

"찾으셨다 들었습니다."

한참 동안 그림을 바라보던 김대헌이 고개를 들어 올렸다. 그 아래 펼쳐진 저속한 풍경에 김이문의 이맛살이 찌푸려졌다.

"그새 취미가 다시 도지신 모양입니다."

"이래 보여도 꽤나 값을 후하게 치른 것이야. 잘 보아라. 이 얼마나 생동감 넘치는 광경인지. 저마다 살아 숨을 쉬지를 않느냐."

김대헌이 찬찬히 손으로 그림을 쓸었다. 그러자 그림 속 사람들이 천천히 움직이기 시작했다.

농민들이 일이 끝난 후 다 같이 새참을 먹는 장면이었다. 젖먹이를 안고 있는 어미와 감자를 까 입에 넣는 농부, 부채질을 하는 이. 농번기(農繁期), 그들만의 세상이었다.

"퍽 좋아 보이십니다."

그래서 그 생동감들이 어쨌냐는 듯, 말꼬리가 휘는 어조에 김대헌은 낮게 웃었다.

"한낱 그림일 뿐이기는 하나, 썩 봐줄 만하지. 이런 재주를 고작 이런 곳에 쓰다니 아깝기 그지없어. 그렇지 않느냐."

"이번에는 그림쟁이를 수집하실 모양이십니까?"

김이문 저가 보기에도 그림의 솜씨는 빼어났다. 저잣거리에서 뒷돈으로만 거래될 종류의 것이 아니었다. 양반들이 기생 치마폭에 드러누운 채로 잠깐 감상할 용도도 아니었다.

그런 진가를 보는 눈은 다름 아닌 아비인 김대헌에게서 물려받은 것이었다.

다른 것이 있다면 김대헌은 그것들을 개돼지 같은 짐승들이 부리는 잔재주와 같은 것으로 치부했다. 일정한 값을 치르면 그만인, 그저 한순간 즐길 수 있는 것으로 족하는, 철저한 양반들의 사고방식이었다.

'곡예'가 아닌 '기예'임을 알아보는 것이 바로 김이문이었다. 그것이 부자의 차이였다. 타고난 성정은 같으면서도 달랐다. 그러니 더더욱 접점은 없을 것으로 여겨왔다.

"고작 그림 감상하자고 부르신 것이라면 이만 물러나지요."

"고얀 놈. 냉큼 앉지 못할까."

냉큼 자리에서 일어나는 아들을 보던 김대헌이 혀를 쯧쯧 찼다. 머리 좀 컸다고 방자하게 구는 것이 나날이 가관이었다.

"지난번의 말씀이라면 사양하겠습니다."

"언제까지냐. 대체 언제까지 그깟 계집 환영만 좇을 것이냐. 네 누이 생각은 정녕 할 줄 몰라서 이러느냐? 쯧쯧."

부친의 바람은 이제나저제나 하나였다. 어서 자식을 보라는 것. 김이문의 입가가 비틀렸다. 진정 누이를, 주상을 위한다면 후사를 생각하라는 말이 쉬이 나올 리 없었다. 더군다나 내자(內子)와 제 관계를 생각한다면 더더욱.

그저 이 못난 아들놈으로 인해 누이의 위신이 더럽혀질까, 그게 걱정인 것이다. 애초에 부친에게 자신은 안중에도 없었으니.

"중전마마가 아니라 아버님을 위한 것이겠지요. 정치하시는 분이 그깟 소문에 신경을 쓰시다니요. 답지 않게도 말입니다."

"달리 소문이겠느냐? 한번 퍼져 나가면 걷잡을 수 없는 것이니 내 그러는 것이 아니더냐."

"잘 압니다. 그러니……."

"하면 저잣거리에 떠도는 이야기도 알고 있으렷다."

김이문이 대놓고 피식, 웃었다.

"어느 소문을 말씀하시는 것입니까. 장안 제일 기생이었던
부용이 환생해 돌아왔다는 소문입니까. 그도 아님 이미 오래전에
수그러들었던 그 이야기입니까."

"그건 다른 누구보다 네놈이 더 잘 알 것이다. 네 분명 그때 빈
틈없이 처리했다 하였다. 한데, 어찌 그 계집이 말짱한 얼굴로 살
아 있단 말이냐."

"그것은, 염려하실 바가 못 됩니다."

"애초에 시신조차 발견되지 않은 것을, 네 말만 철석같이 믿고
기다려 주지 않았느냐. 한데, 살아 돌아왔다니!"

분에 못 이긴 김대헌의 손이 후한 값을 불렀던 그림을 갈래
갈래 찢어놓았다. 사방팔방으로 종잇조각이 날렸다.

실상 그 손은 내 목을 꺾어놓고 싶으셨을 겁니다.

김이문은 느긋하게 그것들을 하나하나 주워 모았다.

"글쎄요. 제게는 철석같이 믿는다 하셨지만 흑개 놈이었나, 그
난다 긴다 하던 수하 놈을 시켜 제 뒤를 밟지 않으셨습니까. 하나
그래도 그 시신을 찾지는 못하셨습니다. 아닙니까?"

"그래서, 내게 잘했다 칭찬이라도 듣고 싶었던 것이더냐?"

"됐습니다. 그리고 부용의 환생이라던 그 계집도 염려하지 않
으셔도 됩니다. 그저 좀 닮은 것일 뿐이니."

"에잇. 더는 듣기도 싫다. 애초에 너 같은 놈을 아들이라고 데
려오는 것이 아니었어. 꼴도 보기 싫으니 당장 나가라!"

"그런 말씀은 제대로 된 아들 취급이나 해주고 하셔야지요."

탕. 김이문이 탁상을 소리 나게 짚고 일어났다. 불빛 아래 눈동자가 번뜩였다. 방을 나서기 전, 그는 거칠게 내질렀다.

집을 나서기 전, 자그마한 여종이 달려 나왔다. 또다시 발작을 일으킨 것이리라. 헝클어진 머리와 얼굴에 난 손톱자국이 울긋불긋했다. 그는 손바닥을 앞으로 내미는 아이에게 주머니를 건넸다.

"남김없이 드시게 해라."

짤랑짤랑. 아이는 주머니를 귓가로 가져가 흔들었다. 가루와 함께 챙겨 넣은 엽전의 양이 만족스러웠던지 고개를 끄덕였다.

새벽녘, 김이문은 산 중턱 위 봉분을 찾았다. 당고모의 무덤이었다. 살아생전 슬하에 자식 하나 없던 여인이었다. 장례를 김이문이 주관하겠다 나섰을 때부터 주위에서는 말이 많았다.

계절과 시간을 가리지 않고 김이문은 성묘를 다녀갔다. 삼년상 버금갈 만큼의 지극정성이었다.

"그간 무탈하셨습니까."

절을 하고 술잔을 무덤 위로 한 바퀴 빙 돌렸다. 어미의 정. 그 비슷한 것을 알게 해준 이였다. 친부모보다도 더한 애정을 갖고 지켜봐 주었던 시선은 아직도 마음 한구석에 자리하고 있었다.

지그시 앞을 응시하던 김이문이 앉았다. 찬찬히 봉분을 쓰다듬었다. 전에 없이 다정한 얼굴로 그는 옆으로 몸을 뉘였다.

"처음 만났던 날이 생각나는군."

당고모의 손을 잡고 처음 저잣거리에 나섰던 날이었다. 도도히 걸어오던 한 무리의 기생들은 저마다 꽃 같았다. 그중에서 단연 돋보이던 것은 맨 앞에 서 있던 소녀였다.

"한낱 기생 주제, 빳빳이 쳐든 고개가 어찌나 우스웠던지."

기생이라는 것이 안타까웠다. 뛰어난 글재주와 춤 솜씨를 양반들의 유흥거리로 내버려 두기에는 신통한 재주가 탐이 났다. 어느 누구에게도 내보이게 하고 싶지 않았다.

진흙 속에서 피어나는 꽃이라 했던가.

글쎄, 자신이 나서지 않았다면 진흙 속에 파묻혔을 게 자명했다. 피어나게 한 것도 이 손이고, 지게 한 것도 이 손이었다.

"기억하느냐. 네 주제를 오롯이 알아보던 이는 그때나 지금이나 나뿐이다."

김이문이 손바닥을 쥐락펴락했다. 아직도 이 손에 마지막 온기가 붙어 있는 것 같았다.

널 내 손으로 꺾을 수 있었기에 망정이지.

살아서 내 것이 될 수 없다면, 죽어서라도 내 곁에 두는 것이 나았다.

"너는 질기디질긴 내 연꽃이었다."

연꽃은 비록 꺾어졌을지언정, 사람들의 뇌리에서 지워지지 않았다. 참으로 끈질긴 생명력이었다.

'따지고 보면 그만한 기예를 지닌 계집도 없었는데.'

아비인 김대헌조차도 조금은 후회하는 기색이었다.

하기는, 감상하는 재미 하나는 톡톡히 선사하던 계집이었으니.

"한데 소희란 계집은 누구지. 설령 네년이 나를 죽이러 돌아왔을 리는 없고."

소희 그 아이는 부용이 아니었다. 그저 조금 닮은 몸뚱이를 가진 것뿐이다.

김이문은 불과 몇 시진 전, 적화와 나누었던 대화를 떠올렸다.

"경연에서 장원을 할 경우 화초를 올려줄 상대를 고를 수 있다, 뿐입니까. 정실로도 들어갈 수 있는 기회입니다. 이 정도면 기생에게 주어지는 최고의 선택권이라고 할 수 있지요. 경연장에 자리한 사내들의 지위 고하를 불문하고 말이지요. 계집년 팔자 고치기에 그보다 좋은 기회가 어디 있답니까. 기생이 아니더라도 기생이 되겠다, 달려오느라 휘날릴 치마끈들이 벌써부터 눈에 훤합니다."

영헌군과도 서로 불신이 깊어졌을 것이다. 끈 떨어진 연이나 다름없으니 소희는 제 발로 적월루에 나타날 것이다. 적화는 자신만만해했다. 조금은 기대가 됐다.
"내 또 찾아올 테니 너무 외로워 말거라."
일어서서 도포를 털어낸 김이문의 눈길이 다시 무덤 위로 머물렀다. 구석구석을 샅샅이 훑은 그가 자리를 떴다.
얼마 지나지 않아, 한 여인이 무덤가로 다가왔다. 김이문이 앉아 있던 자리에 앉아 무덤을 노려보던 여인이 자그맣게 속삭였다.
"성묘는 잘 하셨습니까. 서방님."

二章. 적월루

으슥한 밤길 사이로 쓰개치마를 뒤집어쓴 여인이 지나갔다.

어둠 속에서도 더욱 묻히려는 듯, 검은 옷깃을 깊게 끌어당기며 걸음이 빨라졌다. 시간이 늦어 발길이 끊어진 산길 중턱, 허름한 주막만 불빛을 드리우고 있었다. 여인의 발걸음이 가까워지자 싸리문 뒤쪽에 있던 사내가 앞으로 나왔다. 칼집을 벗어나던 검이 제 위치로 돌아갔다.

이번에도 여인은 제 시간을 참 빠듯하게도 채웠다. 서둘러 방 안으로 들어서는 걸음에 휘영은 헛웃음을 지었다. 그 잠깐 사이, 진한 염료 냄새가 스쳐 갔다.

운매라 했던가. 저 여인이 화공 흉내를 내고 다닐 줄은 또 몰랐다. 술만 팔기도 바쁠 텐데 참으로 부지런도 했다.

방 안에 들어선 운매가 앉아 있던 이를 보고는 깊이 고개를 숙였다. 비스듬히 벽에 기대 앉아 있던 이가 고개를 돌렸다.

"송구합니다. 제가 너무 늦은 것은 아니겠지요."

"딱 맞춰 왔다. 그러니 휘영, 자네도 그 얼굴 좀 풀지."

운매를 반갑게 맞아들인 이의 그림자가 벽 너머로 드리웠다. 얼굴을 반쯤 가리던 흑립(黑笠)을 들어 올린 귀인은 이정이었다.

며칠 전과 다를 것 없는 안색이었다. 소희가 사라진 뒤로, 저절로 대군마마가 걱정이 되었다. 이리 보니 평소와 같아 운매는 안심이 되었다.

"생각보다 정말 잘해주었더군. 자네에게 이런 재주가 있을 줄은 몰랐네."

"재주라 할 것은 못 됩니다. 하찮은 것도 재주라 뽐낸 것이 부끄러웠는데 그리 말씀해 주시니 몸 둘 바를 모르겠습니다."

"아닐세. 자네의 재주가 하찮다면, 이 조선의 사대부들은 뭐, 눈을 장신구로 달고 다닌다던가. 빈말이 아니라 진심일세."

이정의 칭찬에 운매의 고개가 숙여졌다. 이렇게라도 도울 수 있는 길이 있다면, 제가 도움이 된다면 더는 바랄 것이 없었다.

"이번 그림을 먼저 볼 수 있겠는가."

운매의 품 안에서 둘둘 말린 종이가 나왔다. 그림을 그린 지 얼마 되지 않았는지, 채 굳지 않은 부분이 울긋불긋했다.

이정이 그림을 가까이 감상할 동안, 방 안은 조용했다.

풍성한 가체를 드리운 여인은 고아한 미소를 짓고 있었다. 깊은 눈매 속에는 금방이라도 눈물이 떨어질 것처럼 아스라이 슬픔이 드리웠다. 살짝 올라간 입가에서 초연함까지 담겨 있었다.

여인이 올라앉은 둥근 연잎은 전체적으로 유청색을 띠었으나 자세히 보면 가장자리부터 먹빛에 물들어가고 있었다. 그 작은 모순을 들여다보던 이정이 의아해했다.

"이것은 어찌 이런 것인가."

"본디 연꽃은 진흙 속에 자라면서도 그 청결함과 고귀함을 잃지 않는 것이라 사람들은 익히 알고 있습니다. 하나 못다 핀 꽃이 그려진 데에는 그만한 사연이 있을 것이 아니겠는지요. 하여, 부러 둘레에 먹빛을 들여보았습니다."

"나름대로 상징을 담았다, 이 말이군. 저들을 지칭하는 것에 먹빛조차도 밝다 느껴지나 좋은 생각일세. 너무 어두우면 미적 감각이 떨어진다, 고매하다는 양반들이 난리를 칠 것이 아닌가."

운매가 방긋 웃었다. 나름의 뜻을 담되 전체적인 미(美)를 떨어뜨려서도 안 된다는 생각에 그리한 것이었다.

이정은 흡족해했다. 이것은 선전 포고문이 아니었다. 그저, 저 잣거리의 그림쟁이가 재간을 부리는 것으로 비쳐져야 했다.

"새벽 즈음, 화방(畫房)에 그림을 내놓겠습니다. 그림을 볼 줄 모르는 자들도 소장하고 싶다 줄을 섰다 하니, 꽤나 인기를 얻고 있는 모양입니다."

"잘된 일이네."

이정이 고개를 끄덕였다.

앞서 운매가 그린 그림들은 백성들의 모습을 담은 풍속화였다. 고관대작들은 평소 쉬이 보지 못하는 생활상을 접한 것에 나름대로 깊은 감명들을 받은 모양이었다.

처음부터 이정의 목적은 기방의 여인이 담긴 이 그림이었다.

단아한 붓 끝 아래 다시 살아난 듯, 어느 기방에서든 한 번쯤은 보았을 법한 화려한 차림새. 여러 여인들의 모습을 한데 섞어 놓은 가운데 바라볼수록 누군가의 얼굴이 또렷하게 떠오를 만큼 섬세한 묘사력과 교묘함이 돋보였다.

그림을 보자마자 감탄을 내지를 양반들의 얼굴이 선했다. 숨겨진 뜻을 알아내기보다는 그저 화가의 손 놀리는 재주에만 입을 모아 칭찬하기 바쁠 터. 만족한 듯 이정이 낙관을 꺼냈다. 어느 이름 없는 화가의 것이었다. 한 사람 몫은 능히 해낼.

"비명(菲鳴)."

이정의 손이 훑고 지나간 자리, 번듯한 낙관이 찍혔다. 이름 없는 화가의 호(號)였다.

"고맙네. 쉬운 결정은 아니었을 터인데."

"……제가 할 수 있는 일이 이것밖에 없어 송구할 따름입니다."

"자네 마음은 알고 있네. 사람이 아닌 죄를 미워하는 것이 옳음이라."

알아준다. 그 마음이 정녕 제 마음이 아닌 것을 알고 있음에도 단지, 그 말이라도 좋았다. 운매에게도 쉬운 결정은 아니었다. 제 목숨을 걸어야 하는 일이었다.

"하나 더, 해주었으면 하는 일이 있는데 어떤가."

"하명하시지요."

마치 이리될 것을 알았듯 운매는 놀람이 없었다. 이정 또한 대수롭지 않게 지시를 내렸다. 운매라면 이미 동태를 파악하고 있을 것이었다.

"적월루가 어찌 돌아가는지 알아야겠네."

"소희 그 아이를 말씀하시는 거라면 잘 지내고 있는 듯합니다. 동기들 처소에 머물면서 기생 교육을 받고 있다고 들었습니다. 기생이라도 되려는 모양입니다."

운매가 가고 난 뒤 휘영이 기다렸다는 듯 소리를 높였다.

"사람 마음이란 건 참 알 수가 없지 않습니까. 여인네들은 특히나 더 그렇지요. 이전에 마마께서 도와달라 하였을 때는 그리도 안 됩니다, 그럴 수 없사옵니다. 이러더니 이제 와서는 돕겠다는 것이 수상쩍지 않습니까?"

글쎄. 그것을 네게 어찌 설명한다. 이정은 동조할 생각이 없어 적당히 답을 주었다. 그렇다 해도 휘영이 이해할지는 미지수였다.

"해서 여인의 마음은 갈대다, 그런 말도 있는 것이 아니더냐."

쉽게 설명하면 그렇다는 것이다. 물론 휘영은 더더욱 어리둥절한 얼굴을 했다. 갈대같이 흔들린다? 참 생긴 것처럼 지조 없는 여인이 아닌가.

어찌 해석했는지 이정이 알 만하다는 듯 설명을 덧붙였다.

"제 손에 쥐어질 것이 눈에 훤히 보이니 그러는 것이다. 나 또한 저가 하겠다 나서는데 굳이 말릴 이유가 없지. 어차피 누군가는 해야만 했던 일이다."

운매가 원했던 것은 명분이었다. 지금의 이정은 그 명분을 가지고 있었다.

생각했던 것 이상으로 그녀는 일을 잘해주었다. 그림으로 널리 세상의 민심을 사로잡았다. 또한 고스란히 양반들의 안방으로 스며들었다.

휘영이 또다시 의문을 제기했다.

"아니 그럼 그 마음이 또 흔들릴 수도 있는 것 아닙니까! 그럼 어떻게 되는 것입니까. 운매란 여인, 믿어도 되는 것입니까? 완전히 대군마마의 사람으로 받아들여도 되는 것입니까?"

참으로 순진한 인사로고. 이정은 속으로 혀를 끌끌 찼다.

"믿지 않는다. 받아들이지도 않았고."

단지 필요에 의해 서로의 손을 잡았을 뿐이다.

믿게 만드는 것이 믿는 것보다 쉽다는 것이 이정의 생각이었다.

"하면 알고 계셨다는 말씀입니까? 운매 그 여인 말입니다. 대군마마를 보는 눈빛이 아주 그냥 애처롭다 못해 꿀이 뚝뚝 떨어지는 것을 눈치채셨단 말이지요. 참 대단도 하십니다. 그런 눈빛을 바로 앞에서 다 받아내시다니."

"그러게 말이다. 차라리 내가 아닌 휘영 너를 사모하였으면 더 좋았을 것을."

"농담도 그런 농담을! 꿈에서조차 여인네 치맛자락만 봐도 질색하는 것을 뻔히 아시면서 그러십니다."

휘유. 농담도 다 하시고 이제야 한시름 놓겠다. 휘영도 뒤늦게 어깨를 들썩이며 웃었다.

잠시 후, 이정을 찾아온 젊은이들로 방 안은 발 디딜 틈 없이 찼다. 지난날, 이정의 연회에 참석했던 '아사모'의 회원들이었다.

"그동안 잘들 있었는가?"

"예. 마마. 저희들이야 뭐, 항상 잘 지내지요."

서글서글한 인상의 사내가 답했다. 전국의 팔도에서 모여든 중인들의 선두를 맡고 있었다. 그 또한 중인이었다.

그들은 방방곡곡 백성들이 처한 상황을 둘러보고 이정에게 전달해 주는 연락망이었다. 작금의 상황은 이정을 통해 그대로 주상에게 전달되었다.

"주상 전하께서는 아직 아무런 말씀이 없으신지요."

"전하께서는 때를 기다리시는 걸세."

생각이 아주 없지는 않으시길 바라야지.

며칠 전에도 이정은 임금을 설득하러 입궐하였다.

"아무리 전하께서 정사에 관심이 없다 하셔도 나라 돌아가는 사정 정도는 알고 계셔야 합니다."

"성군은 못 되셔도 좋습니다. 차라리 폭군이 될지언정, 우매한 군주가 되어서는 아니 됩니다."

스스로의 직언이 얼마만큼 주상의 마음을 움직였는지는 모른다. 정치와 쓴소리 싫어하는 임금조차도 역사는 두려워했다. 후세대에 기록되기를 선왕과 같은 이로 기록되고 싶지는 않으리라.

속 시원한 확답이 아니었음에도 자리한 이들은 실망한 기색이 없었다. 처음부터 오직 이정 하나만 믿고 움직인 이들이었다.

무엇보다 그들에겐 이정의 존재만큼 드높은 명분이 있었다.

역도를 몰아내고 왕권을 회복하는 것. 그리하여 사람이 사람답게 살 수 있는 세상. 만인이 평등한 세상. 각자의 능력을 신분의 구분 없이 실현할 수 있는 세상이 오기만을 간절히 바라는 이들이었다.

이정은 천천히 손을 오므려 쥐었다. 손안에 쥐어진 담뱃대 설대의 일부가 좌로 휘어졌다. 제법 비싼 것이라더니 제값을 못했다. 틀어진 물부리가 이정의 입술 사이에 가볍게 물렸다.

"급히 서두르지 말고, 작은 것에 집착하지 않아야 한다. 급하게 서두르면 일이 성사되기 어렵고, 작은 것에 매달리다 보면 큰일을 이루지 못하기 때문이다. 공자께서도 그리 말씀하셨지 않은가."

하나를 덧붙이자면 이런 말도 있었다. 빨리 이르려고 하면 이르지 못한다.

이정은 때를 기다리는 중이었다. 단 한 방에 저들을 구덩이에 밀어 넣을 수 있는 때.

그것은 시간과 인내력을 요하는 싸움이었다. 그러기 위해서는 보이지 않는 세력을 만들어야 했다. 겉보기에는 비어 있으나 속은 꽉 들어찬, 그들에게는 허상으로밖에 보이지 않을.

사람을 모으기 위해 구심점(求心點)이 필요했다. 각계각층에 사람들이 암암리에 몰려들었다. 그들의 목적은 제각각이었다. 그들을 하나로 모으기 위해 내건 것은 단 한마디였다.

"가장 모범을 보여야 할 만인지상(萬人之上, 영의정을 이르는 말)이야말로 이 난세의 원흉이 아니겠는가."

그 한마디에 전율하지 않는 자가 없었다.

'두 번의 실수는 내가 용납할 수가 없다.'

더 이상의 희생은 없어야 한다. 제 사람을 잃는 것도 좌시하지 않을 것이다.

문밖 너머로 가는 빗소리가 들려왔다. 피어오르는 연기 사이 이정의 얼굴이 흐려졌다.

저 너머와 이곳은 다른 세상이다. 선을 그었더랬다. 단조롭기 그지없던 나날이었다. 그 선을 넘어 제게 와주었던 아이의 단상이 빗줄기 너머로 흩어졌다.

"소희 넌 잘 있는 것이냐."

제가 걸어온 것이 누군가에게는 지지부진한 걸음에 불과해 보였을지도 모른다. 그리 보이려 그리한 것이니. 하나 그 자신만은 안다. 느릿하게나마 걸어왔음을.

눈앞에 지나온 길과 가야 할 길이 있었다. 또렷이 보이는 그 길로 나아갈 것임을 이정은 믿어 의심치 않았다.

불 꺼진 선술집 앞에 운매는 멈춰 서 있었다. 이 늦은 시간에 찾아온 손님이라니. 술주정뱅이도, 단골도 아니었다. 화방에 그림을 전한 뒤 돌아오는 길, 비가 조금씩 내렸다. 대수롭지 않게 여기던 빗줄기가 거세져 어깨 위로 와 닿았다. 운매는 별 상관 않고 안으로 들어갔다.

주인이 자리를 비운 사이, 떡하니 술상을 내온 이의 얼굴이나 들여다볼 생각이었다. 빗소리 사이로 선명한 음성이 들려왔다.

"왜, 내가 귀신이라도 되었을까 봐? 그래도 오랜만에 보는 동무를 그런 표정으로 보는 것은 아닌 듯싶은데."

"네가 이곳은 무슨 일이야."

"그러지 말고 들어오련. 요즘 감모가 유난히 극성이라는데."

옛 동무의 모습은 여전했다. 붉게 연지 바른 입술과 요염한 자태가 한눈에 들어왔다. 운매는 잠시 자신의 모습을 떠올렸다. 빗줄기와 바람을 맞아 물기에 젖어 흘러내린 머리카락, 창백해졌을 피부. 씻겨 나갔을 분가루. 저절로 얼굴이 굳었다.

"여전하기는 운매 너도 만만찮아. 선머슴 같은 모습은 여전해."

동무들 사이에 나눌 수 있는 대화로는 충분했으나 어색한 감이 없잖아 있었다. 어설픈 동무 흉내나 내고 싶어 찾아왔을 리 없다. 그랬다면 청월루를 모두 허물어 버린 그날 운매를 내쫓지도 않았을 것이다.

"애꿎은 시간이 아깝지 않느냐. 나를 골리러 온 것이 아니라면 잠자코 용건이나 말하고 가거라."

절로 의심이 갔다. 이미 청산된 관계가 아니었던가. 표면적으로는 더 이상 엮일 일이 없을 터인데. 운매는 초조함을 감추려 손끝을 말아 쥐었다.

"그럼 우선 서론부터. 작학관보(雀學鸛步). 아직도 이 말을 가슴에 새기지 못하였느냐?"

참새가 황새의 걸음을 배운다. 저 말대로라면 참새는 운매가 되고, 황새는 적화 저를 일컫는 것이었다. 의도는 분명했다. 나서지 말라. 하! 운매의 입술 사이로 어이없는 한숨이 새어 나왔다.

"아아. 고사 시간에는 늘 졸았던 너이니, 풀이가 필요하겠구나. 내 깜박했다. 쉽게 말하마. 뱁새가 황새 따라가면 가랑이가 찢어지는 법."

"그 정도쯤은 알아. 하나 내가 뱁새가 아니듯 너 또한 황새가 아니다. 그러니 허튼수작 말고 돌아가라."

오호. 살짝 오므려진 입술이 감탄사를 뱉어냈다.

"후원자가 필요하다면 내게 말하지 그랬느냐. 어설픈 사내 복장으로 화방 기웃거릴 때부터 내 알아봤지."

"내 부용이 그 아이 그리 보낸 것이 한이 되어 하는 일이니 상관 마라."

"글쎄. 과연 동무를 향한 우정인지, 연심인지는 두고 봐야 알 것 같은데? 그건 그렇고 오늘은 네게 부탁이 있어 온 것이란다."

부탁이라니. 세상 오래 살고 볼 일이었다. 운매는 차분히 적화를 마주 봤다.

❈

여느 새벽. 적화는 툇마루 위에 비스듬히 걸터앉아 있었다. 김이문과 나누었던 대화를 되새기는 중이었다. 어느 한 부분, 실수라도 하지 않았는지 곰곰이.

"소희 그 아이, 경연에 퍽 관심이 있는 듯 보였습니다."

"경연이라. 경연 그거 좋지. 적화 네년도 언젠가 장원 한 번 해 먹지 않았더냐."

"알고는 계셨습니까? 한데 하사품도 주어지지 않는 경연에 무슨 의미가 있을까요."

스쳐 지나가듯 말하려 했던 것이 푸념조가 되어버렸다. 그러나 적화는 말을 멈출 수 없었다.

"최고의 기부(妓夫, 기둥서방) 노릇을 해주시겠다, 그리 약조하지 않으셨습니까."

"다 지나간 일이 아니냐. 입 아프고 귀 아프다. 그만해라."

그만하라고 하면 더 하고 싶은 게 사람 마음이었다.

"나리께서 제게 이러실 수는 없는 것입니다."

"가소로운지고. 엄연히 따져 보자면, 내 너에게 그리 말한 적은 없다."

결국 재차 부정당했다. 그래도 적화는 포기할 줄을 몰랐다.

"하면, 이번 경연은 어떠십니까. 그날과 동일한 조건으로 말입니다."

"아아. 이 김이문의 소실(小室, 첩)로 삼아주겠다. 그 조건 말이냐?"

"그렇습니다. 나는 새도 떨어뜨린다던 김씨 가문 아닙니까. 나리 눈에만 들면 부귀영화가 보장될 텐데 전국 팔도에서 난다 긴다 한다는 계집들은 전부 모여들겠지요."

김이문은 별 감흥이 없다는 듯 고개를 절레절레 흔들었다.

"적화 네년과 마땅한 적수가 있겠느냐. 적월루에는 마땅한 물건이 없는 것으로 안다만?"

결국 재작년, 작년처럼 장원은 적화가 따놓은 것이나 다름없었다. 그건 지켜볼 재미가 하나도 없다는 것을 의미했다. 그러나 적화는 이번에는 그 재미란 것을 보일 자신이 있었다.

"물건을 한번 만들어볼 생각입니다. 적임자는 나리께서도 방금 보시지 않으셨습니까."

나는 부용이 네가 돌아오지 않기를 바랐다. 어차피 살아나지 못했다면, 이곳으로는 발길하지 않길. 설령 네가 아니라 하더라도 말이야.

적화는 대문 앞에서 소희를 처음 보았을 때를 생각했다. 동시에 기막히고도 짜릿한 계획이 섬광처럼 번뜩 떠올랐다.

"재연해 보이지요. 소희 그 아이라면 마땅한 물건이요, 주연입니다. 거기다 주변 기방에서는 아직도 제가 동무를 죽인 것이라 저들끼리 쉬쉬한다 들었습니다. 이참에 그 의심의 눈길을 모두 거둬들이고 싶습니다. 만약 그 아이, 죽지 못해 떠나지 못한 것이라면, 저를 대신할 누군가를 보내서라도 복수를 하려 든다면 그 뿌리부터 뽑아야 할 것입니다."

부용과 닮은 아이. 하늘이 자신의 편을 들어준 것이었다. 적화는 조용히 미소 지었다.

"그래서, 네 지금 그 계집을 부용으로 둔갑이라도 시키겠다는 것이냐?"

"바로 그겁니다. 소희 그 아이를 부용으로 내세울 생각입니다."

경연까지 시간은 충분했다. 제가 가진 모든 것을 바쳐서라도 그럴싸하게 만들어놓을 것이다. 장안 백성, 양반들 앞에 다 보일 것이다. 적화가 부용을 이겼노라고. 비록 그 상대가 빈껍데기에 불과할지라도 상관없었다.

"아니. 저 물건, 저거 정말 가능하겠습니까?"

"그게 무슨 소리야. 가능하고 불가능한 것을 해보지도 않고 어찌 알아."

적화를 보자마자 달려 나온 훈육 어미인 해조가 하소연을 했다. 그 말인즉슨, 기생 되겠다는 계집치고 저리도 뻣뻣한 몸가짐을 본 적도 없거니와 이리하라고 하면 저리하는 몸짓에 답답해 미칠 지경이라는 것이었다.

적화가 보기에도 해조가 괜히 그런 것 같지는 않았다. 기생이라는 것이 동기 때부터 철저한 교육 아래 양성되는 것인데 소희는 동기가 되기에는 애매한 나이였다.

"소저는 올해로 나이가 어찌 되었습니까."

"열…… 여섯입니다."

나이를 말함에 있어 자신이 없는 것이 수상쩍기는 했으나 적화는 그러려니 하였다. 어쨌거나 나이가 차고도 넘었음이었다. 소희 주위에 서 있는 동기(童妓, 아직 머리를 얹지 아니한 어린 기생)들만 봐도 대충 눈치챘으리라.

보통 어린 동기들은 십오 세가 되면 기적에 오르고 교방에 소속되어 본격적으로 배우기 시작한다. 그러나 이곳 적월루는 달랐다. 기방과 교방을 모두 운영하면서 나이 어리고 소질 있어 보이는 어린 여아를 뽑아놓고 일찌감치 교육을 시켰다. 이른바 될성부른 떡잎 교육이었다. 십오 세가 되면 이미 교육도 다 끝났겠다, 그동안 배운 것을 가다듬으며 경연을 준비하거나 화초를 올리기만을 기다렸다.

열여섯, 뒷방 늙은이 신세, 노기(老妓, 나이 많은 기녀)로 분류될 나이는 아니었지만 다른 동기들에 비해 늦은 것은 매한가지. 이곳에서 살아남으려면 피나는 노력을 해야 할 터였다.

"저 또한 누구보다 동무의 죽음을 소상히 알고 싶습니다. 해서 소저를 돕겠다는 것이고요. 한데 어찌 그 아이와 아무 상관없는 소저가 나서는 것인지 이해가 안 가는군요."

"그 이유는 말씀드릴 수 없습니다. 말할 이유도 없고요. 허니 저를 돕는 대신 원하시는 것을 말씀해 보세요."

"정히 그렇다면 굳이 묻지 않도록 하지요. 하오나 이 세상에 공짜는 없지요. 그러니 약조를 하는 것이 어떻겠습니까. 소저는 부용으로서 경연에 참가해 장원을 겨루는 자리까지 오르는 겁니다. 그럼 제가 가지고 있는 모든 단서를 내드리겠습니다."

그렇게까지 적화가 말하는데 소희로서는 거절할 까닭이 없었다. 동아줄 붙잡는 심정으로 그녀의 조건에 응하기로 했었다.

적화는 적화대로 소희를 머리끝부터 발끝까지 훑어 내렸다. 일말의 가능성이라도 찾아내야 했다. 아주 조그마한 재능이라도. 그래야 해조에게 교육을 시키라 단단히 일러둔 것이 후회가 되지 않을 것이다.

"제 나이가…… 많은 탓이겠지요."

소희의 목소리가 점점 줄어들었다. 교육을 받으러 수련실에 들었을 때만 해도 제 나이를 가지고 고민하게 될 줄은 미처 몰랐다. 이럴 줄 알았으면 본디 나이보다 좀 더 깎아서 말할걸. 앞뒤만 보아도 다들 반들거리는 머릿결, 윤기 흐르는 얼굴뿐이다. 한껏 어른스러운 몸가짐들 사이에서 적화가 말한 '비슷한 또래'란 눈 씻고 찾아봐도 없었다.

참말로 잘하고 있는 것일까. 점점 작아지는 자신에 두 주먹을 불끈 쥐었다. 당장에라도 적화와의 약조를 무르겠다, 뛰쳐나가고 픈 마음이 간절했다. 하지만, 아직 단서를 얻기 전이었기에 버텨야 했다.

생전 듣도 보도 못한 훈육의 연속이었다. 처음부터 공으로 신세를 지겠다는 것은 아니었으나 갈수록 이건 좀 아니다 싶은 것들이 늘어나고 있었다. 소리를 내지 않고 걷는 것은 예의라 그렇다 쳐도 함부로 웃지도 말고 울지도 말라니. 전혀 이해가 가지 않았다.

사람이라면 감정을 느끼는 것이 당연하다. 그런데 그걸 속으로만 삭이라는 것이 이상했다. 여기, 기생이 아닌 반푼이로 만드는 곳이었던가. 차라리 그렇게 생각하는 것이 더 편하다.

"내 생각은 좀 다르네. 저 아이, 글 솜씨가 매우 훌륭해."

풀죽어 있던 소희의 체면을 살려준 건 시문을 담당하는 만년 서생 김씨였다. 그는 과거를 위해 한양으로 가는 길에 적월루에 묵은 이후 제대로 발이 묶여 버린 인사였다. 지방 촌구석에서 나고 자란 그였으니 기생들의 화려한 자태와 커다란 치마폭에 감겨 헤어날 재주가 없었다. 얼마 안 되는 글재주를 이렇게라도 써먹고 있으니 다행인가.

그리 스스로 만족하는 삶을 살아가던 그의 눈에 소희가 써놓은 시문이 한눈에 쏙 들어왔으니. 오랜만에 글 좀 가르칠 만한 아이가 들어왔다는 것에 절로 흥이 났다.

"아니, 어디 제법 쓸 만하다 뿐이겠는가. 잘만 가르치면 여류 시인도 될 듯하이."

만년 서생이 워낙 허풍이 심하고 말로 먹고사는 자라고는 하나

글솜씨를 평할 자라고는 그밖에 없었다. 나머지야 글을 잘 모르는 이들 뿐이었다. 조금의 희망이라도 보인다. 아무런 재주도 없는 것보다는 나았다.

부용은 다재다능했었다. 춤이면 춤, 노래면 노래, 악기면 악기 그 무엇에서도 뒤지지 않았다. 적화 또한 그에 뒤지지 않았다. 단한 가지, 글짓기에서만큼은 확연히 뒤로 밀렸다. 적화 본인이 소홀히 한 탓도 있었다. 애초부터 글을 배워야겠다는 생각은 들지 않았다.

기생은 그저 양반들 수청이나 들어주고 화대만 받으면 그뿐이거늘, 시문만으로 양반과 대등해질 수 있으리라 보았던 것일까. 기생답지 않은 패기로 양반들의 호기심을 사로잡을 수 있을지는 모르겠으나 그도 아주 잠깐일 뿐이지.

"두고 보시게. 외양도 외양이지만은 안에 품고 있는 뜻이 깊어 보이는 것이. 눈동자에 어린 한(恨)이 예사롭지가 않은 것이 괜시리 가슴이 저릿저릿하이."

한껏 들뜬 채로 이래저래 말을 늘어놓던 만년 서생은 언뜻 스쳐 본 적화의 굳어진 얼굴에 서둘러 입을 다물었다.

"몸에 힘을 빼고 가볍게 새처럼 날아오르듯, 그러나 발소리는 나지 않게!"

다음은 춤사위 연습이었다. 훈육 어멈 해조가 먼저 몸짓을 선보였다. 소희의 발이 엇나갈 때마다 회초리가 날아들었다. 철썩. 살갗을 휘어 감으면서 달라붙을 때마다 소희의 살이 벌게졌다. 사악. 사악. 허공을 가르는 소리가 고약했다. 그래도 고집스럽게 버텼다. 일부러 가르침대로 몸을 놀리지 않았다. 적화 앞에서는 최선을 다하겠다 말했지만, 어찌 믿느냐는 거였다.

토사구팽(兎死狗烹). 사냥이 끝난 뒤에는 사냥개도 필요가 없어지는 법이다. 경연이 끝나고 나면, 쓸모없다 여겨 쥐도 새도 모르게 죽여 버릴지도 모를 일이다. 경연을 고집하는 것도 수상쩍다. 이래서야 완전 밑지는 장사가 아닌가.

"어허. 애초에 경연에 참가할 생각은 있는 게야? 머리가 안 좋으면 몸이라도 바삐 움직일 줄 알아야지. 그래서 언제 춤다운 춤이라도 춰볼까."

해조로서는 속 터지는 노릇이었다. 아예 타고난 것이 없으면 떡잎부터가 글렀다, 그냥 내쳐 버리면 그만이거늘. 가만 지켜보니 이거, 유달리 몸의 선이 고운 것 보게. 박자만 제대로 깨우치면 팔 한 번 젖혀도 사내들 애간장 녹이다 못해 쌈 싸먹게 생겼다.

그제야 적화가 제대로 가르쳐 보라던 이유를 알았다.

소희 이것 완전 대어로구나. 그러나 재주를 타고남에도 노력을 하지 않는 태도야말로 배움에 있어 가장 경계해야 할 것이었다. 이것은 전적으로 본인의 의지에 달렸다. 필시 제대로 배워볼 마음이 소희에게 아직 없는 것이었다.

"이대로는 안 될 것 같은데, 뭔가 다른 수를 써야 하지 않겠습니까?"

해조의 말에 적화가 고개를 끄덕였다. 일부러 매를 벌고 있는 것이 분명하다. 이쪽에서 먼저 패를 보이길 바라는 모양인데. 마침 저로서도 확인하고 싶은 게 있었다. 진정 저 아이가 부용인지 아닌지 마지막으로 점검할 차례였다.

"데려왔습니다요."

상놈의 손을 잡고 나타난 저 아이라면 능히 알아보고도 남을 것이다. 곱게 땋아 묶은 머리가 아이의 색동저고리와 잘 어울렸다. 아이다운 모습은 뒷모습까지였다. 아이가 고개를 들어 올리는 순간 소희는 눈을 한 번 끔벅였다. 아이는 세상 다 산 노인의 얼굴이었다. 모든 것을 다 알고 있다는 깊은 눈빛, 아이답지 않은 예리함이 배어 있어 섬뜩하기까지 했다.

상놈이 아이의 손을 놓으며 두 손바닥을 탈탈 털었다.

'볼 때마다 정이 뚝뚝 떨어져 버리는구만. 적화 아씨는 왜 저런 아이를⋯⋯.'

눈에 띄는 미색이 있는 것도 아니요, 딱히 기생이 될 자질도 없어 보이는 아이였다. 어째서 적화가 이런 아이를 남겨둔 것인지 상놈은 이해가 되지 않았다. 물론 그녀의 행동 중 그가 이해할 수 있는 일은 거의 없었다.

그러나 평생 종노릇만 해온 그의 눈에도 아이의 얼굴은 기생은 커녕 종노릇이나 겨우 하게 생긴 것이었다. 거기에 색동저고리라니, 돼지 목에 진주 목걸이가 따로 없었다. 처음 상놈을 보자마자 들으란 듯, 내뱉는 것도 가차 없었다.

"짧은 명줄, 평생 종 노릇만 하다 가게 생겼다. 쯧쯧."

더 소름 끼치는 건 아이의 목소리였다. 느릿느릿 쇠를 긁는 듯 낮은 음성에서 비릿한 피 냄새가 나는 것 같기도 했다.

"단아. 누군지 알아보겠니?"

적화에 말에 아이가 천천히 고개를 끄덕였다. 네 역할이 중요한 것을 잊지 마라. 적화가 단이의 손을 움켜쥐었다. 미약하나마 옴짝달싹하는 것을 더욱 힘주어 잡았다. 성인에 비하면 고사리 같기만 한 작디작은 손이었다. 이 손에 수많은 이의 운명 줄이 걸려 있는 것을 아는 사람은 많지 않았다.

"어서 가서 인사라도 해보렴."

적화가 손을 놓아주자 단이는 쪼르르 달려가 소희 앞에 섰다. 회초리를 들고 있던 해조가 잠시 숨을 돌리느라 매는 멈춰 있었다. 온몸에 긴장이 채 풀리지 않아 소희는 제자리에 그대로 섰다.

앞에 와 멈춰 선 아이가 소희의 얼굴을 빤히 응시했다. 흐린 눈빛은 눈에 보이는 것 너머를 꿰뚫어보고 있었다. 서늘한 기운에 소희는 양팔로 몸을 감싸 안았다. 아버지의 서책을 처음 펼쳤을 때와 비슷했다.

"언니, 나 기억 안 나요?"

배정된 동기 처소 방 안에 앉자마자 단이가 꺼낸 말이었다.

"꼬마야. 언니 알아? 난 너 처음 보는데."

"단이잖아요. 정말, 나 몰라요?"

알고 있다는 것을 확신하는 투였다. 소희는 혹 이 아이가 부용을 아는 것이 아닌가 하는 생각이 들었다. 적화가 보낸 아이라는 것이 살짝 석연찮기도 했고.

"정말 모르는구나. 짧을 단이 아니라 바를 단에 단이라고 그래놓고."

"누가 그랬는데?"

"……기억 안 나요. 그냥, 언니 보니까 갑자기 생각났어요."

단이가 꼬옥 입을 다물었다. 소희도 더 이상 묻지 않았다.

이 아이에게도 사정이 있는 것이겠지.

금방이라도 눈물을 흘릴 것처럼 벌벌 떨면서도 소희 쪽을 보는 시선이 느껴졌다.

"말하지 않아도 좋아. 한데 방이 추워 그리 떠는 거야?"

"……아니요. 안 추워요. 여기는 정말 따뜻해요. 정말이에요. 제가 전에 있던 곳보다 훨씬 따뜻한걸요."

대체 전에 있던 곳은 어떠했는지 궁금했다. 아이의 낯빛이 파리한 것도 신경 쓰였다. 소희가 좀 더 가까이 앉으려고 할 때 벌컥 문이 열렸다. 단이가 소희에게로 바짝 붙어왔다.

"야, 짧을 단! 당장 나와서 일하지 못해? 오늘 저녁까지 손빨래 전부 해놓으란 내 말 못 들었어?"

"그렇지만 난 소일거리를 하러 온 것이 아닌데?"

문밖에는 수련실에서 보았던 아이들이 우르르 몰려 있었다. 앞장선 아이가 픽, 코웃음을 치더니 단이의 어깨를 낚아챘다.

"너, 한낱 무당 년인 거 내가 모를 줄 알고? 우리 초아 언니한테 일러바치기 전에 얼른 나와서 다 빨아놓는 게 좋을걸. 안 그럼 너, 저녁은 없을 줄 알아."

끌려가는 단이를 붙잡은 건 소희였다. 아까의 어른스러운 얼굴들은 다 어디로 갔는지, 아이에게 하는 것은 유치하기 짝이 없었다. 다수가 한 명을 괴롭히는 것이나 재밌게 구경하는 모습들은 소희가 살던 산마을의 일곱 살배기들도 하지 않는 짓이었다.

"넌 또 뭐야. 아아. 네가 그거구나. 적화 언니한테 특별 교육을 받을 거라던데, 그냥 모른 척하지 그래. 얘는 우리랑은 급 자체가 다르니까."

양반과 하인 사이라면 모를까. 같은 기생들끼리도 신분을 따지는 일이 생길 줄은 몰랐다. 소희는 앙칼지게 대꾸하는 아이를 보다 묵묵히 대꾸했다.

"사람에 귀천이 어디 있어? 너 하는 말을 들어보니 벗을 사귈 때도 급을 나눌 모양인데, 그럼 네 뒤에 달고 온 아이들은 전부 무엇인데?"

뒤쪽에서 '듣고 보니 그도 그렇네'라는 동조 몇 마디가 자그맣게 들려왔다. 아이가 뒤를 보자마자 목소리는 거짓말처럼 사라졌다. 씩씩거리던 아이가 단이를 밀쳐 내고는 소희에게로 다가왔다.

"네가 아직 이곳이 처음이다 보니 잘 모르는 모양인가 본데, 원래 사람 사는 곳에는 다 귀천이 있는 법이라고 우리 초아 언니께서 그러셨단다. 기생이라고 다 같은 기생인 줄 아니. 그리고 우리 삼촌은 또 누구신지 아니? 이방이셔! 어디서 갑자기 튀어나온 건지는 몰라도 잠자코 찌그러져 있는 것이 좋을 거라, 충고해 주는 거란다. 오호홋."

손바닥까지 입가에 척 가져가 웃어젖히는 것이 신기하기만 했다. 저런 웃음은 이야기 속에서 구미호나 가능한 것인 줄 알았는데 사람의 입으로도 가능한 것이었구나.

그때 아이의 뒤로 한 여자가 나타나자 아이들은 재빠르게 흩어졌다. 적화 다음으로 잘나가는 기생 초아였다.

"송송이 너! 가야금 타는 연습은 좀 한 게야?"

"가야금 타는 연습은 저랑 맞지 않아요. 그런 거 말고 꽃단장하는 비법, 뭐 그런 것을 알려주시면 안 돼요? 초아 언니도 아시잖아요. 양반님들은 재주 같은 거 안 봐요. 그냥 예쁜 게 최고랬어요."

초아는 이 맹랑한 것을 어찌 혼내줄까 하다가 관두기로 했다. 그리 틀린 말을 한 것도 아니었으니.

"그걸 그렇게 대놓고 얘기하는 동기는 너밖에 없을 거야. 당돌하기 짝이 없다니까. 군기 잡는 건 네 일이 아닌 내 일이니 어서

가서 연습이나 해."

꾸지람하는 언사에도 아이를 향한 애정이 담겨 있었다. 입술을 앞으로 내밀고 있던 송송이가 사라지자 초아의 눈길이 소희에게로 향했다.

"너 말이야. 신입치고는 참으로 당돌하구나. 어째 이렇게 말발좋은 것들만 늘어나는지. 한동안 적월루가 시끄럽겠어."

"저기요. 아까 그 말, 정말 그렇게 생각하셔요?"

"아아. 뭐, 틀린 말은 아니란 것을 너도 지내다 보면 알 것이야. 기생이란 것이 기예를 부릴 줄 알면 좋다지만, 그건 뭐 아무나 부리는 것이라니."

"하면, 노력하면 되는 것이 아니에요. 그러니 기생이 머리는 양반에, 몸은 천민이라는 소리를……."

소희는 저도 모르게 뒷말을 흐렸다. 기생 앞에서 대놓고 이런 말은 좀 심했다.

입조심을 했어야 했는데. 요놈의 주둥이.

"누가 안 닮았다고 할까 봐, 어쩜 말하는 것도 저렇게 비슷할까. 틀린 말을 한 것도 아닌데, 왜 그렇게 쫄고 그러니."

초아는 소희의 머리를 쓱쓱 쓰다듬었다. 그녀의 손짓에 뒤에서 있던 몸종이 소반을 들여왔다. 조그만 찻잔이 올려 있었다.

"적화 언니가 널 생각해 특별히 끓인 차이니 감사히 마시렴. 생강계피차란다. 감모 예방에도 좋고 혈액순환을 도와줘. 생각이 있고 건강을 챙기는 기생들은 꼭 이걸 마신단다."

단이가 곁에서 물끄러미 찻잔을 보고 있었다.

그리 좋은 것이라면 단이랑 같이 마셔야지.

"혹, 단이가 마실 것은."

"저 아이는 먹지 않아도 된다. 기생들에게 돌아가기도 모자란 것을 어찌 부리는 아이에게까지 나눠 먹인다는 말이냐."

"네. 맞아요. 소희 언니. 저는 안 먹어도 괜찮아요. 헤헤."

내내 울다 웃는 얼굴을 처음 보았는데 마음이 편치 않았다. 마치 처음부터 기대도 하지 않았던 것처럼 보였다. 초아가 고개를 끄덕이더니 품 안에서 홍산호 비녀를 꺼내 소희에게 내밀었다.

"그리고 이것은, 내가 주는 환영의 표시니 받아두렴. 제법 값나가는 것이니 간수 잘 하고."

슬며시 초아의 눈길이 단이를 훑고 지나갔다. 그 서슬에 단이가 약하게 떠는 것을 소희는 놓치지 않았다.

초아가 돌아간 직후, 소희는 단이의 손빨래를 도왔다. 방 안에 들어온 단이가 어색한 듯 찻잔으로 주의를 돌렸다.

"이런 거는 식기 전에 먹어야 하는 것인데 말이에요."

"그럼 데워서 같이 마실까?"

좋다고, 반색한 단이가 쏜살같이 찻잔을 가지고 나갔다. 다시 돌아왔을 때는, 찻잔은 텅 비어 있었다.

"제가 실은요. 어젯밤 이후로 아무것도 못 먹은 터라, 너무 배가 고픈 나머지 저도 모르게 그만. 죄송해요. 언니. 제가 가서 사실대로 고하고 다시 받아올게요."

"괜찮아. 그럴 수도 있지. 대신, 단이 네가 무당인 게 무슨 말인지만 알려줘."

호기심 가득한 소희 눈빛에 단이가 헤헤 웃으며 뒷머리를 긁적였다. 목소리가 아무리 쉬었어도, 늙은 얼굴을 하고 있어도 소희 눈에는 어리게만 보였다.

"그것이, 실은 제가 어릴 적에 잠깐 신병을 앓은 적이 있었단 것을 언니 기생들께 얘기하는 것을 엿듣고는. 아! 소희 언니는 신경 쓰지 않으셔도 되요. 저도, 제가 이곳과 어울리지 않는다는 건 잘 알고 있거든요."

"그런 말이 어디 있어. 그 애들이 또 괴롭히면 말해. 내 혼쭐을 내줄 테니까!"

"고맙습니다. 언니."

주먹까지 흔들어 보이자 단이가 살포시 웃었다.

최대한 쥐 죽은 듯 있다 나가려던 계획은 이미 틀어졌다. 그러나 눈앞에서 당하고만 있는 단이를 보자 나서지 않을 수 없었다.

소희는 단이의 뒤쪽에 앉아 헝클어진 머리를 다듬어주었다. 얼마나 세게 잡아챘는지 뽑힌 머리카락 몇 개가 손에 묻어났다. 여기 머무르는 동안만이라도, 그때까지만 도와주어야겠다.

"소희 그 아이를 진정 믿으시는 겁니까?"

"어째 나보다 해조 네가 더 불안한가 봐?"

적화가 곰방대를 내려놓고 찻잔을 들어 올려 한 모금 머금을 동안, 해조는 의아한 얼굴을 감추지 못했다. 그 아이를 처음 봤을 때부터 좌불안석이 된 자신과는 달리 느긋한 적화를 보고 마냥 감탄만 할 수는 없었다.

"못 믿을 이유라도 있는 거야? 아니면 믿고 싶지 않은 것일지도 모르지."

"어찌 생각하셔든 좋습니다. 하나, 살아생전의 모습과 저리도 닮았는데 그 아이가 돌아온 것이 아니다 어찌 확신할 수 있는지, 도통 이해가 안 가서 그러는 것이지요. 저라고 뭐, 남을 의심하는 것이 좋으신 줄 아시나 본데."

"아까 보지 못하였어? 단이, 제 손으로 거둔 그 아이도 못 알아보는 얼굴이라니. 전혀 다른 사람인 게 확실해."

만약 그 아이라면, 그리 아무렇지 않은 표정으로 단이를 받아들였을 리가 없다.

"하나 마음을 놓고 있을 수만은 없다는 것은 나도 알아. 해서 따로 지시한 것이 있으니 자네는 그저 얌전히 기다려. 괜히 또 얼쩡거리다 입 터는 일 없도록 하고."

적화의 경고에 해조가 고개를 몇 번이고 주억거렸다. 믿어야지. 이전에도 그리했고 이리 살아남지 않았던가. 동기 넷 중 이제는 둘만이 여기 남아 있었다. 그중에 가장 볼품없고 나이 많았던 자신은 퇴기 신세가 되고 말았지만.

"한데, 그리 밤낮으로 드시는 것은 무슨 차랍니까요. 그리 꼬박꼬박 챙겨 드시는 걸 보면 몸에 좋을 것은 틀림없고, 듣자 하니 초아더러 소희에게도 가져다주라고 들려 보내셨다면서요. 해서 말인데, 저도 그 맛 좀 볼 수는 없겠습니까?"

적월루에서 가장 잘나가는 적화가 늘 마시는 것이니 기생들 사이에서는 자연적으로 화젯거리였다. 분명 윤기 나는 피부의 비법은 그것일 거라, 저들끼리 짐작하고는 비슷하게 만들어내 마시는 것을 해조도 보았다.

비록 현직 기생은 아니나 적화와 쌓아온 친분 정도면 한 입 정도는 맛볼 수 있을 거라 내심 그런 마음도 있었다. 그러나 돌아오는 것은 조롱이었다.

"맛을 보겠다? 설마, 자네 아직도 퇴기 신세임을 깨닫지 못하고 있는 거 아냐? 기방에 있다 하여 같은 기생인 줄 알고 있다면 착각하고 있는 게야."

"아아. 예. 제가 실수를 했습니다."

"어찌 됐건, 앞으로는 소희 그 아이가 부용인 거야. 내 말 알아들었으리라 믿네."

적화가 이거나 먹고 떨어지라는 듯, 곰방대를 내밀었다. 이만 나가보라는 말에 돌아서는 해조의 얼굴이 벌겋게 달아올랐다.

오후의 수련실.

정갈한 옷차림의 소희는 맨 앞자리에 앉아 있었다. 아침 수련이 끝나고 쉬는 시간부터 단이가 자리를 비웠다. 어디를 다녀오겠다, 말이라도 하고 가면 좋으련만. 워낙에 두문불출하는 아이다 보니 이제는 그러려니 했다.

탕! 탕!

해조가 회초리로 벽을 치며 쉬는 시간이 끝났음을 알렸다.

"자자! 집중들 하거라! 그리 동태 눈깔로 앉아 있으니 아주 볼만하구나. 이래서야 어디 적월루 동기들이라 바깥에 내보일 수나 있겠느냐. 거기 너! 입가에 침 닦아라. 보기 흉하지 않느냐! 아무개 너! 너는 요 며칠 굶으라 하지 않았느냐."

해조의 날카로운 눈초리에 지목당한 아이가 울상을 지었다.

"아닙니다! 말씀하신 대로 저는 굶, 굶었습니다. 지금도 배가 허전하여 꼬르륵 소리가 자꾸만 나고 있지 않습니까. 어, 어찌 그리 의심을."

"그 입가에 묻어 있는 밥풀이나 떼고 말해. 이것아. 너는 생김새가 안 되니 몸매로라도 승부를 봐야 한다지 않았느냐."

아이가 멋쩍은 듯 볼을 긁적이고는 밥풀을 떼어 먹었다.

며칠 사이, 알음알음 눈으로 익힌 얼굴들이었다. 처음에 보았던 성숙함은 다들 꾸며낸 것이었나 보다. 이렇게 가까이서 보니 저마다 어린 기색이 완연했다. 단장 실습을 하기 전이라 민낯들이라서 그런지도 모르겠지만.

"자자! 다들 식후라 졸리는 모양인데 좋다 좋아! 잠시 수업은 관두고 내 특별히 너희들에게 문제를 내겠다. 그저 흘려듣지 말고, 각각 지목해 답을 들을 것이니 머리들 열심히 굴려보거라."

종종 해조는 수업 외의 이야기도 다루었다. 주로 기생이 주인공인 설화나 민담들이었다. 소희는 그 시간이 마음에 들었다. 서책으로는 볼 수 없었던 이야기. 입을 통해 전해져 더욱 생생했다.

문제를 내겠다는 소리에 저마다 귀를 쫑긋 세웠다.

"자아. 지금 너희들 앞에 두 사내가 서 있다. 아니 사내라는 말만 들어도 볼을 붉히는 넌 뭐냐. 그리 헤퍼서야 어디에 써먹겠누. 하여튼, 두 사내가 있는데 하나는 돈은 없으나 생김새는 매우 그럴싸하다. 다른 하나는 못생겼으나 돈은 많다. 자, 이 둘 중 누구를 선택할 것이냐."

꽤나 어려운 문제일 줄 알았는지 어두웠던 아이들의 얼굴이 일제히 밝아졌다. 이건 쉬워도 너무 쉬웠다.

훈육 어멈 해조가 날마다 강조해 오던 것. 기생이라면 응당 이래야 한다며 폭포같이 쏟아내던 말, 그 중 몇 마디만 들었어도 바로 맞출 수 있었다.

"제가 그 답을 알고 있습니다."

자신 있게 손을 척 들어 올린 건 송송이었다. 이것저것 생각해 볼 것도 없다는 듯 자신만만한 표정이었다.

나만 이 문제가 어렵나 봐. 소희는 무릎 위에 손을 올려 턱을 괸 채 골똘히 생각에 잠겼다. 한쪽은 잘생겼는데 돈이 없다. 다른 한쪽은 못생겼는데 돈이 많다. 마치 흑과 백, 둘 중 하나만을 고르는 것 같았다.

한데 왜 꼭 둘을 나눠야 하지? 잘생기고 돈도 많은 사람도 있는데. 대군마마가 떠올랐다. 그렇게나 존귀한 분이 있다는 것을. 그러니 굳이 어느 한쪽을 골라야 할 필요를 느낄 수 없었다. 세상 모든 사내가 다 그렇지만은 않다는 건 아직 모르는 소희였다.

"그래. 송송이 너."

해조가 지목하자 송송이가 자리에서 냉큼 일어났다.

"당연히 후자를 택해야 하는 것이 맞습니다. 기생이라면 응당 돈 많은 자를 최고로 쳐야 하는 게 아니겠습니까?"

따악. 해조의 손에 들려 있던 작은 회초리가 송송이의 어깨를 내려쳤다. 기껏 들어줄 만한 답변인가 하였더니 영 글러 먹었다. 그래도 기생이 될 만한 년들은 뭐가 달라도 다를 것이라 생각했는데 아닌 모양이었다.

"다른 답은 없는 것이야? 너희들의 생각을 말해보라는 것이야. 정말 송송이 말대로 돈이 많으면 그것이 최고인 것이냐? 이리 제 생각도 내지 못해서야 완전 쑥맥들이 따로 없구만!"

"어째 그러십니까? 제가 뭐, 틀린 말 했습니까? 돈이 없는 사내를 골라 무엇에 쓴단 말입니까. 기생 팔자 고치기에는 그것이 딱인데요."

"그것이 네 진심이라면 내 믿어주마. 하나 너는 내가 좋아할 만한 답을 고른 것이 아니냐. 쯧쯧. 양심도 없는 것 같으니라고. 그리 남의 눈치를 봐서 답이라 낸들, 훗날의 너는 그리 행동하지 않을 것이 빤하지. 내 말이 틀렸느냐? 양심일랑 다 팔아먹은 것들."

다들 고개를 숙여 눈을 피하는 것을 보니 생각들이 고만고만 했다. 해조는 동기들 사이에서 혼자만 볼을 발갛게 물들인 소희를 보았다. 생각을 하라고 했더니 아예 상상 속에 푹 빠져 있었다.

"소희 네가 말해보거라."

화들짝 놀란 소희가 해조를 올려다보았다. 다 안다는 눈빛에 화들짝 놀랐다. 저 너머에서 웃고 있던 대군마마의 모습은 어딘가로 사라졌다. 눈앞에 있는 것은 손이 매운 해조였다.

"저라면 어느 누구도 선택하지 않을 것입니다. 그저, 더 좋은 분을 만날 때까지 기다릴 것입니다."

"허어. 그럼 네 세월은 그리 기다려 준다더냐?"

기다리겠다. 수동적인 위치에 놓인 기생의 입에서 나온 말치고 퍽 당당했다. 아이들의 시선이 소희에게로 쏠렸다.

"험하고 험하다는 기생 팔자 고치는 것이 그 방법뿐이라면 송송이의 말도 맞을지 모릅니다. 하나 만약 그런 분을 만나지 못하면, 다른 한 분과 재고 따져 선택한 그분과 백년해로하리라 장담할 수도 없고. 그럴 바에야 차라리 혼자 늙는 것이 낫다는 것이 제 생각입니다."

"적어도 선택은 제 몫으로 남겨두겠다, 뭐 그런 뜻으로 들리는구나. 당돌하기 짝이 없는 것 같으니. 하나, 네 생각을 잘 말하였다. 적어도 줏대 하나는 똑바로 박혀 있는 걸 알았으니 되었다."

해조는 덤덤히 시선을 아래로 떨어뜨린 소희를 보며 혀를 내둘렀다. 오만하다 못해 방자하기까지 한 것. 제게 맞는 사내를 제 손으로 고르겠다. 그것이 안 된다면 홀로 늙겠다고? 저가 무엇이건데. 아무리 잘나봐야 고작 기생이 아닌가.

"하나 제 주제 파악을 확실히 해야 하는 것도 기생이지. 입으로만 고고한 척 떠드는 년들? 지금은 다 사라진 것을!"

소희는 아무 말도 하지 않았다. 기생이 될 일이 없으니 최고가 되어야 할 일도 없을 것이다. 그저 당분간 머물다 떠날 것이다.

"하면 어찌해야 하느냐고? 증명해 보이면 된다. 스스로의 몸값을 높일 만큼 재주를 갈고닦아라. 얼굴을 치장하지 않아도, 화대를 높게 쳐주겠다는 사내들이 줄을 설 만큼. 그리하면 스스로 말하지 않아도 다들 떠받들지. 진정한 예인(藝人)이라고."

한데 어째 해조의 말이 마음에 걸리는지 모르겠다. '입으로만 고고한 척 떠드는' 이가 비단 소희 하나만을 저격하는 것이 아닐 텐데도. 기실 이런 느낌은 처음이 아니었다. 해조, 적화, 초아, 단이. 나를 모르는 이들이 정작 저를 잘 알고 있는 것처럼 군다. 어딘지 모르게 경계하는 느낌 또한 들었다. 처음부터 이곳에 속하리란 생각은 하지도 않았지만 '왜'라는 의문을 지울 수 없었다.

다른 한편으로는 자꾸만 초조해졌다. 그네들은 돕겠다고 했다. 적화가 그리 말했다. 그런데 기생 훈육 어멈 앞에 데려다 놓고 동기 흉내를 내게 하였다. 이런 것이 무슨 의미가 있을까.

어제까지도 호되게 춤 연습을 하느라 온몸이 바스라질 것만 같았다. 팔다리는 제 것이 아닌 것처럼 느리게 움직였고 그때마다 휘둘러진 회초리에 종아리는 남아나지 않았다. 저보다 못한 아이들은 잠을 자러 가도, 저는 계속해야 했다.

"내 아무 때나 웃지 말라 하였지."

"웃기 싫어도 웃어야 한다지를 않았느냐!"

"매를 그리 맞고도 울지 않는 것이 참으로 독한 년일세."

이렇게 맞아본 적도, 이렇게 많은 욕을 들어본 적도 없었다. 어깨의 욱신거림은 익숙해졌으나 이 많은 아이들 앞에서 잘못된 표본처럼 취급되는 것은 그때마다 더 큰 부끄러움을 안겨주었다.

이네들이 만들어놓은 틀 안에 소희의 몸뚱이가 맞지 않는 것은 당연했다. 그때마다 이방인을 보는 아이들의 눈길은 이 거리가 좁혀질 수 없음을 알게 해주었다. 마땅찮은 시선들에 빙 둘러싸인 채로 소희의 고개는 더욱 빳빳해졌고 허리는 곧게 펴졌다.

"증명할 방법이란 경연을 말씀하시는 것이겠지요."

"그래. 그 때문에 너희들이 이리 내게 싫은 소리 들어가며 수련을 하는 것이지. 저마다 지금의 처지가 아쉬워서. 어떻게든 한 단계 더 밟아 오르고 싶을 테니."

이쯤 되자 소희는 묻지 않을 수 없었다. 며칠 동안 머릿속을 떠나지 않던 의문. 그동안 그만큼 맞고 멍 자국이 들었으니 이제는 물을 자격이 충분하다 여겨졌다. 들은 것과 보아온 것에 대해.

"한데 저는 점점, 더 모르겠습니다. 기생이란 것은 대체 무엇입니까. 누구는 재주를 열심히 닦으라 하고 누구는 다 소용없고, 그저 치장술(治粧術)을 잘 익혀 사내 비위 맞추는 것이나 잘하면 된다 하였습니다."

"한데?"

"제가 이곳에 와서 본 것이라곤 밤마다 값비싼 분가루와 연지를 구하느라 혈안이 된 동기들이었습니다. 수련을 하겠다, 날을 새는 동기는 보지 못했습니다. 하여 여쭤보는 것입니다. 대체 재주를 갈고닦아 예인이라 불렸다던 기생이란 누구를 말씀하시는 것입니까."

"글쎄다."

해조가 손을 뻗어 이마로 흘러내린 앞머리를 넘겨주었다. 평소 괄괄한 성정과 들어맞지 않는 다정함에 소희의 몸이 살짝 떨렸다. 살짝 고개 숙인 해조가 속살거렸다.

"이미 알면서 뭘 물어. 답은 네 안에 있는데."

콕콕. 소희의 가슴 언저리를 찌른 손가락이 거둬지고 해조는 다시 앞으로 걸어갔다.

답은 이미 내 안에 있다. 소희가 그 의미를 되짚을 동안, 해조는 다시 수업을 시작했다. 그러나 얼마 못 가, 수업은 다시 접어야 했다.

"잠깐 소희를 데려오라고 하셨구먼유."

"그래? 그럼 데려가보아라."

적화의 심부름으로 방문 너머에서 상놈이 소희를 기다리고 있었다. 소희는 영문도 모르고 따라나섰다. 삽시간에 아이들이 떠들기 시작했다.

"적화 언니는 왜 소희 저것만 찾는 거래?"

"낸들 아니. 또 쟤만 특별 수련인가 보지. 왜, 그 몸에 좋다던 차도 쟤한테만 특별히 먹게 해준다잖아. 완전 치사해!"

"모르면 가만히들 있어. 쟤, 지금 혼쭐나러 가는 거니깐. 쟤가 부리는 그 무당 년이 글쎄, 우리 초아 언니 비녀를 훔쳐 갔다지 아마. 아아! 이래서 근본 없는 것들이란."

송송이는 이보다 더 즐거울 수 없다는 듯 활짝 웃고 있었다. 그를 보던 해조의 입가도 비스듬히 올라갔다.

저런 저속한 짓들은 안 가르쳐 줘도 잘만 한다.

예나 지금이나 별다를 것이 없다. 소희 성정에 무당 아이부터 구하려들 것이 자명했다. 제 사람이라는 어쭙잖은 오지랖으로.

어째 세월이 가도 꼭 그런 이는 한 명씩 있는 것일까.

한데 내 말을 잘 알아들었으려나?

개떡같이 말해도 찰떡같이 알아듣는 이가 있는 법. 과연 그랬으려나?

못 알아들어도 할 수 없는 노릇이다. 어찌 모든 이가 세상 돌아가는 것을 아는 눈을 지녔으며, 이치와 실리를 동시에 따질 수 있겠나.

더더군다나 한낱 기생이 아닌가. 아무리 뛰어난 재예(才藝)를 지녔던들, 세월이 가면 한풀 꺾일 수밖에 없는 것에 불과하다. 뭣 모르는 어린것들은 그런 이를 부러워하나 결국 지금 남아 있는 것은.

'아무도 거들떠보지도 않았던 나 해조란 말이지.'

강한 자가 살아남는 것이 아니지. 살아남는 자가 강한 것이다.

방 안으로 들어서자마자 머리 위에 새집을 얹은 단이가 보였다. 부어오른 뺨과 할퀴어진 손톱자국이 눈에 들어왔다. 소희를 보자 몇 번 입술을 달싹거리던 단이가 다시 고개를 푹 숙였다.

"저를 부르신 연유가 무엇입니까? 또 단이는 어찌 저러고 있는 것입니까?"

적화가 소희더러 앉으라며 초아 쪽으로 눈길을 던졌다. 한 손에는 홍산호 비녀를, 다른 한 손에는 천 조각을 들고 눈물을 훔친다.

"비녀 도둑을 잡는답시고, 애를 저리 잡은 것이지. 하여튼, 그놈의 성미 좀 죽이라 그리 말했건만. 쯧쯧."

자연스러운 하대였다. 적화가 말을 낮추는 것이 소희 입장에서도 편했다.

"그 비녀 도둑이 어찌 단이입니까? 당사자 말은 제대로 들어보고 혼내신 겁니까?"

동시에 마주한 초아가 닭똥 같은 눈물을 뚝뚝 흘리며 소리를 높였다.

"뭐? 그럼 내가 없는 죄를 부러 뒤집어씌웠다는 것이냐? 아랫것을 제대로 못 다룬 것이 뭔 말이 그리 많다니? 언니. 보셔요. 아직 정식 기생도 아닌 것이 저렇게 눈을 부릅뜨고 달려듭니다. 흑흑. 아무리 잠시 머무르다 떠날 아이라 하나 저를 얼마나 우습게봤으면 이렇게 나오겠어요."

저게 지금 말이 된다고 생각하는 건가. 이 어이없는 상황에 소희는 실소를 머금었다. 이미 단이가 범인이라고 단정 짓고 있는 투였다. 비녀를 전달한 장본인이 억울하다 사정하는 것부터가 말이 되지 않았다.

소희는 단이를 바라보았다. 억울해 마지않아야 할 아이는 아무런 행동도 하지 않고 있었다. 그저 어떤 벌이든 달게 받겠다는 듯이. 아무런 죄가 없음은 단이 스스로도 알고 있을 터.

초아는 처음부터 이럴 생각이었던 거다. 그냥 보기에도 값나갈 만큼의 물건을 환영의 표시로 주었을 리가 없는데 아무 생각 없이 받았다. 그래도 이건 정말이지, 빤해도 너무 빤한 수였다.

동기들이 소희를 따돌리는 것이야 어리니 그렇다 쳐도 다 큰 기생이 어린아이를 상대로 이러는 것이 다 무어람. 알면 알수록 실망할 것이 한가득이었다. 그것에 수긍하는 단이의 태도 또한 잘못된 것이었다. 부정조차 하지 않다니.

"단이야. 정말 네가 그랬니?"

"······."

"웃겨! 그리 물어보면 당연히 아니다, 하지. 하였다고 시인하겠어? 멍청하기는."

차라리 그러면 좋으련만, 단이는 끝내 고개를 들지 않았다.

묵묵히 지켜보던 적화가 중재에 나섰다.

"되었다. 그 아이에게는 이미 물을 만큼 물었어. 답도 없는 아이에게 물어보았자 입만 아프지. 자, 초아 네 말대로 소희를 불렀으니 어찌하면 좋겠느냐?"

"저 어린것이 뭘 알아 그리했겠어요. 아무리 멍청해도 이런 짓까지 할 줄은 몰랐는데. 이게 다 소희 저 아이가 들어오면서부터이니 저 아이를 벌해야 합니다. 내가 오늘 아주 기방의 법도를 확실히 알려주겠어요."

"알겠습니다. 제가 단이 대신 책임을 질 터이니 저 아이는 이만 돌려보내 주시지요."

잘잘못을 따지기에는 때를 놓쳤다. 분명 사정이 있을 것이다. 단이가 입을 닫고 있는 연유가 무엇이든 이런 일을 벌였을 리 없다.

미동도 않던 단이가 번쩍 고개를 들었다.

"어, 언니! 언니가 그러실 필요 없어요. 제가 잘못했으니 벌도 제가 받아야 해요."

"단이 너는 이따 방에 가서 얘기하자. 그 비녀가 귀한 물건인 것은 저도 알고 있습니다. 하나 제가 수중에 가진 돈은 없으니 어찌하면 좋을지 말씀해 주셨으면 합니다."

천 조각이 소희 얼굴로 휙 던져졌다. 분기탱천한 초아의 얼굴이 가까워졌다.

찰싹. 소희의 얼굴이 오른쪽으로 돌아갔다. 얼얼한 볼을 감싸며 소희가 고개를 되돌렸다.

"네가 무엇이라도 되는 줄 알아? 책임을 진다고? 허! 참으로 싹수가 없는 것이로구나. 그저 엎드려 빌란 말이다! 이게 어떤 비녀인 줄 알고나 책임을 지겠다는 것이냐?"

"모릅니다. 어떤 비녀인 줄 말씀해 주셨어야 알 게 아닙니까."

하아. 기가 차다는 반응에 소희는 그저 주먹을 꽉 쥐었다.

"이것은 내 첫 정인 되는 분께서 주신 것이다! 그뿐이냐? 심해에서만 자라 먼 바다 너머에서 귀하게 들여온 홍산호란 말이다. 평생 너 같은 것은 구경이나 하겠느냔 말이다. 알아들었느냐?"

소희는 쥔 주먹을 풀었다 다시 쥐었다. 됐다. 초아의 입에서 비녀를 얻게 된 연유까지 들었으니 이것이 얼마나 값진 것인지는 본인을 통해 증명되었다. 이제 되었다.

"분명, 그 비녀가 진짜 홍산호로 만들어진 것이라 하셨습니다. 제가 제대로 들은 것이 틀림없는 것입니까?"

"이제는 귀까지 먹은 것이냐? 이제 보니 네가 아주 나를 엿 먹이려 작정을 한 것이로구나."

소희가 앞으로 손을 척 내밀었다.

"하면 잠시 제게 건네주시겠습니까? 어차피 벌을 받게 된 마당이니 말씀하신 대로 평생 못 할 구경, 이참에 실컷 하게나 말입니다."

건네주십사 내민 손은 냉큼 초아의 비녀를 낚아챘다. 비녀를 움켜쥔 손은 높이 들려지더니 이내 그대로 바닥으로 패대기쳤다. 반짝반짝 붉은 빛을 자랑하던 것은 조각조각 깨져 흩어졌다. 조각 하나를 집어 든 소희가 말을 이었다.

"이것은 본디 홍산호가 아닙니다. 보십시오. 이리 몇 번 닦아내면 칠이 벗겨집니다. 또 이 색을 자세히 보면 탁한 붉은색에 광택이 덜해진 것을 알 수 있습니다. 더군다나 표면 사이사이에 작은 구멍이 뚫려 있지요. 왜인 줄 아십니까?"

"그, 그게 무슨 말이야. 내가 지금 가짜라도 디밀었다는 것이냐?"

"예! 이것은 흰색 산호를 염색해 홍산호로 둔갑한 것이기 때문입니다. 그러니 제가 내릴 수 있는 결론은 두 가지입니다. 가짜를 진짜로 속여 단이에게 일부러 누명을 씌운 것입니다. 혹은 그 정인 되는 분께 속은 것입니다. 진짜 홍산호 비녀를 훔친 것이 단이의 죄라 하셨으니, 어느 쪽이든 간에 단이에게는 죄가 없지요. 제가 틀렸습니까?"

잘 확인해 보시라며, 소희는 초아의 손 위에 조각을 쥐어주었다. 그것을 분한 듯 내려다보던 초아가 적화 쪽으로 고개를 돌렸다. 남은 일은 두 사람이 해결할 몫이라 여기고 소희는 자리에서 일어났다.

"하면 이만 돌아가 보겠습니다. 수련 외에도 해야 할 일이 많아 그러니 양해 부탁드립니다."

꾸벅 고개를 숙인 소희가 단이를 일으켜 세웠다. 가까이서 보니 눈물 콧물이 뒤범벅된 얼굴이 참으로 볼만했다. 안 우는 척하더니 아이는 역시 아이였나 보다.

그러나 안쪽 덧문을 열고 나타난 해조에게 잡혀 소희는 다시 자리에 앉혀졌다.

"잘했다. 기대 이상으로 잘해주었어."

만족스럽게 소희의 어깨를 두드린 해조가 적화에게로 가서 손을 내밀었다.

"재미난 구경이었으니 구경값 또한 후하게 주실 거라 한껏 기대하고 있는 중입니다. 이럴 줄 알았으면 좀 더 돈을 걸 것을 잘못한 것 같기도 하고 말입니다."

"그러니까 이번이 자네가 날 처음 이긴 것이었지 아마도?"

더 이상 안 올라갈 것 같았던 해조의 입꼬리가 하늘 높이 승천했다. 처음이 아니다, 반박해 줄 이날을 얼마나 고대했던가. 역시, 사람 보는 안목은 제가 타고났다 싶었다. 물론 이렇게 잘해주리라고는 생각지 않았지만.

"그리 말씀하시니 이것 참 섭섭하기 짝이 없습니다. 왜 있잖습니까. 오래전 일이기는 하나, 동무가 셋이었을 때라면 기억이 나실 법도 한데. 그때 처음으로 한 내기에서 이긴 적이 있었지요."

새로 들어온 동기를 상대로 없는 죄를 뒤집어씌워 놓고 어찌나올 것인가를 두고 내기하는 것은 기존 기생의 유희거리였다. 적화와 해조가 동기였을 때도 당했고 또 주도하기도 했다. 어린것들의 기를 꺾어놓음과 동시에 기방의 법도를 세우고자 함이었다.

"아아. 그리 말하니 이제야 기억이 나. 자네가 무엇을 믿고 소희에게 걸었나 했지. 나름대로 믿는 구석이 있었던 모양이군."

"예. 저는 소희 이 아이를 보자마자 한눈에 알아볼 수 있었습니다. 장안 제일은커녕, 훈육 어멈이 되겠다던 생각은 해보지도 못했던 어린 두 계집아이가 장안 제일이 되겠다던 아이 하나를 만나던 그 순간, 그때의 느낌을 받았더란 말이지요. 그 아이가 없었으면, 지금 이 순간이 있기나 했겠습니까."

오기 전까지 입을 계속 풀어두기를 잘했다. 지금이 아니면 언제 이렇게 적화 앞에서 대놓고 옛일을 들먹이겠는가. 해조는 기분이 좋은 티를 내보이지 않기 위해 입매를 굳혔다. 효과가 먹혀든 것인지 적화의 얼굴에서 웃음기가 완연히 걷혔다.

"관두세. 오늘따라 자네 너무 말이 많아. 이것 받고 그 입 다무는 게 좋겠어. 자, 여기 진짜 홍산호 비녀일세."

"이것 참! 이리 귀한 것이 제 손에 들어올 줄은 정말로 몰랐습니다. 하여튼 제가 생각하기에도 참 복이 많은 년입니다. 감사히 받아 요긴하게 쓰지요."

헤벌쭉 입을 벌리며 비녀를 들여다보기 바쁜 해조를 보며 소희는 밀려오는 허탈함에 이마를 짚었다. 재주는 곰이 부리고 돈은 왕 서방이 챙긴다더니, 옛말 틀린 거 하나 없다.

적화가 머리에 꽂고 있던 것을 뽑은 것이니 틀림없이 진짜였다. 영롱한 것이 찬란하기도 했다. 저것 하나면 이곳 한양에 집 한 채는 거뜬히 사고도 남을 텐데. 그림의 떡이라 소희는 입맛만 다셨다. 어머니도 흰 산호 비녀를 엄청 갖고 싶어 하셨다.

"그거 하나만 있으면 밥 안 먹어도 배가 부를 것 같구나."

한 번씩 마을로 내려가 큰 장이 열리면, 방울 장수 앞에서 그리 말씀하셨던 적도 있었다.

장날에 슬쩍 값을 물었다가 놀래 자빠진 아버지는 비녀 대신, 여인들의 패물과 관련된 서책을 집어 들었다. 나무를 해 판 돈은 대게 그런 용도로 조금씩 새어 나갔다.

흰 산호 비녀 열 개를 주어도 얻을 수 없는 홍산호 비녀를 아무렇지 않게 주고받는 것은 소희에게 너무도 먼 세상 이야기였다.

잘나가는 기생은 여느 정승 댁 며느리 부럽지 않다더니, 아닌

게 아니라 훨씬 나을지도 모른다. 누구의 눈치도 안 보고 저 하고 싶은 대로 돈은 써볼 테니. 나중에 집으로 돌아간다면, 흰 산호 비녀는 아닐지라도 좋은 비녀를 가지고 돌아가야겠다.

"일전에 부탁한 것은 잘되어 가고 있는 것입니까?"

소희가 방문 앞에 갔을 때 미끄러지듯 다가온 적화가 물었다. 비단결같이 매끄러운 목소리, 경어로 바뀐 것에 소희는 등 뒤가 서늘했다. 어느 누구에게도 보이지 말라던 물건을 건네주던 그 밤의 낮은 음성이었다.

"정말 귀히 다뤄야 할 것입니다. 망자(亡者)의 일기란 것이 구한다고 쉬이 구해지는 것이 아니니까요."

방으로 돌아온 뒤, 소희는 눈에 쌍심지를 켜고 단이를 돌아보았다.

"자. 이제 어서 불렴. 어찌 사실을 말하지 않았는지."

"어, 언니……."

"얘기 안 하면 용서 안 해줄 거니 그리 알아."

소희가 팔짱까지 척 끼고 단호하게 말하자 단이가 울상을 지었다. 저를 구하기 위해 소희가 물심양면 나섰다는 것은 잘 안다.

그런 상황에서 저를 그렇게까지 위해주는 건 소희뿐이라는 것도. 그렇기에 더더욱 말하기가 꺼려졌다. 자신을 돕는 사람들은 늘 피해를 입었다. 단이의 의지와는 상관없는 일이었다. 시간이 지나고 깨달은 건, 다가오는 사람들을 밀어내야 한다는 것이었다.

더 가까워지기 전에, 더 정들기 전에.

"하나도 고맙지 않아요. 저는요. 언니가 절 돕기를 원치, 않았어요."

"나도 고맙다는 인사를 받으려 그런 것이 아닌데? 돕고 싶어 도왔을 뿐이야."

"그럼 더 위험하죠! 그 사람들이 얼마나 무서운 사람들인데요. 까딱하다 언니, 저 대신 비녀값을 물을 뻔했잖아요. 그랬음 언니도 여기서 평생 종노릇하게 됐을지도 모른다구요."

툴툴거리는 모습도 귀여워 소희는 입을 가리고 웃었다.

그러니까 걱정이 잔뜩 되었다는 말이지. 고맙습니다. 그 말이 하기 쑥스러워 저리 빙빙 돌려 말하고 있는 것이다.

"그렇게 넘어가려고 해도 안 돼. 단이 너, 혹시 초아란 기생에게 약점이라도 잡힌 거야?"

"헉! 약점이라니요. 소희 언니. 어떻게 그런 말을 그렇게 아무렇지 않게."

"맞네. 약점 잡힌 것. 자, 여기서도 대답 안 하면, 네가 진짜 훔쳤다 생각할 거야. 참고로 나는 스스로의 행동에 책임 못 지는 사람이 제일 싫으니 알아둬."

"그게 시, 실은, 들켰어요! 그, 언니 마시라고 가져오는 차요. 너무 맛이 좋아서 한 번 맛보면 잊을 수가 없는 맛이랄까. 참을 수가 없었어요. 그런데 언니가 씻으러 간 사이에 마시던 것을 들켜 버렸지 뭐예요. 그저 입만 다물고 있으면 된다 해서 그러겠다, 한 건데 일이 그렇게 될 줄은……."

고작 차를 몰래 마신 것이 무슨 잘못이라고. 소희는 그저 대수롭지 않게 넘겼다. 단이는 아직 어렸다. 늘 소희를 어린것 취급한 대군마마께도 보여 드리고 싶을 만큼 정말로 어린아이였다.

어디서 무슨 일을 하다 왔는지는 몰라도 아이답지 않게 소극적인 모습이 자꾸만 눈에 밟혔다. 소희 저도 그렇게 어른은 아니건만, 단이는 어딘지 모르게 위태로운 구석이 있었다.

열 살이면 주위에 투정을 부린대도 밉지 않을 나이다. 한데 단이는 정말 얼굴처럼 살려는지 철이 들어도 너무 빨리 들었다. 그래서 더욱 이해해 주고 싶고 먼저 한 발 더 다가가고 싶었다.

"괜찮대도. 그래도 단이야. 앞으로는 먹고 싶으면 내게 먼저 말을 해. 내가 너 못 먹게 한 적은 없잖아. 그렇게 몰래 먹다 체하면 몸만 상하지. 근데, 그 차가 그리 맛이 좋아? 나도 한번 먹어 볼까?"

"아, 아뇨! 그냥 조금 쓰고 또 조금 쓴맛이에요. 언니가 좋아할 만한 맛은 아니에요. 음…… 뭐랄까. 아, 그래! 저같이 늙은 사람들 입맛에나 맞아요. 언니는 쓰다고 못 먹을 거예요. 생강 냄새도 막 진해서!"

믿으라는 듯, 단이가 답지 않게 손까지 동원해 큰 소리로 말했다. 소희가 웃는 것을 보자 따라서 웃음이 나왔다.

"그래. 알았다 알았어. 그리 맛있으면 앞으로도 너 많이 마시렴. 숨어서 먹지 말고."

열변을 토하는 단이를 보니 소희는 새삼스레 그 차 맛이 궁금해졌다. 몸에 좋은 것이라 했으니 쓴 것이야 당연하겠지. 그래도 맛있다고 하니 다음에는 단이 몰래 먹어봐야겠다.

"알았어요. 근데 언니. 원래 밤에는 동기들끼리 방에 모여서 이야기꽃이란 것을 피운대요. 언니는 혹시 이야기꽃이란 걸 본 적이 있어요?"

"물론이지. 그 꽃은 크기도 어마어마하게 큰데 따뜻하기까지 하잖니. 단이 너도 그 꽃 보았구나?"

"아이참. 그런 꽃이 어디 있어요. 언니 놀리려고 한 말인데."

어랏. 나도 속은 척 해준 건데? 소희의 눈웃음에 단이가 그런 게 어디 있냐며 같이 웃었다. 간만에 안정을 되찾은 분위기에 소희는 온몸 가득 긴장했던 게 풀어짐을 느꼈다.

어렸을 때는 포근한 이불 속에 드러누워 아버지, 어머니가 돌아가며 옛날이야기 해주는 것을 들었다. 그때가 제일 좋았다. 등을 감싸는 온기와 도란도란 말소리에 귀를 기울이다 보면 스르륵 잠이 왔다. 그 방 안의 온기가 그리웠다.

"언니. 그럼 우리 서로 아는 이야기 하나씩 할까요? 제가 먼저 시작하고 끊으면, 언니가 다시 이야기를 이어 나가는 거예요. 저요. 예전부터 이런 거 꼭! 한번 해보고 싶었거든요."

그것도 재밌겠다 싶어 소희는 고개를 끄덕였다. 그렇게 그들의 이야기가 시작되었다. 옛날이야기의 시작이 늘 그렇듯, 단이의 처음도 비슷했다.

"옛날, 옛날 아주 오랜 옛날이었어요. 호랑이가 담배 피던 시절이었으니 참말로 오래된 이야기겠지요?"

옛날, 어느 조그마한 어촌에 돈이 얼마나 많은지 황 부자라 불리는 이가 살고 있었다. 그 집의 무남독녀 외딸은 구중궁궐 공주님도 부럽지 않을 만큼 행복한 나날을 보냈다.

그러던 어느 날, 이 황 부잣집 외딸에게 처음으로 사랑을 심어준 청년이 나타나게 되었다.

"낭자! 우연히 당신을 보게 되었는데 그날부터 당신 모습이 어른거려 아무 일도 할 수가 없구려. 어떻게 하면 낭자의 마음을 내가 가질 수가 있겠소?"

청년은 진지한 모습으로 낭자에게 사랑을 구했다. 그러나 황 부자는 그 청년의 집안이 가난하다는 이유로 이 두 사람을 만나지 못하게 하였다.

"너는 아비의 말을 명심하여라. 자식이라곤 너 하나뿐인데 평생 네가 고생하지 않는 집안으로 시집보낼 것인즉 그리 알고 앞으로 그 청년을 다시 만나지 말거라."

"예. 명심하겠습니다."

차마 아버지의 명을 거역할 수가 없어 그리하겠다고 대답하고 물러났지만 낭자는 벌써 그 청년을 좋아하고 있었으므로 잊을 수가 없었다.

두 사람은 바닷가에서 몰래 만나 낭자의 손거울을 반으로 나누어 가졌다.

"낭자! 오늘 나눈 이 거울을 우리 사랑의 증표로 간직하며 후일을 기약합시다. 내 반드시 낭자를 찾아가겠소."

"예. 세월이 얼마나 흐르든 소녀는 기다리고 있겠습니다. 부디 저를 잊지 말고 찾아주십시오."

두 사람은 굳게 약조하고 헤어졌다. 돌아가는 길에 황 낭자의 아름다운 모습을 멀리서 지켜보던 이가 있었으니……

"도깨비! 도깨비 맞지? 나 이 얘기 알아."

"에에? 소희 언니도 이 이야기를 안단 말이에요? 그럴 리가 없는데."

들뜬 소희에 단이가 단호하게 손사래를 쳤다.

이건 내 동생에게만 들려주었던 이야기란다. 그러니 단이 너만 알고 있으라고. 머리를 쓰다듬어 주던 다정한 손길이 떠올라 저도 모르게 단이의 눈시울이 붉어졌다.

"그럴 리가 없어요. 참말로요. 그리고 언니! 이제 막 재밌어지려는 부분에서 끊으면 어떡해요. 갑자기 그러니까 제가 말하려던 부분을 다 까먹어 버렸잖아요!"

붉어진 눈시울을 손으로 슥슥 닦아낸 단이가 아무렇지 않게 외쳤다.

이야기가 끊긴 것이 그리도 억울할까. 소희는 나오는 웃음을 꾹 삼켰다.

황 낭자의 아름다운 모습에 반한 도깨비는 그녀의 마음을 얻고자 궁리하다가 황 부잣집을 단숨에 망하게 했다. 그러고는 돈 많은 사람으로 둔갑하여 황 부잣집으로 찾아가 대뜸 이렇게 말했다.

"제가 망한 이 집을 하루아침에 다시 예전의 부잣집으로 만들어 드릴 터이니 댁의 따님을 제게 주십시오. 제 아내로 삼아 평생 함께하고 싶습니다."

그가 도깨비인 것을 알 리 없는 황 부자는 반듯하게 생긴 그의 용모를 보고 아무런 의심 없이 그 제의를 받아들였다.

"아버님, 저는 싫사옵니다. 저는 아무 곳에도 가지 않고 한평생 부모님을 모시며 살고 싶습니다."

황 낭자가 울며 애원했지만 벌써 황 부자는 옛날의 부를 되찾았기에 약속을 지키지 않을 수 없었다.

"얘야, 저 청년을 처음 보지만 사람을 속일 것 같지는 않구나. 내가 늘 말하던 대로 부잣집으로 시집가 너 하고 싶은 대로 하면서 편히 살면 얼마나 좋겠느냐."

황 부자는 싫다는 딸을 억지로 도깨비에게 시집보냈다. 도깨

비는 황 낭자를 외딴곳에 있는 도깨비굴로 데려가 버렸다. 그
것도 모자라 황 낭자가 도망가지 못하도록 굴 주위에 온통 가
시가 박힌 나무들을 잔뜩 심었다.

황 낭자가 매일 울면서 우울하게 지내자 도깨비는 가시 울
타리 안에 풀을 잔뜩 심었다. 낭자는 궁금하여 물었다.

"도깨비님, 지금 심고 있는 풀들은 무엇입니까?"

도깨비가 흉측한 얼굴로 씨익 웃으며 대답했다.

"내 색시 될 낭자가 매일 슬프게 울기만 하니 꽃을 피워 달
래주려고 하오. 이 풀은 매우 귀한 약초인데 늦은 봄에나 꽃이
필 거요. 가을이면 옥수수자루 같은 열매도 달리지요. 굴 안이
라 큰 키로 자라는 것은 심지를 못하나 이것도 꽃이 피고 열매
가 맺히면 예쁠 거요."

굴 안은 음습하고 습기가 많아 그런 성장 환경에 잘 맞는지
약초는 쑥쑥 자랐다. 도깨비는 온갖 정성을 들여 낭자에게 마
음을 애원했지만 황 낭자는 그때마다 이런저런 핑계를 대며 도
깨비를 멀리했다.

그저 하루 빨리 장래를 약속했던 청년이 나타나 구해줄 날
만을 손꼽아 기다렸다.

이윽고 청년은 수소문 끝에 황 낭자가 있는 곳을 알아내게
되었다. 어두운 밤, 도깨비가 잠든 사이 동굴 앞에서 두 사람
은 서로의 얼굴을 보며 감격의 눈물을 흘렸다.

"낭자! 이런 곳에서 고생을 하고 있었구려. 내가 꼭 도깨비
굴에서 낭자를 구해낼 테니 잠시만 기다려 주시오."

"도련님, 정말 와주셨군요. 저를 구하러 꼭 오실 줄 알고 있
었습니다."

그러나 동굴 주위의 가시나무들 때문에 청년은 안으로 들어가지 못했다. 낭자는 헤어질 때 나누어 가졌던 거울을 가시나무 위로 조심스레 청년에게 건네주며 말했다.

"도깨비는 햇빛을 싫어한답니다. 그러니 이것으로 맞서 싸우십시오. 도련님께서 가지고 계신 것과 맞추어 내일 아침 높은 바위 위로 올라가 햇빛을 반사시키면 도깨비는 놀라 도망갈 것입니다."

그러나 청년은 거울을 보지도 않고 그대로 휙 던져 버렸다.

"이런 위험한 것은 그저 버리는 것이 낫겠소. 거기다 내일 아침까지 기다리기에는 너무 늦지 않겠소?"

청년은 새로운 방법을 낭자에게 알려줬다.

"실은 이것에는 독이 담겨 있다오. 사람에게도 치명적이니 도깨비 그놈에게도 매우 위험할 것이오. 이것의 뿌리를 갈아 물에 함께 넣어 도깨비에게 건네시오. 만약 안 먹겠다고 버티면, 이것을 마셔야만 마음을 줄 수 있다고 하면 될 거요."

낭자는 청년이 시키는 대로 했다. 물은 낭자를 위해 도깨비가 매일 새벽 떠놓은 깊은 산속 맑은 샘물을 썼다. 손이 덜덜 떨리고 가슴이 방망이질을 쳤지만 벗어날 수 있다는 생각에 낭자는 도깨비를 깨웠다.

"제가 생각이 짧았습니다. 도깨비님. 이 차를 제 마음이라 생각하고 받아주세요."

"이런. 오늘은 해가 서쪽에서 뜨려나 보오. 낭자가 나를 생각해 차까지 타주고. 향이 아주 좋은걸. 잘 마시겠소."

도깨비가 차를 마시는 동안, 낭자는 불안감에 입술을 잘근잘근 물었다. 손톱은 얼마나 씹었던지 이미 닳아 있었다.

도깨비가 손을 내밀자 낭자는 엉겁결에 손을 얹었다. 갈라진 손톱을 안쓰럽게 보던 도깨비가 천천히 고개를 숙였다.

"미안하오. 내 낭자에게 못 할 짓을 하였소. 내 마음만 너무 앞세우다 보니 이런 첩첩산중으로 데려왔소. 하지만 후회는 하지 않아. 나로서는 그대를 지키고 싶었으니까."

"이곳에 온 뒤로 나는 동굴 밖에 가시덤불 때문에 한 발자국도 밖으로 나가보지 못했어요. 이렇게 동굴 안에서 햇빛도 못 보고 말라 죽어가겠죠. 하지만 이제는 아니랍니다."

"알고 있소. 나는 곧 죽을 테지. 그 약초의 뿌리가 나 같은 도깨비에게 얼마나 해로운지는 내가 잘 아오. 떠나는 것이 소원일 테니 떠나시오."

도깨비의 흉측했던 형체가 검게 그을려 공기 중으로 흩어지는 것을 낭자는 멍하니 바라보았다. 대관절 무엇으로부터 지켜주겠다던 것인지 이해가 가지 않았다. 그 말을 한 당사자로부터 지켜지길 원했었는데.

어찌 됐건 끝났다. 이제는 이곳을 벗어날 수 있게 되었다. 곁에는 꿈에도 그리던 청년이 있었다.

"정말 시키는 대로 할 줄이야. 아니 그보다 정말 그걸 마실 줄은 몰랐는걸. 멍청한 놈. 아마 사지가 찢기는 고통보다 더했을 텐데. 웃으며 죽다니. 진짜 미친놈."

"어, 어찌 그리 웃고 계신 겁니까."

"이 미련한 것아. 내가 아직도 네가 오매불망 그리던 사내로 보이느냐? 눈이 박혔다면 똑바로 봐라. 내 머리에 박혀 있는 이 뿔을."

그럴 리 없다, 그럴 리 없어. 낭자는 소스라치게 놀라 뒷걸음질 쳤다. 그럴수록 도깨비는 더욱 신나 히죽거렸다.

"큭큭. 아주 볼만하구나. 그러게 내게 거울을 줬을 때부터
잘 생각했어야지. 그때는 나를 아주 죽이려 드는 줄 알았다.
근데 역시나 네 멍청한 아비를 닮아 매한가지더군. 큭큭. 덕분
에 곳간도 불리고 좋은 구경 잘했다. 귀찮은 놈도 사라졌으니
이제는 내 세상이로구나."

낭자의 호흡이 느려졌다. 손목이 시퍼렇게 변해 있었다. 뿌
리를 캐고 다듬는 사이 독이 오르는 것도 몰랐다. 낭자는 제
어리석음에 땅을 쳤지만 이미 늦었다.

이렇게 된 마당에 무슨 낯으로 아버지를 뵌단 말이냐.

다행히 품 안에 차를 끓이고 남은 뿌리가 있었다. 치사량은
송두리째 입안으로 사라졌다. 얼마 못 가, 낭자는 그대로 쓰러
졌다.

먼 훗날, 그 자리에 핀 꽃을 사람들은 '천남성'이라고 불
렀다.

"언제 들어도 결말은 별로다. 그렇지 않니? 나라면 낭자가 웃으
면서 끝나도록 했을 텐데."

"……정말, 정말로 그렇게 생각하세요, 언니?"

단이는 가슴 언저리를 짚었다. 쿵쿵 뛰어대는 가슴 때문에 숨
소리가 흐트러졌다. 이렇게 놀라는 티를 내서는 안 되는데 생각처
럼 쉽지가 않았다.

"나한테 동생이 하나 있는데 말이야. 원래의 이야기를 듣고 나
서는 눈물을 그치지 않았어. 해서 내가 결말을 바꿔 들려주었

지. 낭자가 도깨비의 마음을 뒤늦게나마 깨닫고 서로 도와 청년으로 둔갑한 도깨비를 물리치는 것으로. 그들은 그렇게 오래오래 행복하게 살았노라고."

벌써 예전에 들었던 이야기인데도 아직도 생생했다. 단이는 귓가를 어루만졌다. 환청인가. 단이의 손끝이 달달 떨렸다.

"응. 원래대로라면 낭자랑 도깨비가 너무 불쌍하잖아. 누군가 내게 다른 결말을 들려줬었어. 낭자가 도깨비의 마음을 나중에라도 받아준 걸로 하자고. 그래서 나쁜 도깨비를 물리치는 걸로 끝났어."

"누구…… 한테 들었는데요?"

"그게, 누구였는지는 기억이 잘 안 나. 어릴 때라서 그런가 봐."

소희의 말에 단이가 크게 숨을 삼켰다. 평소보다 배는 더 창백해진 낯으로 단이가 재촉하다시피 물었다.

"……더 기억나는 건 없어요? 얼굴이라던가, 몇 살 때였다던가."

"날 쓰다듬어 주던 손길은 어렴풋이 기억나. 어머니랑 아버지는 아니었던 것 같은데."

다행이다. 정말 다행이야. 단이는 속으로 중얼거렸다. 예상대로 소희는 기억을 하지 못했다.

어쩌면 당연한 것이다. 산 자는 저승으로 향하는 길에 기억을 모두 잃는다. 본래의 몸을 놔두고 다른 육체로 들어왔는데도 어렴풋하게나마 기억이 있다는 건 그만큼 소중했다는 것이다. 아마 예전의 삶에서도 잊고 싶지 않았을 만큼.

처음 소희를 보았을 때부터 이상했다. 무당에 몸주(무당이 주로 섬기는 신)가 하나이듯, 사람의 몸에 들어갈 수 있는 영혼도 하나였다.

한데 소희가 들어간 몸은 이곳에 있어서도 있을 수도 없는 것이었다. 소희 모르게 일부러 접촉을 시도한 적이 있었다. 닿은 사이 접신을 했으나 어이없게도 튕겨 나왔다. 수십 번의 시도 끝에 깨달은 건, 보이지 않는 막이 가로막고 있다는 거였다.

몸주의 힘으로도 어찌할 수 없는 막. 신보다 더한 존재라면 둘밖에 없었다. 하늘에 옥황상제가, 저승에는 염라대왕이 있다. 원귀는 염라의 주관이었다. 그에 비하면 자신은 한낱 인간에 불과했다. 그것을 깨달은 이상 단이는 더 이상 제 능력을 발휘할 수 없었다.

며칠 전부터 뒤숭숭했던 꿈자리. 발치에 서 있던 혼을 느꼈다. 실체는 아니었으나 단이는 느낄 수 있었다. 남들은 들을 수도 볼 수도 없는 것을 느끼는 것이 신기(神氣)의 힘이었다.

"혹 나를 닮은 이가 찾아가거든 도와주거라. 그 아이를 도울 수 있는 사람은 너밖에 없다."

그리 빌고 또 빌었는데도 결국 부용은 원귀가 되었다. 차라리 그날 함께 죽어버렸더라면. 몸을 죄어오는 죄책감에 단이는 삼일 밤낮을 고열로 꼬박 앓아누웠다.

깨어나자마자 적화에 의해 소희에게 보내졌다. 이전에 부용에게 보냈듯. 가고 싶지 않았다. 세작 노릇은 죽어도 하기 싫었지만 어쩔 수 없었다. 언제나 발목을 붙잡는 건 가족들의 목숨이었다. 나라에 내는 세금을 내기 위해 발버둥 치던 아비는 도박에 손을 댔다. 빚과 배고픔은 어미와 단이의 몫이었다.

"단이야. 너는 그냥 짧게 살려무나. 이 험한 세상, 길게 살아봐야 좋을 것 없어."

짧을 단의 단. 어미가 지어준 이름이었다. 가족의 빚 대신 무당으로 팔린 인생에 희망이란 없었다. 그런 제게 삶의 의미를 알려준 사람이 부용이었다.

"짧은 단이 아닌 바를 단의 단이란다."

단이는 다짐했다. 무슨 일이 있더라도 소희 언니를 지켜줘야지. 설령 목숨이 다하는 한이 있더라도. 그것만이 조금이나마 속죄할 수 있는 길이었다.

단이가 잠든 것을 확인한 소희는 자리에서 일어났다. 벽 앞에 선 소희는 조심스레 손을 뻗었다. 몇 번 더듬댄 끝에 세게 힘을 주었다. 드러난 공간에서 서책을 빼자 벽장은 감쪽같이 사라졌다.

"도움은 이것으로 끝입니다. 남은 것은 소저의 몫. 때 아닌 개죽음을 당하고 싶지 않다면 조심, 또 조심해야 할 테지요."

부용의 일기를 건네준 적화의 의도를 생각해 볼 겨를도 없었다. 처음 보는 한자도 있었고 군데군데 눈물 자국이 나 있어 알아보기 쉽지 않았다. 첫 장부터 막히기를 여러 번, 이제는 어느 정도 읽을 정도가 됐다.

연희, 그리 불리던 시절의 이야기다.

어지러운 세상이었다. 왕의 승하 직후 한 가뭄에 의해 하루아침에 임금이 뒤바뀌었다. 여파는 내가 살았던 조그만 마을까지도 끼쳤다. 늘 먹을 것이 부족했으나 집집마다 웃음이 끊이지 않았던 곳은 복면을 쓴 도적 떼들이 나타면서부터 아비규환이 되었다.

그들은 밤마다 마을을 옮겨 다니며 누군가를 찾고 있었다. 건넛마을이 재가 되던 날, 우리는 야반도주했다.

그날따라 동생은 많이 울었다. 울음을 달래 인기척을 숨기느라 어머니가 애를 많이 쓰셨다. 아마도 부모님은 그런 일이 일어날 거라 미리 예상하셨던 모양이다. 오래전부터 머리맡에 있었던 보따리는 우리의 유일한 식량이었다. 두 개의 산을 넘을 동안 먹을 것이 떨어졌다. 배고픔에 찌든 우리를 맞은 건 도적 무리였다. 급한 대로 가진 돈을 모두 내놓았지만 놈들은 끝내 아버지의 숨통을 끊어놓고야 말았다.

아무리 먹고살기 힘들다고 하나 가진 것을 모두 내놓은 사람을 죽일 만큼 민심이 흉흉하지는 않았다. 놈들은 도적이 아니었다.

어머니는 그도 아셨던 모양이다. 아버지가 목숨을 담보로 시간을 버는 사이, 우리는 뒤도 돌아보지 않고 뛰었다. 미치지 않고서야 그럴 수 없었으련만, 그럴 수밖에 없었다. 품 안에는 허기에 지쳐 기절한 동생이 있었다.

"언젠가 기필코 너희들이 죗값을 치를 날이 올 것이다, 이놈들!"

어머니는 놈들을 절벽 쪽으로 유인했다. 칼과 창으로 위협해 오는 놈들 앞에서 어머니는 보란 듯이 몸을 던졌다. 마치 자신의 죽음으로 모든 것을 끝내겠다는 듯. 숨이 가빠오고 머리가 깨질 것 같았다. 소리 없는 아우성이 나를 집어삼켰다. 어머니의 죽음이 그들의 목적이었던지, 절벽 아래쪽으로 내려간 그들은 밤이 되어도 돌아오지 않았다.

밤하늘에 달린 초승달을 멀거니 보는데, 동생이 잠에서 깨어났다. 조그만 입술이 한참을 꼬물거리더니 달을 가리켰다.

"송펴언. 어마. 엄마 송펴연."

불쌍한 내 동생. 엄마는 이제 안 계신단다. 그 작달막한 손을 꼭 잡아보고 품 안에 안아보고서야 나는 울음을 토해냈다.

"흐, 흐어어. 흐어어어."

한 마리의 새끼 짐승처럼. 애처로운 괭이 울음소리 같기도 했다.

밤이 깊어지고 어둠을 틈타 동생을 품에 안고 앞을 헤치며 달렸다. 몇 번을 곤두박질쳤지만 멈출 수 없었다. 또 며칠을 미친 것처럼 달려 어머니의 먼 친척을 찾아갔다.

사정을 전해 들은 아주머니는 자식이 없던 차, 동생과 나를 거둬주고 싶다 하셨다. 그러나 함께할 수 없었다. 동생을 꼭 지키란 어머니의 말씀을 지키기 위해서라도 나는 떠나야 했다. 품 안 깊숙이 갈무리해 두었던 어미의 편지를 동생의 배냇저고리에 넣어두었다.

동트기 전, 조용히 집을 빠져나왔다. 부러 동생의 잠든 얼굴은 보지 않았다. 애써 굳힌 결심이 물러질까 봐 걸음을 재촉할 수밖에 없었다. 그 길 내내, 내 손으로 연희라는 계집을 죽였다.

한 마리의 한 많은 짐승일 뿐인 나를, 천애 고아를 받아줄 곳은 저잣거리였다. 높디높은 푸른 누각 너머 웃고 떠드는 남녀의 소리가 끊이지 않았다. 화려하게 치장한 여인들이 눈이 마주치자 흐드러지게 웃었다. 장안 최고의 부와 권력이 다 모인 곳이라고 했다. 문밖으로 길게 줄을 선 벼슬아치들이 보였다. 저마다 최고임을 증명하는 패물과 귀한 음식들이 앞다퉈 들여보내졌다.

그들만의 세상. 내 삶과는 너무도 동떨어진 세계. 사치와 향락. 그것이 내가 처음 본 한양의 전부였다. 내가 있을 곳이 아니다 발길을 돌리려는 찰나, 기생들의 대화에 붙들리고 말았다.

"그게 참말이라니? 김 대감께 잘만 뵈면 주상 전하도 뵐 수 있다는 것이?"

"그렇고말고. 전하의 총애를 한 몸에 받는다는 희빈 박씨도 천출이었다지 아마. 이번 궁중 연회에 나아가 전하의 눈에 띄기만 하면, 그럼 나는 금은보화를 내려달라고 할 거야."

"정말 전하께서는 뭐든 하실 수 있어요? 억울한 죽음도 밝혀주실 수 있으세요? 나도 전하를 뵐 수 있나요? 그럼 어찌하면 되는데요? 기생, 그거 하면 되는 거예요?"

내 말에 기생들은 자지러질 듯 웃었지만 부정하지는 않았다. 그러나 청월루의 문은 쉽사리 날 들여보내 주지 않았다. 정처 없이 떠돌던 끝에 만난 아이의 집에 신세를 지게 되었다. 이정, 휘영이라는 두 사내아이와 여자였다.

낮에는 허드렛일을 돕고 밤에는 기방 문 앞으로 달려갔다. 문 너머로 들려오는 노랫소리와 엿본 춤동작을 밤새도록 익혔다. 온전히 내 것으로 만들기 전에는 잠들 수 없었다.

계절이 두 번 바뀐 어느 날, 나는 청월루의 문턱을 넘었다. 어느 세도가의 자제가 나를 들였다더라. 그렇게 어린 짐승은 사람이 되었다.

그 뒤로는 온통 시문이었다. 붓과 종이를 꺼내든 것은 모르는 글자들을 언문으로 풀어가며 다시 되새기기 위함이었다. 옮기는 작업이 고달프기는 했으나 쉴 틈이 없었다. 만약을 대비해 정교한 필사본을 만들어두어야 했다. 며칠 지나지 않아 드디어 마지막 장에 다다랐다.

"정인. 하나는 둘도 없는 벗이요, 하나는 정을 통하고픈 이나 내 마음 전할 길이 없으니 아쉬울 따름이라."

보이는 것은 달랑 두 줄. 그 아래, 절반 이상 찢겨 나간 연서(戀書)가 남아 있었다.

❀

술에 취한 객(客) 하나가 계단 위에서 이리 비틀 저리 비틀 댔다. 사내는 일각이 넘도록 같은 자리만 맴도는 중이었다.

하나였던 출입구가 빙글 돌더니 사방으로 보였다. 똥통에서 막 건져 낸 것 같은 악취에 기생들도 그를 꺼려했다. 오만상을 찌푸리는 것들을 떠올리자 절로 화가 치밀었다.

"돈만 주면 뭔들 못 하겠나 싶더니만 그도 아닌 모양이지. 역시 잘나가는 기생년들이라 다르다 이건가? 헛헛."

그 뒤를 조심히 밟던 기생 하나가 이때다 싶어 사내에게 들러붙었다. 간만에 맡은 여인의 체향에 사내의 코가 사정없이 벌름거렸다.

아니, 이게 꿈인가 생시인가!

"어머. 나리께서도 참. 그리 급히 나가시면 어쩌나요. 나리와 말씀 한번 나누려 하였는데 틈도 안 주시고. 미워요."

"으에? 너, 너 초아가 아니냐. 나한테는 어쩐 일이냐?"

적화 다음으로 잘나간다던 초아라니. 기억 속 모습보다도 더

아리따운 자태였다. 재산을 탕진하기 전까지만 해도 단골이었으나 이제는 어림도 없었다.

"아이참. 제 화초를 올려주신 분이 나리 아니십니까. 늘 마음으로나마 나리를 그리워하였지요."

"허, 허 참. 거, 빈말이래도 좋구나. 헛헛."

입이 찢어져라 웃는 그에 초아가 해사하게 웃었다. 악취에 숨이 막힐 것 같았지만 이런 일에는 딱 적격인 자였다.

"제가 나리께 꼭 청하고픈 일이 있는데, 들어주시겠어요?"

"네가 나에게 말이냐?"

초아는 건너편 쪽을 가리켰다. 그곳은 어린 동기들이 머무는 처소였다. 저녁 무렵이니 다들 수련 연습을 하거나 잠자리에 들 시간이었다.

"예. 나리. 실은 저도 부탁을 받고 나리를 모셔 가는 것입니다. 아니 글쎄, 제 화초를 올려주신 분이 나리라는 소문을 듣고는 찾아온 아이가 있지 뭡니까. 저도 화초를 올려보고 싶다면서요."

"그, 그래? 하나 어린것들은 좀……."

"물론 동기들은 경연에 나서기 직전에는 사내를 뵐 수 없지요. 공식적으로는 그렇다는 것입니다. 그래도 아이가 어찌나 졸라대는지, 같은 기생 처지에 그 마음을 어찌 외면할 수 있겠습니까."

"어, 얼굴은? 박색은 좀……."

"그건 걱정하시 않으셔도 됩니다. 어서 따라오시어요. 나리."

귓가에 속삭이는 달콤한 음성에 그는 홀린 듯 따라나섰다. 동기들의 처소. 아직 누구의 손도 타지 않은 어린아이들이 모여 있는 곳. 기방을 찾는 사내들에게는 호기심이 당기는 미지의 영역임에 틀림없었다.

초아는 빤히 들여다보이는 사내의 속내에 웃음이 날 것 같았다. 소희야. 이건 내 심기를 건드린 벌이란다. 어디 너도 한번 당해보려무나. 이것도 교육이라면 교육일 테니.

소희는 서책에 고개를 파묻었다. 부용의 정인은 누구였을까. 고민을 거듭했지만 답은 나오지 않았다.

"그 아이는 내…… 정인이었다."

제일 처음 머릿속에 떠오른 건 대군마마였다. 그러나 그 정인이 아니라고 했었다.

잘 지내고 계실까. 일어나시고 난 뒤, 당황하셨을까. 그리했을 것이다. 은혜를 모르는 계집이라 여기셨을 것이다. 그저 좋은 꿈을 꾼 것이다.

그렇다면 남은 경우의 수는 하나. 김이문이었다. 요사스럽고 냉혹한 뱀 같은. 부용이 그런 사내를 좋아했을 수도 있지 않은가. 고민을 거듭하며 머리를 쥐어짰더니 머리가 더 아파왔다.

"단이 얜 또 어딜 간 거야. 가면 간다 말이나 하고 갈 것이지."

애꿎은 단이를 탓하는 것이다. 요새는 밤마다 사라지는 것 같다. 옆에 있다가 없으니 적적했다. 혼자 있으니까 잡념이 먹구름처럼 몰려온다. 무심결에 소희는 손을 하나씩 꼽아보았다.

염라대왕이 주었던 한 달의 말미가 얼마 남지 않았다. 앞으로의 일이 어찌 될지 모르나 한 가지는 확실했다. 어찌 됐든 원래의 몸으로 돌아가게 되리란 것을.

그렇게 되면 대군마마도, 단이도 볼 일이 없을 것이다.

단이가 있던 자리를 쓸어보던 소희의 손끝에 빈 찻잔이 걸렸다. 마음껏 마셔도 좋다 했는데도 꼭 이렇게 몰래 마시고는 도망가 버린다. 방 안에 가만히 못 앉아 있는 성미인가 보다.

소희는 다시 서책을 집어 들었다. 부용에게 동생이 있었다는 것이 마음에 걸렸다. 어딘가에는 살아 있을 텐데 실마리가 잡히지 않았다.

정체를 알 수 없는 배후의 세력과 가족들의 죽음. 동생에게 남겨두었다던 어미의 편지. 전부 두루뭉술하기 짝이 없다. 혼자 감당하기에는 너무나 커다란 무게에 한숨이 절로 나왔다.

이러지 말고 수련실에서 밤샘 연습이라도 해야겠다. 방문을 열던 소희는 낯선 힘에 떠밀려 방바닥에 널브러졌다.

"나를 마중 나와줄 필요까지는 없었는데. 그것 참 탐스럽게도 생겼구나."

볼을 쓰다듬는 손길에 솜털이 오소소 일었다. 사내의 눈빛이 이리저리 흔들리는 게 정말이지 불안했다. 재빠르게 빠져나가려던 소희는 무지막지한 힘에 다시 들어가야 했다. 낑낑거리며 잡힌 몸을 빼내려 했지만 어림도 없었다.

"이거 놓으십시오!"

소희는 있는 힘껏 사내를 떠밀었다. 그러나 사내의 흥미를 돋울 뿐이었다. 술기운이 동하고 맞닿은 몸에서는 좋은 향기가 피어났다. 보면 볼수록 군침이 돌았다. 초아와는 비교도 되지 않았다.

"이거 완전, 선녀 강림일세. 초아 그년보다 훨씬 낫구나. 이참에 내 방망이 구경 좀 시켜주랴?"

눈 깜짝할 새 치마가 벗겨져 소희는 손바닥에 얼굴을 묻었다. 그러면서도 조준해야 할 위치를 감지했다. 온 힘을 발에 실어 사내의 가운데를 향해 힘차게 날렸다. 비명 소리와 함께 나가떨어지는 사내를 밀치고 소희는 방을 빠져나갔다.

그 소란에도 동기들은 방문을 꼭꼭 닫아걸고 나와보지 않았다. 가까운 방문을 두드려 보았지만 열리지 않았다. 정신없이 뛰다 누군가와 부딪쳤다.

"손님을 그런 식으로 대하면 쓰나. 너 정말 안 될 아이로구나."

초아가 단단히 소희의 어깨를 붙들었다. 그사이, 쫓아온 사내가 소희의 댕기 머리를 움켜쥐었다. 세상이 한 바퀴 빙글 돌았다. 쿵! 요란한 마찰음이 머릿속을 울렸다. 찌르르한 아픔이 뒷머리를 후려쳤다.

"대체 무슨 일이냐? 손님 앞에서 벌러덩 드러눕다니. 소희 네가 제정신인 게냐? 꼴은 어찌 그 모양이냐."

한숨을 내쉬며 고개 젓는 적화 뒤에 그가 서 있었다.

"실은 소희 저 애가 남녀의 운우지정에 대해 알고 싶다, 하도 졸라대는 통에……. 고집이 하도 세서 저로서도 어찌할 방도가."

"해서 네가 저 사내를 동기 처소로 끌어들였다, 이 말이냐?"

"저야 그저 저 아이를 위하는 마음으로 그랬사오나, 용서해 주세요. 적화 언니. 해서는 안 될 짓이란 것을 알면서도……."

적화가 손을 들어 초아의 말을 막았다. 동기들의 처소에 남정네가 들이닥치다니. 보고 듣는 귀가 한둘이 아닐 것인데, 아주 망신살 제대로 뻗치는 꼴이었다. 적화의 손짓에 상놈과 하인들이 달려와 사내와 초아를 끌고 갔다.

"조용해졌으니 됐네. 이만 들어가지."

이정이 그대로 돌아섰다. 할 말이 있는 듯 머뭇거리던 적화가 그 뒤를 쫓았다. 소희가 앞으로 나가려다 주춤거렸다. 커다란 보폭이 그들의 거리를 삽시간에 넓혀놓았다.

소희는 멍하니 바라보다 한 걸음씩 걸어갔다. 틀림없이 대군마마가 맞다. 아직도 소희에게는 꿈이었다. 눈을 뜨면, 이곳이 현실임을 알게 해주면서도 하루하루를 버티게 해주었던. 많이 보고 싶었는데. 한 번이라도 돌아봐 주시지 않을까. 멍하니 바라보던 소희의 고개가 푹 꺾였다.

못 본 것이리라. 워낙에 정신없는 상황이었고, 머리도 미친년처럼 헝클어져 있었으니까. 그래도 차마 돌아서고 싶지 않아 엉거주춤 서 있기를 이각(二刻, 삼십 분).

"들어가고 싶으냐?"

툭. 소희의 어깨가 밀쳐졌다. 오늘은 이 사람 저 사람에 치이는 날인가 보다. 소희의 고개가 맥없이 들렸다.

"들어가고 싶으면 들여보내 줍니까?"

"잠자코 따라온다면 들여보내 주지."

소매가 잡힌 채로 앞으로 끌려갔다. 팔의 힘은 매서웠으나 가까이서 훅 끼쳐 오는 강한 사향에 적신호가 울렸다. 뒤늦게 소희는 앞에 가는 이를 쳐다보았다.

"영헌군이 네 쪽으로는 눈길 한 번 안 주던데. 아니냐?"

남을 업신여기는 말투는 여전했다.

"그걸 어찌 제게 물으십니까?"

"웃기잖느냐. 정인이라고 그리 붙어 다닐 때는 언제고, 이제는 완전 나 몰라라 하는 꼴이."

"다 아는 것처럼 말씀하지 마십시오."

소희의 고개가 삐딱이 돌아갔다. 김이문이 픽 웃었다. 연모인가. 참 가슴 한쪽이 근지러우면서도 승질 뻗치게 만드는 감정이었다. 그 순수함이 어느 정도인가, 시험해 보고 싶어졌다.

"그래? 그럼 어디 시험해 볼까? 영헌군이 진심인지 아닌지."

커다란 상을 놓고 족히 스무 명은 될 법한 양반들이 둘러앉아 있었다. 보기만 해도 값나가는 것으로 보이는 비단옷은 기본이요, 옆에 기생 둘씩 끼고 앉아 있는 것이 매우 당연하게 보였다.

농밀하고도 은밀한 접촉들이 시시각각 이루어진다. 건드리는 손길에 여기저기서 신음 소리가 터진다. 가슴을 훤히 드러낸 기생이 소희와 눈이 마주치자 활짝 웃어주었다. 부끄러움은 소희 몫인지라 먼저 고개를 돌렸다.

이정 혼자만 굳센 바위처럼 자리를 지키고 있었다. 술잔을 머금는 그에게로 방 안 모두의 시선이 붙박이처럼 달라붙었다. 어찌 한 번 눈이라도 맞춰보았으면 싶은 진득한 눈길들. 결국에는 왕족도 제 목숨 귀한 줄은 안다는 비아냥대는 시선들.

기생 하나가 은근슬쩍 이정의 팔을 잡았다. 뿌리칠 줄 알았던 이정은 도리어 그 팔을 더 깊숙이 끌어당겼다. 소희의 가슴에 구멍이 뻥 뚫렸다. 방 안에 들어서기 전, 김이문이 주문처럼 흘렸던 말이 떠올랐다.

"넌 그저 얌전히 있으면 되는 것이다. 꿀 먹은 벙어리처럼. 주도는 내가 할 것이니."

방 안에 들어서고 나서야 소희는 제가 이 방 안에 들어온 목적을 기억해 냈다. 순간 좋은 생각이 떠올랐다. 부용의 정인이었던 이를 알아낼 수 있다. 어차피 밑져야 본전 아닌가.

흥이 꽤 올랐는지 김이문 가까이에 앉아 있던 누군가가 입을 열었다.

"요즘 장안을 뜨겁게 달구고 있는 인물이 누군지, 술자리만 벌렸다 하면 다들 그 얘기들입니다그려. 혹 누군지 알고 계십니까?"

"뭐 들리는 소문으로는 죽은 부용이 살아왔다더라, 뭐 그런 해괴한 말도 다 있더이다."

"허허. 어디서 그런 말도 안 되는 말을 듣고서는 이런 자리에까지 입에 올린단 말이오! 쯧."

상석에서 가만히 듣고 있던 김이문이 신경질적으로 상을 내려쳤다. 적절하지 않은 대화 주제였다. 간만에 술맛 좀 보려 했는데 맛 떨어진 지 오래다. 무언가 자극적인 것이 필요했다. 과거의 잔상을 단번에 털어버릴 만한.

"이참에 두 눈으로 확인해 보시지요. 바로 이 아이가 소문의 부용이랍니다."

틀어진 분위기를 다시 잡아 올린 것은 적화였다. 경연 전까지는 소희를 내보일 생각이 없었다. 그러나 이미 엎질러진 물, 이제 와서 어쩌겠는가. 수습은 언제나 자신의 몫이었다. 소희에게만 들릴 정도로 낮게 속삭였다.

"방금 들었다시피 소저가 나날이 일취월장이라는 소문에 여기저기 들썩들썩합니다. 나랏일 보시는 분들까지 뒤숭숭하신가 본데, 모른 척할 수도 없게 생겼습니다."

"하나, 저는 아직 정식 기생이 아닙니다."

"한 번쯤은 각오했던 일이 아닙니까. 흉내만 내도 좋습니다."

적화에 의해 발딱 일으켜 세워졌다. 흉내란 것도 뭘 알아야 할 수 있는 것이다. 소희의 가슴이 두려움으로 방정맞게 뛰어댔다. 엉거주춤 서 있는 사이 모두의 시선이 쏟아들었다.

그토록 적나라한 시선은 처음이었다. 아무리 기생 교육을 받았다 하나 실전은 처음이었다. 입맛을 다시는 소리, 함부로 드나드는 손길, 자지러지는 웃음소리. 그것들 앞에서 소희는 벌거숭이라도 된 것 같았다.

사람 대 사람으로 설 수 없다. 기생은 한낱 노리개에 불과하다. 이런 것이었구나. 온몸으로 내리 꽂히는 수치심에 가냘픈 몸이 휘청거렸다. 아무도 저를 어리게 보지 않는다. 그저 흥을 돋워줄 수 있는 광대 그 이상 그 이하도 아니었다.

"나는 어린것은 손톱만큼도 건들지 않는다."

환청이 머리 주변을 맴돌았다. 어린아이 취급당하는 것이 서운할 때도 있었다. 마냥 세상을 모르는 아이가 된 것 같았다. 아버지가 저를 귀히 여겨줄 때와는 다른 느낌인지라 낯설면서도 신기했다. 그것이 이정 나름대로의 배려였음을, 소희는 이제야 알 것 같았다.

"저는 마땅히 보여 드릴 만한 재주가 없습니다."

"저, 저런 천한 것을 보았나! 한낱 계집년 주제에."

"방자하기 짝이 없구만. 적화 자네, 교육을 시키기는 한 건가?"

"재주 하나 없는 년이 어찌 얼굴을 들이밀어. 우리가 뭐, 고작 네년 반반한 낯짝 보려 바쁜 시간 쪼개 자리한 줄 아느냐?"

노발대발한 벼슬아치들이 앞다퉈 술잔을 집어 던지다시피 했다. 굴러간 파편 조각이 소희의 볼을 훑고 지나갔다. 살갗에서부터 번진 따끔함에 속이 화끈거렸다.

"하여 저는 저만의 것을 보이려 합니다."

"너만의 것이라?"

"예. 물론 나리께서 허락해 주신다면 말입니다."

이 방법이 먹혀들지 아닌지, 옳은 것인지 아닌지는 모른다. 최대한 김이문을 흥미롭게 만들 수 있다면. 그리하여 부용의 정인이 누구였는지 알아낼 수만 있다면.

"그래? 어디 한번 말이나 들어보자. 하나 수틀리면 양반을 기만한 죗값을 치를 각오는 단단히 해두는 것이 좋을 것이다."

"제 마음을 담아 지은 연서를 들려 드리려 합니다."

부용귀를 처음 보았을 때 그녀가 읊었던 말이 있었다. 십여 년 정든 님 오늘의 눈물, 끊어진 우리 인연 누가 다시 이어줄고 하노라. 그 뒷부분은 사라졌다. 만약 이 중 누군가가 그 범인이라면 어떻게든 반응을 드러낼 것이다.

'내가 부용이 아님을 아는 누군가가.'

김이문의 눈썹이 비스듬히 올라가더니 팍 찡그러졌다. 연서라니 생뚱맞기 짝이 없었다. 적화 역시 예상치 못한 전개였는지 선불리 나서지 못하고 있었다. 대체 저 아이, 무슨 짓을 벌이려는 것인지.

"아니. 그냥 들으면 무슨 재미가 있겠느냐. 그래, 이건 어떠냐. 내 수하 한 놈과 겨루는 것이. 이놈도 꽤나 손재주가 좋거든."

소희는 무슨 뜻인지 알아듣지 못했다. 김이문이 쉽게 그러마, 하지 않을 줄은 알았지만 그저 연서를 읊는 것을 어찌 수하와 겨룬단 말인가.

김이문이 말석에 있던 수하에게 눈짓을 보냈다. 제 손발로 꽤나 날리던 자이니 알아들었을 것이다.

"흐흐. 그러니까 나리 말씀은 말이다. 내 손이 더 빠른지, 네 입이 더 빠른지 궁금하시다는 것이지."

수하는 김이문을 따라 기방 여기저기를 돌았던 터라 그의 방식을 잘 알고 있었다. 아무리 콧대 높은 기생년이라도 적당히 겁박하면 겁에 질려 엎드리게 되어 있었다.

순식간에 달려든 수하의 손길에 소희의 저고리 단추가 뜯어졌다. 한두 번 해본 솜씨가 아닌지 엄청난 살집에도 불구하고 제법 날렵한 몸짓이었다. 소희는 겁에 질렸다. 엄청난 살집에 깔려 정신이 다 혼미해졌다. 이런 상황에서조차 대군마마께 어찌 보일지 걱정이 앞섰다. 가슴을 움켜쥐는 손길에 결국 소희는 비명을 지르고 말았다.

이성을 잃은 수하의 돼지 껍데기 같은 주둥이가 소희에게로 돌진하고 있었다. 이 순간 소희가 할 수 있는 것이라고는 고개를 돌리는 것이었지만 그조차 거센 압력 때문에 쉽지 않았다.

차라리 죽는 게 낫겠다. 혀라도 깨물려는 찰나, 수하가 괴성을 지르며 뒤로 넘어갔다. 어디선가 날아온 술잔이 수하의 이마를 정통으로 맞추고 산산조각으로 부서진 뒤였다.

"영헌군께서 술자리를 아주 제대로 망쳐 놓으셨습니다그려."

사내에게 술잔을 던진 것이 그럼. 소희는 어안이 벙벙해졌다.

"내 속이 다 울렁거려 도저히 참을 수가 없더군."

"저 계집 때문에 속이 울렁거리셨다는 말씀처럼 들립니다만?"

이정이 오롯이 선 채로 모두의 시선을 받아내고 있었다. 그 엄청난 덩치를 날려 버릴 정도면 얼마나 세게 던졌을까. 그 고운 손이 상하지는 않았을까 소희는 걱정이 되었다. 긴장이 풀렸는지 몸이 뻣뻣해 움직일 수가 없었다. 저도 모르게 까무룩, 정신을 놓고 말았다.

"대감께서는 제가 데리고 있는 수하 중에 힘 좀 꽤나 쓴다는 놈의 급소를 맞추셨습니다. 다른 누구도 아닌 병약하기로 소문난 대감께서요."

"일을 이리 키운 것은 자네일세."

"대감께서 이 김이문을 어찌 생각하고 계신지 모르는 바가 아닙니다. 한데 조정의 녹을 먹는 신하 된 자로서 이 나라 왕실의 안위를 걱정하는 것은 당연지사가 아니겠습니까."

이정은 헛웃음이 비집고 나오려는 것을 겨우 갈무리했다. 다른 누구도 아닌 김대헌의 아들에게서 저런 말을 듣게 될 줄이야. 왕실의 안위라 가당치도 않은 언사였다.

"기껏 계집 하나에 그리 연연해서야 어찌 보위에 오르실 수나 있겠습니까?"

그 말에 함께 자리해 있던 이들이 꿀 먹은 벙어리라도 된 듯 굳어졌다. 나랏일은 잠시 내려놓고 회포나 풀자던 자리가 아니었던가.

개중에는 단번에 술에서 깨어나 주위를 두리번거리는 이도 있었다. 김대헌 대감의 아들인 김이문이 감히 보위를 논하고 있었다. 그것도 다름 아닌 임금의 혈육 앞에서. 물론 그가 대군인지 군인지 확실치 않은 건 여전했지만 그래도 엄연히 왕족이거늘.

"그것은, 감히 자네가 논할 문제가 아닌 걸로 안다."

김이문의 웃음이 짙어질수록 이정은 치가 떨렸다. 제 아비를 닮아 아주 집요한 구석이 있는 자였다. 임금 앞에서 올린 말을 그가 어찌 알고 있는 것인지, 거기까지는 생각하고 싶지 않았다.

너무도 나약한 임금, 허울 좋은 왕실이란 굴레. 앞으로 달라질 여지란 것이 있을까. 줄곧 김이문 앞에서 병자 노릇을 해온 자신이 이렇게까지 나서게 된 것은 소희, 저 아이 때문이었다. 그러나 자신의 본색을 드러내기는 아직 때가 일렀다.

"하마터면 여태껏 열심히 병자 노릇하신 것이 헛수고가 될 뻔했습니다. 물론 저도 소문은 들어 알고 있습니다. 계집에 미쳐 영헌군께서 앞뒤 안 보고 이 김이문에게 달려들었다. 남들은 그리 생각할 것입니다."

술잔을 든 채로 김이문이 이정에게로 다가왔다. 홍옥 귀걸이가 찰랑, 하는 소리가 들릴 때쯤 김이문이 이정을 비스듬히 마주 보고 섰다. 한껏 목소리를 낮춰 이정에게 속삭였다.

"한데 주상 전하께서도 그리 생각하시겠습니까? 영헌군과 관련된 소문이 돌 때마다 밤잠을 설치신다지요. 그 또한 신하 된 자의 도리가 아니지요."

피식, 이정이 실소를 흘렸다. 지금이야 바짝 몸을 낮추고 있으니 내버려 둔다지만, 실상 그 두려움의 한계에 짓눌리지 않기 위해서라도 임금은 이정을 잡아들여서 죽이려 들지도 모른다.

유독 속이 좁고 겁 많은 형님이 아닌가. 임금의 성정을 정확히 알고 있는 김이문이 지금 협박이란 걸 하고 있는 것이었다.

"자네가 생각하는 도리란 무엇인가?"

"방금 전처럼 이 자리에서 한번 증명해 보이시지요. 대감께서 제정신이 아니라는 소문을 진실로 만들어야지 않겠습니까. 그것이야말로 전하를 안심시켜 드릴 수 있는 길일 것이요, 또한, 대감의 목숨도 보전하는 길이 될 것입니다."

조정의 관리들이 보는 앞에서 이정이 김이문에게 무릎을 꿇는 것. 이자가 노린 것은 바로 이것이었을 것이다. 왕실과 조정의 일에 눈을 감고 귀를 닫고 목숨을 보전하는 것. 이정도 바라던 바였지만 김이문의 비열한 수법이 심기를 불편하게 만들었다.

때마침 김이문의 수하가 깨어났다. 곧 죽을 것처럼 인상을 쓰고 있는 그를 가리키며, 김이문이 이정에게 큰 소리로 말했다.

"네 발로 멍멍 짖어대는 짐승, 바로 그 개처럼 저놈의 다리 밑으로 기어들어 갔다 나오시는 겁니다. 어떻습니까. 대감의 목숨값으로 이 정도 일은 아무것도 아니지 않습니까."

미친 게야. 김이문 저자야 원래 그렇다 쳐도 진정 영헌군께서 그리하겠다는 것인가? 이제 방 안에 모인 사람들의 관심은 그거였다. 과연, 그렇게까지 할 것인가?

"나쁘지 않군. 역시 자네다운 모책일세."

빙그레, 웃음 짓는 이정의 얼굴에 다들 자신이 잘못 듣기라도 한 걸까, 그런 표정들이었다. 왕가의 체통은 개나 줘버린 셈인가. 벌써부터 함부로 입을 놀려대는 자들의 말소리가 속속들이 들려왔다.

"나리, 이참에 저를 죽이기라도 할 작정이십니까? 아이고오오. 차라리 나가 죽으라고 하십시오."

그제야 번쩍 정신이 든 수하가 바닥에 이마를 쿵쿵 찧었다. 이정의 손짓 한 번으로 이마가 깨진 것도 모자라, 만에 하나 이정이 왕위에 오르기라도 한다면, 그날로 임금을 능멸한 죄 엄히 물게 될 것이다.

그사이, 소희의 의식이 돌아왔다. 눈앞에 기막힌 상황이 펼쳐지고 있었다.

"하지 마십시오. 설마 이 말도 안 되는 수작에 동참하실 생각이십니까?"

"너와는 상관없는 일이다."

"싫습니다. 도움을 받았으니 마땅히 갚아야 합니다."

이리 쉽게 꿇릴 무릎이 아니라는 것을 소희도 아는데 정작 본인은 왜 모르는 것인지. 소희가 이정을 일으켜 세우려 손을 뻗을 때였다.

짝, 짝, 짝.

"정인이라, 그 단어가 그리도 달콤한 것인 줄 처음 알았습니다. 제 목숨 아까운 줄 모르는 계집을 곁에 두셨으니, 대감께서는 아주 든든하시겠습니다그려."

처음에는 이정을 자신 앞에 무릎 꿇리면 그만일 것이라, 김이문은 그렇게 생각했었다. 그러나 그것이 얼마나 스스로를 기만하는 오만이었는지 깨달았다.

아니다. 너는 부용이가 아니다. 한데 어찌 또다시 이정의 곁인 것이야.

적화는 여태껏 조용히 이 모든 상황을 관망하던 중이었다. 소희를 죽이건 살리건 모든 것은 경연이 끝난 뒤여야만 했다.

"나리, 그만 고정하시지요. 나리의 노여움을 푸는 데 제게 더 좋은 수가 있는데 들어보시겠습니까?"

"하면, 무슨 뾰족한 수라도 있는 게냐?"

이참에 만년 서생이 그리도 칭찬하던 소희의 실력이나 확인해 볼까 싶었다.

"정인을 구한답시고 제 목숨 내놓는 용기가 제법 가상하지 않습니까. 그 용기를 높이 사서라도 저 아이의 재주를 확인해 보심이 어떻겠습니까? 만년 서생 말에 따르면 저 아이, 시문에 능하다 하더이다."

"좋다. 시제를 내줄 터이니 자유 형식으로 글을 지어라. 산문도 좋고, 시조도 좋다."

"그것만 지키면 되는 것입니까?"

"그뿐이면 재미없지. 여봐라, 지금이 유시(오후 다섯 시부터 일곱 시까지)나 되었느냐?"

시간제한을 두겠다는 것으로 받아들인 소희는 저도 모르게 떨고 있었다. 저로 인해 이정에게 피해가 덜 갈 수만 있다면. 처음 해본 글짓기에 모든 것이 달렸다 하니 긴장이 되는 것은 어쩔 수가 없었다.

"이제 막 술시(오후 일곱 시부터 아홉 시까지)를 지났습니다요, 나리."

하인의 대답에 김이문이 고개를 끄덕이며 이정을 바라봤다.

"하면 영헌군께서 수고를 해주셔야겠습니다. 술시라 하니 그 자리에서 일곱 걸음을 떼십시오. 보폭은 일정해야 하되, 너무 느리지도 너무 빠르지도 않아야 할 것, 이것만 지켜주시면 됩니다."

시제는 꿈이었다. 이정의 무거운 발걸음이 떼어졌다. 평소의 보폭에 비해 좀 더 넓게 잡았다. 어려운 것일 테지. 일곱 걸음 안에 글을 짓는 것은 시문을 가지고 노는 자여야만 가능한 일이었다.

어느새 두 걸음을 다 떼었다.

어서 쓰지 않고 뭐하는 것이야. 정말 목숨이라도 내놓기로 작정하기라도 한 것처럼 어찌 저리 무모하단 말이냐. 역시 기대가 큰 만큼 실망도 큰 것일까. 붓을 든 채로 미동도 없는 소희를 보고 있던 적화는 지켜보는 제가 더 답답해 고개를 돌려 버렸다.

저도 모르게 기대하고 있었던 것이 못마땅하기라도 한 것처럼. 한 번쯤은 더 감상해 보고 싶었는지 모른다. 부용을 닮은 아이, 그만한 재주를 지녔을지도 모르는 일이니 지켜보자고 말이다.

여섯 걸음을 겨우 떼었을 때였다.

소희의 붓이 움직인 것도 그 순간이었다. 그를 본 이정의 발이 더욱 신중히 움직였다. 그러면서도 소희에게서 눈을 뗄 수가 없었다. 마치 그 순간을 위해 망설이기라도 한 듯 소희의 가느다란 팔이 막힘없이 움직이고 있었다.

소희가 붓을 내려놓자마자 발 빠른 하인이 김이문에게로 가져갔다. 소문난 한량이기는 했지만 예술에 대한 폭넓은 식견만큼은 그의 아비를 능가할 만큼이었다. 살짝 비틀려 어디로 향할지 모르는 욕구가 예술적으로 승화된 가장 좋은 예이기도 했다.

그런 그였기에 좋다, 나쁘다 어떤 반응이 나오느냐에 따라 제각각 달라질 추임새를 머릿속에 그리느라 다들 반쯤 홀린 듯 그의 얼굴만 바라보고 있었다. 손뼉을 부딪쳐야 하나, 손가락질을 해야 하나 망설이는 관리들 틈에서 적화는 김이문의 얼굴에 떠오른 못마땅함을 읽어냈다.

그것이 다가 아니다. 김이문의 두 눈이 충혈되어 있었다. 홍옥의 귀걸이보다 더 붉어지려는 듯.

저마다 귀가하는 행렬이 적월루 문밖으로 길게 이어졌다.

연회가 끝나면 으레 그렇듯 참석한 이들에게 그만한 포상이 주어졌다. 가끔씩 조정의 낮은 계급의 신하들만을 일부 모아서 연회를 베풀 때가 있었다. 힘 있는 연줄도 든든한 배경도 없는 자들이 그것을 거절할 리 없었다.

그들은 저마다 금낭(錦囊)을 하사받았다. 적화가 손수 챙겨 넣은 향낭과 은자였다. 왕실이나 관청, 지배층, 상인 등 부유한 계층이 아니면 일반 백성들은 손에 넣을 수조차 없는 것이었다. 그들의 이름 역시 오늘 자 기록 안에 낱낱이 적힐 터였다. 그것을 관리하는 것이 적화였다.

마지막 객(客)들의 배웅도 끝나가고 있었다.

적화의 미소 뒤에 숨겨져 있던 피곤함이 눈 밑에 그늘을 드리웠다. 마지막 한 사람까지도 빠짐없이 명부에 적어놓은 것을 확인한 뒤 상놈을 시켜 문을 닫아걸게 했다.

"아씨. 나리 댁에 기별이라도 넣을깝쇼?"

적화는 신경 쓸 것 없다며 가서 방 안을 정리하라고 했다. 어차피 김이문이 머무는 곳은 하나다. 적월루의 뒤뜰에 있는 연못, 아니 이제는 연못이라고 부를 수 없게 되어버린 곳. 부용이 죽은 뒤로 물도 메말라 버린.

삼 년이 다 되어가는 지금, 그에 대해 모르는 것은 없다 여겼었다. 오늘 소희가 읊은 그 시가 아니었다면 그 생각은 바뀌지 않았을 것이다.

"역시, 이곳을 찾아 계실 줄 알았습니다."

"적화 네년은 손바닥 보듯 훤히 보이는 모양이야."

"나리께서 이년 손바닥 위에 올라주시면 못 볼 것도 없지요."

분노도 화기도 없는 평조였다. 농을 걸어온 것이려니, 적절하게 받아치는 적화였다. 이리 김이문의 얼굴을 마주하고 있는 것이 좋았다.

"하면 대답해 보거라. 아까 소희가 읊었던 시, 어찌 들었느냐?"

간만에 마주한 그 얼굴을 보고 있노라, 정작 그의 물음은 듣지 못했다. 그가 질문을 했다는 것에 적화는 놀랐다. 대답을 놓치면 성미 급한 그가 돌아서 버릴까 서둘러 적당한 답을 골랐다.

"아주, 훌륭했지요. 아직 글을 제대로 배우지 못했다는 것이 믿기지 않을 만큼."

"네 정녕 그리 생각하는 것이냐?"

"어찌 그리 보십니까? 이년 얼굴에 뭐라도 묻었답니까."

저를 빤히 바라보는 김이문에 적화는 저도 모르게 얼굴에 홍
조를 띠었다. 그러자 김이문의 미간에 미세한 주름이 잡혔다. 부
끄럽고도 서러워 적화는 고개를 숙였다. 장안 제일의 기생이라
불리건만 여전히 그에게는 여인이 될 수 없는 자신이다.

적화란 기명을 짓기 전의 수줍음 많았던 계집이 되고 만다.

"참으로 뻔뻔한 년이로구나. 이것을 보고도 네 그런 말을 할 수
있는지 내, 진심으로 궁금하구나."

무슨 뜻인지 몰라 고개를 들던 적화의 얼굴 위로 던져진 것은
시문이 적힌 종이였다. 소희가 낭독한 그 구절들이었다. 고운 쓰
개치마처럼 덧입혀졌던 적화의 미소가 단번에 가셨다.

"이것을 어찌 제게 보이시는 겁니까?"

"몰라서 묻는 게냐. 아니면 모르는 척하는 것이냐."

종이를 집어 든 적화가 쓰디쓴 미소를 짓는다. 이것을 다른 누
구도 아닌 지기였던 나에게 읽히고자 함은 그런 뜻이었던가.

"그것은 소희 그 아이의 글이 아니다. 그렇지 않느냐?"

"무슨 답을 듣고자 하십니까."

"너는 알고 있지를 않느냐. 서체가 다르다 하여 몰라볼 수 있는
것이더냐?"

모를 리가 없었다. 적화가 넘겨준 서책 속에 들어 있었던 것일
테니. 어느 사이에 외워 버렸는지는 몰라도 적재적소에 써먹은 셈
이었다.

김이문이 아닌 다른 누구에게 보였다면, 그 글은 소희의 목숨

값은커녕, 그를 이리 흔들어놓지도 못했을 테니 말이다. 적화는 서글픈 미소를 애써 숨기고 아무렇지 않은 낯빛을 했다.

"참으로 총명한 아이가 아닙니까. 저도 미처 몰랐던 모양이지요. 나리께선 이년 손바닥이 아니라 소희 그 아이 손바닥 안에 있으시다는 것을요."

"닥쳐라! 분명 네 입으로 그랬다. 부용이가 남긴 글은 모두 사라졌다고 말이다. 흔적도 없이 말이다. 그조차 아니라고 발뺌할 셈이냐?"

또다, 또. 간신히 지웠던 그날의 기억을 끄집어낸다. 매일 밤이면 그 기억에서 멀어지기 위해서 얼마나 많은 고통과 인내를 길러내야 했는지 그는 모를 것이다. 안다면 이렇게까지 잔인하게 대할수는 없는 것이라고 적화는 생각했다.

"예. 그때는 제정신이 아니었지요. 하나뿐인 지기를 잃었는데 그 아이가 쓴 글 따위가 무엇이라고요. 찾을 겨를이 없었습니다. 글 따위 몰라도 된다, 나리의 그 말씀에 글 따위 쳐다보지도 않았습니다. 한데 이 손에 가지고 있으면 또 무엇합니까. 제 손으로 소희에게 줘버렸지요."

"잘했구나, 자알 했어. 나 보란 듯이 그런 것이 아니고 뭐란 말이냐. 참으로 독한 년이야."

질려 버렸다는 듯이 고개를 젓고 김이문은 자리에서 일어섰다. 너에게는 아무런 미련도 없다는 듯, 모든 것을 훌훌 털어버리듯 멀어져 가는 뒷모습조차 매정했다.

이제는 익숙해질 때도 된 것 같은데, 자존심도 없는지 그 모습조차 좇으려 적화의 고개가 들렸다. 어느 틈에 사라져 버린 것인지 어둑한 밤하늘만 가득했다.

"그리 말씀하지 마십시오. 그저 나리를 연모했을 뿐, 그 죗값은 달게 받을 것입니다. 한데 나리께서 이리도 모진 줄 알았더라면, 저 또한 다른 선택을 했을까요."

그가 떠나간 자리에는 술잔만이 남아 있었다. 채 비워지지 않은 술잔에 비치는 제 얼굴을 적화는 가만히 들여다보았다. 눈물조차 흘릴 줄 모르는 초라한 여인네가 있었다. 어디에도 장안 최고의 기생 적화는 보이지 않았다.

챙, 하는 소리와 함께 술잔은 허공으로 날아갔다.

소희는 이정을 부축해 걸어가고 있었다.

휘영을 부르자고 해도 이정은 괜찮다며 앞장섰다. 그러더니 얼마 못 가 휘청거리며 그대로 자리에 고꾸라져 버렸다. 놀린 소희가 달려가 부축하지 않았다면 그 얼굴에 흉이라도 질 뻔했다.

마치 그 아픔이 제 것인 양, 소희가 아미를 찌푸렸다.

"송구합니다만 마마. 아까는 살짝 제정신이 아니셨던 게지요? 너무 술에 취해서 그런 것이지요?"

"……."

"어찌 그리 돕겠다, 하셨어요. 아까는 정말 큰일이 나는 줄 알았습니다. 보십시오. 제 가슴이 벼락 맞은 것처럼 뛰지 않습니까?"

가만히 들어주던 이정이 피식, 입가를 늘어뜨렸다. 가만히 듣고 있다가는 밤이라도 샐 기세였다.

소희 넌 다 좋은데 역시.

"말이 너무 많다."

"제가 얼마나 걱정이 됐는지 아시면 그런 말 못 하실걸요."

"걱정했느냐?"

새침하게 대꾸하던 소희는 슬쩍 고개를 돌려 버렸다. 몸 안쪽 어디라고 딱 집어 말할 수 없지만 간질거렸다. 달빛 아래 붉게 달아오른 이정의 얼굴에 취해 버릴 것만 같았다.

술 한 잔 마시지 않았는데 어찌 이러지?

고개를 갸웃거리느라 이정이 저를 빤히 보는 것도 몰랐다.

"너 역시도 내게 걱정을 끼치지 않았느냐."

"알겠습니다. 지금 서로 퉁치자고 말씀하시는 것이지요?"

술에 취했다 생각하고 연기를 했더니 너무 심취했나 보다. 퉁- 발음하는 소희의 입술이 유난히 크게 들어왔다. 홍조로 물든 두 뺨까지 살짝 물기를 머금은 과실 같기도 했다.

"한데 대군마마. 아까는 정말 취하셨던 게지요?"

"왜, 아닌 것 같더냐."

"음. 근데 이상하게 술 냄새가 그리 심하지 않습니다. 이리 가까이 오셨는데도. 한데 이리 잘 웃어주시는 걸 보면 취하신 게 맞는 거 같습니다."

꽃잎이 오물조물 움직였다. 이리 살아 움직이는 꽃잎이 있나 싶어 손을 가져갔는데 이번에는 다홍빛을 띤다. 꽃잎의 움직임을 좀 더 가까이서 보고 싶어서 손에 힘주어 당겼다. 그랬더니 눈을 동그랗게 뜬 소희의 얼굴이 들어왔다.

"목련인가 했더니 놀란 토깽이였군."

"에에? 목련이 벌써 필 리가 없잖습니까. 대군마마도 참. 그리 쉬운 걸 모르고 계셨습니까?"

심드렁하게 대꾸했지만 소희의 심장은 이미 널을 뛰고 있었다. 간질거리던 것이 이제는 근질거리까지 했다. 확 잡아당기던 손길을 떠올리자 눈앞이 아롱아롱했다.

저리 곱게 생기셨어도 사내는 사내였던 모양이다.

이정의 눈빛 역시 몽롱해졌다. 팔이 붙들려 있어 소희는 고개도 돌리지 못하고 홀린 듯 마주 보았다. 술 한 동이를 다 들이켠 것 같았다. 아랫배가 따끈따끈했다. 어디선가 콩닥콩닥 방아 찧는 소리가 들려왔다. 아슬아슬 가까워지는 거리에 화들짝 놀란 소희가 두 걸음 물러섰다.

한 걸음 만에 다시 가까워진 이정이 소희를 품 안으로 당겼다. 아무런 저항 없이 달큼한 향내가 안겨왔다. 소희야. 이정의 부름에 소희가 고개만 빠끔 들어 올렸다.

"고맙구나. 소희야."

"……저야말로 도움이 된 것 같아 다행입니다. 대군마마께 드리는 것이 맞는 것 같아 따로 필사를 해둔 것입니다."

고되기로 소문난 적월루의 기생 교육 받기도 만만찮았을 터인데. 이정은 소희가 건넨 서책을 품속으로 잘 집어넣었다.

"그 아이도 네게 고마워할 것이다. 그리고 내 운매란 여인을 보내놓았다. 할 말이 있거든 그이를 통하면 된다. 그리고 또."

"흠흠. 이러다 밤새겠습니다. 마마, 저는 이만 들어가 봐야 합니다."

이정은 쉽사리 발걸음이 떨어지지 않았다. 이러다 정말 날을 샐지도 모르겠다. 그래도 괜찮다는 생각이 슬그머니 머리를 들었다. 하나 이성이란 놈이 앞발로 잡아챘다.

하는 수 없지. 몸은 가도 마음만은 두고 가련다.

"머잖은 날, 널 데리러 올 것이다. 그때까지 몸조심하고."

"예. 마마께서도 조심하셔야 합니다."

소희가 들어가는 것을 본 뒤, 이정도 돌아섰다. 손안에 온기가
그득했다. 휘영이 나타날 때까지도 이정은 움켜쥔 손을 놓지 않았
다. 저 아이만큼은 반드시 제 손으로 지켜주고 싶었다.

三章. 낙화

"이 늦은 시간에 찾아오셨다는 말이냐?"

적화는 재차 물었다. 그분이라면, 제 쪽에서 먼저 찾아가야 할 입장이었다. 직접 발걸음을 해주었으니 감사부터 표해야 하는 것인가. 안으로 향하는 적화의 머릿속은 어느 때보다 복잡했다.

제 집처럼 편안하게 앉아 있는 김대헌의 겉모습은 꽤나 인자한 노인 같았다. 그러나 그 속에 감춰진 독선과 위선을 아는 이들은 그와 마주 보는 것조차 꺼려했다. 적화 역시 첫 만남이 아니건만, 긴장이 되는 건 어쩔 수 없었다.

"뭘 그리 놀라. 불러도 아무런 답이 없는 것을 보면 흑심이라도 품은 것이냐."

"그 무슨 당치 않은 말씀이십니까. 이년이 감히 대감께 흑심을 품다니요."

"물론 네년이 그럴 깜냥이나 되겠냐만. 그랬으면 이제껏 사지

멀쩡하게 놔뒀을 리 없지 않느냐."

전신을 훑어내는 눈길에도 적화는 빳빳이 마주 보았다. 능구렁이 같은 영감. 조금이라도 허점을 보였다가는 저 손아귀에 잡혀 흔적도 없이 사라지겠지.

"해서, 맡긴 일은 어찌 되었는고."

"조금만 더 시간을 주시지요. 워낙에 시간이 흘렀고, 예전에 일인지라 신원을 파악하기가 쉽지……."

"네 눈에는 내가 시간이 남아돌아 이러고 있는 것 같으냐. 또다시 결정적인 때 실수를 해 일을 망칠 셈이냐!"

적화는 눈살을 살짝 찌푸렸다. 실수. 그 실수 덕에 사람을 살렸다. 살릴 수 있을 줄 알았다. 물론 그것이 얼마나 오만이었는지는 뒤늦게 깨달았다. 적화는 입을 다물었다.

자중하는 것으로 비쳐졌는지 김대헌이 목소리를 낮췄다.

"분명 그 계집에게 딸이 두 명 있었다. 어미는 내가 처리했고, 큰딸은 실종되었고 작은 것은 어찌 되었는지 알 수가 없었지. 하여 네게 수소문해 보라 하지 않은 것이냐."

"예. 산골 마을로 팔려갔다 들었습니다. 하오나 그 아이가 이 일과 무슨 상관이 있는 것입니까. 제 어미가 누구인지도 모를 것입니다."

쯧쯧. 이래서 천한 것들은 안 된다. 읊조리듯 내뱉는 음성이 적화의 가슴을 후벼 팠다.

"내 말이 곧 왕명임을 모르느냐. 왕실의 안위를 위한 것이야. 적화 네년은 그저 시키는 대로만 하면 되는 것이고. 하면 적월루는 언제고 네 것이 될 게다."

"빠른 시일 내 처리하지요. 기별 드리겠습니다."

"그래, 그래야지."

김대헌은 어느 때보다 달게 술잔을 받아 마셨다. 그와 반대로 적화의 안색은 창백해졌다. 시간이 없다. 자칫하다가는 또 한발 늦어버릴지도 모른다. 솜씨 좋은 칼잡이들에 줄을 대야 했고, 먼저 그 아이를 찾아내야 했다.

"오늘 밤 수청은 저보다 더 어린 계집이 들 것입니다."

"그래. 이제 그럴 군번은 아니다, 그 말이렷다?"

박장대소가 방 안을 울렸다. 자리에서 일어서는 적화는 세게 아랫입술을 깨물었다.

그토록 연모하는 이는 눈길 한 번 주지 않는데 그자의 아비와는 이미 많은 것을 나누었다. 당신이 내 마음만 알아주었어도. 하나 되돌리기에는 이미 너무 늦어버렸다.

문을 닫고 나오는데 해조가 보였다. 어린 계집을 보내라 하였는데 제가 직접 온 모양이었다. 눈짓으로 인사를 한 해조가 방문으로 사라졌다.

"내게 잘만 보이면 궁중 연회에도 나가게 해줄 것이다. 혹 아느냐? 주상의 눈에 띄어 총애를 얻을지도 모르지. 으하하하하."

김대헌의 말에 해조는 입이 찢어져라 웃어 보였다.

문밖 인기척이 사라지고 난 뒤, 해조의 얼굴에서 웃음기가 걷혔다. 오늘 밤이야말로 기회였다. 자신이 적화 저것과 동등해질 수 있는. 혹은 그보다 높은 곳에 오를 수 있는. 하늘이 제게 주는 마지막 기회였다.

"대감. 결코 후회 없을 거래를 하지 않으시겠습니까? 본디 이곳 기생들 중 저만큼이나 손속이 좋은 년이 없지요."

"거래? 어디 한번 들어나 볼까?"

김대헌이 활짝 팔을 벌렸다. 해조가 찰싹 안겨들며 눈웃음을 쳤다.

단이는 깨금발로 방 안에 들어왔다. 저녁마다 찬물을 떠놓고 비는 것이 습관이 되어 좀처럼 거르기 쉽지 않았다. 이것 또한 내 마음 편하자고 하는 것이지. 그저 빌고 또 비는 것 외에는 할 수 있는 게 없었다. 주름진 얼굴에서 무거운 한숨이 새어 나왔다.

"아으으윽!"

소희가 앓는 소리를 냈다. 며칠 전부터 악몽을 꾼다. 몸이 빳빳하게 굳어서는 바들바들 떨리는 것이 가위에 눌린 것 같았다. 소희의 주위를 맴도는 싸한 기운이 느껴졌다.

'몸이다. 몸이야. 인간의 몸.'

'헛바람이 잔뜩 들었어. 누가 뭐래도 이 몸은 내 것이야.'

'다들 비켜! 내가 먼저 발견했어!'

빙빙 공중을 맴도는 것이 셋. 단이 바로 앞에서 뚫어져라 노려보는 것이 하나. 금방이라도 뒤통수를 날릴 것처럼 주먹을 휘두르는 것이 하나. 천장에 붙어 있는 것까지 도합 여섯. 악귀는 많기도 많았다. 그런데 돌아가는 상황이 희한했다. 저들끼리 몸싸움을 벌인다. 움직임이 재빠른 놈 하나가 소희에게로 돌진했다. 그러나 바로 튕겨 나간다.

'엥? 뭐냐 이 인간.'

'인간 아니야. 저거 인간 아니야.'

'요상하다. 저거. 망자의 냄새가 난다.'

잊고 있었다. 소희 언니는 염라대왕의 주관이었음을. 그제야 단이는 한시름 놓았다. 제가 다가갈 수 없는 것뿐만 아니라, 다른 것들조차 접근할 수 없었다.

"이걸 다행이라고 해야 할지, 말아야 할지."

악귀들은 포기를 모르고 계속해서 부딪쳐 댔다. 멍청한 악귀들 같으니. 백날 해봐라. 빙의가 될 리가 있나. 멀거니 지켜보던 단이는 고개를 설레설레 저었다.

❀

소희는 꿈을 꾸었다. 시커먼 열기가 집어삼키려 달려들었다. 설마 죽은 것일까? 한 번 죽었는데 또 죽을 수도 있나? 불길은 익숙한 산길 위에 저를 데려다 놓았다.

소희는 곧장 마당 문을 열고 뛰어 들어갔다.

"어머니! 저 왔어요. 소희예요!"

방 안에는 죽어가는 아이가 있었다. 많아 봐야 다섯 살로 보이는. 시퍼렇게 독이 오른 입술, 손끝을 어머니가 손에 꼭 쥐고 있었다.

"당신! 무슨 수를 좀 써보기라도 해봐요. 의원! 의원이라도 불러와요. 이대로 소희가 죽게 내버려 둘 셈이에요?"

"……이미 늦었네. 독버섯을 먹었으니 손 쓸 방도가 없으이."

"그렇다고 이렇게 손 놓고 있으라구요? 난 못 해요! 이렇게 보내면, 나더러 죽어서 소희 엄마를 어찌 보라는 거예요. 흐흑. 소희야. 눈 좀 떠봐. 응?"

고개 숙인 아버지의 손에는 울긋불긋한 버섯이 들려 있었다. 이대로는 보낼 수 없다며 어머니는 울부짖었다. 축 처져 있던 아이가 소희 쪽으로 고개를 돌렸다.

"어머니. 내가…… 내가 잘못했어요. 내가 독버섯을 집어 먹는 바람에. 너무 예뻐서. 예뻐서 그랬어요. 우리 언니가, 언니가 날 데리러 올 줄 알았거든요. 그래서……."

소희는 저예요. 가까이 다가가려는데 주변 풍경이 뒤바뀌었다.

저승 관문 앞에서 작은 시비가 붙었다. 장정 하나가 어린 소희를 가리키며 언성을 높였다.

"아니, 이보시오! 나는 죽은 지 아흐레나 지나 겨우 이곳에 왔소. 한데 저 아이는 뭐요? 설마, 저승도 신분을 따지는 것이요? 에이 이 더러운 놈의 세상 같으니!"

"어허 이놈 말하는 것 좀 보게. 아, 이놈아 그렇게 누가 나이 차서 죽으랬느냐? 성년이 지나고 죽으면 모두 성인으로 분리되는 것을! 그렇게 억울하면 다음 생에서는 어린아이일 때 죽으면 될 게 아니냐."

노인의 말대로 어린아이들이 서 있는 쪽은 소희를 제하고 열 명이나 될까 말까였다. 반대로 성인들의 줄은 처음과 끝이 보이지 않았다.

"그뿐이냐! 너거들은 죄다 입이 달려서 억울하네, 어쩌네 사족들이 오죽 길어? 이 어린것들은 사연 읊을 재간도 없지, 시키는 대로 고분고분하니 시간이 오래 걸릴 일이나 있겠느냐? 아, 잔말 말고 비켜!"

노인은 지팡이 하나로 장정의 두 어깨를 사정없이 내려쳤다. 장정은 그대로 나가떨어지며 죽는 소리를 냈다.

그때 엄청난 굉음이 소희의 지척에 떨어졌다.

"당최! 시끄러워서 업무를 볼 수가 없어! 이봐, 영감. 좀 조용히 일 처리 못 하겠어? 아니면 내 말이 우스운가."

날카로운 눈매가 돋보이는 남자, 저승을 다스리는 염라대왕이 었다. 그 뒤를 따르는 저승사자 무리들. 손짓 몇 번에 바람이 일었다. 소란스럽던 분위기가 잠잠해졌다.

전에 보았던 어린아이가 아니었다. 소희의 눈이 커다래졌다.

"거기 너. 스스로 목숨을 끊었다 들었다. 내 특별히 네 사연은 친히 듣지. 과다한 업무에서 벗어나게 해준 것에 대한 답례니라."

염라의 말에 어린 소희가 쪼르르 앞으로 갔다. 어릴 때나 지금이나 참 겁이 없다.

"저는, 버섯이 참 예뻐 보여서. 일전에 그런 것을 꺾어갔더니 어머니께서 언니와 저를 야단치셨지요. 그것을 먹으면 언니가 나타나지 않을까 하여, 저를 버리고 간 것이 아니라면 돌아올 것 같았습니다. 언니가 저를 혼내주러 올 것 같았습니다."

"해서, 진짜로 죽으려던 것이 아니었다?"

작은 머리통이 끄덕끄덕거렸다. 염라가 히죽, 웃더니 손바닥으로 머리통을 쓰다듬었다.

"하나 이미 죽었지 않느냐. 사연은 퍽 감동적이었으나 너를 살려 보내주면 형평성에 어긋나는 꼴이지. 이곳에서 덕을 쌓아 윤회의 기회를 얻으라."

"아니 됩니다! 그 아이, 그 아이는 살아야 합니다. 제가 살릴 것입니다. 제발 살리게 해주십시오!"

수많은 인파를 헤치고 여인이 나타났다. 바닥에 엎드린 여인이 두서없이 말을 읊었다. 돌아서던 염라가 흥미를 보였다.

"살리겠다고? 그 의미를 알고 있는가?"

"알고 있습니다. 윤회의 기회를, 세 번의 삶을 모두 포기하겠습니다. 그리하게 해주십시오. 모자라다 하시면, 제 혼을 재로 만들어 버려도 괜찮으니, 그러니 제발 저 아이를 살려주십시오."

"어찌, 그리 맹목적일 수 있나."

"기억을 모두 잃었다 하나, 어미 된 자가 어찌 제 배로 낳은 새끼를 못 알아본단 말입니까."

염라로서는 그리 손해 보는 거래가 아니었다. 그렇지 않아도 그놈의 윤회를 하겠답시고 앞다퉈 몸을 던지는 판에 잘되었다.

새로운 삶의 기회를 스스로 포기한다. 그런 것이 어미라는 건가?

염라의 허락이 떨어지자 여인이 잘게 떨었다. 피멍이 맺힌 입가에 웃음기가 잔잔히 퍼졌다. 도저히 저승을 벗어날 수 없게 된 영혼의 것이라고는 볼 수 없을 만큼, 밝은 미소였다.

얼마 지나지 않아 여인은 그 자리에서 재로 변했다. 주위가 소란스러워졌다.

소희는 여전히 여인을 눈에 담고 있었다. 여인이 서 있던 자리를 손으로 더듬었다. 어미라 했다. 제 배로 낳은 새끼. 그 새끼가 나라고. 나를 낳고 나를 위해 죽은 이가 바로.

손을 뻗었지만 아무것도 잡히지 않았다. 손짓은 허공을 겉돌았고 소희는 여인을 찾아 떠돌았다. 차가운 바닥과 수많은 사람에 치여 넘어졌을 때였다.

거짓말처럼 작은 손이 소희를 붙들어주었다. 눈을 뜨자 펑펑 눈물방울을 쏟아내는 단이가 보였다.

"언니! 숨을 안 쉬어서 죽은 줄 알았잖아요. 흐엉!"

"난 괜찮으니 울지 마. 단이야."

그제야 소희는 현실로 돌아왔다는 것이 실감이 났다. 너무도 생생한 꿈이었다.

"운매란 아이입니다. 제 동기였던 이이니 적지 않은 도움이 될 겁니다."

다음 날, 소희는 이정이 말했던 운매란 여인을 볼 수 있었다. 적화의 뒤에 서 있던 여인이 한 발 앞으로 나왔다. 차분한 인상의 여인이었다.

"운매 너는 경연이 얼마 남지 않았으니 잘 준비하도록 도와주고."

"그래. 내 적화를 통해 네 얘기 많이 들었다. 아직 솜털도 안 가신 걸 보니 정말 어리긴 어린가 보구나."

구면인 것처럼 운매가 소희 옆으로 바짝 당겨 앉았다.

닮은 얼굴을 보니 옛 생각이 동하기라도 했나 보지. 적화는 잠시 회상에 잠겼다. 꼭 저맘때 어린 시절이 떠올랐다. 장안 최고의 기생이 되자. 해조를 제하고 나머지 셋은 같은 꿈을 꾸었었다.

그리고 어느 누구도 몰랐다. 훗날 서로를 배신하고 배신당하게 될 줄은. 저렇게 마주 앉아 있는 모습을 보니 세월이 무색하기만 했다. 거의 져 가는 꽃 같은 자신들과 이제 막 만개할 준비를 마쳐 가는 꽃 같은 소희.

다시 돌아갈 수만 있다면. 저만큼 어리던 때로 갈 수만 있다면 정말 좋을 것 같았다.

"좋다. 단, 나도 조건을 걸으마."

운매 너는 무슨 생각으로 그런 제안을 한 것이냐? 소희의 곁에 있겠다는 것이 조건이라니. 그를 허락한 자신은 또 무엇이고. 이

거야말로 눈 가리고 아웅 격이었다.

모두 다 잊어버릴 것처럼 털어내 버렸었다. 운매를 쫓아낸 것도 자신이었다.

그런데 이 손으로 다시 들이다니.

"제정신이 아닌 게 틀림없지. 미친 게야."

"아니. 지금 누구보고 미쳤다는 게야. 적화 넌 가서 단장이나 하지 않고 뭘 힐끔힐끔 보느냐. 왜, 너도 내게서 무언가 배울 게 남아 있느냐?"

"헛소리하는 걸 보니 너야말로 잠이 덜 깬 모양이다. 가서 찬물로 면이나 감고 오너라."

언제 주워들은 것인지 화답하는 운매에 적화가 퉁명스레 대꾸했다. 운매 역시 티격태격하던 옛 생각이 떠올라 그리 밉지만은 않았다. 소희 이 아이 덕분이었다.

참 오랜만이었다. 적화와 서로 얼굴을 붉히지 않은 것은.

"두 분께서는 막역지우(莫逆之友) 같으십니다."

소희가 느낀 대로 말했다. 허물없이 친했던 사이 같았다. 투덕거리면서도 돌아서면 언제 그랬냐는 듯 다시 붙어서 노는. 서로가 마냥 미운 것만은 아닌. 산골 마을에 두고 온 분이 생각이 저절로 났다.

"네 말대로 면이나 감고 오마. 가자, 소희야."

운매가 냉큼 소희의 손을 잡아끌었다. 멀어지는 둘을 지켜보는 적화의 얼굴에 맑갛게 웃음이 그려지다 말았다.

❀

자경전(慈慶殿)에 손님이 찾아들었다.

대왕대비의 얼굴에 웃음꽃이 폈다. 드문 일이었다. 평소 쉽사리 볼 수 없는 풍경에 자경전 궁녀들은 더욱 몸을 낮추었다. 대왕대비의 심중은 언제든 뒤바뀔 수 있는 것이었다.

아니나 다를까. 김대헌을 반겨 맞을 때는 언제고 대왕대비는 근심이 가득했다.

또 지난밤을 샌 모양이다. 김대헌이 속으로 끌끌 혀를 찼다. 눈 밑 그늘은 분을 아무리 덧발라도 갈수록 선명해졌다. 어느 때보다 부조화가 심했다.

"요즘도 잠자리가 편치 못 하신가 봅니다. 마마, 부디 마음을 굳건히 하셔야 합니다."

"내 몸은 내가 알아서 챙기오. 그건 그렇고 따로 분부한 일은 어찌 되어가고 있소?"

"그것은 마마께서 염려하지 않으셔도 될 것입니다. 머지않아 그 계집의 자식들까지 숨통을 확실히 끊어놓을 것이니."

"이번에는 반드시 그리해야만 할 것이오."

"여부가 있겠습니까. 그런 자질구레한 것들은 그저 소신께 맡겨놓으십시오. 마마께서는 언제까지고 만수무강하셔야지요."

그즈음, 궁궐에는 해괴한 소문이 돌고 있었다.

소문의 주인공이 대왕대비만 아니었다면 그도 그리 염려치 않았을 것이다.

가끔씩 대왕대비의 방에서 혼잣말이 들려오는가 하면, 까닭 없이 부서지는 물건이 부지기수라 했다.

뿐만 아니라 눈에 거슬리는 궁녀는 그 자리에서 병신으로 만든다더라.

민심이 흉흉한 때일수록 고까운 심기를 가라앉히라 충고한 것이 여러 번이었다.

물론 소문의 당사자가 그런 적 없다, 노발대발하니 더는 말을 꺼낸 적이 없었다.

"만수무강이라. 내가 아는 그 만수무강을 말하는 게요?"

"물론입니다. 마마. 소신은 이 나라의 안위를 위하여."

"틀렸소. 아무런 탈 없이 오래오래 살아야 한다면 사절이오. 이렇게 지루한 일상이라니 하루가 십 년 같지 않소. 주상도 저리 근심 걱정 없이 멀쩡한 꼴을 가만히 보고만 있으란 말이오?"

대왕대비가 언성을 드높이자 김대헌이 몸을 낮췄다.

무엇이 심기가 불편한가 하였더니 주상이 편히 지내는 것이 못마땅했나 보다.

이건 뭐, 임금보다 더 비위 맞추기가 힘들었다.

늙은 여우의 현신이 이럴 것이다.

"고정하십시오. 마마, 무엇이 그리도 불편하신 것인지 말씀을 해보십시오."

"이게 다 주상이 우매한 까닭 아니오. 이번 공물 건만 봐도 그렇지. 공물이란 것이 뭐요. 각 지방의 특산물을 나라에 바치는 것이고 진상하는 것이지. 한데 이제 와 백성의 고통을 줄인답시고 대동법을 시행하겠다니. 왕실의 품위가 땅에 떨어졌소이다."

바뀐 공물 제도가 마음에 들지 않은 모양이다.

뒷방에만 처박혀 있는 줄 알았더니 귀는 열려 있는 게지. 궁궐 곳곳에 벌려놓은 손마디가 넓기도 넓다.

"그렇지 않아도 골칫거리에서 벗어난 백성들이 두 팔 벌려 환영한다, 들었습니다. 참으로 잘된 일이지요."

섬섬옥수에 들려 있던 찻잔이 상 위로 요란스레 내리꽂혔다. 예전 같으면 농이라 받아들일 법도 했다. 그러나 고운 얼굴이 시퍼렇게 물든 것을 보니 농은 관둬야 될 듯싶었다.

"잘된 일? 누구에게 잘된 일이랍니까. 그같이 애매한 태도를 보이니 저들이 방자하게 나오는 것이오. 그대는 대체 무얼 했소. 김육과 조익 그 두 놈이 하는 것을 보고만 있었던 게요?"

"그렇지 않아도 쌀을 더 많이 내야 하는 것에 불만을 품은 양반 지주들이 늘고 있습니다. 한데 마마, 어째 소신을 못 믿는 말투이십니까?"

버르장머리 없는 놈. 겉모습은 사람 좋아 보이는 면상을 보며 대왕대비가 화를 꾹 참았다. 예전의 그 김대헌이 아니다, 맞서는 눈이 그리 말하고 있었다.

국구가 되더니 네놈 세 치 혓바닥 또한 나날이 높아져만 가는구나.

"마마께 드릴 말씀은 그저 절 믿으시라는 것입니다. 하면 저는 중전마마의 부름을 받잡아 이만 물러가겠습니다."

그저 가만히 있으라는 말이었다. 하나 그리는 못 한다. 저자가 임금뿐만 아니라 이제는 나까지 허수아비로 보려 하는가. 아니 될 말이다.

"너도 날 비웃고 있겠지. 그렇게까지 안달하며 손에 쥐고 싶은 것이 무엇이냐고."

글쎄, 무엇이었을까. 대왕대비가 고개를 갸웃했다. 저도 모르게 혼잣말이 늘어만 간다. 방문 앞에 앉아 있던 여인이 분명 아까까지만 해도 있었는데 말이다.

그새 어디로 갔을꼬.

방 안을 맴돌며 이곳저곳을 손으로 쓸었다. 분명 여기 있었다. 여기 앉아서 날 조롱하듯 비웃고 있었던 게야.

아드득. 저절로 이가 갈렸다.

나날이 가슴이 답답해지는 연유는 바로 저 때문이거늘.

"대답해 보거라. 내가 네 아들을 왕위에 앉혀야 했단 보느냐? 그랬으면 폭군이 되었을 게다. 아니라고? 아니라 믿고 싶은 것이지. 성군은 못 돼도 적어도 폭군은 아니지를 않느냐. 아니 그러느냐? 응?"

허공을 향해 묻고 답을 바라는 대왕대비의 몸짓은 가냘프기만 했다. 뼈마디가 마른 손목이 머리를 쥐어뜯었다. 다시 허공을 가리키며 언성을 드높이는 것을 몇 차례, 제풀에 지쳐 쓰러졌다.

문밖에서 듣고 있던 김대헌이 궁녀들을 향해 손짓했다. 그제야 궁녀들이 들어가 마마! 마마! 울부짖었다.

"구미호도 되지 못한 여우의 끝은 비참하기 마련이지. 끌끌."

즐거이 웃던 김대헌은 중전의 등장에 얼른 고개를 숙였다.

"아버지께서 이곳에 어인 일이십니까."

"대왕대비마마와 긴히 논할 말씀이 있어 찾아뵈었습니다. 기다리시지 않고 어찌."

"궐 출입을 자제하시라 말씀드리지 않았습니까."

평소 중전답지 않은 노기에 주변 궁인들이 멈칫했다. 그런 딸의 반응을 예상한 듯 김대헌이 허허 웃었다.

궐의 안주인이나 제 눈에는 그저 귀하고 어여쁜 자식일 뿐이었다. 외척 세력이 판을 친다는 말이 임금의 귀에 들어갈까 염려되어 저러는 것이다.

"얼굴을 뵈었으니 되었습니다. 소신 이만 퇴궐하겠습니다."

"아직 제 말에 대답하지 않으셨잖아요! 아버지!"

한달음에 사라지는 뒷모습을 보던 중전이 발을 동동 굴렀다. 중전이 되었어도 여전히 품 안의 자식 취급이다.

"이 일이 전하의 귀에 들어가면 어쩌느냐. 나를 더 밉게 보실 텐데. 그렇지 않아도 외척 세력이라는 말 때문에 나를 멀리하신단 말이다. 이게 다 아버지 때문인 걸 왜 모르실까!"

전하와 사이도 좋지 않은 대왕대비와 같은 가문이니 나를 곱게 보실 리가 없지.

그 생각만 하면 금방이라도 눈물이 날 것 같았다.

"체통을 지키셔야 합니다. 중전마마."

상궁의 말에 훌쩍이던 것을 멈춘 중전이 발길을 휙 돌렸다.

"한 상궁. 내 앞으로는 자경전 쪽으로는 고개도 돌리지 않을 것이야."

"아니, 그래도 마마. 궐의 법도라는 것이……."

"어허. 상전이 그렇다면 그런 것이지. 그러니 한 상궁, 어서 돌아가세."

간만에 본 임금은 어느 때보다도 병색이 완연했다. 또 종기가 도졌다 했던가? 이불 속에서 손짓만 겨우 하는 것이 보였다.

"대체 언제까지 저들의 손에 놀아나실 생각이십니까?"

이정의 말에 벌떡 일어서던 임금은 엉덩방아를 찧었다. 방자하다며 내침을 당하는 것까지 각오했음에도 눈앞에 펼쳐진 참혹한 광경이란. 대물은커녕 작은 고추만 한 크기인지라, 이정은 얼른 눈을 감아버렸다.

"어흠. 어흠. 이, 이런 민망할 경우가 다, 다 있나."

"천천히 하셔도 됩니다. 전하."

흘러내린 바지를 주섬주섬 끌어 올린 그가 쥐어짜듯 내뱉었다.

"아직은 아, 아니다. 때, 때가 아, 아니다."

잘못했다가는 너와 나 둘 다 죽는다. 좀 더 확실한 물증이 필요하다는 것일 터. 시간이 좀 더 필요했다.

퇴궐하던 이정은 일부러 길 한쪽으로 비켜섰다. 별로 마주하고 싶지 않은 얼굴이다. 그를 비웃기라도 하는 것처럼 상대방은 곧이곧대로 걸어왔다.

"아니 이게 누구신가. 영헌군 아니십니까."

애써 배려한 것이 우습게 되었군.

"중전마마를 뵙고 오시는 길인가 봅니다. 부원군 대감."

"딸 가진 아비의 심정이 그렇습니다. 물가에 내놓은 아이를 보는 것 같다고나 할까요. 그건 그렇고 궐에는 어쩐 일이십니까."

"전하를 알현하려 왔으나 병환이 깊어지셨다 하여 돌아가는 길이오."

서둘러 멀어지는 이정을 보던 김대헌이 수염을 쓰다듬으며 중얼거렸다.

"젊다는 건 참 좋은 것이지. 포기하는 법을 모르니. 설령 계란으로 바위 치기라 해도 그를 모르거든."

❋

오늘은 뭐라고 한마디라도 해야겠다. 어제도, 그제도 물밑 수련을 하느라 몸 상태가 영 좋지 못했다. 찬물에 들어가 호흡을 참는 것은 그러려니 싶었다. 그러나 바위 위에 올라가 한 발로 무게 중심을 잡다가 강물로 떨어지는 것은 끔찍했다.

허리께에 못 미치는 강물이었으나 떨어질 때의 속력이 더해져 피부로 와 닿는 물은 숫제 뺨 맞기보다 더했다.

발갛게 부은 볼 좀 보라며 죽는 시늉을 해도 운매는 눈 하나 깜짝하지 않았다.

"어찌 따라오지 않고 서 있지? 서둘러야 한다 말하지 않았니."

"제가 수련을 게을리하겠다는 것이 아닙니다. 오늘은 유달리 날이 차지 않습니까? 이런 날, 물에 빠졌다가는 감모에 걸려 며칠을 앓아누울 것이 아닙니까. 그럼 수련을 정진할 수 없게 되니 그 경우만은 피해야지 않겠습니까. 다 멀리 내다보고 말씀을 드리는 것이니 참고해 주셔요. 네?"

소희의 주특기 따박따박 말대꾸하기였다. 쉬지도 않고 계속 입을 놀리는 것을 신기하게 바라보던 운매가 소희의 볼을 살며시 꼬집었다. 하는 김에 입술까지 길게 잡아 뺐다.

"물에 빠져도 요 입은 둥둥 뜨겠구나. 어찌 그리 말을 잘하느냐."

"헤헤. 제가 원래 말은 좀 합니다. 아니 이것이 아니고, 해서 오늘도 강가로 가시겠다는 말씀입니까?"

"쉿. 지금부터 말소리를 낮추고 조용히 따라와라."

빠르게 속삭인 운매가 걸음을 빨리했다.

"여기는 빨래터가 아닙니까?"

"그래. 동기들의 빨래를 하는 것도 마음 수양의 일환이다. 손 시리다 불평하지 말고 다 해야 한다. 알겠니?"

한 보따리 든 짐을 어디에 쓰실까 하였더니 이게 다 빨랫감이었다니. 소희의 입에서 한숨이 푹푹 나왔다. 어쩌 운매 이분을 만나고는 몸이 더 고되고 일감은 늘어만 갔다.

그래도 시키는 대로 손빨래를 시작하는 소희였다. 제 곁으로 슬금슬금 붙어서는 아낙네의 정체는 조금도 눈치채지 못했다.

"여봐라. 흠흠. 여기 좀 보라지 않느냐."

"지금 일손 달리는 거 안 보이십니까. 듣고 있으니 그냥 말씀하시지요."

"아니, 네가 이쪽을 보아야 말을 할 것이다."

"그럼 그냥 안 듣겠습니다. 보다시피 빨래거리가 장난이 아닌지라, 그럼 이만."

그래도 옆에서는 조금도 꿈쩍하지 않았다. 그쪽이 안 비키면 저라도 옮기겠습니다. 재빨리 자리를 옮기려는 소희를 붙잡은 건, 거센 완력이었다.

하얗고 긴 손가락이었다. 마디마디에 굳은살이 느껴지는 것이 틀림없는 사내의 손이었다. 소희가 놀라 뒤로 넘어가려는데 이번에는 넓은 품 안으로 끌려 들어갔다.

무게중심이 한쪽으로 쏠려 갈피를 못 잡고 아등바등하던 소희는 머리 위에서 울리는 웃음소리에 다시 한 번 휘청거렸다. 그러자마자 단단한 손바닥이 소희의 허리를 감쌌다.

놀라 아무 말도 못 하는 소희의 입을 친히 닫아주며 여인이 청아한 음성을 냈다.

"그러고 있으면 벌레가 든다지 않았느냐."

"대, 대군마마?"

"많이 놀란 것이냐? 답지 않게 말을 더듬는구나."

소희가 다시 두 눈을 커다랗게 치떴다. 그사이 이정은 장옷을 덮어썼다. 스쳐 지나가면 어느 여인네라 믿을 만큼 고운 미색이었다. 잘못 본 것이 아닌가 싶어 소희가 눈을 비볐다.

"알아보는 것은 차차 알아보면 되고 일단, 자리부터 옮겨야겠
습니다."

운매의 제안에 장옷의 이정이 차분히 고개를 끄덕였다. 운매와
장옷, 소희 셋이 나란히 걸어가는 뒷모습은 누가 봐도 여인네들
이었다.

그리 멀지 않은 곳에 자리한 주막이 보였다. 미리 말을 해두었
던 것인지 주인 아낙이 깊숙한 방을 내줬다.

소희가 곁눈질로 이정을 훔쳐보았다. 눈이 마주치자마자 얼른
방 안으로 들어가 버렸다. 이정은 장옷을 벗어 던졌다. 항아리치
마와 저고리 위에 입은 배자(褙子)가 그리 잘 어울릴 수가 없었
다. 감탄하는 것도 잠시, 소희도 제 자리를 찾아 앉았다.

"눈들을 피해 만날 방도가 이것밖에 없더구나. 놀랐겠지만, 찬
찬히 말해보거라. 전할 말이 무엇이었느냐."

운매를 통해 말을 전하긴 했으나 역시 조심스러웠다. 문밖에서
는 휘영이 지키고 서 있었다. 그럼에도 누가 들을까 봐 소희가 소
곤소곤 말했다.

"단이가 며칠째 보이지를 않습니다. 주위에 물어보아도 그저
신병에 걸려 잠시 사가에 나갔다 합니다. 한데 저는 아무래도 수
상쩍습니다."

"네게 뭐 남겨둔 것은 없었느냐."

"그동안 미안했다. 더는 찾지 말아달라. 그리 적어놓은 서신만
있었습니다. 단이가 자주 자리를 비우기는 했으나, 그리 서신을
남긴 적도 없었습니다. 또한 글을 모르는 아이입니다."

단이 생각에 목이 멨다. 언니, 언니하며 살갑게 대해주고 새벽

에 깨면 손을 잡아주던 아이였다. 아이답지 않게 성숙한 것이 마음에 걸렸었다. 흔적도 없이 사라져 버렸다는 것이 생각할수록 이상했다.

"하여 누군가에게 납치를 당하였다 생각하는 것이냐?"

"송구하오나 그렇습니다."

"하면 평소 이상한 행동은 하지 않았느냐?"

속으로 짐작만 하고 있었던 것을 운매가 시원히 짚어주었다.

소희는 잠시 뜸을 들였다. 나와 단이만 알고 있는 이야기를 풀어놓아도 되는 걸까? 부용을 죽이려 했거나 도우려 했거나. 운매는 어느 쪽이었을까?

"실은, 계속 마음에 걸리던 것이 있었습니다. 단이가 제게 들려준 이야기 중 천남성 설화가 있었는데, 그것은 제가 어린 시절 누군가에게 전해 들었던 이야기입니다. 두 분께서는 혹 천남성을 알고 계십니까?"

말이 끝나기 무섭게 운매가 화들짝 놀라 되물었다.

"천남성이라니. 소희 너, 그 꽃을 실제로 본 적이 있느냐?"

"저는 설화 속에나 나오는 줄 알았습니다. 한데 실제로 있는 것입니까?"

"그래. 그것은 독성이 강해 사약의 재료로 쓰인다. 함부로 먹으면 위험한 것이지."

처음 알았다. 약초에 관련된 책이라도 읽어둘 것을 그랬다. 마냥 옛날이야기인 줄로만 알았는데 실제 꽃이었다니.

"그것이 그렇게나 위험한 것이었다니. 저는 몰랐습니다. 송구합니다."

"네가 송구할 일이 아니다. 운매 자네, 뭐 떠오르는 것이라도 있는가? 안색이 안 좋아 보이는군."

이정의 말마따나 운매의 낯빛이 파리했다. 가슴 언저리를 짚던 운매는 잠시 호흡을 골랐다. 소희에게도 부용에게 그랬듯 똑같이 했을지도 모른다. 적화라면, 그 아이라면 가능할지도 몰랐다.

"혹 적화가 네게 차를 보내오든? 아침 밤낮으로 꼬박꼬박 먹으라면서."

"예. 하나 저는 한 번도 먹어보지……."

"먹지 않았다면 다행이다. 정말 다행이야."

"어찌 그러십니까?"

"내 확실한 물증이 없어 장담은 못 하겠다만 부용이의 몸 상태가 갑작스레 안 좋아진 것도 적화가 차를 타주던 날 이후부터인 것 같았어. 그때는 그냥 그러려니 했었는데."

소희의 몸이 뻣뻣이 굳어갔다. 그런 용도로 차를 보내왔을 것이라고는 생각지도 못했다. 정말이라면, 단이는 대신 죽을 결심으로 그 차를 마셨다는 이야기가 된다.

"이를 어쩝니까. 저 대신 단이가 차를 마셨습니다. 알고 그런 것입니다. 만약 말씀하신 대로라면 죽을 수도 있는 것 아닙니까."

"단이는 처음부터 적화가 데리고 있었던 아이다. 아마 그 차가 어떤 용도였을지도 알았을 거야. 다 알고도 마신 거라면, 그 아이가 선택한 것이지."

"그렇다 해도……!"

"괜한 데 마음 쓰지 말거라. 난 아직도 눈에 선해. 청월루에서 내쫓기던 날, 적화 뒤에 숨어버리던 어린것이. 그런 것이 뭐 그리 귀엽다고 싸돌았는지. 난 그런 부용도 이해할 수 없었다."

저들의 일원이었으니 그리 당해도 싸다. 그렇게 들렸다. 담담한 음성에 소희는 뒷머리를 얻어맞은 것 같았다. 설령 그렇다 해도, 단이가 희생양이 되겠다, 자처할 까닭이 없다. 다 알면서도 그랬다니 대체 왜.

"심증만으로 단정 짓지 말게. 아직 확실한 것은 아무것도 없네."

이정 역시 심기가 편치 못했다. 그즈음의 부용을 떠올려 보려 해도 쉽지 않았다. 혼자 얼마나 고민했을지, 고통스러웠을지 생각해 보려 해도 불가능했다. 어떠한 생김새였는지도 흐릿했다. 어미의 얼굴 또한 잊어버린 자신이었다.

"고통스러운 기억은 더 큰 고통으로 덮이는 법이라 하였습니다. 대군마마."

"어미를 잃은 것보다 더 큰 고통은 내 아직 겪지 못한 모양이오."

"처음부터 너무 큰 고통을 겪은 까닭입니다. 마음의 병이지요."

"한데 운매 언니는 부용의 가족에 대한 얘기는 들어본 적이 없으십니까?"

"워낙에 제 이야기는 꺼내지 않던 아이인지라 나도 따로 물어보지는 못했다. 한데 갑자기 그것은 왜 물어보니?"

"그냥 생각해 보았습니다. 만약 가족이 그리 죽은 것을 알았다면 가만히 있지는 않았을 것 같아서요. 그동안 아무도 나타나지 않았다는 것도 이상하구요."

"그것은 걱정할 것 없어. 어디서 듣기로는 천애 고아였다 하였으니."

부용의 일기를 읽지 못했다면 그 소문을 믿었을 것이다. 부용은 아무에게도 자신의 얘기를 하지 않았다. 친했다던 동기에게조차. 그럼 적화 역시 모르고 있다 생각해도 좋은 것일지 알 수가 없었다.

적월루로 돌아오는 길, 청천벽력 같은 소문이 날아들었다.

길가마다 삼삼오오 모여 앉은 백성들이 앞다퉈 화재 사건을 입에 올렸다. 한 마디씩 흘러나올 때마다 한숨과 한탄이 여기저기서 터졌다.

"그러니까 그 화전 마을이 홀라당 다 타버렸다는 것이여?"

"그렇대두. 강원도 무명산이랬나 하여튼 거기 일대 화전민들이 산을 태워 버린 것도 모자라서 불이 번지는 바람에 인근 주민들까지 화를 입었다는 것이 아니겠나."

"다 먹고살라고 한 짓일 텐데 우째 그런 사달이 났단 말이여. 친척이나 가족 남겨두고 외지 나와 있는 사람들은 어찌 살아갈지 내 속이 다 깜깜하네."

'그럴 리가 없어.'

소희가 풀썩 주저앉았다. 귀가 멍멍하더니 시야가 빙글 돌았다. 이정과 운매가 무슨 일이냐 물었지만 와 닿지 않았다. 무명산 일대가 모두 화를 입었다니 어찌 된 일일까.

산에 불 지르는 것을 보고 아버지를 말린 적이 있었다.

"저리 놔두면 산을 죽이는 거잖아요. 어서 아저씨들을 말려야 해요. 아버지."

"아니다. 소희야. 저건 화전을 만드는 것인데 저래야만 산도 살고 우리도 사는 것이란다."

화전(火田)은 산간 지대에서 풀과 나무를 불살라 버리고 그 자리를 파 일구어 농사를 짓는 밭이었다. 임진왜란 이후 토지의 피해는 막심했고, 농민들을 살 길을 찾기 위해 땅을 새로 일구었다. 비료가 없어 불에 탄 나무의 재를 이용해야 했다.

다 먹고살기 위해 하는 것이라고 말씀하셨는데. 숱한 작업에 능숙해진 마을 사람들이었다. 그렇게 허망하게 죽었을 리 없어. 무언가 잘못된 거야. 웅크려 넋이 나간 소희를 돌아보던 이들이 쯧쯧 혀를 찼다.

"외지에 나왔다 졸지에 가족이라도 잃은 모양이구만."

"쯧쯧. 아직 어려 보이는데 참으로 딱하네그려."

개중에 하나가 침체된 분위기가 마음에 들지 않았던지 앞으로 나섰다.

"예끼! 이 사람들! 우리가 지금 그네들 불쌍타 여길 주제는 되는가. 당장 하루 벌어 하루 먹고사는 처지인 건 이 땅 사는 백성들치고 다를 게 무에 있나. 우리는 우리 걱정이나 하세. 자, 어여들 돌아가라고!"

그가 마누라와 아이를 데리고 먼저 자리를 떴다. 그 의견에 동조하며 다들 흩어졌다. 먹고살기 힘든 세상이니만큼 인심도 각박해진 것이었다.

이정이 소희를 부축해 일으켜 세웠다.

"일단 소희 너는 적월루로 돌아가거라."

"무명산 일대라 하였습니다. 분명 그리 들었습니다. 제 어머니가 계신 곳입니다. 잘못 들었을 리 없어요."

"네가 잘못 들은 것일 수도 있지 않느냐? 일단은 나와 적월루로 돌아가야 한다."

운매가 소희의 손을 잡아끌었다. 잡힌 손을 내려다보던 소희가 고개를 저었다.

어머니가 무사하신지 두 눈으로 확인해야 했다. 더는 밤마다 어머니를 부르며 불안에 떨고 싶지 않았다.

"송구하오나 그럴 수 없습니다. 어머니까지 잃게 생긴 마당에 무엇을 더 재고 따진단 말입니까. 가봐야 합니다. 보내주십시오."

손을 빼든 소희가 이정을 보며 말했다. 어머니를 잃은 슬픔을 잘 아시지 않느냐. 이해하여 주시면 안 되겠느냐. 간절한 눈빛에 이정이 고개를 찬찬히 끄덕였다.

"아니 된다. 경연이 코앞인데 갑작스레 사라지면 뭐라 둘러댄단 말이냐. 아니 됩니다. 대군마마, 말리셔야 합니다."

"요 며칠 적화가 자리를 비웠다 들었네. 운매 자네가 삼 일만 버텨주게."

"그렇다 해도 대군마마께 너무 폐를 끼치는 것은 아닌지……."

"아닐세. 개인적으로 알아볼 것도 있으니 염려 말게."

이정이 소희를 잡아끌었다. 설마 진짜로 데려갈 줄은 몰랐던 지, 화등잔처럼 소희의 눈이 커졌다. 어느 사이엔가 휘영이 말을 대기해 놓고 있었다. 붉은 털을 휘날리는 말은 제법 명민한 눈빛 이었다.

"휘영 자네는 이곳에 남아 상황을 주시하게. 무슨 일이 생기거 든 전서구(傳書鳩)를 날리도록."

눈 깜짝할 사이에 소희는 말 위에 올라가 있었다. 지금부터는 정신 바짝 차려야 한다. 소희는 말고삐를 단단히 틀어쥐었다. 자 욱한 흙먼지가 일어남과 동시에 앞으로 내달렸다. 몸의 흔들림이

거세질수록 소희의 눈앞이 캄캄했다. 앞으로 자빠지려는 것을 단단히 붙드는 손길이 느껴졌다. 몸을 맡기자 울렁이던 속이 차츰 가라앉았다.

고행의 반나절. 말도 지치고 사람도 지쳤다. 마을 어귀에 다다랐을 때 소희는 탈진 직전이었다. 매캐한 내가 코를 찔렀다. 흐르는 정적에 가슴이 철렁 아래로 내려앉았다.

이리 조용한 곳이 아니었다. 사람 사는 냄새가 정감 넘치던 그런…… 정신없이 뛰어갔다. 익숙한 정경에 반가워할 틈도 없었다.

"분이야!"

소희가 황급히 다가가 코에 손을 가져가자 얕은 숨이 느껴졌다. 기척을 느낀 것인지 분이가 눈을 떴다.

"분이야. 나야, 소희. 알아보겠어?"

"소희, 소희네 언니 맞죠?"

"언니라니. 분이야, 그게 무슨 말이야."

"다시 봐도 정말…… 소희랑…… 닮았어요."

놀란 소희가 잠시 주춤했다. 어찌 지금 내 모습과 나를 닮았다 해? 물어볼 겨를도 없이 분이의 고개가 툭 떨어졌다.

"잠시 기절한 것이다. 방 안에 데려가 눕혀주거라."

얼마 후 분이가 깨어났다. 소희의 모습이 낯선지 주춤거리는 모양새였다. 소희는 하는 수 없이 부용의 행세를 하기로 했다.

"분이야. 마을에는 너뿐이던데, 어찌 된 일이야? 너희 부모님, 그리고 어머니, 아니 소희네 어머니는 어디 가셨는지 못 봤니?"

"나, 난리통에 모두 다 뿔뿔이 흩어지는 바람에…… 소희네 아줌마는 화살을 맞으신 것까지 보았는데 저도 도망치다가 정신이 없어서……. 우리 엄마는 화전이 끝나고 조촐하게나마 먹을 것을 마련하신다며, 장에 가셨어요. 한데 아버지께서는 놈들에게 칼을 맞고……."

말이 끝나기 무섭게 닭똥 같은 눈물이 뚝뚝 떨어졌다. 놈들이라는 말에 정신이 번쩍 들었다.

"놈들이라니. 역시 화전 때문에 이리된 것이 아니었구나."

"네. 검은 복면을 두른 놈들이 사람들을 한데 모아놓고, 계집 하나를 찾는다면서 모른다고 하자 하나씩 죽였어요. 그리고, 그리고 붉은 홍산호 여인이 나타나자 모두 사라졌어요. 나는 돌무덤이라도 만들어 드릴 생각에 혼자, 혼자……."

결국 참던 울음이 왕- 하고 터져 나왔다. 혼자 돌을 열심히 나르다 지쳐 쓰러졌던 것이었구나. 안쓰러운 마음에 소희는 분이가 편히 울 수 있도록 어깨를 내줬다.

"홍산호 여인이라면, 설마 적화를 말하는 것일까요?"

"그리 버젓이 붉은 옷과 비녀를 하고 다닐 이가 또 있을 것 같지는 않다. 대낮에 그러고 다녔다가는 성난 백성들에게 돌팔매질 당하기 딱 십상이지."

"무슨 연유로 이곳에 왔었는지, 짐작이 안 됩니다. 만약, 적화 역시 일기를 읽고 이곳에 온 것이라면."

조심스레 추측하던 소희가 자리에서 벌떡 일어났다. 어머니께서 화살을 맞으셨다 했다. 놈들을 피해 어딘가로 피신하신 것이 틀림없었다.

"어머니께서 살아 계실지 모릅니다. 이대로 그냥 갈 수는 없습니다."

"화살, 화살을 맞으셔서 아마도 아주머니께서도 그대로……. 흐엥. 내 친구 소희, 소희가 보고 싶어요! 어디서 뭘 하고 있는지

행방불명되서는……. 대체 언니는 어디 있다가 이제야 나타났어
요? 흐아아앙."

분이야. 내가 바로 소희야. 소희는 입술을 꾹 깨물었다. 분이의
어깨를 토닥여 주었다. 눈물이 날 것 같았다.

나도 정말 어쩌다 일이 이 지경까지 되었는지 모르겠어. 이렇게
머뭇거리다가는 다 같이 죽을지도 몰랐다. 우선 분이를 부축해
밖으로 나가려는데 인기척이 느껴졌다.

"에구머니나! 분이야! 분이야!"

광주리를 떨어뜨린 분이 엄마가 달려왔다. 분이 엄마와 함께
싸리문을 들어서는 이를 본 소희가 그대로 돌이 되었다. 꿈에서
나마 그릴 수 있었던 사람이었다. 다 죽어가는 창백한 안색에 숨
이 막혔다. 분이의 손을 놓치고 달려갔다.

"어, 어머니."

단정하게 쪽 쪘던 머리는 헝클어져 있었다. 얼굴 여기저기 긁힌
상처와 피멍, 가슴 부근이 피로 흥건했다. 간신히 숨이 붙어 있던
어머니는 소희를 알아보고 엷게 웃었다.

"……소희야. 살아 있었구나."

"어머니도 무사하셔서 정말 다행……."

목구멍이 꽉 틀어 막혔다. 눈물에 젖은 볼을 닦아주던 어머니
가 밭은기침 사이로 말했다. 쫓기다 화살을 맞아 동굴에 숨어 있
던 걸 발견한 것은 장에 다녀오던 분이 엄마였다. 의원에게 보여
야 한다, 돌아가는 것을 한사코 말렸건만, 어머니는 혹시나 소희
가 왔을까 싶어 돌아오지 않을 수 없었다.

"시간이 없다. 어미가 하는 말…… 잘 들어둬야 해."

"시간이 없다니요. 이제부터는 어머니 곁에 꼭 붙어 있을게요.

제가 잘못했어요."

"소희야. 혹여나 저들에 대항할 생각이라면 관둬. 네 부모님도
그리 가셨다. 그리고 연희 그 아이마저 그리되었고. 하니 너라도
살아야 해."

누군가 뒷머리를 세게 후려갈겼다.

"연희라니요. 어찌 어머니도 그 이름을 알고 계셔요?"

"연희는 소희 네 언니란다. 어린것이 너만 두고 떠나 버렸어.
콜록콜록."

"말씀하지 마세요. 나중에 몸 나아지시면 차차 해주셔도……."

희미한 숨소리가 위태롭게만 들렸다. 입가에서 흐르는 핏물을
소매로 닦아내는 소희의 손이 덜덜 떨렸다.

무섭다. 자꾸만 말을 하는 어머니가 너무 무서웠다. 마치 갈 길
을 알기라도 하는 것 같은 덤덤함에 몸서리가 쳐졌다. 쏟아지는
말들이 소희를 송두리째 흔들어놓았다.

"난 이미 늦었어. 하나 갈 때 가더라도 전해줄 것이 있었다. 이
건 네 어미의 유품이란다. 좀 더 크면 주려 했는데……. 콜록."

"나중에요. 나중에 주셔도 돼요."

"예전에 소희 네가 한 번 죽다 살아난 적이 있었다. 그때나 지
금이나 넌 언제나 귀한 내 딸이었어. 비록 내 배로 낳지는 않았다
만…… 넌 내 딸이란다."

왜 마지막 인사처럼 말씀하셔요?

소희의 귓가가 윙윙 울렸다. 마지막 힘을 끌어 모은 거친 손이
소희의 손을 꼭 잡았다.

"그러니, 약속해 다오. 저들에게 가까이 가지 않겠다고. 그냥
평범히 살겠다고 말이다. 그렇지 않으면 나는 편히 눈을 못 감을

것 같구나. 콜록콜록."

그런 약속, 저는 하기 싫어요. 못 할 것 같아요.

"어서…… 답해주렴."

소희는 고개를 흔들었다. 대체 저들은 무슨 자격으로 사람들을 함부로 죽이는 건가. 이거야말로 개죽음이 따로 없다. 더는 이런 일이 없도록 막아야 한다. 그들도 마땅한 죗값을 치러야 했다.

"그렇게 할게요."

어머니는 소희의 얼굴을 찬찬히 훑었다. 모습은 달라도 소희란 것을 첫눈에 알아보았다. 선한 눈매와 고운 아미가 연희와 참 많이 닮았었다. 가기 전에 얼굴 한 번 쓰다듬어 주고 싶었는데. 가까스로 들어 올린 어머니의 팔이 툭 떨어졌다.

소희는 어머니를 마을 사람들과 함께 묻었다. 돌을 쌓아 올리고 기도를 하고 나니 수 시진이 지나 있었다. 돌아가는 길, 추적이 따를 것을 대비해 지친 말을 버리고 걸어가기로 했다.

"이곳은 너무 위험하니 다른 마을로 가는 것이 좋겠습니다."

두 갈래 길에서 분이 모녀와 갈라섰다. 엄마 품에 안겨 분이는 또 한바탕 눈물을 쏟아냈다. 소희가 고개를 끄덕이고 먼저 돌아섰다.

"그래서 제가 아버지가 쓰신 이야기를 몰래 훔쳐보면 어머니께서는 요 녀석! 하시며 쫓아오셔서는 회초리를 드셨습니다. 저는 맞으면서도 계속 웃었었습니다."

"아프지는 않았느냐."

"이야기가 머릿속에서 그림처럼 그려지는 것이 너무도 재밌었습니다. 밤마다 어머니께서 많이 아팠느냐, 된장을 발라주실 때까지도 아픈 줄을 몰랐어요. 지금 생각하면 참 이상한 아이였던 게지요."

한참 동안 소희는 조잘조잘 떠들었다. 어렸을 때 추억이 한 무더기처럼 쏟아져 나왔다. 묵묵히 따라 걷던 이정이 물었다. 배는 고프지 않느냐 물었더니 외려 몸 안이 텅 빈 것이 편안하고 좋다는 말이 돌아왔다. 쉬어 가자고 하니 갈 길이 멀어 서두르자며 앞서 걸어간다. 한참 걷더니 우뚝 멈춰 선다.

"혹 이 근처에 강가가 있습니까?"

"목이 마려운 모양이구나. 이 길만 내려가면 된다."

겉으로 봐서는 평소의 소희와 다를 게 없었다. 재잘재잘 말을 떠드는 건 여전했다. 단지 잠시의 침묵도 못 견디겠던지, 다시 옛이야기를 꺼내드는 것이 마음에 걸렸다.

저대로 두어도 괜찮은 것인가. 가지 않겠다, 떼를 써도 이해할 수 있었다. 어릴 때의 이정 역시 왕자의 체면 따위는 집어던지고 울고불고 그랬으니. 한데 저리 씩씩하게 구는 것이 애를 쓰는 것만 같아 안쓰러웠다.

이럴 때는 어찌 위로해야 하는지 알 수 없었다.

"한데 말입니다. 대군마마. 대체 얼마나 나쁜 마음을 먹으면 그리 많은 사람들을 죽인답니까. 얼마나 악해야만 그러고도 두 발 뻗고 잠을 잘 수 있는 것입니까? 그것이 사람이긴 한 겁니까?"

"소희야."

"어찌 그리도 많은 사람을 아무 이유 없이 해할 수 있습니까. 그러고도 멀쩡하게 잘만 굴러가는 세상이 이상합니다."

한 번도 농사일을 손에서 놓은 적 없는 사람들이었다. 아버지도 밤잠을 줄여가며 글을 쓰신 것이지, 게으름은 모르던 분이었

다. 식량은 늘 모자랐지만 언젠가는 나아지겠지, 그 생각만으로
도 버티면서 살았을 텐데.

"처음 적월루에 들어갔던 때가 생각나요. 어찌나 넓고 화려한
지 다른 세상 같았어요. 매일 술을 퍼마시는 사람도 있는가 하
면, 백주 대낮에도 기생놀음이나 하는 사람도 있었어요. 계속, 계
속 돈이 나오는 주머니가 꼭 요술 같았어요."

"세상이 말세라 그렇다."

"그것들 다 소수를 위한 다수의 희생, 아닌가요?"

나이답지 않게 현 세태를 잘 읽어냈다. 안쓰러우면서도 대견하
다. 소희 너도 아는 것을 주상은 왜 모르시는 것인지. 알고도 모
른 척하는 것이라면. 이정의 꽉 쥐어진 주먹이 잘게 떨렸다.

"잠시 세안과 목을 축이고 올 터이니 마마께서는 여기 계셔요."

그는 바위에 앉아 기다렸다. 생각했던 것보다 심지가 강한 아
이다. 작금의 현실을 왕족 앞에서 서슴없이 말하는 것을 보면. 말
주변이라도 있으면 좋으련만. 어쭙지 않은 위로는 오히려 독이 된
다는 걸 알기에 더 말을 아꼈다.

한데 어찌 이리 오래 걸리는 것인가.

혹시나 싶어 일어섰던 이정은 냅다 달려가기 시작했다. 강물이
소희의 무릎만큼 차올라 있었다. 잠시 마음을 놓은 것이 잘못이
었다. 아무리 성숙하다 한들, 혼자서는 견뎌내기 힘들었을 터인
데. 그리 혼자 보내는 것이 아니었다.

"소희야! 내 금방 그리로 갈 것이다!"

"저는 혼자 살아낼 자신이 없습니다. 무섭습니다. 두려워요."

"마음 약한 소리 말거라. 혼자는 누가 혼자라는 거냐!"

이정이 거친 물살을 헤치며 앞으로 나아갔다. 바로 지척에 소

희가 있었다. 손을 뻗어 닿기를 바라며 이정이 큰 소리로 외쳤다. 소희가 뒤도 돌아보지 않고 중얼거렸다.

"다들 저더러 살라 하였지만 싫습니다. 모두 다 저 때문입니다. 저 때문에……."

"잡았다! 이 토깽이 녀석."

이정이 손안에 가득 힘을 주었다. 힘없이 소희가 끌려왔다. 맞닿은 몸이 얼음장처럼 차가웠다. 이정은 품 안에 단단히 감싸 안고 왔던 길을 되돌아갔다. 어찌나 몸이 야위었던지 물에 젖었어도 가볍기만 했다.

땅을 밟자마자 스르륵 주저앉으려는 소희를 붙들었다. 아직도 멍하니 넋이 나가 있다. 따악! 이마 정중앙을 정확히 날리자 초점이 돌아왔다. 소희가 위를 돌려다보자 이정이 이마를 쓱쓱 쓰다듬었다.

"아픕니다."

"아프라고 때린 것이니 아팠으면 되었다."

"……어찌 저를 구하셨습니까. 제가 무어라고."

"네 아까 무슨 말을 했는지 기억하느냐? 너 때문에 희생됐다 여겼다면, 더더욱 네 몸을 소중히 해야 할 것이다. 혼자 살아낼 자신이 없다 했느냐?"

"저는 마마께 폐만 끼칠 것인데."

"폐가 될지, 안 될지는 내가 판단한다."

연희 언니. 턱 끝까지 차오르는 이름에 소희의 눈가가 붉어졌다. 연희가 부용임을 알았으니, 부용이 정인이었다 하셨으니. 내가 어찌 대군마마의 정인이 될 수 있겠어. 눈물이 방울방울 아래로 떨어졌다.

"저는 연희 언니가 아니니까요."

소희가 한 걸음 뒤로 물러났다. 흘러내리는 달빛에 박꽃같이 하얗던 얼굴이 투명하게 빛나고 있었다. 이정이 소희 쪽으로 손을 뻗었다. 손바닥에 영롱한 빛 무리가 담겼다. 금방이라도 사라질 것 같은 소희의 모습에서 눈을 뗄 수 없었다.

"흉합니다. 그만 눈길을 거두어주십시오."

이정이 한 발자국 다가왔다. 소희는 한 발자국 멀어졌다.

"저는 마마를 속였습니다. 미워하시는 것이 당연합니다."

"내게 누군가를 미워할 자격이 있겠느냐?"

멀어진 만큼 이정이 다가가 거리를 좁혔다.

"내가 괜찮다 했다."

"제가 안 괜찮습니다."

"나를 떠날 생각을 하고 있었더냐."

"떠날 수 있었으면 벌써 떠났겠지요. 아니 그렇습니까?"

소희가 살짝 볼을 붉혔다. 아스라한 그 모습에 이정은 한달음에 달려가 안아주고 싶었다. 안아 달래주고, 진정 곁에 있는 것인가 온몸으로 느껴보고 싶었다.

서서히 인내심에 한계가 오고 있었다. 이전까지는 한 번도 부용의 입장에 대해 정정할 필요가 없었다. 어느 누구 앞에서도 해명할 필요를 느끼지 못했다.

한때나마 그들은 살기 위해 그 길을 택했다. 세상을 속이기 위해, 권력으로 목을 조여오는 이들의 의심을 피하기 위해. 장안 최고의 기생은 허울뿐인 정인을 방패 삼아 어쭙지도 않은 수청을 모두 거절할 수 있었다. 허울뿐이래도 이정은 엄연한 왕자였다.

어린 시절 함께했던 시간은 믿음의 토대가 되었다. 그랬기에 그들은 죽고 못 사는 연인이 되었고, 장안에 오르내리는 신파극의 주인공이 되었다. 적어도 한쪽이 상대방 외의 다른 이에게 연정을 품게 되기 전까지는 말이다.

"부용은 내 정인이었다."

"알고 있습니다."

"그 정인을 말하는 것이 아니다, 그리 말했었지."

무슨 말일까. 조바심 때문에 몸이 달을 것 같았다. 그럴 리가 없다. 그럴 리가 없는데도 기대하게 된다.

"내 정인은 소희 너 하나다."

"제 귀가 잘못되었나 봅니다."

"내 너를 연모한다 했다."

"……믿을 수 없습니다. 마마께서 어찌 저를 연모하실 수 있으십니까?"

막상 답을 듣고 나자 더욱 불안해졌다. 착각하지 말자. 마마께서는 지금의 내 모습만 보고 그리 생각하는 것일 테니. 이건 원래의 내 모습이 아니지. 단지, 연희 언니의 얼굴 때문에 헷갈리셔서 그러시는 것이다.

"대군마마께서도 믿기 어려우실 것입니다. 그러나 지금부터 제가 들려 드리는 얘기는 모두 사실입니다."

소희는 덤덤하게 그동안의 사연을 풀어냈다. 아버지가 보지 말라던 서책을 읽어 저승으로 끌려갔던 것, 그곳에서 부용의 삶을 대신 살라 염라대왕에게 명을 받았던 이야기까지.

"그래, 다 끝난 것이냐?"

순식간에 이정의 얼굴이 코앞으로 다가왔다. 물러설 틈도 없이 말캉한 무언가가 입술에 닿았다. 굳어버린 소희를 슬쩍 내려다본 이정이 천천히 입술을 떼었다.

"가끔씩 연희는 내게 동생 이야기를 했었지. 저와 쏙 빼닮았는데 행동은 반대라며. 한 번쯤 꼭 보고 싶었는데 이리 만날 줄은 몰랐다."

"언니가 저에 대해 그리 말했습니까? 몰랐습니다."

볼을 붉히는 소희를 그가 품 안 깊숙이 안아들었다.

"정인이란 것이 꼭 연인 사이만 말하는 줄 알았더냐?"

"하면……."

"마음이 통하는 벗 사이를 말하기도 하는 것이니라. 다들 하나만 알고 둘은 모르지."

소희는 이정의 품 안에 기대었다. 놀란 가슴이 조금은 진정이 되었다. 덕분에 방금 전보다 차분하게 말을 이어 나갈 수 있었다.

"그러고 보면 저는 참 나쁜 아이입니다. 어찌 다 잊어버렸을까요. 저를 낳아주셨던 부모님도, 하나뿐인 언니도. 잊어서는 안 되는 기억이었을 텐데. 그리 소중한 것들을 잊고 어찌 살았는지 모르겠습니다."

"꼭 어려 그런 것만은 아닐 게다. 나 역시, 어머니의 얼굴을 기억하지 못한다. 갖은 애를 쓰면 언뜻 행동과 말투가 떠오를 법하다가도 도무지 그려지지가 않았지."

너무 큰 고통이었기에 그런 것이라는 말도 이정에게는 위로가 되지 못했다. 소중한 이들을 떠올리는 것 자체가 고통이라니. 이리도 얼빠진 놈도 있던가? 스스로를 조롱하기까지 했었다.

"너는 묘하게 날 닮았다."

물기 배인 음성이 소희의 귓가를 적셨다. 그리 자책하지 마십시오. 작은 두 손이 위로하듯 이정의 손을 감싸 쥐었다.

아까 피워놓았던 모닥불의 마지막 불씨도 꺼져 가고 있었다. 꺼지는 순간을 놓치지 않으려 주시하던 소희는 희미하게 느껴지는 기척에 귀를 기울였다. 전서구(傳書鳩)였다. 머리 위를 뱅글뱅글 맴돌던 비둘기는 이정이 들어 올린 팔 위로 안착했다. 발목에 천 조각이 묶여 있었다.

－당시, 관장(官葬, 관청의 주관으로 장례를 지내는 일)에 참여했던 관 장수 아무개가 마마를 뵙길 청합니다.

일전에 휘영에게 김이문의 행동을 감시하라 당부했었다. 며칠 내내 당고모 성묘를 자주 다녀갔다는 것이 수상했다. 혈연이라 하여 그리 돈독히 지냈을 성정도 아니었다.

삼 년이 되어서야 나타난 아무개라. 그간 고용한 이들과의 신뢰 관계에 금이 갔으리라 보는 것이 맞았다. 쓸모없어진 사냥개. 얼마의 돈을 요구하든 일단은 그 입을 열어 말을 쏟아내게 하는 것이 관건일 터.

아직은 갈 길이 멀었다.

하늘 높이 나는 전서구를 본 이는 적화뿐만이 아니었다. 적화는 행군을 잠시 멈춰달라 일렀다. 잠시 쉬는 사이, 적화는 개중에 한 사람에게로 다가가 낮은 목소리로 말했다.

"내 분명 아이 하나만은 살려두라 하지 않았소. 어찌 그새를 못 참고 쑥대밭을 만든 것이오?"

"우리는 그저 명을 받은 대로 움직일 뿐인데, 뭐 잘못됐나?"

"이것 보시오. 처음과 얘기가 다르지 않소."

뻐드렁니를 드러내며 하나가 얼굴을 들이밀었다. 살생을 즐기는 자들의 눈빛은 역겹기 짝이 없었다. 뒤로 물러서는 적화를 보며 검은 복면들은 키득거렸다.

처음부터 저들을 믿는 게 아니었다. 한숨만 새어 나왔다. 그러나 아쉬운 것은 이쪽이니 대충 굽히는 척이라도 해야 했다.

"개중에 미색이 뛰어난 여아가 하나 있었을 것이오. 잘 좀 기억해 보란 말이요."

"글쎄, 그런 산동네에 그런 미색이 있었으면, 아마 벌써 어찌되고도 남았을걸?"

"없었소? 박꽃같이 생겼을 터인데. 살아 있었다면 틀림없이 그랬을 것인데."

너무 늦어버린 것일까.

좀 더 길을 일찍 나섰어야 했다. 적화더러 일을 맡긴다 해놓고 정작 김대헌 대감 쪽에서 사람을 먼저 움직였다. 다들 하나같이 살인 기술만 보고 뽑았는지, 말귀 하나 통하지 않는 자들뿐이었다. 적화가 살짝 주춤한 사이, 수상한 냄새 풀풀 풍기는 어느 놈의 손길이 엉덩이에 와 닿았다.

"글쎄, 이쪽 박꽃을 좀 보고 나면 혹 생각날지도 모르지. 안 그러냐?"

"여기 있는 모두에게 한 번씩 내보이기만 하면, 열심히 머리를 굴려볼 수도 있고."

"네놈들 머릿속은 어찌 그리."

생긴 대로 돌아가느냐. 그리 호통 치려던 순간, 날카로운 칼날이 눈앞에서 번뜩였다. 삽시간에 손목을 절단내 버린 이는 집단에서도 손속이 가장 거칠다던 흑개였다. 피가 샘솟듯 솟구치는 것을 보던 적화는 할 말을 잊어버렸다.

"억울하면 말해라. 모가지를 분질러 줄 테니."

잔뜩 시뻘게진 얼굴로 손목을 움켜쥔 놈이 필사적으로 고개를 흔들었다. 주저앉은 그의 주변으로 누런 것이 피와 뒤섞였다. 지린내가 올라왔지만 적화는 차마 고개를 돌릴 수 없었다.

다 끝난 것처럼 돌아섰던 흑개가 재차 그의 목을 내려쳤다. 잘려 나간 목이 데구르르 바닥을 굴렀다. 발 앞에 멈춰 선 그것을 내려다볼 사이도 없이, 흑개의 칼날이 적화의 목으로 날아들었다. 그제야 그가 살인 집단의 두목이자, 김대헌의 수하였음을 적화는 똑똑히 인지했다.

"네년은 사람을 잘 골라잡았어야 했다."

검이 춤을 추듯 적화의 목 앞에서 휘둘러졌다. 긴 칼인데도 마치 제 손처럼 부리는 게 여간내기가 아니었다. 네놈이었어. 김대헌이 내게 붙인 수하가 바로 네놈이었다니. 출발할 때부터 어느 한구석 모자란 놈처럼 비칠대는지라 아예 예외로 둔 것부터가 실수였다.

"나는 네놈이 무슨 말을 하는지 모르겠다."

"아무렴. 그리 나올 줄 알았다. 그쪽 박꽃 구경이나 좀 하고 나설 것을 그랬군."

와하하하. 사방에서 박장대소가 뿜어졌다. 방금 살인을 한 자가 저리도 편안할 수가 있는 것인가? 흑개라, 과연 머리 검은 짐승다웠다. 그것이 마지막 경고였음을 알아챈 적화가 쓰고 있던 전모(氈帽)를 더욱 깊숙이 당겼다. 자칫 잘못하면 적월루에 도착하기도 전에 소희 일행과 마주치게 생겼다. 한 발이라도 앞서려면 서둘러야 한다. 적화는 고분고분 말 등 위로 올랐다.

간발의 차로 소희는 적월루에 당도했다. 기다리고 있던 운매가 급히 달려 나왔다.

"소희야. 내일이 경연인데, 어찌할 생각이냐."

"참가해야지요."

어느 때보다도 이곳의 분위기는 활기가 넘쳤다. 지나다니는 기생들 모두 얼굴에 웃음꽃이 활짝 피었다. 도성에서 방구 깨나 뀌던 양반들이 모이니 잘 보여 옆자리라도 꿰차볼 심산들이었다.

"그럼 내일 뵙겠습니다."

경연이 되기 전, 적화와 할 얘기가 있었다. 두 사람에게 꾸벅 고개를 숙인 소희가 적월루 안쪽으로 향했다. 방문 앞에 서자마자 혀 차는 소리가 들렸다.

"바닥을 미는 느낌으로 살살 걸으라 하지 않았습니까. 그리 발목을 사정없이 놀리라 가르친 자가 어느 작자입니까. 대체."

곰방대를 피워 문 지 꽤 되었는지 방 안의 공기가 탁했다. 나른하고도 탁한 기운이 넘실거렸다.

"그리 서 있으면 이년의 목이 아프지요. 그렇지 않아도 가체 때문에 어깨가 부서질 것 같은데 앉아 얘기하는 것이 서로 편하지 않겠습니까."

"이제 그만 가면을 벗어 던지는 것이 어떻겠습니까."

"어째 말에 날이 선 듯한데, 할 말은 따로 있나 봅니다."

대충 상황을 가늠해 본즉, 화전 마을에 적화 역시 다녀갔음이 틀림없었다. 검은 복면의 무리들이면 언니의 일기에서도 겹쳤다. 일기를 준 것이 적화였으니 모르고 있었을 리 없었다.

"당신 역시 저들과 손을 잡은 것이라면, 어찌 내게 일기를 건네주었습니까."

"이년이 원체 변덕이 심합니다. 혼자만 읽기는 아깝더이다."

"죄 없는 사람들을 죽이기 전에 관둬야겠다는 변덕은 들지 않았나 봅니다. 짐승만도 못한 짓을 저질러 놓고는 아무런 죄책감도 들지 않았나 봅니다."

"이년이 어찌할 수 없는 문제였답니다. 그건."

탁탁 곰방대를 턴 적화가 살포시 웃었다. 남정네들을 홀리는 미소라 칭해졌으나 소희가 보기에는 천 년 묵은 구미호보다 더 악랄해 보였다. 이제 와 시인할 리도 없겠지만, 마치 더는 자신과 상관없다는 양 구는 태도가 미심쩍다.

"단이는 놓아주시지요. 어려서 아무것도 모를 겁니다."

"어리다? 단이는 원래 내 손으로 부리던 아이였다. 연희를 감시하고 매일 밤, 갖은 고통을 겪도록 주술을 걸었지. 윗분의 사주로 원래부터 그리 쓰일 물건이었다는 거야."

"이제야 본색을 드러내는군요."

"내 수족이니 살리고 죽이는 것도 내 몫이지."

처음 봤을 때부터 잔뜩 주눅 들어 있었다. 이따금 서글픈 얼굴을 했던 것도, 이름을 부르면 화들짝 놀랐던 것도 그래서였어. 이제야 조금씩 상황들이 꿰맞춰지는 느낌이 들었다. 한데 살인을 저지른 이의 태도가 어찌 저리도 당당한가.

"이유가 있기는 한 것입니까? 어린아이까지 동원해 치졸한 술수까지 써가며 한 사람을 죽음으로 내몰았던 이유."

"어명. 그거면 충분하지, 그만한 구실이 또 있을까. 나는 어명을 따랐을 뿐이야. 날더러 어쩌라는 거냐. 이미 조사도 다 끝난 마당에 관아에 가 자백이라도 하라고? 내가 죽였다는 증거라도 있느냐?"

적화 옆에 놓인 다과상이 보였다. 다반에 담겨진 차구와 차기들이 일렬로 배열되어 있었다. 저것으로 차를 끓였을 테고, 받는 이는 아무런 의심 없이 받아 마셨을 테지. 연희 언니는 더러운 술수였다는 것도 몰랐을 것이다.

혼자 얼마나 괴로웠을까. 외로움의 밤이 얼마나 긴지는 겪어본 사람만이 알 것이다. 그런 언니를 위해 해줄 수 있는 것이라고는, 고작 진실을 밝혀내려 발버둥 치는 것뿐이었다.

"이곳에 머무는 조건으로 부용 행세를 하라던 것은 적화 당신이었지. 내일 경연장에서 무슨 일이 벌어져도 놀라지 마. 결코 당신과 상관없다, 발뺌하지는 못할 테니까."

발소리가 멀어졌다. 적화는 그제야 참았던 숨을 토해냈다. 이 정도쯤 했으면 단이를 찾으러 다니는 것은 관둘 것이다. 제 주변 돌볼 생각은 안 하고 오지랖만 넓은 것은 제 언니와 다를 게 없었다. 그런 것까지는 닮지 않아도 좋았으련만.

소희를 지켜본 결과 내린 결론은 부용이 아니었다. 살아생전 모습이라 하나 두 눈이 감기는 것을 똑똑히 보았다. 그때도 마음이 약해지는 순간이 있었다. 꼭 죽지 않아도 죽은 것처럼만 보이면 되는 게 아닐까. 머리를 굴려 짜낸 묘책이란 겨우 그거였다.

연희에게 날마다 극히 소량의 천남성을 탄 생강계피차를 만들어줬다. 생강과 계피의 맵고 진한 향으로 향을 거둬냈다. 그것들이 해독 작용을 하는 것을 알고 그리한 것이었다.

김대헌이 부용의 목숨을 원해 그가 드나들 때마다 중독이 되는 것을 보여야 했기에, 그것만이 최선이었다. 경연 전날 밤에는 양을 조금 더 늘렸다. 김대헌 부자의 눈앞에 죽은 모습은 비쳐야 했기에. 그들이 돌아서자마자 해독약을 먹였다. 어딘가에서 살아만 있어준다면, 그것만으로도 충분하다 여겼다.

그러나 시신을 잘 처리했다는 김이문의 말을 들었을 때는 하늘이 두 쪽으로 갈라져 버렸다. 목 놓아 연희를 울부짖었을 때 세상은 이미 뒤바뀐 지 오래였다.

뒤늦게 알았다. 어린 자신에게 허울뿐인 명분으로 어명을 내걸었다는 것을. 작금의 임금은 김대헌이 앉혀놓은 허수아비에 불과했다.

문화가 많이 자유로워졌다 하나 여전히 여성의 문필은 금기의 대상이었다. 공개를 전제로 하는 판본의 출판은 부덕에 반하는 부덕이라는 말이 있을 정도로. 공식적 금제를 뚫고 어느 여성들이 남긴 기술물이 있다 해도 남성들만이 그를 편집하고 인쇄하는 권력을 가지고 있었다.

철저히 양반과 남성 중심으로 돌아가는 사회. 그런 곳에서 재예를 가진 자가 살아남을 수 있었던 것은 천민의 신분이었기 때문이었다. 그들의 검열을 헤쳐 연희가 그토록 알리려 했던 일이 무엇인지 적화는 대략 짐작했다.

"언문 소설을 펴내 저와 가족들의 억울한 죽음을 알리고 싶었던 게지. 그러나 연희야, 너는 그래서는 안 됐다. 저들의 검은 손아귀가 움켜쥐지 못하는 것은 없었어."

너로 인해 청월루의 모든 사람들의 목이 잘려 나가는 것만은 막아야 했어.

해서 나는 온전히 네 편만은 될 수 없었다.

"그리해 그나마 일기라도 건질 수 있었으니 다행이라면 다행일지도."

제 곁에 남은 것은 담배 하나였다. 그나마 피워 물면 심신이 안정되는 효과가 있었다. 몸 안 여기저기가 잘근잘근 썩어가는 이 기분. 손가락 안쪽에서부터 천천히 썩어 들어갈 것이다. 떨리던 손끝에서 끝내 떨어진 곰방대가 산산조각 났다.

"네가 한 잔을 마시면, 나는 죄책감에 두 잔을 마셨지."

손끝의 미세한 경련이 잦아질 때 너는 도리어 나를 염려했지. 네가 죽는 날이 내 마지막 날이 되기만을 바랐다. 그러나 어릴 적부터 온갖 독에 익숙해졌던 몸은 그조차 허락되지 않았다.

왜 모르겠는가. 이미 피로 물들어 버린 이곳을.

어찌 됐건 다 제 업보였다. 죽을 날이 머지않은 목숨, 내일이면 그나마 쓸모 있게 버릴 수 있을 것이다. 찻물의 뒷맛이 썼다.

이정의 발치에 장의사 아무개가 납작 엎드려 있었다. 방금 전 그의 입에서 쏟아져 나온 말들은 방 안을 충격으로 물들였다.

"정녕 한 치의 거짓도 없단 말인가."

"그렇습니요. 참말이구만요. 이놈의 죽은 마누라와 처자식들을 걸겠습니요."

"하면, 어째서 지금 나타난 것이냐."

"예. 예에?"

"어째서 삼 년 전이 아닌 지금이냐 묻고 있다."

"그, 그것은."

그것을 질문이라고 하십니까. 아무개는 볼멘소리를 내뱉으며 고개를 숙였다. 그야, 그때는 김이문 나리의 사주를 받았고 언제까지고 든든한 뒷배가 되어줄 것이라고 생각했다. 그러나 시간이 지날수록 돈은 끊겼고 도박판에 얼쩡거린 탓에 빚더미만 늘어났다.

옛정을 생각해 주십사, 김이문 나리 댁으로 갔으나 몰매만 맞고 쫓겨났다. 알고 지냈던 포졸들에게 돈이나 꿀까 찾아 다녔지만 그들은 망자가 되어 있었다. 안 돌아가는 머리빡이 그제야 제 구실을 했다.

그날, 은밀히 진행되었던 관장(관청의 주관으로 장례를 지내는 일)에 참여했던 이들이었다. 그리고 유일하게 살아남은 것은 바로 저 하나였다. 윗분들이 넓은 아량을 베풀었을 리는 없으니 재수가 좋았다면 좋은 것이었다. 식구들이 모두 칼잡이에게 당했다는 소식을 듣자마자 그는 노선을 틀었다.

"어, 어찌 사람이 돼서 그런 짓을 하였느냐 그러시겠지만유, 저희들 입장이라는 것이 그렇지 않습니까요. 시키면 시키는 대로, 까라면 까라는 대로. 눈 딱 감고 그리했습죠. 그래도 나리께서는 그 죽은 기생을 꽤나 아끼셨다 들었기에 제가 제 목숨 내놓고 이리 알려드리는 것입니다요."

개돼지만도 못한 놈 같으니라고. 빌빌대면서도 할 말은 다 하는 꼬락서니에 휘영은 저도 모르게 칼집에 손이 갔다. 그러나 잘못하다가는 이정의 신분이 노출될까 봐 참았다. 그저 부용을 많이 아끼던 양반이라 소개한 것이 허투루 돌아가서는 안 되었다.

"어찌 됐든 저는 본 것을 그대로 말씀드린 것입니다요. 사례는 톡톡히 해주셔야 합니다요. 그리 알고 이만 돌아가겠습니다. 아아! 혹여나 뒤를 밟으신다면 두 번 다시는 얼굴 볼 일 없을 텐께 그리 알아두십쇼."

아무개는 왔을 때처럼 쏜살같이 내뺐다. 이내 싸늘한 정적만이 방 안을 가득 메웠다.

얼마의 시간이 지났을까. 꽉 쥐어졌던 이정의 주먹이 서서히 풀어졌다.

김이문이 당고모의 묘를 자주 찾더라. 처음 휘영에게서 언질을 받았을 때는 설마, 했다. 그러나 관을 이중으로 제작한 것이 무척이나 특이했더라는 아무개의 말에 가슴이 덜컥 내려앉았다.

"맨 아래에는 젊은 여자 시신을 넣었고 위에는 당고모라는 여자를 넣었습죠. 하, 한데 제가 보았습니다. 여인의 손이 움직이는 것을. 관 뚜껑을 닫으려는데 그 손이 이놈 손목을 꽉 쥐었습죠. 아이고오! 다시 생각해도 그보다 두려웠던 적은 없었습니다요. 듣기로는 그 당고모란 사람이 워낙에 아끼던 여종을 같이 묻는다 했고, 어쩔 수 없었습니다요. 정말루. 그 여자 살리다가는 이놈 목부터 날아갔을 겁니다요."

"더 기억나는 것을 말해라."

"아아, 예. 여종이라 했는데 손에 굳은살이 하나도 없던 것이 좀 이상하기는 했습죠."

이어지는 말을 들어보지 않아도 그때의 상황이 눈앞에 그려졌다. 이정이 참담한 시선을 떨어뜨렸다.

"휘영. 순장을 알고 있느냐?"

"알고는 있사옵니다만."

순장(殉葬). 다른 이가 죽은 뒤 따라 목숨을 끊거나, 강제로 죽여 주인과 함께 묻는 장례 습속. 삼국 말기 이전에 폐지된 그것이 이제 와 성행했을 리도 없거니와 일반적인 상식으로는 도저히 저지를 수 없는 일이었다.

불교의 내세관이 도입된 이후 사후 세계에 대한 인식이 크게 변화했다. 현세의 모습 그대로가 아닌, 내세에 새롭게 태어날 수 있다는 믿음이 그것이었다. 그로 인해 기존의 풍습이 억제되는 효과까지 가져왔다. 하여, 조선의 백성들 역시 살아생전의 업에 따라 죽은 뒤 다시 태어난다는 윤회설을 굳게 믿고 있었다.

"산 채로 묻혔다면, 죽어서도 죽지 못하는 것이 아니냐."

"아주 악랄하기 짝이 없는 작자입니다. 산 것도 죽은 것도 아닌 상태로 영원히 구천을 떠돌게 할 것이 아니고서야 어찌 그런 짓을 저지른 것인지."

그즈음, 경연을 며칠 안 남기고 부용과 만났다. 답지 않게 초조하게 굴었던 것을 경연을 앞두고 긴장한 것이라 여겼는데 그게 아니었다. 경연장에서 지어 보일 시문을 지었다며 읽어주던 얼굴은 옅게나마 상기되어 있었다. 그것이 살아생전 마지막이었다.

이후, 소희가 건네준 일기를 읽고 나서야 같은 내용이었음을 알 수 있었다. 며칠 전, 소희가 부용의 연서를 읊었을 때였다. 김이문의 안색이 변하는 것을 본 뒤 확신할 수 있었다. 부용의 마음속 정인이 바로 그자였음을.

하나 과연 그자에게도 부용 네가 정인이었겠느냐. 그랬다면 어찌 그 같은 짓을 벌인단 말이냐. 그자의 진심이 무엇이건 간에 어떠한 이유로도 용납이 안 되는 일을 저지른 것이다.

"휘영. 은밀히 아무개를 쫓아라. 묘의 위치도 알아두고."

하늘 아래 영원한 비밀이란 없는 것을. 진실은 언제고 밝혀지기 마련임을 확인하고 나서도 비참함은 사라지지 않았다.

과연, 진실을 밝혀내는 것만으로 충분한가?

악(惡)을 벌한다 해서 망자가 살아 돌아온다던가. 그자를 어디까지 어떤 식으로 벌해야 하는가. 그렇다 해도 억울하게 죽어버린 넋을 위로할 길은 어디에도 없었다.

같은 시각, 적월루의 별실.

어느 때보다 은밀한 만남이 이루어지고 있었다. 서로가 얼마나 잘 들어맞는지 얘기는 끝났다. 원하는 것을 나눌 차례였다. 해조가 사르르 녹을 듯 꿀 같은 목소리를 냈다.

"경연이 끝나면, 참말로 이 적월루는 제 것이 되는 것입니까."

"그렇대도. 자네는 적월루를 가지게. 적화랑 소희는 내가 데려 감세."

"대감. 적화 그것이 이미 한 번 돌아선 전적이 있다는 것을 잊으신 겝니까. 만약, 그때 제가 결단을 내리지 않았다면 어찌 되었을까요. 동무를 죽음으로 내모는 것이 저라고 쉬웠겠습니까."

말에는 진득한 독이 발라져 있었다. 그동안 벼르고 또 벼른 것은 이 순간을 위한 것이었다. 그날, 적화는 다 된 밥에 재를 뿌리는 짓을 했다. 부용이 그것을 살리겠다고 갖은 애를 쓰더니 결국에는 일을 치고야 말았다. 그날, 부용의 손끝이 떨리는 것을 보았기 망정이었지. 곧바로 김이문에게 알려 손을 쓰도록 만든 것이 바로 해조였다.

"허허. 자네의 공은 내 잊지 않고 있으이."

적화와 소희, 둘을 저택 안에 들여놓는 것. 늙은 김대헌의 바람이라면 바람이었다. 온갖 산해진미와 넘쳐 나는 재산은 더 이상 그를 만족시키지 못했다. 하여 최근 그가 관심을 돌린 것은 '살아 숨 쉬는 물건'이었다. 그 꽃 같은 자태가 드리우면, 아흔아홉 칸을 거뜬히 넘어설 집안은 더욱 빛날 것이다. 얼마 후 도착하는 각국 사신들 앞에서 은근히 뻐길 수 있을 만한 것들로 그만한 것은 없으리라.

"한데 여기를 넘겨주면 무엇을 할 셈인가?"

"재주 많은 아이들만 골라 가르쳐 볼까 합니다."

김대헌이 눈매를 좁혔다. 눈앞에 앉은 해조의 머릿속이 빤히 들여다보였다. 후학 양성. 딴에는 큰 꿈을 꾸고 있을 것일 테지만. 그래봤자, 한낱 기생인 것을. 재예를 배워 어디에 쓴단 말인가. 해어화, 그저 말을 할 줄 아는 꽃이면 충분한 것을.

"뭐, 그거야 자네 마음대로 하게."

"예. 이 모든 것이 대감께서 살펴주신 덕이지요."

"그래그래. 사람이 이리 굽힐 줄도 알고 부러질 줄도 알아야지."

"하면 저는 내일 경연에 대비해 따로 지시해 둘 것도 있어 물러가겠습니다."

밖으로 통하는 통로는 한 군데만이 아니었다. 적월루는 숱한 만남들이 이루어질 것을 생각해 지을 때부터 고심을 거듭해 설계되었다. 어찌 만남의 내용이 깨끗할 수만 있으랴. 누군가는 모략을 모의했고, 누군가는 권력을 손에 쥐려 아부하는 틈새에 끼어들었다. 이곳 자체가 처음부터 그런 용도였다.

하나, 앞으로 하나하나 뜯어고치면 되는 것이다. 양심이 뒤늦게나마 설치려 들까 봐 해조는 되뇌었다. 본디 큰일을 하기 위해서는 작은 희생이 따르는 법이었다.

"다시 옛 청월루로 돌아가도록, 내가 그리 만들 것이야."

맑고 순수했던 그 시절로. 내일이 가면 이 붉은 누각부터 걷어내 버릴 것이다.

"어명이니 따라야 한다. 살고자 하면 그리해야 한다."

적화 너도 그리 말했었지. 어명이니 그것만으로도 족하다면서. 사실은 너도 알고 나도 알고 있었던 것이다. 그것이 진짜 어명이든, 아니든 그는 중요치 않다는 것을 말이다. 중요한 것은 단지 명분이었고, 한낱 기생년들의 명줄을 쥘 만한 실세는 높디높은 용상 위 주상 전하도 아니요, 김대헌이었다는 것을.

부용을 죽인 것은 스스로의 무지함이었으리라.

"연희야. 내 누차 얘기한다만, 그냥 너 혼자만 조용히 죽어주었더라면 좀 좋았을까. 그랬다면 이렇게까지 내 손에 피를 묻히지 않아도 되었을 거 아니냐? 네 동생도 그리 허망하게 죽지는 않았을 테고."

높다란 누각을 올려다보던 해조가 등 돌려 어둠 속으로 사라졌다.

새벽 무렵, 휘영이 돌아왔다.

"아무개는 어찌 되었더냐."

"일이 틀어졌습니다. 아무개를 발견했을 때는 사지가 절단되어 이미……."

"그쪽에서 벌써 손을 쓴 게로군."

방금 전, 눈앞에서 본 광경을 떠올렸는지 휘영의 얼굴이 굳어져 있었다. 아무개가 한 짓을 생각하면 죽어 마땅한 자였다. 그러나 그 또한 핵심 인물이 아닌 이용만 당하다 버려진 경우였다.

놈은 마치 보란 듯이 손가락을 마디마디 끊어놓았다. 신원 확

인을 위해 얼굴만 남겨놓았다는 듯이 나머지 부위는 끊어져 나
뒹굴고 있었다. 핏물이 홍수처럼 넘쳐흘렀다. 같은 칼잡이라 하나
천성부터가 다른 자였다. 본능적으로 살상을 즐기는 자다.

"묘의 위치는 알아보았느냐."

"예. 하나 아직 날이 밝지 않았습니다."

"날이 밝으면 더 위험하지. 앞장서라."

산 중턱 위에 올랐을 때쯤, 자욱한 안개가 하늘을 뒤덮었다.
이따금 바람이 불며 을씨년스러운 분위기를 자아냈다. 휘영을 따
라가던 이정이 주위를 두리번거렸다. 어쩐지 예감이 불길했다.

"휘영. 앞을 조심해라."

"어째 역할이 뒤바뀐 것 같지 않습니까? 마마께서야말로 헛발
디디시지 않도록 주의하십시오."

휘영 또한 감을 느꼈던지 애써 농을 던졌다. 앞서간 자들이 있
는 것인가. 다녀간 자취를 굳이 숨기려 들지 않은 느낌. 기이했다.
괜히 대군마마를 모셔 왔다. 혼자 오는 것이 훨씬 나았을 텐데.

이정은 말없이 발길을 재촉했다. 처음부터 이 정도 위험을 감
수 못 한 바가 아니었으니. 단지, 진실을 확인하고 싶었을 뿐이다.
어찌 이곳까지 왔는데 벗을 외면할 수가 있을까. 이 눈으로 똑똑
히 보아줄 것이다. 그 아무개의 말이 사실인지, 부용이 정말 그
같은 죽음을 맞이하였는지.

"마마. 이쪽으로 오시옵소서."

안개가 걷힐 기미가 없더니 끝내 빗줄기가 쏟아졌다. 미약한 세
기였으나 이정의 건강이 염려된 휘영이 옷을 벗었다. 그조차 사양
한 이정이 앞서 걷기 시작했다. 멀리 봉분들이 하나둘 보이기 시
작했다. 이 중 하나에 부용이 있을 거란 생각에 마음이 급해졌다.

빗줄기는 점차 거세졌다. 빗물에 젖은 바닥이 점점 미끄러워졌다. 휘영이 멈춰 섰을 때 이정도 우두커니 섰다. 그러나 그들은 이내 믿을 수 없는 광경에 아연실색한 얼굴을 감추지 못했다.

"아니, 이게 다 무슨 일이랍니까."

"이래서야 누구의 무덤인지 알 수 없지 않느냐."

무덤이란 무덤이 전부 파헤쳐져 있었다. 뽑힌 묘석들이 산산조각 나 있었다. 부서진 잔재들이 발밑에 밟혔다. 들끓던 구더기들이 빗물을 피해 이리저리 움직였다. 썩은 냄새에 금방이라도 구토가 날 것 같았다.

"마마, 우선 돌아가시지요."

곁에 선 휘영이 나직하게 말했다. 멀리서부터 수십 명의 발소리가 빗물에 섞여들었다. 불과 몇 시진 전, 바로 눈앞에서 본 것처럼 서늘하기만 했던 죽음의 냄새. 그자다! 순간적으로 휘영이 칼날을 빼들었다.

우르릉 쾅!

천지가 개벽할 만큼 커다란 굉음이 귓속을 파고들었다. 앞에 나선 휘영이 누군가의 칼날을 받아내고 있었다. 후끈한 열기와 거칠기 짝이 없는 손속. 눈가 옆으로 지그시 그어진 상흔이 눈에 박혔다.

검은 복면 아래 시뻘건 눈길이 타올랐다. 그자의 뒤에서 짤랑, 홍옥의 귀걸이가 천천히 걸어 나왔다.

"이 시간에 영헌군께서 어인 행차이십니까?"

"왜, 내가 못 올 곳이라도 왔을까."

"저런. 안색이 좋지 못하시군요."

이자의 말 같지도 않은 농지거리를 받아줄 시간은 없다. 돌아서려는데 김이문이 앞을 막아섰다. 서슬 퍼런 이정의 눈길이 그를 쏘아보았다.

"이곳의 꼴이 어찌 이리되었느냐 한마디 묻지를 않으시니 퍽 아쉽습니다. 저로서도 어찌 답을 드려야 하나 꽤나 고심했었던 차인데."

"그 입을 베어버려야 닥치겠나."

기어코 이정의 손이 멱살을 잡고야 말았다. 속에 참고 있던 울화가 터져 나왔다. 저절로 이가 갈렸다. 네놈과 네놈의 아비 손에 죽어 나간 목숨이 대체 몇이나 되는 줄은 아느냐.

"왜요. 저를 이 자리에서 죽이시려고요? 뒷감당은 하실 수 있겠습니까. 그렇다면 죽어드리지요, 까짓것."

왜 아니겠느냐. 마음 같아서는 눈앞에 있는 자의 목숨 줄을 끊어 놓고 싶었다. 그것으로도 부족했다. 어느 부위부터 절단해야 이 화기를 잠재울 수 있을지 스스로도 알 수 없었다.

"그러나 산 자는 살아야 하지 않겠습니까. 언제까지 죽은 자만 바라볼 수는 없는 노릇 아니겠는지요."

알 것도 같고 모를 듯도 한 말이었다. 순간 이정의 머릿속에 소희가 스치고 지나갔다. 김이문의 눈웃음이 짙어졌다.

"적월루에서 흥겨운 일들이 벌어질 텐데 가보시겠습니까?"

四章. 황천

경연의 아침.

뜬눈으로 밤을 샌 소희의 눈가가 살짝 부어 있었다. 밤새 빗소리에 잠을 이루지 못했다. 수련실은 온통 축제 분위기에 젖어들고 있었다. 아이들은 마치 혼인날 잡아놓은 신부라도 되는 양 분을 치덕대기 바빴다. 개중에 가장 돋보이는 것은 화려하게 꾸민 송송이였다. 아는 친척이 큰돈을 들여 해주었다던 비녀와 노리개를 비롯해 가락지를 주렁주렁 달고 있었다.

"이 피부 푸석푸석한 것 좀 봐! 얘, 너 그래서 어디 양반님들한테 좋은 소리 들을 수 있겠니?"

송송이가 소희의 옆으로 바싹 붙어 앉았다. 손에는 자그마한 면경이 들려 있었다. 한껏 단장한 저와 소희를 비교하기 위해서였다. 그저 유치하기만 했다.

"안 되겠다. 너, 내가 쓰고 남은 분이라도 줄까? 버리려다 만

것인데."

"괜찮아. 나는 쓸 일이 없으니."

"그건 또 뭔 소리야? 쓸 일이 없다니."

선심 쓰듯 내미는 분가루의 향이 머릿속을 어지럽게 했다. 소희는 혼자 있고 싶은 마음이 간절했다.

"쓸 일이 없기는 왜 쓸 일이 없어."

뒤이어 들어온 운매가 대신 분가루를 받아 들었다. 한눈에 봐도 소희의 몰골이 수척해져 있었다. 저 상태로 내보냈다가는 망신살 뻗치기 딱 좋을 것이다.

소희가 운매를 돌아보았다. 운매 역시 적화와 크게 다를 바가 없는 입장일 터. 결국 이곳에 모여 있는 사람들 모두가 합심해 언니를 죽인 것이나 다름없었다.

그 사실을 알고 나자 운매 역시 곱게만 보이지 않았다. 지금은 대군마마의 사람이라 하니 더더욱.

"제가 이 경연에 참가해야 할 이유가 있다 보십니까?"

"이제 와 참가 안 할 이유라도 있는 것이냐?"

"되었습니다. 채비하게 좀 도와주십시오."

언제 침울했냐는 듯, 소희는 안색을 달리했다. 여기서 운매를 붙들고 따져 봐야 무엇할까. 저들에게는 이미 지나 버린 옛일이다. 이렇게 들추어낸들 당장 죄를 물을 수 있는 것도 아니었다.

그리 쉽게 죗값을 치르도록 하고픈 마음이 조금도 들지 않았다. 우선은 경연장으로 나가야 했다. 날이 날이니 만큼, 권세에 빌붙는 자들치고 자리하지 않을 사람은 없었다. 심사 위원의 자격으로 김대헌 대감이 온다 하였다.

적화의 가장 큰손님이라 했으니 그도 언니와 아예 연관이 없지

는 않겠지. 이참에 그 면상이라도 보아둘 참이라고, 면경 속 화사
하게 변해가는 얼굴을 보며 소희는 생각했다.

경연장 한가운데. 한 떨기 꽃들처럼 멋을 낸 동기들이 줄을 맞
춰 앉았다. 앉고 나니 소희의 앞이 송송이였다. 주변 아이들과 속
닥거리는 모양이 소극적이면서도 내용은 대범하기 짝이 없었다.
  "저기 저 푸른 도포 두른 양반님 보여? 저기 저기, 코끝이 뭉
툭하게 퍼진 사람 말이야. 내가 찜했으니까 다들 저분이랑은 눈도
마주치치 말아."
  "어머머, 저게 뭐야. 저리 두루뭉술한 생김새는 태어나서 첨이
다 얘. 어쩜 골라도 저런 돼지코를 골랐다니."
  "모르는 소리. 저런 코가 복코라더라. 관상쟁이 말로는 저런 코
가 재물운은 따놓은 당상이라 했지 아마."
  다들 긴장하기는커녕, 두서넛씩 자그맣게 열의와 성의를 다해
잘 보일 양반들을 하나씩 고르고 있었다. 옆에 아이가 너도 하자
며 팔을 툭툭 치는 바람에 소희도 곁눈질했지만 그 생김이 그 생
김인지라 분간이 잘 가지 않았다.
  "허허. 오늘은 눈이 호강하는 날인가 보오. 갓 피어나려는 꽃
송이들이라 더 향기롭소이다."
  가까이 앉아 있던 자들로부터 위로 거슬러 올라가자 맨 상석에
앉은 이가 얼핏 보였다. 수정과 호박이 주렁주렁 달린 갓끈 위로
인상 좋게 생긴 노인이 있었다.
  김대헌이 아래를 내려다보았다. 나이의 많고 적음을 떠나 단연
눈에 띄는 생김새가 절로 눈에 들어왔다. 소희의 외양을 훑던 그
는 만족스레 수염을 쓰다듬었다.

제 집 안채에 들여놓기 좋은 물건이었다. 너무 어려 보이는 것이 흠이기는 했으나, 결국에는 어떻게 길을 들이냐에 달린 것이리라.

"대감. 이리 좋은 날, 신고식이 빠져서야 되겠습니까."

가까이 앉은 해조가 일어서서 운을 떼었다. 신고식이란 말에 자리한 이들이 저마다 입맛을 다시기 시작했다. 듣던 중 매우 반가운 소리라는 반응이 대다수였다.

원래는 동기들을 막 뽑고 나서, 교육에 들어가기 전 실행하는 것이 관례였다. 그러나 이번만큼은 객(客)들에게 특별한 재미를 선사하기 위해 미리부터 손을 쓴 것이었다.

"신고식이라니. 그 무슨 뜬구름 잡는 소리야. 나와의 약조는 잊었느냐?"

"글쎄, 저는 처음 듣는 소리올시다. 조선 팔도 어느 기방이 관례를 무시한답니까?"

적화가 치고 나올 줄 알았다는 듯, 해조가 말끔히 웃었다. 일이 이렇게 진행될 줄 미처 몰랐던 적화는 입술을 세게 깨물었다. 지난날, 신고식만큼은 없애야 한다 한마음 한뜻인 줄 알았건만 이렇게 틀어질 줄이야.

고조된 분위기에 김대헌의 허락이 떨어졌다. 가까이 앉아 있던 양반 하나가 술잔을 들고 일어났다.

"자, 그럼 어느 년부터 나서겠느냐. 첫 번째로 벗는 것에게는 무엇이 좋을꼬. 옛다, 기분이다! 참방부터 먹여주마. 아, 어서 벗지들 않고 뭐 하느냐?"

아이들은 얼음이 되었다. 전혀 예상치 못했던 방향으로 흘러가고 있었다. 양반의 입에서 나온 말도 말이지만, 그렇게 되도록 주도하는 이가 훈육 어멈 해조라는 것이 충격이었다.

"방금 들었니? 우리더러 벗으래."

"뭐? 이 많은 사람들 앞에서?"

"나, 나는 못 벗겠어. 차, 차라리 죽는 게 낫지."

저마다 고개를 수그린 채 눈을 피하기 바빴다. 그중에 벌떡 일어선 건 송송이었다. 새벽부터 몸치장에 공을 들인 것이 억울해서였다.

"벗으라구요? 지금 참말로 저희더러 벗으라고 하신 것이지요?"

"그래. 벗으라고 하시지 않느냐. 뭐 하고 있어. 어서 벗지 않고."

"어찌, 그런 말씀을 하시는지 모르겠습니다. 저희들더러 아무 데서나 웃음을 흘리지도 말고 저렴하게 굴지도 말라 하셨던 건 스승님이셨잖아요. 그런데 이런 대낮에 이 많은 사람들 앞에서……."

"닥쳐라. 어느 안중이라고 감히 말대꾸야. 하기야 너라는 아이는 향시 주목받는 걸 좋아해 이리 나선 게지. 네년부터 벗으면 되겠구나."

대차게 말을 이어 나가던 송송이가 입을 다물었다. 평소 나서기를 좋아하던 자신이었지만 오늘만큼은 후회가 밀려왔다. 망설이는 몸짓에 유흥거리를 기다리던 양반들이 끌끌 혀를 찼다.

"점중요강(店中溺綱)이란 말은 다 틀렸군그래."

"그러게나 말입니다. 여관집 요강, 그 이상 이하도 아닌 것들이. 하나같이 주제를 모르고 설치는 것이 우습기 짝이 없소이다."

"어째 요강들 치고는 주제를 몰라도 너무 모르는 것 같지 않습니까."

저잣거리에서 불량배들이나 쓰는 말을 번듯하게 입에 올리는 것에 소희가 주먹을 꽉 쥐었다. 결국 어딜 가나 기생은 물건 취급밖에 받지 못하는 것이었다.

그때, 성질 급한 양반 하나가 일어섰다. 아이들 중 하나가 가리 켰던 복코였다.

"이런 것들은 원래 가르쳐 줘야 깨우치는 법이지요. 껄껄껄. 오 늘은 제가 직접 저년에게 주제라는 것을 알려줘야겠습니다."

"아, 그러시게. 꽤나 재밌겠구만그래."

"으하하. 네년이 벗기 싫다면 내 손수 벗겨주겠다. 어떠냐. 오늘 밤 내 수청을 드는 것이, 응? 참방은 됐고 차상, 차하 중에 고르 기만 하거라."

순식간에 저고리 끈이 풀어지고 속옷 차림이 된 송송이가 그 대로 넋이 나갔다. 늘 영악스럽게 행동했었지만 아직은 처녀 아이 일 뿐이었다. 복코가 입맛을 쩝쩝 다셨다.

적화가 마른 한숨을 내쉬었다. 처음 손님들 앞에 나온 기생들 의 신고식은 늘 혹독하기 마련이었다. 아이들이 가장 부끄러워하 는 부분을 여러 사내들 앞에 보이는 것은 기본이요, 그 과정에서 폭력이 수반되는 것이 당연했다.

하여, 오늘 경연에서만큼은 막아보려 했었는데.

"해조 너, 정녕 이 꼴을 보려고 일을 이리 만든 것이냐."

"올해까지만이다. 내년부터는 누가 뭐래도 내 손으로 없앨 것이 고."

"개풀 뜯어 먹는 소리 하고 앉았구나."

해조의 변명조를 적화는 한껏 비웃었다. 기방의 관례랍시고 뱉 어낸 것을 다시 주워 담을 수도 없는 노릇 아닌가. 해조의 말처럼 그리 쉽게 없어지는 것이었다면 관례란 말도 붙지 않았을 것이다.

"사, 살려주세요. 싫어요, 싫어!"

"아, 누가 널 죽인다더냐? 아, 가만히 좀 있으라니까. 이런 쌍 것을 보았나!"

울며불며 애원해도 복코는 이미 제 욕정에 취해 눈이 뒤집어졌 다. 급기야 치마까지 벗겨졌다. 이제 막 자라나기 시작한 젖가슴 이 훤히 드러났다. 생채기 하나 없는 어린 몸은 탐하는 손길에 속절없이 무너져 내렸다.

"싫어! 이거, 이거 놔요! 놔!"

억센 손바닥에 뺨이 돌아갔다. 핏방울이 튀자마자 복코는 발까 지 동원해 짓밟기 시작했다. 살려달라던 음성이 멎었다. 핏물이 사내의 도포를 물들일 때쯤, 작은 몸뚱이의 움직임이 느려졌다.

"그만! 제발 그만 좀 하십시오!"

더 이상 보고만 있을 수는 없어 소희가 달려 나가 둘 사이를 막아섰다. 손에는 어젯밤 챙겨두었던 은장도가 들려 있었다.

"가까이 오시면 나리께서도 피를 보시게 될 겁니다."

"아니, 이 새파랗게 어린년이 미쳤나!"

칼집에서 칼을 빼 들자 사내가 순간 멈칫거렸다. 두어 걸음 뒤 로 물러서는 작태에 소희가 한껏 비웃었다.

"제 목숨 귀한 줄은 아시는 모양입니다."

잠시 멈추라는 김대헌의 말이 떨어졌다. 당돌한 언사와 흔들림 없는 눈빛은 예전의 누군가를 연상시켰다. 그 점이 매우 마음에 들었다.

"네가 그 부용의 환생이라던 계집인가 보구나. 한데 어찌 천한 상것이 감히 양반 앞을 막아설꼬."

"송구합니다만, 대감. 어린아이에게는 너무 가혹한 처사가 아니 겠는지요."

"저 아이는 양반을 능멸했다. 그것만으로도 목숨을 거둘 수 있음을 모르느냐."

"하면, 벌은 제게 물어주십시오. 저 또한 이곳에서 죽어도 좋을 만큼 양반들을 능멸하는 죄를 지었으니 말입니다."

때 아닌 폭탄선언에 장 안은 정적에 휩싸였다. 정작 당사자인 소희는 곧게 서서 양반들을 바라보았다. 적화와 해조를 비롯한 몇몇을 제외하고 모두가 저를 부용의 환생쯤으로 여기고 있었다.

그 착각을 바로잡으면 이 판을 뒤집을 수 있을지도 몰랐다. 그럴 수 없다 해도 동기들이 덜 다칠 수 있다면, 그것으로 충분하다 생각했다.

"그래, 네년이 무슨 능멸죄를 저질렀는지 읊어보거라."

"저는 사실 기생 부용이……."

"닥쳐라!"

소희를 막아선 건 적화였다. 핏발 서린 눈이 소희에서 김대헌으로 옮겨갔다.

"대감! 아직 기적에도 오르지 못한 계집이 어찌 경연에 참여할 수 있겠습니까. 더 들어볼 것도 없으니, 지금이라도 당장 문밖으로 내쫓으시지요."

"기적에 오르지 않았다 하나 그것이 무슨 상관이란 말이냐?"

김대헌의 호령에 적화가 납작 엎드려 이마를 조아렸다.

"아시지 않습니까. 기적에 오르지 않은 이상 경연장에 있을 자격이 없습니다. 규칙을 어긴 것은 제 실수이니 이년을 벌해주십시오. 그리고 저 아이는 쫓아주십시오. 대감께 간청 드립니다."

"글쎄다. 적화 네가 그런 실수를 했다니 믿을 수가 없구나."

적화 너, 제법 필사적이구나. 적화의 이마에 맺힌 땀을 보던 해조가 고개를 저었다. 소희를 놓아줄 생각인가 본데 그래서는 아니 되지.

"대감! 제가 고하지요. 실은 적화와 소희, 이 두 년이 짜고 친 것입니다. 부용의 환생이다, 뭐다 그런 말들로 현혹시키는 것에 저마저 속아 넘어갈 뻔했지만 그게 어디 가당키나 한 일입니까? 이미 죽은 사람이 어찌 돌아온단 말입니까."

"아니옵니다. 대감. 모든 것은 이년 혼자 저지른 것입니다. 소희는 그저 제가 시키는 대로 했을 뿐입니다."

"적화 네 이년! 그래, 네년이 이제야 네 죄를 실토하는구나. 보십시오. 대감. 저것이 제 입으로 죄를 청하고 있지 않습니까."

김대헌이 해조 쪽으로 몸을 기울였다. 앞으로 돌아가는 일을 알고 있는 여유로움이 묻어났다. 일이 어찌 되든 간에 족하고도 남았다. 계집아이 하나 나선다 하여 틀어질 수 있는 것도 아닌 마당에야. 슬슬 마무리 지을 때였다.

"하면 해조 너는 어떻게 하면 좋겠느냐."

"천한 기생년 주제 양반을 희롱하였으니 그 죄가 가볍다고만 볼 수는 없습니다. 우선 두 년을 가둬놓고 심문하여 자백을 받아내야 합니다."

김대헌이 고개를 끄덕였다. 상황은 절대적으로 적화에게 불리하게 돌아가고 있었다. 당사자가 죄를 고하는 판국에 아니다, 나설 수 있는 자는 없었다.

"일리가 있다. 우선 두 년을 포박해라."

김대헌의 명령에 병졸들이 발 빠르게 움직였다. 저항이 무의미해지리만큼 억센 손길들이 적화와 소희를 거칠게 잡아끌었다.

어쩌다 일이 이렇게 된 것인가. 부용을 사칭한 죄를 고하면 언니의 죽음과 관련된 이들을 조금은 밝혀낼 수 있을 거라 생각했다. 싸늘한 돌바닥에 앉아 소희는 무릎을 껴안았다. 머리를 굴렸으나 영문을 알 수 없었다.

"머리 터지게 고민해 봐야 소용없어. 처음부터 저들은 이럴 계획이었을 테니까."

어둠 속에서 적화의 목소리가 들렸다. 키득키득. 고개를 묻고 있던 소희가 낮게 웃었다. 이곳에 와서 내가 이룬 것이 무엇인가. 없었다. 하나도. 그저 들쑤시고 의심하기 바빴을 뿐. 이젠 언니의 죽음도 밝힐 수 없게 되었다.

그저 이대로 저승으로 돌아가길 바라는 수밖에. 혼이 나가 버린 소희를 보던 적화가 곁으로 기어왔다. 더듬다가 잡힌 팔을 있는 힘껏 움켜쥐었다.

"포기한 것이야? 날 찾아왔을 때의 패기는 다 어디로 갔느냐."

"상관 마십시오."

소희가 잡힌 손을 그대로 내쳐 버렸다. 손은 힘없이 떨어져 나갔다. 아래로 시선을 내리자 적화의 뒤틀린 다리가 보인다. 끌려오면서 한껏 반항하더니 결국 사내들에 발길질에 다리가 부러진 것 같았다.

"괜한 짓을 하였습니다. 하나도 고맙지 않으니까."

"그리 바란 적 없다. 단 한 번도."

피식, 소희에게서 바람 빠지는 소리가 났다. 뻔뻔함의 도를 넘어선 여인에게 더는 해줄 말이 없었다. 품속에 넣어둔 은장도가 손끝에 잡혔다. 단이가 사라지기 전, 두고 간 것이었다. 언니의 유품이라 했던가. 이것이라면 더도 말고 덜도 말고 딱 적당했다.

실수 없이 내가 할 수 있을까. 가늠하는 찰나, 내쳤던 손이 다시 뻗어왔다. 적화의 말을 듣고 나서야 소희는 손을 떨고 있음을 알았다. 정말이지 필요 이상의 간섭이었다.

"떨지 마렴. 오늘 목숨이 다할 사람은 나 하나니까."

"그야 내가 당신을 죽일 테니까."

"날 죽여 네가 얻을 것은 없다. 그것은 좀 더 좋은 일에 써라."

생에 아무런 미련이 없다는 태도. 이렇게까지 할 생각은 없었는데 당신이 결국 자초하는구나. 그래. 모두를 벌할 수 없다면 한 명이라도 데리고 가는 것이 나을지도 모르겠다. 뾰족한 칼끝을 더듬어 쥐었다.

"그렇지 않아도 날 죽이려는 자가 오고 있다."

아니. 당신은 내 손에 죽어야 해. 소희가 칼을 들어 올렸을 때였다. 삽시간에 상체를 세운 적화가 소희의 뒷목을 정확히 내려쳤다. 소희의 몸이 앞으로 기울어졌다. 떨어진 은장도는 품 안에 잘 여며주었다. 마지막으로 볏짚 더미를 끌어모아 소희의 위로 덮어준 뒤 깊숙이 안쪽으로 밀어 넣었다. 끝까지 모질면 좋을 것을. 어쩌면 저는 죽을 때까지도 후회만 할 팔자인가 보다.

"자진해라."

문이 열렸다. 짙은 사향이 누구보다 잘 어울리는 남자다. 눈앞에 던져진 것은 장도였다. 적화는 미동도 없이 달빛을 등진 싸늘한 얼굴을 올려다보았다.

죽음을 앞에 둔 마당이라 그런지, 하나도 두렵지 않았다. 늘 저를 보아주지 않을까 동동 굴렀던 것이 우스웠다. 어차피 이리되고 말 것을 전혀 예상하지 못했던 것도 아니었으면서.

"고작 할 말이 그것뿐입니까? 이 내게 내리는 마지막 명이란 것이 고작."

저를 향한 그의 적대감마저도 사랑했었다. 세상을 향한 분노도 비틀린 감정들조차도. 그의 것이면 제 것처럼 여겼었다. 부용을 좋아하는 그였기에 기꺼이 살릴 수 있었다. 만약 그가 그녀를 죽여서까지 소유할 것을 알았더라면 결코 돕지 않았을 것이다.

그의 집착과 소유욕은 끝을 몰랐다. 그것은 부용으로만 그쳐야 했다. 만약 끝을 낼 수 없다면, 그다음은 제가 되기를 바랐었다. 그러나 그에게는 처음부터 끝까지 그녀만 있을 뿐이었다.

"얌전히 가라. 네게 관 장수 아무개의 살인을 사주받았다, 흑개가 그리 자백했다. 넌 어떻게든 죽는다."

그자를 동행시킨 이유가 그거였나 보다. 내가 사주를 하였단다. 본 적도 들은 적도 없는 이였지만 저들이 그렇다면 그런 것이다. 한낱 기생년이 결백을 주장한들 귀 기울여 줄 이 없다는 건 제가 더 잘 알았다.

"직접 죽여주실 요량은 없으신 겝니까."

"너 따위에게 내 칼을 더럽혀야 할 이유라도 있나?"

그가 주위를 두리번거렸다. 소희를 찾는 눈치였다. 적화가 손에 비녀를 바로 쥐었다. 그를 막을 방법은 지금 이 자리, 숨을 끊어 놓는 것밖에 없다. 다른 손에 칼을 집어 든 적화가 고개를 들어 올렸다.

마음을 다부지게 먹었음에도 떨리는 건 어쩔 수 없다. 그러나 어차피 그의 눈길은 그녀에게로 닿지 않기에 괜찮다.

"소희는 어디 간 것이냐? 네년이랑 같이 갇혀 있을 터인데."

"이곳에는 이년밖에 없습니다."

뒤쪽에서 소희의 미약한 움직임이 느껴졌다. 꾸물거릴 시간이 없었다. 단숨에 한 곳을 찔러 끝을 봐야 한다. 이 비녀가 그리 해줄 것이다. 소희만은 살려 보내야 한다.

"이년의 마지막을 지켜봐 주실 수는 없으시겠습니까."

"찔러라. 여기서도 다 보이니까."

의심을 거둘 줄 모르는 태도에 저절로 신경이 곤두섰다. 정말 저자에게는 내가 이것밖에 안 된 것인가. 그녀가 입술을 깨물고 고개 숙여 청했다.

"마지막 청입니다. 부디 가까이에서 봐주셨으면 합니다."

"참으로 성가신 년이군."

한 걸음씩 못마땅한 기색의 그가 가까워졌다. 만약의 사태에 대비해 비녀에 독을 잔뜩 발라뒀다. 일정한 시간이 지나면 천천히 사지가 마비될 것이다. 바로 지척으로 왔을 때 칼을 쥔 손을 크게 휘둘렀다. 일부러 헛된 방향으로 그를 비켜 갔다. 그가 팔을 잡고 비틀자마자 뼈가 틀어졌다. 정신이 혼미해졌다. 거칠 것 없이 발길질이 아랫배를 때렸다. 다시 날아온 발길에 숨기고 있던 비녀를 꽂았다. 동시에 그의 칼이 가슴께에 박혔다.

"허억!"

"버러지 같은 년. 끝까지 제 주제를 모르지."

사정없이 칼날이 그대로 깊숙이 파고들었다. 몇 번이고 살집을 헤집던 그것이 뽑혀 나갔다. 적화는 무너져 내렸다. 달달 떠는 그녀를 내려다보던 그가 비죽이 웃었다.

"나는 말이다. 네년의 그 음탕한 눈빛이 끔찍이도 싫었다. 아느냐? 날 거부하던 부용이년도 싫었지만, 날 원하던 네년도 싫었단 말이다."

꿈틀거리던 움직임이 멎었다. 세차게 걷어찬 그가 이내 밖으로 나갔다. 그사이 적월루를 헤집고 다닌 부하들이 모여 있었다. 이 안에도 없다면 도망친 것이다. 이 겁대가리를 상실한 어린년을 어찌 혼내줘야 할까. 묘한 흥분감에 젖은 그가 명령을 내렸다.

"계집을 찾아라. 어디 하나 끊어져도 상관없다."

이리저리 흔들리는 움직임에 소희가 눈을 떴다. 고개를 옆으로 돌리자 운매도 있었다. 그들은 가쁜 숨을 쉬며 달려가고 있었다.

"설명은 가서 해주마. 우선 눈 감고 몸에 힘을 빼고 있어라."

기절한 틈에 피비린내를 맡았었다. 다 죽어가는 적화를 보았던 것 같다. 천지 분간이 안 되는 사이, 그들이 멈춰 선 곳은 조그만 초가집이었다. 상놈의 등에서 막 소희가 내려섰을 때였다.

"소희 언니!"

소희가 제 눈을 의심했다. 한 발 한 발 걸어 나온 것은 단이였다. 죽은 줄 알았던 아이가 소희에게 안겨왔다. 본래 나이보다 늙어 주름진 얼굴이 또렷했다.

"단이야. 살아 있었구나. 다행이다."

"적화 언니가 저더러 넌 소희를 지켜야 하니 죽어서는 안 된다며 따로 거처를 마련해 주셨습니다."

"그럼, 너 차는……. 독을 먹은 것은 괜찮은 것이고?"

그것은 나중에 얘기하자며 단이가 상놈 쪽으로 고맙다며 고개 숙였다. 화들짝 놀란 상놈이 머리를 긁적였다.

"그게 사실입니까. 적화가 당신더러 나를 구하라 시켰다고요?"

"뭐, 내게 고마워할 것 없다. 나야 이 일만 하면 자유롭게 해주겠다 약조하여 한 것이니깐."

'끝까지 모질었더라면 좋았을 것을.'

잠결에 문득 적화가 그랬던 것 같다. 그러나 나를 살리라 말한 것이 당신이었다니, 믿기지가 않았다. 그렇다면 혹시나 경연장으로 향할 대군마마는 어찌 되는 것인가.

"마마가 위험합니다."

"마마께서 나더러 널 보살펴 주라 하셨다. 어찌 돌아가는 판국인지 모르겠으나 적화가 미리 상놈에게 언질을 해둔 모양이야."

운매가 상놈을 따라갔을 때 적화의 숨은 이미 끊어져 있었다. 차게 식은 시신을 내려다보면서 속으로 혀를 내둘렀다. 참으로 종잡을 수 없는 이였다. 그렇게 해서까지 소희를 살려낼 줄이야.

"소희 언니는 제가 지키겠으니 두 분은 갈 길 가시면 됩니다."

"당치 않은 소리! 내 널 어찌 믿고 소희를 맡긴단 말이냐."

"믿든 안 믿든 상관없습니다. 소희 언니를 살리는 데 목숨 바치겠다 약조한 사람은 접니다!"

단이의 서슬 퍼런 외침에 운매가 잠시 주춤거렸다. 단이가 강경하게 소희의 손을 잡았다. 누구와 약조하였는지 알 것 같았다. 부용이, 연희 언니가 살았을 적 의지했다던 아이. 그렇게 하게 해달라고 매달리는 것이 필사적이었다. 그것만이 제 마지막 바람이라는 듯. 그 손을 차마 놓을 수 없었다.

"그리하시지요. 둘씩 흩어지는 게 좋겠습니다."

가지 않겠다는 운매를 상놈이 들쳐 업었다. 단이가 반대 방향으로 소희를 이끌었다. 초가집 뒤편으로 돌더니 방 안으로 들어갔다.

"언니. 본래 그 몸은 언니 것이 아니어요. 그렇죠?"

"단이 네가 그걸 어찌 알고 있어?"

"언니에게는 저승이 제일 안전해요. 그러니 위급할 시에는 꼭 그리하세요. 이 말을 해드리고 싶었어요. 꼭⋯⋯."

단이의 안색이 시퍼렇게 물들었다. 호흡이 점점 느려지고 있었다.

"알았어. 알았으니까 단이야. 그만 말하고 숨 쉬어. 응?"

"숨⋯⋯ 쉬고 있어요. 있는데⋯⋯ 언니는 모르시는구나. 헤헤."

소희는 단이의 말을 믿었다. 일이 이렇게 된 거, 저승으로 가기밖에 더하겠나. 명을 제대로 수행하지 못했으니 죽는 수밖에 없었다. 차라리 그게 나을지도 모른다. 그곳에는 그리운 이들이 있으니까.

그러나 아이는 살리고 싶었다. 그동안 혼자 얼마나 마음고생이 심했을까. 제게 잘해준 것을 보면 심성이 나쁜 아이도 아니었다. 너라도 살아야지. 작은 손을 꼭 붙들자 희미하게 웃는다. 소희에게서 부용이 겹쳐 보였다. 죽음이 가까워진 게로구나. 안도의 한숨을 내쉬는데 문짝이 나가떨어졌다.

"언니. 얼른 도망가요. 여기는 내가⋯⋯!"

단이의 말은 다 이어지지 못했다. 칼끝이 그대로 아이의 목을 파고들었다. 달달 떨리는 애처로운 몸짓이 소희더러 어서 가라 재촉했다. 널 혼자 두고 갈 수는 없다. 더는 도망치지 않아. 손안에 은장도를 꼭 움켜쥐었다. 거친 숨소리가 귀청을 때린다. 어둠 속의 그림자가 크흐흐, 배 속을 헤집는 웃음소리를 냈다.

"소희야. 너도 네 언니처럼 산 채로 매장되고 싶으냐?"

그 같은 집착을 보고도 눈치채지 못한 것이 한이었다. 일기에 적혀 있던 연모의 마음을 읽어내지 못했더라면 나았을 것을.

"당신이 언니를, 내 언니를 죽였단 말이지."

그 불쌍한 사람을. 제가 어찌 죽었는지도 모르고 구천을 떠돌다 피붙이라고 나를 찾아온 그 사람을 죽였구나. 가슴에 천근만 근 묵직한 돌덩이가 얹혔다. 피를 토하는 심정으로 소희는 한 발 다가갔다.

"왜! 대체 왜. 꽃 같은 기생이었다며, 연서도 받았다면서! 하나 뿐인 정인…… 아니었나?"

"정인. 그게 네가 생각하는 그런 달콤한 것인 줄 아나? 틀렸다. 부용 그년은 말로만 연모한다 하였지 실상은 달랐거든. 첩실 같 은 건 되지 않겠다며 꿋꿋이 경연 준비를 하더군."

그를 연모한다는 말은 거짓이었다. 제 아비인 김대헌에게 접근 하기 위해서 거짓 사랑을 속삭인 것뿐. 어차피 제 손에 쥐지 못 할 것. 꺾어버리면 그만이었다. 꺾고 나니 후회가 되더라. 한데 이 리도 닮은 것이 또 나타날 줄이야. 너 역시 내 손에 쥘 수 없다면 꺾어버릴 것이다.

"내 널 위한 관도 하나 짜두었으니 어서 가자."

속삭이는 말에 목덜미가 서늘하다. 이자는 미쳤구나. 온갖 치 기와 이기심, 온전치 못한 정신의 집합체일 뿐이다. 아주 단단히 미친 것이야.

"너 같은 것을 정인이라 여겼던 내 언니가 불쌍할 따름이다."

퉤엣. 힘껏 뱉었으나 고작해야 그의 옷고름에 닿았다. 그러나 야차같이 돌변하며 칼을 제 쪽으로 비트는 걸 보니 아주 헛된 도 발은 아니었나 보다. 단이의 목이 뒤로 꺾였다. 아직도 도망가지 않았냐는 듯, 돌아보는 눈에 핏줄기가 서 있었다.

"기필코 산 채로 묻어주마."

강한 손아귀가 소희의 목을 죄어왔다. 이 손에 죽을 바에야 스 스로 목숨을 끊는 것이 낫다. 언니의 칼에 더러운 피를 묻힐 바에야 그게 낫다. 결심이 서 은장도를 목으로 찔러 넣었을 때였다.

"으아악!"

괴성을 지르는 김이문의 등 한가운데 화살이 박혔다. 연방 날아오는 화살이 족족 그의 팔과 다리에 명중했다. 반동으로 바닥에 내쳐진 몸에서 울컥 울컥 벌건 핏물이 쏟아졌다. 황홀하리만치 아름다운 광경에 소희는 눈을 깜박였다. 제 목에서도 비슷한 것이 물처럼 새고 있었다.

"소희야! 내 말 들리느냐? 눈 좀 떠보아라!"

누군가 목의 상처를 틀어막는다. 절규하는 음성이 메아리쳤다. 자꾸만 눈이 감겼다. 누군데 이리도 절박할까. 자꾸만 눈물이 흘렀다. 이제야 죽나 보다. 언니도, 어머니도 이런 기분이었을까.

"너마저…… 너마저 이리 보낼 수는 없다."

대체 누가 이토록 나를 사정없이 흔드는 것일까. 꼭 내가 살기를 바라는 것처럼. 더는 그럴 자격이 없다는 걸 아는데. 더 이상은 이승에도 머물 수도 없다. 돌아가 죗값을 치르는 것이 옳다.

"아니 된다! 이리 가면 안 된다!"

혹여나 나를 붙잡는 누군가가 대군마마 그분만은 아니었으면 좋겠다. 많이 슬퍼하지 않으셨으면. 그 마음에 제가 담긴 자리는 그저 터럭 만큼이었기를. 부디.

얼마 지나지 않아 소희의 숨이 끊어졌다.

❀

이제는 정말로 죽은 것이로구나.

흔들흔들 움직이는 나룻배 위에 누워 소희는 가만 생각했다.

제가 죽었는지 안 죽었는지 생각하는 것이 무의미했다. 위로 펼쳐진 끝없는 어둠과 찰랑이는 물소리가 넘실넘실 넘나들었다.

콜록. 노인의 기침 소리가 들렸다. 손에는 예의 노를 쥐고 널따란 강을 가로질러 간다. 세월아 네월아. 노인의 곡조가 천천히 들려왔다.

소희의 눈이 감겼다. 이상스레 마음이 편안했다.

"이놈아. 기껏 이승으로 갔으면 오지를 말지 뭐하러 또 와."

"하다 보니…… 그리되었습니다."

"죽었는지 살았는지 이번에는 궁금치 않느냐?"

"할아버지께서는 그간 무탈하셨습니까."

"예끼 이놈아! 내가 지금 안부 인사나 듣자고 묻는 것 같으냐? 아이 답답한 놈!"

끌끌 혀 차는 소리가 들렸다. 왜일까. 그게 꼭 염려하는 것처럼 느껴졌다. 소희가 살짝 웃었다. 동시에 무표정한 얼굴이 살짝 일그러진 것 같다. 이내 노인이 고개를 돌렸다.

이곳은 이승도 아닌 저승이요, 기이한 현상들이 없는 게 더 이상한 곳이다. 그러나 한 번도 아니고 두 번 죽은 소녀는 사자(使者)들 사이에서 두고두고 회자되었다. 소녀를 저승으로 실어다 나른 것도 모두 노인이었다.

처음 보았을 때는 무릎께나 넘을 법한 키의 어린아이였다. 독초를 먹고 죽었는지 푸르뎅뎅한 얼굴로 어미와 연희라는 이름을 앓을 것처럼 부르던 것이 생각난다.

오래전, 그래보았자 불과 십 년이나 되었을까 말까 한 때이나 같은 이름을 부르던 여인이 있었다.

'딸이 둘 다 희자 돌림이라고 했었지.'

결국은 세 사람 모두 저승에 발이 묶이게 되었다. 한 명도 아닌 세 명씩이나 윤회의 기회를 얻지 못하는 건 집안의 내력인지도 몰랐다. 과연 염라대왕이 이 일을 어찌 헤쳐 나갈 것인지 모두의 관심이 쏠려 있었다.

그리고, 죽은 소희가 돌아온 것이 이번이 두 번째였다.

부용귀로 변해 이승으로 향했을 때와는 다르게 훨씬 어린 모습이다. 아마도 지금의 생김새가 아이의 본모습일 거라 생각했다. 달라졌다지만 조금 앳되게 된 것뿐 부용귀의 모습과 크게 달라진 점이 없다.

"⋯⋯닮기도 꼭 닮았다."

아무리 닮았다 해도 풀리지 않는 의문이 하나 있었다. 이미 원귀가 되어버린 부용의 몸을 소희에게 덧씌웠다? 그건 불가능했다.

하면 소희는 어찌 그 모습이 되었나.

답은 하나였다. 염라대왕의 변덕 혹은 장난이다. 그만이 부릴 수 있는 술수를 쓴 것이 틀림없다. 노인이 짐작해 볼 정도이니 높다란 곳 있던 상제(上帝)의 귀에 들어가지 않았을 리 없다.

대체 대왕은 무슨 생각으로 그리한 것인가. 단순한 변덕이라 치부하기엔 그리 정 많은 성격도 아니지 않나. 만약 옥황상제가 알기라도 한다면. 그렇지 않아도 서로를 눈엣가시처럼 여기던 형제가 아니던가. 노인의 주름과 흰머리가 더 느는 소리가 들리는 것 같다.

"주십시오. 그 노는 제가 젓겠습니다."

"네놈이 무슨 힘이 있어서. 되었다."

"괜찮습니다. 제게 그 정도 힘은 있습니다. 할아버지께서도 힘

드실 거 아닙니까."

자리에서 일어난 소희가 노 하나를 가져갔다. 피죽도 못 얻어
못은 몰골이라 버럭 내지르려던 노인이 입을 다물었다. 혹 지난
번 노 젓는다 하지 않았다며 눈치 준 것 때문에 이런 것인가.

"그게 보기보다 무거울 것인데……. 젓다가 놓치기라도 하면."

네 녀석과 나는 이 망망대해에서 길을 잃는 꼴이 될 거 아니
냐. 아서라, 딴에는 농담조로 말하며 다시 빼앗으려드는데 붙드는
손힘이 제법 강하다. 힘을 줘서 못 뺏을 것도 없지만은 소희의 눈
가가 벌겋게 젖어 있다.

"제가…… 죽을힘으로 붙들고 있겠습니다. 제가…… 잠시 머리
를 비우고 싶어서 그렇습니다. 할아버지께서 한 번만 봐주시면 안
되겠습니까?"

"거 녀석 고집하고는……. 허허."

"……감사합니다."

노인이 뻗은 손을 거둬들였다. 소희가 꾸벅 고개를 숙였다. 조
그만 머리통이 보기 안쓰러워 그저 쓰다듬어 줬다. 하는 모양을
보니 그간 겪었던 일이 새록새록 치밀어오르는 것이리라. 좁은 두
어깨에 진 생의 무게가 이미 죽었다 생각한 늙은이 가슴을 저리
게 한다.

"울고 싶으면 그냥 울어버려라. 소리도 내가면서."

"그래도…… 괜찮겠습니까?"

"되다마다. 이 강물 봐라. 네 눈물 몇 방울 흘린다고 소금물 되
겠느냐? 아, 마음껏 울래도."

"할아버지께서 농담도 하실 줄은 몰랐습니다."

"떽! 나는 농담도 못 하는 종자인 줄 아느냐!"

한껏 과장된 태도로 팔을 내저어 보이는 노인의 몸짓에 소희의 입가가 올라가려다 만다. 눈매가 축 늘어졌다. 초점이 흔들리더니 눈가에서 무언가 툭, 툭 떨어져 내렸다.

손으로 닦아내도 계속 쏟아졌다. 부러 생각을 하지 않으려고 노를 젓겠다, 하였다. 그러나 아무런 소용이 없다. 눈을 꾹 감아도 머리를 흔들어 털어내 보아도.

수면 위로 떠오르는 얼굴들이 일제히 소희를 바라보고 있다. 어머니와 아버지, 연희 언니가 천천히 다가왔다.

'미안해. 언니. 난 결국 아무것도…… 이루지 못했어요.'

'죄송해요. 어머니와 한 약속을 어겼어요.'

연희 뒤에 있던 단이가 고개를 쏙 내민다. 장난치듯 혀를 쏙 내밀고 손을 흔든다.

'단이야. 넌 살아 있는 거니?'

손을 뻗어도 끝내 닿지 않았다. 모두 다 저로 인해 희생당한 이들. 잘못하였다 속으로 수십 번, 되뇌며 고개를 조아렸다. 점점 옅어지는 모습들을 보며 미어지는 가슴을 쥐어뜯는다.

그들 너머로 자꾸만 떠오르는 남자의 잔상을 지우려고 눈을 꾹 감았다. 더는 그분을 떠올려서는 아니 돼. 강을 다 건널 때까지 소희는 손에서 노를 놓지 못했다.

다시 보게 된 염라는 칠흑 같은 무복을 두르고 있었다. 성장(盛 裝)을 하지 않았음에도 범접할 수 없는 기운이 전신에서 흘러나왔다. 소희는 천천히 무릎을 꿇었다. 조금만 움직여도 몸서리 쳐질 만큼 오싹하게 죄어져 신음이 나왔다.

되도록 염라대왕의 심기를 거스르지 말라. 한 번 비틀면 답이 없으니.

헤어지기 전, 노인이 충고해 주며 오랏줄을 둘러줬다. 얌전히 줄에 몸을 묶은 채로 앉아 있는 소희를 본 염라가 몸을 일으켰다. 사흘 밤낮으로 누워만 있었더니 온몸이 결렸다.

"간만이구나. 못 본 사이 꽤 고생한 듯한데."

"죄인이 염라대왕을 뵙습니다."

"인사는 됐다. 그 노인네가 그리하라 시키더냐?"

소희는 시선을 피했다. 거짓말까지 더 하였다가는 가볍지 않은 죄에 무게를 더하는 꼴이었다. 그것만은 피해야 한다는 걸 본능적으로 알 수 있었다.

"알 만하군."

침묵을 긍정으로 받아들인 염라가 천천히 앞으로 걸어 나왔다. 한 달의 말미를 주기 전과는 확연히 달라진 모습이다. 저더러 꼬마라며 누나 행세를 하던 모습이 꽤 귀여웠었는데 더는 볼 일이 없을 듯하다.

"그래. 네 스스로 죄인임을 시인하겠다?"

"예. 염라대왕님이 분부하신 바를 지키지 못했습니다."

"분명 나는 네게 부용귀의 못다 한 생을 살아오라 하였지. 하여 네게 한 달의 말미를 주었다."

천천히 되짚으면서 염라가 소희 주위를 맴돌았다. 불과 한 달 전, 분명 그리 명령을 내렸었다. 그리고 소희는 기대했던 것 이상으로 잘해주었다. 애초에 원한을 갚고 자시고는 바라지도 않았다. 그것은 그저 부용귀의 희망 사항이었을 뿐, 그리하라 제가 명령한 것은 아니었다.

어찌 됐든 소희가 살아주었으니 더는 부용귀도 날뛰지 못할 것이다. 확실히 소희를 이승으로 보냄으로써 그것은 제 발로 옥에 기어들어 갔다. 덕분에 염라가 처리해야 할 일은 줄어들었다. 하지만 그렇다 하여 그것이 문제의 소용돌이에서 벗어났느냐, 그건 아니었다.

'그것이 날 기만할 것이 아니고서야.'

최근 보고된 내용에 따르면 그것, 부용귀는 옥에서 가만히 있다 하였다. 그것이 더 심사를 불편하게 했다. 그리 날뛸 때는 언제고 다 죽은 것처럼 드러누워만 있단다. 손 하나 까딱 않고 시체 흉내를 낸단다.

그깟 것이 무어라고 그리 신경이 쓰인단 말인가.

결국 안달복달하던 끝에 염라는 친히 옥문을 넘었다. 저승을 다스리게 된 후로 처음 있는 일이었다. 옥 안에 갇힌 부용을 보는데 그의 가슴이 일렁거렸다. 가슴 부근을 대충 문지르고는 바닥으로 몸을 낮춰 부용과 눈을 맞췄다.

"어찌 이러고 있나. 네가 원하는 대로 소희를 살려 이승으로 돌려보내 주지 않았던가."

"압니다. 염라대왕님이 베푸신 은혜는 재가 되는 그 순간까지도 잊지 않겠습니다."

"하면 지금이라도 늦지 않았다. 개과천선하고 사특한 잡귀 무리를 소탕하는 데 힘써라. 혹 아느냐. 내 너에게 윤회 한 번쯤 시켜줄지 누가 아느냐."

너 정도 독한 것이라면 충분히 그리할 수 있을 것이다.

한데 산 것도, 죽은 것도 아닌 생사(生死)에 연을 끊어내기라도 한 것처럼 구는 태도라니 용납할 수가 없다. 이제 와서 놓아줄 생각도 없다.

나는 저 때문에 옥황상제 그 녀석을 거스르기까지 하였다. 숫제 그 자식에게 반(叛)하려는 생각에서였지만 적잖이 부용을 위하는 마음도 있었다.

"소희 넌 참 복도 많구나."

"복이라 하심은……?"

툭. 자그만 머리통을 덮어버린 손에 조금 힘이 가해졌다. 제 동생 하나만 위할 줄 알고 저 자신의 안위 같은 것은 위할 줄도 모르는 그것을 떠올리니 울화통이 치민다.

그러나 어쩌랴. 부용 그것이 윤회 대신 내건 것은 단 하나였으니.

"한 번만 더, 소희를 이승으로 돌려보내 주십시오. 그리만 해주시면 사자(使者)로라도 염라대왕님 곁에 남겠습니다."

"자신만만한 네 꼴이 참 거슬린다. 아는가?"

"제가 거슬렸으면 진즉에 재로 만들어 버리셨을 겁니다. 그 잔인한 성정에 눈감아주시는 것은 저를 어느 정도 마음에 담아두고 계셨던 게 아닐는지요."

실체도 없는 것이 그 순간만큼은 담뿍 눈가를 접어 보이며 웃었다. 그 자태가 소름 끼칠 만큼 고왔다. 죽어서도 기생은 기생인 것인가. 부용의 예상대로 그 제안은 염라의 마음을 움직였다.

오히려 다행인 것일까. 차라리 잘된 것일지도 모른다.

그리만 된다면야 평생 귀천을 떠돌며 제 생은 살 수 없을 것이다. 가족은커녕 곁에 둘 수 있는 이조차 없을 것이다. 인연이 닿았던 이들과도 두 번 다시 만날 수 없을 것이다. 비빌 언덕이라고는 어둠과 염라대왕 저뿐일 것이다.

그럼 평생 곁에 둘 것이다. 곁에 두고 아껴줄 것이다.

곰곰이 생각하던 염라가 비뚜름하게 입가를 끌어 올렸다.

"기한이 다하였지만 소희 네가 그리 칼 맞고 돌아오는 건 내 계획이 아니었더란 말이지. 그러니 내 너에게 마지막 기회를 주마."

어차피 소희에게는 한 번의 삶이 더 주어질 것이다. 그녀의 어미가 남기고 간 세 번의 기회 중 한 번이 남았다. 여인 딴에는 세 번 정도면 두 딸아이에게 공평하게 기회가 돌아가리라 생각했을 것이다.

그러나 한 치 앞도 알 수 없는 게 인생이라던데, 저승의 생은 오죽하겠는가?

물론 그러한 사실은 부용에게 밝히지 않았다. 염라, 그는 결코 손해 보는 장사를 하지 않는다. 이제껏 그래왔으니 앞으로도 그럴 것이다.

"다시 돌아가겠느냐. 아니면 이곳에 남겠느냐."

"저는 아직⋯⋯. 좀 더 생각을 하였으면 합니다."

갑작스레 던져진 선택지에 소희의 어깨가 잘게 떨렸다. 마지막이라니, 또 한 번의 기회가 더 주어질 줄은 예상도 못 했다. 이곳으로 오는 내내 바라 마지않았던 것은 아니나 주제넘게 굴지 말자며 스스로를 타일렀던 소희였다.

"좋다. 하루의 시간을 줄 것이다."

인내심이 그리 좋지 못한 탓에 재촉해 댈 것이라는 말은 굳이 붙이지 않았다.

"감사합니다."

"됐다. 감사 인사는 나 말고 죽은 네 어미에게 해라."

이만 물러나라며 손짓해 보이는 염라가 즐거운 낯빛을 띠고 있다. 돌아서기 직전 그의 입꼬리가 올라간 걸 본 게 착각이려니 생각한 소희가 깊이 허리를 숙였다. 주저하던 것을 멈추고 떨리는 목소리로 물었다.

"하면…… 저희 언니는 어찌 되는 것입니까?"

"네 언니라고 하면 내 어찌 알까."

모르는 척 염라가 운을 떼자 소희의 마음이 다급해졌다. 언니의 안부를 묻지 않았던 건 그의 심기를 거스를까 염려됐기 때문이다. 궁금하지 않아서가 아니었다. 그러나 더는 겁에 질려 있을 수만은 없었다.

"부용귀, 아니 연희 언니를…… 만날 수는 없겠습니까?"

"글쎄다. 이리 도로 죽어 돌아온 너를 기꺼운 마음으로 보겠다 할지 난 그것이 더 걱정이구나."

"제가 직접 뵙고…… 용서를 구하고 싶습니다."

"네 정 그렇다면야."

염라가 손짓하자 꿇어앉았던 소희의 몸이 일으켜졌다. 보이지 않는 힘이 소희를 허공에 반쯤 띄워놓았다. 허둥지둥 무게중심을 잡고 감사 인사를 하자 대충 손을 까딱하는 게 보였다.

너른 복도를 지나 어두컴컴한 지하 문턱에 다다랐을 때에야 힘은 소희를 땅에 내려놓았다.

이곳에 부용귀, 아니 연희 언니가 있다.

내 언니. 오래전, 나를 살리겠다며 떠나 버렸던 이다. 호흡을 가라앉히고 천천히 걸음을 옮겼다. 이곳에서 하루라면 이승에서

는 얼마의 시간이 흐를 것인가. 숨이 끊어져 다시 귀속되었음을
유념하라던 노인의 당부가 귓가를 맴돌았다.

※

미쳐 가는 자의 몰골이 이리 참담할 줄은 몰랐다.

벽에 기대 선 채로 흥얼거리는 이정을 보던 임금이 혀를 끌끌
찼다. 풀어 헤친 옷깃 사이로 계집들보다 더 하얀 피부가 번들거
렸다.

개기름을 바른 것처럼 더럽게도 반짝거리는군. 슬쩍 곁눈질하
던 임금이 아예 대놓고 헛기침을 하기 시작했다.

아무리 미쳤기로서니 감히 임금이 와 있는데 이쪽으로는 얼굴
한 번 비추질 않는다. 물론 저와 내가 그리 사이좋은 형제는 아니
었다만 그래도 군신 간의 예의는 있는 것이 아닌가.

그건 그렇고 어째 저놈은 귀신 산발한 것처럼 머리를 푸르고
있어도 흉하지가 않은 것인지 모르겠다. 이건 질투가 아니다 중얼
거리면서도 임금은 푸석한 제 머릿결을 떠올리고는 쓰게 웃었다.

아닌 척해도 아침마다 궁녀들이 그를 두고 이정과 비교하던 것
을 다 들은 탓이었다. 한 아비를 둔 것치고는 지독하게도 안 닮았
다는 것을 누구보다 잘 알고 있는 그였다. 여하튼 자의와 상관없
이 이정에게는 임금 스스로 인정하고 싶지 않은 구석까지도 돌아
보게 만드는 구석이 있었다.

"정녕 미친 것이냐."

미쳤다고 생각돼서인지, 임금은 이정 앞에서도 말을 더듬지 않
았다. 옆에서 하 내관이 엄지를 척 세우는 것이 보였다. 그래, 이

러니 임금으로서의 위엄이 살고 얼마나 좋은가.

내친김에 임금은 이정에게 가까이 다가갔다. 흥얼거리는 모양새가 연기는 아닌 것 같지만 워낙에 병자 흉내를 잘 내는 놈이니 의심이 완전히 가신 것은 아니었다.

"그 계집이 무어라고. 네놈도 참 지지리 운도 없다. 하나도 아닌 두 계집이나 그리 보내다니. 역시, 네놈은 음, 그 뭐냐 지지리 계집 복도 없는 놈이야."

"듣자 하니 제 어미도 저 때문에 그리 가신 것이라, 그 얘기로군요."

"뭐, 네 어미야 글쎄. 명이 다해 간 것이라 생각해라. 응? 그러고 보니 너 미친 게 아니었구나. 그렇지?"

"전하께서는 제가 미치기를 바라셨던 것 같습니다만."

초점 없이 흔들리던 눈동자가 제 색을 되찾고 똑바로 응시해왔다. 그 또렷한 눈길에 임금은 저도 모르게 눈을 피했다. 궁의 지엄한 법도를 생각해서는 놈을 당장 죽여 마땅했으나 이정만은 예외였다. 오히려 그가 제정신으로 돌아온 것이 너무 기뻐서 임금은 당장에 춤이라도 출 수 있었다.

"도, 돌아왔구나. 도, 돌아왔어. 저, 정말 다, 다행이다."

진심이었다. 임금은 당장에 이정을 얼싸안았다. 그간 얼마나 골이 깨졌는지 모른다. 한 달 전, 김이문이 화살에 맞아 반병신이 다 되었다는 소식에 임금은 좋아라 하며 배를 두드리고 박수까지 치며 웃어댔다.

아침 조회 때마다 고개를 치켜세우고 서 있는 꼬락서니가 제 아비 못지않게 싹수가 노란 놈이었다. 어딘지 모르게 중전을 닮은 화려한 생김새를 볼 때마다 그 집안의 일원들이 하나씩 떠오르는 바람에 얼마나 진저리를 쳤던가.

뒤이어 그 꼬락서니로 만든 것이 이정이란 말에 웃으려 벌어졌던 임금의 입이 축 늘어졌다. 죽은 것처럼 살겠다던 이가 벌인 일 치고는 몰고 올 후폭풍이 장난 아님을 예상하자 머리가 깨질 것 같았다. 임금에게 이정은 핏줄의 끈끈함을 느끼게 하는 그런 존재가 아니었다.

김대헌의 딸을 중전으로 들인 순간부터 왕실과 왕실의 외척 간의 보이지 않는 힘겨루기는 시작됐다. 물론 임금이 끌려가는 쪽이었다. 허수아비 임금이 동아줄처럼 잡고 매달릴 수 있는 건 그래도 하나뿐인 이복동생이었다.

뿐인가. 궐 안팎으로 문제가 생기면 그에 대한 해결 능력이라곤 일체 없는 임금이었다. 자질이 부족함을 누구보다 그 스스로가 알고 있었다. 알게 모르게 이정에게 상의하곤 했다. 미우면 한 없이 미운 동생이건만, 벌써부터 미쳐 버리면 곤란했다. 그만큼 이용 가치가 있는 핏줄이었다.

"내, 내 내의원에서 제, 제일가는 의원을 들이라 이, 이를 것이다. 주, 주치의도 불러주마. 그, 그러니 어서 일어나서 해, 해결 좀 해보거라."

"아직은 김 대감 쪽에서 별다른 움직임이 없는 걸로 압니다."

"아, 아직은 그러나 앞으로 어, 어찌 될지 모르는 거 아니냐. 나, 난 정말 불안하다. 무, 무능한 내가 임금 아니면 무엇을 하겠느냐."

이정의 입에서 짧은 탄식이 새어 나왔다. 최대한 곱게 미쳐 보려고 했는데 임금께서 가만 놔두지를 않는다. 소희를 그리 보내고 난 뒤, 며칠 동안 눈에 뵈는 것이 없었다. 차갑게 식어버린 작은 몸뚱이를 내려놓고서 제일 먼저 한 일은 눈앞에서 웃고 있던 김이문을 반 작살낸 것이었다.

아예 죽여놨어야 했는데 고작 팔 병신이라니. 힘 조절에 실패한 것을 생각하면 분통이 터졌다.

"그것을 아시는 분께서 어찌 그리 결단을 내리지를 못하시는 겁니까."

"겨, 결단이라니 무슨 말이냐."

"처음부터 가만 두고 보실 생각으로 꼭두각시 임금을 자처하신 줄로 알았습니다만."

"영헌군! 전하께 그 무슨!"

듣고 있던 하 내관이 안 되겠다 싶었는지 말을 막아섰다. 그러나 그를 저지한 손짓은 임금의 것이었다. 불처럼 화를 낼 줄 알았던 임금의 얼굴은 오히려 평안했다. 지난밤부터 다시 나기 시작한 두드러기가 괴로울 법도 한데 찌푸림 하나 없었다. 여태까지 보아왔던 순간 중 그나마 임금에 근접한 모습인지라 감격에 겨웠던 하 내관이 두 손을 꽉 맞잡았다.

아랑곳 않고 이정이 덤덤하게 말을 이었다. 더는 임금의 눈치를 봐야 할 필요성조차 느끼지 못했다. 그토록 바라던 개혁조차도 이루지 못한다면 죽으면 그뿐이라는 안일하기 그지없는 생각까지 들었다.

"신의 말씀이 틀렸다면 지금 이 자리에서 목을 치시지요."

"내 손에 얌전히 죽어줄 것처럼 말하는구나."

"제가 거짓을 고했을 시에 그렇다는 것입니다."

하 내관이 멀뚱멀뚱 앞만 바라봤다. 한 마디도 더듬지 않는 전하라니. 뭔지 모르게 벅차오르는 감정에 눈물이 나올 뻔했다.

"거 보십시오. 전하께서는 말을 더듬지 않으시질 않으십니까."

"네놈이 병자인 척하는 것과 무에 다른지 모르겠군."

"하기야 다 알면서 덮어주신 것은 전하께서도 마찬가지십니다."

픽. 임금이 실소를 머금었다. 마치 다 알면서도 이용당해 준 것처럼 들렸다. 이정이라면 그러고도 남았다. 임금을 제 손 위에 올려놓고 굴리다니. 이거 아주 고약한 놈이 아닌가.

"그거 아십니까. 무능한 임금은 결코 스스로를 무능하다 하지 않는 것을요."

제법 듣기 좋은 말이었다. 그렇다 하여 사실이, 사실이 아니게 되는 것은 아니었다. 이정은 그저 임금의 비위를 조금 맞추어주는 것뿐이었다. 새삼스레 핏줄이 당긴다는 이유가 아니라 언제나 그랬듯 서로가 필요하기 때문이었다. 형제의 탈을 쓴 공생 관계라고나 할까.

"소희라 했던가? 이번에는 퍽 진심이었던 것 같은데 괜찮은 것이냐?"

"전하께서 염려하실 바는 못 됩니다."

"아아. 나는 그저 네 미친 척에 동조해 주면 그뿐이다, 그 말이로군."

"며칠만 더 눈감아주셨으면 합니다."

뻣뻣이 고개를 든 이정이 나직하게 말했다. 아까와 달리 시선은 아래쪽으로 향해 있었다. 그 변화에 제법 흡족해진 임금은 그러마, 이정의 어깨를 두드려 주었다. 위로의 말 같은 것을 건넬 줄 모르는 성미다. 사랑받는 것도, 사랑을 주는 것도 익숙지 않다는 것이 어찌 보면 그들의 유일한 공통점일지도 몰랐다.

"단, 영헌군. 네가 싼 똥은 네가 치워야 할 것이다."

"물론입니다."

똥이란 저급한 단어가 나옴에 하 내관이 바로 만류하는 것이 느껴졌다. 아마도 임금은 이 방에 들어설 때부터 저 말을 하고 싶었으리라. 궁인들이 기대하는 체통 같은 것을 고려할 만한 임금이 아니다. 몸조리를 잘 하라, 문가에 서서 크게 외친 임금이 가고 방문이 닫혔다.

이정은 품 안에 넣어두었던 댕기 머리끈을 꺼냈다. 다홍색이 꼭 소희의 붉어진 볼을 떠올리게 했다. 소희가 떠난 자리에 남은 것은 그것 하나뿐이었다. 시신도 옷가지도 없이 덜렁 떨어진 그걸 주워 돌아오는 길처럼 가슴이 허했다.

분명 품에 끌어안았었는데. 사라졌다는 것이 믿기지 않았지만 손안에 온기마저 식었을 때는 믿을 수밖에 없었다. 그 아이, 어딘가로 가버렸다는 것을.

헌데도 아무렇지 않게 잘만 돌아가는 이 세상이 오히려 거짓 같다. 이 세상의 아이는 아니었으니, 어딘가에는 살아 있을 거라는 생각만으로 버티고 있었다.

그러니 나도 살아 기다리마. 머리끈에 살짝 코끝을 가져간 이정이 두 눈을 감았다. 언제고 돌아와 줄 것이라 믿고 기다리는 수밖에.

❸

문턱을 밟아 넘은 소희는 몇 번이나 더 눈을 깜박거렸다. 쾌쾌한 냄새가 코를 찌를 줄 알고 코를 막았던 손이 민망하리만큼 눈앞에는 무릉도원이 펼쳐져 있었다. 실제로 본 적도 가본 적도 없었으나 눈앞에 펼쳐진 세계를 표현하기에 그보다 맞아떨어지는 단어는 없었다.

지하 감옥. 그 이름처럼 어둡고 서늘한 냉기가 돌 것이라 생각했던 것과 달리 딴판인지라 소희는 우두커니 섰다.

왼편에 시원하게 떨어지는 폭포수의 물줄기가 제일 먼저 보였다. 청량함과 은은하게 배어 있는 기분 좋은 향기에 긴장했던 몸이 편안해졌다. 저승에 이런 곳이 있다니, 다름 아닌 감옥이라니.

'혹 잘못 오기라도 한 건 아닌가?'

문턱을 밟기 전 보았던 별빛 한 점 없던 어둠과는 지극히 대조적이었다. 소희는 깊게 숨을 들이쉬었다. 오른편으로는 꽃으로 장식된 계단이 높다랗게 지어져 있었다. 예전에 꿈에서 보았던 오색찬란함이 눈앞에 펼쳐졌다. 도저히 현실처럼 믿기지가 않는다.

"손님이 오셨군요. 잠깐 화전을 만드느라 손님맞이가 늦었습니다."

안에서 조그만 아이가 쪼르르 달려 나왔다. 손과 얼굴에 밀가루 범벅인 얼굴로 고른 이를 드러내며 웃는 것이 매우 순해 보였다. 볼우물이 패이게 웃는 것이 곱기도 고왔다.

"계단을 따라 올라가 보십시오. 정자 위에서 손님을 기다리고 계실 겁니다."

꾸벅 허리를 숙인 아이가 종종걸음으로 사라졌다. 어디로 간 건지 볼 수 없을 만큼 행동이 재빨랐다. 보이는 것이라 봐야 널따란 꽃밭밖에 없으니 꼭 무언가에 홀린 것 같았다.

아이가 가리킨 쪽 계단 위를 오르자 숨이 가빠왔다. 한 계단, 한 계단 천천히 오르는데 숨이 턱턱 막히고 속이 울렁거렸다. 눈앞이 어질어질한 게 현기증이 돌았다. 오기로 오르던 소희가 급기야 주저앉았다. 어이가 없게도 첫 번째 계단 위였다.

"이게 대체 무슨?"

못 해도 수십 개의 계단은 오른 것 같은데 다시 처음부터 시작해야 한다니. 소희가 치마를 들어 올려 땀을 닦았다. 찬란하게만 느껴지던 햇빛이 직사광선으로 쏟아지고 있었다. 더위와 열기에 지친 나머지 저절로 숨이 가빠왔다. 작은 가슴팍이 오르락내리락하다 숨소리가 잦아들었다.

소희가 쓰러지자 거짓말처럼 햇빛이 사라졌다. 계단 위에서 찬찬히 내려오는 여인이 있었다. 누워 있는 소희를 안아 든 건 천상여인이라 불릴 만큼 곱다란 미색이 돋보이는 여인이었다. 차갑게 일자로 다물린 입술과 눈매를 제외하고는 소희와 매우 닮은 이목구비였다.

부용의 행동에 아이가 계단을 달려 올라와 만류했다.

"안 됩니다! 염라대왕님께서 이 계단을 다 걸어 올라올 때까지 지켜봐야 한다 하시지 않았습니까!"

"지쳐 쓰러진 것을 놔두란 말이냐."

"염라대왕님께서 그리하라 하셨으니 그리해야 합니다. 그렇지 않으면 도로 감옥으로 돌려보내시겠다고……."

"단이야. 괜찮다. 내가 잘 말씀드리마."

"하면……. 저도 돕겠습니다."

부용의 말에 단이가 머뭇거리더니 두 팔을 걷어붙였다. 아무리 그래도 부용의 몸 상태로는 무리일 것이니 어쩔 수가 없다. 혹여나 무리가 가서 쓰러진다면 그에 대한 책임이 더 막중할 것이다.

소희가 오를 때와 달리 부용이 계단을 오르자 금세 정자가 보였다. 소희를 조심스레 내려놓은 부용이 한숨 돌렸다. 소희가 온다는 기별을 받고 나서도 믿기지 않았다. 두 번 다시는 볼 수 없을 거라 생각했다.

아직도 아이같이 덜 빠진 젖살과 동그란 귀, 감긴 눈매를 찬찬히 쓰다듬던 부용이 곰곰이 생각에 잠겼다. 대체 무슨 생각으로 소희를 보게 해준 걸까. 염라대왕의 속을 참으로 알 수가 없었다.

내일이면 부용이 사자(使者)가 되는 날이었다. 죽을 날짜를 받아둔 이 앞에만 모습을 드러낼 수 있으니 아마도 오늘이 마지막 만남이 될 것이다. 쓰다듬기만 하는 부용을 보던 단이가 조심스레 물어왔다.

"소희 언니를 이만 깨워야지 않을까요?"

"놔두어라. 그냥 잠든 모습을 보고 싶구나."

"하나 앞으로는 볼 수 없을 텐데, 담소라도 나누시지 않구요."

"괜찮다. 딴에는 얼마나 피곤했겠느냐."

소희 널 만나면 무슨 얘기를 해야 할지 많은 생각이 들었었는데. 막상 가까이 있게 되니 아무런 말도 할 수 없었다. 너를 버린 것이 아니었다는 말. 그때는 서로 떨어져 지내는 것이 최선이라 생각했었다.

"핏줄이라는 것이 그리 대단한 건가. 난 솔직히 널 이해할 수 없다."

"저도…… 이해까지 바라지는 않습니다."

소희를 한 번 더 살려달라고 애걸했을 때 염라는 혀를 차며 그리 말했었다. 형제인 옥황상제와는 서로 죽이지 못해 안달인 사이라고 했다. 아마 그는 계속해서 이해할 수 없을 것이다. 살아생전의 기억을 온전히 잊은 그라면 그럴 수도 있겠다 싶었다.

만약 저 또한 기억을 모두 잊어버렸다면 그러지 않았을까.

할 수만 있다면 제 선에서 끊어내고 싶었다. 청월루에서 적월루로 이어진 이승의 악연들. 김대헌 쪽과 이어져 있던 어머니와의 악연. 하지만 결국 끊어내지 못했기에 소희의 등을 떠민 꼴이 되었다.

엄밀히 말하면 소희를 위한 희생이 아니었다. 희생을 빙자한 강요를 한 셈이 된 건지도 모르겠다. 하나뿐인 내 동생. 이 작은 어깨에 진 짐을 조금이나마 덜어줄 수 있다면 무슨 일이든 할 수 있을 텐데.

"아까 소희 언니가 문턱을 넘었을 때 아는 체하고 싶어 죽는 줄 알았는데. 연희 언니는 어련하실까요."

"연희라 부르지 말라 하지 않았니."

"저도 모르게 습관이 돼서 그만. 주의하겠습니다."

탓하려던 것은 아니었다. 부용이 손짓해 가까이 오라 했다. 단이의 자그마한 손을 잡았다. 소희보다도 더 작은 손이다. 이승에서 소희를 잘 돌봐주라 하였던 것을 잊지 않고 실천해 준 것이 기특했다.

하나 연희란 이름은 버린 지 오래였다. 이승에서나 저승에서나 저는 그냥 부용귀였다. 그냥 언니라고 부르려무나. 넌지시 말하자 알았다고 고개를 주억거린다.

"착하구나. 우리 단이."

"아닙니다. 제가 착하지 않다는 것은 제가 제일 잘 아는걸요."

처음 단이가 문턱을 넘어 들어섰을 때 부용은 놀라 까무러칠 뻔했다. 편히 살 팔자는 아니었으나 아직 살아갈 날이 더 남았을 아이였다. 제 죄책감에 못 이겨 소희 대신 천남성을 달인 차를 마셨다는 이야기를 듣고 나서는 쉽게 나무랄 수가 없었다.

전생의 업을 벗어던진 단이는 본래 제 나이 얼굴을 하고 있었다. 어느 때보다 편안한 얼굴을 하고 있는 아이더러 뭐라 혼을 낼 수 있었을까.

"만나게 해달라 사정할 때는 언제고 그렇게 빤히 바라보기만 하나."

등 뒤에서 한기가 느껴지더니 검은 도포 자락이 휘날렸다. 가벼운 차림을 한 염라가 턱 밑을 쓸며 자리에 앉았다. 단이가 꾸벅 허리를 숙이더니 별채 안으로 달려 들어갔다. 아직은 염라의 기운을 당해내기가 버거운지 늘 줄행랑을 쳤다.

부용이 자리에서 일어나려는데 됐다며 도로 앉혀졌다.

"염라대왕님께서 이곳은 어인 일이십니까."

"꼭 일이 있어야만 올 수 있는가? 이곳 전체가 다 내 권능 아래 있거늘."

"그도 그렇습니다."

얌전히 응대하는 부용이 낯설었다. 조금의 반항하는 기색도 없이 앉아 있으니 그리 고울 수가 없다. 내일부터는 검은 옷차림만 하고 다녀야 할 텐데 저승사자들의 옷차림을 아예 자유 복장으로 바꿔 버릴까 고민이 됐다.

"그 호칭 좀 어떻게 할 수 없나? 염라대왕님은 무슨."

"염라대왕님을 염라대왕님이라 부르는 것이 잘못되었습니까? 아니라면 말씀해 주십시오. 고치겠습니다."

"음. 그럼 너 좋을 대로 하든지."

"그럼 그렇게 하겠습니다."

그저 네게 불리는 것이 좋다는 말할까 말까 망설이다 관두었다. 그런 말을 하려니 너무 달짝지근하고 사내답지 못한 것 같다.

그나저나 저렇게도 좋을까.

소희의 머리를 쓰다듬어 주고 눈썹 하나까지도 세세하게 살피는 모습에 심통을 부리고 싶어진다. 저 눈빛이 온전히 제게만 쏟아졌으면 싶다.

내가 망령이라도 든 것인가. 무슨 그런 덜떨어진 생각을 하고 있나. 떨떠름한 낯을 하던 염라가 은근슬쩍 부용의 옆으로 다가갔다. 가까이 당겨 앉아도 부용은 놀라는 기색이 없었다. 시선은 여전히 동생에게 쏠려 있다.

"그리도 좋으냐?"

"예. 바라만 봐도 좋습니다. 깨어 있으면 이것저것 물어보고 싶어질 게 아닙니까. 대답에 귀를 기울이다가 시간이 다 가버릴 것 같아서요. 그냥 이렇게 물끄러미 보다가 보내주고 싶습니다."

"너답지 않게 말이 참 많다."

"아. 듣기 시끄러우셨다면 다물겠습니다. 너무 반가운 마음에 그만."

"더 떠들어도 좋다는 뜻이었다."

바라만 봐도 좋다는 말이 어느 정도는 이해가 된다. 부용을 바라보고 있는 염라의 마음이 그러니까. 생각해 보니 아까 조금의 심술을 부린 것을 부용이 알아챘을까 궁금했다. 아주 간단한 주술을 걸어둔 것인데 원래대로라면 삼 일은 걸려 올라가야 했다.

"아까 소희가 오른 계단은 내 일부러 그런 것이 아니다."

"예. 계단이 길기도 참 길더군요."

"나는 단지 저승 생활이라는 것이 그리 순탄하지만은 않다는

것을 알게 해주려 한 것이다. 설마 내가 저 아이를 상대로 질투라
도 했겠느냐."

샐쭉거리며 뒤돌아선 염라를 보며 부용이 살며시 웃었다. 그가
필요 이상으로 배려를 해준 것임을 알고 있었다. 원래의 감옥을
꽃 감옥처럼 꾸며놓은 것도 소희가 안심하고 떠나길 바라는 제
마음을 알고 미리 손을 써둔 것임을.

"하해와 같은 배려에 감사드립니다."

"네가 잘 사는 것을 보여줘야 소희 저 아이가 덜 걱정할 게 아
니냐."

넌 고맙다, 그 말밖에 할 말이 없느냐 타박을 주려 뒤돌았던
염라가 얼른 다시 돌아섰다. 얼굴에 열이 오르는 것이 설명 못 할
묘한 느낌이었다. 소희에게 어서 결정하라 답을 채근하려 왔던 것
도 잠시 동안 잊어버릴 만큼.

"왜 난 죽어서도 죽을 수 없는 몸이 되었나. 왜 나는 기억을 모
두 잊지 못했을까. 그렇게 원망하던 때가 있었습니다. 하지만 그
또한 제 운명이라 생각하니 마음이 편합니다. 덕분에 이렇게 소
희를 볼 수 있게 되었으니까요."

"하면 지금까지의 원한은 사라진 것인가."

"……그저 묻어두려 합니다. 제가 더 이상 할 수 있는 것이 없
기 때문입니다."

소희를 만나면 그 얘기를 해주고 싶었다. 과거의 일에 매이지
말라고, 어찌할 수 없는 일이 아니다. 스스로의 안위마저 지키기
어려운 세상 아닌가. 옳다 생각하는 일, 정의로운 일도 좋지만 그
저 평범한 삶을 살아가기를 부용은 마음속 깊이 빌고 또 빌었다.

염라가 돌아간 뒤 소희는 깨어났다.

잠결에 남자의 목소리를 들었던 것 같은데 꿈이라도 꿨나 보다. 네모나게 난 창 너머로 꽃동산과 계곡들이 보였다. 뜨끈하게 데워진 방바닥 위에서 몸을 웅크린 채로 소희는 머리를 어루만졌다.

계단에서 쓰러지다니, 추태도 그런 추태가 없지 참. 다행인 것은 크게 아픈 곳이 없고 오히려 몸이 가뿐해졌다는 점이었다.

그사이 흐른 시간은 얼마이며 연희 언니는 어디에 있을까. 조심스레 일어나 앉는 사이 차분한 음성이 바람결에 실려 왔다.

"깨어났구나. 깊이 잠들었었나 보다."

"누구십니까?"

"누구인지는 알 것 없다. 그냥 널 잠시만 맡아달라는 청을 받았다."

적화를 보았을 때보다도 더한 충격에 소희는 얼이 빠졌다. 깎아놓은 조각상처럼 단정하게 앉아 있는 여인은 범상치 않은 미색이었다. 높이 틀어 올린 머리 아래 살짝 날카로운 눈매가 소희를 똑바로 응시해 왔다.

거울 속 얼굴을 보는 것 같은 착각에 빠졌지만 이내 소희는 고개를 저었다. 저렇게 고운 미인과 자신이 닮았을 리 없지. 이제는 부용귀가 아닌 제 몸으로 돌아왔으니 더더욱 그럴 것이다. 붕붕 고개를 저어 잡생각을 털어내는 소희를 여인이 걱정스럽게 쳐다보았다.

"어디 불편한 구석이라도 있는 것이냐."

"아, 아닙니다. 괜찮습니다."

투명한 결정 같던 얼굴에 염려하는 감정이 스쳐 오히려 소희가 황송할 지경이었다. 분명 연희 언니를 보러 왔는데 눈앞에 앉아 있는 미인은 대관절 누구일까. 여인이 자리에서 일어났다. 눈부신 햇살을 모아 만든 것처럼 윤기 도는 비단이 끌리더니 소희의 앞에서 멈춰 섰다.

"그럼 잠시 나와 함께 가지 않겠느냐."

간절함이 배어 있는 여인의 눈동자. 내밀어진 가녀린 손을 잡아줄지 안 잡아줄지 초조한 기색이었다. 혹 언니에게 무슨 일이라도 생긴 것인가. 지금이 아니라면 두 번 다시 만날 수 없을지도 모르는데.

"혹, 언니에게 무슨 일이 생긴 것입니까?"

"따라오면 자연히 알게 된다."

혹시나 만약에, 눈앞에 이 여인이 연희 언니라면 얼마나 좋을까 생각했다. 천상에서 내려와 고운 옷과 좋은 음식만 먹었을 것처럼 생긴 이 사람처럼 잘 지내고 있기를 바랐는데.

그러나 그럴 리가 없었다. 마지막으로 부용귀였을 때 본 언니의 모습은 여인네는커녕 한때나마 사람이었다고는 생각할 수 없을 만큼 망가진 몰골이었다. 이 손을 잡으면 연희 언니에게 가는 길이라, 옳고 그름을 재보는 사이 여인이 소희의 손을 잡았다. 온기가 낯설지 않았다.

잠시만 기다리라고 한 여인이 방 안쪽으로 들어갔다. 소희가 서 있던 방 안을 둘러봤다. 산호 장식이 여기저기 박혀 있었다. 장롱과 책상, 수틀, 심지어 자그마한 보석함이 모두 금과 은으로 반짝거렸다. 여기가 정말 죽어서 온다던 지옥이 맞나. 꼭 천상 세계에 와 있는 것 같다.

그건 그렇고 저 여인은 언니와 무슨 관계일까. 혹시나 언니의 몸이 어디가 안 좋기라도 한 것일까. 만날 수 없는 상태는 아닌 것인지 걱정이 됐다.

언제쯤 나타날까 염려하고 있는데 아까 보았던 아이가 나타났다. 낑낑거리며 들고 오는 것이 무언가 보았더니 작은 몸집에 버거워 보이는 다과상이다. 얼른 가서 받아 드는데 아이가 슬쩍 뒤로 물러났다.

"괜찮아요. 저 혼자서도 들 수 있는걸요."

"너 혼자 들기에는 너무 무겁잖니. 그러지 말고 같이 들자."

"아니에요! 정말 괜찮아요. 소, 손님은 가만히 앉아 계세요."

펄쩍 뛰는 것에 소희가 그럼 그럴까, 하고는 가까이 있던 원목 의자 위에 앉았다.

단이는 얼른 다과상을 내려놓고 뒤돌아섰다. 하마터면 소희 언니라고 부를 뻔했다. 정체를 알게 되면 소희가 편히 이승으로 가지 못할 거란 부용의 말이 떠올랐다.

"차 맛이 좋은 걸. 너도 이리 와서 같이 마시지 않을래?"

"입맛에 맞으시다니 참 다행입니다. 저는 따로 해야 할 일이 있어 이만 물러가겠습니다. 편히 있다 가세요."

"응. 그럼 감사히 잘 마실게."

입맛에 맞으면 좋으련만. 최대한 달게, 소희 입맛에 맞게끔 만든 것이었다. 소희가 재차 차를 건넬세라 단이는 극구 사양하고 얼른 옆방으로 옮겨갔다.

서서히 죽음을 맞닥뜨린 순간 눈을 감았다가 다시 떴을 때는 캄캄한 밤하늘만이 있었다. 어둠 속에 들려온 목소리는 저항할 수 없는 힘이 실려 있었다.

"부용의 곁으로 보내주마."

그리하여 옮겨온 곳이 이 별천지였다. 모르긴 몰라도 이런 곳을 내줄 정도면 염라대왕이 부용에게 단단히 빠진 것이리라, 짐작하는 단이였다. 그러지 않고서야 소희를 또다시 이승으로 내보낼 리가 없다. 그 이상은 알아서도, 알아내려고 해서도 안 된다. 어찌 됐든 부용 곁에 있게 된 것이 어디인가.

이승이나 저승이나 알 수 없는 일들뿐인 것은 매한가지로고.

속으로 중얼거리던 단이는 부용이 부르는 소리에 얼른 달려갔다.

"이, 이게 다 무엇입니까?"

잠시 후 등장한 부용의 손에는 화려한 색감의 옷이 여러 벌 들려 있었다. 소희 옆에 한가득 쌓아놓더니 단이가 가져온 보석함을 활짝 열어 보였다. 살아생전 본 적 없던 진귀한 보석들이 제각각 본래의 빛을 뽐내고 있었다. 반지며 귀걸이, 은가락지 등등 눈이 부셔서 소희는 시선을 돌렸다.

"이것은 너희 언니가 내게 맡겨둔 것이란다. 네가 오면 전해주라고 하더구나."

"제가 올 줄 언니는 알고 있었나 보군요."

"그것은……. 나도 잘 모르겠구나."

"실례되는 걸 알면서도 여쭙겠습니다. 언니와는 어찌 알고 지내셨는지 말씀 좀 해주십시오. 제 얘기를 하던가요? 절 보고 싶다는 얘기는 하지 않았습니까?"

'많이…… 많이 보고 싶었다.'

부용이 입술 안쪽 살을 강하게 깨물었다. 그렇게라도 하지 않으면 툭 본심이 새어 나갈 것 같았다. 하지만 찰나의 정에 약해져서는 안 된다, 마음을 붙잡았다. 저승사자가 될 거라는 얘기를 어떻게 제 입으로 전할 수 있을까. 새로운 걱정거리를 안겨주는 꼴 밖에 되지 않는다. 그것은 제 쪽에서 사양이다.

"널 보고 싶어 했으니 내게 부탁을 했을 게 아니냐. 자세한 내막은 나도 모른다. 다만 이 옷들을 꼭 입혀주라고 했을 뿐이야."

언니가 날 위해 준비한 것들. 소희는 손을 뻗어 건네받았다. 생전 만져 보지 못했던 부드러운 감촉에 닿는 피부마다 녹아들 것 같다. 조심스레 쓸어보다 비단결에 볼을 비볐다. 적어도 언니의 손길이 한 번은 스치지 않았을까. 그리 생각하니 온기마저 느껴지는 듯했다.

오래전 맡았던 익숙한 향기가 배어 나왔다. 그리운 냄새. 아주 어렸을 때 어머니가 밭일이나 들일을 나갈 때면 언니 품에 안겨 놀았었다. 성인 남자처럼 넓은 품도 아니었고 딱 소희 저만하던 작달막한 품 안. 어렴풋하게 잔상이 떠오른다.

"왜 그러느냐. 혹 마음에 들지 않은 것이야?"

"아, 아닙니다. 향이 좋아서, 꼭 저희 언니 같아서 좋아서 그럽니다."

"어렸을 때 기억이…… 있느냐?"

소희가 도리도리 고개를 저었다. 그러면 좋겠지만 잘 떠오르지가 않는다. 저승과 이승을 몇 번 오가더니 기억에 문제가 생기기라도 한 모양이었다. 순간적으로 여인의 입가가 서글프게 내려갔다. 소희는 얌전히 앉아 있기로 했다. 어딘가에서 언니가 지켜보고 있을 것만 같았다.

여인은 소희의 머리를 따주기도 했고 댕기를 묶거나 이 옷 저 옷 돌아가며 입혀주었다. 소희가 옷을 입고 돌 때마다 여인의 얼굴이 일그러지는 것 같다가도 미미하게 미소가 번졌다. 그것만으로도 울적해 보였던 분위기가 달라졌다. 한동안 인형 놀이의 인형이 되어주던 소희의 눈이 감겼다.

머리를 쓸어주는 다정한 손길이 얼마 만일까. 슬쩍 올려다본 여인은 여전히 무표정했지만 눈빛만은 한없이 따뜻했다. 여기서 잠이 들어서는 안 돼. 중얼거리는데 여인이 소희의 눈 위로 손바닥을 덮어주었다.

"졸리면 잠시 눈이라도 붙이든지."

"제가 원래 이리 잠이 많지는 않사온데…… 으음."

잠꼬대로 언니, 하는 소리를 들었다.

이것이 꿈인가. 현실인가. 아아, 이미 죽은 몸은 꿈을 꿀 수 없으니 현실일까. 그렇다면 다행이구나. 그제야 부용의 눈시울이 붉어졌다.

아아 네가 정말 내 동생 소희로구나.

"우웅. 언니. 연희…… 언니."

"……그래."

소희가 푹 잠들 때까지 부용은 머리를 쓰다듬어 주며 응, 그래. 대답해 주었다. 이승으로 돌려보내기 전에 이리 안아볼 수 있어 다행이었다.

"그래. 그리 만나길 학수고대하던 언니를 보니 어떻던가."

"실제로는 보지 못하였고 꿈에서 보았습니다."

"꿈? 그래 뭐, 그럴 수도 있겠지."

소희가 알아보지 못할 만큼 꾸며달라, 그리 요구한 부용이었다. 그렇게 보고 싶다고 할 때는 언제고 편히 떠나게끔 배려를 부탁하다니. 하여간에 제 핏줄 하나만큼은 끔찍이도 위하지.

염라는 그 말을 반은 들어주고 반은 들어주지 않았다. 사자(使者)를 시켜 잠든 소희의 꿈속에 부용귀의 모습으로 등장해 해후의 기쁨을 나누게 해주었다.

"그래서 네 답은 뭐냐."

"돌아가려 합니다. 염라대왕님께서 보내주신다면 가겠습니다."

"이유는."

"아직 해야 할 일이 남았기 때문입니다."

"제가 더 이상 할 수 있는 것이 없기 때문입니다."

하나도 안 닮은 줄 알았는데 닮기는 닮았군. 염라가 작게 코웃음을 쳤다. 똑 부러지게 대답하는 것이 제 언니와 비슷하다 못해 판박이 수준이었다. 적어도 제가 할 역할은 똑바로 파악하고 있으니 다행인가. 낄낄거리던 염라가 이승으로 가는 것을 허락했다.

동행할 대상으로 저승 노인을 불러들이자 아니나 다를까 늙은 것 작작 좀 부려먹으라며 투덜거린다. 겉모습만 늙었다 뿐이지, 노인의 정력이 무진장 팔팔하다는 것은 다 아는 사실이었다. 고이 흘려들은 염라가 소희를 데려다주고 오기를 명했다.

"저! 염라대왕님께 한 가지 청을 더 올릴 수 있겠습니까?"

"예끼! 얼른 가자니까 말도 더럽게 안 듣는구나."

한 대 쥐어박을 것처럼 타박하면서도 노인은 소희를 기다려 주었다. 염라가 말해보라 손짓하자 소희가 손가락을 꼼지락거렸다. 성미가 급한 그가 손으로 바람을 불러와 소희의 등을 툭툭 건드렸다.

"혹! 제 언니를 보시게 된다면 전해주십시오. 제가 언니를 많이 사, 사랑한다고요. 나중에 언니를 꼭 보러 올 것이라고요!"

흐음. 찬찬히 웃어 보일 부용의 얼굴을 떠올리니 그리 전해볼까. 염라가 고개를 끄덕이더니 이만 가보라는 듯 돌아섰다. 방 안에서 이상한 전류가 느껴졌다. 저승으로 내려온 이후 한 번도 작동하지 않던 통신 구슬이 반짝거리고 있었다. 앞으로도 족히 오백 년은 쓸 일 없다 처박아둔 것이었다.

구슬 안으로 보이는 저와 똑 닮은 옥황상제를 보자마자 염라의 핏줄이 곤두섰다. 저와 똑같은 얼굴, 흰 머리. 그 번들거리는 낯짝을 보고 있자니 속이 울렁거렸다. 꼭두새벽부터 저놈을 보니 재수 다 털렸구나.

"너, 미친 거냐?"

"오백 년 만에 봐놓고 형한테 한다는 말이 고작 그거라니. 서운하고 또 서운타."

"미친. 형은 누가 형이라는 거냐."

"그리 말하면 서운하지. 요새 네 연애 사업에 대한 이야기가 바람결에 솔솔 실려 꽤나 화두가 되고 있거든. 아무리 좋아도 그렇지. 살다 살다 염라대왕이 저승사자한테 마음을 주다니, 이게 말이나 돼?"

알겠다. 훼방을 놓고 싶은 게로군. 염라는 어깨를 한 번 으쓱하고는 쏘아붙였다.

"일 없다. 그리고 아직 저승사자는 아니다."

"호오. 정말 연애라도 해볼 작정이냐?"

"흥. 복숭아만 따 먹기 바쁜 네놈이 무얼 알겠느냐."

엄연히 서열이 나뉘어져 있음에도 방자한 염라의 태도에 상제는 그저 방긋 웃었다. 조금만 더 캐면 점점 재밌어질 것 같은 예감이 들었다. 저 안하무인 동생 놈이 홀딱 빠진 것이 다름 아닌 처녀귀라니. 그러나 더 말을 잇기도 전에 염라가 말을 막았다.

"내가 누구한테 빠지든 무슨 상관이냐."

"그리 말하지 말거라. 서운타. 그러고 보니 부용귀랬나, 그 처녀귀 동생 말이다. 죽이고 살리고를 밥 먹듯이 했던데?"

"그도 상관 마라. 어차피 저승은 내 관할 아니냐."

그 말을 끝으로 염라는 주먹만 한 구슬을 허공에 띄웠다. 자질구레한 대화를 이어 나가는 상제 따위 내 알 바 아니다. 썩은 미소를 한 번 지어준 그가 손아귀에 힘을 주자 구슬이 힘없이 부서져 내렸다. 어차피 몇 달 내로 복구될 터이나 당장은 신경을 쓰고 싶지 않았다.

저승의 규율을 어기는 일은 하지 않았다. 애초에 저승으로 밀어 떨어뜨린 상제가 그리 말했으니, 그것만큼은 철저히 지킨 셈이다. 부용을 보러 갈 생각에 어딘지 모르게 들떠 보이는 염라였다.

무슨 대단한 구경거리라도 났다고 저리들 구경인지, 원.

배를 띄우기 전, 배 위에 한 다리를 걸친 채 노를 손보던 노인이 못마땅하다는 듯 혀를 찼다. 뭐, 신기한 것이야 신기할 테지만. 이승에서 저승으로 온 것이야 당연한 것이지만 그 반대의 경우는 본 적이 거의 없을 저승의 사람들이었다.

"그래도 그렇지 이리 공개적으로 할 것까지야. 쯧쯧."

짐작해 보건대 이건 필시 '보여주기'일 것이다.

그저 간단히 권능을 부려 소희를 보낼 수도 있는 것을 뭐하러 이렇게 대놓고 보내준다는 걸 전시하는 것인지. 주름진 눈매 속에 감춰진 예리한 눈이 강가에 서 있는 이들을 빠르게 훑었다. 저승에 온 지 얼마 되지 않아 줄 서 있는 것들이 대다수였다. 흐리멍덩한 얼굴들 사이에서 우뚝 서 있는 여인이 눈에 들어왔다.

'아니 저것이!'

노인의 직감이 들어맞다면 부용귀였다. 뭐, 오늘부로 뒤에 붙은 귀라는 떼고 부르라는 염라대왕의 엄명이 떨어져서 앞으로는 그리 불릴 일이 없겠지만. 저승의 고문이란 고문은 다 받은 것처럼 흉측한 몰골은 어디 가고 단정한 규수가 다 되었군그래. 아마도 저 모습이 살아생전 본모습일 거라. 노인이 흘깃 배 끄트머리에 앉아 있는 소희를 보았다.

'생김새는 닮았을지 몰라도 분위기는 영 다르고만.'

"어찌 그리 보십니까? 아! 갈 때도 제가 노를 저을까요?"

"됐다, 녀석아! 노 젓는 건 내 일이니 넌 얌전히 있으면 된다."

벌떡 일어선 소희의 이마를 꾹 눌러 다시 앉히며 노인은 생각했다. 아마도 이 배 띄우기는 소희의 언니인 부용에게 보여주기 위한 염라의 배려가 아닐까 하고. 아주 팔불출 났섰다. 한동안 저승을 떠돌 각종 예측과 소문들을 능히 짐작해 보는 노인이었다.

'저번에 들어보니 별로 무겁지도 않던데. 혹 노를 놓아도 배는 가는 것이 아닐까?'

노인의 노를 보면서 생각하던 소희는 이내 강가로 고개를 돌렸다. 수많은 인파가 몰려들고 있었다. 다들 하나같이 시선에 초점이 없었다. 대부분의 사람들은 죽어서도 자신의 죽음을 바로 인지하지 못한다고 들었다. 아직 죽었는지도 모르고 두리번거리는 사람도 보였다.

그 가운데 혹시나 언니가 나와 있지 않을까. 아예 몸의 반을 빼고 멀리까지 살펴봤지만 없었다. 그리 큰 기대를 한 것은 아니었지만 그래도, 그래도 만에 하나 모르는 일이니까.

허리를 툭툭 두드리며 기지개를 켜던 노인이 보다 못해 소희를 불렀다. 제 언니라면 바로 알아보고도 남을 텐데 어째 얼굴에는 근심 덩어리가 한가득이다.

"이 녀석아. 언니가 배웅까지 나와줬는데 왜 그렇게 죽을상이야. 잘 살고 와서 다시 만나자고, 반갑게 손도 흔들어주고 응, 그러면서 웃어야지."

"예? 언니라니요?"

"아, 저기 손 흔들고 있잖아. 옆에 곱상한 애 딸린 저기 저, 안 보이느냐?"

심드렁하게 대꾸하는 노인이 혀를 찼다. 저렇게 멀쩡한 모습으로 서 있으니 소희가 못 알아볼 만도 했다. 놀라서 입을 다물지 못하는 소희를 보자 아무래도 제가 부용인 것임을 말해주지 않은 모양이었다.

"이, 이상합니다. 제 눈에는 어째 보이지 않습니다."

손까지 덜덜 떨면서 앞으로 몸을 내미는 게 가만히 놔두면 물에 빠지게 생겼다. 노를 끌어 올려 소희의 몸을 밀어낸 뒤에야 노인은 한시름 놓을 수 있었다.

"아서라. 어차피 네 눈에는 보이지도 않을 것이다."

"예? 대체 그게 무슨 말씀이십니까!"

"아, 저승의 법이 그런 것이지. 낸들 알겠느냐!"

저승사자는 같은 저승사자나 염라대왕이 아니고서는 볼 수 없다. 사자가 데려가야 할 명줄이 끊긴 자라면 모를까. 지금 소희가 볼 수 있는 건 이 노인뿐이었다. 강가를 건너고 나면 노인도 보이지 않을 것이다.

그런 것인가. 이 아이가 편히 돌아갈 수 있게끔 일부러 말하지 않은 것인가.

여전히 소희는 고개를 죽 빼고 두리번거리고 있었다. 잘 가라, 손을 흔들고 있는 부용과 단이란 계집은 보이지 않는 것 같았다.

이것 참, 사정을 다 알면서도 곧이곧대로 얘기해 줄 수도 없고, 그렇다고 아예 입을 닫아버리는 것도 뭣하다.

"너희 언니가 걱정 말라 전해달라고 하는구나."

"어제 꿈에서도 언니가 그리 말하였습니다."

"그래. 그러니 걱정할 것이 무어냐."

노인의 말에 조금이나마 안심이 되었다. 소희가 자세를 바로 하고 앉았다. 여전히 시선은 강가 쪽에 고정한 채였다. 고요한 물결에 쓸려가는 사이, 어느새 강가와는 멀어져 있었다. 그때까지 강가만 보던 소희가 별안간 소리쳤다.

"할아버지! 보이십니까? 지금 언니가 손을 흔드는 것이 보였습니다. 꿈에서와 꼭 같은 모습으로 말입니다."

"그래. 참 잘 보이는구나."

"어라? 언니 옆에 남자도 보입니다. 둘이 무척 사이가 좋아 보이는데요?"

구경꾼들이 모두 사라진 가운데 노인의 눈에 염라대왕이 보였다. 말쑥한 차림새로 부용의 어깨 위에 손을 올리고 있는 것이 보통의 사내들과 별반 다를 게 없어 보인다. 좋으실 때로군요. 노인이 끌끌거렸다. 배가 멀어질 때까지 소희는 팔이 떨어져 나가라 손을 흔들었다.

"아마 너도 익히 알고 있는 이일 테지. 내 아는 이 중에 저만한 팔불출이 있을까 싶구나."

"누군지 아십니까? 제게만 슬쩍 알려주시지요."

"글쎄다. 다음에 오면 알려줄 수도 있을까 싶다만."

"다음이라 하시면 너무…… 멉니다."

헤어짐의 의미를 짐작했는지 소희가 입을 다물었다. 노인 역시 별다른 말을 걸지 않았다. 이곳에서야 금방 갈 시간이지만 이승에서의 시간이란 길기도 길 것이다. 물가에 다다를 때까지도 두 사람은 각자의 생각에 잠겼다.

이승으로 향하는 것이 두 번째라니. 새삼스레 감회에 젖을 것도 없지만 소희는 가슴이 뛰는 걸 느꼈다. 더는 부용의 모습이 아닌 온전한 제 모습을 하고 가는 것이니 더욱 그랬다. 과연 알아봐 주실까.

고개를 슬쩍 내밀어 수면 위로 비춰 본다. 어리게만 보이던 얼굴이 조금 성숙해진 것도 같다. 염라대왕의 말씀에 따르면 이것이 본래 얼굴이라는데 글쎄, 아직은 영 익숙해지지가 않다. 언뜻 보면 언니를 닮은 것 같기도 한데, 살짝 처진 눈꼬리가 묘했다.

"그래. 본래 네 얼굴은 어떻더냐. 마음에 쏙 들고?"

"저, 그것이 말입니다. 인상이 많이 유약해진 것 같습니다."

"내 보기에는 훨씬 나은 것 같은데? 여자애가 너무 사나워 보여도 좀 그렇지 않겠느냐. 끌끌."

쓸데없는 고민이다 못 박은 노인이 등을 보이고 섰다. 어쨌거나 노인은 드센 손녀보다는 귀여운 손녀가 더 좋았다. 그편이 소희의 성격과도 잘 어울렸다.

그도 그런가? 소희가 고개를 갸웃거리자 물 위에 뜬 저도 똑같이 움직인다. 그래도 지금은 너무 맹해 보이는 것 같다. 혹시라도 대군마마께서 못 알아보시면 어쩌지. 만날 수 있다 장담은 못 하겠지만 그래도 만에 하나 만났을 경우를 생각해 보니 못 알아보실 게 분명하다. 에잇. 손가락을 넣어 애꿎은 수면을 휘저었다.

"어엇!"

그때 물속에서 튀어나온 촉수가 소희의 손가락을 물었다. 그것이 추욱! 소리를 내며 여린 살결을 빨아들였다. 비릿한 피비린내가 나더니 소희의 몸이 앞으로 쏠렸다. 할아버지! 노인을 부르려는데 몸이 놀랐는지 목에서 제대로 소리가 나오지 않았다.

'살려, 살려주세요!'

안간힘을 쓰며 끌려가는데 배의 무게가 한쪽으로 쏠리자 그제야 노인이 돌아봤다.

이런 썩을 것!

버럭, 소리를 내지른 노인이 노를 들어 촉수를 상대했다. 이승에서 숨이 끊어진 사람들이 저승에 가기까지 시기와 질투, 원망은 모두 이 물속으로 사라졌다. 그것들이 뭉치고 뭉쳐 사념(邪念) 덩어리를 이루어서는 저렇게 난리를 치는 것이다.

"잡았어! 내가 잡았어!"

그때 노인보다 더 재빠른 무언가가 소희를 잡아당겼다. 피가 새어 나오는 소희의 팔을 꽉 움켜잡은 여자는 당당했다. 이상하리만치 번뜩거리는 눈빛 때문에 소희는 할 말을 잃었다. 촉수를 간신히 잠재운 노인이 소희의 등을 손바닥으로 세게 내리쳤다.

"괜찮은 것이야? 까딱하다 죽을 뻔했어, 이것아!"

"그, 그러게요. 이번에 죽으면 다시는 못 돌아갈 텐데. 한데 이분은 누구십니까?"

"낸들 알겠느냐! 갑자기 솟아나서는 널 잡아채더구만."

얼떨결에 대답한 소희가 머리칼을 만지작거리는 손을 가만히 잡았다. 창백한 얼굴의 여자가 소희를 보며 싱긋 웃었다.

"살렸다! 내가 너 살렸다."

"아. 감사합니다. 죽는 줄 알았습니다. 살려주셔서 정말 감사합니다."

"고마워? 나, 고마워?"

여자가 손을 들어 자신을 가리키며 물었다. 소희가 노인 쪽을 쳐다보자 대충 말을 맞추라는 듯 손짓한다. 소희가 고개를 끄덕이며 다시 한 번 고맙다고 하자 여자가 푸훗, 소리 내며 무릎에 고개를 파묻었다.

"고마우면 나, 우리 아기 보게 해줘! 응?"

여인이 대뜸 소희의 팔을 잡고 졸라댔다. 작게 웅크린 모습을 보곤 소희가 아! 손뼉을 쳤다. 배에 오르기 전, 그저 노인이 올려둔 짐이겠거니 생각했던 보따리가 실은 여자였던 것이다.

"한데 어디서 나타나셨습니까? 배 위에 오르신 줄도 몰랐는데."

"나? 나 그냥 이거 덮어썼어."

여자가 옆에 놓인 쓰개치마를 가리켰다. 넝마 조각처럼 너덜너덜했다. 핏자국이 번진 하얀 한복을 걸친 채 길게 땋아 묶은 머리가 한쪽으로 늘어져 있었다. 옥같이 반들거리는 피부 결이 눈에 띄게 아름다웠다. 하지만 좌우로 흔들거리는 두 눈빛이 몹시 불안해 보였다.

"너 구해줬으니까 얼른! 우리 정이 보러 가자, 응?"

"송구하오나 그리 말씀하셔도 저는 모릅니다. 아무래도 다시 돌아가시는 것이……."

"싫어! 나 안 가!"

작은 체구가 소희의 몸을 꽁꽁 옭아맸다. 살이 다 발려진 닭 뼈처럼 마른 손목이 힘을 쓰자 당해낼 재간이 없다. 잠시만 놓아 달라 좋게 말해도 여자는 절레절레 고개를 저었다. 아닌 밤중에 홍두깨가 따로 없지. 좀 떼어내게 도와달라 하여도 노인은 멀찍이 서 바라보기만 할 뿐이었다.

"할아버지, 이분은 다시 돌려보내야 하는 거 아닙니까?"

"하나 어찌 돌려보낸단 말이냐. 봐라. 너한테 딱 붙어서는 떨어질 줄을 모르지 않아."

"설마 할아버지, 지금 제가 당하는 걸 보시는 것이 즐거우신 겁니까?"

"뭐, 전혀 아니라고는 말 못 하겠구나. 껄껄."

"그래도 이건 아니지요. 이보십시오! 조금 있으면 이승에 도착할 터인데 대체 무슨 생각으로 이 배에 오르신 겁니까? 염라대왕님께서 아시면 혼쭐 단단히 나실 텐데요."

소희가 애써 냉담하게 말했다. 정신이 바르지 못한 사람에게 이리 차게 대할 것까지야 없다지만 상황이 그러했다. 염라대왕의 심기를 거슬려 큰일 치를 것이라 했던 것은 다름 아닌 노인이었다. 소희가 밀쳐 내려 하자 여자가 얼른 손을 내밀어 보였다.

"이거 준다. 나, 우리 아기한테 이거 준다."

"그 정이란 아기에게 말입니까?"

"응. 준다. 그러니까 나 보내지 마라. 나 우리 아기 보기 전에는 못 간다."

안 받겠다고 하는데도 여자가 소희의 손안에 가락지를 쥐어주었다. 얼마나 문질렀는지 표면이 매끈거렸다.

참 대책도 없으신 분이시네.

소희가 다시 건네주려고 하는데 여자가 펄쩍 뛰어올랐다. 흰 치맛자락이 너풀너풀거렸다. 정신 사납다. 여자는 술래잡기라도 하는 것처럼 배 여기저기를 뛰어다녔다. 긴 나선형의 나룻배가 중심을 잃고 이리저리 흔들거렸다.

"나 잡아봐라!"

"이 녀석아! 저 여편네 얼른 안 잡고 뭐 해!"

노인의 호통에 소희가 얼른 일어났다. 재미지다고 구경이나 하실 때는 언제고 그나저나 대체 이게 무슨 마른하늘에 날벼락인지! 자동으로 떨어져 나가서 좋다 싶었는데 당최 가만히 앉아 있을 틈을 안 준다.

소희가 손을 뻗을 때마다 요리조리 빠져나가면서 여자가 우헤헤 소리 내 웃었다. 아기 얘기를 할 때만 해도 어머니 생각이 나 가엽게 여겼었는데 생각이 바뀌었다. 지금 이 순간만큼은 천하에 다시없을 난봉꾼이었다.

"제발 가만히 좀 계십시오!"

있는 힘껏 힘을 쏟아 간신히 여자의 치맛자락을 손에 쥐었을 때였다. 풍덩, 소리를 내며 여자가 배 너머로 몸을 던졌다. 놀란 소희가 얼른 달려 나갔지만 뽀그르르 소리만 날 뿐 떠오르는 것은 없었다. 설마 촉수에게 끌려 당한 것인가? 소희가 발을 동동 구르는 사이 기다란 장대가 여인을 잡아채 끌어 올렸다.

"으랏차차차!"

지켜만 보고 있던 노인은 엄청난 장사였는지 신음 소리 하나 내지 않았다. 배 위로 끌려온 여인도 놀랐는지 눈을 휘둥그레 뜨고 있었다. 노인이 옷소매를 걷어 올리자 딴딴한 근육이 나왔다. 소희가 감탄에 젖어 박수를 쳤다.

"간만에 힘 좀 쓴 거 가지고 무얼. 소희 너는 가기 전에 마음을 단단히 먹어라. 저 여편네는 내가 잡아서 저승으로 데리고 갈 테니 염려 말고."

"할아버지. 정말 보기보다 늠름하신 구석이 있으십니다?"

"끌끌. 어린것이 늙은것을 놀리면 못 쓴다."

소희가 슬슬 일어나 옷매무새를 정돈했다. 멍하니 앉아 있던 여자도 따라 일어섰다. 방금 전의 난리를 일으키느라 헝클어진 머리만 아니었다면 동일 인물이라 볼 수 없을 만큼 차분한 얼굴이었다. 소희의 앞까지 걸어간 여자가 단정한 입매를 누그러뜨리며 조심스럽게 물었다.

"얘. 내 옥가락지를 보지 못하였느냐?"

"예? 아. 가락지라면 여기 있습니다."

"아니. 도로 달라는 것이 아니다. 그저 내 아들 정이에게 전해주겠다 약속해 다오. 그럼 내 편히 저승으로 돌아갈 수 있을 것 같구나."

갑작스레 다른 사람처럼 변한 여자가 낯설었다. 그러나 또렷이 쳐다보는 눈동자가 여자가 진심임을 말하고 있었다. 약속해 다오. 음성에서 차마 거역할 수 없는 권위가 묻어났다.

"예. 제가 아드님을 만나게 된다면 꼭 전해 드리겠습니다."

"그래. 고맙구나. 그거면 됐다. 난 이제 죽어도 여한이 없겠어."

여자의 어투에서 그리움이 짙게 배어 나왔다. 꿈에서 본 부용을 떠올리게 하였고 어머니의 마지막 모습이 가물가물 그려졌다. 차마 저 혼자 두고 떠나기를 미안해하며 가시던 길에 그저 손을 잡아드리는 것밖에 해줄 수 있는 것이 없었다.

소희는 이왕 가락지를 전해주는 김에 조금 더 인심을 쓰기로 했다.

"혹 전할 말씀은 따로 없으십니까?"

"이 어미를 잊지 말아달라고 하렴. 어미의 한을 풀어달라고 해. 이렇게만 전해도 다 알아들을 거야. 우리 정이는 무척이나 영특한 아이란다."

여자에게서 아들에 대한 자부심이 묻어났다. 도도히 고개를 든 여자가 우아하게 한 걸음 한걸음 옮겨 가까이 다가왔다. 무언가 더 전할 말이 있는 것 같아 소희는 귀를 기울였다.

"혹 나를 기억하지 못하거든 이리 전하여라."

"⋯⋯."

"어미의 한을 풀어주지 못하는 한, 암흑보다 더한 구렁텅이에 빠질 것이라고. 죽는 것보다 못한 생지옥이 기다리고 있노라고."

얼마 후 여자는 노인이 소환한 저승사자 무리의 손에 잡혀갔다. 한껏 고아한 얼굴이 가기 전 소희를 한 번 돌아봤다. 차가우면서도 악에 받친 시선이 소희의 뇌리에 깊게 박혔다.

"무에 걱정되는 것이라도 있는 거냐? 얼굴이 죽상이구나."

"할아버지 보시기에 많이 티가 납니까?"

"아, 그걸 말이라고 해? 혹 이 늙은것과 헤어지기 섭섭해서 이러는 것이냐?"

"아이참. 할아버지께서는 계속 건강히 사실 테니 걱정될 것이 없습니다. 다만⋯⋯."

소희가 뒷말을 삼켰다. 아까 여인이 떠나기 전 남기고 간 마지막 한 마디가 왜 이리 마음에 걸리는지 모르겠다. 그건 마치 저주 같았다. 자식을 걱정하는 어미의 사랑만이 다가 아닌 무언가가 더 깔려 있는 것 같은데. 이거 혼자 처리도 못 할 것을 괜히 전해

주겠다 나선 건 아닌가 염려가 됐다.

'그도 그럴 게 난 내 일만으로도 벅찰 텐데.'

곰곰이 생각할수록 괜히 나섰다는 생각이 들었다. 정이라는 이름이 어디 흔한 이름인가. 소희가 익히 들어온 사내들 이름이라고 해봐야 고향에서 들었던 말복이나 개똥이가 다였다. 어디 양반집 도령이나 되는 이름 같은데 이를 어쩐다. 손에 쥔 가락지를 대굴대굴 굴리자니 한숨만 절로 나왔다.

"아까 그 여편네 말이 걸리는 거라면 맘 쓸 것 없다. 정신 오락가락하는 여편네 아니냐."

강가에 배를 대놓고도 가시방석에 앉은 것처럼 내리지 못하고 있는 소희가 마음에 걸렸는지 노인이 몇 마디 했다. 그때까지 생각에 잠겨 있던 소희가 의문을 제기했다.

"한데 말입니다. 할아버지. 저는 좀 이상했습니다. 저희 어머니 돌아가실 적에 저더러 어머니 일들일랑 다 잊으라고. 그저 다 잊어버리라고 살아달라 하시고 떠나셨거든요. 저는 그것이 여태 어머니의 마음인 줄로만 알았습니다. 그런데 아까 그분을 뵈니 제가 잘못 알고 있었던 것이 아닌가 하는 생각이 들었습니다."

"애미라고 다 같은 애미가 아니지. 자세한 사연은 몰라도 아들한테 쌓인 것이 무진장 많아 보이더구나. 쯧쯧."

"역시. 할아버지께서도 그렇게 느끼셨을 줄 알았습니다. 저도 그분께서 그냥 지나가는 말로 하는 건 아닌 것 같았습니다."

"모르긴 몰라도 그런 어미 밑에서 아들 되는 이도 꽤나 마음고생하였을 것이다."

양손을 맞대고 이리저리 꼬던 소희가 빤히 쳐다보는 노인의 시선을 슬그머니 피했다. 혹시 이승으로 가기를 머뭇거리고 있다는 걸 눈치채셨나? 노인이 아무리 저승사자래도 남의 속마음을 읽는 능력은 없을 거라 생각하면서도 소희의 입에서 끙, 신음 소리가 나왔다.

"그 얘기는 됐으니 이제 네 얘기나 해보거라."

"예? 제 이야기라니요?"

"아, 도착한 지가 언젠데 아까 그 여편네 타령이나 하면서 퍼져 앉아 있질 않아! 내가 그리 한가하지가 않아서 말이다. 뭐 걱정되는 거라도 있으면 얼른 말해보거라. 내 후딱 답을 내려줄 테니."

음. 역시 할아버지의 예리함은 피해갈 수가 없구나.

소희가 애꿎은 손가락을 구부렸다 폈다 만지작거렸다. 한 발짝만 내려놓으면 바로 이승인데 발이 떨어지지가 않는다.

솔직한 마음으로는 겁이 난다. 괜히 돌아오겠다고 한 것이 아닐까. 마지막 남은 윤회의 기회는 낳아주신 어머니가 남겨주신 것이었다. 이걸 과연 잘 활용할 수 있을까. 말짱 도루묵으로 만들어버리면 어째. 나중에 언니와 부모님의 얼굴을 무슨 낯으로 볼 수 있을지 왈칵 두려워졌다.

거기에 대군마마는 어찌 만날 수 있담. 분명 언니와 친분이 있었기에 데려다주었다지만 어찌 얼굴을 들이밀 수 있을까. 이젠 부용도 없이 철저히 혼자였다. 발을 내디뎌야 하는 이 순간에서야 그것이 현실로 다가왔다.

"할아버지. 실은 무섭기도 하고 막막합니다. 제가 아는 사람이라고 해봐야 대군마마 한 분뿐인데 만날 수 있을지도 모르겠습니다. 설령 만날 수 있다 한들 바뀐 제 모습을 보고 알아보지 못하면 어찌합니까."

"그것이 그렇게 신경 쓰이더냐. 이제야 네 본심을 들은 것 같으니 내 충고해 주마. 자꾸 네 녀석이 까마귀 고기를 먹은 것처럼 구는데 지금 네 모습이 본래 얼굴이다. 그리고 내 보기에는 영락 없이 부용과 닮았다."

"아무래도 요 눈꼬리가 마음에 걸립니다. 너무 순해 보입니다."

"떽! 내 아까 말하지 않았어! 그 축 처진 눈꼬리가 네 성격이랑 더 맞는다고."

위로를 해주시는 건지, 놀리시려는 건지. 끄응. 소희가 앓는 소리를 내며 손으로 머리를 감쌌다. 노인이 아무리 입 아프게 말해 주면 뭣하나. 제 마음에 안 들긴 안 드나 보다. 물 위에 얼굴을 비춰 보며 볼살을 여기저기 꼬집고 늘려보더니 소희가 한숨을 푹푹 내쉰다.

"이 볼살 어찌합니까. 이제 보니 저 완전 만두같이 생겼습니다."

"그것은 젖살이니라. 좀 더 나이 먹으면 다 빠지게 되어 있지."

"그럴까요? 에효. 그럼 하루빨리 나이 들었으면 좋겠습니다."

"녀석, 늙은것 앞에서 못 하는 말도 없지."

겉으로는 핀잔주는 척 쌀쌀맞게 말하면서 노인이 슬쩍 소희의 머리를 쓰다듬어 줬다. 두렵다, 무섭다 하더니 바뀐 외양이 그리도 신경 쓰이나 보다. 하여튼 아직 어리디어린 것. 며칠 전만 해도 귀신이었던 건 까마득하게 잊어버린 것 같다.

이렇게 보니 죽은 어미와도 닮은 것 같다. 신기하리만치 쏙 빼 닮았다. 젖살이 빠지고 먹을 것도 잘 먹어서 살도 더 찌면 분명 미인이 될 자질이 충분하다, 그 얘기다. 이전에 윤회의 삶을 살게 됨으로써 멈추었던 성장이 제 몸을 찾았으니 쑥쑥 자라날 것은 두말하면 잔소리. 곧 만개할 준비를 마치고 더 피어날 꽃이었다.

"한데 할아버지. 저 이제 어디로 가면 되는 겁니까?"

"참 빨리도 묻는다. 설명하기에는 네 녀석 위로해 주느라 시간 다 잡아먹었으니. 가보면 안다."

"아니 그래도 제게 설명을 좀 해주셔야…… 윽!"

명중이오. 정확히 소희의 뒷목을 내려친 노인이 허허롭게 웃었다. 설명하느라 시간 잡아먹을 것이고 자신이 없네, 가네, 못 가네 망설일 것이 뻔하다. 일단 부딪쳐 보면 될 것을. 우선은 궁궐에 던져 놓을 작정이었다. 노인의 할 일은 그것으로 끝이었다. 뒷일은 소희 네 몫이니라. 소희를 가볍게 공중으로 띄운 채 노인은 이승의 경계 너머 안개 사이로 가로질렀다.

五章. 지밀

으슥한 궁궐의 뒤뜰 한구석.

가까이 붙어 있는 건물 하나 없으니 달빛만 간간이 스쳐 드는 곳이라 숨어들기에는 적격이다. 지금은 작은 사당처럼 되어버린 곳을 드나드는 건 쥐새끼와 거미들뿐. 낡고 허름하게 변해 버린 그곳은 선대 왕조의 왕비들이 머물던 곳으로 한때나마 무수한 영광이 깃든 곳이었다.

마지막 주인이었던 폐비 임씨 뒤로 머무는 이 하나 없으니 십여 년이 넘도록 비어 있었다. 간만에 찾아든 이의 발걸음에 무너지려던 나무 기둥 하나가 간신히 시간을 지탱하고 섰다.

그러나 방문객은 안에 발을 들일 생각은 없던지 그저 바깥에 서 있다.

세월을 비껴 나가는 것을 감상하는지, 누군가의 발자취라도 살피려 드는지 짐작 못 할 만큼 그의 눈빛은 무심하기만 했다. 우두커니 선 그림자를 보던 곁에 선 이가 보다 못해 말을 붙였다.

"안에 들어가 보지 않으시려는 겁니까?"

"들어갈 만한 연유가 없지 싶은데."

"저 역시 잘은 기억을 못 하지만 그때는 이 정도로 작았던 것은 아니었던 것 같습니다만. 세월이 많이도 흐른 모양입니다."

사뭇 조심스레 건네는 세월 타령에 이정이 날카롭게 눈을 빛냈다. 옛 생각에나 잠기자고 찾은 곳이 아니다. 더더욱 옛일이나 추억할 만한 일도 아닌 마당에야.

그저 다시 한 번 확인하고 싶었을 뿐이다. 이 세상에 더 이상 그의 어미는 없다는 것을. 근래 궐내에 떠돌고 있는 소문 탓에 이정은 밤을 틈타 나와야 했다. 거처에서 이리 가까울 줄은 그도 미처 몰랐다.

"휘영. 원귀가 있다는 것을 믿느냐?"

"귀가 혹 귀신 귀를 말씀하시는 거라면 아니라고 단언할 수 있습니다."

"흐음. 그런가?"

"예. 대체 이 궐 안의 사람들은 나이를 어디로 먹은 것인지 모르겠습니다. 가장 웃어른인 대비마마께서 그리 겁이 많으신 줄 정말 몰랐습니다. 왜 기억 안 나십니까? 꽤 오래전 일이긴 하지만, 한 번 뵀을 적에 어찌나 마마를 잡아먹을 듯이 노려보았는지 제가 다 무서웠습니다."

팔을 비비며 대꾸하는 휘영의 말에 이정이 낮게 웃었다. 얘기를 들으니 그런 시절도 다 있었구나 싶다.

궐에 들어온 뒤로 직접 마주한 일은 없었으나 들려오는 소문만 들어도 그 성미가 변치 않는다는 것을 짐작하기란 어렵지 않았다.

왕이 세 번 바뀔 동안 새파랗게 젊은 얼굴로 왕실 최고 어른 자리를 차지하고 앉은 이다. 뒷방 늙은이란 호칭은 어울리지 않는다.

그랬던 그녀가 하루가 다르게 늙어가고 있단다. 난다 긴다 하는 의원들 모두 다녀갔는데도 원인을 알 수 없다고 한다. 주름살이 자글자글 배인 모습이라니 상상이 가지 않는다. 상왕보다도 더 왕 같았던 이가 아닌가.

"혹 소문이 마음에 걸려 그러신 겁니까? 설마 전하께서도 그 말도 안 되는 소문을 사실이라 믿으시는 것은 아니겠지요."

"믿고 안 믿고가 중요한 것이 아니다."

"그 소문들은 결국 돌고 돌아 마마를 위협할 것입니다. 간신히 기억 속에 묻어두었던 일이 아닙니까. 이제 와서 폐비마마를 빌미 삼아 마마를 어떻게 해보려는 저들의 속셈이 분명합니다. 생각해 보십시오. 저들이 언제 인정사정 가렸습니까?"

휘영의 말 또한 일리가 있었다. 대왕대비가 바깥출입을 자제하고 며칠째 두문불출이라는 걸 하 내관에게 들었다. 꼭 귀신이라도 본 것처럼 참담한 몰골이라고 하였다. 임금 또한 대왕대비의 머리가 헝클어진 것을 보았다고 할 정도니 만약 연극이라면 그 철저함에 박수를 쳐 줘도 아깝지 않을 것 같았다.

"하여 내 직접 확인하러 온 것이다."

찬찬히 둘러보고나 가자.

마치 달밤 산책이라도 나온 사람 같은 여유로움에 휘영이 뒷머리를 북북 긁었다. 모르긴 몰라도 대군마마 속을 알려면 평생 걸려도 안 되지 않을까. 차라리 열 길 물속을 알아보는 것이 빠를 것이다.

마침 그곳을 지나던 임금이 두 사람을 멀리서 지켜보았다. 낮게 허리를 굽힌, 전혀 점잖지 않은 모습에 뒤에 있던 나인들이 얼굴을 붉혔다. 그러거나 말거나 임금은 이정의 뒷모습을 살피기에 여념이 없었다. 저놈, 저 안으로 들어가는 것인가. 말 것인가.

'하여튼 그놈의 대왕대비 때문에 이게 다 무슨 고생인가.'

정말이지 아침 문안 갈 때마다 없던 정나미까지 떨어져 버렸다. 물론 그 참담한 몰골을 들여다봐 주는 맛으로 가는 것이지만 연일 그렇게 변해가니 정말 귀신이 있는 게 아닐까, 그런 생각이 들었다. 거기다 폐비 임씨가 머물렀던 사당 근처만 오면 으스스하다. 금방이라도 망자가 나타나 같이 가자 손 내밀 것 같다.

"내 삽살개를 가져오너라! 당장!"

"여기 있사옵니다. 전하."

거리를 두고 서 있던 하 내관이 얼른 다가와 건네주고 물러났다. 복슬복슬한 털 감촉을 느끼고 나서야 안심이 된다. 꼭 긴 머리를 풀어 헤친 것처럼 답답하게 생긴 생김새지만 그래도 이놈을 쓰다듬으면 한결 낫다.

"근데 하 내관, 저놈이 나더러 꽤 좋은 말을 했었지 않느냐."

"전하. 영헌군이 한 말 중 무엇이 기억에 남으셨습니까?"

"그 뭐라더라. 우매한 군주는 제 입으로 우매하다 안 그런다더라. 그 말 꽤 멋지지 않느냐? 하여튼 저놈은 누굴 닮아 저리 머리부터 발끝까지 멋진지 모르겠어. 인정하고 나니 내 마음이 훨씬 편한 것을. 애초에 그냥 태생부터가 다른 놈이다, 그리 생각하면 되는 거였는데."

중얼거리던 임금이 하 내관에게 손짓해 가까이 오라 했다. 새벽에 등짝 여러 군데가 시퍼렇게 부어올랐다. 고약한 냄새를 풍기는 약을 발랐건만 효과는 미비하다. 급기야 내관의 손을 빌려 긁기로 했다. 아예 퍼질러 앉아 등짝을 훤히 드러내 놓고 하 내관이 시원스레 긁는 것을 즐기던 때였다.

"시원해 죽겠다아. 그래 거기! 거기! 응?"

"어찌 그러십니까, 전하?"

"저기 방금 무언가가 떨어진 것도 같은데? 별인가? 하 내관! 보아라!"

설마 이 밤중에 저 별을 따러 가시자고 할 작정은 아니겠거니. 하 내관이 살살 손으로 긁어내리며 조심스레 말했다.

"전하. 아무래도 밤이 늦은 것 같은데 이만 침수에 드시는 것이 어떠시겠습니까. 영헌군도 돌아간 듯합니다."

"벌써 돌아갔단 말이냐? 근데 방금 못 봤느냐? 반짝 하고 떨어진 것이 꼭 여인네 치맛자락 같았다. 참으로 고왔던 것 같은데. 하 내관, 정말 보지 못한 것이냐?"

"전하. 상식적으로 이만큼 떨어진 거리에서는 그리 자세히 보이지 않습니다. 아무래도 요 며칠 많이 피곤하셨던 모양입니다. 이만 침수하러 가시지요."

"그건 그렇지. 오냐. 내 하 내관의 말을 듣고 이만 침수하러 가겠다."

웬일로 임금께서 제 말씀에 따라주시는가. 하 내관이 간만에 흡족하게 웃으며 뒤에 있던 나인들더러 어서 따라가자 하려는데.

"……라고 할 줄 알았느냐?"

그 잠깐 사이에 임금이 없어졌다. 벌써 저만치 신나게 달려가고 있는 임금의 뒷모습을 보며 하 내관 역시 뒤쫓아 달리기 시작했다. 내관 짓도 아무나 못 할 노릇이다 끊임없이 중얼거리며.

하늘에서 뚝 떨어뜨려 놓고 사라지실 줄이야.

물론 노인의 배려로 엉덩방아를 찧는다거나 그런 일은 없었지만 놀란 가슴은 쉽사리 진정되지 않았다. 천천히 바닥에 발이 닿을 때까지 기다리던 소희는 쫓아오는 발소리에 허둥지둥 몸을 감춰야 했다. 가까운 건물 밑으로 기어 들어가 기척을 숨겼다.

잠시 후 나타난 이들은 붉은 곤룡포를 두른 임금과 내관이었다. 그 할아버지, 정말 날 궁궐 안에 놓고 가셨네. 이것 참. 소희가 가슴을 진정시키고 숨을 골랐다.

"여기 어디쯤 떨어졌던 것 같은데. 하 내관! 경비를 불러라!"

"아이고 전하! 이 밤중에 소란을 일으키시면 안 됩니다. 경비라니요. 헉헉!"

"좋다. 그럼 네놈이 이 주변을 샅샅이 뒤져라. 네놈도 잘 알 것이다만 나는 궁금증을 해결하지 못하면 잠을 못 잔다. 하니 오늘밤 여기 떨어진 별의 정체를 알아내거라."

'별이라 하는 것이 그럼 설마?'

혹시 몰라 주위를 두리번거리던 소희가 결국 저밖에 없다는 것을 깨닫고는 고개를 떨어뜨렸다. 별이라니. 어쩌다 하늘 높이 떠있는 별로 오해를 받은 건지는 모르겠으나 본능이 들켜서는 안된다고 말하고 있었다.

임금의 명이 떨어지고 내관과 궁녀들이 이곳저곳을 쑤시고 다녔다. 기다란 꼬챙이 같은 것이 눈앞으로 몇 번 디밀어졌다. 소희는 최대한 몸을 동그랗게 말아 깊숙이 들어갔다.

"아직도 못 찾은 것인가? 나 참. 다들 이리 형편없어서야."

횃불이 이리저리 움직였다. 잠시간의 소란은 그치고 흥미 잃은 임금을 따라 모두 옮겨갔다. 주위가 완전히 정적으로 멎었을 때야 소희는 눈을 떴다. 천천히 몸을 반쯤 빼냈을 때였다. 고운 비단신이 소희의 손바닥을 사뿐히 밟았다.

"궁 안 기강이 해이해진 것이 맞기는 맞나보구나. 대체 어느 소속 나인이길래 이리 나다닌단 말이냐."

임금이 밤에 산보를 다닌다는 걸 듣고 한달음에 달려온 중전이었다. 한 상궁만을 대동하고 친히 걸음하였으나 임금은 이미 돌아간 뒤였다. 하도 얼굴을 보여주지 않아 애가 타 참을 수가 없었다. 완전 헛걸음했다는 생각에 심기가 불편함을 참고 있는데 구석에서 웬 생쥐 같은 것이 기어 나오는 게 아닌가.

"어허! 중전마마께서 하문하고 계시질 않느냐! 어서 대답하지 못할까!"

하늘에서 떨어져 내렸다 답할까. 땅에서 솟았다 답할까. 어느 답을 하여도 눈앞에 여인의 화를 꺼뜨릴 수 없겠다는 생각이 들었다. 괜한 말을 늘여놓아 부채질이라도 할까 싶어 소희는 그냥 눈을 아래로 내리깔았다. 나온 것도 아니고 들어간 것도 엉거주춤한 모양새를 보던 중전이 눈썹을 휘며 날카롭게 물었다.

"설마 폐비를 위해 기도라도 하는 것이냐? 아직도 너같이 우매한 것들이 남아 있는 줄은 내 미처 몰랐구나."

"중전마마. 우선 흥분을 가라앉히시지요."

"이보게 한 상궁. 내가 지금 진정을 하게 생겼는가. 바로 눈앞에서 전하를 놓쳤단 말일세. 오늘로 대체 몇 날째 독수공방 신세인 줄은 아는가? 난, 난 정말 자신이 없어."

아까의 기세는 어디 갔는지 중전의 발에서 힘이 빠졌다. 그사이 소희는 슬쩍 손을 빼냈다. 뒤로, 뒤로 들어가다 보니 막힌 벽이 아니라 또 다른 통로로 이어져 있었다. 조그마한 소희의 몸집

이라면 빠져나갈 수 있을 만큼 비좁은 공간이었다. 재고 말고 할
것도 없이 소희는 움직였다.

"인내하셔야 합니다. 중전마마께서는 하실 수 있으십니다. 자,
저를 따라해 보십시오. 나는 만인지상의……."

"만인지상의 어미다. 그런 입에 발린 소리를 할 거면 집어치우
게. 대왕대비께서 살아 계신데 내가 무슨 어미 노릇을 하겠는가.
난 아직 젊단 말일세."

"중전마마……."

투정도 상황 봐가면서 부리셔야지요, 마마. 차마 뒷말은 입 밖
으로 못 내고 꾹 삼켜 버리는 한 상궁이었다. 어찌 되었든 불쌍
한 우리 중전마마. 중전을 위로하다 그녀는 아이의 존재를 깜박
잊고 말았다. 아무렴 어떨 것인가. 설령 폐비의 혼령이라 한들 두
려워할 중전이 아니었다.

"한데 한 상궁. 아까 그 아이, 설마 진짜 귀신은 아닐 것이야.
그렇지?"

"귀신이라 쳐도 꽤나 어려 보이는 것이……."

"됐네. 귀신을 믿지는 않네만 밉보여 좋을 것은 없지."

샐쭉 입술을 내보이던 중전은 걸음을 옮겼다. 어쩐지 꺼림칙한
기분이 걸음을 재촉하게 만들었다.

소희는 임금과 중전이 지나간 방향의 반대편으로 향했다. 통로
를 빠져나가다 보니 그리되었다. 풀포기 하나 없는 적막한 곳. 조
그만 돌들만 굴러다니고 있었다. 통로 틈 사이에 벽을 기대고 앉
아 고개를 들자 검푸른 하늘이 보였다.

'또다시 혼자 남겨졌어.'

이름 모를 산기슭에서 깨어났을 때가 떠올랐다. 그때는 산돼지

같은 아저씨들에 쫓겨 도망쳤었다. 한 치 앞을 내다볼 수 없었던 막막함에 비하면 지금이 낫다. 글쎄 정말 그럴까. 자그마한 돌들을 모아 쥐었다가 내려놓았다.

이곳이 궁궐이란 건 알겠다.

하지만 어디로 가야 하나. 대군마마께서는 사가에 머무시는 걸로 알고 있는데 노인이 착각을 하였나 보다. 이왕 데려다주실 거 대군마마가 머무시는 방 앞에 떨어뜨려 주셨으면 얼마나 좋았을까. 아쉽고 허탈한 마음에 원망해 보지만 노인은 이미 이곳에 없었다.

소희가 살 길을 열심히 궁리하고 있을 동안 궁녀 서넛이 지나갔다. 얼른 섬돌 뒤 마루 속으로 기어 들어갔다. 한 번 숨고 나니 이보다 아늑한 곳이 따로 없었다. 개중에 하나가 마루 위로 털썩 앉더니 하소연을 했다.

"얘들아. 아무래도 우리가 상전 복이 지지리도 없지 싶어."

"그게 무슨 말이야. 너 얼마 전까지만 해도 저리 훤칠한 분을 가까이서 뵐 수만 있다면 무슨 일이든 하겠다고 할 때는 언제고."

"그거야 내가 뭘 몰랐을 때지. 제정신이 아닌 분이라 밤낮이 뒤바뀐 지 오래란다. 남들은 다 자러 가는 시간에 우리 봐봐. 오늘은 달빛이 좋으니 파전을 부쳐 달라 하시지 않아? 그뿐이면 말을 안 해. 만날 방 안에서 이상한 웃음소리가 들려. 네들 생각에도 영헌군마마께서 정말 실성하신 것 같니?"

"그 호위무사란 작자랑 방 안에 틀어박혀 나오지를 않는다잖아. 설마 그렇고 그런 사이란 소문이 사실일까?"

이런 세상에.

소희는 절로 나오는 신음 때문에 입을 꽉 틀어막고 두 귀를 쫑

굿 세웠다. 뭐랄까. 들어서는 안 될 얘기인 것 같으면서도 듣고 싶어졌다. 거기다 영헌군마마라는 호칭이 대군마마를 부르는 것이라는 걸 알고 나니 차마 귀를 막을 수가 없었다.

"야. 그것만이면 다행이게? 대왕대비전 애들이 그랬다잖아. 폐비의 혼이 걸어 다니는 것을 보았다고. 대왕대비마마께서 그것 때문에 미치셨다지 아마."

"그거 정말일까? 그럼 혹 죽은 폐비가 여기를 찾아오실 수도 있지 않아? 생전에 아드님을 그렇게 아끼셨다며."

"그, 그럼 우리는 어떻게 되는 건데? 엄마야! 난 귀신 진짜 싫단 말이야."

한 명이 우는 소리를 내며 자리에서 일어나자 나머지 둘이 따라 일어섰다. 귀신이 무섭기는 무서운 모양이지. 소희는 방금 들은 이야기를 머릿속으로 정리했다. 전에 대군마마께서 해주신 이야기와 일맥상통한다. 사약을 마시고 돌아가신 분이 폐비라면. 거기까지 생각하던 소희가 바닥을 주먹으로 쳤다.

'어찌 됐든 마마께서 이곳에 계신 것은 확실하다.'

할아버지, 뭣 모르고 오해해서 죄송해요.

잠깐이나마 노인을 원망했던 걸 반성한 소희가 몸을 일으키려다 말고 낮췄다. 이번에는 바로 밖으로 나가지 않고 신중을 기하기로 했다. 궁이란 곳이 보기보다 사람이 엄청 많다는 것을 조금씩 실감하고 있었다.

한데 여기서 언제까지 이러고 있어야 할까. 이럴 줄 알았으면 아까 그 나인들을 몰래 쫓아갈 것을 그랬다. 지리도 모르는데 이 넓은 곳을 걸어 다니다가는 허기져 죽을 것 같았다.

뱃가죽이 등에 붙을 것 같다. 꼬르륵. 혼자 듣기에도 민망한 소리와 바람 소리가 뒤섞였다. 배를 문지르면서 소희는 예전에 읽었던 '궁궐의 명칭'이란 서책을 떠올렸다. 부엌 같은 곳이라면 역시 수라간으로 가는 것이 좋겠다. 허기짐을 빙자한 무모함이 두려움을 앞서갔다.

일단 배부터 채우자 싶어 팔을 앞으로 뻗어 힘차게 나가려는데 눈앞에서 별이 반짝거렸다.

사당에서 거처로 돌아가는 길, 마루 밑에서 인기척을 느꼈다.

이정은 곧바로 걸어가 칼집을 휘둘렀다. 처음에는 겁만 주려는 의도였으나 생각할수록 괘씸해 손에 힘이 더해졌다.

이것 또한 임금이 보내온 여자일 것이 분명하다. 근래 들어 임금은 중전과의 합방을 거부하던 끝에 차선책으로 이정을 택했다. 기껏 내놓은 것이 그것이라니. 기가 찼다.

"이번에는 천방지축 여자를 보내신 것 같군."

참으로 웃기지 않은가.

매번 다른 생김새의 여자가 밤마다 이정의 방문을 열고 들어왔다. 어느 취향이든 좋으니 골라보라며 임금은 선심 쓰듯 그리 전했다. 달갑지 않은 제안이었다. 하나씩 물리고 보낼 때마다 궁녀들이 어찌 보았던지 휘영과 엮어 희한한 소문까지 돌고 있었다.

"전하께서 싸신 똥은 전하께서 치우시란 말입니다."

후계자 문제까지 떠맡기다니 정말 대책 없다.

그나저나 마루 밑의 그것은 어찌 나올 기미가 없다. 비명 소리 하나 내지 않아 독한 것이라고 생각했는데 설마 죽은 것인가. 이정이 몸을 낮추고 마루 안을 들여다봤다. 꿈틀거리는 기척도 없었다.

'똥을 치워?'

소희는 소희대로 잔뜩 긴장했다. 분명 목소리는 대군마마가 맞는데 고상한 외양과는 다른 말투에 놀란 가슴이 마구 뛰어댔다. 목소리만 닮은 사람인가? 어찌 됐든 눈을 감고 웅크려 있는데 커다란 손이 소희의 어깨를 흔들었다.

"죽은 척 해봐야 소용없다. 그 정도로 죽지 않는다는 건 내가 더 잘 알거든."

이정은 손을 들어 그것을 쿡쿡 찔렀다. 살집 하나 없는 것이 느껴져 저절로 혀가 찼다. 이번에는 천방지축에 마른 뼈다귀 같은 여자를 보내셨군. 이런 방면으로는 창의적인 부분까지 느껴져 이정은 비난과 감탄이 적절이 섞인 탄식을 흘렸다.

칼도 아닌 칼집으로 휘두른 것이니 잠시 기절한 것이다. 죽은 것도 아니니 내 알 바 아니다, 그리 생각하며 걸음을 옮기려는데 작은 손이 움직였다. 마르고 작은 흰 손이 이정의 신발을 꽉 잡았다.

"그런 몰골이 되어서도 내 방에 들고 싶다. 그런 뜻이냐?"

"아으으."

"한 대 더 맞고 싶지 않으면 썩 물러가도록."

"아으으. 머리 울립니다!"

소희는 간신히 눈에 힘을 주었다. 정말 머리가 아파서 기절할 뻔했다. 한데 무력을 행사한 사내는 계속 차갑게 쏘아붙이고만 있다. 어떻게 그렇게 머리 정수리를 딱 노려서 때린 걸까. 통증이 가시지 않는 부위를 손으로 짚으며 소희는 기어 나갔다. 무언가 오해가 있는 것 같으니 차근차근 설명할 생각으로.

"약한 척하지 마라. 보아하니 이런 일을 하기에는 나이가 어려

보이는데……."

"하오시면 제가 나이가 어리지 않다면요?"

"나이가 어리지 않다 하여도 아니 된다. 전하의 명을 받았을 것이나 결국에는 돈 때문일 테지. 안 봐도 훤해. 여기 약간의 돈을 줄 테니 가지고 가거라."

한데 내가 왜 이렇게 길게 설명을 늘어놓고 있나.

눈치코치 없는 여자는 아직 허리를 굽힌 채 이정의 말에 꼬치꼬치 대답하고 있었다. 그게 꼭 누군가를 연상시켰지만 목소리가 전혀 달랐다. 무엇보다 소희는 흔적도 없이 사라지지 않았던가.

"정인 노릇 하자며 방에 들이실 때는 언제고 그리 말씀하시는 겁니까?"

"무슨 말이냐."

"대군마마, 정말 이렇게 나오실 겁니까? 저는 정말 보고 싶었단 말입니다."

소희가 낑낑거리며 허리를 폈다. 나는 목소리만 들어도 딱 알겠는데. 그 다감했던 말투는 다 어디로 가버린 것인지 시린 음성만 들려주신다. 하지만 제가 생각해도 예전의 그 얼굴이 아니니 마땅히 나서기가 망설여졌다. 데굴데굴 눈만 굴리며 소희는 천천히 시선을 들어 올렸다.

풀어 헤쳐진 앞섶과 소희 못지않게 산발이 된 긴 머리를 하고 있는 이정이 보였다. 그새 살이 빠졌는지 잘 빠졌던 턱이 칼끝처럼 뾰족하게 변해 있었다. 창백해진 이정의 안색을 보던 소희의 눈가가 젖었다.

"왜 이렇게 마르셨습니까. 대군마마."

쪼르르 앞에 선 소희를 보고 이정은 말을 잇지 못했다. 못 본 사이 성숙해진 자태가 낯설었다. 물론 젖살이야 아직 남아 있다 해도 외양으로 느껴질 만큼 이리 빠르게 자라 있을 줄은 몰랐다.

더 이상은 소녀라고 부르는 것이 미안할 정도로. 풍성해진 머리칼과 부풀기 시작한 가슴팍이 오르락내리락한다. 그 변화에 이정은 눈을 뗄 수 없었다.

"소희냐?"

"예. 소희입니다."

"정말 살아 돌아온 것이냐?"

이정은 손을 뻗어 소희의 손목부터 어루만졌다. 어느 때보다 빠르게 맥박이 뛰고 있었다. 저보다는 느리게, 그러나 분명 살아 있음을 알리는 울림이다. 정말 돌아왔구나. 살아 있었구나.

"예. 물론 제가 조금 많이 변하기는 했사온데…… 엄마야!"

이정이 소희를 단숨에 끌어안았다. 가슴에 그대로 얼굴을 박은 소희가 바르작거렸다. 순진한 눈동자가 올려다보는 걸 본 뒤에야 이정은 안심했다. 맞닿은 온기가 팔팔 뛰고 있는 심장이 뜨거웠다. 처음이었다. 돌아와 주길 바랐던 사람들 중 정말로 돌아와 준 이는 소희가 처음이었다.

"정말 많이 자랐구나. 몰라보겠어."

"이것이 제 본모습이라 하였습니다. 혹 마음에 안 드십니까?"

소희가 울상을 지었다. 소녀였을 적에는 귀엽기만 했는데 눈매가 축 늘어지는 것을 보자 처연한 미인상이다. 쿵. 방금 전까지 안도감으로 얼어붙을 뻔했던 이정의 가슴이 다시 뛰기 시작했다. 방금 전 얼굴은 감춰두고 저만 보고 싶다. 이정은 서둘러 소희의 손을 잡아끌었다.

"우선은 안으로 들어가자."

"한데 대군마마, 제가 아까 소문을 좀 들었사온데."

"궐 내 소문은 믿을 것이 못 된다."

"그럼 저 없는 사이에 호위무사님과 정이라도 드신 겁니까?"

그런 것입니까?

가까이 몸을 붙여오며 소희가 속삭였다. 닿은 부위마다 열이 번지는 것 같다. 쉽사리 가시지 않을 것만 같은 불안감이 스멀스멀 올라온다. 이정이 스리슬쩍 소희의 시선을 피했다. 사정을 알 리 없는 소희가 볼우물이 패이도록 웃었다.

서늘한 밤공기가 흐르는 밖에 비해 안은 훨씬 따뜻했다.

궁녀들이 열심히 불을 지펴놓은 탓인지 후끈한 열기마저 느껴졌다. 방문을 열고 들어선 소희가 몸을 녹이다 말고 멈춰 섰다. 작았다. 물론 제게는 누워서 구르고 돌아다녀도 좋을 만큼 넓었지만 예전에 이정이 머물던 사가에 비해서는 형편없었다.

그렇게도 좋아하던 서책들도 없었다.

조그만 앉은뱅이 탁상 위에 올려 있는 두어 권의 책이 전부였다. 마치 그것이 어제오늘 일이 아닌 것처럼 이정은 퍽 덤덤히 방 한가운데에 자리를 잡고 앉았다. 우아하고 고상했던 그의 방 안을 아직도 기억하는 터라 소희는 입맛이 썼다.

작은 연못이 있던 널찍한 집을 놔두고 어쩌다 여기 오시게 되었을까.

"자의로 온 것이니 염려 말거라."

"대군마마."

"내게 딱 걸맞은 방이 아니냐. 그 집은 너무 컸다. 방도 너무 넓어서 쓸쓸하기만 하였다."

그건 미처 생각하지 못한 부분이었다. 이따금 이정의 방 안에 있던 담뱃대를 곁눈질만 했었다. 손에 쥐고 피어 무는 기다란 그 것. 소희의 머릿속에서나 있던 것이었다.

아버지를 따라 시장을 갈 때면 그것을 서로 피려고 하던 노인들을 볼 수 있었다. 풀풀 연기를 피워 올리고 쓸쓸하기만 한 향을 내던 그걸 왜 피울까. 그리 생각하였는데 그것이 아마도 이정에게는 긴 밤을 나누는 길동무는 아니었을까 하는 생각이 들었다.

"이리 오거라. 여기가 따뜻하다."

이정이 소희를 손짓해 가까이 앉혔다.

그가 이렇게 된 것이 꼭 제 탓만 같다. 소희가 눈물이 나오려는 것을 주먹을 꾹 쥐어 참았다. 잘 살고 계실 줄 알았는데 이게 다 무엇이야. 그의 말처럼 이곳이 좁고 아늑한 맛은 있을지 몰라도 전혀 어울리지 않았다. 이정이 걸치고 있는 얇은 비단옷도 마음에 들지 않았다. 조금이라도 더 흘러내리면 가슴이 훤히 드러날 것 같았다.

"어찌 이런 차림을 하고 계셨습니까. 감모 드실 것입니다."

"하나 미친 사람이 계절의 흐름을 읽어내면 미친 게 아니게 되지 않느냐."

"그래도 이 옷은 좀 아닌 것 같습니다."

"어째서지?"

"보는 이를 현혹시킬 만큼 좀, 음……. 어찌 됐든 아니 됩니다."

너무 곱지 않습니까. 소희는 손을 뻗어 그의 옷을 단단히 여며주었다. 내친김에 허리에 달려 있는 끈을 힘주어 묶었다. 세 번 정도 더 두르고 나서야 만족했는지 소희가 손을 뗐다. 그렇지 않아도 사람 많은 궁궐이다. 지금까지 이런 차림으로 하고 다니셨다면 얼마나 많은 여인들의 시선을 붙잡아두셨을 것인가 생각하니 입술이 앞으로 쑥 나왔다.

"여전하구나."

"무엇이 말입니까?"

"못마땅하면 내미는 그 입술 말이다."

긴 손가락이 살포시 소희의 아랫입술을 훑고 지나갔다. 순간 등허리에 찌릿한 무언가가 등을 타고 올라왔다. 낯선 느낌에 놀라 소희가 얼른 입술을 집어넣었다.

방금 그게 뭐지. 혹시 기억의 샘물이라던—샘물이라고 하기에는 강물처럼 넓기만 했던— 그곳의 촉수가 내 등을 타고 따라온 것일까. 소희가 얼른 뒤를 돌아 이정에게 등을 내보였다.

"제 등 좀 보아주십시오. 그, 혹시 이상한 것 안 보이십니까?"

"나더러 등을 보아달란 말이냐?"

"예. 이상한 것이 꼬물꼬물 등을 기어 다니는 것 같습니다."

"글쎄다. 이리 봐서는 잘 모르겠구나."

꼬물꼬물 무엇이 기어 다닌다는 것인지 도통 모르겠다. 소희가 좀 더 자세히 살펴보시라 말하자 이정이 등 여기저기를 눌렀다. 만져지는 것은 그저 몰랑한 살덩이의 감촉일 뿐, 소희가 말하는 미심쩍은 생물은 없었다.

"안심해라. 아무것도 없으니."

꾹꾹 누를 때마다 소희의 뒷목이 새빨갛게 변했다. 그 변화가 재밌어서 이정이 여기저기를 더 눌렀다. 그때마다 어쩐지 더 근지러워져 소희는 얼른 다시 돌아앉았다.

슬쩍 웃고 있는 이정을 보자 또 놀림을 당했다는 걸 알았다. 그냥 제 손으로 긁는 것이 더 속 편할 것 같았다. 부작용인지 뒷목과 귓불까지 간지러워 소희는 손바닥으로 대충 비벼댔다.

열심히 팔다리까지 비벼대는 소희를 보며 웃음을 참던 이정의 얼굴이 조금 달라졌다. 소희의 손가락에 옥가락지가 끼워져 있었다. 비취빛의 그것은 얇고 작은 손가락에 맞지 않아 헐렁하기만 했다.

눈여겨보던 이정의 낯빛이 차갑게 변했다. 언젠가 보았던 것과 닮아 있었다. 상왕이 주었다면서 어미가 좋아라 하였던 것이다. 그것이라면 안쪽에는 정(情)이라는 한자가 새겨져 있을 테지. 하나 세상에 널리고 널린 것이 가락지 아닌가. 이정의 시선이 차츰 가라앉았다.

밝은 곳에서 보니 달라진 이목구비가 한눈에 들어왔다. 전에는 미처 눈여겨보지 못했던 구석구석까지도 시선이 갔다. 새침데기처럼 치켜 올라갔던 눈매가 조금 낮아졌다. 올망졸망했던 콧망울은 오똑한 콧대가 되어 있었다.

언뜻 보면 예전과 달라진 것 같았지만 풍기는 분위기는 소희가 맞았다. 무엇보다 지금처럼 빤히 바라보고 있을 때 볼을 붉히면서 속눈썹을 드리우는 것. 이정은 살며시 손을 뻗어 툭 건드려 보았다.

"나는 아직도 믿기지를 않는다. 네가 내 앞에 이렇게 웃고 있는 것도, 이렇게 떨고 있는 것도, 날 바라보고 있는 것도."

"제가 떨고 있었습니까?"

"몰랐느냐? 넌 내가 볼 때면 부끄러워하더구나."

"미처 몰랐습니다. 하지만 대군마마 앞에서만 이러니 큰 문제는 없는 것이겠지요?"

조근조근 답하는 목소리가 귓가에 나긋나긋하게 감겨왔다. 부끄럽다는 듯 내린 것이 언제냐는 듯 다시 마주 봐오는 시선.

그래, 이런 것들을 그리워했었나 보다. 눈을 맞추고 손을 잡는다는 게 그리 사소하지만은 않은 일이라는 생각이 들었다.

아직도 눈을 감으면 그날이 떠오른다. 핏자국마저 홀연히 사라져 버린 그날, 망연자실한 심정으로 댕기 하나 손에 쥐었다.

그냥 다 꿈이려니. 애초부터 너 하나 없던 셈치고 살 수 있다고, 누이동생 하나 없는 셈 치자고 안일하게 생각했었다.

원래부터 없었으니까. 그러나 원래부터 주어지지 않았던 것을 한 번 쥐고 나면 놓을 수 없다는 걸 그는 날마다 깨달아야 했다.

멀리 떨어져 있다는 것과 아예 이 세상에 없는 것은 전혀 다른 문제였다.

더 이상은 담뱃대의 연기가 그를 위로해 주지 못했다. 여린 어깨를 끌어당기며 이정은 고개를 묻었다.

돌아온 이상, 다시 놓기는 쉽지 않을 것이다.

"저, 여쭤볼 것이 있사온데."

"말해라."

"제 얼굴이 그리 많이 바뀌었습니까? 바로 알아보시지 못하는 듯하여."

"아까는 너무 놀라서 그랬다. 지금 보니 별 차이를 모르겠군."

불안하게 흔들리던 소희의 눈동자가 동요를 멈췄다. 사실 이승으로 돌아올 수 있다는 사실 자체만으로도 감사했었다. 언니와 최대한 닮았으면 좋겠다는 것은 어쩌면 욕심일 수도 있었다. 그가 바로 알아볼 수 있을 만큼만 생겼으면 좋겠다고 얼마나 마음속으로 빌었는지 모른다.

아직 제 스스로도 익숙하지 않은 외양이었다. 별 차이를 모르겠다는 말에 순간적으로 안심했지만 그래도 역시 눈매 모양이 신경 쓰였다. 치장을 하고 싶다거나 그런 것은 아니었지만 그가 기억하고 있을 언니의 모습보다는 잘 보이고 싶었다.

'정말 이상해.'

머릿속에서 새어 나오는 이런저런 생각들. 이건 꼭 질투를 하고 있는 것 같다. 머리를 팡팡 두드리다가 손이 잡혔다. 아차차. 혼자 있는 게 아니었지 참. 슬그머니 손을 내리고 얌전히 앉아 있으려는데 다정한 음성이 들린다.

"자칫하면 머리 나빠질라. 기껏 돌아와 놓고 바보라도 되고 싶은 게냐?"

그래, 뭐. 다름 아닌 대군마마께서 괜찮다는데 그럼 된 거 아닌가.

걱정거리를 내려놓자 저절로 하품이 나왔다. 뜨뜻한 방 안과 곁에 앉아 있는 이에게서 전해지는 훈훈한 온기가 몸을 감싸온다. 방이 좁아서인지 몰라도 꽉 찬 것 같다. 아니면 몸이 더 커져서인지도 모른다.

"마마께서는 제가 어찌 돌아왔는지는 궁금하지 않으십니까?"

"궁금해야 하는 거냐?"

"음. 보통은 믿기지 않을 것 같습니다. 돌아오고 싶다 하여 모두가 다 그럴 수 있는 것은 아니라 하였습니다."

"그럼 너는 돌아오고 싶었느냐?"

소희의 고개가 크게 끄덕여졌다.

누구에게나 털어놓을 수도, 털어놓아서도 안 된다. 저승을 나서는 순간부터 그곳의 일은 잊어야 한다. 이승과 저승, 그 세계는 이어진 것처럼 보이지만 엄연히 경계선이 존재했다. 한쪽 세계에서 이루어진 일은 그 세계에서 마무리 지어야 한다. 그러니 이승의 원한을 저승으로 가져와서는 안 된다.

"그저 평범한 삶을 살기를 바란다."

꿈속에서 부용이 말하고 싶었던 건 그런 것이었을지도 모르겠다는 생각이 들었다. 설령 그것이 가족을 몰살해 버린 저들이라도? 물어보기도 전에 언니는 소희를 안아주고 떠났다. 꿈에서 깨어났을 때 그 허허로운 심정이란 차마 말로 표현하기 힘들었다.
"한데 그 반지는 어디서 난 것이지?"
"아. 제 것은 아니고 부탁 받은 것입니다. 전해주어야 하는데 사람 찾기가 생각처럼 쉽지는 않을 것 같습니다."
"내가 좀 볼 수 있겠느냐?"
한동안 가락지를 들여다보던 이정이 다시 돌려주었다. 닳고 닳아 원래 새겨져 있던 문구 같은 것은 보이지 않았다.
이정이 자리에 눕더니 가락지만 보고 있는 소희를 불렀다. 소희가 돌아오면 해보고 싶은 것 중 하나가 떠올랐다.
"그거, 다시 해줄 수 있느냐?"
"예? 무엇 말씀이십니까?"
"왜, 있잖느냐. 전에 네가 내 발을 밟고 서서 했던 것 말이다."
"아. 그게 꽤 시원하셨던 모양입니다?"
소희가 얼른 자리에서 일어났다. 얼른 자세를 갖추다 말고 소희가 고개를 갸웃거렸다. 아까는 묻고 싶은 것이 많았는데 뭐였더라. 이정이 엎드린 채로 종아리를 흔들었다. 그 재촉에 소희가 발을 밟고 올라섰다.
한 발, 한 발 무게를 실어 밟다가 삐끗하고 말았다. 이정이 소리 없이 고통에 젖어 있을 때 소희가 생각이 떠올랐는지 아, 소리 냈다.

"한데 대군마마. 제가 아까부터 여쭙고 싶은 게 있었는데 말입니다."

"무엇인데. 설마 아까 네 질문 말이냐?"

"아아. 그렇고 그런 사이라고 여쭌 것 말입니까?"

"그야 당연히 아니지. 설마 그런 말도 안 되는 소문을 믿는 것은 아니겠지?"

이정이 얼른 돌아누웠다. 어째 이런 얘기를 하기에는 자세가 별 신뢰감을 주지 못한다는 생각이 들었다. 고개를 끄덕이며 소희가 그 정도는 안다고 대답했다. 별 고민할 게 없는 문제다, 하는데 소희가 물었다.

"제가 궁금한 것은 아까 마마께서 말씀하신 똥 이야기입니다. 이번에는 천방지축 여자를 보낸 것 같군. 그다음에는 내 방으로 들고 싶군? 뭐 이런 말씀을 하시지 않았습니까. 그렇담 저 말고 다른 정인이라도 만들 생각이셨습니까?"

"그런 것이 아니다. 실은 전하께서 후사 문제를 내게 미루다 보니 그리된 것이다. 내 의지와는 상관없이 일이 그리되었다."

아까 잠시 밖으로 나갔던 휘영은 언제 돌아오나, 이정은 방문을 바라봤다. 와서 이 해명에 확실하게 한두 마디 정도 더 얹어주면 좋을 텐데. 의심할 만도 하지. 소희에게 그런 빌미를 주었다는 것이, 그럴 만한 여지가 조금이라도 있었다는 것이 마음에 들지 않았다.

그는 날이 밝는 대로 임금께 후사 문제에 관해 확실히 매듭을 짓자고 결심했다.

"대군마마. 저도 어깨가 좀 결린 것 같습니다. 혹시 아까 머리를 맞은 것 때문에 무슨 영향이 있는 것은 아니겠지요?"

"설마 그러기야 하겠느냐."

"아닙니다. 정말 바보가 되면 어찌합니까?"

어깨를 짚어 보이는 소희에게로 이정이 손을 뻗었다. 어깨가 아프다 하니 주물러 줘야지. 어째 역할이 뒤바뀐 느낌이지만 아무렴 어떤가. 소희가 의심을 거둔 것만으로도 족했다.

"그만 좀 웃으십시오. 마마 때문에 저까지 괜한 오해를 사지 않습니까?"

돌아온 휘영은 소희를 보자마자 그 자리에서 기절하고 말았다. 정신이 들고 이정에게 자초지종을 전해 듣고 나서도 그는 긴가민가하더니 바로 불평을 쏟아냈다. 그의 말인즉슨, 하룻밤 사이 이정이 시도 때도 없이 웃느라 궁녀들이 더 수군거리고 있다는 것이다. 내오는 밥의 양이 늘어났음은 물론, 방 안에는 아예 들어오지도 못하게 하는 등 유난스럽게 구니 소문은 점점 더 불어날 법도 했다.

휘영은 휘영대로 곤욕을 치르고 있었다. 분명 호위무사의 자격으로 입궁했건만 걸어 다니는 그를 보고는 저마다 '남자 역할일까, 여자 역할일까' 입을 모았다. 아예 대놓고 음침한 눈빛으로 그를 보는 나인들도 있었다. 쓸데없는 상상력과 그걸 대단한 사실처럼 입을 모으는 그네들의 성정을 모르는 건 아니었지만 아아, 정말이지 치욕적이지 않을 수가 없었다.

소희를 위해서라도 어떻게 처신해야 할지 생각해 봐야 한다고 휘영이 말하자 이정이 정색하고 대답했다.

"그럼 그렇다고 소희를 굶기느냐?"

"그 말이 아니지 않습니까."

"방법이 있기는 한데, 휘영 네가 밥을 좀 덜 먹으면 된다."

"으아아! 제가 말씀드리는 방법이란 처소를 옮겨주십사 하는 것이었습니다!"

언제까지 소희의 존재를 숨길 수도 없는 노릇이었다. 언제 어느 때 임금이 들이닥칠지도 모르는데, 지켜보는 자들의 눈 또한 있을진대. 이정 또한 그 점을 염려 안 해둔 것은 아니었다. 물론 처소를 옮기면 넓은 방과 좀 더 나은 대우를 받을 수 있었다. 그러나 그만큼 주위를 경비하기가 쉽지 않을 수도 있었다.

"제가 좀 덜 먹겠습니다. 아니 굶도록 노력도 해보겠습니다."

"아니 된다. 소희 넌 지금이 딱 보기 좋다."

"그래도 저 때문에 괜한 고생을 사서 하시는 게 아닙니까."

"괜찮다. 이 정도쯤이야."

서로를 위하는 두 사람을 보며 휘영이 혀를 차며 가슴을 두드렸다. 이 정도로 말씀드렸으면 처소를 옮기자 하실 줄 알았는데 통하지가 않는다. 좀 더 적극적으로 의견을 낼까 생각하는데 바깥에서 임금의 등장을 알리는 궁녀의 목소리가 들려왔다.

"영헌군마마. 전하께서 납시었습니다."

순간 이정과 휘영, 소희 세 사람의 눈이 마주쳤다. 잠깐 사이 이정이 개켜진 이불을 눈짓했고 휘영이 빠르게 펼쳐 바닥에 깔았다. 소희를 구석 쪽에 눕히고 이정이 드러누워 목까지 감싸게끔 이불을 끌어 올렸다. 대충 그럴싸한 모양새가 나오자 이정은 임금을 안으로 들였다.

"아직도 미친놈 행세를 하는 것이냐?"

해가 중천에 뜬 지가 언제인데 아직도 누워만 있냐는 질책이 담겨 있었다. 이어 임금은 간밤에 있었던 일을 설명했다. 이쪽 부근으로 별이 하나 떨어졌는데 보지 못하였냐는 것부터 시작해서 급기야 합방 날짜가 잡혔다는 이야기까지. 아마도 후자가 임금의 본론이었을 거라는 생각을 하면서 이정은 덤덤하게 경청했다.

그런 이정을 흘깃 보던 임금이 삐뚜름하게 웃었다.

말 안 해도 알겠다. 저놈 신경이 이불 쪽으로 쏠려 있군그래. 임금이 슬쩍 이정 옆으로 당겨 앉으며 물었다.

"한데 네게 붙여준 궁녀들은 뭘 하고 있는 거냐. 이 시간까지 이불도 개켜놓지 않다니, 이래서야 쓰나."

"그 정도는 아랫것을 쓰지 않고 스스로 하고 있습니다. 염려하지 않으셔도 됩니다."

"그래도 오늘은 좀 다른 것을. 늘 사내 두 놈 쾌쾌한 냄새만 나더니 꽤 좋은 냄새가 나는걸. 나도 듣는 귀가 다 있단 말이다. 말해보거라. 계집 하나를 끌어들였다면서?"

호기심에 젖어 잔뜩 기대감을 품은 임금의 눈이 반짝거렸다. 이정은 부정하지 않았다. 임금으로서도 그것을 캐물어 혼을 내려던 것은 아니었다. 성년을 넘긴 지가 한참 지났다. 그러나 역시 호기심이 동한다. 소희란 계집을 여동생처럼 아꼈다던데 홀연히 사라진 뒤로 미친놈 행세를 하지 않았던가. 그랬던 이정이 언제 그랬냐는 듯 다른 여자를 품었다면 궁금해지지 않을 수 없다.

"전하께서 하시고픈 말씀을 하시지요. 참고로 저는 빙빙 둘러 말하는 것을 좋아하지 않습니다."

"동생아. 내 네게 이리 부탁하마."

"전하답지 않게 왜 이러십니까."

"그러지 말고 이리 오거라. 형이 동생 손 좀 잡는 것이 무에 대수라고."

우리가 어디 보통 형제 사이였어야 말이지요.

무심하던 이정의 표정이 삽시간에 굳어졌다. 임금이 마주 잡아온 손에서 끈적거리는 땀이 묻어났다. 어렵게 꺼내는 말이라는 것이 짐작은 가지만 그 검은 속내를 짐작하다 꺼려졌다. 손을 빼내 옷에 열심히 닦는 사이 임금이 간곡하게 말했다.

"그 계집을 잉태시키란 말이다. 넌 할 수 있을 것이다."

"헉!"

이불 속에서 소희가 놀랐는지 괴상망측한 소리가 터져 나왔다. 연이어 거칠게 숨을 몰아쉬느라 이불이 들썩거렸다. 지금 제대로 들은 것일까. 소희가 미친 듯이 뛰는 가슴을 진정시키며 입을 막았다. 하지만 방 안에 있는 사람들의 귀에 이미 들어간 뒤였다. 그러나 이정은 지금 그보다 더 중요한 문제에 맞닥뜨리고 있었다.

"전하. 아무리 형제 관계라 하나 해도 될 말이 있고, 안 될 말이 있는 거 아니겠습니까?"

이정의 눈이 번뜩였다. 찔리는 구석은 있는지 임금이 뒷머리를 긁적거렸다.

"그, 그래도 별다른 묘안이 없다. 너는 내가 중전 같은 이와 합방이 가능하다 보느냐? 쳐다보기만 해도 사람 홀리게 생긴 간살스러운 그 눈만 보면 난 저절로 대왕대비를 떠올린단 말이다. 흠흠. 애초에 서지가 않는단 말이지."

"중전마마의 미색은 익히 들어 알고 있습니다. 전하께서 간살스럽다 생각하고 보시니 그런 것이 아니겠습니까."

"중전이 잉태한들 제 아비에게 힘을 더 실어주는 꼴밖에 더 되겠느냐 말이다. 나라의 경사는 개뿔이. 그놈의 합방 치르다 내가 죽게 생겼다."

임금의 입에서 깊은 한숨이 푸우우 새어 나왔다.

"거기다 언제까지 영헌군이라 불릴 생각이냐. 비록 나와 같은 배에서 나오지는 않았으나 네가 대군인 것은 내가 보장할 수 있다. 그러니 자식을 가져라. 나처럼 불가능한 몸도 아니지 않느냐."

"이제 와서 군이든, 대군이든 무슨 소용입니까."

"생각해 보거라. 최대한 오래. 그리고 거처는 옮겨라. 무조건."

임금이 돌아간 뒤 방 안은 정적에 휩싸였다. 임금의 명으로 꼼짝없이 거처까지 옮기게 생겼다. 이게 불행일까 다행일까. 무슨 생각에서인지 임금은 자신의 궁과 가까운 곳으로 배정했다. 그렇게 되면 더 이상 속세와는 상관없이 행동할 수 없게 된다. 유유자적하게 뒷짐 지고 서서 지켜보던 노릇도 관둬야 했다. 내 편에 서서 제대로 된 방패막이가 되어라. 어차피 속뜻을 헤아려 보면 그것이었다.

"어찌 됐든 거처라도 옮기게 되어 다행이지 않습니까."

"다행인 걸까."

"마마께서도 내심 바라던 일, 아니셨습니까?"

"이리 무모하게는 아니었다만."

임금의 확답이 듣고 싶었지만 이런 식은 아니었다는 말씀.

이정이 이마를 짚으며 작금의 상황을 짚어갔다. 일반적으로 성년이 되기 전 세자가 아닌 대군과 군의 신분은 궁을 나가는 것이 옳다. 그러나 이정의 경우는 오히려 반대였다. 어린 시절 궁에서 쫓겨나 성년이 다 되어 이곳에 발을 들이게 되었다.

그나저나 불가능한 몸이라는 임금의 말은 무슨 뜻인가. 처음 듣는 얘기였다. 설득하느라 꺼낸 말 같기도 하고 반쯤은 진심 같기도 했다. 그 말을 할 때 임금은 꽤나 공허한 얼굴을 하고 있었다. 자세히 물어볼 것을 그리했다.

"전하께서는 완전히 돌아가신 것입니까?"

그때까지 이불 속에서 웅크려 있던 소희가 빠꼼히 고개를 내밀었다. 내내 엎드려 있느라 다리에 쥐가 났다.

그제야 소희도 함께 있었다는 것을 깨달았는지 이정과 휘영이 어안이 벙벙해져 돌아봤다. 저린 다리가 퍼질 때까지 기다리기로 하며 소희가 말똥말똥한 눈을 굴렸다.

"전하시라면 대군마마 형님 되시는 분 아닙니까. 목소리만 들어서는 그리 무섭지 않으신 분 같은데 마마와는 많이 닮으셨습니까?"

"하하. 닮기는 무슨. 반에 반도 안 닮으셨다. 아마 소희 네가 봤더라면……."

"휘영. 전하께 무슨 무례인가."

물론 그렇게 생각하는 게 아닌 건 아니었으나, 이정은 짐짓 나무라는 척하였다. 그래도 닮은 것은 아니다, 말해주려는데 소희가 계속 묻기 시작했다.

"아! 그리고 제가 이불 속에서 제대로 들은 것이 맞는지 모르겠습니다. 아까 전하께서 마마더러 계집을 잉태시키라 하시던데 대관절 무슨 말씀을 하시는 것입니까?"

"그것이 말이다. 소희야."

"아무래도 이상합니다. 혹 마마께 저 말고 다른 정인이 있는 것입니까? 그런 것입니까?"

"아니다. 소희야. 무언가 오해가 있었나 보다. 내게는 너 하나뿐이다."

"아닙니다. 전하의 말씀이니 따르셔야지요. 저도 다 이해합니다."

"아니래도 그러는구나. 난 전하의 명이라 하여 다 따를 생각이 없다."

다리 상태가 좀 나아져 소희는 얼른 이불 속에서 나와 공손히 자세를 취했다. 역시 대군마마라면 그리 말씀해 주실 줄 알았다. 소희가 고개를 끄덕거리며 안심하려는데 이정이 넌지시 물었다.

"한데 소희 넌 그것도 모르고 있는 것이냐. 그, 잉태라는 것 말이다."

"아아. 물론이지요. 제가 어린아이도 아니고 책에서 읽어 다 압니다. 밤마다 열심히 빌면 황새가 아이를 물어다 주는 것 아닙니까. 혹 마마께서도 전하 때문에 필요하시면 말씀하십시오. 제가 오늘 밤부터 열심히 기도하겠습니다."

"……확실한 것이냐?"

"그럼요. 중요한 것은 정성 어린 마음가짐! 아니겠습니까?"

어찌나 자신만만하게 말하는지, 그 침착한 태도에 이정은 고개를 돌렸고 휘영은 대놓고 박장대소했다. 너무 아는 체를 했나 보다고 소희는 부끄러워했다.

✾

식사 때마다 나인들이 들락거리는 것이 익숙하지 않았던 소희는 방 한쪽에 웅크리고 있었다. 임금이 보냈다던 나인들이 줄지어 들어와 밥상을 차려놓고 나갔다.

꼬르륵 울리는 배를 안고도 소희는 숟가락을 들지 않았다. 뭔지는 몰라도 이 밥상이 그냥 한 끼 이상의 의미가 담겨 있는 것 같았다. 매 끼니 때마다 좋은 것이 나오면 저절로 떠오르는 얼굴 때문에 목구멍이 쓰라렸다.

거처를 옮긴 후 좋은 점은 방이 커졌다는 것이었다.

안 좋은 점은 나인이라 불리는 예쁜 언니들에게 감시받고 있는 느낌이 든다는 거였다. 제 쪽을 흘깃거리는 시선을 느끼고 용기 내 말을 걸었지만 그네들은 화들짝 놀라서는 바삐 나가 버렸다.

내가 무슨 나쁜 균이라도 되는 줄 알고. 힘없이 중얼거리는 걸 들었는지 이정이 숟가락을 쥐어주었다.

"입단속 시키고자 널 못 본 체하라고 어명을 내리신 것이다. 신경 쓰지 마라."

고개를 끄덕이고 소희가 숟가락을 움직였다. 밥 한 톨마다 윤기가 흘러 고슬고슬한데 어째 영 입맛이 없었다. 반찬 가짓수도 많은데 선뜻 젓가락이 가지 않았다. 밥 한 술 떠 넘기는데 목이 까슬까슬하니 텁텁했다.

물 한 모금을 마시고 나자 그런 생각이 들었다. 이런 격식 있는 분위기는 정말이지 견딜 수가 없고 정말 자신과는 어울리지 않는다는 그런. 분명 가만히 앉아 고개를 떨어뜨리고 있는 건 나인들인데도 보는 소희의 숨이 다 막혀왔다.

"마마, 저 달밤에 기도라도 하러 가면 안 되겠습니까?"

슬쩍 이정을 보던 소희가 조심스레 물었다. 얼마 전 임금이 후계 문제를 거론하고 다녀간 뒤 머릿속에는 온통 황새 생각뿐이었다. 열심히 기도를 하면 아이를 물어다 줄 것이라 철석같이 믿고 있던 터라 그 핑계로 바깥바람이라도 쐴까 생각 중이었다. 보통 정성을 다해서는 어림도 없겠다 싶었다.

"그래. 석식을 마저 들고 나면 데리고 나가주마."

"……그럼 한 숟가락만 더 먹겠습니다."

말간 소희 얼굴을 보던 이정이 혀를 찼다.

산과 들을 제 집처럼 뛰어다녔을 아이에게 궁은 꽤나 지루할 터였다. 여기서 나고 자란 그도 그러했으니 어련하겠는가. 낮에는 밖으로 나가지 말란 말을 충실히 들었던지 소희는 나날이 창백해져 가고 있었다.

마음 같아서는 당장에 궁궐 밖으로 데리고 나가고 싶었지만 이젠 경거망동할 수 없었다. 대외적으로 이정은 병상에 누워 회복기에 있는 중이었다. 그러니 마음대로 나다닐 수 없는 처지였다. 그 덕에 소희까지 발이 묶이게 되어 옴짝달싹조차 할 수 없었다.

어둠에 매달린 달을 보면서 두 사람은 뜰을 거닐었다.

한 바퀴만 돌아도 소화가 다 될 것 같았다. 서너 걸음 정도 뒤에서 따르는 휘영을 등진 채 소희가 이정을 따라 걸었다. 천천히 걸음을 따르던 소희가 조심스레 말문을 열었다.

"마마께 잠시 드릴 말씀이 있사온데 들어주시겠습니까?"

"물론이다. 말해라."

"곰곰이 생각을 좀 해보았는데 말입니다. 아무래도 제가 여기 머무는 것이 마마께 폐가 되는 것 같아서…… 이대로는 안 될 것 같아서요. 그러니 제가 궁을 나가는 것이 어떨는지……."

"여기 말고 어디 갈 데는 있느냐?"

"잘 찾아보면 한 군데 정도는 있지 않을까 싶은데요."

"아서라. 너 같은 토깽이 한 마리가 굴을 벗어났다가는 잡아먹히기 십상이지."

지난 며칠 잘 참고 있더라니 싫었다. 폐 끼치기 싫어하는 아이가 입 꾹 다물고 곁에 있어주어서 조금쯤은 적응했으리라 여겼는데 아니었나 보다.

그저 참고 견딘 것이었나 보다. 그러나 부모를 여의고 혼자 된 몸인 걸 뻔히 알면서 위험이 도사리는 바깥으로 내보낼 수도 없었다. 손을 뻗어 작달막한 소희 손을 쥐었다.

많이 자랐다고 해도 여전히 이정의 손바닥에 대면 작기만 했다. 물음에 답하지 않고 서 있는 것이 침묵을 지키는 것 같기도 했고 울음을 참고 있는 것도 같았다. 그래놓고는 어딘가로 떠나버릴 것처럼 위태로운 얼굴을 하고 있다. 그런 종류의 얼굴을 그는 잘 알고 있었다. 잡지 않으면 놓고 말 것이다. 그는 놓치지 않기 위해 손에 힘을 꽉 주었다.

"그냥 내 옆에 있어라. 그게 내 대답이다."

"마마. 전……!"

"여기가 네 자리다."

"하오나 전 마마께 폐를 끼칠 것입니다. 틀림없이요! 아시지 않습니까. 저는, 억울하게 죽은 기생 부용의 동생입니다. 이렇게 마마 곁에서 행복하게만 있을 수 없어요. 밤마다 꿈에서 언니를 볼 때면 전 늘 죄인입니다. 아마 전 평생 이렇게 살지도 모르지요."

잠결에 들렸던 끙끙대는 신음 소리가 소희의 것이 맞았다. 새벽에 그가 일어나 옆방의 문을 열 때면 곤히 잠들어 있어 긴가민가하였다. 마른 눈물자국을 미처 보지 못한 것이 후회가 됐다.

그 정도로 죄책감에 시달리고 있을 줄은 몰랐다.

"다들 그리 말씀하셨지요. 다 잊어버리고, 네 인생 살면 된다고. 하지만 아예 모르면 몰랐을까, 다 알게 된 이상 제가 어찌 예전처럼 살 수 있겠습니까. 좋은 것, 맛있는 것을 볼 때마다 저절로 떠오르는 것을요! 마마 곁에서 행복하게 웃는 저를 볼 때마다 제 안의 누군가가 말해주는 걸요. 네가 이렇게 웃을 수 있는 건 그분들의 희생을 바탕으로 한 것이라고요!"

누군가는 아마도 소희 제 자신일 것이라. 그 때문에 자다가도 울면서 깨어나 가슴을 쥐어뜯어야 했다. 다시는 볼 수 없게 된 어머니도, 행방조차 알 수 없게 된 아버지도. 어딘가에서 꼭 저를 원망하고 있을 것 같았다.

요 며칠 그녀가 몸소 느낀 것은 신분의 차이였다. 그녀를 힐끔거렸던 나인들의 시선은 비껴갔을지 몰라도 귀가 달린 이상 들리는 것을 막을 수는 없었다. 사가에 있을 때만 해도 그녀를 아가씨라 불러주는 이들이 있었기에 몰랐다.

참 이상도 하지. 그때는 지금처럼 마마를 잘 알지는 못했지만 설렘의 기운이 그녀의 두려움마저 감추어줄 줄 알았다. 그런데 이렇게 옆에 붙어 있게 된 후로는 오히려 두려움이 그녀를 좀먹고 있었다.

"우선, 좀 더 걷고 싶구나."

소희가 한 말에 대답 않고 이정은 그저 소희의 손을 잡아끌었다. 감정이 고양된 것을 조금 가라앉히기 위해서였다. 걷다 보니 어느새 폐비가 머물렀던 허물어진 건물에 다다랐다.

인기척이 드문 곳에 멈춰 서 각자의 밤하늘을 응시했다. 소희가 멍하니 있는 사이 이정이 번쩍 안아 들어 올렸다. 뒤뜰에 쌓여 있는 돌무더기 위에 내려놓은 채 그 앞을 지키고 딱 섰다.

"네 상황을 모르는 바가 아니다. 하나 혼자서 할 수 있는 것은 아무것도 없다. 혼자라는 걸 깨닫는 순간 점점 더 작아지는 게 사람이지."

무어라 반론하려 열리는 입술을 손으로 막았다. 오물조물 움직이며 간질이는 것을 애써 외면하고 하고픈 이야기를 꺼내는 것에 집중했다.

"나는 길지 않은 시간, 상왕 전하와 형님이신 전하를 보아왔다. 한 나라의 임금만이 오르는 번쩍거리는 용상이 어린 마음에 쏙 들었지. 하루는 날 어여삐 여겨주셨던 상왕 전하께 부탁해 그 무릎 위로 오른 적이 있었다. 그러나 신하들이 보지 못하는 뒤편에는 생각지도 못했던 것이 나를 빤히 쳐다보고 있었다. 외롭고 두려움에 떨고 있는 그림자 하나가 나보다도 더 작은 몸집을 애써 불리고 있는 것을."

그 당시는 알 수가 없었다. 어깨와 가슴 주위로 다섯 개의 발톱이 달린 용에 둘러싸인 채 편전에 앉아 정사를 논하는 아비의 뒷모습은 곧기만 했고 끝없이 높아 보이기만 했다.

시간이 지날수록 발톱은 아비를 옥죄었고 빗발치는 상소문은 그의 눈 밑을 검게 물들였으며 종내에는 아무것도 할 수 없게 만들어 버렸다. 결정적으로 가까이에 있던 이들마저 지켜내지 못했다. 자세히는 알 수 없었으나 폐비 임씨와 연루된 수십 명의 궁인들이 속절없이 목숨을 잃었다는 것만 알 뿐이었다.

"내가 연희를 잊었다는 것이 아니다. 어찌 잊겠느냐. 내게도 소중한 벗이었다. 그러나 당장의 분노만으로 이룰 수 있는 것은 아무것도 없음을 깨닫는 데 삼 년의 시간을 흘려보내야 했다. 내 말이 무슨 뜻인지 이해하겠느냐?"

"조금은 알 것 같습니다."

소희는 직감적으로 이곳이 폐비가 지낸 곳이었다는 걸 알았다. 요즘 대왕대비에 관해 이야기를 하는 이들은 전부 이곳의 얘기를 꺼내었다. 그제야 그 또한 요 며칠 심신이 불편했을 거라는 생각이 뒤늦게 들었다.

이전에 전해 들었던 친모의 이야기가 어렴풋이 떠올랐다. 사약을 받고 돌아가셨다고 하였으니 자식 된 입장에서 얼마나 애틋하셨을까 싶었다. 어쩐지 투정을 부리고 만 것 같아 부끄러워졌다.

"마마께서는 어머니가 보고 싶지 않으십니까? 많이 그리우실 텐데 마마께서는 통 내색을 하지 않으시니……. 제 얘기만 마구 늘어놓은 것 같아 송구합니다. 귀 많이 아프셨지요?"

"그리 좋은 어머니였다고는 할 수 없었다. 돌이켜 보니 그래."

"송구합니다. 마마."

"됐다. 어찌 네가 송구하다 하느냐? 그냥 보통의 어머니 같은 위인은 아니셨다, 그 말을 하고 싶었던 것이다."

"그리 말씀하시니 어떤 분이셨는지 잘 모르겠습니다."

소희로서는 잘 상상이 가지 않았다. 보통의 어머니 같은 위인이 아닌 대단한 분이셨다는 건가. 쌉싸름한 풀을 한 움큼은 삼킨 것을 차마 뱉어내지 못하고 있는 얼굴을 보고 있자니 어떤 말을 꺼내야 할지 감이 잡히지 않았다.

침묵 속에 손가락에 낀 반지만 만지작거리는 걸 보던 이정이 옆에 앉아 이마를 짚었다. 소희라면 분명 머릿속으로 열심히 제 어머니의 모습을 그리고 있을 것 같았다.

"내 어머니도 손에서 그런 가락지를 놓지 않으셨던 게 생각난다. 상왕께서 하나 주신 것이라면서 나는 손도 못 대게 했었지. 나는 상왕께서 자리해 계실 때만 어머니의 무릎에 앉아볼 수 있었다. 단둘이 있을 때는 나보다도 그 가락지를 소중히 하셔서 꼭 그것이 내 대신 아들 노릇을 하는가 보다 했었지."

"그런……. 지금 당장에 이 가락지를 마마 눈에 안 보이게 어디 감춰놓을까요?"

"아니. 그저 잘 가지고 있다 임자를 찾아줘라. 누군가에게는 소중한 것일 수도 있으니."

"그럼 그리하겠습니다. 저, 그리고 마마의 어머님 되시는 분이요. 마마를 낳아주신 분이니 틀림없이 좋으신 분이셨을 거라고 생각합니다."

"소희 넌 듣기 좋은 말만 하는 재주가 있다. 난 그런 네가 좋구나."

어느 순간 어깨가 무거워져서 소희는 적지 않게 놀랐다. 슬쩍 옆으로 눈길을 내리자 이정이 기대어 있다는 걸 알았다. 고요한 가운데 그의 숨소리가 바로 귓가에서 울리고 있었다.

엄마야!

가슴이 속절없이 비명을 질렀다. 너무 가까워서 들리면 어쩌나 싶어 조금만 옆으로 옮겨가려는데 꽉 붙들리고 말았다.

"가만히 좀 있지 못하겠느냐?"

"그야 마마께서 너무 가까이 붙어 계신 탓에 그런 거 아닙니까?"

"너는 내가 가까이 붙어 있는 게 싫으냐?"

"예? 아니 그럴 리가요! 그건 절대 아닙니다! 그저 조금만 떨어져 주십사 그 말이었습니다."

손까지 저어가며 소희가 열심히 항변했다. 싫기는커녕 좋은 것을 넘어설 지경이었다. 하지만 그리 멀지 않은 거리에 있을 휘영도 신경 쓰였고 뒤돌면 무언가 금방이라도 튀어나올 것만 같은 을씨년스러움이 마음에 걸렸다. 이만 방 안으로 모시고 들어가야지

하는데 이정이 낮게 속삭였다.

"그래. 그럼 가만히 있어야 한다."

무슨 일이냐고 대꾸할 사이도 없이 이정이 소희를 가리고 섰다. 커다란 등에 가려져 잘 보이지 않았지만 달콤했던 기류가 식어가고 있었다. 슬쩍 이정의 허리 옆으로 고개를 뺀 소희가 화들짝 놀라고 말았다. 눈이 마주치고 그만 그 자리에서 고꾸라지고 말았다.

"쫓아와. 그년이 날……."

허옇게 센 머리로 얼굴을 다 가린 노파가 뒤쪽을 가리키며 중얼거렸다. 땅바닥을 걸어온 맨발은 흙모래와 피멍이 들어 있었다. 저린 다리를 만지며 일어서던 소희와 눈이 마주쳤다. 흐리멍덩하게 소희를 바라보던 노파가 눈을 비벼댔다.

"혹시 늙은 구미호의 현신이라도 되는 것입니까?"

"그럴 리가 있겠느냐."

"아니라면 어찌 저리 생겼을까요?"

"넌 잠자코 내 뒤에 있어라."

얼른 이정의 뒤로 고개를 감춘 소희가 뛰는 가슴을 가라앉혔다. 무섭기도 했고 사람이 아닌 생물을 본 기분이 요상했다. 이곳은 이승인데 순간 저승인 줄 착각할 정도였다. 그때와 다른 건 누군가에게 보호받고 있는 느낌이 든다는 거였다. 그 누군가가 다름 아닌 대군마마라는 것이 소희를 안심시켰다.

"네놈!"

"와라."

"내 모를 줄 알았느냐? 네놈 어미가 날 저주하는 게야. 그렇지?"

손톱을 날카롭게 세운 노파가 이정에게로 달려들었다. 소희를 옆으로 밀어낸 이정이 방향을 틀자 노파는 그대로 돌무덤에 처박혔다. 괴상망측한 신음 소리를 내뱉던 노파가 자리에서 일어나려다 다리 힘이 풀렸는지 그대로 주저앉았다.

그사이에 달려온 휘영이 칼을 빼 노파의 목에 겨눴다. 서슬 퍼런 칼날 앞에 주춤거리던 노파가 그대로 고개를 떨어뜨렸다.

"네년의 정체가 무엇이냐!"

"……내 기필코 네년을…… 찢어 죽일……!"

휘영이 호기롭게 외쳤으나 돌아오는 것은 노파의 잠꼬대였다. 어이가 없음에 퍼렇게 얼굴을 물들이며 휘영이 칼 손잡이 부분으로 툭툭 건들었다.

"이런 노망난 것을 보았나. 어서 정체를 고하지 못할까!"

"휘영. 흥분할 것 없다. 가서 경비를 불러오거라."

"노인 분 같은데 참 딱하게 되었습니다."

노파는 드르렁 코까지 골아댔다. 얼굴이 전부 흰머리로 덮여 있고 고개를 숙인 터라 제대로 보이지 않았다. 분명 쭈글쭈글하고 추한 면상이 붙어 있을 것이라 휘영이 호언장담했다. 이정과 소희도 한 마디씩 노파에 대한 감상평을 늘어놓는 사이, 기세등등하게 한 무리의 나인들이 나타났다.

"물러서십시오! 그분은 대왕대비마마십니다!"

"그것이 사실이냐?"

한 발 물러선 이정을 본 여자들이 꾸벅 고개를 숙였다. 그들의 뒤에 서 있던 여자가 찬찬히 걸어 나왔다. 달빛을 받으며 매혹적으로 웃어 보이는 여인을 이정이 먼저 알아보고 고개를 숙였다.

"강녕하셨습니까. 중전마마."

"그래, 난 알아보고 대왕대비마마는 알아보지 못하시다니 참으로 안타까운 일입니다. 그래도 할마마마께서는 영헌군을 꽤나 아끼셨던 걸로 아는데……."

굳이 덧붙이지 않아도 좋았을 사족이었기에 이정은 대꾸할 여지를 못 느끼고 바로 본론에 들어갔다.

"궐내 도는 소문을 믿지 않았는데 사실이었나 봅니다."

"아아. 그래도 뭐, 영헌군까지 염려할 정도는 아닙니다. 그저 며칠 전부터 폐비 임씨의 혼령을 보셨다 하시더니 밤마다 저리 산보를 다니십니다. 특히나 영헌군이 궐로 돌아왔다는 말을 전해 들으시고는 상태가 좀 더 심해지신 것뿐입니다. 그러니 신경 쓰지 않아도 좋습니다."

중전의 손짓에 한 상궁이 앞으로 나와 나인들과 대왕대비를 부축해 갔다. 머리를 정갈히 다듬으니 그 뻣뻣하고 까다로움이 그대로 담긴 이마와 감겨진 눈이 얼핏 스쳐 갔다. 뒤를 따라 돌아서던 중전이 무언가 생각났는지 이정에게로 다가갔다.

"그러고 보니 영헌군과 할 얘기가 있었던 참입니다. 따르시지요."

"시간이 늦었으니 날이 밝으면 하시는 게 어떻겠습니까."

"우리가 밝은 날 서로 얼굴이나 맞대고 있을 만큼 좋은 사이가 아니라는 것은 영헌군이 더 잘 알고 있을 텐데요. 그리 달갑게 다뤄질 사안도 아니지요. 내 말이 틀렸습니까?"

"듣고 보니 일리가 없지 않습니다."

궁 안에만 있다 하여 중전을 그저 얌전한 규수로 여긴다면 그거야말로 큰 착각이었다. 그녀의 아비는 다름 아닌 조정의 실세인 김대헌이었으며, 떠도는 이야기로는 아들보다도 귀히 키운 여장부라 하였다. 분명 이정이 그녀의 동생인 김이문을 반병신으로 만든 얘기를 전해 들었을 텐데도 침착하기 그지없다. 이 밤중에 이야기를 할 만큼 남매 사이가 가까웠나, 짐작만 할 뿐이다.

"가시지요."

김대헌이 무언가 지시를 내렸을 수도 있다. 아니면 중전 혼자 독단적으로 제안하는 걸 수도 있다. 어느 쪽이든 간에 직접 얘기를 하는 것만큼 확실한 것은 없을 터. 이정은 휘영에게 소희를 당부한 뒤 자리를 떴다.

이정의 뒷모습을 보던 소희가 조심스레 휘영에게 물었다.

"중전마마라 불리신 분 말입니다. 혹 김이문의 누이 되시는 분입니까?"

"너 감이 좋구나. 아니다. 저 집안은 보기만 해도 뭔가 싸한 분위기를 풍기는 무언가가 있다. 너도 그걸 알아본 게로구나?"

"예. 제 쪽으로는 시선도 주지 않았는데도 오한이 들고 무서웠습니다."

정말이었다. 제 팔에 오소소 돋아난 닭살들을 보며 소희가 두 팔을 교차해 몸을 감싸 안았다. 아까까지만 해도 추운 줄 몰랐는데 몸이 덜덜 떨렸다. 떨지 않으려고 몸에 딱 힘을 주었더니 머릿속에서 그 밤의 일이 자동적으로 떠올랐다.

"내 널 위한 관도 하나 짜두었으니 함께 가자."

틀림없이 부용을 죽였을 그 손으로 목을 조르고 또 조르며 낮게 속삭였던 그자의 말들. 그자가 가까이 붙어 있을 때 풍겼던, 정신을 마비시킬 정도로 강렬했던 사향이 공기 중에 남아 있는 것만 같다.

"말도 더럽게 안 듣는 년. 기필코 산 채로 묻어주마."

죽음도, 죽어서조차도 벗어날 수 없을 거라던 진득한 목소리가 거머리처럼 기억 한구석에 붙어 있었다. 그때 그자가 솟구치는 피를 감당 못해 죽는 것을 보지 못한 것이 한이었다.

더욱 처참하게 밟아주었어야 했는데.

단전에서부터 치밀어 오르는 건 분노일까 두려움일까. 어느 쪽이든 달갑지 않았기에 소희는 고개를 내저어 떨쳐 내었다.

"일단은 돌아가는 것이 좋겠다. 따끈한 방에 누워 있으면 좀 진정이 될걸. 그도 안 된다면 내 나인들에게 말을 해 약과라도 만들어달라고 해보마."

휘영이 나인 눈도 제대로 보지 못하는 사내인 것을 뻔히 알고 있는 소희였다. 그것이 그 나름대로 위로하는 것임을 알기에 소희는 웃어 보일 수 있었다.

아닌 게 아니라 그가 우물쭈물 부탁하는 장면을 상상해 보니 절로 웃음이 나왔다. 그가 조금만 입꼬리를 올려도 나인 언니들이 무슨 부탁이건 들어줄 거라는 것을 알고 있었다. 정작 그 자신만 그것을 모른다는 점이 재밌었다.

"괜찮으시겠습니까? 나인 언니들과는 말씀도 잘 나누지 못하시는 것 같던데요?"

"그래도 뭐, 가서 잘 사정해 보면 한 개쯤은 만들어주지 않겠느냐? 나는 몰라도 그 여인들은 널 꽤나 귀여워하는 것 같던데."

"에이. 아닙니다. 제가 말만 걸어도 도망가던데요. 저는 처음에 제가 무슨 나쁜 균이라도 되는 줄 알았습니다.”

나쁜 균이 아니라 귀여운 균이라고 정정해 주자 소희가 헤헤
웃어 보였다. 그 천진난만한 얼굴을 보던 휘영이 어깨를 툭툭 두
드려 주었다.

“기운 내라. 마마께는 정인이지만 나한테는 네가 여동생이나
다름없다.”

“우와. 저 어릴 때 오라버니 하나 가져 보는 것이 소원이었습니
다. 먼저 꺼내신 말이니 무르시면 안 됩니다!”

오누이가 되기로 한 두 사람은 사이좋게 나란히 걸어갔다. 듬
직한 체구의 휘영과 살랑살랑 걸어가는 소희는 그럭저럭 남매 같
았다.

그런 그들을 지켜보던 임금이 숨어 있던 것도 잊고 제 머리를
탁 쳤다. 뒤에 있던 하 내관이 말리는 것도 들은 체 만 체하더니
히죽 웃었다.

“보아라. 하 내관. 내 하늘에서 별이 떨어졌다 하지 않았느냐.”

“전하. 송구하오나 그 별과 저 아이가 무슨 관련이 있는지요?”

“예끼, 이 멍청한 내관 놈! 그 별이 저 아이라는 것이 아니다.
실은 말이다. 그 별이 떨어질 때 내가 소원을 빌었단 말이다. 내
첫사랑을 꼭 다시 한 번 만나보고 싶다고 간곡히 빌었더니 하늘
이 들어주시려는 모양이다.”

“그렇다면 더더욱 여쭈지 않을 수가 없습니다. 설마 저 아이가
전하의 첫사랑이라도 된다는 말씀이시옵니까? 그렇다고 보기에
는 나이가 심히 어려 보이는데…….”

하 내관은 ‘심히’에 특히 힘주어 발음했다. 그렇지 않아도 중전
마마 피해 다니기도 바쁘신 임금께서 왜 사서 고생을 하시려는지

모르겠다.

설마 저 아이에게까지 눈독을 들이실 줄이야.

물론 임금이 세자 시절 겪었던 애끓는 첫사랑을 모르는 바는 아니었다. 소희와 닮았다는 걸 부정할 수는 없었지만 왠지 모르게 저 아이와는 안 엮이는 게 좋겠다는 예감이 강하게 들었다. 영헌군의 호위무사와 함께 다니는 것만 봐도 보통 사이가 아닌 것 같았다. 그러나 그의 충고 따위는 한 귀로 듣고 한 귀로 흘려 버린 임금이 곧바로 명령을 내렸다.

"너 가서 데려오너라. 내가 데려오라 명했다고는 하지 말고 그냥 빨리 가야 하는 일이 있다고 하면서 데려오너라."

"전하. 제가 전하의 명만 받고 움직인다는 것은 궁 안에 있는 여섯 살배기 생각시들조차도 알고 있사옵니다. 제 생각에는 그냥 강녕전으로 바로 가시는 게 어떠시겠나이까."

"잔말이 많구나! 그럼 그냥 어명이라고 하면서 데려오면 될 게 아니냐. 설마 저 호위무사 놈이 죽으려고 작정을 한 게 아니라면 어명을 무시하겠느냐? 아니면 내 너부터 어명을 어긴 죄를 물을 것이야."

"가요. 갑니다. 전하."

하 내관이 신속하게 움직인 결과 소희는 내실로 안내되었다. 휘영의 거부가 있었지만 어명이란 말에는 그도 어찌할 방도가 없었다. 그저 내실 문 바깥에서 발을 구르는 하 내관 옆에서 괜히 영헌군을 불러 일을 크게 만들지 말라는 충고를 들은 직후였다. 그러나 혹시 몰라 안에서 소희의 비명 소리가 들리는 즉시 뛰어 들어가기 위해 긴장을 늦추지 않는 중이었다.

끔벅끔벅.

최대한 눈을 감지 않기 위해 소희는 스스로와 싸우고 있었다. 주상 전하의 용안과 마주쳐서는 안 된다는 것 정도는 알았다. 책상 앞에 놓인 촛불만 죽어라 노려보니 졸음이 몰려왔다.

어째 저렇게 빤히 쳐다보신담. 마음 같아서는 당장에 물어보고 싶었지만 쳐다보는 것도 못 하는 판에 말을 거는 것은 상상도 못 할 일이었다. 고민 끝에 소희가 헛기침을 하였다.

"흠흠!"

"아. 내가 너무 오래 쳐다보았나 보구나. 하도 내가 알던 사람과 닮아서 좀 쳐다본 것뿐이었느니라. 그러니 너무 긴장 말거라."

그런다 하여 갑자기 긴장이 풀리지는 않았다. 계속 무릎을 꿇고 있었던 통에 쥐가 몰려와 소희는 입술을 꾹 깨물었다. 가만히만 있다가는 이 상태로 날밤을 샐 것 같다. 결국 소희는 최대한 조심스레 입을 열었다.

"송구하오나 전하. 혹시 저와 눈씨름을 하려고 부르신 것이옵니까?"

"뭐, 눈으로 뭘 한다는 것이냐?"

"아! 절 계속 빤히 보시길래 여쭤본 것입니다. 서로 눈을 보면서 먼저 눈을 감는 사람이 지는 놀이지요. 어렸을 때 했던 놀이라 기억이 났습니다."

"그리 말해도 뭔지 모른다. 백성들이나 하는 놀이인가 보구나. 알다시피 나는 궁궐에서만 자라 그런 것은 잘 모른다."

그럼 계속 이대로 고개를 숙인 채 시선은 아래만 봐야 하는 걸까. 저린 목을 긁는 사이에도 임금은 대놓고 보는 것을 멈추지 않았다. 그저 보면 볼수록 감탄이 나올 뿐이었다.

만지면 보들보들할 것 같은 볼은 잡아서 죽 늘려보고 싶게끔 생겼다. 반듯하게 빗어 넘긴 머리 사이로 빼꼼 튀어나온 앞머리는 더듬이 같았다. 언제 나갈 수 있을까 문 쪽만 돌아보는 고개는 제법 바빠 보였다.

'이정 이놈은 어디서 이런 귀여운 물건을 손에 넣었을꼬.'

궁 안에 있는 수천 명의 계집들을 보아왔다지만 이렇게 신기하고 재밌을 것 같은 생명체는 처음이었다. 모두들 그를 전하라 부르고 하늘처럼 올려다보는 시선들, 그러나 속으로는 그를 무시하고 깎아내리는 시선들임을 모르지 않았다. 그런 속된 말로 거짓됨이 이 아이에게는 없었다. 그사이 조금씩 뒤로 꼼지락거려 움직인 아이는 문가 쪽에 붙어 있었다.

"그래. 네 이름이 소이라고 하였느냐?"

"소이가 아니라 소희입니다. 전하."

"그래. 소희. 좋은 이름이구나. 한데 왜 그렇게 멀리 도망가 있느냐? 아. 너도 내가 병자 같고 죽음의 냄새가 풍기는 사람 같아서 싫으냐? 가까이만 와도 옮길 것 같아서?"

"그것이 아니라 저도 모르게 빨리 돌아가고픈 마음에 여기 와 있었나 봅니다. 하지만 전하가 말씀하신 그런 이유들 때문은 아닙니다. 혹 어디 불편하신 구석이라도 있으십니까? 의원을 불러올까요?"

어디 몸이 불편하기라도 하면 큰일이 아닌가.

안색을 살피려 앞으로 몸을 숙인 소희가 의원을 부르는 것을 핑계 삼아 나가려던 것을 임금이 괜찮다며 붙잡았다. 소희의 눈이 휘둥그레지더니 뒤로 물러났다. 그럴 의도가 아니었는데 놀라게 했나 보다. 임금이 황급히 두 손을 떼고 상석으로 돌아가 앉았다.

"큼! 너를 놀라게 하려는 건 아니었느니라. 그저 얼굴을 보고 이야기를 좀 나누고 싶어서 부른 것이다."

"전하께서 저와 이야기를요?"

"그래. 널 안심시키고자 한마디 한다면 나는 여자를 좋아할 수 없는 몸이다. 어차피 너와 오래 얼굴을 맞대고 있는 것조차 할 수 없다는 얘기지."

임금이 팔을 들어 보였다. 넌지시 시선을 들자 두드러기가 난 팔이 보였다. 가려움증이 점점 심해지는지 임금은 긁는 것을 멈추지 않았다. 그사이 소희는 미처 쳐다보지 못했던 임금의 용안을 살며시 올려다보았다.

궁녀들이 지나가는 말로 떠드는 것으로는 흉측한 개구리라고 하였는데 피부가 망가진 것을 빼면 평범한 이목구비였다. 그런 소희의 눈길을 느꼈는지 임금이 손바닥을 들어 얼굴을 가렸다.

"무, 무엄하구나! 어딜 그렇게 보는 것이냐?"

"음. 전하께서는 듣던 것보다 평범하게 생기셨습니다."

"평범해? 누가? 설마 날더러 그리 말하는 것인가. 말이 되는 소리를 하거라!"

겉으로는 불쾌한 척하였지만 임금의 얼굴은 쉴 새 없이 달아오르고 있었다. 그로서는 평범하다는 건 최고의 칭찬이나 마찬가지였다. 평생 단 한 번도 들어본 적 없는 칭찬이니 저절로 심장이 떨렸다.

"불쾌하셨다면 송구합니다. 한데 전하, 제가 방금 잘못 들은 게 아니라면 여자를 좋아할 수 없는 몸이라고 하셨는데 무슨 뜻입니까?"

"그 말 그대로니라. 어렸을 때 안 좋은 기억이 남아 있어서 그 뒤로 계집들만 보면 그 여인이 떠오르는 것을!"

신기하리만치 소희는 그 여인과 닮아 있었다. 그가 무늬만 왕자였던 어린 시절, 모두가 그를 천하게 여기며 눈길조차 주지 않았다. 생모마저 그를 낳고 세상을 떠나 버리는 바람에 상왕의 관심조차 받지 못했다. 그러다 보니 시중드는 이들마저 그를 상대로 손찌검하거나 침을 뱉는 것이 일쑤였다.

그러던 어느 날, 담벼락에 쪼그려 앉아서 주린 배를 안고 있는데 한 나인이 다가왔다. 손에는 붓과 벼루 같은 것을 들고 있었는데 그를 위해 작은 광주리를 가져다주었다. 생애 처음으로 받아보는 관심과 애정이었기에 그는 그 나인을 만나는 순간을 손꼽아 기다리곤 했다.

하루는 기다리고 기다려도 오지 않아 그 나인을 찾아가 보기로 했다. 만약 상전에게 들켜 벌이라도 받고 있다면 어떻게든 구해줄 생각뿐이었다. 그로서는 일생일대의 큰 결심이었다.

그렇게 나섰건만, 얼마 가지도 못하고 그는 다시 담벼락 너머로 몸을 숨겨야 했다. 그녀를 비롯한 수십 명의 나인들이 오랏줄에 묶여 병졸들에 의해 무자비하게 끌려가고 있었다. 저항을 하였던지 이마에는 피멍이 들었고 절룩거리며 걸어가고 있었다.

대체 무슨 죄를 지었기에 저 착한 사람을 저렇게 막 대하는 건가.

이름뿐인 왕자의 신분이 그토록 원망스러웠던 건 처음이었다. 결국 그 뒤를 쫓아가 그녀가 고문으로 인한 고초를 겪는 것을 지켜보며 함께 고통스러워하는 것만이 그가 할 수 있는 전부였다.

궁궐 안이 어느 때보다도 혼란스러운 시기였다. 상왕을 찾아가는 것을 생각해 보지 않은 것은 아니었지만 중전을 국모의 자리에서 폐위한다는 사안이 다뤄지고 있어 매우 민감한 때였다.

심문은 소리 소문 없이 끝이 났다. 주위 사람들이 말하기를 모두 시체가 되어 시구문 밖으로 버려졌다고 하였다. 왜 죽었느냐 물으니 이유가 있어 죽는 사람은 많지 않다고 했다. 수많은 사람들이 비명횡사하는 것이 일상인 곳이 그의 유일한 터전이었다.

그 사실이 더욱더 그를 견딜 수 없게 만들었다.

"널 보았을 때 그녀가 살아 돌아온 줄로만 알았다. 그녀와 닮은 널 보는 순간 정말……."

아무 힘도 못 되어준 것이 미안하다고, 어찌 죽었는지 알아봐 주지 못해서 미안하다고 말하고 싶었다. 물론 임금이 된 지금이라고 해서 그가 해줄 수 있는 것은 그리 많지 않을 테지만 그때보다는 지금의 처지가 더 낫다고 믿고 싶었다.

"내가 죽인 것이나 다름없다 생각했었다. 내 어미 역시 내가 죽인 것이라 하더구나. 나를 두고 모두들 손가락질만 하더구나. 한데 어느 날 떡하니 용상 위로 밀어 올리더니 이젠 나더러 전하라니, 정말이지 우습기 짝이 없지 않으냐?"

임금의 눈에서 눈물이 줄줄 흘렀다. 소희는 아무 말도 할 수 없었다.

"나는 말이다. 꼭 지금도 벌을 받고 있는 기분이다. 소희 넌 이해할 수 없을 테지만 그래도 이리 털어놓고 나니 속이 시원해. 정말 속이 시원하다."

돌아선 임금이 눈물을 닦기를 기다려 주었다. 제대로 이해한 것일지는 몰라도 소희는 이정이 들려준 말을 떠올렸다. 왕의 자리라는 것은 참으로 외롭고도 어려운 자리란 것을 알 것 같았다. 그녀의 앞에서 눈물을 흘리는 것은 그저 저버린 사랑을 잊지 못하고 있는 소년이었다.

"내 이야기는 이쯤 하는 것으로 하는 것이 좋겠다. 내 이야기를 들어주었으니 그래, 상을 주마. 뭐, 먹고 싶은 것이나 갖고 싶은 것이 있느냐?"

무엇이든 말해보라는 그 태도에 소희가 설레설레 고개를 저었다. 그런 것보다도 얼른 돌아가서 이정이 돌아오는 것을 기다리고 싶었다.

"그럼 이만 돌아가게 해주시면 안 될까요?"

"벌써 말이냐?"

"밖에서 저, 그 오라버니가 기다리고 계실 겁니다."

"오라버니?"

"예. 오늘부터 남매 사이로 지내기로 하신 분입니다. 또 대군마마께서도 오실 테니 가봐야 합니다."

소희가 딱 눈 감고 속사포로 말했다. 임금과 영헌군이 서로 사이가 그리 좋은 편은 아니라는 것을 잘 알기에 책잡힐 것을 예상했다. 그러나 예상과 반대로 임금은 고개를 끄덕였다.

"그래. 네가 그리 가고 싶다면야 보내줄 것이다. 단, 소원은 하나 남겨주마. 언제든 내게 와서 고하면 내 그 소원은 무조건 들어줄 것이야!"

그 어느 때보다도 마음이 편안해진 임금은 제대로 인심을 쓰기로 했다. 더불어 농담을 건넬 정도의 여유마저 되찾았다.

"그나저나 영헌군과는 언제 식을 올릴 생각이냐? 내가 너무 앞서가는 것일지는 모르나 왕손이 좀 급해서 그렇다. 말해보아라. 내 동생이 그리 좋으냐?"

굳이 대답을 들을 것도 없겠다. 복사꽃이 만개하듯 소희가 볼을 잔뜩 붉히고 있었다. 보면 볼수록 놀리는 재미가 있는 아이였다. 그저 바라보고만 있어도 흐뭇해지는 느낌이 든다. 이정이 이 아이를 좋아하는 것도 무리는 아니라는 생각이 들었다. 소희가 갸우뚱 고개를 기울이며 하는 말에 임금은 빵 터지고 말았다.

"한데 전하, 전하께서도 기도를 열심히 하십시오. 전하는 임금님이시니 조금만 열심히 기도를 하셔도 황새가 아이를 물어다 줄 것입니다."

"으핫핫! 재밌구나! 내 살다 살다 그런 우스운 농담은 처음 들어보는구나. 소희 너 사람을 웃기는 재주가 있었어."

그때까지 움츠려 있던 소희가 고개를 확 들며 대꾸했다.

"농담이라니요! 아닙니다. 저는 농담 잘 못합니다. 정말입니다!"

"됐다, 됐어! 덕분에 잘 웃었다!"

임금이 아예 바닥을 쳐가며 웃어댔다. 무슨 말만 해도 바닥을 굴러댈 태세인지라 소희는 이해할 수 없어 답답함에 한숨을 푹 내쉬었다. 아무리 좋은 것을 알려주면 뭐하나. 믿음이 제일 중요한데 하나같이 비웃기만 한다.

'됐다 됐어. 이젠 어디 가서 입도 벙긋하지 않을 테야.'

어차피 웃느라 임금은 소희가 안중에도 없는 것 같았다. 살금살금 빠져나가려는데 다짜고짜 바깥쪽에서 문이 열렸다. 찬바람을 일으키며 소희를 스쳐 지나간 중전이 임금 앞으로 성큼성큼 걸어왔다.

"전하. 무엇이 그리도 즐거우십니까? 신첩에게도 좀 알려주시지요."

"아니 중전! 어찌 이리 무엄한 것이오!"

벌러덩 드러누워 있다가 놀라 일어난 임금이 버럭 소리쳤다. 그에 지지 않고 중전 역시 맞받아쳤다. 한 마디를 할 때마다 가체가 같이 흔들려 위태로워 보였다.

"하면 전하께서는요. 합방 날짜를 받아만 놓으시고는 이렇게 은밀한 장소에서 계집 하나 끼고 대체 무엇을 하시고 계셨습니까? 아! 지금 이렇게 신첩이 여쭙는 것 또한 무엄하다 하실 것입니까?"

"어허! 가만히 듣고 보니 중전 말씀이 좀 과하시오. 은밀한 장소라니! 이곳은 내가 거처하는 곳 중 일부요. 아무리 중전이라 해도 내 사생활까지 침범할 수는 없소이다."

예상 외로 잘 맞받아치는 임금을 보자 소희는 박수라도 쳐 주고 싶었다. 그나저나 중전이 이곳에 왔다면 대군마마께서도 오셨을 텐데? 고개를 빼자 복도에 있던 누군가가 얼른 소희의 어깨를 잡아 끌어당겼다.

놀라 뒤로 몸을 빼던 소희는 익숙해진 품에 별 저항 없이 안겼다. 중전과 열심히 대꾸를 하는 임금이 얼른 데리고 가라고 이정에게 손짓했다. 가볍게 소희를 안아 든 이정이 걸음을 옮겼다.

"생각보다 빨리 오셨습니다."

"그래. 생각보다 대화가 빨리 끝났다."

"다행입니다. 음. 근데요. 황새가 아이를 물어다 주는 거 아니었습니까?"

우물쭈물 물어오는 소희의 볼을 잡아당기고 싶은 충동이 강하게 들었다. 이정이 웃음을 머금고 진지하게 물었다.

"왜, 누가 아니라고 가르쳐 주더냐?"

"제가 전하께 큰마음 먹고 말씀드렸더니 엄청 웃으셨습니다. 농담을 잘한다고 칭찬까지 해주셨는걸요?"

"그래그래. 왜 아니겠느냐."

어째 어린아이를 다루듯 머리를 쓰다듬는 손짓에 소희가 무거우니 이만 내려달라고 졸라댔다. 움직이면 더 무거워진다는 말에 소희는 돌처럼 굳어 얌전히 있었다.

살다 살다 이런 수모는 처음이었다.

거절당하는 것도 한 두 번이지, 이제는 자신을 밀어내려는 것이 임금의 진심 같았다.

사실 따지고 보면 그리 잘생긴 얼굴도 아니요, 체격이 좋은 것도 아니요, 빠지면 빠졌지 무엇 하나 내세울 것이 없는 위인이 임금이었다. 그 직함만 빼고 나면 보통의 사내들과 다를 바가 없다.

한데 왜 자꾸만 미련이 남는 건지 모르겠다. 쫓겨 나온 중전의 뒷모습은 소박맞은 여인의 그것과 다르지 않았다. 기다리고 있던 한 상궁이 중전을 부축했다.

"괜찮으시옵니까, 중전마마. 그렇게 너무 조급해 마시라 말씀드렸지요."

"아닐세. 전혀 안 괜찮아. 날 이렇게까지 싫어하는 사내는 처음일세."

아비인 김대헌 대감마저도 아들보다 그녀를 더 귀애하였으므로 이런 대접은 결코 익숙하지 않았다. 아비의 힘을 빌어서 임금에게 압력을 넣는 것을 생각해 보지 못한 것은 아니었다. 그러나 기억 속 어딘가에 남아 있는 볼품없던 소년의 모습이 떠올랐다.

"나, 나는 그대에게 훌륭한 지아비가 되어주지 못할 것이오."

혼례 날, 그녀의 눈도 제대로 마주치지 못했던 그는 피죽도 못 얻어먹은 것 같은 얼굴로 서 있었다. 스치듯 손끝이 마주쳤을 때 경련하는 것처럼 떨던 소년을, 이마에서 비 오듯 땀을 흘리던 그가 아직도 선명했다.

모두가 염려하던 것과 달리 소년은 못난 칠삭둥이가 아니었다. 움츠러든 어깨와 굽은 허리만 아니라면 그럭저럭 괜찮았을 외모라는 것도 그녀는 한눈에 알아볼 수 있었다.

물론 반듯했던 눈매와 딱딱하게 굳은 입매를 계속 떠올리게 될 줄은 그녀도 몰랐었다.

"전하께서 사내로는 보이십니까?"

"사내가 아닐지도 모르지. 혹은 내가 계집으로 느껴지시지 않는 모양이다."

해가 떠 있을 때만큼은 한 나라의 국모로서 누구보다 당당한 여인이었다. 처음 궁에 들어온 중전을 보았을 때부터 그 위풍당당했던 자태가 웬만한 사내보다 나았던 것을 한 상궁은 기억하고 있었다. 타고난 것에 더해 그녀는 나라에서 제일가는 권력자의 딸이었다. 어쩌면 임금께는 그것이 또 다른 위협처럼 느껴질 수도 있는 일이었다.

원하는 것은 다 손에 넣을 수 있었던 중전과 원하는 것이 있어서는 안 되었던 임금. 태생이나 살아온 삶이 다른 두 사람이었으나 정작 본인들은 그것을 모르고 있었다. 제삼자의 입장에서 잘못 입을 놀렸다가는 화를 당했기에 그저 지켜보는 수밖에 없었다. 보약이라도 새로 달여 올려야겠다고 생각하며 한 상궁은 중전의 뒤를 쫓아 걸었다.

"혹 보약을 지어 올릴 생각이라면 하지 말게. 곰곰이 생각해 보았는데 자네가 해줄 일은 따로 있을 듯해."

"말씀만 하십시오. 제가 할 수 있는 일은 무엇이든 돕겠습니다."

중전의 눈빛이 닿는 곳을 보니 영헌군이 걸어간 길이었다. 그가 누군가를 소중히 품에 안아 한 발 한 발 걸어가는 것을 보던 중전이 살며시 입가를 끌어 올렸다.

"굴러온 돌이 박힌 돌을 빼낼 수는 없는 법. 자네는 저 아이의 소속을 알아내도록 하게. 뒤를 밟든 사람을 시키든 알아서 하도록. 최대한 빠르면 빠를수록 좋아."

"여쭐 것이 생각났습니다. 마마."

"소희 네게 물어볼 것이 있다."

처소에 도착하자마자 소희와 이정은 약속이나 한 것처럼 말을 꺼냈다. 속마음이 통하기라도 한 것일까. 기대감에 잔뜩 부푼 소희가 인심 쓰듯 먼저 말씀하시라며 양보했다.

"그냥, 전하와는 무슨 이야기를 나누었는지 궁금해서 말이다."

"저도 마침 마마께서 중전마마와 무슨 얘기를 하셨는지 여쭈려는 참이었습니다."

"어째서? 난 그리 길게 이야기를 하지 않았다. 중전께서는 내게 이야기를 나누었다고 다과를 주신다고 하시지도 않았지. 그러니 말해보거라. 아까 맛난 것을 주겠다고 할 때 조금도 망설여지지 않았느냐?"

"설마 밖에서 다 듣고 계셨던 것입니까?"

이정도 엿들으려고 들은 것은 아니었다. 문 앞까지 당도해 놓고도 한참을 서 있던 중전 때문에 같이 서 있을 수밖에 없었다. 그때 중전의 표정은 부러운 것 같기도 했고 의문이 가득 담겨 있었던 것도 같았다. 방 안에서 새어 나오는 임금의 웃음소리를 듣는 동안 그 또한 배 속이 뒤틀리는 느낌을 받아야 했다.

"어서 묻는 말에나 대답해 보거라."

"전하께서는 저와 얼마간의 눈싸움을 하셨습니다. 해서 이러려고 저를 부르셨는지 물었더니 그런 놀이는 모르신다고 하셨습니다. 또 저와 이야기를 나눠보고 싶으셨다면서 저와 닮은 나인 이야기를 해주셨습니다."

"그랬더니?"

"흠흠. 여기부터가 정말 중요합니다! 전하께서는 이야기를 들어주었으니 먹고 싶은 것이나 갖고 싶은 것을 말해보라 하셨는데 저는 그것을 다 마다하고 그저 돌아가겠다고 말씀드렸지요. 무엇이든 얻을 수 있는 매우 좋은! 기회였지만 말입니다."

말하다 보니 저절로 우쭐해졌다. 보통 사람 같았으면 냉큼 그 기회를 잡아채려고 했을 텐데 말이다.

"그런 저를 더 예쁘게 보아주셨던지 전하께서는 소원 한 개를 들어주신다 하셨지요. 정말 생각했던 것 이상으로 전하는 좋은 분이었습니다. 어째 다들 그렇게 전하를 못마땅하게 여기는지 이해가 안 되었습니다."

"그래. 잘되었구나."

"예. 다 생각해 둔 것이 있습니다. 염려하지 않으셔도 됩니다."

임금의 말이 떨어지기가 무섭게 떠오른 생각이 있었다.

비로소 언니를 위해 할 수 있는 일이 생겼다는 것이었다. 기생이 되었던 것도, 경연에 참여하려고 했었던 것도 모두 같은 곳을 가리키고 있었다. 임금 앞에 나아갈 기회를 가지기 위해서였다. 일기장에 적혀 있던 내용을 소희는 하나도 빠짐없이 기억하고 있었다.

가족들의 억울한 죽음을 밝혀달라고 하는 것. 틀림없이 저승 세계에서 바라고 있을 것이다. 한 나라의 임금 정도면 능히 해낼 수 있는 일일 것이다. 물론 좀 더 신중을 기하기 위해 바로 말을 꺼내지 않았다.

"좋았겠구나. 다름 아닌 전하께서 소원을 들어주신다 하니."

"예. 좋았습니다."

환하게 웃는 소희를 보던 이정이 언짢은 표정을 지었다. 가만히 듣고 있자니 소원 하나로 소희를 꾀어낸 게 아닌가. 하여튼 어리기만 한 녀석. 그 말 한 마디에 얼마나 어여쁘게 웃었을지 상상이 되었다. 볼우물이 패이도록 웃었을 테지. 근래 들어 소희의 웃는 얼굴을 보지 못하였던 터라 더 샘이 났다.

"얼마만큼 좋더냐?"

"많이 좋았습니다."

"나보다 더 좋더냐?"

그때까지 꼬박꼬박 잘 대꾸하던 소희가 귓속을 후볐다.

잘못 들은 건가 싶었다. 전하를 뵙고 온 마당이라 긴장까지 풀려 환청이 들리는가 보다. 역시 그런가 보다.

"흠. 하면 마마께서는 중전마마와 무슨 이야기를 나누셨습니까? 저도 무척 궁금합니다. 말씀 좀 해주십시오."

소희가 말을 돌린다는 것을 알면서도 이정은 모른 척 받아주었다. 곤란해하는 것을 보는 것도 좋았지만, 소희와 마주한 채로 이야기를 나누는 것은 시간 가는 줄 모를 만큼 재밌었다.

"별 얘기 아니었다."

"이건 불공평합니다. 제 이야기는 다 들으셨잖습니까."

"네가 신나서 이야기를 늘어놓지 않았느냐? 난 들어준 기억밖에 없는데."

"몰랐습니다. 마마께서 이리 치사하게 나오실 줄은……!"

"나도 몰랐다. 네가 이리 유치하게 나올 줄은."

두 사람이 서로 아웅다웅하는 사이 다급한 발소리가 들렸다.

임금을 가장 가까이에서 모시는 하 내관이었다. 이정에게 예를 갖춘 후, 그가 방 안으로 들어가기를 권했다. 주위를 두리번거리는 몸짓이 수상쩍어 보여 소희는 이정의 손을 꼭 잡았다.

방 안에 자리를 잡고 나서야 하 내관이 입을 열었다.

"전하께서 가보라 하시어 급히 왔습니다. 아마도 지금쯤이면 중전마마께서 사람을 시켜 어떤 일을 꾸미실지 모르니 각별히 행동에 주의를 하시는 것이 좋겠다고 말씀하셨습니다."

"각별히 주의를 요하라. 전하라는 말씀은 그게 다인가?"

"예. 우선은 그 말씀뿐이셨습니다."

"전하께서는 예나 지금이나 변함이 없으시군."

말 한 마디에 지난 몇 년간의 묵은 감정이 고스란히 담겨 있었다.

무조건적인 원망도, 무조건적인 염려도 아니었다. 배신감 아닌 배신감이라고 하면 좋을까. 아니 애초에 이정이 배다른 형제에 대해 신뢰감이라도 있었다면 배신이라도 제대로 느꼈을 테지만 그런 것도 아니었다.

책임을 진다는 것을 모르는 임금이다.

이정이 생각하기에 그가 임금으로서 자격이 없다는 것은 개소리다. 그는 충분히 할 수 있는 일도 다른 사람에게 미루는 것이다. 짧지 않은 세월 동안 보고 들은 것이 있었다면 느끼는 것도 있을 터. 아무런 힘없던 왕세자 시절을 추억처럼 고이 간직이라도 할 요량인가 보다.

비록 김대헌에 의해 왕의 자리에 오르기는 하였으나 그 또한 스스로의 선택이 아니었나. 그자의 여식을 중전으로 맞아들여 후사를 낳아야 하는 것을 몰랐을 리 없다. 그 정도로 멍청하였다면 이정 또한 임금과 더는 얼굴을 마주할 일이 없었다.

어차피 이정에게 이 궁은 안식처가 될 수 없다. 한 번 나간 이상 다시는 되돌아오지 말았어야 할 곳, 그 이상 그 이하도 아니었다. 여기 말고는 갈 곳이 없는 임금과는 그 처지부터가 다르다는 말이다.

자신이야 언제든 떠나 버리면 그만이지만, 잠시 머무르기로 하였던 것은 임금의 체면을 생각해 주어서이지 이런 뒷감당이나 또 다른 희생을 감내해야 할지도 모르는 상황과 맞닥뜨리기 위한 것이 아니었다.

서늘해지는 이정의 안색을 살피던 하 내관이 푸념조로 말하였다.

"이런 말씀 드리기 송구하오나 말씀하신 대로입니다. 전하께서는 여전히 왕세자 시절에서 벗어나지 못하고 계십니다. 왕으로서의 자각을 못 하고 있다는 것이 맞을 것이옵니다."

"여전히 중전마마를 멀리하고 계시는 모양이군."

"하오나 중전마마께서는 전하께 마음이 있으신 것 같습니다."

"하면 전하께는 잘된 일이 아닌가. 말이 나온 김에 하는 말인데 어디 전하께서 그런 것을 따질 깜냥이나 되는가 이 말일세. 자네 고충도 이만저만이 아니겠군."

하 내관이 고개가 떨어져 나가라 끄덕였다. 자신의 고충을 알아주는 이가 있다는 것이 이렇게 감격스러울 수가 없었다. 그 역시 말이 나온 김에 임금을 보필하는 역할임을 잠시 잊고 속마음을 내보였다.

"전하께서 보위에 오르신 뒤로도 말들이 많았지요. 실은 영헌군께서 오르셔야 하는 게 아니었느냐고 뒤에서만 그리 수군대었습니다. 그 때문에 두 분이 한동안 서로를 멀리하셨다는 것을 잘 압니다. 만약 그때 영헌군께서 김대헌 대감과 손을 잡았다면 어찌 되었을지는 또 모를 일입니다만."

"말도 안 되는 소리 말게. 나는 이곳이 아니어도 오라는 곳이 많지만 전하는 아니지 않은가. 그런 얘기는 어디 가서 안 하는 것이 좋을걸세."

농담인 듯 가벼운 어조였지만 입 조심하라는 경고가 실려 있었다. 하 내관 역시 실수했음을 인정했다. 그저 이 자리를 빌어서라도 답답한 가슴을 좀 달래보려던 차였다.

"물론입니다. 저도 제 목숨 귀한 줄은 아는 사람입니다."

전하려던 말은 전하였으니 자리에서 일어나는데 이정이 한 마디 덧붙였다.

"혹시나 해서 말해두는데 나는 내 볼일이 끝나면 사라질 생각이니 덧없는 미련은 그저 접어두게나."

혹시나 하여 해본 말이었으나 돌아오는 것은 예상했던 거절인지라 하 내관의 마음은 무겁기만 했다. 영헌군의 어린 시절을 모르는 바 아니었으나 그래도 그가 임금이었으면 어떠하였을까 그런 미련이 아예 없던 것은 아니었다.

어쩌면 그만큼 궁궐의 어두운 실상을 아는 이도 드물 것일 터.

"참. 이것은 만일을 대비해 제가 따로 드리는 것입니다. 잘 맞을 것이옵니다."

하 내관이 물러간 뒤 소희는 앞에 놓인 보따리를 물끄러미 바라보았다. 쿵쿵 냄새를 맡아보았지만 별다를 게 없다. 빈틈없이 묶인 것을 풀어보니 안에서 나온 것은 내시 옷과 관모였다. 그것을 이리저리 살펴보다 어쩌면 좋으냐는 눈빛으로 이정을 본다.

가져다준 사람의 성의를 생각하여 이정은 소희더러 한번 걸쳐보라고 했다. 눈썰미가 좋았던지 맞춘 것처럼 딱 맞았다. 땋은 머리까지 관모 안으로 넣자 미소년 분위기를 물씬 풍긴다. 면경을 쥐어주자 제가 봐도 신기한지 소희가 몸을 돌려가며 이리 비추고 저리 비춰 본다. 두 손을 앞으로 모은 채 고개를 숙여보기도 하더니 이정 쪽으로 돌아선다.

"어떻습니까? 제가 보기에는 썩 괜찮아 보이는데요."

"글쎄. 어울린다고 하기에도 그렇고, 안 어울린다고 하기에도 그렇고……."

"무슨 대답이 그러십니까. 어울리면 어울리는 거고, 안 어울리면 안 어울리는 거지요."

"안 되겠다. 너무 고와서 탈이다."

이정의 칭찬에 소희가 좋다고 배시시 웃었다. 하여튼 칭찬에 이리 약해서야. 뒷머리를 긁적이며 고개를 돌리는 소희를 보자 귀여워 견딜 수가 없다. 볼살을 쿡 누르자 대뜸 그러지 마시라며 우는 소리를 낸다. 그 반응이 재밌어서 몇 번 더 누르길 반복하는 동안, 문밖에서는 간만에 검술 훈련을 마친 휘영이 황급히 돌아서는 그림자와 마주쳤다.

그림자는 능숙하게 휘영을 따돌리고 개구멍을 요리조리 넘나들었다. 쓰개치마에 몸을 숨긴 그림자는 중궁전으로 향했다.

잠시 후 중전이 세차게 혀 차는 소리가 들렸다.

"저런. 영헌군께서 남색을 즐기더란 말이지."

중궁전.

화창한 날을 맞아 다과상을 앞에 두고 마주한 부녀는 가타부타 말이 없었다. 김대헌은 그저 딸의 얼굴만 보아도 배가 부른 듯했고 중전은 식후경으로 그저 찻잔만 비울 뿐이었다.

지난밤 사람을 시켜 얻어낸 정보가 믿을 만한지 가늠이 잘 되지 않았다. 그녀는 의례 그러하였듯 남동생의 안부부터 묻기로 하였다. 궁에 들어와 얼굴을 못 본 지도 오래되었다.

"그 아이는 잘 지내고 있습니까? 몸이 많이 불편하다 들었습니다."

"중전마마께서 염려하실 바가 못 됩니다. 원래부터가 아비 말은 귓등으로도 안 들었던 아이니…… 이제 와서 갑자기 개과천선할 리도 없고 말입니다. 신경 쓰지 마십시오."

"정말…… 괜찮은 것입니까."

김대헌은 대답 대신 찻잔을 들었다. 김이문이란 이름이 늘 아비의 목을 타게 한다는 것을 중전은 알았다. 천한 것의 몸을 빌어 난 놈이니 흐르는 피 또한 틀림없이 그러리라. 그를 집 안에 들였던 날 김대헌이 온 집안사람들을 모아놓고 한 말이었다.

중전은 처음 본 순간 그가 자신의 핏줄임을 알아보았다. 비록 다른 어미의 배에서 나왔다고는 하나 제가 보기에도 아비의 생김새를 빼닮은 외양이 제법 그럴싸하였던 것이다.

어린 그가 그녀를 빤히 쳐다본 것은 그날이 처음이자 마지막이 었다. 김대헌이 목격한 순간 바로 어린 아들의 뺨을 올려붙였다.

이런 쌍놈의 자식!

그 소리와 함께 마찰음이 울리고 주룩 흐르는 피를 닦으며 김이문은 씨익 웃었던 것도 같다. 빨개진 눈시울을 하고 입술만은 올려 웃는 것을 보면서 그녀는 예감했다. 만만치 않은 골칫거리가 집안에 굴러들어 왔음을.

"제 놈이 안 괜찮을 것은 또 무엇입니까. 전국 팔도 서자들 중 편히 발 뻗고 자는 놈은 그놈이 유일무이할 것인데."

"영헌군이 그리 만들었다 하더군요. 어쩌다 그런 빌미를 주었 는지 궁금합니다. 아버지께서도 모르고 있지 않을 거라던데 사실 입니까."

"허허. 이거 마마께 심려를 끼쳐 드리다니 못난 아비가 되었습 니다."

인자하게 웃어 보이는 김대헌을 보아도 중전은 여간 마음이 놓 이지 않았다.

눈에는 눈, 이에는 이.

귀가 닳도록 들었던 그 말을 주입시킨 장본인이 그였다. 아무리 눈 밖에 난 지 오래된 자식이라 하나 자식이 아닌 것은 아닌 거 다.

왕자라고 해보아야 끈 떨어진 연과도 다름없는 신세. 그런 그 가 그들의 가문에 정면으로 도전한 것이나 다름없는데 가만히 놔 둔 것이 수상쩍기만 하다. 다과를 맛나게 베어 무는 그를 보자 불 현듯 그날의 기억이 떠올랐다.

되짚어 보니 김이문을 집에 들인 것은 아비가 자의로 한 것이 아니었다.

간만에 어머니와 친정 나들이를 떠난 길에서 어린 여종이 구역질을 하였다. 열두 살의 그녀와 비슷한 또래로 바느질하고 남은 헝겊으로 인형을 만들어주기도 했었다.

그즈음 들어 차 심부름으로 부친의 방을 자주 드나들면서부터 다른 여종들에게 눈총을 받기는 하였으나 으레 새로 들어온 신입은 그런 취급을 받았기에 대수롭지 않게 넘겼었다.

처음에는 배탈이 난 줄 알고 가마 안으로 들여 쉬게 해주었으나 여종의 구역질은 멈추지 않았다.

그때 모친의 얼굴이 어떠하였던가. 웬만한 일로는 웃는 낯이 바뀌지 않던 이가 새하얗게 질려가는 것을 보면서 그녀는 오히려 제가 질식당하는 기분을 느껴야 했다.

파르르 떨던 주먹을 숨기던 어머니는 애써 웃으며 '돌아가자'고 하였다.

한동안 안채에서 언성이 드높이더니 여종은 쥐 죽은 듯이 사라졌다. 집안 하인들에게 물었으나 모두 모른다고만 하였다. 그러나 정말 몰라서가 아닌 '제 앞에서만 입조심하는' 분위기란 걸 눈치챘다.

무언가를 안다는 것은 그만한 대가를 치러야 함을 뜻했다. 그녀가 나고 자란 가문은 그런 곳이었다. 여종의 죽음도 궁금하였지만 그만한 대가를 치를 만하지는 않다, 그리 결론 내린 그녀는 잠자코 모른 척하였다.

얼마 지나지 않아 아이가 없던 중년의 하인이 길가에 버려진 아이를 주워 키우게 되었다고 들었다. 그리고 몇 해가 지나고 나서야 그 아이는 집 문턱을 넘어설 수 있었다.

"어찌 됐든 그 일을 덮으신 것은 잘하셨습니다. 괜히 일을 크게 키울 필요가 없었습니다. 그 아이는 따로 불러 말씀으로라도 잘 타이르시고요."

"예. 그리 말씀하실 줄 알았습니다. 이 아비가 다 알아서 한다 하지 않았습니까."

"그래도 조심, 또 조심하셔야 됩니다."

당부의 말을 잊지 않은 중전이 이윽고 김대헌 쪽으로 몸을 낮췄다. 아랫것들을 물리기는 하였으나 조심해 나쁠 것이 없다.

"그러고 보니 대왕대비마마께서는 아직 기상 전이신가 봅니다."

"예. 세월 앞에 장사 없다지요."

그날 이후로 대왕대비를 본 적이 없다. 그저 아무와도 대면하지 않고 휴식을 취하고 싶다는 기별을 받았을 뿐이다. 정신만 멀쩡하였다면 지금 이 상석에 앉아 거드름을 피우며 김대헌에게 지시를 내리고 있을 게 뻔했다.

중전은 제가 모르게끔 아비가 대왕대비와 일을 꾸미고 있었다는 것을 지레짐작하고 있었다. 대왕대비의 휴식이 길어지고 있는 지금이야말로 그것에 대해 물어볼 좋은 기회였다.

"저는 아버지를 믿고 있습니다. 아버지 또한 저를 믿고 계시겠지요."

"믿다마다요. 이 아비는 마마께서 세자를 낳으실 거라 그리 믿고 있습니다."

"하여 저는 언젠가 보위에 오를 그 아이를 위해서라도 확실히 해두고 싶습니다. 폐비의 일을 비롯해 혹여나 전하의 눈 밖에 날 일에 아버지께서 연루되지 않았다, 장담할 수 있으십니까."

"물론입니다. 자식이 아비를 믿지 않으면 누구를 믿는답니까."

그저 철석같이 믿어주기만을 바라는 아비의 태도에 중전은 우선 고개를 끄덕였다. 어린 시절부터 지금까지 그녀에게는 부친이 세상의 중심이었으며 그가 곧 법이었다.

의심의 잣대를 함부로 들이밀어서는 안 된다는 생각과 저 밑에서부터 피어오르기 시작한 의심이 맞부딪쳤다.

분명한 것은 부친은 의심의 여지라도 남겨서는 안 되었었다는 것이다.

만에 하나 아비가 그 일에 연루되어 있다면.

"그런 것까지 염려하실 시간이 있으시다면 중전마마, 이런 것에 관심을 돌려보시는 건 어떠십니까. 먼 중국에서 들여온 귀한 물건입니다."

사향의 일종이 든 가루가 앞으로 내밀어졌다. 멀리 두고 맡았으면 은은하게 퍼졌을 향이 가까이에서 맡으니 역하기까지 했다. 그것만 있으면 앞으로의 일이 만사형통이라도 될 것처럼 그는 굳게 믿고 있는 듯했다. 얼른 집어넣으라는 손짓에 중전은 마지못해 집어 들었다.

"마음속에 새기십시오. 대왕대비까지 노망난 마당에, 대궐의 안주인은 바로 중전마마라는 것을요. 아들만 낳으십시오. 그러면 천하가 마마의 것이옵니다."

'제가 아니라 아버지 것이겠지요.'

그리 쏘아붙이고 싶은 것을 꾸역꾸역 목구멍 너머로 삼켰다.

어차피 부친의 목표를 처음부터 모르고 있던 바 아니었으니. 그로 인해 어머니를 지킬 수만 있다면 그 어떤 것도 감내할 수 있었다.

난감한 속내가 초조함에 달하자 중전이 아랫입술을 살짝 깨물었다. 떨고 있다는 것을 내보이면 안 된다. 설령 그가 부친이라 하여도 세간에는 잔인하기로 소문난 김대헌, 거래를 할 때만큼은 금지옥엽 딸이라는 것도 소용없었다.

"어머님께서는…… 아직도 그러십니까."

"아. 안사람 말입니까. 여전합니다. 별의별 약을 다 써보았지만 차도를 보이지 않고 있습니다."

"고통을 못 견뎌 하실 것이니. 차라리……."

차라리 숨이 끊어지면 평안할 것을. 중전의 생각을 읽기라도 한 양 김대헌이 고개를 내저었다.

그리 쉽게 죽어도 좋을 사람이 아니다. 살아만 있다면 어떻게든 이용 가치가 있다. 지금처럼 딸을 옭아매기에도 더없이 좋지 아니한가.

딸아이만은 언제까지고 지켜주고 아껴줄 것이다. 그의 실체를 모르는 유일무이한 가족이었기에, 그 틀 안에서 나오려 하지 않는 이상 언제까지고 소중하게 대해줄 자신이 있었다.

"집안일은 이 아비에게 맡기시고 전하나 뵈러 가십시다."

"전하께서 정말 저를 부르셨단 말입니까? 이리 훤한 대낮에요?"

"왜, 대낮이면 안 될 이유라도 있는 것이냐?"

"그, 그것이 아니오라……."

어서 냉큼 따라나서지 않고 무엇하느냐는 듯 상궁의 눈초리가 날카롭게 올라갔다. 쭈뼛거리던 소희가 강압적인 손힘에 끌려 방 안에서 딸려 나왔다. 어찌 된 영문인지 모를 일이었다.

새벽 즈음, 이정이 휘영과 출타를 나간 뒤 소희는 혹시 몰라 내시 복장을 하고 있었다. 계집이라는 것을 들켜서는 안 되기에 관모가 벗겨질까 봐 손으로 꾹 내리 누르는 것을 돌아본 한 상궁이 발걸음을 재촉했다.

"한데 말입니다. 전하께서는 하 내관이라는 분이 모신다고 들었습니다만 상궁마마님은 뉘신지요?"

"네 이년! 주제를 모르고 어디서 입을 나불거리는 것이냐. 손찌검 당하고 싶지 않거든 잠자코 따라오너라."

"하나 이 길은 강녕전으로 가는 길이 아니지 않습니까. 제가 잘못 알고 있는 것이라면 때리십시오."

관모를 쓰고 어엿한 복장을 갖춰 입어서일까. 사내가 되었다고 생각하니 전에 없던 용기가 무럭무럭 생겨났다. 제자리에 멈춰 선 채로 움직이지 않자 한 상궁이 부들부들 떨었다. 척 보기에도 남장한 것을 알아볼 수 있게 생긴 것이 보통내기가 아니었다. 최대한 조용히 데려가려고 하였으나 그건 이미 글렀다 싶었다.

지금쯤이면 중궁전에서 중전과 김대헌 대감이 기다리고 있을 터인데.

늦으면 한 소리 듣는 것으로 끝나지 않을 터. 초조해지자 평소 차분했던 성정은 어디 가고 한 상궁은 같이 목소리를 드높이기 시작했다.

"이 맹랑한 것 같으니! 때리라면 누가 못 때릴 줄 아느냐?"

"대체 무슨 소란이란 말인가. 거기 한 상궁 아닌가?"

한 상궁의 손바닥이 높이 올라가다 멈추었다. 반대편에서 걸어오는 하 내관과 눈이 마주쳤다. 뒤이어 등장한 임금의 모습에 저절로 고개를 수그리고 뒤로 물러날 수밖에 없었다. 씩씩하게 고개를 들던 소희도 얼른 고개를 숙였다.

근처를 지나던 길에 한 상궁이 홀로 소희를 끌고 가는 것을 본 하 내관이 부랴부랴 임금에게 말을 전한 것이었다. 중전도 없이 홀로 움직이는 것이 수상쩍었는데 와보길 잘한 것 같았다. 하 내관과 눈짓을 주고받은 임금이 짐짓 위엄 있게 뒷짐을 지었다.

"내 듣기로는 한 상궁이 이 아이를 내게 데려오겠다고 하였던 것 같은데, 내가 제대로 들은 것인가. 하 내관?"

"제대로 들으셨을 뿐 아니라 '참으로 수상쩍기 그지없노라'라고 말씀하셨습니다."

"그랬지. 그래, 한 상궁. 할 일을 다 마쳤으니 그만 가보라. 이 아이는 내가 데려갈 것이다."

"아니, 전하! 그런 것이 아니오라!"

아니기는 무엇이 아니란 말이냐.

척 보기에도 소희인 것을 알겠고 중전에게로 데려가려다 붙잡힌 꼴이다. 턱 밑을 쓸면서 이것 봐라, 재미난 구경거리 생겼다고 좋아하려는 찰나 김대헌을 대동한 중전이 활짝 웃으며 다가왔다.

"신첩이 데려오라 하였습니다. 전하."

간만에 궐 밖으로 나가니 좋기도 좋았다.

공기 자체가 다르다. 이리 보고 있자니 역시 구중궁궐은 제가 살 곳이 못 된다는 생각뿐. 남들은 으리으리하다 말하는 궁궐도 높은 산봉우리에 올라 내려다보니 그저 건물에 지나지 않는다.

굽이굽이 얽힌 그 사이사이, 어딘가로 끌려가던 어미의 모습이 떠오른다. 곱기도 고왔던 손이 저를 잡았던 건 그때뿐이었던 것도 같다. 떠오르는 상념을 애써 지우자 이정이 마른 한숨을 내쉬었다. 소희를 두고 떠난 것이 여간 내키지 않아 최대한 빠르게 돌아가는 길이었다.

그는 비밀리에 몇몇의 사람들과 만남을 가졌다.

예전 청월루에서부터 인연이 닿아왔던 이들이었다. 비밀리에 부용의 서책 작업을 새로 하던 운매와 상놈은 소희가 살아 있다는 말을 처음에는 믿지 않았다.

그저 그가 너무도 그리워한 탓에 살아 돌아온 것이라고 착각하는 것이라 생각했다. 곁에 있던 휘영이 고개를 끄덕이지 않았더라면 헛것이나 본 사람 취급을 받을 뻔하였다.

뒤이어 운매가 조심스레 내민 것은 장부였다. 김대헌에게서 은밀히 뇌물을 받아먹거나 발이 닳도록 갖다 바친 작자들의 이름이 고스란히 적혀 있었다. 그자의 인장 또한 떡하니 찍혀 있었다. 조정 대신들의 수가 반이 넘도록 자리해 있는 것을 보자니 제대로 실감이 났다.

당장 그자를 위협하는 용도로는 쓸 수 없을 것이다. 아니라고 시침을 떼면 그만일 테니. 장부의 주인인 기생 적화의 시신마저 없애 버렸으니 제대로 된 증인도 없다.

그러나 적어도 임금에게 위협감을 심어줄 수는 있을 것이다. 속이 좁을 대로 좁은 위인이니 철석같이 믿고 있던 장인이 안 보는 곳에서 벌이는 짓을 본다면 꽤나 비틀릴 것이다.

물론 그것은 일시적인 방편일 뿐이다. 다른 한편으로는 좀 더 치밀하게 그자를 밀어내는 방법을 강구하였다. 근래 돈 좀 있다는 양반을 비롯한 고위층에서 인기를 끌다던 '가루'의 정체에 대해 알아보니 보통의 물건이 아니었다. 그것을 처음 시장에 풀어놓은 이가 김대헌 상단의 끄나풀 노릇을 하고 있는 작자였다.

캐면 캘수록 무언가가 계속해서 쏟아진다. 좋은 징조였다.

이정이 미치지 않았다는 것을 알고 가장 기뻐한 이들은 '아사모' 회원들이었다. 언제든 지시만 내리면 전국에서 농민 봉기가 일어나는 것을 볼 수 있을 거라며 호언장담들을 하였다. 투쟁을 위해 몸이 달아 있는 그들을 보자 없던 기운마저 샘솟는 듯했다.

돌아오는 내내 눈앞에서 소희의 얼굴이 아른거렸다. 대군마마! 볼 때마다 저를 꼬박꼬박 그리 불러주던 목소리도. 소희는 날이 갈수록 성숙해지고 있었다.

점점 탱글탱글 여물어가는 열매가 그러할까. 언제 꽃을 피울지 몰라 애타는 제 맘을 알까. 그 피우는 꽃마저 오롯이 제 품 안에서만 피우길 바라는 것은 너무 집착일까.

가질 수 없다 여겼던 것을 손에 쥐어본 자는 지금 그의 심정을 헤아릴 수 있으리라.

'조금만 기다리면 된다. 얼마 지나지 않아 널 데리고 이 궁을 벗어날 것이니.'

금방이라도 마중 나올 줄 알았던 소희 대신 그를 맞은 것은 하 내관이었다. 소희의 행방을 묻자 나직한 목소리로 김대헌이 입궐하였음을 고한다. 부리나케 그를 앞서게 하여 따라갔다.

안에서는 침묵만이 흘러나오고 있었다. 정말 저 소굴 안에 소희가 들어 있단 말인가. 재차 하 내관에게 묻자 열심히 고개를 끄덕이며 입가에 손을 가져갔다.

마음 같아서는 당장 방 안으로 뛰어 들어가 소희를 데리고 나오고 싶었다. 임금만 있었어도 그리하였을 텐데, 중전도 모자라 김대헌까지 왔다니. 아직까지는 그 앞에서 실체를 내보일 수 없었다.

가능한 한 숨기면 숨길수록 좋다. 못나 보일수록 좋다. 일단은 지켜보기로 했다. 성난 이정의 눈빛이 잠잠해지는 것을 본 하 내관이 간신히 숨을 돌렸다. 확실히 주상 전하에 비해 상황 판단이 빠르다 속으로 감탄하면서.

방 안은 방금 전의 떠들썩함은 어찌 되었는지 고요하기만 하다.

김대헌이 합궁 날짜를 들어 임금에게 은근한 압박을 넣을 때까지만 해도 분위기는 이렇지 않았다. 임금은 필사적으로 손을 내저으며 마다했고 중전은 아비를 만류하는 척하였지만 실상 입은 웃고 싶은 것을 참고 있었다. 가장 아래쪽에 앉아 있던 소희는 엎드리다시피 고개를 숙이고 있었지만 그 모든 것을 귀담아 듣고 있었다.

간간이 저를 향해 시선이 꽂히는 것이 고스란히 느껴져서 몸이 이리저리 비틀리고 말았다. 애초에 이 방 안에서 소희의 발언권은 없었다. 양쪽 두 사람에게서 강요받는 임금이 꽤나 고통스러운지 끙, 죽는 소리를 냈다. 소희 역시 속으로 계속해서 낑낑거렸다. 당최 내가 있어야 할 곳은 이곳이 아닌데 어쩌다 이 방의 구성원이 되었는지 모르겠다.

당장에라도 고개를 들어 올려 인자하게 웃고 있는 노인의 얼굴을 확인하고 싶었다. 정말 김대헌이 맞는지, 그렇다면 그가 언니를 죽인 것이 맞는지, 그렇다면 저는 어찌해야 하는 것인지……. 얼핏 스쳤던 얼굴은 노인 특유의 검버섯 하나 없이 매끄럽기 짝이 없었다. 반들거리는 눈빛이 매섭게 훑고 지나간 것은 착각이었을까. 좌우지간 드는 생각이라고는 지금 이 자리가 언니가 그토록 바랐던 자리라는 것이었다.

"어디서 많이 보던 얼굴입니다만."

드디어 올 것이 왔나 보다.

김대헌이 소희를 가리켜 임금에게 물었다. 바들바들 떨고 있는 소희를 본 임금은 보호해 주어야겠다는 생각이 들었다.

"그럴 리가 있나. 저 아이는 나름의 사정으로 날 때부터 궐에서 자란 아이인데."

"그렇습니까? 하도 낯이 익다 하여."

"저 아이가 꽤 참하기는 하지만 낯이 익다니 아니 될 말이외다. 엄연히 사내의 몸인 데다 궁 한 번 나가본 적 없을 터인데 그리 말하면 주위 사람에게 괜한 오해를 살 게 아니오."

제법 넉살 좋게 임금이 웃어 보였다. 그러나 김대헌이 의심의 눈길을 완연히 거둔 것은 아니었다. 낯이 심하게, 많이 익었다. 계집아이 같이 곱상한 것이 아니라 정말 계집아이는 아닐까. 사내 치고는 심하게 손이 작고 얼굴도 그렇다.

한 번 고개라도 들어보게 하여 본다면 확실히 알 것도 같은데. 아무리 봐도 풍기는 분위기나 외양이 그 나인을 빼닮은 것 같다. 그 당시 도망 다니던 것을 쫓던 수하의 말로는 나인의 자식인 두 어린 계집을 놓쳤다고 하였다. 어쩌면 그것들 중 하나일 수도 있었다.

"너, 날 본 적이 정말 없느냐?"

"여부가 있겠습니까."

소희가 최대한 목소리를 굵직하게 냈다.

나는 사내다. 나는 사내다. 속으로 그리 쉼 없이 외웠다. 들키기라도 하면 끝장 아닌가. 임금께 소원 한 번 말해보지도 못하고 끌려 나갈 수는 없었다.

"국구 댁 작은 아들은 몸이 좀 어떠하오?"

두 부녀가 동시에 임금 쪽으로 고개를 돌렸다. 소희에게 향하는 시선들을 돌리기 위해 꺼낸 말이 제법 효과가 있었나 보다. 특히나 중전의 입술 끝이 바들바들 떨렸다.

김대헌은 덤덤하게 돌아보았으나 임금의 시선을 똑바로 마주하고 있었다. 이런 고얀 놈을 보았나. 임금 역시 시선에 힘을 주자 그가 입가를 슬며시 올리었다.

"오늘 내일…… 할 정도는 아닙니다."

"이번에는 중전께 여쭐까. 동생이 그리되었으니 과인을 많이 원망하였겠소."

"아니옵니다. 신첩이 어찌……."

어차피 있으나 마나 한 동생으로 여겨왔다. 허구한 날 사고를 쳐서 집안에 먹칠만 하지 않았어도 기억할 가치도 없는. 다른 누구도 아닌 임금에게서 지적당하고 나니 수치스러움에 중전의 안색이 시퍼렇다.

그 변화가 제법 마음에 들었던지 임금이 히죽 웃었다. 제일가는 가문에서도 꺼리는 존재가 있었으니 이름하여 사생아. 두 사람 중 누구도 더 이상 입을 열지 않았기에 앞으로 종종 써먹으면 좋을 것 같았다.

"오늘은 이만 물러가겠나이다."

기분이 상했는지 김대헌이 평소보다 일찍 자리를 털고 일어났다. 중전 역시 빨리 가주면 좋겠다고, 소희는 바랐다. 그러나 중전은 그대로 자리에 앉아 소희를 힐긋거렸다. 직감이 저것은 틀림없는 계집이라고 한다. 궐내에서도 저렇게 생긴 내시는 처음 보았다. 임금이 이쪽의 속을 뒤집어놓았으니 조금쯤 비슷한 기분을 맛보게 해주고 싶은 심술도 한몫했다.

"하면 전하, 영헌군에 관한 해괴한 이야기는 알고 계시나이까."

"무슨 이야기를 말하는 것이오."

"한 상궁이 영헌군이 남색을 즐긴다 하더이다."

"증거라도 있는 것인가."

"그 상대가 바로 저 내관 놈입니다. 직접 하문해 보시옵소서."

움찔. 소희가 목을 움츠렸다. 내관 놈이란 것이 저를 가리키는 것일진대 남색이라니. 들도 보도 못한 경우였다. 자세한 뜻은 모르나 중전의 말투로 짐작컨대 깎아내리려는 의도는 분명했다.

"농담도 과하시오. 중전."

"농담으로 들리셨습니까?"

"농담으로라도 할 말이 따로 있지."

"하면 이 자리에서 보여 드리지요. 한 상궁 앞으로 나오게."

두 팔을 걷어붙인 한 상궁이 소희 앞에 섰다. 너는 계집이 틀림없다고 쏘아보는 눈빛이 그리 말하고 있었다. 그저 고개를 숙이고 있는데 청천벽력과 같은 중전의 목소리가 들린다.

"왕실과 전하를 능멸한 것입니다. 전하께서는 아니라 하실 테지만 며칠 전 내실에 함께 계셨던 것과 생김새가 같습니다. 자웅동체가 아닌 이상에야 어찌 계집이 되었다 사내가 될 수 있단 말입니까."

"하면 이 자리에서 탈의라도 시키겠단 말인가?"

"필요하다면 벗겨 보일 것입니다. 제 눈으로 확인하지 않는 이상 저것은 한 발자국도 움직일 수 없습니다."

하니 스스로 옷을 벗으라.

소희가 고개를 내저었다. 상황은 달랐지만 경연 때 양반들의 벗으라, 한 마디에 벗겨지고 치욕을 당하던 어린 동기들이 떠올랐다. 송송이라는 아이였나. 자리에 뻗어 꿈틀거리다 더는 움직이지 않던. 그 순간들이 눈앞을 스쳐 지나갔다. 그때 그들을 제대로 도와주지 못해서 지금 벌을 받고 있는 모양이다.

"기어코 억지로 벗겨야만 말을 듣겠느냐?"

한 상궁이 엄포를 놓았다. 옷을 그러잡고 사정하는 눈빛이 순하기만 하다. 미처 손을 뻗지 못하고 있는데 중전이 어서 하라며 눈짓한다. 망설이는 것을 눈치챘는지, 임금의 시선을 의식했던지 인심 쓰듯 한 번 더 운을 띄운다. 계집인지 사내인지 직접 말하라는 것이다. 그리하면 목숨만은 살려 돌려보내 줄 것이란다. 하지만 능멸이란 말이 주는 무게가 가볍지 않듯 죗값을 묻는다면 그게 그것이 아닌가. 그렇다고 언제까지 입을 닫고 있을 수도 없다.

'무슨 말이든 해야 한다.'

차라리 그냥 계집이라고 하는 것이 나을까.

하지만 어느 쪽 성별을 말하든 간에 임금을 속였다는 것이 바뀌지는 않는다. 이도 저도 아닌 상황. 어찌하면 좋나 머리를 싸매고 있는데 익숙한 목소리가 가까이서 울렸다.

당당히 방 안에 들어선 이정의 시선은 한 치의 흔들림도 없었다.

"전하. 하문에 대한 답은 제가 하겠습니다."

소희의 성별이 무엇이냐는 질문에 이정은 그저 '정인이옵니다' 한마디를 하였다. 그것으로 이미 충분하지 않느냐는 담담한 언사였다. 중전은 넋이 나간 듯했고 한 상궁 또한 얼굴을 붉혔다.

당사자는 조금도 망설임 없이 소희의 손을 잡아 일으켰다. 더 이상 어떤 간섭도 용납할 수 없다는 듯. 그런 멀쩡한 눈빛은 처음이었다. 품 안에 있는 것마저 건들면 가만있지 않겠다는 무언의 경고이기도 했다.

"그 아이를 그냥 보낼 수야 없지요. 왕실의 기강이 해이해지는 것을 두고 볼 수야 없는 노릇이니 말입니다. 그렇게 생각하지 않나요?"

"제가 데려갈 수 있게 해주는 대신, 중전마마께서도 원하시는 것을 취하시면 될 것 아니겠습니까."

"내가 원하는 것이라니 그 무슨……."

이정의 시선이 향한 곳은 상석에 앉아 있는 임금이었다. 소희가 이 일에 휘말리게끔 원인 제공을 하고도 두 손 놓고 앉아 있는 것 다 안다. 억울한 얼굴을 하고 있다고 해서 이대로 넘어갈 생각은 조금도 없었다.

"밖에서 우연히 들었습니다만. 합궁 날짜를 잡으셨다지요."

"그것을 어찌……."

쥐새끼처럼 엿듣기나 하였느냐고 소리치려던 중전이 주먹을 쥐고 고개를 홱 돌렸다. 제가 원하는 것이 무엇인지 이정은 정확히 알고 있었다. 하지만 어떻게 알았을까. 한 상궁 외에는 어느 누구에게도 대놓고 감정을 드러낸 적이 한 번도 없었는데 말이다. 임금을 제외하고 궁 안 모두가 그 사실을 알고 있음은 전혀 유추해 보지 못하는 그녀였다.

말 나온 김에 기억을 되짚었다.

그래, 합궁 날짜만 잡았지 그것이 현실로 이어진 적은 단 한 번도 없었다. 늘 이리저리 피해 다니던 임금이 근래 들어서는 영헌군과 우애를 나눈답시고 밤마다 내실을 떠나 있었다.

임금 본인께서는 적당한 이유였다고 생각할지 모르겠으나 세상 어느 형제가 우애를 밤마다 나눈단 말인가. 다 저를 피해 도망 다닌다는 것을 알면서도 모르는 척한 것이다.

"예. 해서 어쨌다는 것입니까."

네가 무엇이건대 무엇이라도 해줄 것처럼 말하느냐는 저의가 깔려 있었다.

"오늘 밤은 전하께서도 이 아우를 찾지 않으실 것입니다."

"뭐라? 영헌군! 아니 될 말이다! 그 무슨 말인가?"

"말씀드린 그대로입니다. 오늘 밤만큼은 전하께서도 한 나라의 아비요, 중전마마의 지아비로서 그 의무를 다하실 것이라, 이 아우는 그리 생각하고 있습니다."

찾아와도 절대 문을 안 열어줄 것이다.

그러니 그만 포기하고 합궁하십시오. 뭐 그런 뜻이었다. 그건 또 금세 알아들었는지 항변하려는 임금을 대신해 중전이 흡족하게 미소 지었다.

"몰랐군요. 영헌군이 이리도 왕실의 안녕을 위해 힘쓸 줄은. 과히 나쁘지 않은 생각이라 사료되옵니다. 전하."

데리고 가도 좋다는 중전의 허락이 떨어졌다. 두 사람 사이에 은밀한 눈빛이 교환되는 것을 보았다며 임금이 재차 나섰지만 소용없었다.

그 길로 이정은 소희를 데리고 물러 나왔다.

닫히는 문 너머로 이건 너무하지 않느냐는 임금의 우는 소리가 들렸다. 어쩐지 좀 임금의 처지가 곤란해진 것 같아 소희가 괜스레 뒤를 돌아보자 이정이 얼른 걸음을 재촉했다.

"전하께서 아무래도 오늘 밤을 못 넘길 듯싶습니다."

"너, 그게 무슨 소리인지는 알고 하는 말이냐?"

"그것이 저, 중전마마께서 전하를 엄청 무섭게 노려보고 계시는 것 같았습니다. 전하께서 그 눈빛에 무서워하시는 것도 당연합니다."

"아직은 네가 모를 테지만 이런 말이 있다. 부부 싸움은 칼로 물 베기라."

"그것은 또 무슨 뜻입니까?"

잘 유추해 보거라. 그 말만 남기고 이정은 먼저 안으로 들어가 버렸다. 칼로 물 베기라니 그건 베나 마나란 소리가 아닌가. 부부 싸움도 그와 같다는 뜻인가. 대략적으로 문장을 유추해 볼 수는 있었으나 상황이 잘 그려지지 않았다.

대체 무슨 뜻일까. 중전마마와 임금께서는 서로 칼을 들고 싸운다는 뜻인가? 이리저리 짚어보던 소희가 머리를 두드렸다. 남녀 사이에는 뭐 이렇게 어려운 것이 많은 것인지 모르겠다.

그나저나 오늘도 임금께 소원에 대해 말을 꺼내지 못했다. 그럴 틈도 없었지만 앞으로는 전하를 못 뵐지도 모른다. 아예 물 건너 가버린 것일까. 어서 들어오지 않고 무엇하느냐는 이정의 목소리에 소희는 얼른 달려갔다.

"우왓!"

안으로 들어서자마자 빠른 손놀림이 소희의 머리 위에 있던 것을 낚아채 갔다. 그러자 안에 있던 묶인 머리카락이 허리까지 늘어졌다. 화들짝 놀란 소희가 문이 닫힌 것을 확인하고 목소리를 한껏 낮추었다. 밖에 있던 나인들이 무슨 일일까 귀를 기울일 것을 생각하니 모든 행동이 다 조심스러웠다.

"어찌 이러십니까."

"그 옷도 당장 벗어버려라."

"버, 벗다니요? 갑자기 왜 이러십니까."

"벗으라면 벗지. 하여튼 말도 많구나."

그리 말하던 이정이 볼을 붉힌 채 등 돌린 소희를 보고는 고개를 저었다. 녀석이 생각하는 그런 뜻으로 벗으라던 것이 아니었는데 태도를 봐서는 오해를 한 것이 틀림없다. 마음 같아서는 저 칙칙한 내시 옷을 아예 쫙쫙 찢어버리고 싶었다. 이정이 길게 한숨을 내쉬었다.

돌아선 뒷모습이 왜 그리도 작아 보이던지.

예전보다 더 안쓰럽고 마음이 쓰이는 것을 스스로도 막을 수가 없다. 돌아온 뒤로 계속 정체를 숨겨야 했기에 고달팠을 것이다.

이리 불편하게 만들려고 함께 있자 하였던 것은 아니었는데 말이다. 이번은 잘 넘겼다지만 사내도 계집도 아닌 채로 계속 살아갈 수는 없었다. 더는 그리 놔둘 수도, 그를 지켜보고만 있을 자신도 없었다.

"소희야."

"자꾸 벗으라고 하지 마십시오. 놀리시는 거 다 압니다."

"옷을 갈아입으라는 뜻이었다."

"예? 아……."

방 안에 딸려 있는 조그만 문을 열어주자 소희가 슬금슬금 들어가더니 후다닥 문을 닫는다. 안에 벗어두었던 옷가지가 있을 텐데. 보따리를 찾아 손을 넣던 소희가 얼른 꺼냈다.

안에서 투닥투닥거리는 소리가 들려오자 이정은 그제야 머리를 짚고 방문에 기대어 앉았다. 날다람쥐같이 갈아입고 있을 테니 조금만 더 기다려 볼까. 하지만 문을 열고 나오는 즉시 하고 싶은 말을 다 전하지 못할 수도 있다.

만약 소희가 울기라도 할까 봐, 할 말을 다 못 하고 안아버릴까 봐 걱정이다.

"저 이제 나갑니다?"

문 너머에서 소희가 문을 똑똑 두드렸다. 열어달라는 뜻이었지만 문밖에서는 아무 소리도 들리지 않았다. 무슨 일이지. 열려고 손에 힘을 주자 단단함이 버티고 있다. 내시 복장을 입은 것이 그리도 마음에 들지 않으셨던 것일까.

'그게 나로서는 최선이었다 해도.'

하기야 계집이 사내 행세를 한다는 것이 얼마나 우스웠을까.

나름 잘 어울린다고 생각하였는데 역시나 어설펐던 것이다. 아예 안 보이게 치워 버리는 것이 낫겠다.

"마마. 이 옷 아예 그냥 어디 숨겨놓을까요?"

"……"

"다시는 입지 않겠습니다. 화 푸십시오."

아예 무릎까지 꿇고 싹싹 빌고 있는데도 아무런 대답도 없다. 원래 사과는 얼굴 보고 눈을 바로 보면서 해야 진심이 전해지는 법인데 그것도 못 하게 생겼으니.

가슴이 아리다. 돌아오면 조금은 달라질 줄 알았다. 예전과는 달리 떳떳하게 지낼 줄 알았는데 현실은 생각처럼 쉽지 않다.

많은 것이 달라지지는 않겠지만 적어도 그의 앞에서만큼은 가슴이랑 허리를 펼 수 있게 될 줄 알았다. 물론 녹록치 않은 것임을 이렇게 누차 깨닫게 되었지만.

역시 궁궐은 제가 있을 곳이 아닌 가보다. 이곳을 떠나고 싶다는 생각을 여러 번 했지만 차마 제 입으로 말할 수 없었다. 이미 한 번 그의 곁을 떠난 적이 있었기에 두 번은 아니 되는 것이다.

뒤늦은 죄책감이 몸집을 불려간다.

"난 너를 두 번 잃고 싶지 않다."

"……송구합니다."

잔잔하게 타이르는 음성을 들으면서 소희도 방문에 기대 몸을 동그랗게 말았다.

"너를 탓하려는 게 아니야."

"그래도……."

"너를 어찌하면 곁에 둘 수 있을까. 돌아오는 길 내내 그 생각뿐이었다."

고민 끝에 내린 결론은 역시 이곳을 떠나는 것. 그러나 소희를 안심시키는 것부터가 우선이었다. 함께 있는 이상, 언젠가는 반드시 위험이 찾아온다. 온갖 음모와 술수가 도사린 곳에서 자신의 사람을 잃는 경험은 두 번 다시 하고 싶지 않았다. 한데 곁에 두고 싶다는 제 마음만 앞세웠으니 참으로 이기적이지 않은가.

"저 아이의 안위 문제를 고려하실 때입니다."

방에서 나와 거드름을 떨며 돌아서는 김대헌의 눈빛 또한 심상치 않더라. 넌지시 하 내관이 권하지 않았다면 생각이 거기까지 미치지 못할 뻔했다. 그저 안일하게 곁에 두면 된다는 착각에 빠져 있었다. 하여 그와 상의한바, 잠시 소희와 떨어져 지내기로 결론 내렸다. 소희를 도와주고 싶다던 것이 임금의 진심이었던지 두 사람을 도우라고 하 내관더러 지시하였단다.

다행히도 아직 대왕대비의 정신이 온전하지 못하다. 중전은 아직 내명부의 기강을 잡기에는 미숙하다. 하니 그 틈을 노려 소희를 나인으로 만드는 것이 그나마 안전하다. 수많은 나인들 속에 섞여 잠시 동안만 저들의 눈에서 벗어난다면 그보다 다행인 일은 없었다.

"이미 결정하셨으니 제게 말씀해 주시는 것이겠지요?"

"그래. 그러니 이번만큼은 네가 내 말을 들어줘야겠다."

끄덕끄덕. 보이지 않을 것을 알면서도 소희는 열심히 고개를 끄덕였다. 어린것 취급만 하시더니 이제야 저를 믿고 무언가를 맡기시려는 모양이다. 그 믿음에 보답할 수만 있다면야 무엇이든 할 것이다. 꼭 해내 보일 것이다.

"예. 듣고 있습니다."

"잠시만⋯⋯."

뒷말이 잘 들리지 않는다.

그가 말을 꺼내기를 망설이는 것일까. 긴장 때문에 잘 듣지 못한 것일까. 소희는 문에 바짝 달라붙어 귀를 가져가 댄다.

"잠시만⋯⋯ 떨어져 있어야겠다."

"⋯⋯."

"곧 하 내관이 올 것이다. 속히 옷을 갈아입어야겠다."

설명이 그것이 다인가? 단 두 줄이면 충분하다 여긴 것일까.

나는 아닌데.

"⋯⋯저도 마마께 폐가 되는 것은 잘 알고 있었습니다만."

제가 미워서 그러십니까?

그 물음이 아랫입술에 묻어 나오려는 걸 깨물어 삼키었다. 예상 못 했던 상황은 아니지만 이건 너무 갑작스럽지 않은가. 정말 쫓겨나기라도 하는 것일까. 손안에 잡힌 치맛자락이 사정없이 비틀어졌다.

"멀리 보내지 않아. 내 눈이 닿는 곳에 너를 둘 것이다. 네 음성이 닿는 곳에서 내가 지켜볼 것이다. 그러니 날 믿고 따라다오."

차마 소희 널 잃고 싶지 않다는 말은 하지 않는다. 잠깐이 아닌 영원히 두고 싶은 마음에 내린 결정이었음도. 사내로서 그리 마음 약한 소리를 할 수야 없지 않은가.

그저 소희가 앉아 있는 뒷모습이 비친 문 위를 손으로 덧그리고 덧칠해 나간다. 약한 아이가 아니라는 걸 알지만 혹시나 눈물이라도 흘릴까 봐서, 그런 네 모습이 눈에 밟힐까 봐, 그리하여 잡게 될까 봐서.

"마마의 말씀대로 하겠습니다. 저는 착한 아이니까요."

"착하구나. 우리 소희."

언제나 떠날 수 있을 거라 장담하던 것과 달리 눈앞이 흐릿하다. 몇 번 눈을 깜박이던 소희가 손으로 쓱쓱 닦아내고는 자리에서 일어났다. 애써 씩씩한 척, 옷 모양새와 머리를 다듬는다.

이윽고 하 내관의 기침 소리가 들려온다. 소희는 얼른 문을 열고 고개를 내밀어 당부의 말을 전했다.

"그래도 너무 기다리게 하시면 안 됩니다. 아셨지요?"

❈

쓱쓱. 붓이 종이 위를 이리저리 자유롭게 움직인다.

손목의 힘, 손짓의 방향에 따라 가지각색의 서체들이 손끝에서 흘러나온다. 같은 옷, 같은 지필묵을 사용하는데도 나인들은 저마다 다른 글씨들로 여백을 **빽빽**하게 채워 나간다.

그들은 지밀(至密) 소속으로 궁중의 궁녀 중 소수로 선발되는 서사나인이었다. 어린 나이에 부모와 떨어져 궁에 들어온 뒤로 하루도 빼놓지 않고 글씨체 연습을 하는 것이 일상이었다.

정적 사이에서 목소리를 내는 것은 누여진 글자뿐, 나인들은 숨소리 한 번 내지 않았다. 오늘 정해진 연습량을 채우기 위해 더욱 바삐 손을 놀릴 뿐이다. 설사 양을 채운다 해도 엄 상궁의 눈에 차지 않을 시에는 밥을 굶어야 했다. 점심부터 굶은 이들은 저녁이라도 먹기 위해 죽을 둥 살 둥 하면서 붓을 잡고 있었다.

한데 오늘은 어찌 된 일인지 엄 상궁의 불호령이나 손등을 훑고 지나갈 회초리가 등장하지 않았다. 몇몇이 슬그머니 붓을 내려놓고 고개를 들었다.

아. 작은 탄성이 하나둘 새어 나온다. 며칠 전 갑자기 나타난, 얼굴은 제법 반반한 꿰다 놓은 보릿자루 같은 것이 엄 상궁의 시선을 단단히 사로잡고 있었다.

"대체 넌 어디 있다 이제 나타난 것이냐. 이리 선이 곧고도 단정하며 적당히 힘이 실려 있으면서 막힘없이 흐르는 글씨체라니. 요 몇 년 사이 제대로 된 글씨 한 번 보기만 학수고대하던 보람이 있구나. 대체 어디 있다 나타난 게야. 응?"

"과찬이십니다. 그리 말씀하시면 제가 너무 부끄럽지요."

소희가 등 뒤 시선들을 느끼며 멋쩍게 웃었다. 살면서 들어야 할 칭찬을 며칠 사이에 다 듣고 있는 것 같다. 하 내관의 뒤를 따라 이곳에 발을 들여놓을 때부터 엄 상궁이 이런 태도를 보인 건 아니었다.

그녀로서는 대왕대비가 제정신을 돌아오지 못할 경우 끈 떨어지는 연이었으므로 어쩔 수 없이 하 내관의 어명을 받아들인 것이었다. 처음에는 그저 늦게 들어온 미꾸라지 한 마리가 강물이나 흐리지 말았으면 했었다.

그러나 차츰 소희가 그녀의 마음에 쏙 들어왔다. 단정한 생김새하며 예의 바른 어투와 공손한 몸가짐. 그런 것들이 어우러져서 써내는 글자들을 보는 순간 확신했다. 이 아이라면 지금부터 궁체(조선 후기에 비롯된 한글 서체)를 가르친다 하여도 잘 배울 것이다. 간만에 가르쳐 볼 맛이 날 것 같다.

"정작 부끄러워할 것들이 그를 모르니 큰일이지. 쯧쯧. 어리석은 년들 같으니."

엄 상궁의 눈길이 나인들을 싹 훑고 지나갔다. 밤잠을 아껴가며 글씨 연습을 해도 모자랄 판국에 휴가를 나가서는 세책방과 접촉해 소설 필사 작업을 청탁 받아온 이들이 적지 않았다. 생각시 때부터 엄히 단속해 온 일이었으나 한번 잘못 들인 버릇을 고치기란 쉽지 않은 법이었다.

가난한 친정 살림에 병든 가족들 이야기를 꺼내며 부업을 하게 됐다며 눈물로 호소해 왔지만 그럴수록 엄 상궁의 눈살은 찌푸려졌다. 돈을 벌기 위해 방대한 필사 작업을 하다 보니 급히 손을 움직여야 했을 것이다.

그러니 전부 글씨체가 맥없이 이리 비틀 저리 비틀거리며 중심을 못 잡고 흔들리는 것이 아닌가. 다시 처음부터 끼고 가르칠 생각에 눈앞이 컴컴하였던 차에 나타난 재능 있는 소희가 여간 어여쁜 것이 아니다.

오늘 아침 반가운 소식까지 들려온 참이다. 병상에 앓아누워 헛소리를 밥 먹듯이 하였던 대왕대비가 제정신을 되찾은 것이었다.

엄 상궁은 언문 교서 같은 공문서 작성 외에도 대왕대비의 편지나 서찰을 작성하는 일을 했다. 대비가 망상에 시달린 뒤로는 그녀를 찾는 일이 없었으므로 든든한 후원자를 잃는 것은 아닌가, 내심 불안에 떨어야 했다.

"참으로 기특하구나. 대왕대비마마께서도 너를 꼭 데려오라 하시었으니 함께 가는 것이 좋겠다. 따를 채비를 하거라."

소희는 바로 답하는 대신 조금 미적거렸다. 흔쾌히 받아들이는 것이 좋을까. 아니다. 망설이는 티를 내는 것이 조금이라도 더 자연스러울 것이다. 엄 상궁이 저를 좋게 본 것에 대해서는 조금의 오해가 있었다.

첫날, 이정의 지시대로 멀리 떨어진 날 다시 돌아가고 싶어 몸이 여기저기 쑤셨다. 이대로는 안 되겠다 싶어 주변에 굴러다니는 책을 집어 들고 필사하기 시작했다. 쓰다 보니 몰두하였던지 엄 상궁이 곁에 오는지도 몰랐다.

무슨 생각으로 옮겨 적느냐는 말에 소희는 잠깐 동안 머리를 요리조리 굴렸다. 어떻게든 엄 상궁에 잘 보여 쫓겨나지 말라던 하 내관의 말이 생각났다. 서사 상궁이 대왕대비와 긴밀하게 맞닿아 있는 위치인 것을 감안하고 나자 어떤 말을 하면 좋을지 대충 알 것 같았다.

"대왕대비마마의 병세가 호전되길 바라는 마음으로 옮겨 적고 있었습니다."

그에 엄 상궁이 흡족하게 웃으며 소희의 서체를 유심히 들여다보고는 그것을 병상의 대왕대비에게 올려 보냈다는 것이다. 고운 마음씨를 지녔던 그녀의 동무가 웃전에게 그리하자 예쁨을 받았던 기억이 났다. 그것을 보자마자 대왕대비가 번쩍 정신이 돌아왔다 하니 엄 상궁은 일정의 공을 소희에게로 돌렸다.

'이게 정말 어찌 된 일이냐 말이야.'

어찌 된 영문이냐고 주위에서 나인들이 소곤거렸지만 소희도 어찌 된 일인지 전혀 짐작이 가지 않았다. 아무튼 간에 제 임기응변이 통해서 다행이라고 생각하면서 엄 상궁의 뒤를 따랐다.

"너도 소식은 들어 알고 있겠지. 대왕대비가 깨어났다."

마주 앉은 임금이 자못 심각한 표정을 짓는다. 그의 불안을 이해 못 하는 바는 아니나 새삼스러울 것도 없었다. 대왕대비가 정신을 잃기 시작하면서 조정의 인심은 중전 쪽으로 돌아서고 있었다. 그 옛날, 선왕을 호령하던 대비가 아니더라. 항간에는 그런 목소리들마저 서슴없이 흘러나오고 있었다.

간만에 다시 만난 그 쭈그렁 노파가 대왕대비였다는 것을 이정도 몰라봤었다. 독한 성정만큼이나 자기 관리가 철저한 사람이었다. 우스갯소리로 그런 말도 있었던 것 같다.

그녀가 폐비를 미워했던 수많은 이유 중 하나는 저보다 빼어난 젊음을 가지고 있었기 때문이라고. 그 미모가 선왕을 홀린 것이라고 그리 믿었을 것이다.

그의 모친은 그 정도로 머리가 빠르게 돌아가는 사람이 아니었다는 것은 몰랐을 것이다. 임금을 사내로 보고 연정을 품을 만큼, 딱 그 정도 순진하고도 무모하던 이였다. 되돌아보니 그리 사약까지 내려 험한 꼴을 당하게 하지 않아도 좋았을 만큼.

"전하께서는 무엇이 두려우십니까."

"두려워한단 말이냐? 내가 그 늙은 구미호 같은 노인네를?"

"아니라면 왜 그리 손을 떠시는 겁니까."

"이건…… 습관이 돼서 이렇다."

손을 꽉 움켜쥐어도 손목은 계속해서 떨리고 있었다.

대체 무엇이 그리도 두려운 것일까.

궁에서 버틴 그 시간이었으면 적응할 만도 하지 않은가. 혹은 알아서는 안 되는 것을 알고 있기 때문인지도 몰랐다. 그것이 모친과 관계가 있을 확률이 매우 높았다.

"너는, 너는 모른다."

이정 너는 모를 것이다.

임금인 자신이 두려워하는 것은 다름 아닌 제 이복동생이라는 것을. 마주 보는 것만으로도 오한이 들고 이가 딱딱 부딪친다는 것을. 대왕대비가 보았다던 그 악귀를 임금 또한 보았다는 것을.

신기한 것은 언제나 곁에 두었던 삽살개를 치워 버려도 멀쩡하다는 것이다. 아마도 이정이 궁궐에 들어왔을 때부터인 것 같다.

"좀 더 상세히 말씀을 하시지요."

"내가 그것을 보았다면 믿겠느냐? 내가 네 어미의 혼, 혼백을 보았다면 믿겠느냐는 말이다."

"그 정도로 전하의 심신이 많이 약해지신 게로군요."

그럼 그렇지. 역시 안 믿을 줄 알았다.

허탈하게 숨을 내쉰 임금이 이내 고개를 저었다. 정말 심신이 약해져서 그런 것이라면 얼마나 좋을까. 하지만 기억은 또렷했고 시간이 갈수록 확신할 수 있었다.

눈앞에 나타났던 그것은 폐비 임씨가 죽기 직전의 모습과 일치했다.

"분명 보았다! 내 이 두 눈으로 똑똑히!"

폐비에게 사약이 내려졌을 때 상왕과 대왕대비의 날카로운 눈초리가 제 좁은 방 안까지는 미치지 않기를, 조금의 불똥마저 튀지 않기를 얼마나 바랐는지 모른다. 잘난 것도, 보장된 미래도 없던 삶이었지만 살고 싶다는 욕구는 어느 때보다도 강했었다. 그렇게 방 안에 쭈그려 앉아 있던 그를 끌어낸 건 대왕대비였다.

"두 눈 똑똑히 뜨고 지켜봐라! 내게 맞서는 것들의 종말이 어찌되는지."

광기에 사로잡혀 흔들리던 눈동자. 웬만한 장정을 능가하는 힘으로 그를 끌어다가 폐비 임씨 앞에 던져 놓았다. 싸늘하게 식은 주검은 두 눈을 부릅뜨고 있었다. 금방이라도 터질 것처럼 팽창된 동공. 눈과 귀, 코, 입 등 구멍이란 구멍에서 쏟아진 핏물에서 뒹구는 그것은 더 이상 천하절색이 아니었다.

저것은 사람이 아니다.

도망가려 뒤로 주춤거리는 순간 죽은 줄 알았던 덩어리가 움직였다. 팔로 보이는 것이 그의 다리를 꽉 붙잡고 놓아주지 않았다.

"내 아, 아들이 왕이 될 것이야. 반드시."

폐비의 말처럼 그리 될 줄 알았다. 목숨만 부지하면 더는 바랄게 없는 인생이었으니까. 한데 용상 위에는 천한 피가 흐른다던 볼품없는 그가 앉게 되었다. 그들에게는 그저 자신들의 입맛대로 요리할 수 있는 꼭두각시가 필요했을 뿐이라는 걸 알면서도 살고 싶다는 욕구가 그를 움직였다.

"아마 난 죽는 날까지도 그 기억들을 털어낼 수 없을 것이다."

대왕대비가 의도했던 대로 그는 그날로부터 자유로워질 수 없었다.

그날 죽음의 문턱에서 피눈물을 쏟아내던 그녀의 마지막을 지켜봐서일까. 하루도 편한 날이 없었다. 제 것이 아닌 자리를 탐했다는 죄책감 때문일까. 이정을 궐에 들이고 나서는 안정을 찾았다. 그런 속내는 숨기고 임금은 이정의 얼굴 여기저기를 훑었다.

"그래도 네 어미가 아니냐. 보고 싶은 마음 같은 게 없을 리가 없지."

어쩌면 제 어미와 같은 목적으로 돌아온 것일지도 모른다.

"그분께는 임금이 아닌 아들은 필요 없을 것입니다. 저 또한 마찬가지입니다."

"하! 마치 넌 이 자리에 털끝만큼도 관심 없다는 소리로 들린다."

본디 별 볼 일 없던 저도 이 자리까지 올려놓은 걸 봐라. 대군이나 군 같은 것은 아무런 문제가 되지 않으리라.

"내가 저들을 저버린 것을 알면 내가 앉았던 자리는 누구에게 갈 것 같으냐! 다름 아닌 너다! 나더러 내 무덤을 파라고 강요하고 있는 것이 네놈이란 말이다."

그제야 이정은 임금이 가장 두려워하는 상대가 누구인지 알아차렸다. 줄곧 의심의 눈길이 향했던 곳이 다름 아닌 저였다.

"확실히 말씀드리지요. 그 자리, 줘도 안 가집니다."

"아니. 말로만 하는 건 안 믿는다. 서약서라면 또 몰라도."

역시 임금은 멍청하지 않다. 제 살 구멍만큼은 확실히 찾는 위인이다. 확신을 줄 만한 무언가가 없으면 끊임없이 이런 태도를 보일 것이다. 예전 같으면 뒤도 안 돌아보고 떴을 것이나 이정은 그 자리에서 임금이 원하는 대로 해주었다.

애초에 그를 움직이는 것은 종이 쪼가리에 안심하는 임금도, 스스로의 권력욕도 아니었다.

단 한 사람을 곁에 두고픈 마음, 그것이었다.

늙은 구미호의 현신.

소희의 머릿속에 있던 대왕대비의 모습이었다. 흰머리를 풀어 헤치고 날카로운 손톱을 들이밀던 미치광이 노파 말이다. 저승의 염라대왕보다도 더 무서웠다. 전자야 저승을 다스리니 그렇다손 치더라도 이승에서 그렇게까지 사람이 망가질 일이 무엇이 있을까. 곰곰이 생각하다가 엄 상궁이 주의 사항을 주는 것을 못 들을 뻔했다.

"결코 눈이 마주쳐서는 안 된다. 특히나 너같이 나이 어리고 곱상한 것들은 눈도 마주치기 싫어하신다. 만약 마주쳤다가 몰매 맞아 병신 되거나 시체 되는 수가 있으니 말이다."

말로만 들어도 어마어마했다. 그렇게 심성을 곱게 못 쓰니 그렇게 망가진 것이 아닐까. 그러나 멀쩡하게 앉아 있는 대왕대비를 보았을 때 소희는 황급히 고개를 숙여야 했다.

지난번 구미호는 어디 가고 아름다운 여자가 앉아 있었다. 옛날이야기 속에서 처녀 간을 빼먹어 젊음을 되찾으려는 사람이 있었다던 괴담이 떠올랐다. 팔목에 닭살이 좌르륵 올라왔다.

"엄 상궁이 말한 아이가 저것인가 보군."

"그러하옵니다. 마마. 저 아이가 마마께서 건강을 회복하실 수 있도록 성심성의를 다하여……."

"그만. 설명은 됐다. 저 물건더러 이리 가까이 오라고 해라."

대왕대비가 손을 들어 소희를 지목했다. 엄 상궁이 고개를 끄덕이는 것을 확인한 후 소희가 살살 걸어갔다. 절대 눈을 마주쳐서는 안 된다. 확실히 눈을 아래로 내리깔고 있자 위아래로 샅샅이 뜯어보는 눈길이 지나갔다.

사람의 온기라고는 전혀 없다.

거리를 두고 떨어져 있는데도 매서운 한기가 전해지는 것 같다. 옆에 엄 상궁을 보니 그 역시 떨고 있는 손을 옷자락 아래로 감추고 있었다.

"그 자리에서 한 바퀴 돌아보아라."

시키는 대로 얌전히 돌았다. 날카롭게 보더니 이만 되었다며 자리에 앉으라고 했다. 고분고분 앉자 대왕대비가 빙긋이 웃었다. 젊은 여인들이 마음에 드는 사내에게 추파를 던지는 것처럼 고혹적인 미소였다. 자신이 나이가 들어간다는 것을 전혀 인지하지 못하고 있는 이의 것이기도 했다.

살포시 무릎 위로 손을 올리자마자 나긋나긋한 목소리가 들려왔다.

"네년은 고아일 것이다. 아니 그러느냐?"

"마마. 이 아이는."

궐에 들어온 지 얼마 되지 않은 아이다. 엄 상궁이 변호의 목소리를 냈지만 들리지 않는 것 같았다. 쳐다보는 것만으로도 소희를 두 쪽으로 갈라놓을 기세였다.

"엄 상궁은 입 다물고 있으라. 네년은 고아이고 변변찮은 집안의 여식일 것이다. 그렇지 않느냐?"

한 번도 자신이 고아라고 생각한 적은 없었다. 모든 것을 알게 된 이후에도 버려진 것이 아니었으니까. 부모님들은 모두 소희를 아껴주었다. 언니 또한 자신을 살리고 싶은 마음으로 곁을 떠났다. 그것만은 분명하다.

대왕대비의 의도를 알 수 없었지만 소희는 사실이 아님을 부인하였다. 엄 상궁이 놀라 눈을 치뜨는 것을 보면서도 목소리에 힘을 실어 말했다.

"저는 고아가 아닙니다."

"흥. 어미가 뉘인지 아비가 뉘인지도 모르겠지. 당연한 일이다. 너같이 천한 것이! 그저 얼굴 반반한 것만 믿고 궁 안에 들어온 것이지! 어떻게 임금의 눈에 띄지나 않을까. 우리 주상을 노리고! 어떻게 한 번 눈에 띄어서 하룻밤만 보내면 신세가 바뀌는 것이나 다름없으니까! 아니냐? 내 말이 틀렸나, 엄 상궁?"

"마마. 고정하시옵소서."

"고정이라니! 저것이 얼마나 음흉한 계집인지 엄 상궁은 모르지. 모르니 저것을 버젓이 내 앞에 데려온 것이 아닌가! 천하디천한 것! 그 반반한 낯짝을 디밀고는 어머님, 하던 것이 얼마나 소름이 끼쳤던지, 원. 천하에 때려죽일 년 같으니!"

소희를 손가락질하며 노발대발하던 대왕대비가 이내 힘이 다했는지 바닥에 엎어졌다. 얼굴 근육이 이리저리 움직이면서 전혀 다른 얼굴을 만들어냈다. 지나간 세월을 덮으려 덧씌운 분가루들이 흩날렸다. 진한 향내에 속이 뒤틀린다. 앞에 놓인 면경을 들여다본 대왕대비가 비명을 질렀다.

쨍그랑!

면경을 그대로 던져 버리고는 여기저기 조금씩 피어나기 시작한 검버섯을 억세게 쥐어뜯는다. 기다란 손톱에 파여 살점이 뜯겨 나가고 핏물이 새어 나오기 시작한다. 아픔이 짐작되고도 남아 소희의 얼굴이 찌푸려졌다. 하지만 대왕대비는 그도 모르는지 엄 상궁 쪽으로 고개를 돌렸다.

"말해보게. 주상이 저것을 곱게 단장시켜 오늘 밤 데려오라 하던가? 저년의 치마폭에 놀아날 것이 분명한데 막지를 못하니!"

아뿔싸!

아직 대왕대비가 완전히 정신이 돌아오지 않았음을 생각했어야 했는데. 거꾸로 세월을 넘겨 버린 대비의 모습에 엄 상궁 역시 당황해 어쩔 줄을 몰라 했다. 만약 짐작대로라면 대왕대비가 말하는 주상이란 이미 죽고 없는 선왕을 말하는 것이리라. 그렇다면, 그때의 일을 말할지도 몰랐다.

"가서 데려와! 주상을 내 앞으로 데려와!"

"마마! 정신을 차리셔야 합니다!"

"주상! 진정 그 계집을 요절내는 꼴을 봐야 돌아오시겠소? 이어미가 울부짖는 소리는 듣지 못하는 것이오? 이 어미가 흘리는 피눈물은 보지 못하는 것이오!"

목이 쇠었는지 꺽꺽대는 소리가 새어 나온다. 허공을 바라보면서 처절하게 외치던 대왕대비가 가슴을 쥐어뜯었다. 이미 방 안은 난장판이었다. 그 지경이 되어서도 아무도 안에 들어오지 않는다는 것이 이상했다. 소희가 사람을 부르려 밖으로 나가는데 엄 상궁이 손목을 세게 붙들었다.

"알려서는 아니 된다. 마마께서는 온전히 정신이 돌아오신 게야! 그게 아니란 것을 그 누구도 알아서는 안 된다. 소희야."

"그 무슨 말씀이십니까!"

아무리 모질고 못된 짓을 많이 하였다 해도 엄연히 왕실의 제일 큰 어른 아닌가. 만신창이처럼 망가진 사람이다. 의원을 불러 진찰이라도 받게 해야 한다. 다시 일어서려는데 엄 상궁이 문 앞을 막고 섰다. 두 팔을 벌리고는 한 발자국도 못 나게끔 가린다.

"안 된다 하지 않았느냐. 안 된다! 그것만은 안 된다!"

엄 상궁은 혼란을 이기지 못하고 같은 말을 중얼거렸다. 대왕대비가 이미 미쳤다는 것은 확실히 알았다. 저대로 놔두었다가는 해서는 안 될 말도 뱉어낼지 모른다. 아니, 어쩌면 다른 나인들 앞에서 이미 꺼내었는지도.

'아니 될 말이지. 아니 된다.'

만약 다 지나간 과거의 일을 입 밖으로 꺼낼 시에는 큰일이었다. 우선 김대헌 대감에게 연락을 넣어야 하는가. 아니다. 대비가 이리되기 전부터 두 사람은 그리 사이가 좋지 못했다. 그녀를 모신다는 명목으로 곁에 있던 나인들마저도 모두 김대헌의 사람들 뿐이었다. 그렇다면…….

'이럴 때는 어찌해야 하지. 다들 제정신이 아니다.'

자학을 계속하는 대왕대비, 말릴 생각은커녕 제 손을 꼭 붙들고 안 된다 중얼거리는 엄 상궁까지. 이러지도 저러지도 못하고 있는 사이, 다가온 대왕대비가 소희의 땋은 머리를 움켜쥐었다.

"검구나. 참으로 검어! 어찌 이리도 고운 머리색을 들였단 말이냐. 너같이 천한 것이 어찌 이리 고운 머리칼을 지녔단 말이냐!"

"아닙니다! 마마께서도 고우십니다."

"어디서 거짓말을 늘어놓느냐. 하면 왜 주상은 오지를 않는단 말이냐. 어찌 이 어미의 품을 외면한단 말이냐. 왜!"

진정시키려 한 말에 외려 더 흥분을 한다. 더 이상 몸이 견디지 못하였는지 대왕대비는 실신했다. 축 늘어진 몸이 가볍기만 하다. 간신히 숨만 붙어 있는 몸이다. 이미 정신은 죽은 것과 다름없다.

저승에서 맡았던 죽음의 냄새가 자글자글 나는 것 같다. 연희 언니는 죽어서도 죽지 못했는데 여기, 살아서도 죽어가는 이가 있다.

옷자락 안에 있던 팔목을 보자 원래의 나이를 짐작할 만큼 거무스름한 피부가 드러났다. 벌써 죽었어도 이상할 게 없는 사람. 소희는 고깃덩어리나 다름없는 그것을 내려다보았다. 잘 모르지만 이 사람에게는 살아가는 것이 더한 고통일 것이라는 생각마저 들었다.

'궁이 꼭 좋은 것만은 아닌가 보다.'

그 순간 이정의 얼굴이 떠올랐다. 이런 곳에서 어린 시절을 보냈으니 얼마나 고달팠을까. 그간 보고 들은 것에 따르면 폐비는 그에게 그리 좋은 어머니는 아니었다고 한다.

비록 재물이 넘치고 풍부한 것은 아니었으나 모자람은 없던 제 어린 시절이 더 나았다. 아낌없는 사랑에 비할 만큼 보답을 드리지 못한 것이 죄송스러울 정도로.

여기는 사람 살 곳이 아니다. 아무래도 이 궁궐에서 빨리 벗어나는 것이 살 길이지 싶다. 돌아가면 대군마마께 그리 말씀 올려야겠다. 저렇게 추하게 늙어가지 않도록 옆에서 잘 보살펴 드릴 것이다. 고심 끝에 소희는 결심을 굳혔다.

"소희 넌 입이 가벼운 아이는 아닐 것이야. 그렇지?"

임금과 대왕대비 어느 세력에 붙을지 가늠하던 엄 상궁이 의미심장한 어투로 물었다. 또 무슨 말을 할지 몰라 소희는 고개만 살짝 끄덕였다.

"되었다. 그럼 오늘 여기서 보고 들은 일은 너와 나 둘만 아는 것으로 하자."

"하지만……."

대왕대비를 저 꼴로 내버려 두고 가는 건가.

"일 크게 만들 거 없다. 우리는 처음부터 여기에 오지도 않았던 것처럼 조용히 빠져나가기만 하면 되는 것이다. 내 말, 무슨 뜻인지 알아들었겠지."

엄 상궁의 표정은 단호했다.

아까 전, 당황하던 모습은 사라지고 무언가 확신에 찬 눈빛을 하고 있었다. 엄 상궁 또한 자신처럼 결심을 굳힌 모양이다. 어쩌면 대왕대비의 끄나풀 자리를 벌써 포기하였는지도 몰랐다. 자그마한 머리통이 굴러가는 소리가 들렸던지 그녀가 덧붙였다.

"사실 따지고 보면 넌 신분이 불분명한 아이다. 그런 널 아무 의심 않고 하 내관 말만 듣고 받아준 것이 바로 나다. 내가 입을 열면 넌 지엄한 법도에 따라 엄벌에 처해질 것이니 더는 고민할 것 없지 않느냐."

"예. 무슨 말씀이신지 잘 알아들었습니다."

서로 켕기는 구석이 있으니 알아서 다물자는 말을 참 돌리고 돌려서 말을 한다. 아무리 왕실의 기강이 해이해졌다 하나 처음부터 임금이 묵과하지 않았다면 하 내관이 소희를 그녀에게 보낼 일도 없었다. 내관의 입을 빌었으니 부탁이었지 실상은 지엄한 어명이었다는 것이다.

결국 엄 상궁 또한 이런 일이 있을 줄 알고 동아줄 하나 남겨 둔 것임을 알면서도 모르는 척, 소희는 고개를 끄덕였다.

엄 상궁을 도와 대왕대비를 자리에 눕혔다. 손과 얼굴, 방바닥에 묻어 있는 핏자국을 닦고 나자 겉보기에는 평안히 잠이 든 것처럼 보였다. 두 사람이 최대한 발소리를 죽여 방문을 닫고 나왔을 때였다. 건너편 복도에 서 있던 인영이 반갑게 맞아주었다.

"수고가 많구나. 이제 둘 다 조용히 날 따라오면 될 것이야."

궁에서 내쫓겨 더 이상 마주할 일이 없다 여겼다.

한데 버젓이 궁 안을 활보하고 다니는 소희란 계집을 보자 기가 찼다. 그 질긴 생명력만큼은 중전으로서도 인정하지 않을 수 없었다.

"엄 상궁은 잠시 나가 있게. 대기하면서 그간 지은 죄를 찬찬히 되짚어보는 것이 좋을 게야. 내 이따 친히 듣도록 하지."

엄 상궁을 내보내고 나자 비로소 둘만 남았다. 이 계집의 머릿속이 궁금하던 차에 잘되었다. 아예 날을 잡았으니 저 조그만 머리통 속에 무슨 생각들이 들었는지 하나도 빠짐없이 파헤쳐 볼 생각이었다.

"질문을 하고 싶으냐, 답을 하고 싶으냐."

"예?"

"네 얼굴 한가득 궁금함이 있어 보여서 묻는 것이다."

커다랗고 순진한 눈망울을 보는 순간, 중전은 가슴이 조금 일렁이는 것을 느꼈다. 얼굴을 잔뜩 굳히고는 있으나 원래 표정을 잘 감추지 못하는 것이다. 이런 부류의 얼굴을 알고 있었다. 본 적이 있었다.

"그야 당연히 질문을 드리고 싶습니다."

"그래. 그럼 질문을 해야지."

오래전, 지켜주지 못했던 여종도 이런 얼굴을 하고 있었다.

그저 착하기만 하고 상전이 시키던 것은 무엇이든 하던 아이.

이미 어릴 적부터 부친에게서 표정을 드러내지 말라고 교육받아 무표정이 익숙했던 자신과는 너무나도 달랐던, 그래서 한편으로는 그것이 부럽기도 했었던.

"절 이대로 궁에서 내쫓으실지 궁금합니다."

"왜, 계속 여기 있고 싶은 게냐?"

"일단은…… 그렇습니다."

소희의 사정을 알 리 없으니 중전으로서는 궁궐에 이상할 정도로 집착하는 계집으로밖에 보이지 않았다. 영헌군의 옆에서 붙어 있다가 임금에게 마수의 손길을 뻗을 수도 있는 게 아닌가.

"난 네가 궁에서 쫓겨났다 들었다. 한데 이리 멀쩡히 쥐새끼처럼 돌아다니고 있을 줄이야."

탐욕이 조금도 묻어나지 않아 더 불안하였다. 수단과 방법을 가리지 않고 임금 앞에 몸을 던진 수많은 나인들을 보아왔다. 여태껏 물리쳐 내고 독하게 내몰았던 것들과는 전혀 다르다. 그 특별함이 임금의 눈을 사로잡은 걸지도 모른다.

"네가 전하의 눈에 띄려는 것이 아니라면 무엇 때문이냐."

"그건 오해십니다. 저는 정인이 따로 있습니다."

소희가 발끈했다. 저를 오해하고 있다는 것이 분명한 태도다. 성깔도 제법 있는 계집인가 보다. 그러나 정인이 누구냐는 말에 다른 의미로 얼굴을 붉힌다. 홍조가 진 볼을 손으로 감싸는 것이 같은 여인이 보기에도 제법 곱다.

"이미 알고 계시리라 생각합니다."

"아니. 전혀 모르겠다. 네 입으로 직접 말하거라."

짐작 가는 구석은 있지만 소희가 당황하는 꼴이 보고 싶어서 시치미를 잡아뗐다.

"저는 대군마마가 좋습니다. 참말입니다."

"난 못 믿겠구나. 세 치 혀로 누구나 거짓을 뱉어낼 수 있는 것이다. 위기를 모면하기 위해 무슨 말이든 못 하겠느냐."

"하면 어찌 제게 물으셨습니까."

믿지도 않을 것이면서, 사람 부끄럽게 말이다.

소희가 뉘 앞인지도 깜박 잊고 볼멘소리를 냈다. 그것이 밉기는커녕 귀여운 느낌마저 들어 중전은 주먹을 꽉 쥐었다. 어여쁘기로 치면 제 아랫것들도 만만치 않다.

그러나 볼수록 어여쁘다는 것은 이런 것을 말하는 것이려나. 제게 이런 감정까지 느끼게 만든 계집은 처음이었다.

'사람을 홀리는 재주를 타고난 것일지도 모른다.'

요부 같은 계집이다, 그리 중얼거리는데 잔잔한 음성이 들려온다. 제 앞에서 조금도 떨지 않는다.

"주제넘게 한 말씀 드리겠습니다. 중전마마께서도 연모의 정을 아시리라 생각하였습니다."

"그래. 분명 주제넘었다. 하면 이번에는 내가 묻겠다."

"아직 제 질문에 대한 답을 해주지 않으셨습니다."

순진한 줄로만 알았더니 맹랑한 구석도 있다.

"우선은 두고 보기로 하였다. 이제 답이 되었느냐?"

"예. 그럼 마마께서 하문하십시오."

"네가 생각하는 연심이란 무엇이냐?"

"제가 생각하는 연심이란 뜻대로 되는 게 아니라는 것입니다. 왜 좋아하는지도 모르는 채 뒤늦게 깨닫고 보면 이미 좋아해 버린 것이 되어버리더란 말이지요. 참으로 신기한 감정이었습니다."

참으로 오묘하기도 하여라.

별 기대 없이 던진 질문에 기똥찬 답이 돌아왔다. 뒤늦게 깨닫고 보니 이미 좋아하게 되었다. 꼭 제 마음에 들었다 나간 것처럼 말한다.

제 답답한 감정을 어느 곳에도 풀어놓을 데 없어 막막했었다. 한 상궁이나 아랫것들을 붙잡고 털어놓을 수도 없었다. 상전으로서의 체면이 있기에 더더욱. 이리 속 시원히 풀어내 주니 절로 고개가 끄덕여졌다.

"하면 너는 그런 너의 상태가 마음에 들더냐."

"저는 그런 것은 생각해 보지 못하였습니다. 그냥 그 좋아하는 마음을 가지게 된 것만으로도 너무 기뻤습니다. 그분도 제게 같은 마음이실까 고민하는 것만으로도 몇 날 며칠이 지나가 버렸습니다."

지난날을 회상하는 얼굴에 봄꽃이 피어난다.

봄은 다 지나갔을 터인데 누군가를 연모하는 이는 저리도 밝은 기운을 몰고 다니는 것인가. 아침마다 면경으로 보이는 제 얼굴과는 참 다르다.

"혹, 중전마마께서는 그런 상태가 마음에 안 드십니까?"

어설픈 동정도, 비아냥거리는 어투도 아니다. 정말 순수하게 제 감정을 물어보고 있는 것이다. 굳게 닫아걸었던 빗장 문이 열리려 한다. 내친김에 중전은 속을 털어놓기로 하였다.

만약 함부로 입을 놀릴 시에는 계집 하나쯤 죽이는 건 일도 아니었으니.

"솔직히 말해 나는 이런 내가 마음에 들지 않는다. 자꾸 눈에 밟히고 자꾸 생각하게 되고 내가 아니게 되어버린 것 같으니까. 단 한 번도 다른 사람을 위해본 적이 없었다."

소희가 고개를 끄덕였다. 지난번 임금이 중전을 멀리하려고만 하던 것이 떠올랐다. 만약 대군마마께서 저를 그리 내치시면 얼마나 서운하고 애가 탈 것인가.

"중전마마께서는 전하께 많이 서운하실 것 같습니다."

"서운할 뿐이냐. 하지만 더 싫은 건 바로 나 스스로이니라."

어차피 중전이란 자리에 앉아 부친에게 국구란 자리를 넘겨주기 위함이었다. 시작은 그랬다.

하지만 마음이 그에게 닿는 것까지는 미처 예상하지 못했다. 감정이란 것에 대해 어느 누구도 가르쳐 준 적이 없었으니까. 이대로 그에게 연모하는 감정을 계속 가져도 좋을지 알 수 없었다.

"두 분은 부부의 연을 맺으셨습니다. 마마께서 전하를 좋아하는 것은 당연한 일 아니겠습니까?"

우습게도 조목조목 가르치는 저 계집의 말에 위로받았다. 당연한 일이다.

그래, 비난받을 일은 아니었던 것이지. 중전은 조바심을 가라앉혔다.

"하면 날 좀 도와야겠다."

아직 널 완전히 믿는 것은 아니다. 얼마나 입이 무거운지 시험도 해볼 겸, 마침 사가에 보낼 심부름꾼이 필요했다. 곁에 있는 이들은 전부 부친의 사람들이지 제 사람은 아니다.

잘만 하면 이 아이를 제 사람으로 만들 수도 있을 것이다.

"이 서찰을 들고 한 상궁을 따라가거라. 널 데려다줄 것이다."

"그럼 중전마마께서도 약조해 주십시오. 제가 심부름을 잘 마치고 돌아오면 제 말을 믿어주시는 것입니다."

"착각하지 마라. 난 이미 너와 엄 상궁이 대왕대비를 몰래 알현하였다는 걸 묵과해 주고 있지 않느냐. 너희 두 년이 짜고 시해하려 들었다. 내 한 마디면 그냥 사그라질 목숨이지."

"시해라니, 당치도 않습니다."

"원래 힘없는 것들은 이래 죽으나 저래 죽으나 마찬가지다. 이 상황에서 네 결백을 주장해 줄 사람이 나 말고 또 있느냐? 설마 이런 사소한 일로 정인에게 해가 되고 싶지는 않겠지."

꿀꺽. 소희의 목울대가 크게 움직였다. 대군마마께 해가 될 수야 없었다. 그때 분명 중요한 일을 하시는 것처럼 보였는데 힘이 되지는 못할망정 걱정거리가 돼서는 안 된다.

"만약, 새벽 안에 답을 받아 온다면 영헌군과 만나게 해줄 것이다. 정인의 얼굴이 보고 싶을 것 아니냐. 또한 오늘의 일은 못 본 걸로 해주마."

상과 벌을 분명히 하겠다는 말이다. 아주 경우 없는 사람은 아니구나. 소희가 고개 숙여 감사의 마음을 전했다.

"스스로를 미워하지 마세요. 중전마마. 저는 누군가를 좋아하는 것만으로도 세상에서 제일 귀한 사람이 된 것 같았습니다. 마마께서도 그러시길 바랍니다."

그날 밤, 취침에 들기 전까지도 중전은 소희의 말을 여러 번 곱씹어보았다.

六章. 담판

해질 무렵, 으리으리한 대문 앞에 작은 가마가 당도했다.

가마 옆에서 조심히 따라오던 한 상궁이 문을 열자 안에서 소희가 내려섰다. 특별히 중전이 주의를 요해 배려 차원으로 가마에 태워졌으나 생전 처음 타본 것에 머리가 어지러웠다.

이건 뭐 일을 끝마치기도 전에 픽 쓰러지지나 않을는지. 혀를 차는 한 상궁의 부축을 받아 숨을 고르고 나자 괜찮아졌다.

"아까 내가 한 말 다 잊지 않았겠지. 중전마마 대신 하는 일이니 차질 없이 해야 할 것이야."

"물론이지요."

"그럼 이 자리에서 네가 해야 할 일을 읊어보거라."

"저녁에 안채로 차 심부름을 하는 척 들어가서 정경부인께 서찰을 전해 드리고 답을 받아오는 것입니다."

말해준 대로 토씨 하나 틀리지 않고 외우는 것에 한 상궁이 고개를 끄덕였다. 중전이 궁으로 들어간 이후 본가로는 발걸음을 하지 않은 지 오래였다. 집안 사정은 전부 부친 김대헌 대감을 통해 건너 들었을 뿐 자세한 내막은 알지 못했다.

이미 출가외인이니 모든 것은 아비에게 맡기라는 말이 그녀의 불안감까지 해소해 주지는 못했다. 시집간 여식이 어찌 어미 걱정을 하지 않겠냐만 중전은 그 정도가 매우 심하였다.

한 상궁은 마음 같아서는 같이 안에 들어가 정경부인을 뵙고 안부 인사를 직접 전하고 싶었다. 그러나 김대헌 대감 모르게 은밀히 다녀오라는 중전의 당부가 있어 소희를 믿고 보내는 수밖에 없었다. 몇 번을 주의 사항을 주었지만 안심이 되지 않아 한 상궁은 소희를 또 한 번 붙잡고 말했다.

"해시(밤 아홉 시부터 열한 시까지)까지 안 오면 궐 안으로 돌아올 방법은 없다. 명심, 또 명심해야 한다."

"만약 시간 안에 돌아오지 못하면 어찌 됩니까."

"어찌 되기는. 그 길로 영영 궐에는 발을 들일 수가 없게 되지. 혹여나 엉뚱한 짓 말거라. 너 하나 없애는 것은 식은 죽 먹기니라."

그 웃전에 그 아랫사람이라.

결국 시간을 넘어버리면 아무런 책임도 지지 않겠다는 소리다. 다름 아닌 김대헌의 여식이니 곱게 죽이지만은 않을 것이다. 엄상궁과 엮어 대왕대비 시해 죄로 몰고 갈 수도 있음이었다. 그 화가 대군마마에게로 끼칠 수도 있었다. 그것만으로도 이 일을 반드시 잘 해내야만 하는 이유가 되었다.

"미리 언질을 해두었으니 여종인 척하고 들어가라."

"그럼 다녀오겠습니다."

미리 나와 있던 중년 여인이 한 상궁과 눈짓을 주고받고는 소희를 데리고 들어갔다. 궁궐의 한 귀퉁이를 옮겨다 놓은 것처럼 높다란 문턱을 밟아 넘었다. 넓디넓은 마당 여기저기를 가로지르는 하인들이 보였다.

지글지글 전 부치는 냄새와 여종들의 끊이지 않는 수다가 뒤섞여 마치 시장 바닥 한가운데로 들어와 있는 듯했다. 여인은 소희에게 간단히 다듬을 채소를 한 바구니 안겨주고 그들 사이로 밀어 넣었다.

호기심이 가득한 시선들이었지만 여인의 먼 친척으로 잠시 일을 도와주러 왔다는 말에 그러려니 하는 듯했다. 저마다 손에 들린 일거리들이 한 짐인 것도 한몫했다. 귀퉁이 자리에 앉고 나자 그들의 수다를 들을 수 있었다.

"이 집은 허구한 날, 잔치여 잔치가. 아주 곳간에 쌀이 남아도는 거지."

"아, 왜 안 그러겠어. 여기가 그 뭐야, 중전마마 친정댁이라며. 김 뭐시기 대감 댁이라던데 조선 팔도가 그 양반 땅이나 다름없다 하더군."

"부럽다 부러워. 쌀밥 먹어본 지가 언젠지 가물가물하구만. 그래도 이런 잔치 아니면 언제 이런 거 먹을 수나 있겠어, 안 그래?"

여자가 두부전을 보며 쩝쩝 입맛을 다셨다. 일이 끝나고 남은 것을 집에 있는 아이들에게 가져다 줄 생각에 흐뭇해하고 있었다.

"아, 거 팍팍 좀 무쳐. 그래 가지고 어디 양념이 제대로 되기나 하겠어?"

"아, 그럼 수찬 엄마가 해보든지. 며칠째 말린 시래깃국만 먹어봐. 식구 수 맞춰서 물 붓고 나면 묽디묽은 게 맹맛이여, 맹맛! 그러니 내가 힘을 쓰겠어?"

살짝 핀잔을 주는 말에 다들 쓰게 웃었다. 밥은 고사하고 시장 바닥에서 굴러다니는 남은 채소를 가져다가 끓인 국이 요사이 밥상에 올라온 전부였다. 배고파서 우는 어린 자식들을 떼놓고 온 것이 떠올랐는지 몇몇이 눈시울을 붉혔다.

가라앉은 분위기를 띄워 보려 소희가 은근슬쩍 끼어들었다.

"저기요. 아주머니들. 제가 듣기로는 이 집이 만날 잔치가 벌어진다는데 참말인가요?"

"참말이여! 여기 대감마님이 허구한 날 어린 기생들 첩 삼아 머리 올려준답시고 밖으로만 나도느라 그렇지. 그러고 보면 여기 큰마님께서는 그 속이 남아나질 않겠어. 안 그래?"

"정경부인마님 얼굴 뵌 지도 까마득하지 않아? 만날 안채에만 계시느라 대감마님과 다투는 모습도 요새는 통 못 봤지, 아마?"

안채로 가라는 말만 들었지, 전후 사정 같은 것은 듣지 못했다. 누군가 하나 그 화제를 입에 올리길 기다렸다는 듯 그들은 보고 들은 것을 이야기했다.

"어디, 편찮으신 구석이라도 있으신 거겠지요."

"그래, 뭐. 딸이 중전마마가 되셨으면 뭐해. 작은 도련님 하나 있는 게 눈에 가시나 다름없지. 아마도 이 집안 재산은 다 그쪽으로 가겠지."

"그래도 그나마 작은 마님께서 살뜰히 보살펴 주시니……."

얼마 후 그들이 만든 음식들은 온갖 보물과 함께 커다란 수레에 실려 대문 밖으로 사라졌다. 김대헌이 새로 들인 기생의 집으로 보내지는 것이었다. 아예 그곳으로 살림을 옮겨 온갖 사치와 향락을 누린다고 했다.

소희가 적월루에 대해 묻자 아낙네들은 하루에도 수십 개가 생겼다가 사라지는 곳이 기루라고 대답했다.

온전히 남아 있을 거라고 생각하지는 않았지만 그곳 사람들은 어찌 되었을지 궁금했다. 도망을 치도록 도와준 운매와 상놈은 무사히 살아 있을까. 언니의 또다른 동무였던 해조란 이의 행방도 불분명했다.

우선은 중전의 서찰을 전하고 답을 받는 것에 집중하기로 했다.

날이 어두워질 때까지 아궁이에 장작을 넣던 소희가 슬금슬금 자리에서 일어났다. 안채로 가는 길은 알았는데 작은 마님의 존재가 마음에 걸렸다. 김이문의 부인이 제대로 된 부인 대접을 못 받는다는 건 적월루에서부터 들어왔던 이야기였다.

마침 안채로 들여가는 다과상을 내오는 것을 얼른 가서 받았다. 여종은 외려 소희에게 대신 나서주어 고맙다고 하고는 꽁지가 빠져라 도망가 버렸다. 잘됐다 싶어 하인들이 다니는 쪽문을 통해 안채로 가는 길로 접어들었다. 하인들은 전부 잔치 뒤풀이를 하느라 정신이 없었다.

정작 이 집안의 상전들은 한 번도 밖으로 나오지 않고 있었다. 그것이 좀 수상하기는 했다.

"잠시 이쪽으로 좀."

아까 마중 나왔던 여인이 소희를 조용히 불렀다. 건물 뒤쪽으로 높다란 담장 구석을 가리켜 보인다. 돌 몇 개를 빼어낸 구멍이 보였다. 여차하면 그곳으로 빠져나가라는 뜻인 것 같았다.

안에서 무슨 소리가 들려도 못 들은 척 넘겨라. 여인이 일러주는 말에 소희는 일단 고개를 끄덕였다.

안으로 들어갈수록 무슨 소리가 들리기는 했다. 전에 들어본 적이 있었다. 적월루에서 길을 잃었던 어느 날 밤, 방문마다 새어 나오던 소리였다. 끙끙거리는 신음 소리와 뒤척거리는 움직임과 헐떡임 등이 뒤섞여 길을 잘못 접어들었음을 알았다. 그때는 병자들만 모아놓는 별채인가 보다 여겼는데 이곳도 그런 곳일까.

어찌 됐건 정경부인이 있는 곳으로 가려면 좀 더 안쪽으로 들어가야 했다. 손으로 귀를 살짝 막고 발소리를 죽여 나아간다. 사람이 없는 곳이기 때문일까. 방 안에서 나오는 소리는 점점 커지고 있었다.

"아흑!"

뭘까. 뭐하는 사람들일까.

저도 모르게 날카롭게 신경이 곤두섰다. 소리는 여인의 것이었다. 잠시 발걸음을 멈추고 망설인다. 만약 많이 아픈 사람이면 어쩌나. 지난번 엄 상궁의 말대로 대왕대비를 방치했던 것이 생각났다. 아무리 사람이 미워도 그래서는 안 되는 거였는데.

"흐으응. 흐읏."

가까이 다가갈수록 뒷목이 저릿저릿하다. 저절로 움켜쥔 손안에는 땀이 가득 찼다. 모르겠다. 신음 소리를 들을수록 왜 제가 더 부끄러워지는 것일까. 얼마나 아프면 저런 소리를 낼 것인가. 머뭇거리던 걸음의 보폭이 커지고 방문 앞에 가까워졌다.

기분 탓일까.

방 안에서 소리가 멎은 것 같다. 무언가를 숨기려는 것처럼 분주한 움직임. 한 사람이 아니었나 보다. 두 사람이었구나. 소리는 한 사람의 것이다. 그렇다면 나머지 한 사람은 옆에서 가만히 지켜보고만 있는 건가. 참으로 경우 없는 사람이 아닌가.

"저, 차 심부름을 가다 우연히 듣게 되었습니다. 몸이 많이 불편하십니까?"

"……."

"걱정이 돼서 여쭙는 것입니다. 어디가 불편하신지 말씀해 주시면 의원을 불러오라 이르겠습니다."

말을 할 수 없을 지경인가. 그렇다면 심각한 상황이다. 아니, 다시 생각해 보니 쓸데없이 오지랖을 부린 꼴이 아닌가. 제 갈 길 가기도 바쁘거늘. 그제야 모른 척 뒤돌아서려는데 방문이 끼이익, 소리를 내며 열렸다. 안에서 나온 건 저고리를 막 껴입은 여자와 곱상한 외모를 지닌 사내였다.

"별 쓸데없는 걱정도 사서 할 아이구나 넌."

옷고름까지 단단히 여민 여자가 소희를 옆방으로 안내했다. 상을 두고 마주 앉자 여자의 얼굴이 한눈에 들어왔다.

불빛에 비친 여자의 이마는 땀에 젖어 있었다. 호흡은 지극히 정상이었다. 허리까지 내려온 긴 머리에 손질 몇 번, 비녀를 꽂고 나자 반듯한 대갓집 며느리 같았다.

여자와 함께 있었던 사내는 나간 건지 보이지 않았다. 진짜 사내가 맞기는 했을까. 상투도 틀지 않은 머리는 언뜻 보았을 때 계집이라고 할 정도로 길었다. 대체 두 사람은 무엇을 하고 있었던 것일까.

어느새 자신을 빤히 보고 있는 여자의 시선을 느낀 소희가 얼른 입을 열었다.

"아, 저는 정경부인께 서찰을 전하러 온 사람입니다. 혹 실례가 되지 않는다면 어디 계신지 알 수 있겠습니까?"

"실례가 되는데. 그것도 아주 많이 됐다면?"

"……그건 송구하게 되었습니다."

"그래. 알면 됐어."

보통 이럴 때는 아니라고, 괜찮다고 하는 것 아닙니까.

소희가 당황한 기색을 숨기지 못하자 여자가 훗훗, 소리 내 웃었다.

"듣던 대로 정말 순진하네. 요즘 세상에 너 같은 아이가 있을 거라고는 생각 못 했는데."

"전 어리지 않습니다. 한데…… 절 알고 계시는 것처럼 말씀하십니다?"

"내가 몸담고 있는 모임의 한 사람이 네 얘기를 해주었지. '아사모'라고 들어보았니? 줄여서 그리들 말하던데."

아사모를 어찌 잊겠는가. 처음 대군마마를 뵈었던 밤, 뇌리 깊숙이 박혀 버린 기억이 떠올랐다. 아리따운 여인들을 사모하는 모임이라고 했나. 멀쩡한 젊은이들이 둘러앉아 전국의 술과 여인들을 평하는 것이 얼마나 가관이었던지. 하지만 눈앞에 있는 여자를 본 기억은 없었다.

"표정을 보니 네가 아는 건 겉으로 드러난 것일 뿐, 자세한 내막은 모르는 모양이야. 그렇지?"

빙그레 웃는 여자를 보자 단박에 부정하고 싶어졌다. 하지만 그녀의 말대로 전해 들은 것이 없으니 뭐라 아는 척을 할 수도 없다. 따로 내막이 있는 모임인 줄도 몰랐다. 어째 정곡을 찔린 느낌인지라 소희는 질문으로 맞대응했다.

"그러는 댁은 누구십니까. 아까는 병자처럼 신음을 내더니 이제 좀 멀쩡해졌다고 심부름 온 사람을 놀려도 되는 것입니까?"

"내 얘기는 별로 할 것 없으니 네 얘기나 좀 더 하는 게 어때?"

"저는 당신과 시간 낭비하고 싶은 마음이 없습니다."

딱딱하게 대꾸하는 것에도 여자는 미소를 지우지 않았다. 아예 소희 옆으로 가까이 와 앉더니 친숙한 사람처럼 대했다. 가만히 놔두면 팔짱까지 낄 판이다.

"그러지 말고, 얘기나 좀 더 하다 가지 그러니. 아직 정경부인께서 깨어나실 시간이 아니야. 연락이 오면 바로 데려다줄게."

아까 그 사내가 간 곳이 바로 정경부인의 처소라고 했다. 여인을 모시는데 어찌 여종이 아닌 사내가 가는 것이냐, 물어보려던 소희는 여자가 치맛자락을 걷어 올리며 꺼낸 것에 기함했다. 손에 들린 것은 서책이었다. 표지에 적혀 있는 부용귀란 글자가 예사의 것이 아님을 증명하고 있었다. 아버지의 서체였다. 다시는 못 볼 줄 알았던 것인데 어찌, 생전 처음 보는 여자가 가지고 있는 것일까.

"음. 넋이 나갔네? 네가 놀랄 정도면 예전에 보았던 것과 꽤 비슷한가 봐."

"비슷하다니요. 완전 똑같습니다. 이거, 어디서 구한 겁니까?"

"아사모 회원에게 전해 받은 것인데. 이거, 보여줄까?"

소희가 크게 고개를 끄덕거리며 두 손을 최대한 공손히 내밀었다. 황급히 책을 펼쳐 보자 온통 여백이다. 이게 어찌 된 일인가 싶어 어안이 벙벙해져 있는데 여자가 계속 말을 이었다.

"한동안 장안의 백성들 사이에서 뜨겁게 읽혔던 책이지. 주인공인 기생 부용인가가 주제도 모르고 여러 양반들 들었다 났다 한다는 내용인데, 어찌나 독하고 못됐는지 지금까지도 불륜의 대명사하면 그녀를 뛰어넘는 이야기가 없다니까."

그것은 사실이 아니다.

저도 모르게 발끈할 뻔했다. 언니에 대해 제대로 알지 못하니 저런 편견을 가지고 있는 것이다. 여자와 같은 사람들이 많을 거라 생각하니 속이 시커멓게 타들어갔다. 저절로 뒷목이 당겼다.

"책 내용이 전부라고 생각하지 마십시오. 누군가 고의로 써낸 책일 수도 있지 않습니까."

"그야 그렇지. 하지만 책 내용은 내 기억 속에서나 그렇다는 거야. 글자가 모두 지워져 버렸으니 처음부터 이야기를 다시 써야 하거든. 자, 그런 의미에서 이 그림은 어때. 내가 아는 사람이 그린 것인데 표지로 쓸 생각이야."

여자가 보여준 그림은 기생 부용의 모습이었다. 마치 살아생전 그녀를 알고 있던 사람처럼 잘 옮겨놓았다.

"아는 사람이요?"

대체 누구일까. 비명이란 그림쟁이이고 여자라는 말을 듣고 나니 더욱 궁금해졌다. 목이 타오르는 갈증에 침을 삼키고 나자 저절로 가라앉은 음성이 나왔다.

"기왕 말해주실 거 빨리 좀 해주시면 안 됩니까?"

"흠. 아직은 얘기하지 않는 것이 좋을 것이라고 하였는데, 안 하면 네가 당장 초상 치를 기세니. 하는 수 없지. 한때 청월루에 있었던 기생 운매라고 하더구나. 기생이었다면서 어찌나 비싸게 굴던지. 기명도 그 옆에 쌍놈인가가 말해줘서 알았다."

역시, 살아 있었구나. 제가 알고 있는 운매와 상놈 그 두 사람이 맞는 거다. 어딘가에서 언니를 위해 서책 작업을 하고 있었을 줄이야. 운매 역시 살아생전 부용을 알고 있었으니 누군가가 일부러 그녀의 삶을 왜곡했음은 알고 있을 것이다.

그들에게 미미하게나마 힘을 보태고 싶었다.

"어디에 있는지는 역시, 가르쳐 주실 수 없겠지요?"

"물론. 네게는 나중에 도움을 얻을 기회가 있을 거라 했어. 그건 그렇고, 이제 가볼까? 정경부인께서 일어나신 모양이야."

발걸음 소리도 없이 사내가 문밖에 있었다. 그를 따라 밖으로 나가자 벌써 밤이 깊어져 있었다. 안으로 들어갈수록 어둠뿐이고 불빛이라고는 사내가 들고 있는 촛불 하나였다. 그 길을 두 사람은 매우 익숙하게 걸어가고 있었다. 또 한 번 그들의 정체에 의구심을 품으려던 찰나, 좁은 밀실이 나왔다.

겨우 두 사람이나 들어갈 수 있을 법한 그곳에 허름한 차림의 여인이 엎어져 있었다. 양손은 각각 밧줄에 묶여 탁자에 고정되어 있었다. 주위에는 반도 제대로 쓰지 못한 종이들이 수북하게 쌓여 있다.

'내가 알던 정경부인의 뜻이 한 가지가 아니었나?'

정경부인이란 정일품·종일품 문무관의 아내에게 주어지던 봉작이다. 중전의 모친이기도 한데 이런 대접이라니 상상도 못 했다. 가까이 다가가 살펴보려는데 여자가 팔을 뻗어 가로막았다.

"가까이 가지 않는 게 좋아. 저렇게라도 하지 않으면 언제 스스로 목숨을 거둘지 모르니까. 나로서도 어쩔 도리가 없었어."

"아무리 그래도……."

양반 집의 하인들도 저렇게 살지는 않는다. 우리 안에 갇힌 동물의 삶과 다를 것이 없어 보였다. 중전에게 돌아가 뭐라고 해야 좋을지 알 수가 없었다. 눈앞에서 보여주지 않는 한 이런 광경을 보았다 한들 믿어줄 리 없다.

"혹 답장을 못 받아갈까 봐 걱정이라면 염려 마. 부인께서 정신이 온전할 때 써놓았던 것을 보관해 두었거든."

"그럼 지금은 온전치 못하다는 것이로군요. 하면 그 답장이 무슨 의미가 있겠습니까. 아무래도 중전마마께 사실을 고하는 것이 좋겠습니다."

"그럼 널 그냥 보낼 수가 없겠는걸."

말투나 표정은 장난치는 아이처럼 가벼운데 그냥 넘겨서는 안 될 것 같다. 소희는 품 안에 있는 서찰을 움켜쥐며 빳빳이 고개를 들었다. 호락호락하게 보이고 싶지 않았다.

"지금 절 협박하시는 겁니까."

"협박이라니. 난 단지, 네가 좀 융통성 있게 처신했으면 좋겠다 싶은데."

가까이 다가온 여자가 소희의 손을 부드럽게 잡았다. 우리는 한배를 탄 거나 다름없거든. 장난스러운 표정을 걷어낸 여자의 눈빛이 진지하다.

언니의 원수를 갚고 싶지 않니.

남자에게까지 들리지 않는 작은 목소리에 소희의 어깨가 살짝 떨렸다.

후후. 여자의 웃음소리는 기이했다. 이제껏 숨겨왔을 살기가 흐르는 눈빛이 정면으로 날아와 꽂혔다. 긴 시간 동안 억눌린 것이리라. 다만 그리 짐작될 뿐이었다. 생각해 보니 서책으로 부용 귀를 접했을 때와 비슷했다.

무심결에 촛불이 비춘 여자의 그림자를 확인했다. 언니와 다른 점이 있다면 이 사람은 아직 살아 있다는 것이었다.

"너나 나나 이 집에 쌓인 게 많아. 아니 비단 우리뿐만 아니라 이 나라 백성들이라면 당연히 그러지 않겠어? 하지만 모두가 다 복수를 하겠다고 제 목숨을 걸지는 않는다. 왜냐, 죽음 앞에서는 목숨보다 소중한 것이 없으니까. 하지만 난 달라."

"……하지만 저분은 이미 죽어가고 있는 것 같습니다."

어쩌면 당신조차도요.

소희의 말에 여자의 숨이 점점 빨라졌다. 가쁘게 오르내리는 가슴팍을 매만지던 여자가 천천히 고개를 저었다. 내가 한 것이 아니다. 정경부인은 내가 이 집에 오기 전부터 저런 상태였으니까.

정경부인 최씨.

이 집에 들어서기 전부터 그녀의 얼룩진 삶은 익히 들었다. 권력자의 부인이긴 하나 김대헌에게 철저히 이용된 것은 마찬가지. 처음부터 여자는 그녀에게는 아무런 감정이 없었다.

죄라면 역시 그자의 부인이라는 것. 하나뿐인 딸을 팔다시피 궁에 들여보낸 이후 마음 붙일 곳 하나 없었을 터. 만약 악연으로 엮이지만 않았다면 그녀를 안타깝게 보았을지도 모른다.

"내가 오기 전부터 이미 아편에 중독되어 있었다고 말하면 믿을래?"

"당신이라면 믿겠습니까?"

"안 믿으면 어쩔 수 없지, 뭐. 아마도 내 남편이라는 작자가 그런 일을 벌이지 않았을까 추측했지."

남편이라는 말에 소희의 고개가 사내 쪽으로 돌아갔다. 여자의 부드러운 손이 소희의 고개를 잡고 제 쪽으로 돌렸다. 그쪽이 아니란다. 난 보기보다 이 집안과 질기게 얽혀 있거든. 동시에 소희의 눈이 커다랗게 떠졌다.

"내가 누군지 전혀 짐작이 안 돼?"

"그리 말씀하셔도……"

"이제 와 발뺌하기는 너무 늦었지."

머릿속은 이미 빠르게 회전해 답을 내렸지만 알고 싶지 않았다. 여자가 이렇게까지 제 이야기를 깊이 할 줄은 몰랐다. 그냥 평범한 여종이어라. 물론 여종이 저런 하늘거리는 비단옷을 입었을

리 없지만 그래도 또 혹시 모르는 일이니…….

그때 엎어져 있던 정경부인이 스르륵 상체를 일으켰다. 몇 번 눈을 깜박이더니 도리질을 치고 알아듣지 못할 소리를 웅얼거린다. 사지가 점점 마비되어 그런 것이라고 친절히 설명한 여자가 사내에게 눈짓했다. 이윽고 그가 작은 주머니를 꺼내 향을 피우자 정경부인은 다시 축 늘어졌다.

"내가 며느리로서 해드릴 수 있는 건 이것밖에 없는 게 아쉬울 따름이야."

쓰디쓴 향. 깊게 들이마실수록 눈앞이 뿌옇고 일그러진다. 살짝 몸이 한쪽으로 쏠리자 여자가 손을 뻗어 받쳐 주었다.

저런 것은 생전 처음이다.

소희가 젖은 눈가를 닦았다. 방 안 가득 피어올랐던 연기 사이에서 웃고 있었던 건 정경부인뿐이었던 것 같다.

"이제 숨이 좀 쉬어져?"

"방금 그것은 무엇입니까?"

"넌 정말 궁금한 것이 많구나. 이렇게 많은 질문을 받은 건 처음이야."

여자가 소희를 침상에 눕혀주었다. 저 또한 하루에 이렇게 많은 질문을 던진 것은 처음이었다. 여자가 김이문의 부인이라니, 잘못 들은 것이 아닐까. 그의 부인이 대체 왜 이런 일을.

"아편의 일종이나 그것보다는 덜 독해. 처음에는 무릉도원에 온 것 같은 쾌락을 안겨주지만 점점 사람의 몸을 마비시키지."

어떻게든 정경부인의 고통을 덜어주고 싶었으나 때는 늦었다. 이미 아편 가루에 중독되어 있는 사람을 일시적으로나마 안정시키는 것은 천남성, 그것밖에 없었다. 제게 그것을 건네주면서 붉은 치마를 두른 기생이 했던 말이 생각났다.

"넌 이것을 사람을 살리는 데 쓰면 좋겠구나."

화려한 머리를 높다랗게 얹은 채 양반들과 말 위에 오른 기생을 보며 팔자 한번 제대로 늘어졌구나 싶었다. 저와는 너무도 다른 삶. 처음 보았을 때도 제 또래 계집으로는 보이지 않았다. 그 계집과의 인연은 몇 년의 세월을 거슬러 올라갔다.

"나도 소희 너처럼 탐스러운 머릿결과 눈망울을 가졌던 소녀라면 믿겠니?"

머리에 비녀를 꽂지 않아도 좋았을 만큼 어렸을 때.

"지금도 충분히 탐스러워 보입니다."

"후후. 겉모양은 그럴지 모르지만 난 이미 속에서부터 곪아 들어간 지 오래. 어쩌면 아편 가루가 필요한 것은 나일지도 몰라."

그 당시, 김대헌 대감이 어린 여아를 좋아한다는 것은 알 만한 사람은 다 알았다. 그에게 잘 보이기 위해 줄을 서던 벼슬아치 하나가 가난에 굶주리던 여자의 집을 찾아왔다.

마침 그때 마을은 전염병이 막 돌고 있었는데 꽤 병세가 진행되었던 여자를 두고 언니는 자진해서 따라나섰다. 가난이 지긋지긋하다는 것이 그 이유였다.

얼마 후 부모 역시 병에 걸려 죽고 여자는 혼자가 되었다.

다 죽어가던 그녀를 살린 것은 어느 친절한 기생의 손길이었다. 약초와 독을 잘 다루던 기생은 붉은 치마를 즐겨 입었다. 도움에 보답하고 싶다는 말에 기생은 또래 여자의 머리를 어른스럽게 쓰다듬어 주었다.

제 마음 편하자고 한 일이니 신경 쓸 것 없다면서.

"살아나자마자 한 번이라도 좋으니 나를 버리고 간 그 피붙이가 보고 싶어진 거야."

병석에서 일어나자마자 제일 먼저 언니를 데려간 집을 찾아갔다. 그리 어려울 것도 없었다. 대문 밖으로 벼슬아치들과 수레가 끝도 없이 길게 늘어선 집은 한 곳뿐이었으니까. 동생을 버리고 어디 얼마나 잘 먹고 잘 사는지 두 눈으로 보아줄 요량이었다.

미운 마음이 없는 것은 아니었지만 철없던 언니라도 잘 살아 다행이다. 그리 말해줄 생각도 하면서.

그러나 언니는 이미 이 세상에 없었다. 하인을 붙잡고 사정한 끝에 '굶어 죽거나 맞아 죽었을걸'이란 답이 돌아왔다.

김대헌 대감의 마음에 들지 않을 시, 김이문에게로 넘겨지는데 그는 조금만 수가 틀리면 바로 잔인한 성미를 드러낸다고 했다. 눈치도 없고 악바리 근성도 없었으니 그리 죽어도 싸다. 그리 생각하면서도 울컥 치미는 무언가 때문에 그녀는 한 발자국도 움직일 수 없었다.

멍청한 계집. 기껏 그리 죽으려고 나를 버려두고 갔느냐.

"울다 지쳐 바닥에 쓰러져 있던 내게 아사모를 얘기해 줬던 게 적화였어."

두 번이나 목숨을 구해줬으니 무슨 일이든 돕겠다고 해도 거절당했다. 그저 살아만 있으라고. 그럼 언제든 좋은 날이 온다. 복수든 뭐든 그다음에 하는 것이야. 마지막으로 자신의 얘기는 입도 뻥긋하지 말라면서 아사모 비밀 회원으로 지내라고 했다.

시간이 지나 그때가 왔다.

아사모 회원 중 부유한 중인 신분의 상인이 있었다. 여자는 그의 수양딸이 되어 김이문에게 매파를 보내 혼사 얘기를 꺼냈다. 김이문이 김대헌의 아픈 손가락이라는 것을 사전에 알았기에 가능한 일이었다. 김대헌으로서는 부유한 자금이 유입되는 것일 테니 손해 볼 장사가 아니라 생각할 것이었다.

"그렇게 이 집안의 며느리가 되었지. 이제는 아무도 날 무시하지 않아. 대신 뒤에서는 헐뜯지. 그래도 뭐, 원래대로 살았다면 양반님네 발톱 때만도 못했을 테니 이 정도면 나름, 괜찮다 생각하는 중이야."

"그리, 그리 밝게 말하지 않아도 됩니다."

"애, 너 울어? 정말 우는 거야?"

"그냥 얘기를 듣고 나니까 눈물이 나는 것을요."

여자가 미소를 지으며 소희를 꼭 안아주었다.

모르겠다. 왜 이렇게 눈물이 흐르는 것인지. 알게 된 지 하루도 안 된 여자에게 동질감이 들었다. 혼자가 되어 복수를 하겠다고 진흙탕 속으로 뛰어든 그녀가, 연희 언니처럼 너무 가엾다.

겁도 없이 가냘픈 몸뚱이를 불구덩이 속으로 던지는 불나방의 삶과 무엇이 다를까.

"힘들지 않으십니까? 많이 무서웠을 것입니다."

감정이 북받쳐 오른다. 저절로 목소리가 떨렸다. 약해 보이는 것이 싫지만 관 속에서 혼자 죽음을 맞이했을 언니를 떠올리자 몸 안에 열기가 솟구쳐 흐른다. 무슨 말이든 해주고 싶은데, 목이 막혀서 쉿소리만 새어 나온다.

"난 괜찮아. 빈말이 아니라 정말로. 곁에 든든한 사내가 있으니 됐지, 무얼."

"정인이 따로 계셨군요."

"뭐, 그렇지. 나도 혼자였다면 엄두도 못 냈을 거야."

여자가 웃었다. 지금까지 보여준 텅 비었던 느낌과 달리 꽉 채워진 웃음이다. 소희 제게 정인이 없었다면 질투했을지도 모를 만큼. 훈훈하다. 저승에서 보았던 연희 언니의 마지막 모습을 그려본다. 언니 곁에도 늠름해 보이던 사내가 있었지. 덕분에 조금 안심하고 떠나온 것인데 보고 싶은 마음은 매한가지다. 직접 얼굴을 맞대고 얘기하지 못한 것이 무척이나 아쉽다.

"말 나온 김에 네 얘기 좀 해봐. 아. 아직 정인은 없나?"

"있습니다. 저도 정인 있어요."

제가 말해놓고 너무 큰 소리로 말한 게 아닌가, 얼굴이 달아오른다. 정인이란 말은 왜 이렇게 어감조차 부드러운 것일까. 말하는 사람도 듣는 사람도 몽실몽실한 기분을 느끼게 해준다.

"농담이야. 네가 대군마마의 정인이란 건 아사모 사람들이라면 누구나 다 알아. 내가 몰랐으면 너 많이 서운했을 얼굴이네?"

"제 또래치고 정인이 없는 것이 더 이상한 거 아닙니까?"

여자가 치켜세워 준 덕에 어느 틈엔가 콧대가 높아져 있다. 내가 거짓을 말한 것도 아니지만, 너무 우쭐거리면 안 돼, 안 돼. 볼에 대고 손부채질을 하는 소희 앞으로 여자가 얇게 포장된 꾸러미를 내밀었다.

"최근 아편 밀매가 곳곳에서 이루어지는 판국이야. 그러나 심증만 있고 물증이 없어 몇몇 입 바른 벼슬아치들이 속을 썩이고 있지. 이것을 줄 테니까 대군마마께 잘 전해 드려."

아편 밀매 거래 내역이 상세히 적힌 장부였다.

잦은 출타로 김대헌이 집을 비운 사이 슬쩍 봐둔 것인데 요긴하게 쓰이게 됐다. 귀중하게 받아든 소희가 꾸벅 고개를 숙였다.

지금 시점에서 대군마마께 이보다 더 큰 도움은 없을 것 같았다.

여자가 절레절레 고개를 저었다.

"너무 큰 기대는 하지 않는 게 좋아. 끽해봐야 세력가 위세가 꺾이는 것밖에 안 될걸."

"그조차 예상하셨다면……."

"그래. 그래서 내가 직접 여기에 뛰어든 거야. 직접 손에 피를 묻히지 않고서는 별 방법이 있어야 말이지."

세상에는 국법, 법의 힘으로 안 되는 것이 많다.

지은 죄에 비해 엄중한 벌, 목숨을 내놓는 것은 가진 것 없고 힘없는 자들의 얘기다. 높은 자리에 앉아 온갖 사치와 권력을 누리는 작자들에게 법이란 그저 깃털처럼 가벼운 것이다.

그것은 불공평하다.

신분의 높고 낮음을 떠나 인간으로서의 도리를 어긴 것은 벌을 받아 마땅하다.

나라가 해줄 수 없다면, 임금마저 백성들을 저버린 것이라면 더 이상 바라지 않는다. 비슷한 처지의 사람들끼리 힘을 모아 때를 기다리는 것이 낫다.

설령 실패를 한다 해도 시도라도 해본 것이 어딘가.

여자의 두 눈이 광채를 띠는 것을 소희는 넋을 놓고 바라봤다. 강한 사람이다. 이제껏 보아온 어떤 여인들보다도 강하다. 여인이 소희의 두 손을 꼭 잡았다.

"너무 깊게 생각하지 않았으면 좋겠어. 네가 할 일은 대군마마 곁에서 잘 보필하는 것이니까. 너나 나나 각자의 방식대로 잘 걸어가고 있다고 생각해."

시간이 다 되어 이만 돌아가야 했다. 여자는 정경부인이 써두었던 서찰과 함께 중전에게 전할 말을 일러주었다. 상태가 심각함을 소상히 적어놓았으니 잘 읽은 뒤, 더 심각해지기 전에 한 번 뵈러 오는 것이 좋겠다는 내용이었다.

혼자 대문 밖까지 걸어 나갈 수 있다고 해도 여자는 같이 따라 나섰다. 늦은 밤이면 불청객처럼 불쑥불쑥 드나드는 김이문 때문이었다. 평소에는 술에 취해 저잣거리를 헤매다가도 어느 날은 새벽에 대문을 넘어서는 온 집 안을 헤집어놓기도 했다. 최대한 그의 눈에 띄지 않는 것이 상책이다.

얌전히 손을 잡고 가던 소희가 흘깃 뒤쪽을 본다. 그림자처럼 여자의 뒤를 따르는 사내다. 부드러운 외모와 달리 그의 주변만 가을바람이 부는 것 같다. 그와 대체 방 안에서 무엇을 했을까. 팔씨름이라도 하였을까.

"저, 한데 아까는 왜 그런 소리를 내셨습니까?"

"흐음. 말해주면 기겁할지도 모르는데."

"괜찮습니다. 제가 궁금한 것은 잘 못 참는 성미라 그럽니다."

여자는 슬쩍 사내를 보았다. 속으로 부끄러워하고 있을 것이다. 여자는 소희가 부끄러워 어쩔 줄 모르는 모습이 보고 싶다. 간질간질 여자의 목소리가 귓가를 맴돌았다.

"아이가 갖고 싶었거든. 정인의 아이 말이야."

아무리 김이문과 혼인을 했다 하지만 그자와 살을 맞대고 싶지 않았다. 어차피 그 주위에는 널리고 널린 게 기생이었다. 혼인 이후 두 사람이 얼굴을 마주한 적은 거의 없었다. 덕분에 여자는 사내에 대한 마음을 계속 키워 나갈 수 있었다.

고개를 끄덕이다 말고 소희가 어렵게 물었다. 저로서는 정말 이해가 되지 않았다.

"하, 하지만……. 왜 그리 일을 힘들게 하십니까? 그냥 황새더러 물어달라고 하시면 됩니다."

"응? 황새가 왜? 그게 정말이야?"

여자의 고개가 빠르게 사내에게 돌아갔다. 생전 처음 듣는 얘기다. 그러나 소희의 얼굴이 너무 진지하다. 멀리서도 이야기를 들은 사내가 긴 한숨을 내쉬었다. 이내 단호하게 고개를 가로젓는다. 그럼 그렇지, 역시 황새가 물어다 줄 리가 없지 않은가.

"소희야. 아이란 건 그렇게 만드는 게 아니야. 남녀가 서로 살을 맞대고, 음…… 맞대고…… 그러면서 생기는 거야. 황새가 물어주는 물건 같은 게 아니야."

딴에 설명을 늘어놓던 여자가 소희의 시선을 피했다. 그냥 어느 순간 자연스럽게 알게 된 것이지, 누군가에게 교육받은 적도 가르쳐 본 적도 없었다. 특히나 사내가 곁에 있어서인지 여간 신경 쓰이는 게 아니었다.

"그럼 이야기꾼들은 어찌 그렇게 적어놓은 것입니까?"

"그야 구체적이면 빨간 딱지가 붙거든. 아이들이 보고 따라 하기라도 하면 큰일이니까."

어렸을 때 읽었던 이야기책을 떠올리며 소희가 반문했다. 하지만 여자가 시선을 피한 것도 모자라 한 발짝 정도 떨어져서 걷자 관두었다. 더는 여자를 민망하게 만들고 싶지 않았다.

"너도 장차 혼인을 하면 알게 돼. 뭐, 혼인 전에 알게 되도 할 수 없는 법이고."

영문 모를 소리다.

하지만 알았다. 고개를 끄덕이자 여자가 안심하는 얼굴이다. 이제 어디 가서 그런 말은 하지 말아야겠다. 그 말만 꺼내면 다들 머쓱해하니, 원.

대문 밖을 나설 때쯤, 담장 건너편에 대기하고 있는 가마가 보였다. 이만 돌아가려는데 여자가 소희의 손을 꼭 잡아왔다. 그 잠깐 사이 정이라도 들었나 보다. 헤어지는 것이 아쉽기도 하지만 못한 말이 남아 있었다. 이 말을 하는 것이 좋을까, 안 좋을까. 계속 고민했었다.

"제게 무슨 할 말이라도 있으십니까?"

가마 옆에 서 있던 한 상궁이 이쪽으로 손짓을 해온다. 서둘러 달려오라는 것이다. 여자의 머뭇거림이 마음에 걸렸다. 소희가 금방 가겠다고 손짓 발짓을 보냈다. 여자가 조심스레 입을 열었다.

"어머님이 쓰신 서찰 중에 네 어머니에 관한 내용이 있었어."

"정, 정말입니까?"

"그래. 감당할 수 있겠거든 읽고 아니면 그냥 중전에게 넘기렴."

가마 위에 오르자 한 상궁이 어찌 그리 늦장을 부렸느냐며 한소리 했다. 흔들리는 움직임을 느끼면서 품 안을 더듬었다. 한 번도 들어본 적 없고, 알 수도 없었던 어머니 이야기가 담겨 있다니 믿기지 않았다. 궐 안으로 들어갈 때까지도 안절부절못했다.

"내 어머님의 상태가 그리 안 좋더란 말이냐"

정신을 차렸을 때는 이미 중전 앞이었다.

부랴부랴 김이문의 부인이 주었던 서찰을 건네고 나자 그제야 수심이 깊어진 중전이 보였다. 빠른 시일 내로 본가에 한 번 들르라던 여자의 말을 전하자 마른 한숨 소리가 들린다.

의원이 아니기에 잘은 모르지만 이미 좋고 나쁘고의 시기를 넘어선 지 오래다. 그나마 정경부인의 숨이 붙어 있는 것은 딸의 얼굴을 보고 싶어서가 아닐까. 차마 그 이상 구체적으로 말하지 못

하고 소희는 입을 다물어 버렸다.

"어찌 됐든 수고했다. 맡긴 일을 잘해주었으니 상을 주어야지."

정말 상이로구나.

혹시나 어물쩍 넘어가 버리면 어쩌나 했는데 다행히 중전은 한 상궁에게 지시를 내렸다. 혼자 생각할 시간이 필요하니 이만 물러가라는 말에 속으로 뛸 듯이 좋아라하며 소희는 물러 나왔다.

"대군마마……!"

잠시 후 걸어오는 이정을 본 소희가 달려가려는데 눈앞으로 쌩하고 돌풍이 지나갔다. 이상한 광경이다. 나인들이 이정의 앞에 몰려 있었다. 지밀 소속인 서사나인도 몇몇 보였다. 저마다 손에 들고 온 것들을 앞다퉈 이정에게 전달한다. 이정이 고개를 젓자 품 안에 안기다 못해 발치에라도 두고 돌아간다.

맛있는 냄새가 솔솔 난다. 이 늦은 시간에 떡과 음식 같은 것을 해온 이도 있나 보다. 그를 연모하는 나인들이 있다는 것은 알았지만 실제로 본 것은 처음이다. 물끄러미 보던 소희가 제 손을 내려다봤다. 덜렁 들린 장부 하나. 다과라도 좀 같이 가져올걸. 아니면 좀 더 단장이라도 하고 올 것을 그랬나 보다. 괜스레 발걸음이 더뎌진다.

"왔으면 빨리 오지 않고 애간장 태우기냐?"

소희를 본 이정이 한달음에 걸어왔다. 애간장을 태우는 것이 누구인 줄은 아십니까. 혼잣말로 중얼거리는 것에 이정이 낮게 웃었다. 품 안 가득 껴안고 있는 것이 무엇이냐 묻자 별것 아니라며 뒤로 감추어 버린다.

"내가 보면 안 되는 물건이냐?"

"흠흠. 아직 준비가 덜 된 것 같습니다."

"무슨 준비 말이냐."

그러니까 떡이랑 다과랑 또, 귀한 것이 무엇이 있을까.

머릿속에서 선물 꾸러미를 꾸리느라 바쁘다. 달랑 장부 하나만 건넸다가는 저 선물들과 너무 비교될 것이 아닌가. 오랜만에 보았는데 대군마마 얼굴 뵐 생각만 했지, 미처 거기까지는 생각 못 했다. 정인으로서의 자격이 한참 모자란다. 혼자 머리를 쥐어박고 있는 소희의 팔을 커다란 손이 잡아 내렸다.

"필사 연습을 열심히 한다던데. 많이 힘들었나 보구나."

"아, 아닙니다. 그 정도로 열심히 한 것은 아닙니다."

"하면 어째서 얼굴을 보여주지 않는 거지?"

이정은 초조함에 한낮도 아닌지라 달빛에 의존할 수밖에 없다. 며칠 내내 꿈속으로만 그리던 정인의 얼굴이다. 못 본 사이 그리움만 늘었다. 중전의 연통을 받자마자 소희를 두 눈에 담고자 달려 나온 그였다. 그랬는데 정작 소희는 제 얼굴을 보는 둥 마는 둥 하고 있었다.

"그것이 저, 부끄러워서 그런 것입니다. 부끄러워서."

"새삼 부끄러워할 이유를 모르겠어서 그런다."

"대군마마께서는 제 기분, 모르십니다."

"내가 어찌 모른다는 것이냐?"

"그리 많은 선물을 받으셨으니 얼마나 좋으시겠습니까. 맛난 것이랑 좋은 것들뿐이니 저 같아도 정말 기쁠 것입니다. 이러실 줄 알았다면 제 선물은 그냥 놔두고 올 것을 그랬습니다."

이거야말로 동문서답이 따로 없지 않은가.

질투란 감정에 단단히 잡혀 있는 것이 틀림없다. 그렇지 않고서야 이렇게 어린애처럼 행동할 리가 없다. 한 번 입 밖으로 낸 말은 도로 집어넣을 수도 없다.

"질투하는 거 다 안다."

"예? 제가 질투 같은 것을 할 리가 없지 않습니까?"

제 유치함을 깨닫자마자 소희의 얼굴에 열기가 몰려든다. 당장 손부채질이 시급하다.

"다 안다는데도 아니라 하는구나."

그러니까 지금 손에 들려 있는 것이 못마땅한 것이다.

어찌 그리 볼을 부풀려 가며 퉁명스레 대하나 하였더니. 이정이 손에 든 것을 얼른 땅바닥에 내려놓았다. 소희는 안 보는 척하면서 이런저런 포장을 훑고 있다. 하나같이 정성 어린 손길들이 묻어난다. 점점 대군마마를 사모하는 이들이 늘어만 간다.

역시, 궁궐 안은 위험이 도사리고 있는 것이다.

점점 심각해지는 표정을 보면서 이정이 소희의 손을 잡아끈다. 가까운 곳에 연못가가 내려다보이는 정자 하나가 보인다. 두어 개의 계단 위에 앉아서 이정이 소희에게로 손을 내민다.

앉을 자리가 없어 눈만 굴리자 당겨져 어느새 무릎 위에 앉혀졌다. 바로 고개만 돌리면 얼굴이 부딪칠 거다. 단단한 두 팔이 배 위로 둘러지는 것에 소희는 돌처럼 굳어버렸다.

"난 이미 네게 선물을 받았다. 해서 기분이 몹시 좋았지."

"하지만 전 아직 아무것도 드리지 않았는데요?"

"네 얼굴 한 번 보는 거, 내게는 그게 선물인 것을."

아. 소희는 잠시 얼이 빠진다. 잘못 들은 것인가 귀를 비비적거리다가 손바닥을 열심히 비비더니 조심스레 묻는다.

"참말이십니까? 제 얼굴 본 것으로 그게, 선물이 되신단 말씀이지요?"

그렇대도 그런다. 못 들었다 할까 봐 아예 귓가에 속삭이자 간 지럽다며 몸을 비튼다. 손바닥으로 볼을 감싸고는 눈망울을 반짝 거리던 소희가 또 묻는다.

"대군마마께서는 제가 그렇게 좋으십니까?"

"좋다마다. 난 소희 네가 좋다."

"아이참. 저를 너무 좋아하시는 거 아닙니까."

네가 좋구나. 무척이나.

계속해서 듣다가는 몸이 동아줄처럼 꼬여 버리고 말거다. 지금 상태라면 넓디넓은 궁궐이라도 서너 바퀴 돌 수 있을 것 같다. 가슴에 고개를 묻어버린 소희가 꼬물거리더니 무언가를 건네준다.

펼쳐 보니 안에는 그야말로 조정 대신들의 비리가 낱낱이 적혀 있는지라 단번에 눈길을 사로잡았다. 이것보다 더 확실한 증좌는 없을 것이다. 올려다보는 눈망울이 '마음에 드십니까? 어서 대답해 주십시오' 하고 재촉한다.

이정이 고개를 끄덕이며 잘했다고 머리를 쓰다듬자 소희가 살 포시 머리를 기댄다. 단단하게 지탱해 주는 어깨가 무척이나 정겹다. 몰랐는데 그에게서는 좋은 향이 난다. 술 냄새도, 사향 냄새도 아닌 청아한 향. 맑은 눈동자가 저를 바라봐 주는 것도 참 좋았다. 요즘은 머리칼마저 단정하게 묶여져 있다. 청개구리 심정이라도 된 것처럼 허리 가로 길게 늘어뜨린 모습이 보고 싶어졌다.

"하지만 난 네가 제일 마음에 든다."

볼을 가볍게 튕기며 이정이 속내를 가감 없이 드러낸다. 흔들림 없이 바라보는 눈빛에 소희가 꿀꺽, 침을 삼켰다. 어쩌면 나인 들이 대군마마를 보고 연심을 품는 건 당연할지도 모른다. 이리 무심한 얼굴로 다정하게 말씀을 해주시는데 제대로 눈과 귀가 달린 사람이라면 그에게 홀리는 것이 당연하다. 살포시 웃는 입가를 보던 소희가 새치름하게 대꾸했다.

"어디 가서 그리 웃으시면 안 되겠습니다. 아셨지요?"

"나더러 웃지 말라는 말이냐?"

"제, 제 앞에서만 웃으시란 말입니다. 마마가 웃으시면 주위 사람들 가슴이 남아나지를 않을 것입니다."

"허. 웃으라는 거냐 말라는 거냐."

나무라는 듯 말하면서도 이정의 손가락은 소희의 볼을 톡톡 두드리고 있었다. 한 번씩 두드릴 때마다 소희의 가슴이 쿵, 쿵 뛰었다. 얼른 볼 살이 빠져야 할 텐데. 잔뜩 볼을 부풀리다가 불현듯 장부 뒤에 끼워놓은 서찰이 떠올랐다.

오는 길에 가마 안에서 정경부인의 편지를 보았다. 어머니, 나아가 가족들의 죽음이 폐비와 관련이 있다는 내용이었다. 어찌 얘기할까 고민이었는데 장부를 덮은 이정은 이미 서찰을 본 뒤였다.

"말씀드리려고 했는데……."

"걱정 말거라. 내 한번 알아보마."

후우. 안도의 한숨이 절로 나온다.

커다란 손바닥이 머리와 볼을 쓰다듬었다. 용기가 무럭무럭 솟는 것 같다.

"저, 대군마마. 궁에서는…… 나가실 것이시죠?"

"넌 그리도 날 곁에 두고 싶은가 보구나. 소희 너도 날 너무 좋아하는 거 아니냐?"

이왕 이렇게 된 거 소희는 솔직해지기로 했다.

"예. 너무 좋아서 그럽니다. 그냥 마마께서 저만 보셨으면 좋겠습니다."

"그래. 앞으로는 네가 주는 선물만 받고 네 앞에서만 웃으마."

소희가 함박웃음을 지었다. 미소 어린 얼굴이 어여뻐 이정은 얼굴을 가까이 가져갔다. 선홍빛 입술을 머금자 다디단 숨과 온기가 전해진다. 간만에 맛보는 과실을 그는 아낌없이 탐했다.

❊

아사모가 행동을 개시하기 시작했다.

이제껏 몸을 바짝 낮춰왔던 이들이 자신들만의 목소리를 내었다. 매일 임금 앞으로 수없이 많은 상소문들이 올라왔다. 그것들을 하나하나 읽을 때마다 임금의 한숨 소리가 길어졌다.

아예 보지 않았더라면 모를까. 자신의 무능함이 만들어낸 결과가 눈앞에 차곡차곡 쌓여져서는 그를 곤혹스럽게 만들었다.

"국구께서는 죄목도 가지가지로다."

역시 통이 남다르다 해야 할까. 사사로이 뇌물을 받아 고위 관직을 사고파는 것은 물론이요, 그러고도 끊임없이 뱃속 채우기에 여념하고 있으니 그놈의 욕심은 당최 채워지지가 않는 법인가.

"하 내관. 이게 다 한 사람이 다 저지를 수 있는 것인가?"

"다 사람 나름 아니겠습니까."

"참 여러 의미로 대단한 작자가 아니냐."

그 죄목 모두 하나같이 심증만 있고 물증이 없는 것들이었다. 그런데 그것들에 대한 증거를 모두 제출한 이가 있었으니, 자신의 이복동생인 이정이었다. 생각해 보면 이정이야말로 대단한 인물이 아닌가. 조정 대신들 대부분이 입으로만 충심이며 성심이 어떻고를 논하지, 실상 행동으로 보이는 이는 없었다.

물론 임금 역시 처음에는 이정을 믿지 않았다. 말로만 백성, 백성 거리며 저와 김대헌 사이를 벌려놓아 잇속을 챙길 수도 있는 것 아닌가.

한데 그는 정말로 해냈다. 임금인 자신조차 해내지 못한, 하려고 생각지도 않았던 일을 해놓고도 얼굴엔 전혀 뿌듯함이 없었다.

지난밤, 그가 가져왔던 장부와 증언서, 그밖에 부정부패에 대한 여러 증거 자료들을 들여다보면서도 임금은 경계를 늦추지 않았다. 이참에 영헌대군으로 올려줄까. 슬쩍 떠보았지만 이정은 그저 냉랭하게 거절했다. 자신이 원하는 것은 그것이 아니라는 듯이, 어서 일을 처리하고 궁궐 밖으로 마음 편히 떠나게 해달라는 말만 남기고서는.

"내 동생이라지만 참, 어찌 그리 나와는 다른 것인가."

사사로운 권력욕조차 없는 그가 신선처럼 느껴질 정도였다. 소희 그 아이와 그리도 떠나고 싶을까. 하긴, 그리 귀엽고 순수한 이와 함께라면 좋을 것도 같았다. 슬그머니 중전의 얼굴이 떠올라 버려 임금은 순간 당황했다. 그이도 곱지 않은 것은 아나나 다감하게 대해줄 자신이 없었다.

상념에 잠긴 임금이 걱정되었던지 하 내관이 조심스레 응원의 말을 보탰다.

"전하의 판단이 그 어느 때보다 중요합니다."

"뭐, 판단하고 말 게 있는가. 영헌군의 생각이 옳다는 것을 나도 알고 있다."

임금이 임금다운 일을 하는 것이지만 마음 한편으로는 단념을 하고 있다. 중전과는 원수보다 못한 사이가 되고 말 것이다. 가까운 적도 없었지만 아내이기 때문인지 신경이 쓰인다. 그러나 그냥 앞으로의 일에 대한 긴장 탓이려니 넘겨 버린다.

"하 내관은 영헌군에게 가서 전해라. 이 시간부로 김대헌의 사안에 대한 권한은 모두 일임하겠노라고 말이다."

임금의 명을 받고 아침 조회에서 김대헌을 추국하려던 계획이 틀어졌다.

설마 낌새를 눈치채고 숨어버린 것인가. 조정에 나와 있던 몇몇 아사모 회원들 역시 말은 안 했지만 불안감을 감추지 못하고 있었다. 임금 역시 내내 초조한 낯빛이었다. 모두의 불안을 잠재우는 방법은 그가 직접 나서는 수밖에 없었다.

"제가 직접 김대헌을 만나봐야겠습니다."

"그 집으로 직접 가겠다는 것이냐?"

"예. 호랑이를 잡으려면 호랑이 굴에 들어가야 하지요."

"아우야. 조심, 또 조심해야 한다."

손을 꼭 붙들고 하는 말에 이정이 고개를 끄덕였다. 이참에 담판을 지어야 한다. 무슨 수를 써서든 그를 집 밖으로 끌어내야 했다. 필요하면 군사 동원까지 해준다는 말에 그저 조용히 만나고 오겠다 하였다. 애써 일을 크게 만들어 벌써부터 김대헌 세력을 분란이 일게끔 해서는 안 된다. 그저 저들은 평소처럼 놀고먹고 즐기면 되는 것이다. 그래야 한 차례에 쓸어내기도 쉬울 것이니.

"영헌군. 잠시만, 잠시만 얘기를 나누었으면 합니다."

궐을 빠져나가기 전, 이정을 서둘러 붙잡은 것은 중전이었다. 돌아가는 상황을 보건대 결국 부친에게 닥치고야 말 앞으로의 일이 훤히 그려졌다. 자식 된 입장으로서 도저히 자리에 가만히 앉아만 있을 수는 없었다.

"중전마마께서 제게 무슨 볼일이라도 있으신 겝니까."

타들어가는 속내를 짐작할 만한 그의 음성이 나긋나긋하다. 그에게 모든 권한이 일임된다고 들었다. 그것은 임금이 허락했다는 뜻이다. 그건 무슨 의미일까. 미우나 고우나 임금의 자리에 앉혀준 것은 김대헌, 바로 제 아비가 아닌가. 제게 한 마디 상의도 없이 이럴 수는 없는 것이라 생각하면서도 중전은 오랜 세월 공들여 익힌 대로 감정을 숨겼다.

"아무쪼록, 가시는 길 잘되길 빕니다. 영헌군."

"지금 제가 잘못 들은 게 아니라면, 정녕 진심이십니까."

"진심이라……. 그건 마치 내 말이 진심이 아니었다는 것처럼 들립니다?"

"진심인지 아닌지 마마께서 더 잘 아실 테지요. 그럼 이만."

더는 중전을 상대하며 지체할 시간이 없었다.

김대헌의 주위를 맴돌며 휘영이 알아낸 바에 따르면 그는 본가에 거의 붙어 있지 않았다. 넓디넓은 집을 놔두고 첩의 집에 들른다고 했다. 그러나 겉으로 보이는 것이 전부는 아니었다. 김대헌과 그 무리들은 그런 식으로 종종 비밀리에 모임을 진행하곤 했다.

무심히 걸음을 떼고 앞으로 가는데 누군가 다시 옆으로 따라붙는다. 돌아간 줄 알았던 중전이었다. 그녀의 입장에서야 발등에 불이 떨어진 것일 테니 다급하겠지만 어디, 위기란 것이 상황 봐주면서 나타난다던가. 만약 그랬다면 모친 또한 폐비가 될 일은 없었을 것이다.

"아버님을 만나뵙거든 내 말 한 마디만 전해주시지요. 가문에 해가 되어서는 아니 된다, 그 말만 전해주면 됩니다."

"그리 전하겠습니다. 하면 이제 좀 비켜주시겠습니까."

볼일 다 봤으면 돌아가라.

그리 말하는 서슬 퍼런 시선에 중전이 뒤로 물러났다. 전할 말도 일렀건만 속이 개운치가 않다. 아비가 밖으로만 나도는 통에 사가에 두고 온 모친 생각이 간절하다. 서찰을 보았을 때 분명 몇 시진 전에 받아왔을 텐데도 오래 마른 흔적이 남아 있었다.

만약 자신이 집을 떠나온 이후로 상황이 심각해진 것이라면 그 서찰은 몇 년 전의 것이란 얘기가 된다.

안 되겠다. 오늘 밤에라도 다녀오지 않으면 영영 가시방석 위에서 내려오지 못할 것 같다.

"저더러 함께 가자는 말씀이십니까?"

"나와 함께 가는 것이 싫다면 굳이 나설 필요는 없다."

중전의 부름을 듣고 쏜살같이 달려온 소희였다. 우선은 그녀가 시키는 대로 해야 한다는 엄 상궁의 말을 상기시켜 봐도 이해가 잘 되지 않았다. 중전은 오늘 밤, 몰래 궁을 빠져나가는 일에 동참하라고 말하고 있었다. 비밀스러운 일에 어찌 저까지 끼우려 드는 것일까.

그날 정경부인의 서찰을 몰래 보고 나서 가마를 돌리고 싶은 것을 꾹 참아야 했다. 어머니에 대한 얘기를 알고 있는 사람은 현재로서 정경부인이 유일했다. 더 이상 정상인이 될 수 없다고 해도 미리 알았더라면 붙잡고 몇 마디 물어보기라도 했을 텐데.

"아닙니다. 함께 가겠습니다. 가게 해주십시오."

소희의 대답이 예상외였는지 중전의 눈썹이 치켜 올라갔다.

그녀로서도 소희와 동행하는 것이 그리 썩 내키지는 않았다. 하지만 대왕대비의 상태를 알고 또 집안의 사정까지 알고 있는 것을 그저 내버려 두는 것도 불안하긴 마찬가지였다. 혹시라도 밤중에 임금이 찾아온다면 적당히 핑계를 댈 만한 한 상궁은 남겨두어야 했다.

돌이켜 보면 중전 자리에 앉고도 믿을 만한 사람 하나 없었다.

제 사람인 줄 알았던 궁녀와 내시들은 처음부터 아비에게 상황을 보고하고 있었다. 그것을 알고 난 뒤에는 심신을 안정시킨다는 명분으로 대왕대비에게 보내 버리거나 다른 곳으로 내쫓았다.

'이런 위급한 때 그나마 의지할 것이 저 아이라니.'

며칠 동안 곁에 두고 지켜보았지만 내숭이라고는 찾아볼 수가 없다. 그 나이 또래의 조숙함도 없는 것 같다. 그저 솔직하고 주어진 일에 열심인, 틈만 나면 정인을 떠올리는 아이. 임금을 노리고 접근했다 오해한 것이 조금 미안할 정도다.

"스스로를 미워하지 마세요. 중전마마. 저는 누군가를 좋아하는 것만으로도 세상에서 제일 귀한 사람이 된 것 같았습니다. 마마께서도 그러시길 바랍니다."

그날 이후로도 저 아이가 해준 말이 지워지지가 않는다. 그런 진심 어린 조언을 들어본 것은 처음이었다.

부친 김대헌은 늘 스스로를 밥 먹듯이 꾸짖으라 했고, 어미인 정경부인은 스스로의 감정을 추스르는 것만으로도 버거워 보였다. 겉보기에는 여리기만 한 체구 어디에서 그런 깊은 생각들이 나오는지 모를 일이다.

어느새 소희를 볼 때마다 위로와 희망을 떠올리는 그녀였다.

"중전마마. 아까 드시고 싶다고 말씀하셨던 것을 가져오라 하였습니다."

잠시 나갔다 돌아온 한 상궁이 소반을 들였다. 종지 안에 담긴 것이 소희의 시선을 끌었다. 입맛을 다시던 중전은 종지가 앞에 놓이자 바로 고개를 틀었다. 시큼하고도 달달한 장아찌 냄새가 역겹기 짝이 없다. 요 근래 들어 제대로 먹지도 자지도 못하는 터라 한 상궁이 재차 권하지만 결국 물리고 만다.

"소희 넌 먹을 수 있겠구나."

물끄러미 종지를 보고 있는 것이 맛보고 싶은 눈치다. 아니 될 말이다, 중전마마께서 드시고 입맛이 돌아오셔야 된다며 한 상궁이 선수를 쳤다. 이왕 가져온 것이니 맛이라도 보게 해주고 싶다. 괜찮으니 맛보라고 하자 소희가 사양 않고 집어 먹는다.

"짭짤하니 간이 제대로 들었습니다. 정말 달고 맛납니다. 중전마마께서도 드시면 좋을 텐데……."

"당연히 맛있을 수밖에. 그것이 그냥 매실이 아니니라. 내 매의 눈으로 고르고 선별한 것이니라."

"그래. 한 상궁 요리 솜씨는 내…… 우욱!"

중전의 몸이 앞으로 숙여졌다. 등허리가 급격하게 요동쳤다. 놀란 한 상궁이 등을 두드려 준다.

한 번 시작된 구역질은 쉽사리 멈추지 않는다. 빈속을 누가 잡고 비틀기라도 하듯 잡아당기는 것이 꽤나 고역이다. 이마에서 식은땀이 후두둑 떨어져 시야를 어지럽힌다.

"괜, 괜찮으십니까? 제가 당장 의원이라도 불러올까요?"

소희 또한 자리에서 벌떡 일어났다. 어째 이렇게 궁 안에는 아픈 사람들뿐인가. 바로 달려 나가려는데 중전이 치맛자락을 붙잡는다. 가지 마라. 난 아픈 것이 아니다. 난 병자가 아니다. 입가를 닦아낸 중전이 의연하게 자세를 바로 했다.

"소란 떨 것 없다. 그저 임신일 뿐이니라."

영헌군이 자리를 만들어주었던 그날 밤을 떠올리듯, 어딘지 모르게 처연한 눈빛이었다.

궐문을 나서 얼마 가지 못한 채로 두 사람은 어린 거지들에 둘러싸였다. 때깔 고운 비단옷을 보자마자 덩치 하나가 득달같이 이정의 발목을 붙잡고 늘어졌다.

"나리! 한 푼만 적선하고 가시면 안 되겠습니까? 어린 제 동생들을 봐서라도 닷 냥이라도!"

"어허. 길을 비키지 못할까. 이 꼬맹이들!"

"괜찮다. 너희들 돈이 많이 필요한 모양이구나. 그렇지?"

"예! 집에 두고 온 동생들도 더 있습니다. 나리! 부디 살펴주십시오."

무력으로 충분히 새카만 손을 떨쳐 낼 수도 있었지만 이정은 놔두었다. 꽉 잡은 손목 힘이 무색하리만치 거지의 눈은 맑았다. 거지가 걸친 넝마 같은 것을 붙잡고 뒤로 숨어 있는 작은 손들이 최소 다섯은 되어 보였다.

사정은 딱해 보이나 급히 나온 것이라 품 안에 가진 돈이 얼마 없었다. 뿐만 아니라 주위에서 지켜보는 눈빛이 만만치 않다. 어차피 이들에게 준다고 해도 온전히 주어질 수 없을 것이다.

"휘영. 네가 데리고 가서 간단히 요기라도 하게 해주어라."

바로 알아들은 휘영이 인상을 쓰고 주먹을 휘두르며 아이들을 시장 구석으로 몰아갔다. 아이들이 죽는 소리를 내며 도망가려 했지만 휘영의 한 팔에 가로막혀 우수수 밀려났다.

"이런 버르장머리 없는 놈들을 보았나! 어디 감히 양반의 앞길을 막는단 말이더냐. 내 이 기회에 단단히 버릇을 고쳐 주마!"

"으아아! 잘못했습니다. 나리. 한 번만 용서해 주십시오!"

"됐다. 이미 늦었다. 이놈들!"

구걸 좀 하려다가 된통 얻어맞게 생겼다고 생각했는지 전부 울상을 지었다. 그제야 호기심을 보이던 구경꾼들도 하나둘 신경을 껐다. 살살 하라고 휘영에게 눈치를 준 이정이 먼저 자리를 떴다.

김대헌이 있는 건물 앞에 도착했건만 돌아오는 시간이 생각보다 더 오래 걸린다. 여자와 아이들에 유독 약한 녀석이니 오래 붙잡혀 있는 모양이다. 대문가에 자리를 잡고 서 있는데 지나가던 기생들이 눈을 빛내며 다가왔다.

"어머나. 어머나! 혹 그 유명한 영헌군마마가 아니십니까?"

"어머 정말! 전국에 기루란 기루는 전부 도신단 그분이셔?"

"그 왜 천하절색 폐비랑 관련 있는…… 어머!"

아니라고 부정해 봐야 소란만 될 뿐이다.

이정이 큰 소리를 내던 기생의 손을 냉큼 붙잡았다. 갑작스런 행동보다도 눈앞에 마주한 이의 현실 같지 않은 용모에 더 놀란 듯하다. 늘 외양을 가꾸어 밥벌이를 하는 저보다도 피부가 매끄럽다. 좀 전까지 냉랭했던 이가 살짝 웃어 보이는 순간, 그녀는 놀란 가슴을 움켜잡았다. 그러나 이미 그의 눈빛에 홀린 뒤였다.

"나를 아는 모양이구나. 그렇다면 김대헌 대감도 알고 있겠지."

"모, 모르지는 않사오나. 소, 소녀는 말할 수 없습니다. 말했다가는 죽을지도 모릅니다."

"네 사정이야 딱하게 되었다만……."

한껏 볼을 붉힌 채로 떨며 고개를 젓는 것에 아랑곳 않고 이정이 기생의 허리춤을 잡아챘다. 귓가로 입술을 가져가 '어찌하면 말하겠느냐' 나른하게 속삭이자 속절없이 무너져 내린다. 이어 다른 기생들까지 앞다퉈 제가 먼저 말하겠다면서 몸을 던져 온다.

마침 나타난 휘영에게로 전부 밀어냈다. 뒤처리를 부탁하마. 휘영의 원망하는 음성을 뒤로하고 걸음을 옮겼다.

흥겨운 노랫가락. 그 흥이 도를 넘어선 지 한참이 지났는지 대문 밖을 넘어 궁궐의 담을 넘을 기세다.

말세는 말세로군.

쯧, 혀를 차던 이정이 망설임 없이 발을 옮긴다. 수많은 방을 끼고 은밀한 복도를 돌면 가장 커다란 연회장이 나온다.

잔뜩 벌게진 서로의 얼굴을 마주 보던 사대부들이 기분 좋게 술을 나눠 마시고 있다. 한 손은 잔을 감싸고, 다른 한 손에는 낭창한 허리들이 잡혀 있다. 구렁이가 담을 넘어가듯 매끄럽게 휘감기는 살결 위로 은자를 비롯한 값나가는 것들이 뿌려졌다.

더 깊숙한 방 안, 침상 위에는 동기 서넛의 몸을 탐하던 늙은 몸집이 있다. 젊음을 갈구하는 갈고리 같은 손길 아래 고통에 젖은 비명 소리가 여기저기서 터져 나왔다. 손발이 밧줄에 묶인 채 안대가 감겨 있어 어떤 반항도 할 수 없었다. 처음 미미한 반항에 돌아오는 것은 채찍질뿐, 이미 기진맥진해 있었다. 쭈글쭈글한 노인만이 욕망에 눈이 먼 채로 깨어 있었다.

"어린아이들을 좋아하는 줄은 익히 들었으나, 이 정도일 줄은 몰랐소이다."

누구냐.

고개를 들었으나 탁한 음성만 뱉어진다. 그 혼자 얼마나 신음을 내질렀으면 목이 잠긴 것인가.

추하다 못해 역겹다.

역겹다 못해 개짐승에 비유하는 것이 꺼려질 만하다. 이것이

한 나라의 국구라는 자의 실체란 말인가.

방 안에 뿌려져 있는 미미한 향, 그의 수하들이 밀수입해 왔다는 아편의 일종인가 보다. 나라에서 엄연히 법으로 금지된 것을, 이 나라의 고관대작들께서 사이좋게 모여 들이마시고 뻗다니 참으로 대단들 하다.

"과연, 그 아비에 그 아들이군."

"누구냐고 묻질 않느냐."

대답이 없자 불안한지 자리에서 일어나 침상을 더듬더니 바닥으로 굴러떨어진다. 그사이 들어온 휘영에게 침상 위에 있던 아이들을 옮기게 했다. 숨이 끊어진 것은 아니니 살릴 수 있을 것이다. 예전에 소희를 처음 보았을 때가 생각나서인지 남 일 같지가 않다. 저들에게도 부모가 있고, 형제가 있을 것인데 어쩌다 이런 곳까지 끌려온 것인가.

"나를 못 알아볼 정도로 맛이 간 것인가."

"영헌군? 거짓말 마라. 그놈은 부용이란 계집을 잊지 못해 술이나 마시고 있어야 하지 않나."

"누가 그러던가. 내가 술이나 마시고 한량처럼 군다고."

"……흑개야! 흑개 놈 없느냐!"

목 앞으로 디밀어진 칼날을 본 김대헌이 뒤로 나동그라졌다. 마비되었던 감각이 천천히 돌아오면서 현실을 파악하고 있었다. 그러나 이성으로는 도저히 이해가 되지 않는다. 이정의 뒷조사를 맡겨달라던 며느리를 기특해했다.

그것이 물어오는 정보를 철석같이 믿었거늘. 제 가문에서 배신자가 나올 줄은 몰랐다.

"그 흑개 놈, 이 세상 사람 아닌 지 오래되었지요. 모르고 계셨습니까, 아버님?"

동시에 휘장이 걷히고 누군가 걸어 나왔다. 휘영이 이정을 호위하고 서는데 여자의 웃음소리가 들렸다. 벼랑 끝에 내몰린 김대헌이 우악스럽게 소리를 질렀다.

"그, 그게 무슨 소리냐. 죽다니. 그놈이 왜 죽어!"

"어머. 사람은 누구나 죽기 마련이지 않습니까. 아버님답지 않게 놀라시기는."

상황에 어울리지 않게 교태 어린 음성이 물결처럼 흐른다. 여자의 발치에는 흑개의 머리가 떨어져 있었다. 작은 공을 차듯 이리저리 굴리던 여자가 이정에게 살짝 고개를 숙였다. 뒤에는 곱상한 사내가 달싹 붙어 서 있었다. 그가 든 칼에서 검붉은 핏물이 뚝뚝 떨어졌다.

"이리 대면하는 것은 처음이지요? 소희를 통해 장부를 전하였는데 잘 받으셨는지 모르겠습니다. 제 나름대로 심사숙고하여 그리한 것인데."

"아아. 김이문의 처라 했던가."

"예. 아직까지는 그렇습니다."

자신을 소개한 여자가 뒤로 물러서 주었다. 김대헌에게 할 말이 있거든 얼른 하라는 투였다. 아직도 완전히 정신을 못 차린 김대헌 앞으로 친히 머리를 굴려주었다. 제가 부리던 수하의 감기지 않은 두 눈을 본 김대헌이 번뜩 두 눈을 크게 떴다. 괴상한 소리를 내며 망측한 몸뚱이가 몸부림쳤다. 더 이상 인상 좋은 늙은이는 없었다. 추한 몸뚱이를 가리려 발버둥 치는 고깃덩어리였다.

"아버님을 만나뵙거든 내 말 한 마디만 전해주시지요. 가문에 해가 되어서는 아니 된다. 그 말만 전해주면 됩니다."

국구란 직위와 재산은 박탈당하더라도 그는 여전히 중전의 아비였다. 그것을 중전 또한 모르지 않을 것이다. 만약 세자라도 낳게 된다면 없던 권력욕마저 생겨날 것이기에 짚고 넘어가야 했다.

적어도 그가 아껴 마지않는 딸의 충고라면 아버지 된 입장으로서 현명한 선택을 하는 것이 옳았다.

"가문에 해가 되어서는 아니 된다. 중전께서 아비에게 그리 전하라 하더군."

"내 딸이…… 내 딸이 그리 말하더란 말이냐."

"그리 전하면 알아서 행동할 것이라."

"크큭. 알아서 행동…… 알아서라."

가문에 해가 안 되도록, 그리 가르친 것은 분명 그 자신이었다. 가문보다도 아비를 위해주길 바랐거늘. 금지옥엽으로 키웠거늘. 아니다, 딸이 자신을 배신할 리가 없다. 부녀 관계를 다 떠나서 공생 관계가 아닌가. 자신이 없다면, 가문이 무너지는 것이고 그렇다면 든든한 배경을 잃게 된다.

"내 딸이 그런 멍청한, 어리석은 짓을 할 리가 없다! 난 그리 가르치지 않았거늘!"

"겨우 그까짓 일로 충격을 받은 것인가? 사약도 아니거늘."

넋이 나간 동공을 들여다보던 이정이 비릿하게 웃었다. 미묘하게 바뀐 분위기를 알아챘던지 김대헌이 고개를 저었다.

"내가 한 것이 아니다. 상왕과 대왕대비가 합심한 것을 거들었을 뿐이다."

"내 알 바 아니오."

적어도 이자는 누릴 만큼 누려왔다. 하지만 이제 와서 그런 건 아무런 소용도 없게 되었다. 과거를 파헤칠수록 득보다 실(失)만 있을 뿐이다. 이정은 최대한 감정을 실지 않으려 노력했다.

"거짓말 마라. 사사로운 복수심으로 중전의 아비인 나를 죽이려 드는 게 아니라면 무엇이란 말이더냐."

죽이지 못해 안 죽이는 것이 아니다. 그를 죽임으로써 또 다른 굴레에 속박되는 것을 원치 않는 것이다. 지나간 것은 과거로 묻어두려는 것이다.

"모든 욕심을 내려놓고 떠나시오. 그리하면 귀양 보내는 선에서 끝낼 테니."

"지금, 지금 나더러 떠나라 한 것이냐? 폐비의 자식인 네놈이! 두고 봐라. 내 딸년은 절대 이 아비를 배신하지 않을 것이야!"

그가 외칠수록 이정은 가슴속에서 들끓는 희열을 느꼈다. 더 이상의 타협은 두지 않겠다. 내일 추국 현장에 그 낯짝을 들이밀거든 낱낱이 파헤쳐 주리라. 두고 보라. 어떤 수단을 동원해서라도 중전을 설득할 것이다. 가장 가까운 혈육에게서 느낄 수 있는 상상을 초월할 그 뼈저린 고통을 그 또한 느껴보게 하리라.

죽음보다 못한 삶이 있다는 것을 알게 해줄 것이다.

"내일 최대한 멀쩡한 정신으로 추국을 받는 게 좋을 거요."

우선 집으로 데리고 가라는 이정의 말에 여자는 고개를 끄덕였다. 벼르고 벼르던 것이 드디어 손안에 굴러 들어왔다. 김대헌의 숨이 끊어질 때까지의 시간은 남은 자들의 몫이었다.

밀행에 나서기 전, 중궁전에 임금이 찾아왔다.

아비의 일로 마음이 상해 있을 것이니 중전과는 평소보다 얼굴 맞대기가 더 꺼려졌다. 이럴 때일수록 찾아가 위로를 해주는 것이 좋다. 하 내관이 간곡하게 청한 것이 무색하리만치 중전은 아무런 반응이 없었다.

"역시 날 보고 싶지 않은 게지. 나 같아도 그럴 것이다. 암. 그렇고말고."

"그래도 전하. 중전마마께서도 상념이 무척 깊으실 것입니다."

"그러니 더더욱 사라져 주어야지. 만약 과인이 중전이었더라면 자고 있는 사이에 죽이려 달려들지도 모른다. 그 불같은 성미에 많이 참아주고 있는 것이란 말이다."

불 꺼진 중궁전을 보던 임금이 발길을 돌렸다.

차라리 잘되었다 싶었다. 아비를 귀양 보낼 것이라는 말을 전하면 보일 반응이라고 해봐야 울며 매달리는 것이고 감당할 자신도 없었다. 차라리 잘되었다, 잘된 거야.

'이 자리에 오르기까지 그대 아비의 힘이 필요했음을 안다.'

하여 지금까지 참을 만큼 참아주었다.

임금으로서의 체면 같은 것이 어떻든 열심히 꼭두각시로서 눈과 귀를 닫았다. 꼭두각시와 조종하는 이. 딱 그 정도. 얕고도 얕았던 관계. 장인임을 명분으로 내세워 발 벗고 나설 만큼의 신의 같은 것이 있을 리가. 이제는 제가 끊어낼 것이다.

중궁전 안에서 한 상궁이 가슴을 졸일 때, 중전과 소희는 궁을 빠져나갔다. 김이문의 처가 미리 준비해 둔 가마에 올랐다. 가마 안의 흔들거림이 적응이 안 된 탓에 소희는 바로 숨 쉬고 내쉬기를 반복했다.

고개를 돌리자 수수한 옷차림의 중전이 보인다. 저와 달리 호흡에 흐트러짐이 없다. 임신을 했기 때문일까. 배를 감싸 안은 손짓이 무척이나 조심스럽다.

'저 안에 또 다른 생명이 있다는 것이지.'

아직 배가 많이 부풀어 오르지 않은 상태다. 중전이 말해주지 않았다면 몰랐을 것이다. 아이를 가지게 되면 대범하게 행동할 수 있게 되나 보다. 임금을 피하는 것도 몰래 궁을 빠져나가는 것도 평소 중전답지 않았다.

한데 어찌 임금이 아닌 제게 사실을 밝힌 것일까.

피차 못 미덥기는 서로가 마찬가지일 터인데. 어쩌면 그 정도로 마음을 털어놓을 만한 사람이 없어서일지도. 얼마 전 중궁전의 상궁과 나인들을 갈아치운 뒤로 중전은 더더욱 말수가 줄었다. 아버지 김대헌이 심어놓은 사람들이 그리 많은 줄은 몰랐었다.

"속은 괜찮으냐?"

"예. 중전마마께서도 괜찮으십니까?"

"그래. 뭐, 임신이 별것이겠느냐. 인식을 하고 나니 배가 무거운 것도 같고."

그래서였구나.

허리가 결린다며 통증을 호소하던 것도 다 임신과 관련이 있었나 보다. 그렇다면 더더욱 주위에 알려 관심을 받아야 하는 게 아닌가. 중전의 아이라면 장차 왕자나 공주가 될 텐데 말이다.

"아직은 모두에게 알리고 싶지 않았다. 아이가 배 속에서 나오지 못하는 일도 더러 있다 하여."

"그런 생각은 안 하시는 것이 좋습니다. 제가 잘은 몰라도, 건강하고 맛난 거 생각만 하시는 게 좋을 것 같습니다."

"나는 말이다. 아이가 세상에 나오는 게 더 기적일 것 같구나."

중전의 입에서 꺼질 것 같은 한숨이 흘러나왔다. 아비의 죄가 하나씩 밝혀질수록 하루에도 지옥을 수십 번씩 오간다. 설령 그 화(禍)가 죄 없는 생명에게도 영향을 끼칠까 봐서, 혹여나 이 아이가 죗값을 치르게 될까 봐서.

새삼스레 폐비 임씨에 대해 생각하게 된다. 아직 세상에 나오지도 않은 아이가 제게 이리도 소중하거늘, 그녀는 나이 어린 아들을 두고 어찌 눈을 감았을까.

지금도 가끔 나이든 상궁들이 입담을 나누기 시작하면 두 개의 의견으로 갈린다. 전자는 허영심에 눈이 멀어 상왕의 애정만을 탐한 여인. 후자는 국모의 자리에 올라서도 임금의 사랑밖에 바랄 수 없었던 비운의 여인. 김대헌에 의해 숙청당한 가문의 여식이 아니었다면 상황은 달라졌을 것이다.

만약 그랬다면 지금 이 자리에 저 또한 앉아 있을 거라는 보장을 할 수 없다.

'다 지난 이야기다. 그저 기담으로나 회자될 만한.'

그저 그러길 바란다. 아비의 죄가 만천하에 드러나 세상의 비난을 받을 국모가 될지언정, 폐비 임씨처럼 되지는 않을 것이다. 자신의 가문을 버리지 못했던 그녀와는 다른 선택을 하리라 마음먹었다.

기실 어렸을 때부터 중전은 그런 다짐을 했었다.

아비에게 외면당하는 모친을 보았을 때였던지, 중전이 된 그녀에게 임금의 아이를 가져야 된다고 압박을 넣었을 때였던지 기억이 나지 않는다.

'버려진 것이 아니다. 내가 가문과 죄 많은 아비를 버린다.'

"내겐 네가 있으니까."

중전이 배를 쓰다듬으며 속삭이는 것을 들으며 소희는 눈을 감았다. 보이지 않는 누군가에게 다정하게 말해주는 걸 보니 제게도 저런 시절이 있었겠구나 싶다. 어느 때보다도 고운 얼굴이란 걸 알고 있을까. 아마 지금의 모습이라면 임금도 단번에 반해 버릴 것임을 확신했다.

"이, 이것이 어찌 된 일이란 말이냐."

대문을 넘어서자마자 중전이 발을 삐끗했다. 소희가 얼른 따라 들어가 부축했다. 그러나 휑하니 비어버린 저택 안은 불빛 한 점 없었다. 인기척 또한 느껴지지 않았다. 그 많던 하인들은 모두 어디로 사라져 버렸는지 알 수 없었다.

"어머님께서 상태가 많이 안 좋다 하였는데 다들 어디로, 어디로 간 것이냐."

"우선, 정경부인이 계시는 곳으로 모시겠습니다."

꽤나 충격이었던지 중전이 고개만 끄덕였다. 소희는 기억을 더듬어 한 발 한 발 걸어 나갔다. 정경부인의 모습을 보고 중전이 정신을 잃을까 염려됐지만 중전은 어서 서둘러 가자고만 했다. 집 안사람 누군가가 돌아올 것이 걱정이 되는 모양이었다.

이전에 보았던 때와 달리 방 안은 쾌적했다. 보료 위에 편히 앉아 있던 정경부인이 고개를 들었다. 중전이 방울방울 눈물을 달고는 보료 위로 몸을 묻었다.

"어머님. 소녀입니다. 많이 편찮으시다 들었는데 어떠세요. 어디 불편하신 곳은 아니지요?"

"이 늙은 것이 편찮다 누가 말을 전했습니까."

"어머님의 서찰을 보았습니다. 심각하시다 하여 뵙고자……."

"그렇다고 궐의 안주인이 되어서 이리 함부로 밖을 나오시면 아니 됩니다. 그만 돌아가세요. 전하께서도 걱정하실 겁니다."

오랜만에 보는 딸아이라 손 한번 잡아주고 안아줄 법한데도 부인은 꼿꼿이 앉아 있기만 했다. 이마 한쪽으로 땀이 주룩주룩 흘러내렸다. 부인이 온 힘을 다해 버티고 있는 것이란 걸 소희는 알아챘다.

무언가 당부할 것이 있는 것이로구나.

그제야 흐릿한 눈빛이 꺼져 가고 있는 것이 보였다. 중전은 슬픔에 잠겨 미처 보지 못하고 있었다. 마치 예전에 어머니를 보내드릴 때 제가 그러했던 것처럼.

"괜찮습니다. 어미님께서 이렇게 누추하게 지내실 줄 알았더라면 좀 더 일찍 올 것을……. 송구합니다. 제가 너무 무심하였습니다. 지금이라도 함께 궁궐로 가시는 게 어떻겠습니까. 아버님이라면 염려 마세요. 지금 앞가림하느라 정신없으실 겁니다."

부인은 정신없이 손을 잡아끄는 딸아이의 손을 잡고 나서야 더 이상 그녀가 어리지 않다는 걸 알았다. 최대한 몸을 단정하게 하여도 눈을 속일 수는 없나 보다. 가까워져 오는 죽음의 그림자가 부인 눈에도 훤히 보였다.

예전부터 남편에게 괄시당하고 무시당하는 것을 안타까워하던 딸이었다. 딸아이를 중전으로 보내는 대신, 예전과는 다른 대우를 약속했지만 남편 김대헌은 언행이 불일치한 인간이었다. 부인은 한 번도 지금보다 더 나은 대우를 바란 적이 없었다. 자신이 지은 죄에 비하면 이 정도의 고통은 아무것도 아니었다.

"이 어미가 꼭 드리고 싶은 말씀이 있었는데 들어주시겠습니까."

부인의 시선을 눈치챈 소희가 자리를 비켜주었다.

그제야 정경부인이 느린 숨을 뱉었다. 될 수 있으면 영영 숨기고 싶었더랬다. 적어도 딸아이 앞에서만은 그럴싸한 현모양처의 모습만을 보이길 원했었다. 그러나 생명이 꺼져 가는 마당에 마음의 짐을 덜고 싶어졌다.

스스로가 남편 못지않게 이기적인 인간일지도 모른다는 생각이 들었지만 할 수 있을 때 털어내고 싶었다. 무슨 말이든 하라는 딸의 눈빛을 보는 순간 안심이다.

"젊었을 때 일입니다. 마마를 임신한 지 얼마 되지 않았을 무렵의 일이지요."

정경부인 최씨의 아비는 원래 폐비 임씨의 아비와 뜻을 같이했었다. 덕분에 두 사람은 어렸을 때부터 자연스레 동무로 지냈다. 두 집안이 갈라지게 된 건 중전 간택에서 임씨가 발탁된 뒤였다.

처음부터 아무런 욕심이 없던 최씨를 탓하며 아비는 김대헌 가문과 손을 잡았다. 팔려가다시피 시집온 둘 사이에 애정이 있을 리 없었다.

눈물로 베개를 적시며 밤을 지새우는 것이 일상이었다. 어느 날 최씨에게 아비와 남편은 임씨를 끌어내리는 데 동참하라고 했다. 잘나가는 무당이 점친 결과 배 속의 아이는 여자였고 남편은 최씨를 증오하다시피 했다.

하라는 대로 하지 않으면 내쫓기는 수밖에 없다. 아비 없는 아이로 만들 수는 없었다. 하는 수 없이 최씨는 임씨와 서찰을 주고받고 자주 만나 동태를 살폈다. 그것은 고스란히 남편에게로 보고되었다.

"이 손으로 죽게 만든 것이나 다름없었지요. 그것은 분명히 어미의 죄입니다. 하지만 그 과정에서 죄 없이 희생된 이들이 너무 많았습니다. 중전께서 살날이 얼마 남지 않은 어미를 조금이라도 가엾게 여기거든 부탁을 들어주었으면 합니다."

"무엇이든요. 무엇이든 들어 드릴 겁니다."

"특히나 눈에 밟히던 이가, 폐비와 나의 서찰을 대필했던 서사 나인 하나가 있었습니다. 영특하고 총명해 많이 아꼈습니다. 하지만 너무 많은 것을 알고 있었기에 처리할 수밖에 없었습니다."

무슨 일이 일어날 거라는 낌새를 눈치챈 최씨는 충동적으로 임씨에게 남편의 행각을 밝힌 서찰을 보냈다. 그러나 얼마 못가 들통이 나버렸다. 어떻게 알았는지 폐비 임씨가 궐 밖으로 빼돌린 그 나인 하나를 찾으려 사람을 풀었다. 가엾은 목숨이나 죽이지 않고서는 안심이 되지 않았다. 가문도, 남편도 무엇을 위해서도 아니었다. 그것만이 남편으로부터 딸아이를 보호하는 길이었으니까. 길게 보면 장차 남편의 탐욕대로 중전의 자리에 오를 딸아이를 위해서였다.

"아마 딸자식을 둘인가 낳고 살았다고 했습니다. 하지만 어쩔 도리가 없었지요. 모조리 죽이는 수밖에요."

"해서, 정말 모두 죽이셨습니까."

"둘 중 하나는 마마의 아비가 직접 손을 썼을 겁니다. 그리고 다른 하나는 행방이 묘연하다 들었습니다."

전부 처음 듣는 얘기다. 중전은 당황한 기색을 숨기지 못했다. 부친이야 그렇다 쳐도 모친까지도 일에 관여되어 있을 거라고는 단 한 번도 의심해 본 적이 없었다. 과연 지금까지 알고 있던 어머니가 맞기는 한 건지, 알 수 없었다.

"어찌 어머님께서 그런 일을 벌이신 겁니까. 그런 것은, 아버지께서 하시던 일이 아닙니까. 굳이 어머님께서 하실 필요는……."

"중전마마가 아니었다면 이 어미는 이미 진즉 이 세상 사람이 아니었을 겁니다. 어미로서 자식을 살리기 위해 그때는 아무것도 눈에 들어오지 않았지요. 다시 돌아간다 해도 그리할 겁니다."

이해하고 싶지 않다.

자식을 위한다는 어미의 마음 따위 변명에 불과하다 쏘아붙이고 싶었다. 하지만 중전은 그저 고개를 숙일 수밖에 없었다.

이곳으로 오는 길에 참으로 이기적인 스스로를 보지 않았던가. 이래서야, 모친을 원망할 수도 비난할 수도 없다. 중전의 질문이 흐르는 침묵을 깨었다.

"그 나인의 이름이나 생김새 등 기억나는 걸 말씀해 보세요."

"행방이 묘연하던 딸의 이름은 또렷이 기억납니다."

궐로 돌아오는 가마 안에서도, 중궁전에 들어가서도 중전은 아무런 말이 없었다. 남들은 한창 잠들었을 시간, 불려온 엄 상궁이 간신히 하품을 참고 있다. 그 옆에 앉은 소희까지 괜스레 불안하다. 중전의 얼굴이 어느 때보다 심각한데 졸음의 기운이 몰려온다. 고개 숙여 눈물을 닦는데 단호한 음성이 들린다.

"지금부터 두 사람은 내가 묻는 말에 한 치의 어김도 없이 대답해야 할 것이야."

졸리면 말하라며 물이 든 바가지를 떠놓은 한 상궁까지 분위기가 심상치 않다. 깊은 시름에 잠긴 중전이 머리를 짚었다. 모친에게 전해 들은 이름 때문이다. 흩어진 조각들을 꿰맞추려면 몇 가지 증언과 문답을 거쳐야 한다.

'만약 소희가 그 아이가 맞을 시에는 어쩔 것인가.'

할 수 있는 최대한의 보상을 해준다고 어미와 약조해 주시오.

정경부인은 그리 말했지만 정작 보상할 수 있는 방법이란 게 있을 것인가. 따지고 보면 이런 악연이 또 없다. 부모 대로부터 이어진 악연이 아닌가. 그 중심에 탐욕으로 얼룩진 제 아비가 있다.

그 죗값을 어찌 치를 것인가.

벌써부터 두 어깨가 무거워졌다.

정작 정경부인 앞에서 임신했다는 애기는 꺼내보지도 못했다. 어미의 어깨 또한 지쳐 보였다. 만약 제 임신 사실을 알리면 그것 또한 어미에게는 족쇄가 될지 몰랐다. 서로 각자의 길을 최선을 다해 걷자. 그리 애기를 맺었지만 끝난 게 끝난 게 아닌 느낌이다.

"마지막으로, 부디 이 어미와는 다른 삶을 사십시오. 백성의 아 픔을 헤아릴 수 있는 국모가 되셔야 합니다."

그 말만 남기고 정경부인은 매몰차게 발을 내려 버렸다. 중전은 어렸을 때 보았던 어머니의 모습에 조금 안심이 되었다. 그 자리 에서 그리하겠다 다짐했었다. 그 시작은 소희에 대해 알아가면서 부터다. 중전의 하문은 아침이 되고 나서야 끝이 났다.

사지를 포박당해 바닥을 뒹굴던 그가 자리에서 벌떡 일어났다.

연회장에서 한껏 분위기에 취해 달아올랐던 것까지는 기억이 난다. 그리고 그 뒤 식후경으로 어린 살결에 취해 있을 때쯤, 나 타난 불청객이 있었다.

하나 다 꿈일 것이다. 잠깐 환각을 보았던 것일 수도 있다. 순 종적이던 며느리가 이정과 한통속이었다니, 그게 말이나 되는가.

"별 재수가 없으려니까……."

훌훌 털어내 자리에서 일어나려는데 방 안이 낯익다. 그제야 이곳이 본가라는 걸 알았다.

기억대로라면 이곳은 부인 최씨의 방이었다. 술기운에라도 발걸음을 했을 리가 없다. 여식을 중전으로 앉힌 뒤에는 약속이나 한 것처럼 각방 생활을 했다. 쥐 죽은 듯 살겠으니 얼굴을 마주하지 않겠다고 한 최씨였다. 마치 그날만을 기다려 왔다는 태도에 그 역시 홀가분했다.

처음부터 원해서 혼인한 것이 아니었다. 혼인을 빙자해 서로의 집안이 같은 목적을 취했다고 보는 것이 맞았다. 그래놓고는 저 혼자만 피해자 신세를 자처하는 부인이 곱게 보일 리 없었다.

'대체 딸년 교육을 어찌 시켰단 말인가.'

따지고 보면 오늘의 사달이 난 것도 다 최씨 탓이었다.

지금도 봐라. 간만에 남편이 집에 들어왔는데 코빼기도 비추지 않는다. 오늘만큼은 그 얼굴을 마주하고 쏘아주기라도 해야 성이 찰 것 같다. 딸년을 부르면서 울부짖는 꼴이라도 봐야 속이 시원할 것 같았다.

"당장 일어나지 않고 뭣하고 있는 건가!"

소리쳤지만 인기척이 없다. 봐주는 것도 한계다. 아무리 꿈이라지만 이정을 통해 딸년의 배신을 전해 들은 것이 아직도 생생하다. 그리 아비를 우습게 알게끔 만든 것이 누구인가. 최씨다.

"네 이년! 이제는 네년도 내 말이 우스운 것이냐?"

그러나 보료 위는 텅 비어 있다. 몸 상태가 그리 좋지 못한 것으로 아는데 도망이라도 친 것인가. 혼자서는 불가능했을 텐데 대체 누가.

"아직 술이 덜 깨신 모양입니다. 아버님?"

"뭐, 뭐냐."

뜻밖의 음성에 김대헌은 아연실색하고 말았다. 초저녁부터 벌어졌던 일이 모두 현실이라는 것 아닌가.

"얌전히 계시라 하였는데 이리 설치고 돌아다니시다니요. 아, 설마 이제 와 어머님을 뵙고 싶으신 겁니까? 그 정도로 양심이 없는 줄은 알고 있었지만 참으로 뻔뻔한 낯짝을 지니셨습니다."

"내 부인이 네년과 한통속이었더란 말로 들리는구나. 어디냐. 어디로 빼돌린 게야!"

이런, 이런. 이제야 현실을 깨우친 것인가.

하지만 어쩌나. 그녀에게는 그의 질문에 얌전히 대답해 줄 마음이 없었다. 사실 그를 처음 보았을 때만 해도 죽이고 싶은 마음이 앞질러 일을 그르칠 뻔했던 적이 몇 번 있었다.

막상 이런 상황이 되고 나니 신기할 정도로 아무런 감정이 들지 않았다. 시간이 지나 무뎌진 것이라면 그건 아니었다.

"가장 좋은 복수는 제 손에 피를 묻히지 않는 것이라 생각하는데 어찌 생각하는지 듣고 싶어 찾아왔소."

며칠 전, 넝마를 걸친 걸인이 그녀를 찾아왔다.

손에 피를 묻히지 않는 것이 어찌 복수라 할 수 있느냐. 그러자 걸인이 쓰고 있던 넝마를 벗어 던졌다. 얼굴 반쪽이 일그러져 살덩이들이 저들끼리 뭉개져 있었다. 나머지 얼굴이 대단한 미인상은 아니었으나 반쪽에 비하면 그런 대로 봐줄 만했다.

"보아하니 임신이라도 한 것 같은데 그 몸으로 그놈을 죽일 수 있을까 모르겠군요. 그 아이를 안 낳을 거라면 몰라도 후일을 위해서라면 살인은 꺼려질 텐데."

저도 몰랐던 임신을 알아차린 것에 놀라는데 걸인이 비죽이 웃어 보였다. 기방에서 십 년을 구르다 보면 제 자식 수십은 아무렇지 않게 죽이게 된다. 한때나마 여자였던 때가 있었다며 회상하는 이치고는 눈빛이 차다. 저승 문턱에서 살아 돌아온 이의 눈빛이 저러할 것인가.

그 순간 그녀는 확신했다. 그렇게까지 망가져 버린 걸인이라면 확실히 끝을 낼 것이라는 것을. 동시에 복수보다는 아직 남은 삶에 대한 미련이 무럭무럭 솟아남을 느꼈다.

그리 복수를 외치며 살아왔지만 오래전부터 제 곁을 지켜준 사내와 행복하게 살고 싶었노라고. 그간의 삶을 잊고 이제는 제 삶을 살고 싶었노라고.

"아버님을 몹시도 그리워하던 이가 있더군요. 그럼 말씀들 나누시지요."

타악. 방문을 닫고 들어선 누군가를 본 김대헌은 말문이 턱 막혔다. 죽어서 살아 돌아오는 법이라도 있다던가. 저승의 망령이라도 되었다면 모를까. 그게 아니라면 어찌, 어찌 저 물건이 이승에서 활개를 치고 다니는 건가.

"역시 나를 기억하실 줄 알았습니다."

"너, 너는……. 해, 해조야. 우선 내 말부터 들어라. 오해다. 오해야."

한때는 저 하나만 잘난 줄 알던 해조였다. 그러나 김대헌 휘하에 있던 놈들에게 철저히 유린당하며 불타는 적월루를 보던 그날 깨달았다. 철저히 이용되어 왔음을. 기생 부용은커녕 적화만큼의 취급도 받지 못했던 것을.

네놈도 똑같이 죽여주마.

잿더미에서 살아났을 때는 오직 그 생각뿐이었다. 놈을 죽이고 저 또한 죽어야만 끝이 난다는 걸 너무 늦게 알았다.

"대감께서 날 배신할 때 이 정도 각오는 하셨겠지요."

얼마나 부질없던 인생인가. 양반네들을 이 치마폭에 휘감아 제 세상으로 만들 것이라 장담했었으니. 겨우 기생년 주제에 그것이 가당키나 한 일이었던가. 그러고 보니 점중요강, 여관집 요강 그 이상 그 이하도 아니더라는 말이 딱 들어맞는다.

좀 더 빨리 알았더라면 그 정도로 동무들을 배신해 가며 아등바등하지 않았을지도 모른다. 적어도 부용과 적화 둘 중 하나는 살렸을지도 모른다.

'부디 이것이 너희들의 넋이나마 위로할 수 있기를.'

살려달라 애걸복걸하는 손을 떨쳐 냈다. 가슴 속에 품었던 칼을 꺼내 서슴없이 휘둘렀다. 깊숙이 넣었음에도 숨은 끈덕지게 붙어 있다. 칼을 뽑았다가 다시 찌르기를 반복한다. 얼굴로 튄 혈흔이 타고 없어진 속살마저 좀먹는다.

흐르는 피를 닦으며 해조는 웃고 또 웃었다.

죽기 직전, 하늘이 그녀의 소원 하나는 들어주었다.

자욱한 안개가 저택 안을 굽이굽이 감싼다.

살 타는 냄새, 목재 타는 냄새가 뒤섞여 숨을 틀어막는다. 높다란 언덕 위로 오르던 최씨가 뒤를 돌아보았다. 남편의 비명 소리를 들었던 것도 같다. 그 냉혈한도 제 목숨 소중한 줄은 알았나 보다. 잠시 쉬었다 가겠다는 말에 앞서가던 김이문의 처가 고개를 젓는다.

"중전마마께 어머님을 안전한 곳으로 모셔 가기로 말씀드렸답니다. 서두르지 않으면 누군가에게 해코지를 당할지도 몰라요. 자, 어서 손을 잡으세요."

"아가. 난 더는 못 갈 것 같구나."

이제는 김이문의 처가 아닌 그저 한 여인일 뿐이다. 정신이 온전치 못한 최씨를 보살펴 준 것으로 보아 심성이 나쁘지는 않다. 피 하나 안 섞인 아들이라서가 아니라 김이문은 누군가를 품을 만한 그릇이 못 되었다. 남편으로서는 가장 부정하고 싶었을 존재지만 재밌게도 두 사람은 꼭 닮았다. 그것이 때때로 얼마나 소름 끼쳤는지 자신만 알 것이다.

임씨가 사약을 받았다는 소식을 듣고 혼절한 그녀를 두고 남편은 혀를 쯧쯧 찼다. 그리 담이 약해서야, 이래서 계집들은 안 되는 것이라며. 김이문이 자신을 가루에 중독되도록 만든 것도 알면서 눈감아준 이가 아니던가.

그 또한 자신의 인과응보려니 받아들이는 것이 나았다.

"날 두고 가거라. 다 잊고 가서 행복하게 살렴."

급히 챙겨온 패물을 전해준 최씨가 미련 없이 돌아섰다. 저 사내가 정인일 터이니 둘이서 잘 살아갈 것이다.

자신은 그저 여기 남기로 한다. 끝을 모르는 탐욕이 어찌 스러져 가는지 찬찬히 지켜볼 것이다.

그것만이 최씨에게 남겨진 과업이었다.

七章 · 가약

이른 아침부터 임금은 정좌하고 앉아 있었다.

곧 있을 추국에 대한 기대가 컸다. 중전에게는 안 된 말이었으나 국구의 일그러지는 면상을 볼 수 있다니, 더할 나위 없는 재미난 구경거리다. 어디 제가 앉혀놓은 꼭두각시 손에 놀아나는 기분이 어떨 것인가. 내내 억눌렸던 분통이 이제야 터지려나 보다.

"기분이 많이 좋아 보이십니다. 전하."

"왜 아니겠느냐. 아주 오늘은 몸이 날아갈 듯하구나."

"지난밤의 두통은 좀 어떠십니까."

"괜찮다. 정말 아무렇지도 않다. 나도 믿기지가 않을 정도니 말 다했지 않느냐."

늘 땀에 젖어 기상을 하던 임금은 오늘따라 안색이 밝았다. 간밤에 방문 밖으로 터져 나왔어야 할 고함과 신음 소리도 없었다. 덕분에 하 내관 역시 간만에 잠시라도 눈을 붙일 수 있었다.

아침 수라를 들고 나면 속이 더부룩했는데 아직까지 아무렇지 않은 걸 보면 분명 날은 날인가 보다. 자신과는 정반대의 기분을 느끼고 있을 중전을 떠올리자 들뜨던 기분이 가라앉았다. 그러나 기껏 추국이다. 바로 목숨을 거두는 것도 아니고 이정과 말한 결과 죄를 털어놓으면 귀양 가는 선에서 마무리 짓기로 했다. 괜한 죄책감일 뿐이다, 중얼거리고 있을 때였다.

"전하! 주상 전하! 큰일, 큰일 났사옵니다!"

내관이 신발도 채 벗지 않은 채 급히 달려 들어왔다. 다른 때 같았으면 당장에 내관의 따귀를 날렸을 법했지만 임금은 그저 하문했다. 그나마 유지하고 있던 좋은 기분을 망치고 싶지 않았다.

"그래. 내 듣기에 큰일이 아니면 네놈의 머리는 저기 복도에 내걸릴 줄 알아라."

"히익! 전하! 소신을 그냥 죽여주시옵소서."

"일단 말부터 해봐. 들어보고 판단할 것이다. 비보냐, 희보냐"

그러나 한 내관은 그저 고개만 읊조렸다. 일단 말을 전하긴 했으나 이것이 비보라고 해야 할지, 희보라고 해야 할지 애매했다. 까딱 잘못 입을 열었다가 저 예민한 임금 손에 숨이 끊어질지도 몰랐다. 물론 그가 칼 하나 제대로 휘두를 힘이 없다는 건 알았지만 어디까지나 소문일 뿐이었다.

"얼른 말 안 할 것이냐? 진정 내 발에 걷어차여 강냉이 몇 개 털려봐야 할 것이냐. 그래?"

턱을 쓸면서 말하는 임금이 다른 때보다 혈색이 좋아 보인다. 요즘 나날이 체력이 좋아진다던 나인들의 말이 사실이었나 보다. 저 정도라면 칼을 휘두를 뿐만 아니라 아예 조져 놓을 태세다.

"도, 도성 문 앞에 시, 시체가 조각조각 흩어져 있다 합니다.

무, 무자비하게 난자당한 것으로 보이는데 그, 그 머리가……."

"답답해 죽겠구나. 그래서 그 머리가 누구의 것이더냐."

순간적으로 임금은 이정 앞에서 말을 더듬었던 걸 지켜보던 하 내관의 심정이 이해가 될 뻔했다. 그러나 저는 임금이고 저것은 한낱 내관일 뿐이니 엄연히 다르지.

"좌상, 아니 영상 부원군 대감의 것이라 하옵니다!"

바로 호통을 칠 줄 알았던 임금은 별 반응이 없었다. 귓속을 몇 번 후비고는 잔기침을 몇 번 하더니 하 내관을 불렀다.

"내가 요 며칠 몸이 좋아진 줄 알았더니 다시 허약해졌나 보다. 아니면 저 내관 놈이 미쳤거나. 그런 게지, 하 내관?"

"전하. 현실 도피를 하시면 아니 됩니다."

"그래도 그렇지. 믿기느냐? 국구가 죽었다는 것이?"

허탈한지 한숨을 푹푹 내쉰다. 그 늙은 영감탱이가 그리 쉽게 죽어버렸다니. 그 능글능글한 몸뚱이도 칼 앞에서는 별수 없나 보다. 그를 그리 만든 놈을 불러다가 상을 내려야 하는 건가. 아니면 한낮의 무더위를 걷어줄 유희거리를 앗아갔으니 벌을 주어야 마땅한 건가. 새로운 고민거리를 품던 임금이 두 팔을 걷어붙이고 일어났다.

"정녕 그것이 부원군의 것이었다는 게지."

"서, 설마 전하……."

"아직도 날 그리 못 믿느냐? 당연히 그 설마지."

직접 도성 앞으로 행차를 하겠다는 것은 아니겠지요. 하 내관이 설마를 외쳤으나 임금이 잡아끄는 손짓에 그대로 끌려갔다. 국구의 끝을 두 눈으로 확인하고 싶은 임금의 기분을 이해 못 할 바는 아니었지만 굳이 저까지 그 끔찍한 광경을 봐야 할 이유를 모르겠다.

짐작해 보건대, 김대헌 대감의 평소 행실을 보아서는 분노한 백성들이 던진 돌에 깔려 형체도 알아보지 못하게 되었을 텐데.

"근데 지금쯤이면 중전에게도 소식이 갔겠지?"

임금이 걸음을 멈추고 하문한다. 이때다 싶어 하 내관은 얼른 설득조로 말을 이어갔다.

"예. 벌써 가고도 한참은 지났을 것입니다. 한데 전하. 만에 하나 지금 이 길로 가셨다가 중전마마와 마주치시면 감당할 자신은 있으십니까? 그럼 전하께서 얼마나 난처하시겠습니까. 중전마마께서 전하를 곱게 보실 리가 없지요. 큰일 치르시기 전에 어서 안으로 들어가시지요. 여기 계시면 영헌군이 대책을 논의하러 올 겁니다."

빠르게 내뱉어진 말에 임금의 고개가 느리게 끄덕여졌다. 사실 하 내관의 말을 듣다 보니 아주 틀린 말은 아닌 것 같다. 아무리 악인이라 하나 아비이니 중전도 슬퍼하지 않을 수 없을 것이다. 만약 중전이 같이 죽자고 달려든다면, 상대할 자신이 없다. 여인의 눈물은 제게 쥐약이나 다름없다.

"그럴까 그럼."

마침 이정이 당도했다. 어느 때보다 그의 등장이 반가운 임금이 이정을 팔 벌려 맞아들이는 것을 본 하 내관이 마른침을 삼켰다. 그나저나 좌상이 죽다니, 하늘이 아주 무심하지는 않으시다.

중전의 얼굴은 퉁퉁 부어 있었다.

그렇지 않아도 제때 끼니를 때우지 못해 체력이 떨어진 그녀는 결국 자리에 눕고 말았다.

울어줄 자격도 없는 아비다. 눈물을 보여서는 아니 된다. 그리
다 짐했었는데. 오늘 아침 아비의 사망 소식을 듣고 나서는 눈물
샘이 터지고 말았다. 행방불명된 어미를 떠올리니 베개가 잔뜩
젖어버렸다.

'이렇게 울고만 있을 때가 아니다.'

소희를 불러서 말을 해주어야 한다. 제 아비를 대신해 용서를
구해야 한다. 중전의 머릿속에는 오롯이 그 생각뿐이었다.

적어도 아비와 다른 삶을 살 것이다. 적어도 제 자식에게 부끄
럽지 않은 인생을 살아야 한다. 자리에서 일어나자마자 소희를
찾는 걸 한 상궁이 만류했지만 고집을 꺾지 않았다.

"저를 찾으셨다고 들었습니다. 마마."

소희 또한 김대헌의 소식을 들었다. 성난 백성들의 화풀이 대
상이 되어 한껏 농락당하고 있다고. 그의 저택을 불태우고 그를
그리 만든 이를 향한 칭송이 자자하다더라.

'자업자득이다.'

그의 행실에 걸맞은 개죽음이요, 죽어서라도 대가를 치르고
있음이다.

김이문의 처가 복수에 성공한 것이다. 그녀와 사내가 어딘가에
서 잘 살아가기를 마음속으로 빌었다. 중전에게는 아무런 사사로
운 감정이 없었다. 그녀를 동정할 여지도, 그녀를 미워할 이유도
없다. 어차피 곧 이곳을 떠날 것이다. 가능하다면 훌훌 털어내 버
리고 싶었다.

"내가 널 부른 이유를 짐작하고 있을 것이야."

엄 상궁과 함께 앉혀놓고 이것저것을 물었던 중전은 입술만 꾹
깨물었다. 정경부인에게 들은 얘기와 엄 상궁의 증언은 일치했다.

폐비가 살았을 적에 아끼던 서사나인을 시신으로 위장해 궐 밖 시구문으로 내보내 주었다. 여느 평범한 여인네들처럼 가족을 이루고 살던 나인은 친하게 지냈던 엄 상궁에게 서찰을 보내왔다. 아무런 의심 없이 제 거처를 알려왔다.

상궁이 되고 싶었던 그 시절의 엄 나인은 대왕대비와 정경부인에게 서찰을 보여주었다. 부인의 보고를 받은 김대헌이 사람을 보내 뒤처리를 한 것은 불 보듯 뻔한 일이었다. 가문을 위해서 제 아비는 그리한 것이다.

모든 걸 알게 된 후, 중전은 실소를 머금을 수밖에 없었다. 고작 힘없는 나인 하나를 죽이기 위해 가문을 내세우다니. 나라에서 제일가는 가문의 수장이라는 사람이 벌인 일치고는 너무도 치졸했다.

제 아비가 그렇게까지 옹졸하고 막돼먹은 사람이었다니. 더구나 그 모든 치욕을 가족들에게 떠맡기기까지 하고 죽어버렸다.

'나더러 어찌하란 말입니까.'

죄를 빌어야 한다. 한데 그게 어디 말처럼 쉬운 것인가. 평생 떠받들어 자라온 저다. 그날 소희 또한 제 아비가 벌인 행동들을 다 알고 있는 눈치였다.

이런 모멸감과 이런 좌절감은 처음이었다. 저 아이를 비롯한 수많은 희생당한 목숨들에 대한 책임을 떠맡긴 채 사라진 정경부인을 생각하자 오장육부가 비틀린다.

'어머님께서는 마음 편히 떠나셨겠지요.'

다름 아닌 저를 살리기 위해 그리했다는 어미의 하소연이 굴레가 되어 사지를 압박한다. 차라리 임신을 하지 않았더라면 좋았을 것을. 홀로 된 몸이었다면 진즉 목이라도 매달았을 것이다.

그때마다 배 속에서 태동이 느껴졌다. 아직 개월 수도 못 채운 것이 저를 죽이지 말아달라는 듯. 하여 마음으로 간절히 빌었다. 부디 어미의 용기가 꺼지지 않도록, 기껏 낸 용기가 헛수고가 되지 않도록 지켜봐 달라면서.

"내 네게 반드시, 해야 할 말이 있어서 불렀다."

단호한 얼굴로 자리에서 일어난 중전이 소희 앞에 섰다. 애써 평정을 잃지 않으려는 듯 꾹 깨물린 입술. 치맛자락을 꽉 부여잡은 손이 부들부들 떨린다.

"무리하지 않으셔도 됩니다. 중전마마."

잔잔한 목소리에 중전이 신음을 삼켰다. 모든 것을 이해한다는 듯한 눈빛을 보는 순간 다리에 힘이 풀릴 뻔했다. 더는 추한 꼴을 보여서는 안 된다는 오기 하나로 버텼다.

"나는 네게 용서를 빌려 한다."

"중전마마께서도 모르셨던 일이라 하지 않았습니까. 마음 쓰지 않으셔도 됩니다."

"아니. 빌어야 한다. 나와 우리 가문이 저지른 만행에 대해, 너와 너희 가족들을 해친 것에 대해. 죄 많은 나의 부모님의 어리석은, 천인공노할…… 악행에 대해서 나라도 빌어야 하지 않겠느냐."

쿵. 둔탁한 소리와 함께 중전의 무릎이 바닥에 닿았다. 하얀 비단 속옷에 감싸인 중전이 머리를 숙였다. 죄를 비는 자세가 일목요연하다. 여인이 두 손을 머리 위로 모았다. 손바닥을 비비며 물기 배인 음성이 끊어질 듯 말 듯 이어진다.

"용서 같은 것은 감히, 바라지 않는다. 내가 약속할 수 있는 것은 단 한 가지다. 더 이상 너와 연희, 너희 같은 아이들이 생기지 않도록 노력하겠다. 내 생이 다하기 전까지 죽도록 노력하마."

"지금 하신 말씀 지키실 수 있으시겠습니까?"

"믿어라. 난 자식에게 부끄러운 부모가 되지 않을 것이야. 그럴 바에는 차라리 내 손으로 죽어버리고 말 것이다."

태어나면서부터 많은 것을 누려온 자들은 손에 쥔 것을 움켜쥘 줄만 알지 놓을 줄을 모른다. 뻔뻔함이 그들의 전유물인 줄로만 알았다. 죄를 시인하고 용서를 구할 거라는 기대감 같은 건 조금도 품지 못했다. 상대는 다름 아닌 중전, 대왕대비를 제외하고는 나라에서 가장 고귀한 신분의 여인이다. 부모의 죄를 인정하는 것이 쉬운 일은 아니었을 것이다.

"저는 중전마마도, 어느 누구도 용서할 수 없습니다."

"용서하지 말거라. 난 좀 더 무릎을 꿇고 있을 테니."

고집을 부리는 것이 평소 도도한 중전이다. 소희가 그런 뜻이 아니라며 무릎걸음으로 다가갔다. 손톱 끝이 다 해진 거칠거칠한 손을 꼭 잡아주었다.

"용서는 타인이 아닌 스스로가 하는 것이기에 그렇다는 것입니다. 언젠가 먼 훗날, 마마 스스로 떳떳해질 그날까지 노력하십시오. 마마께서는 잘하시리라 생각합니다."

손등을 어루만져 주며 조곤조곤 말하자 중전이 힘없이 웃었다. 정말이지 꾸지람을 하는 것인지, 위로를 하려는 건지 모르겠다. 하지만 앞으로 나아가게끔 힘을 받았다는 건 부정할 수 없다.

정말이지, 이 아이는 어찌 이리도 바르고 곧게 자랐는지 모르겠다. 왈칵 터져 나온 눈물이 부끄럽기만 했다.

이른 아침부터 조정 대신들을 불러 모은 조회는 한낮이 되도록 끝이 나지 않았다.

한 사람도 빠지지 말고 참석할 것이며 불참할 시, 파직당할 각
오를 하라. 내관들이 전해온 어명에 모두들 어리둥절했다. 여태
껏 보여준 임금의 이미지와 달리 다소 강압적이며 파격적인 조취
였다.

"오늘 날씨가 정말로 좋지 않소? 과연 천고마비(天高馬肥)의 계
절다워!"

어좌에 오른 임금이 배를 두드리며 웃었다. 마치 앓던 이가 빠
진 것처럼 속이 시원도 할 터. 저마다 찔리는 구석이 있는 신하들
은 속으로만 생각하고 있었다. 임금보다도 임금 가까이에서 서 있
는 이들이 더 신경 쓰인다. 좌우로 하 내관과 이정을 세워둔 임금
은 기세등등해 보였다.

"경들은 이것들을 기억하는가?"

지금껏 거들떠보지도 않던 상소문이 눈앞에 산더미처럼 쌓여
있다. 케케묵은 냄새보다도 안에 적혀 있는 내용이 문제다. 전부
폐기 처분하라고 해왔던 줄 알았는데 아니었나 보다. 다들 서로
얼굴만 힐끔거리기 바쁜데 임금이 자리에서 벌떡 일어났다.

"길게 말하기는 귀찮으니 한 번에 알아들으시오. 경들이 영상
과 과인 몰래 그동안 저질러 온 비리를 모두 알고 있소. 먼저 죄
를 고하는 자, 목숨만은 살려줄 생각이오."

그때를 기다려 왔다는 듯 하나둘 불만을 토로한다. 예상했던
반응에 임금은 그저 껄껄 웃으며 수염을 가다듬었다. 진짜 하나
같이 제 밥그릇만 챙길 줄 아는 놈들이다.

"전하, 비리라니요! 죄를 고하라니요!"

"영상 대감이 변을 당하셨습니다. 근데 어찌 소신들더러 죄를
고하라 하십니까."

"그렇습니다. 영상을 해친 역적 놈들을 당장 잡아들여 소상히 밝혀내는 것이 옳은 줄로 아옵니다."

"그 말은 무슨 뜻일까. 그럼 그대들은 이 상소문이 전부 영상 하나만을 가리키고 있다 보는가?"

지난밤, 하 내관과 이정이 알려준 대로 읊고 있었으나 어느새 임금은 가슴속에서 피어오르는 희열을 만끽하고 있었다. 지금껏 입 한 번 벙긋 못 하고 '영상의 뜻대로 하시오' 그러지 않았나. 한데 이렇게 신하들을 내려다보며 대거리를 하고 있자니 비로소 임금이 된 것 같았다. 늘 입안에, 가슴속에만 담아두어야 했던 말들이 울분처럼 자연스럽게 터져 나왔다.

"다들 단체로 정신 줄을 놓기라도 했소? 지금 영상의 사인이나 밝힐 때가 아니란 걸 모르나 본데. 계속 그딴 식으로 헛소리를 하면 백성들 앞에 던져 줄 수밖에."

"그 무슨 천부당만부당한 말씀이십니까! 지금 소신들을 협박하시는 것입니까!"

"왜, 그대들은 줄곧 과인을 협박해 왔지 않나? 영상의 힘이 없으니 그도 오늘로서 끝이겠지만."

아마도 저들은 쥐뿔도 없는 임금이 대체 무얼 믿고 저러나 생각할 것이다. 그러나 임금이 믿을 것이라고는 오롯이 백성이 전부 아니겠나. 그는 늘 궁궐 안에서 지내온 터라 백성의 힘에 대해 생각해 본 적도 없거니와 느껴본 적도 없었다. 해서 처음 이정이 위민(爲民), 백성을 위하라는 걸 강조할 때는 뜬구름 잡는 소리나 다름없다고 생각했었다. 임금이 있기에 백성이 있는 것이지, 어떻게 그 반대의 경우가 가능하단 말인가.

하지만 이정의 이야기를 들어 본즉슨, 그가 이끄는 '어사모'의 일원은 양민과 평민 출신이 대다수였다. 자신보다도 더 이 나라를 위해 움직이고 있는 이들이 그리도 낮은 신분이라는 것이 임금에게는 매우 충격이었다. 김대헌을 죽음으로 몰아넣은 것도, 인과응보를 철저히 실천하고 있는 자도 그들이었다.

'나는 얼마나 무지한 임금이었던가.'

스스로 무능력하다고 자위해 왔지만 그저 위안이었던 건지도. 그토록 생생하리만치 스스로에게 분노를 느낀 것은 처음이었다. 따지고 보면, 그는 늘 상왕을, 대왕대비를, 폐비 임씨를 탓해왔다. 그들에게 떳떳할 만큼 노력해 본 것이 아무것도 없다는 걸 깨닫고 나자 임금은 제가 해야 할 일이 무엇인지 알게 되었다.

"좌상과 우상께서는 꿀 먹은 벙어리라도 되셨나보오."

임금의 힐난이 여지없이 두 노인에게 쏟아졌다. 특히나 영상과 친분을 맺고 있었던 우상은 고개만 수그리고 딴청을 피운다. 모르쇠로 일관해도 소용없지. 옥좌에서 내려선 임금이 아예 두 노인 앞에 섰다. 요리, 조리 피하는 고개를 따라 집요하게 시선을 좇았다. 보다 못한 좌상이 한 발자국 앞으로 걸어 나왔다. 늘 중립을 지키며 목소리를 내지 않던 이였기에 모두의 눈길이 쏠렸다.

"전하의 뜻대로 하시지요."

"아니지. 아니야. 그것이 과인의 뜻이기만 한다면 무슨 소용이 있나. 정치란 무릇 신하와 임금, 백성 이 세 박자가 잘 맞아떨어져야 하는 것이거늘. 좌상은 지금 내가 독단적으로 일을 벌이고 있다, 그 말을 하고 싶은 게 아니고?"

물러설 줄 알았던 임금은 오히려 한 발자국 더 앞으로 나아갔다. 임금께서 단단히 날을 잡으셨군그래. 팽팽하게 맞서오는 젊은 혈기에 좌상이 먼저 꼬랑지를 내렸다.

"신은 염치를 아는 이입니다. 또한 여생은 편안히 보냈으면 하는 바람입니다."

"그래. 좌상은 염치라도 알아 다행이군."

제 안일한 여생을 위해서라도 더는 정치에 간섭하지 않겠다는 뜻이다. 차갑게 돌아선 임금이 다시 자리로 돌아갔다. 수장이 없는 저들은 오합지졸에 불과할 뿐이다. 그들의 숨통을 조를 생각을 하니 고조되는 흥분에 임금은 그르릉, 목으로만 웃었다.

'생각보다 전하께서 잘하고 계신 듯합니다.'

'잘하실 겁니다. 다름 아닌 제 형님이지 않습니까.'

이정과 하 내관이 눈짓으로 말을 주고받았다. 눈물을 글썽이는 하 내관을 못 본 척, 이정은 인재 추천 명단을 꺼내 들었다. 자신이 이곳에 없어도 명단에 적혀 있는 이들이 임금을 잘 보필해 줄 것이다. 앞으로의 일은 모두 임금이 감당할 몫이었다.

중궁전으로 나인들이 쉴 새 없이 드나든다.

말로만 듣던 십이첩(十二楪) 반상이 차려졌다. 온갖 산해진미 중에서도 희멀건 죽을 보던 소희의 배 속에서 작게 천둥소리가 났다. 얼른 아무렇지 않은 척 다른 곳으로 시선을 돌리지만 누군가 옆구리를 쿡 찌른다. 보지 않아도 이정인 걸 알기에 소희는 표정 관리에만 집중했다.

많이 배고프냐. 작게 속삭이는 목소리에 저도 모르게 고개를 끄덕이다가 시선이 마주치고 말았다. 울상을 짓자 이정이 혀를 찼다. 함께 식사를 하자, 사람을 불렀으면서 임금은 가타부타 말이 없었다. 바로 옆에 앉은 중전이 국을 한 번 떠먹고는 인상을 찌푸린 탓이었다.

"그러지 말고 한 숟가락만이라도 뜨지 그러시오? 차려온 나인들 성의를 봐서라도."

"신첩의 입에 맞지 않는 것 같습니다."

"원래 입에 좋은 것은 쓰다 하질 않소. 그냥 눈 감고 삼키시오."

자. 임금이 손수 타락죽을 한 숟갈 떴다. 좋아라 하고 받아먹을 거라고는 생각지 않았어도 이렇게 냉대할 줄은 몰랐다. 역시 국구의 일 때문인 건가. 막말로 자신이 국구를 그리 죽인 것도 아니지 않나. 아니면 중전 그대는 아직도 내가 우스운 것인가?

더 이상 그녀를 든든히 받쳐 줄 국구는 어디에도 없다. 혹시라도 이런 식으로 제게 반항하는 거라면, 이참에 세력 구도가 뒤바뀌었음을 확실히 알려줄 필요가 있다. 한 입을 반드시 먹이고야 말겠다는 오기가 솟는다. 숟가락을 쥔 손에 가득 힘을 주었다. 누가 위고 누가 아래인지 알게 하리라.

"얼른 받아먹지 않으면 앞으로 중궁전으로는 반상을 들이지 말라 할 것이오."

"그럼 그리하시지요."

"팔 떨어지겠소이다! 진정 과인의 팔이 떨어져 나가야 중전은 만족하시겠소?"

"못 먹겠다지 않습니까. 속에서 받지 않아 그럽니다. 송구합니다. 전하."

벌써 한 시진째 두 사람의 신경전이 벌어지고 있다. 몸져누운 중전의 건강이 염려된 임금이 이정과 소희까지 불러 자리를 마련했다. 한데 그런 보람도 없이 중전은 한사코 식사를 거부하고 있었다.

"전 덕지 못하니 소희에게라도 주겠습니다. 소희야. 내 대신 맛

있게 먹어다오."

"그래도 중전마마. 잘 드셔야지 배 속의……."

"그만. 거기까지만 하고 어서 먹거라."

중전이 날카롭게 쏘아붙이자 소희가 얼른 입을 다물었다. 아마
도 입덧 때문에 고생하시는 것일 텐데 어째서 임신했음을 임금께
말씀드리지 않는지 모르겠다. 그래도 생전 처음 보는 맛난 죽을
받아들이려는데 임금이 엄하게 말했다.

"어허! 중전을 생각해 만들라 한 보양식이오. 그대가 먹지 않거
든 여기 누구도 식사를 허하지 않겠소. 나도 안 먹을 작정이니 중
전은 알아서 처신하시오."

"전하! 그 무슨 말도 안 되는……."

호흡을 가다듬고 있던 중전이 바로 고개를 돌렸다. 기어코 먹
이고야 말겠다는 듯 임금은 물러섬이 없었다. 한 상궁이 하도 권
해서 음식을 먹고 나서 신물이 올라와 잔뜩 고생한 뒤였다. 한데
또다시 먹으라니 곤욕이 따로 없다. 임신이 이리 힘겨운 것이라고
는 생각지도 못했다.

그때까지 상황을 지켜보던 이정이 나직하게 말했다. 보나마나
부부 싸움을 하는 것 같은데 어째서 자신과 소희가 구경꾼이 되
어야 하는가. 타락죽이 대체 무어라고 벌써 이곳에 온 지 한나절
사이에 소희 얼굴이 반쪽이 다 된 건 보이지 않느냐는 말이다.

"전하. 저희는 이만 물러가겠습니다. 한 끼를 먹더라도 편히 먹
고 싶습니다."

"안 된다. 중전이 먹을 때까지 같이 기다리기로 했잖느냐."

"그런 약조한 적 없습니다. 지금 소희가 배고파서 눈이 퀭한 것
이 전하 눈에는 안 보이십니까? 그림의 떡도 아니고 불러놓고서

는 먹지 말라니 이런 더럽고 치사한 경우는 처음 봅니다."

이정이 이렇게 말이 많은 놈이었던가. 임금과 중전이 할 말을
잊은 사이,

"마, 맞습니다! 중전마마. 저도 대군마마와 함께 돌아가고 싶습
니다!"

소희도 얼른 맞장구를 쳤다. 중전 곁에서 입덧하는 것을 지켜
보며 밥을 제대로 먹지 못했었다. 간만에 입맛이 돌아왔는데 이
건 너무 잔인했다. 거기다 중전의 상태도 눈치 못 챈 임금을 보고
있자니 답답해 죽을 것 같았다.

대군마마께서도 언짢아하시는 마당에 어쩔 수 없지 않는가. 모
두에게 사실을 밝히는 수밖에 없다. 소희가 벌떡 일어나 두 팔을
척 허리에 올렸다.

"그리고 중전마마께서는 전하의 아이를 가지신 거예요!"

"소희야!"

나중에 가면 고마워하실 거면서 부끄러워하시기는. 중전의 비
명 소리에도 소희가 아랑곳 않고 일침을 가했다.

"그 정도 눈치도 없으시면서 중전마마를 임신시키시다니 너무
하세요!"

그 길로 이정의 손을 잡고 도망 나왔다. 부부 싸움은 칼로 물
베기라고 대군마마께서도 그리 말씀하셨지 않나. 두 분이서 알
아서 잘하시겠지 싶으면서도 내심 괜한 짓을 한 게 아닌가 걱정이
됐다. 한데 이런 제 속은 몰라주시고 계속 웃기만 하는 대군마마
가 얄궂게만 느껴졌다.

"어찌 그리 웃으십니까. 혹 제가 실수한 것입니까?"

"아, 아니다. 그냥 웃겨서 그런 것이다."

이정은 소희의 대담한 행동이 떠올라 계속해서 웃었다. 팔을 허리에 얹고 어찌나 씩씩하게 외쳤던지. 그간 입이 근질근질했을 텐데도 용케 잘도 참아낸 것이다. 소희의 말이 끝나자마자 입을 떡 벌린 임금의 표정은 또 얼마나 볼만했던가. 붉어진 얼굴을 돌리던 중전도 보았다.

그 두 사람, 서로 쌓인 이야기를 하려면 하루 종일 쏟아내도 부족할 것이다. 원인 제공자인 소희는 볼만 잔뜩 부풀리고 있으니. 아예 웃음보가 터져 버린 이정이 계속 웃었다.

'어쩜 웃는 소리도 저리 듣기 좋으실까.'

호탕하게 웃어젖히는 소리에 소희의 귀가 쫑긋 섰다. 시원하게 움직이는 목울대를 보자 저절로 침이 넘어간다. 꿀꺽. 제 침 넘어가는 소리가 들렸을까 슬쩍 이정 눈치를 살피고는 괜스레 머쓱해져 소매로 입가를 닦았다.

그러다 이내 지나가던 궁인들의 눈길이 어째 심상치 않다는 걸 느낀다. 전부 대군마마를 보는 시선이 맛난 곶감을 눈앞에 둔 산짐승들 같다. 소희가 얼른 이정의 손을 잡아끈다.

"어서 가시지요. 여기는 보는 눈들이 너무 많아 탈입니다."

"난 괜찮으니 천천히 가자꾸나."

"제가 안 괜찮습니다. 제가."

소희가 젖 먹던 힘까지 내 잡아끌지만 꿈쩍도 않는다. 체구 차이며 키 차이며 어마어마하다. 다급한 속내와 달리 마음처럼 움직여 주지 않은 답답함에 소희는 끙, 신음 소리를 냈다. 몰랐는데 대군마마께서는 주위 시선을 즐기시는 것 같다. 그것도 꽤나 말이다. 지난번 여쭤보았을 때 아니라고는 하시지만 영 믿기지가 않는다. 그것도 그런 게 만인에게 다정하게 대해주셔서 그런 게 아닌가.

거기다 최근에는 복장까지 제대로 갖춰 입으니 헌헌장부(軒軒
丈夫)가 따로 없다.

시원하고 단정하게 머리를 묶어 훤히 드러난 이마가 돈독하다.
높다란 콧대와 굳게 다물린 입술까지 보다가 얼른 고개를 돌려
버렸다. 분명 정인이 그리 멋있어진 것이 마음에 차지 않는 것은
아니지만 이상스레 배알이 꼴린다.

궁궐을 나가기 전까지는 계속 미친놈 흉내를 내셔도 좋았을걸.
그런 위험한 생각까지 들었다. 만약 그랬다면, 그럼 저만 볼 수
있었을 것 아닌가. 궁녀들이며 내시들이며 전부 홀려 버린 게 틀
림없다.

후우. 생각이 깊어질수록 소희의 한숨 소리가 길게 늘어졌다.

"휴. 예로부터 오르지 못할 나무는 쳐다보지도 말라 했는데 말
입니다."

제 답답한 심정을 표현한 것이라고는 옛 속담뿐이다. 소희가
또 한 번 한숨을 내쉬었다. 한두 명도 아닌 나인들의 눈을 어찌
할 수도 없으니.

"휴. 떡 줄 사람은 생각도 안 하는데 말입니다."

그래. 대군마마께서는 그냥 웃으시는 건데 지나가는 나인들의
홍조 어린 얼굴을 보고 있자니 저절로 배가 아프다. 저만 보고 싶
은데, 저만 볼 줄 알았던 것인데.

"응? 무어라 했느냐, 소희야."

그리 웃지 마시라고 분명 말씀드렸건만, 막상 그가 웃는 모습
을 보면 저도 모르게 미소가 지어지고 만다. 웃어서는 안 되는데.
얼른 입가를 손으로 가리며 소희가 먼저 걸어갔다. 이건 대군마
마와 해결 볼 문제가 아니다. 난제라면 난제를 어찌 해결할까 생

각하던 소희가 짝, 손뼉을 부딪쳤다.

지난번에 전하께서 제 소원 하나를 들어주겠다고 하셨지 않았나. 이참에 얼른 대군마마를 사가로 보내달라고 말씀드려야겠다. 따지고 보면 아우가 곁에서 보필해 줘야 힘이 난다고 하시며 계속 붙잡아두는 임금 탓도 아예 없는 건 아니었으니.

"아무것도 아닙니다. 대군마마. 안 오시면 저 먼저 갑니다."

휙 하니 찬바람을 일으키며 걸어가는 소희를 보던 이정의 허리가 곧게 펴졌다. 즐거이 웃고 있던 미장부는 어디 가고 살짝 눈썹을 찌푸린다. 길게 뻗은 팔다리와 잘록한 허리는 옷에 가려졌다 치더라도 드러난 뒷목은 유난히 희다. 새벽녘처럼 푸르스름한 냉기가 흐르던 피부는 햇볕 아래 말갛기만 하다. 나날이 여인이 되어가고 있음을 정작 스스로는 모른다.

'제가 아직도 소녀인 줄로만 알고 있는 것이지.'

그러니 저리 팔랑거리며 앞서가는 것이다. 빨리 걸어가는 데 불편하다는 이유만으로 치맛자락을 들쳐 올리는 것은 그녀뿐일 것이다. 행동 하나하나에 거침이 없다. 무언가를 골똘히 생각하고 있는지 입술을 새 부리처럼 내밀고 있다. 점점 올라가는 치마를 따라 투명한 종아리가 드러난다. 어디까지 할 작정인지 지켜보려던 처음 생각과 달리 이정의 긴 다리가 거침없이 나아간다.

이곳까지 걸어오는데 소희를 훔쳐보던 시선이 한둘이 아니었다. 입은 웃고 있었지만 눈은 그렇지 않다는 걸 눈높이가 낮은 소희가 못 본 것이다. 싸늘한 시선으로 지나가는 사내놈들을 노려봐 주었다.

가운데 다리가 없다고 해서 내관들이 사내가 아닌 것은 아니다. 채 풀지 못한 욕구를 해소할 길이 없는 자들일수록 욕구불만이라고 했다. 건전하지 못한 시선들을 차갑게 튕겨내던 이정이 한 달음에 쫓아가 손목을 움켜잡았다.

"누가 쫓아오는 줄 알겠다. 어찌 그리 성급히 걸어가는 것이냐."

"그냥 혼자 생각할 것이 있어 그렇습니다. 마마께서는 천천히 오셔요."

간만에 보여주는 새치름한 얼굴이다. 눈도 안 마주치려고 작정을 했는지 시선이 앞으로만 향해 있다. 한 번도 말한 적은 없었지만 이정은 그런 소희의 얼굴 또한 좋았다. 질투를 하고 있는 것이다. 저를 생각하며 안달하는 것이니 안 좋을 이유가 없다.

슬쩍 볼을 꼬집어보고 싶은 걸 참으며 이정이 충고했다. 바로 앞에 조약돌 몇 개가 나뒹굴고 있는 것을 보았다.

"그러다 넘어질라. 조심조심 걸어라."

"안 넘어집니다. 제가 뭐 아직도 어린 줄 아십니까? 어맛!"

오로지 그가 있는 쪽만 안 쳐다보는 것에 집중하던 소희가 보기 좋게 조약돌에 걸려 넘어졌다. 잘난 척하더니 꼴좋구나. 스스로를 탓하며 땅바닥과 부딪치는 순간 눈을 감았다. 허리를 강하게 받치는 팔뚝이 느껴지더니 어느 순간 품 안에 갇히고 말았다.

미풍이 소희의 이마를 간질였다. 사내의 한숨 소리가 정수리를 파고들었다. 한심한 추태를 보이고 말았으니 미련타는 한숨일 텐데도 다디달다. 그게 다가 아니었다. 사내의 것 같지 않은 청아한 향이 밀려온다. 바짝 얼어붙은 소희는 고개를 들 수가 없었다.

"그리 안기고 싶으면 말을 하지 그랬느냐."

제대로 소희를 일으켜 주고는 품이 조금 거리를 두었다. 계속 고개를 파묻고 싶다는 생각 때문에 거리를 둔 게 차라리 다행이었다. 뒤늦게 음성에 웃음기가 실려 있다는 걸 느낀 소희가 얼른 뒤로 물러났다.

"까짓 것. 좀 넘어지면 어떻습니까. 저는 괜찮습니다."

"내가 안 괜찮아서 하는 말이다. 내가."

아까 전, 제가 한 말을 고스란히 들려주자 귓불이 달아오른다. 분명 여름철도 아닌데 왜 이리 더울까. 화끈거리는 볼을 짚으며 소희가 살짝 고개를 돌렸다.

"안 괜찮으실 이유가 있으십니까?"

"네가 넘어지면 나도 아플 테니까."

"넘어진 것은 저인데도 말이지요."

"그래. 그러니 나 또한 엄청 아팠을 테지."

"참말이시지요? 그렇담 앞으로는 주의하겠습니다."

웃으면 안 되는 것인데. 소희의 입꼬리가 바들바들 떨렸다. 편히 웃으라며 이정이 손으로 입가를 문질렀다. 그제야 만족했는지 소희가 풋, 소리 내 웃었다. 그 모습이 영락없는 어린아이처럼 보이게 했다. 이정이 손을 내밀자 망설임 없이 잡아온다. 서로를 놓치지 않겠다는 듯 꼭 잡은 두 사람의 뒤로 밝은 햇살이 비쳤다.

❈

"정말 신기하지 않습니까?"

요사이 중궁전을 드나드는 것에 한참 재미를 붙였나 보다. 조잘조잘 말을 잇는 소희가 이를 드러내며 웃는다. 밥만 먹고 나면 중궁전으로 쪼르르 달려간다. 대체 무슨 보물이 있나 궁금했던 이정도 따라나섰다. 무슨 대단한 보물 같은 것이 있을 리가 없는데. 의심의 눈길을 거두지 않고서 이정이 따라가며 물었다.

"무엇이 그리도 신기한데?"

"중전마마께서 임신을 하셨지 않습니까. 배 위에 손을 올리기만 하면 두근두근, 뜁니다. 그게 아기가 배 속에서 발길질을 한다는 것인데 참말로 귀엽지 않습니까? 만지고 있으면 저도 같이 두근두근, 합니다."

중전과 소희가 친해질 것이라고는 아무도 예상하지 못했다. 소희야 어느 누구라도 좋아할 만큼 귀엽고 다정하고 현명한 아이다. 그러니 중전도 마음을 의지하려나 싶다가도 예상외로 친분이 두텁다. 아이를 낳을 때까지 소희가 곁에 있어주었으면 좋겠다는 중전의 말에 임금은 무조건 고개를 끄덕였다. 정말 부인 바보가 따로 없다.

몇 달 전까지만 해도 '나 같은 자의 아이는 아무도 낳지 않을 줄 알았다'며 넋을 놓고 있던 임금이다. 자신이 중전 앞에 모습을 보이지 않는 것이 태교에 나을 것 같다며 전전긍긍하기도 했다.

그런데 지금은 강론과 조회가 끝나면 바로 중궁전으로 달려간다. 어차피 처음부터 임금이 중전을 밀어냈기 때문에 가까워질 수 없었던 것이다. 임금이 아예 간과 쓸개라도 내줄 것처럼 굴기 시작하면서 두 사람은 그야말로 금실 좋은 부부가 되었다.

중전의 산달이 가까워질수록 초조해지는 건 저 하나뿐인 것 같다. 아직 세상에 나오지도 않은 조카 녀석은 모두의 관심을 한 몸에 받고 있다. 그러니 한 사람 정도는 제게 관심을 돌려주면 좋으련만, 소희는 요즘 조카 녀석에게 한창 빠져 있었다.

입만 열면 아기, 아기. '대군마마' 하고 부르면서 안겨오는 것이 참 좋았었는데 말이다.

"그럼 저는 중전마마를 뵙고 올 테니 마마께서는 이만 돌아가 계셔요."

"소희, 너!"

붙잡을 사이도 없이 소희가 달음박질쳐 사라진다. 아직 어리기
만 한 조카 녀석에게 질투한다고 할까 봐 말은 안 하지만 속이 바
싹바싹 타들어간다. 이러다 아예 이곳에 발이 묶이는 건 아닌지.
그 녀석이 태어나기만 하면 곧장 궁궐을 나갈 것이다. 그리 다짐
하고 있는데 익숙한 손길이 어깨를 두드린다.

"아주 신수가 훤해지셨군요. 전하."

"흠. 난 잘 모르겠는데 요새 다들 그런다. 정말 네가 보기에도
그리 보이느냐?"

능글능글 웃고 서 있는 임금이다. 얼룩덜룩하던 피부가 이제는
제법 깨끗하다. 체력 단련도 열심히 했는지 어깨가 떡 벌어졌다.
근심 걱정이 걷히고 나니 몸까지 자연스레 치유되는가 보다. 그
속을 훤히 읽은 임금이 슬쩍 떠보듯 물었다.

"너는 이곳에서 나가고 싶어 몸이 근질근질하겠구나."

"그리 잘 아시는 분이 중전마마의 청을 허락하신 겁니까?"

"에이. 말은 바로 해야지. 소희도 여기 남아 있겠다, 하지 않
느냐. 둘 다 서로를 친자매처럼 여기고 의지하는 것 같아서 다행
이다."

임금의 말은 사실이었으므로 이정은 그저 입술을 꾹 다물었다.
잠시 동안 두 형제는 서로를 바라보았다. 참 외양적으로 닮지 않
았지만 제 여자에게 꼼짝 못 한다는 점은 똑같았다. 그러나 어디
혼인한 부부와 정인 관계인 것이 같겠는가. 안달하는 이정의 얼
굴을 즐겁게 바라보던 임금이 인심 쓰듯 말했다.

"우리 중전이 다 깊은 뜻이 있어 그런 것이지. 간소하게나마 너

희 두 사람, 혼례를 치러주고 싶다고 하던데 네 생각은 어떠냐."

"사실이라면, 소희도 알고 있겠군요."

중궁전 쪽을 돌아보는 이정의 시선이 짙게 가라앉았다.

이정 그가 눈치가 없었기에 다행이지 하마터면 들킬 뻔했다. 가슴을 졸이며 방으로 들어서자 한 상궁이 얼른 오라며 손짓했다. 방 안에는 갖가지 꽃들과 자수틀이 놓여 있었다.

이미 배가 많이 부른 중전은 겹겹이 쌓아 올린 방석 위에 몸을 기대고 휴식을 취하는 중이었다. 아이를 낳을 때까지 제 곁에 있어달라 한 것은 오롯이 제 욕심이다. 그에 응해준 소희가 고마워 신부 수업을 하고 있는 중이었다.

"근데 중전마마. 그 혼례식을 대군마마께 비밀로 하는 것이 정말 잘하는 것인지 모르겠습니다. 나중에 알고 너무 놀라시면 어찌합니까?"

"어머나. 영헌군의 생일날 특별 선물을 해주고 싶다 한 것은 소희 너였지, 내가 아니었단다."

"그야 그렇습니다만……."

생각보다 이정이 애닳아 하는 걸 보니 자꾸만 마음이 약해졌다. 하지만 대군마마에 견줄 만한 신부가 되지 않으면 안 된다.

아니, 사실 그 정도까지는 바라지도 않는다. 그냥 보통의 양갓집 규수 정도만 되면 좋겠다. 전에 김이문의 처를 통해 남녀 관계에 대해 한참은 잘못 알고 있다는 걸 깨달았다. 만약 중전이 넌지시 떠보지 않았다면 혼인날 밤에 이루어지는 역사에 대해 영영 이해를 못 했을지도 모른다.

'황새라니! 황새라니!'

왜 그 말을 꺼낼 때면 모두가 고개를 돌리거나 피시식, 웃어버
렸는지 알았다. 대군마마 앞에서 나 바보요, 인증한 것이나 다름
없지 않은가. 지나간 일을 다시 떠올리면서 머리를 쥐어뜯는 소희
를 보던 중전과 한 상궁 모두 엄마 미소를 짓는다. 대범하고 영특
한 구석이 있다가도 남녀 관계에 대해서는 거의 전무하다시피 한
아이라니. 보면 볼수록 물건이다.

"그래. 이전에 건네주었던 서책은 어떻더냐."

"아! 아, 저 그것이 반도 채 못 읽었습니다. 송구합니다."

짐짓 화난 표정을 지어 보이자 소희가 저고리 안쪽에서 주섬주
섬 무언가를 꺼냈다. 열심히 읽었는지 종이는 다 닳았는데 앞부
분만 그렇다. 정작 중요한 부분은 진도를 빼지 못했음이 분명하
다. 어찌 못 읽은 것이냐 묻자 고개만 수그리며 민망한 얼굴이다.

겉표지에 붙어 있는 딱지보다도 더 새빨갛게 물든 걸 보며 중
전은 혀를 찼다. 소싯적에 읽었던 소녀경에 비하면 모조품에 불과
할 만큼 기본 중의 기본만 모은 것이다. 한데 이래서는 빌려준 보
람이 전혀 없지 않은가.

"한데 정녕 대륙의 소녀들은 이토록 몸이 유연한 것이랍니까?"

"글은 안 보고 그림만 본 게로구나."

정작 부끄러워해야 할 부분에서는 진심으로 감탄하는 걸 보며
중전은 두 손 두 발을 다 들었다. 완벽한 신부가 되고 싶다는 소
희에게 한 상궁을 시켜 간단한 요리와 바느질하는 법을 전수했
다. 손끝이 야무지고 영리해 금방 따라왔다.

하지만 혼인을 하고서 그런 일을 실제로 얼마나 하겠는가. 영헌
군이 가만히 놔둘 위인도 아니지 않나. 부부 사이에 가장 중요한
것은 궁합, 그중에서도 속궁합임을 어찌 알려줄꼬.

"소희야. 사실 하룻밤 부부가 연을 맺는다 하여 아이가 바로 들어서기란 쉽지 않은 법이란다. 특히나 나 같은 경우는 그 하룻밤이 무척이나 절실하였느니라."

둥그스름한 배를 쓰다듬으며 중전이 묘한 미소를 지었다.

"어찌됐건 한 방이 중요한 것이다. 소희야."

"아아. 알겠사옵니다. 한 방!"

고개를 끄덕이며 따라 하던 소희가 샐쭉 웃었다. 자세히는 알 수 없었으나 대군마마를 닮은 남자아이가 생긴다면 정말 기쁠 것이다. 어렸을 때의 대군마마의 모습을 두 눈으로 확인할 수 있을 거란 생각에 저절로 콧노래가 흘러나왔다.

부끄럽지만 그 한 방을 위해서라면 이 서책을 달달 외울 것이다. 그러려면 지금보다 더 열심히 그를 따돌리며 주경야독을 해야 했다. 단단히 결심을 굳힌 얼굴로 서책을 다시 품에 넣는다.

그 야무진 것에 중전과 한 상궁도 그저 웃어넘길 수밖에. 앞으로 영헌군이 꽤나 고생할 것이 불 보듯 뻔했다.

소희는 새벽녘부터 자리에서 일어나 소주방 한쪽 귀퉁이를 차지하고 앉았다.

분주하게 오가던 나인들이 호기심이 깃든 눈으로 지켜보는 것을 상궁들이 움직임을 독촉했다. 특별히 중전마마의 지엄한 명으로 자리를 내주기는 했지만 미심쩍은 시선은 마찬가지다. 서걱서걱. 소고기를 칼질하는 손놀림이 제법 야무지다.

그녀는 모를 테지만 이미 궁궐의 유명 인사였다. 싸늘한 얼음장 같던, 전국의 아름다운 여인들을 모두 품어보았다는 여자에 미친놈이었던 영헌군을 휘어잡은 정인이라는 것만으로도 궁녀들의 찬양하는 시선이 따라붙었다.

그뿐만이 아니다. 백성들로부터 진정한 국모로 칭송이 자자한 중전의 신임을 한 몸에 받고 있었다.

한때 영의정까지 올랐던 아비와 가문이 몰살당한 뒤 그 죄를 스스럼없이 인정한 중전은 임금을 도와 새로운 정책을 펼쳐 나갔다. 일명 '아사모'로 일컬어진다는 이들 중 신분의 고하를 논하지 않고 능력이 있는 자라면 모두 등용했다. 지나간 영광을 모두 버리고 새로운 세력을 만들어 나간 것이다.

또한 국고를 열어 백성들을 굶주림에서 구원하였다. 배 속에 든 아기씨마저 장차 세자가 될 것이라 하니 과연, 현모양처의 귀감이 될 만했다.

"다 됐다!"

해 질 무렵이 다 돼서야 소희의 미역국이 완성됐다. 사람들의 시선은 아랑곳 않고 만세를 외친 그녀가 의기양양하게 자리에서 일어났다. 가까이 있던 상궁에게 간이 잘 되었나 봐달라고 했다.

스스로 맛을 보았지만 날이 날이니만큼 완벽한 맛이어야만 했다. 상궁이 고개를 끄덕이자 그제야 만족한 얼굴로 미역국을 들고 재빠르게 뛰쳐나갔다.

따끔따끔. 손바닥 여기저기 생채기 난 곳이 왜 이제야 아파오는 거람. 이정이 미역국을 한 숟갈 뜨는 순간 소희는 두 손을 꼭 잡았다. 두근두근 뛰던 심장이 튀어나올 것 같았다. 미세한 표정 변화라도 살피려던 찰나 이정이 숟가락을 탁 내려놓았다.

"방금 한 말 다시 해보거라."

맛이 없으신 건가.

소희의 갈 곳 잃은 시선이 바닥으로 떨어졌다. 꼭 내쳐진 숟가락이 제 마음 같기도 했다. 그래도 대군마마를 생각하면서 몇 날 며칠 동안 발 동동 구르면서 얼마나 열심히 노력했는데. 그를 모르고서는 소희더러 마음이 식었구나, 너무하다면서 서운한 소리만 잔뜩 하셔놓고는 저리 뽈난 얼굴이라니. 소희의 한쪽 볼이 불만으로 부풀어 올랐다.

"마마의 생신을 축하드린다 하였습니다."

"그 말 말고 그 뒤에 한 말."

"아! 저 이제 요리도 제법 잘합니다. 쓸 만하다, 랄까요?"

"아니. 그 뒤."

소희가 대답 없이 볼만 긁적거린다. 이정이 눈에 힘을 주고 봐도 멀뚱멀뚱 딴청만 피운다.

방금 전, 사내의 자존심을 아예 깡그리 무시한 발언을 한 당사자치고는 지나치게 깜찍한 얼굴이다. '저와 혼인해 주십시오!' 두 손을 꼭 부여잡고 눈을 반짝반짝 빛내면서 어여쁘게 꺼낸 말에 이정은 순간 격하게 고개를 끄덕일 뻔했다. 위험한 순간이었다.

"제 제안이 마음에 안 차셨습니까?"

"그건 아니다. 아닌데."

소희로서는 이정의 답만 들으면 되는 상황이다. 부끄럽기는 하지만 갑작스러운 제안에 당황하셨을 법도 하니 큰맘 먹고 다시 말을 꺼낸다.

"하면 대답을 주셔야지요. 제가 대군마마를 행복하게 해드리겠습니다. 제 서방님이 되어주신다면 앞으로는 제가 더 맛있는 미역국을 끓여 드릴 것입니다. 음, 그리고 이것은 아직 비밀인데……."

상상하는 것만으로도 몸이 배배 꼬인다. 중전이 첫날밤 써먹으라던 것이 갑자기 생각나 버렸다. 그래도 그렇지. 대군마마를 닮은 아들 하나 갖고 싶다는 말을 어찌 입에 올린담. 온몸에 화상이라도 입은 것 같다. 뒤를 이어 빨간 서책에서 보았던 그림들이 눈앞에 펼쳐진다. 특히나 적나라한 문체들이 머릿속을 뱅글뱅글 돈다. 손끝과 발끝이 오그라든다.

이정은 소희 곁으로 당겨 앉았다. 꼭 맞물려 있는 손을 빼서 잡아 쥐자 커다란 손바닥에 착 감긴다. 울긋불긋 드러난 상처와 피멍을 하나하나 보던 이정이 입가로 가져갔다.

여리고 하얀 손가락 마디마디에 입술이 스친다. 그 진득한 열기에 소희가 손을 빼려고 하지만 푸른빛을 머금은 눈빛에 시선을 빼앗긴다. 그사이 이정은 느릿느릿 살결을 머금었다.

"아앗! 마마!"

살짝 혀를 내밀었을 뿐인데 비명이 새어 나온다. 작게 보채는 것을 무시한 이정이 보드라운 살덩이를 입안에서 굴렸다.

다디단 내. 아이의 것처럼 말캉말캉하다.

제 딴에는 맛난 음식을 가져오려고 애쓴 것이겠지만 그보다 맛난 것은 따로 있는 것을. 그새 팔목도 발갛게 물들었다. 평소에는 담이 제법 크다. 그러나 이렇게 조금만 다가서도 어쩔 줄 모른다. 이쯤하고 관둘까 싶다가도 바들바들 떠는 것을 보자 조금 더 괴롭히고 싶다.

"소희야. 난 네 상처를 치료해 주는 것인데 그리 울어서야 쓰겠느냐."

"안 웁니다. 그냥 마마께서 너무……."

눈가를 고이 접는 이의 웃음이 애달프다.

어여쁘고 고운 것은 틀림없는데 이상스레 보면 볼수록 아득해진다. 심연에 빠진 것처럼 발을 동동 굴려보지만 아스라한 느낌은 사라지지 않았다. 깊게 그늘진 눈동자를 빤히 보던 소희가 눈시울을 붉혔다.

저 안에 그득히 담겨 있는 제가 믿기지 않는다. 면경 속에 비추던 모습과는 비교할 수 없이 어여뻐서, 이 모든 것이 현실 같지가 않다. 더 이상은 떨어지고 싶지 않은데 이게 꿈일까 봐 두렵다.

"청혼은 내 몫으로 남겨뒀어야지."

그제야 깨달았는지 소희가 아아, 눈을 동그랗게 뜬다. 분명 절 좋아하는 마음을 감당 못해 그런 것일 테지만, 참으로 소희다운 행동이다. 덕분에 멋들어진 야경을 바라보며 청혼하겠다는 계획은 이미 물 건너갔으니.

"하나만 묻자. 살고 싶으냐, 죽고 싶으냐."

어디서 많이 들어본 대사였다.

처음 만났던 그날 밤이다.

장난스럽게 턱 밑을 쓰다듬는 손짓을 느끼며 소희가 웃었다.

"그야 당연히 살고 싶습니다. 마마께서는요?"

"너와 살고 싶다. 나와 함께하겠느냐?"

"물론이지요!"

소희가 품 안으로 날아들었다. 어느 사이엔가 손가락 위에 진주 가락지가 곱게 자리해 있다. 똑같이 영롱하게 빛나는 그의 손을 본 소희가 가슴에 얼굴을 파묻었다.

얇은 비단 너머 봉긋 솟은 가슴을 느낀 이정이 마른 한숨을 내쉬었다. 혼례 날이 며칠 안 남았다는 것이 다행이 아닐 수 없다. 꼼지락거리던 소희가 그의 입술을 날름 훔쳤다. 그나마 그것을 위안 삼아 쫓는다.

달빛 아래 하나 된 그림자가 방 안을 가득 메웠다.

그로부터 얼마 후.

최대한 간소하게 진행되었으면 한다는 소희의 의견에 따라 식은 일사천리로 진행되었다. 중전의 회임 이후로 첫 경사였으며 이례적인 행사인지라 왕실의 먼 친척들까지도 참석하여 두 사람의 앞길을 축복하였다.

덕분에 식이 끝나갈 때쯤 두 사람은 녹초가 되었다.

밤이 되어 방 안에 들어온 이정은 그제야 한숨 돌릴 수 있었다. 분명 두 사람의 혼례건만 어째 밤이 되도록 소희 곁에는 가보지를 못했다. 신랑 신부 맞절을 할 때를 빼고는 소희의 얼굴도 보지 못하였다.

어서 그 조막만한 얼굴을 보고 싶었다. 식을 치를 때까지도 중전과 함께 있다시피 했으니 그로서도 참을 만큼 참은 것이었다. 이젠 한계다. 벼르다시피 술잔을 들어 목을 축이는데 문이 열렸다.

붉은 혼례복 차림의 소희가 가까이 다가와 앉았다. 연지 곤지를 곱게 바른 소희가 옅게 미소를 짓는다. 그녀 또한 지친 기색이 역력했다. 살짝 그늘진 눈매가 촉촉하게 젖어 있다. 아른거리는 촛불 아래 환영처럼 앉아 완연한 여인의 자태를 뽐낸다. 이정은 손을 뻗어 끌어당겼다.

"마마."

물기 젖은 음성이 간신히 식혀놓은 몸을 달궈놓는다. 드디어 제게 온 것이다. 온전히 제 것으로 만들 것이다. 오늘 밤 그녀에게 허락된 유일한 자유는 그를 받아들이는 것이다. 한껏 들뜬 이 감정을 잠시나마 즐기고자 작은 가슴에 고개를 묻었다.

"많이 기다리셨지요?"

조곤조곤 물어오는 것에는 여러 가지 감정이 섞여 있다. 애달픔, 하루 종일 시달린 것에 대한 서러움, 혹은 앞으로 일어날 일에 대한 두려움이 느껴졌다. 떨리는 소희의 눈을 바라보던 그가 고개를 내렸다. 동그마한 이마에 입을 맞추자 살짝 어깨를 떤다.

"애썼다. 많이 힘들었을 것인데."

"아닙니다. 저는 그저 좋았습니다."

무엇이 좋았는지 대답해 보라며 이정은 조금씩 손을 움직였다. 무거운 가체를 짊어지고 있느라 어깨와 목이 저렸을 것이다. 이정이 빠른 손놀림으로 머리를 풀어주고 겉옷을 벗겨주었다. 허리까지 늘어진 긴 머리에 얼굴을 묻는다. 진한 꽃향기가 난다. 소희 본연의 싱그러운 향이 더 좋았지만, 그 또한 소희의 것이라 생각하니 자연스레 음미하게 된다.

"그간의 시간에 비하면 아무것도 아닙니다."

등을 쓸어내리는 손길에 그녀의 눈빛이 잘게 흔들린다. 둘만 되면 그간 하지 못했던 많은 것을 하리라 생각했다. 이 어여쁜 아이가 제 것이다 마음껏 안아주고, 손이 가는 대로 이 조그만 몸을 마음껏 가지리라 생각했었는데 이리 안고 조근조근 이야기에 귀를 기울이자니 마음이 꽉 찬다. 그 또한 웬 종일 긴장을 하였던지 나른한 기운이 전신을 맴돌았다.

"난 아직도 믿기지가 않는다."

무엇이 믿기지 않느냐고 묻는 듯 머루 같은 눈망울이 올려다본다. 눈가에 입을 맞춘 뒤 이정이 소희를 자연스레 이부자리로 이끌었다.

"지난날, 나 혼자 두고 도망간 토깽이 한 마리가 생각나서 말이다. 오늘도 도망가 버릴 줄 모르니 불안하다."

"그, 그날 일은 저로서도 어찌할 수 없었습니다."

"그래. 기억은 하고 있구나?"

"송구했습니다. 그날 일은 정말 송구하였습니다."

그날 밤을 떠올리는 것만으로도 죄스러움에 소희의 눈가가 젖어든다. 무슨 마음으로 도망치다시피 했는지 그는 모를 것이다. 그저 그 곁에 더는 남아 있어서는 안 된다는 생각만으로, 떨어지지 않는 발걸음을 끌어당겨야 했었다. 다시는 볼 수 없다 해도 어쩔 수 없노라, 그리 스스로를 타이르면서.

"널 책망하려는 것이 아니다."

혼을 낸 것이 아닌데 까딱하면 첫날밤 신부를 울보로 만들 뻔하였다.

"추억으로 만들어주어 고맙다는 것이다."

흰자위가 빨개져 있으니 영락없는 토깽이인지라 이정은 웃음을 터뜨리고 말았다. 기대고 있던 가슴팍이 들썩이는 것에 소희가 얼른 고개를 돌렸다. 이번 것은 놀림인지 아닌지 구분이 되지 않았다.

"다시는 그러지 않겠다, 약조만 하여라."

"다시는 마마 곁에서 떨어지지 않을 것입니다."

"그래. 그거면 됐다."

그가 소희를 아래에 가둔 채 바닥을 짚고 엎드렸다. 그녀가 겁을 집어먹을까 봐 배려하는 것이 고스란히 느껴질 만큼 그는 천천히 움직였다. 불꽃처럼 튀는 눈빛. 옷깃이 스치는 소리. 어느새 실오라기 하나 걸치지 않은 몸이 되어 있었다. 너무 가깝다. 단단한 몸이 시야를 차단하였다. 소희는 더는 바라볼 자신이 없어 눈을 감고 말았다.

"추위도 조금만 참아라."

"그런 것이 아니오라……."

"그럼 눈 좀 떠보아라."

다정한 음성이건만 가라앉은 것이 그 또한 한계에 다다랐음이다. 가슴 주위를 맴도는 손길에 소희는 도리질 쳤다. 어디 한 군데가 아닌 사방에서 피어오르는 열기에 달뜬 한숨이 새어 나왔다. 당최 뭐가 뭔지 모르겠다. 그저 가만히 누워 있기만 하면 된다는 중전의 말이 생각났다. 하지만 그것조차도 쉬운 것이 아니었음을 미처 몰랐다.

"눈을 뜨고 날 좀 보래도."

애처롭게 떠는 유실을 손안에 넣고 어르던 그가 입술을 가져갔다. 부딪쳐 오는 살결의 움직임이 감은 눈 안에 드리워지는 바람에 소희는 다시 눈을 떴다.

"마마. 저는……!"

차라리 그편이 감당하기 덜 버거울 것 같았는데 아니었다. 세게 빨아 당겨지는 느낌에 소희는 잡히는 대로 이불자락을 쥐어뜯었다. 상상했던 것 이상으로 몸을 뒤흔들어 놓는 쾌감에 긴 머리칼이 이리저리 흔들렸다. 앓는 사람처럼 울고 있는 자신의 목소리에 소희는 도리질을 쳤다. 이 이상은 견딜 수 없을 것 같았다.

"소희 넌 다디달구나."

"그런 말씀 마셔요. 부끄럽습니다."

여전히 제 것을 문 채로 올려다보는 눈빛에 소희는 얼른 손을 들어 가슴을 가리려 했다. 그러나 강한 힘에 낚아채여 옴짝달싹할 수 없었다. 이내 고개를 들어 올린 그가 지그시 웃었다. 그 진득한 눈길 아래 소희가 입술을 꼭 깨물었다. 더는 벗겨질 것도 남아 있지 않은데 계속해서 벗겨지는 듯하다.

"오늘 밤은 나를 견뎌내야 한다."

"알고 있습니다. 하지만 너무 뜨거운 것을요."

이제 겨우 시작이다. 끝을 보려면 아직도 한참 멀었거늘, 부끄럽다 떠는 정인을 어찌 달래면 좋을까. 사실 지금까지 기다린 것만으로도 많은 배려라는 것을 알 리가 없지.

"그렇다면 좋은 징조인 것을."

귓가에 닿는 목소리에 솜털이 오소소 돋아난다. 전신을 잠식하는 열기에 살짝 몸을 움직일까 하다가도 본능적으로 무언가를 감지한 몸은 굳어 있었다. 맞닿은 정인의 몸은 화염 덩어리였다. 제가 조금씩 움직일 때마다 그의 눈썹이 조금씩 찌푸려진다. 무척이나 불편해 보인다. 이마를 적신 땀방울이 계속해서 떨어져 내렸다.

"많이 불편하십니까?"

"……괜찮다."

차마 그렇다, 말은 못 하고 아래쪽의 열기를 식히려는데 소희가 살짝 몸을 일으켰다. 너무 제 생각만 했던 것이 아닌가. 중전이 주었던 책을 봐두기를 잘했다. 그가 얼마나 참고 있는 것인지 뒤늦게야 알았다. 그리 만든 것이 다름 아닌 저인데도 고작 겁을 먹다니 그래서야 아직 어린것이 아닌가. 이참에 확실히 보여줄 참이었다.

"저도 다 압니다. 부끄러워하실 필요 없습니다."

소희가 두 팔을 뻗어 이정을 끌어당겼다. 흐읏. 괴로운 신음 소리에 소희가 살짝 눈가를 접으며 웃었다. 딱딱하게 뭉쳐진 그것의 압박감조차 정인의 것이라 여기니 두렵지만은 않다. 그의 손을 잡아 투명한 살결 위에 올려놓는다. 그 단순한 동작만으로도 이정은 벅찬 감정에 휩싸였다.

"소원이 있는데 꼭 들어주셨으면 합니다."

무리하지 않아도 된다, 말해주려는데 이어지는 말이 간신히 잡아둔 이성의 고삐를 단번에 끊어놓았다.

"대군마마 닮은 아들이 갖고 싶어요."

"소희 넌 정말이지…….'"

저는 괜찮습니다.

마마라면, 정말 괜찮습니다.

어여쁜 말만 읊조리는 입술을 집어삼킨 순간 모든 인내심을 내려놓았다. 안쪽으로 잘록한 허리를 쓸어내리던 그가 단숨에 자그마한 둔덕을 점령했다. 조심스럽던 지분거림은 소희의 신음이 터짐과 동시에 점점 빨라졌다. 어둠보다 더 흐리게 가라앉은 그의 눈은 그녀의 모든 순간을 놓치지 않고 있었다.

저를 놓치지 않겠다는 듯 내맡기는 몸에 그는 여러 번 자신을 묻었다. 작은 입술이 잘게 떨리다 밀려오는 파도에 젖어들었다. 물기 머금은 꽃잎이 바들바들 여운에 잠기었다.

서투를지언정 제 의지로 제 속에서 피어난 꽃이기에 그 무엇보다 귀하다. 여린 잎 마디를 하나하나 보듬어 안던 그가 재차 봉우리를 간질였다. 집요한 손길 아래 봉우리 역시 두 번째로 만개할 준비를 마쳤다.

밤은 오롯이 두 사람만을 위한 공간이었다.

終章. 정인

연꽃이 무르익은 어느 여름.

두 사람은 무명산으로 길을 잡았다. 저승에서 풀려난 아버지를 사가로 모셔 오기 위함이었다. 다시 만난 부녀는 그저 말없이 서로를 바라보았다. 이곳이 이승인지 저승인지 분간이 되지 않는 탓이었다. 소희가 먼저 기쁨의 눈물을 흘렸다. 함께 온 소홍과 박씨 부인도 연신 눈가를 훔쳤다.

해후를 즐길 사이도 없이 부녀는 소설 '연희' 구성 작업에 몰두하였다. 지난날의 실수를 만회하기 위해서였다. 원래 윤 진사가 써두었던 것과 연희의 일기를 최대한 활용해 자서전 형식으로 쓰였다.

저승에서 세 번 살아 돌아온 소희의 이야기가 담긴 일권은 절찬리에 팔려 나갔다. '아사모'라는 전국적인 유통망을 통해 곳곳으로 보급되었다. 대략 세 권짜리로 계획을 잡고 차근차근 진행하는 중이었다.

"소희야. 쉬엄쉬엄하거라."

"아버지께서도 쉬어가며 하셔요."

"그래. 그래야지. 허허."

이른 무더위에 소홍이 수정과를 만들어 가져왔다. 윤 진사에게 먼저 다과를 권한 이정이 소희를 잡아끌었다.

"그러다 몸 축날라. 잠시 쉬는 것이 좋겠다."

하루라도 빨리 '연희' 2권을 완성하려 열심이다. 한 문장을 쓰는 것에도 고심을 거듭하는 것이 안쓰러우면서도 기특했다. 수백 권의 물량을 맞추려면 바삐 손을 놀려야 한다. 필사는 아랫것들을 시켜도 될 것을 굳이 제가 도맡았다. 연희를 위한 일이니 그녀로서는 열과 성의를 다하는 것이리라.

윤 진사가 등목을 하러 나간 사이, 소희도 붓을 내려놓았다. 이정의 넓은 품에 기대자 시원한 수정과 한 술을 떠준다. 몇 번 받아먹던 소희가 미안한 웃음을 지으며 고개를 저었다. 그래도 이만하면 많이 받아먹은 것이다.

"송구합니다. 제가 너무 응석을 부리는 것은 아닌지."

"네가 아니라 배 속의 녀석이 그러는 것이지."

"예. 저와 달리 이 아이는 기운이 넘치나 봐요."

톡톡 배를 두드리는 손길에 소희가 배시시 웃었다. 엄마 좀 그만 괴롭혀라. 이 녀석아. 속삭이는 이정의 목소리가 간지럽다.

"아무래도 사내아이가 맞는 것 같아요."

"씩씩한 딸아이일 게다."

아직 아들인지 딸인지도 모르는데 그는 '소희를 닮은 딸'이기를 바라는 눈치였다. 소희는 그를 닮은 아들이었으면 했다.

"마마!"

가만히 안겨 있던 소희가 화들짝 놀라 몸을 튼다. 태동을 느낀 것이다. 재빨리 귀를 가져간 이정이 도란도란 말을 걸었다. 요즘 그는 배를 쓰다듬는 것에 취미를 붙였다. 익숙해질 만도 한데 어쩐지 부끄럽다. 이마보다도 열 배는 더. 소희가 손바닥으로 볼을 감싼다.

"나는 네가 어미를 쏙 빼닮았으면 좋겠다."

"저는 마마를 쏙 빼닮았으면 좋겠습니다."

"너를 닮아야 귀여울 터인데."

사이좋게 머리를 맞댄 두 사람을 보던 박씨 부인과 소홍이 웃는다. 딸이면 어떻고 아들이면 어떤가. 하나를 더 낳아도 좋을 것이다. 물론 그때는 소희의 체력을 좀 더 많이 키운 뒤여야 할 것이다. 지금도 소희가 조금만 무리를 할라치면 바로 이정이 나서서 말리기 바빴다.

얼마 전 어린 세자가 소희를 보고 싶다며 어미를 졸라 다녀갔다. 중전을 닮아 곱상한 외모를 지닌 조카 녀석은 태어나서도 소희를 잘 따랐다. 제 동생이 생긴다는 것을 알았는지 신기하게 소희의 배를 바라보았다.

여러 사람의 기대 속에서 소희의 배는 조금씩 불러갔다. 날마다 이정의 얼굴이 밝아진 것은 두말할 것도 없었다.

"한데 마마. 간밤에 정말 신기한 꿈을 꾸었어요."

그렇지 않아도 간밤에 소희가 소리 내 웃은 것을 얘기하려던 차였다. 어찌 웃었느냐 물어보아도 답이 없어 그저 잠결에 그런 것이라 생각했다.

"글쎄, 꿈에서 언니가 제게 놀러 오겠다 말하는 것이 아니겠습니까?"

옆에 칠흑의 무복을 두른 염라가 함께 서 있었다. 단지 꿈일지라도 두 사람의 행복해 보이는 모습에 소희도 함께 설레었다. 어찌 알았는지 모르겠지만 부용은 임신을 축하한다며 배를 쓰다듬어 주기도 했다. 잠에서 깨고 나서도 그 따스한 손길이 남아 있는 듯했다.

그날 저녁, 정말로 염라대왕과 부용이 두 사람을 방문했다. 연희는 살아생전의 모습 그대로 아름다웠다. 달빛 아래 마주 선 자매는 같은 미소를 지었다. 염라가 구해다 준 소희의 책을 읽은 연희는 뒷이야기를 궁금해했다.

손을 맞잡고 안으로 들어선 그들은 날이 샐 때까지 이야기를 나누었다. 울다 웃는 그녀들 옆에서 이정과 염라는 나란히 술잔을 부딪쳤다.

동이 트기 전, 염라는 연희와 저승으로 돌아갔다.

한참 동안 연희는 소희에게 받아온 가락지를 들여다보았다. 아무리 봐도 이승에 있을 물건이 아니다. 소희가 주인을 찾아주지 못한 것이 당연했다.

"지독한 원념 아니냐. 기억의 샘에 던져 버려라."

뒤에서 연희를 안고 한껏 달콤함에 취해 있던 염라가 고개를 들었다. 고작 가락지에 홀려 저를 홀대하는 것이 마음에 들지 않았다. 아예 빼앗아들어 멀리 던져 버렸다. 그의 힘이 실렸으니 자연스레 공기 중에 흩어질 터였다.

"내게 집중하란 말이다."

"소희가 가지고 있던 물건인지라."

방금 전 보고 와서도 또 동생 타령이다. 연한 살결을 깨무는 것으로 못마땅한 심기를 드러낸 그가 몸을 일으켰다. 물건에 대해 묻고 있는 것이다. 대강이라도 설명하지 않으면 내내 그 생각만 할 테니 어쩔 수 없지.

"그것은 폐비의 집념이 만들어낸 것이다. 어떻게든 죽고 싶지 않았던 원혼이 실려 있기에 그대로 지니고 있었으면 위험했을 터. 잘 가져온 것이다."

삶에 대한 집착이 강한 경우, 제 죽음을 받아들이지 못하는 경우가 더러 있다. 오로지 저 하나만을 위한 이기심은 사특한 기운만을 뿜어낸다. 아마 그 물건만 이승으로 간다면 저도 돌아갈 수 있을 것이라, 폐비는 그리 여겼을지도 모른다.

얼마나 우습고도 나약한 인간의 오만인가. 부용귀의 이야기가 퍼져 나감에 따라 저마다 헛된 희망을 품고들 있나 보다. 염라의 눈에만 띈다면 영원한 삶을 약속받을 것이라 착각들을 하고 있다. 저승에서의 영원이 축복이 될 리 없다는 것을 모른다.

이 또한 엄연한 종신 계약인 것을.

설령 저를 떠나고 싶대도 연희는 그럴 수 없다. 이 여인이 아니면 안 된다. 시간이 갈수록 깊어지는 탐욕에 가슴이 저릿하다. 과연 너도 나와 같은 감정일까. 그저 곁에 있기만 바란 지난날과 달리 욕망은 점점 커졌다.

너도 나와 같은 시선으로 바라봐 줄 수는 없는 건가.

"그럼 됐습니다. 다행입니다."

묵묵히 고개를 끄덕인 연희가 천천히 옷을 벗었다. 늘 염라에 의해 벗겨졌지만 오늘만큼은 다르다. 그 변화가 불안했던지 염라가 눈썹을 좁힌다. 어떻게 할지 지켜보겠다는 심산이다. 느리게

다가간 연희가 그의 머리를 안았다.

그 덕분에 원래의 육신을 얻었기에. 그에게 안겨 위로를 해주는 것이 제 역할이라 믿었다. 단지 그거면 충분하다 여겼다. 그러나 소희를 보고 온 뒤 조금 생각이 달라졌다. 행복해 보인다는 말에 처음으로 샘물에 얼굴을 비추었다. 나를 행복하게 만들어주는 이. 사내답게 거친 몸을 하고서도 막상 쉽사리 다가오지는 못하는 그의 배려가 조금씩 스며든다.

"대왕께서 제 정인이다. 소희가 그리 말하더군요."

"하면 네 생각은 아니라는 것이냐?"

따뜻한 여체를 품으며 그가 물었다. 살짝 떨리는 음성에서 조바심이 묻어난다. 연희는 가만가만 그의 머리를 쓸어주었다. 성급한 짐승처럼 제게만 매달려 오는 그가 싫지만은 않다. 이것이 사랑인지는 잘 모르겠다. 세상에서 제일 귀한 이가 된 것처럼 느끼게 해주는 것이 감사할 따름이다.

"말해봐라. 아직도 지난날의 정인을 잊지 못한 거냐."

떠보는 것이다.

그녀가 얼마나 그를 증오하였는지 수차례 설명했음에도 염라는 아직도 의심하고 있었다.

며칠 전 염라가 자리를 비운 사이 구슬이 굴러왔다. 산산조각 났던 것이 어느 틈엔가 원래대로 꿰맞추어져 있었다. 무슨 용도로 쓰이는지 몰라 그저 바라보는데 이승의 풍경이 비춰졌다.

술값을 치르지 못하고 패거리들에게 구타당하여 절름발이 신세가 된 김이문이 있었다. 죽여서까지 저를 손에 넣으려고 했던 자. 과연 동일 인물인가 싶을 정도로 남루한 행색. 차라리 죽는 것이 낫다 여겨질 정도로.

염라의 말이 아니었다면 기억조차 하지 않았을 것이다. 그에게 는 아무런 감정도 남아 있지 않았다. 나는 이미 당신의 손에 쥐어 져 있다. 염라가 아니면 어디에도 갈 곳이 없는 처지다. 조금은 그 를 안심시켜 주고 싶었다.

"언젠가⋯⋯."

나는 더 이상 어디에도 가지 않는다.

"제 정인이 되실 분은 당신입니다."

아주 날 들었다 놓았다 하는구나. 그래도 아주 희망이 없는 것 은 아니라 다행인가. 제법 만족스러운 답이다. 염라는 소리 내 웃 었다.

그래. 언제가 되어도 상관없다.

언젠가, 다른 사내의 품은 떠올리지 못할 정도로 만들어놓을 테니. 그는 자신 있었다.

뙤약볕이 내리쬔다.

저잣거리는 여느 때처럼 수많은 인파로 북적였다. 장사하는 사 람, 흥정하는 사람, 공연하는 사람, 구경하는 사람. 저마다 볼일 들을 보느라 정신없는 가운데 세책방 주인이 활개를 쳤다. 그도 그럴 것이 장안의 화제를 몰고 다니던 소설 '연희' 2권을 처음 선보이는 날이었다.

"자자. 날이면 날마다 오는 이야기가 아니올시다! 이번에는 초 판 한정판 이백 권! 이백 권이오! 특별 부록으로는 요즈음 단원 김홍도 선생 저리 가라 할 정도로 잘나가는 '비명' 선생의 그림이 실려 있소이다. 이야기의 주인공인 소희와 연희 자매의 실물과 가 장 비슷하게 그린 것이라 하니 모두들 잊지 말고 챙겨가시오!"

"그래, 주인장이 그림을 보니 어떻던가? 천궁항아라던데 사실이던가?"

몰려 있던 관중 하나가 크게 소리쳐 물었다. 소설의 인기만큼이나 저자에 대한 관심이 치솟고 있었다. 탄탄한 구성과 서정적인 문체로 독자들의 가슴을 먹먹하게 만드니 저자가 여성일 것이라는 의견이 우세했다. 대범하고도 속도감 있게 진행해 나가는 전개법을 보아서는 남성일 것이라 믿는 이들도 더러 있었다.

한 편의 재미난 설화 속에는 인생의 교훈과 남녀의 가슴 아픈 사랑, 권선징악이 두루 담겨 있었다. 진한 여운과 많은 생각을 하게 만드니 너도 나도 이야기에 빠져들었다.

그야말로 대박일세. 대박이야. 처음 일권이 나왔을 때보다도 더 빠른 속도로 팔려 나가자 책방 주인이 콧노래를 흥얼거렸다.

그를 지켜보던 홍람색 쓰개 장옷이 돌아선다. 침착하게 걷다 이내 맑은 웃음소리가 흘러나온다. 예상보다 더 뜨거운 반응이다. 저리도 많은 사람들이 제 글을 읽어주다니 생각만으로도 뿌듯했다. 날아갈 것처럼 가볍게 발걸음을 놀리던 그녀가 갸우뚱 앞으로 넘어질 뻔했다.

"누구 부인인지 몰라도 참으로 방정맞구려."

재빨리 달려온 사내가 소희의 허리를 붙잡아주었다. 익숙한 목소리가 꾸짖는 것에 소희가 딴청을 피운다.

"그것이, 너무도 기분이 좋아 저도 모르게 그만 뛰고 싶어서 그리하였습니다."

"덕분에 내 가슴은 남아나질 않는다."

품에 안겨 씨익 웃어 보이는 소희를 보던 그도 웃고 말았다. 그녀의 미소에는 당해낼 재간이 없다. 날이 갈수록 저를 다루는 것이 능숙해져 큰일이다. 하지만 앞으로는 어림없다. 출산이 가까워 졌으므로 당분간 외출 금지다.

잠시 후 소희를 태운 가마가 천천히 출발했다.

귀뚤귀뚤. 댓돌 아래에서 귀뚜라미 우는 소리에 아이는 귀를 기울였다. 어머니가 글을 쓸 때면 조용히 해야 한다. 섣불리 다가가 작업을 방해하면 아버지께 혼이 난다. 그래도 심심한 것은 어쩔 수 없다. 마루 위에 앉아 발을 구르던 아이가 슬쩍 뒤를 돌아보았다.

슥슥. 종이 위로 붓을 움직여 나가는 어머니의 옆모습이 참 단아하다. 검은 머루알을 닮았다는 아버지의 말대로 초롱초롱 빛이 났다. 가까운 곳에서 아버지는 한창 독서에 빠져 있었다.

어찌 그리 책을 좋아하시는지 궁금하다. 저는 가만히 앉아 있는 것만으로도 좀이 쑤시는데, 대체 누구를 닮은 것인지 모르겠다. 별빛, 달빛을 보며 수를 세던 아이의 고개가 앞으로 숙여진다. 하루 종일 마을 아이들과 뛰어다녔으니 졸릴 때도 되었다.

탁. 마지막 책장을 덮은 이정이 자리에서 일어났다. 오늘 밤은 작은 소희가 먼저 잠이 들었다.

희야. 아이를 들어 올리자 맥없이 늘어진다. 달게 잠이 들었나 보다. 깨울까 싶어 조심조심 방 안에 옮겨놓았다. 아이는 소희를 꼭 닮아 있었다. 감긴 눈과 기다란 속눈썹이 특히나.

"좋은 꿈꾸어라. 우리 희."

이마를 한 번 쓰다듬어 주고도 눈을 떼지 못한다. 그의 바람대로 어여쁜 딸아이가 태어났을 때의 기쁨은 이루 말할 수 없었다. 손안에 겨우 담기던 어린것이 언제 이렇게 자라난 것일까. 보고 또 봐도 신기한 따름이다. 어리광을 모두 받아주지 말라는 소희의 말이 아니었다면 그는 아직도 희를 무릎에 올려놓고 키웠을 것이다.

"이런."

오늘은 무슨 날인가. 글을 쓰던 소희가 엎드려 잠들어 있었다. 새하얀 종이 위로 먹물이 번져 간다. 기껏 쓴 원고가 말짱 도루묵이 될까 봐 그는 붓부터 들어 올렸다.

소희는 '연희'를 끝낸 뒤 한동안 글을 쓰지 않았다. 희가 태어났고 키워 나가는 과정이 녹록지만은 않았다. 아이가 아이를 키우는 것처럼 위태로운 순간들도 있었다. 그럼에도 소희는 늘 아이를 떼어놓지 않았다. 희가 천방지축처럼 굴 때면 엄한 어머니가 되는 것은 볼 때마다 신기했다.

며칠 전 희가 소희에게 어린 시절을 이야기해 달라 졸랐다. 두 사람이 처음 만난 순간과 할머니 할아버지 얘기도 궁금해했다. 그제야 소설 '연희'는 어린아이가 읽기에는 문턱이 높다는 생각이 들었다.

"어머니와 아버지의 얘기라면 재밌을 것 같아요."

하여 딸아이의 눈높이에 맞추어 다시 쓰기로 한 것이다. 희에게 글까지 읽힐 수 있다면 이보다 더 좋은 기회는 없었다. 처음 희가 아장아장 걸어와 품에 안기던 순간을 잊을 수 없었노라. 종종 그리 말하던 소희였으니. 어쩌면 그때의 뿌듯함을 다시 느껴보고 싶은 것일지도 모른다.

대군마마의 정인.

입에 착착 감기는 제목이었다. 희의 마음에도 쏙 들리라.

그나저나 이걸 어쩐다. 곧 돌아올 희의 생일을 맞아 선물을 약속했었다. 아이는 늘 동생을 갖고 싶어 했다. 저와 함께 놀아줄 남동생이면 좋겠단다. 언제쯤 좋은 소식이 들리나 목이 빠져라 기다리고 있을 것이다.

곤히 잠든 소희를 보던 그가 아쉬움에 슬쩍 입술을 가져갔다. 벌꿀처럼 다디단 숨결이 입안에 담겼다. 여전히 소녀 같은 해사함이 그의 시선을 사로잡았다. 최대한 빠른 시일 내 희의 동생을 만들어주리라 다짐하였다.

이듬해 겨울. 그들은 두 쌍둥이의 부모가 되었다.

〈完〉

작가 후기

안녕하세요. 조은조입니다.

후기라는 글자를 본 뒤에야 완결이구나, 실감이 됩니다.

'대군마마의 정인'은 처음 쓴 장편소설입니다. 덕분에 구성할 때부터 많이 헤맸습니다. 머릿속에 얽히고설킨 실마리를 어디서부터 어떻게 풀어야 할지 막막했습니다. 기생, 이승, 저승, 희생. 둥둥 떠다녔던 단어를 지금 요약해 보면 참 간단하지만 그때는 그랬습니다.

소재 이야기를 조금 풀자면, 학창 시절부터 기생이라는 소재에 꽂혀 있었습니다. 드라마 황진이를 비롯한 기존 영화와 소설 속 여인들의 이야기를 언제가 되었든 꼭 써야겠다고 마음먹었더랬지요. 하지만 기생과 관련해 남아 있는 자료들은 한정적이었고 상상력이 필요했습니다.

평소 공상을 즐기는 저답게, 조금은 무게 있는 이야기를 다루고 싶었기에 저승이라는 판타지 요소를 가미하게 됩니다. 한 사람이 존재하기까지 여러 사람의 희생이 전제된다는 이야기는 어떨까.

그 희생정신을 바탕으로 용서와 사랑을 터득해 나가는 과정을 그려보고 싶었습니다. 소희의 성장 과정을 지켜보는 내내 제 스스로도 성숙해질 수 있었던 것 같아 뿌듯합니다.

이제 감사 인사를 전해야겠습니다. 원고 작업 내내 이야기에 귀 기울여 주었던 엄마, 제가 걸어가는 길을 지켜봐 주신 아버지. 그 믿음에 보답하는 첫걸음을 이제 막 떼었습니다. 계속 나아가겠습니다.

그리고 힘들었던 시간 많은 위로를 나누었던 H, 응원을 아끼지 않았던 JJ. 앞으로도 아낌없는 우정 나누길. 늘 나를 대견하게 생각해 주어 고맙습니다.

책이 나오기까지 많은 도움 주셨던 이은주 담당자님, 청어람 관계자분들께도 감사합니다.

마지막 장을 펼쳐 주신 여러분께도 진심으로 감사드립니다.

2016년 11월,
조은조 드림.

참고문헌

• 이능화, 『조선해어화사』, 동문선, 1992
• 역사신문편찬위원회, 『역사신문 4 조선후기』, 사계절, 1996
• 한국생활사박물관편찬위원회, 『한국생활사박물관10』, 사계절, 2004
• 정병설, 『나는 기생이다』, 문학동네, 2007
• 규장각한국학연구원, 『조선 여성의 일생』, 글항아리, 2010
• 박상진, 『궁녀의 하루』, 김영사, 2013
• 오영찬, 이희중 외 공저, 『눈으로 보는 한국역사 8』, 교원, 2002
• 오영찬, 이희중 외 공저, 『눈으로 보는 한국역사 9』, 교원, 2002

• 한국민족문화대백과사전(encykorea.aks.ac.kr)
• 용인시 예절교육관(ye.yongin.go.kr)
• 두산백과(doopedia.co.kr)

• ebs 역사채널e 〈귀한 과일〉

본문 중 운초 김부용의 '哭淵泉老爺(곡연천로야)'를 인용 및 일부 수정하였습니다.